家将英雄系列

华夏古典小说分类阅读大系

杨家将传 说呼全传

[明] 熊大木 编撰
[清] 佚名

华夏出版社

图书在版编目（CIP）数据

杨家将传/（明）熊大木编撰．说呼全传/（清）佚名编撰．--北京：华夏出版社，2017.10
（华夏古典小说分类阅读大系）
ISBN 978-7-5080-9281-2

Ⅰ．①杨… ②说… Ⅱ．① 熊… ②佚… Ⅲ．①章回小说－中国－明代 ②章回小说－中国－清代 Ⅳ．①I242.4

中国版本图书馆CIP数据核字(2017)第217262号

杨家将传 说呼全传

作　　者	［明］熊大木 编撰　［清］佚名 编撰
责任编辑	韩　平
责任印制	顾瑞清
出版发行	华夏出版社
经　　销	新华书店
印　　刷	三河市万龙印装有限公司
装　　订	三河市万龙印装有限公司
版　　次	2017年10月北京第1版 2017年10月北京第1次印刷
开　　本	880×1230　1/32
印　　张	11.125
字　　数	370千字
定　　价	36.00元

华夏出版社　地址:北京市东直门外香河园北里4号　邮编:100028
　　　　　　网址:www.hxph.com.cn　电话:(010)64663331(转)
若发现本版图书有印装质量问题,请与我社营销中心联系调换。

出版者的话

我国的古典小说,题材的丰富性、多样性尤为突出。经过与古典小说专家学者的座谈沟通,我们把中国古典小说(白话小说)依照题材内容的不同,大致划分出如下几个板块——

有讲述古代名臣断案的作品,拟称"名公断案系列";

有反映历朝历代开国进程的作品,拟称"开国征尘系列";

有以家族宗亲为核心的英雄传奇作品,拟称"家将英雄系列";

有笔墨集中反映市井生活的作品,拟称"市井风情系列";

有传统武侠类作品,拟称"侠义雄杰系列";

有名著大作的续书,拟称"名著续作系列";

有表现人间欢愁冷暖的作品,拟称"世情万象系列";

有揭露批判社会异变的作品,拟称"狭邪烟粉系列";

有记述神人奇事的作品,拟称"奇人异事系列"等等;

当然,更有"四大名著"、"三言二拍"等影响深远、成就辉煌的经典,拟称"金声玉振系列"。

将已然满目的所谓"系列化"出版进一步推向细化、规整化,是"华夏古典小说分类阅读大系"最根本的特色。强调"类型化",既是对不同读者口味的关照,也是对我国古代小说一次有机的整合;"分类大系"的各个系列,分,则旗号鲜明,聚,则大大皇皇。

"分类大系"充分考虑到广大读者阅读的便捷,选择了目前国内最权威、最流行的版本作底本,通过对疑难词的释义与注音,达成对阅读障碍的"清剿",版式方面,采用了以降低读者视觉疲劳为目的的"稀疏化"设计。同时,这套精装书以比平装书还低的价位,更表现了它"接地气"的通俗化、平民化的特质。

希望"分类阅读大系"受到广大读者、收藏者的欢迎。

《杨家将传》用通俗生动的语言叙述了我国历史上北宋初年宋太祖、

宋太宗、宋真宗时期征服北汉、辽国及西夏等北部、西部边疆政权、统一中原的故事。书中着重描写了杨家将三代男女老少英雄为国出征、为统一中国而忍辱负重、浴血奋战的可歌可泣的事迹，塑造了杨业、杨六郎、杨宗保、佘太君、穆桂英等英雄人物，鞭挞了潘仁美、王钦若等仅为一己私利而妒贤忌能、出卖民族和国家利益的奸臣、贪官的丑恶行为。小说大胆地、饱含激情地塑造了一大批巾帼不让须眉的杨门女将形象，她们武艺超群，性格豪放，聪慧灵秀，叱咤疆场，完全摆脱了封建礼教那一套妇德女训、尊卑等级的枷锁，为平民百姓家喻户晓，津津乐道。

《说呼全传》又名《呼家将》、《呼家后代全传》、《紫金鞭演义》，共十二卷四十回，作者名已佚，最早可见的版本为清代乾隆年间的金阊书业堂刊本。主要讲述了宋朝仁宗年间，呼延赞之子呼延丕显被奸臣庞文陷害，全家满门三百余口被杀，呼延丕显之子呼延守勇、呼延守信与奸臣斗争的故事。小说是由评书、鼓书等发展而来，语言通俗易懂，较为生动，但结构松散，上下文不衔接，情节也有很多地方重复。作者重的是情节，不重描写。但是从民间文学的角度，透过其文学的表面，探究其深层的文化特征，便会发现，其中确有许多如郑振铎所说"材料颇多足资参考者"的东西在，以至于能在民间流传。

此次出版，我们对原书中的笔误、缺漏和难解字词进行了更正、校勘和释义，对原书缺字的地方用□表示了出来，以方便读者阅读。由于时间仓促，水平有限，其中难免有所疏失，望专家和读者予以指正。

2017 年 9 月

目 录

杨家将传 / 1
说呼全传 / 195

杨家将传

目 录

叙　　述 / 5
第 一 回　北汉主屏逐忠臣　呼延赞激烈报仇 / 7
第 二 回　李建忠力救义士　呼延赞梦神教武 / 11
第 三 回　金头娘征场斗艺　高怀德大战潞州 / 16
第 四 回　讲和议杨业回兵　迎銮驾豪杰施能 / 20
第 五 回　宋太祖遗嘱后事　潘仁美计逐英雄 / 23
第 六 回　潘仁美奉诏宣召　呼延赞单骑救驾 / 27
第 七 回　北汉主议守河东　呼延赞力擒敌将 / 31
第 八 回　建忠议取接天关　大辽出兵救晋阳 / 35
第 九 回　郭进大破耶律沙　刘钧敕书召杨业 / 38
第 十 回　八王进献反间计　光美奉使说杨业 / 42
第 十一 回　小圣感梦取太原　太宗下议征大辽 / 47
第 十二 回　高怀德幽州大战　宋太宗班师还汴 / 51
第 十三 回　李汉琼智胜番将　杨令公大破辽兵 / 54
第 十四 回　犒将士赵普辞官　宴群臣宋琪赋诗 / 58
第 十五 回　曹彬部兵征大辽　怀德战死岐沟关 / 62
第 十六 回　太宗驾幸五台山　渊平战死幽州城 / 67
第 十七 回　宋太宗议征北番　柴太郡奏保杨业 / 71
第 十八 回　呼延赞大战辽兵　李陵碑杨业死节 / 74

第十九回	瓜州营七郎遭射	胡原谷六使遇救 / 78
第二十回	六使汴京告御状	王钦定计图八王 / 82
第二十一回	宋名臣辞官解印	萧太后议图中原 / 86
第二十二回	杨家将晋阳斗武	杨郡马领镇三关 / 90
第二十三回	樵夫诡计捉孟良	六使单骑收焦赞 / 94
第二十四回	孟良智盗骍骊马	岳胜大战萧天佑 / 98
第二十五回	五台山孟良借兵	三关寨五郎观象 / 102
第二十六回	九妹女误陷幽州	杨延德大破番兵 / 105
第二十七回	枢密计倾无佞府	金吾拆毁天波楼 / 109
第二十八回	焦赞怒杀谢金吾	八王智救杨郡马 / 112
第二十九回	宋君臣魏州看景	王全节铜台交兵 / 116
第三十回	八王赍诏求六使	焦赞大闹陈家庄 / 120
第三十一回	呼延赞途中遇救	杨郡马大破辽兵 / 124
第三十二回	萧太后出榜募兵	王全节兵征大辽 / 128
第三十三回	吕军师布南天阵	杨六使明下三关 / 131
第三十四回	宗保遇神授兵法	真宗出榜募医人 / 135
第三十五回	孟良盗回白骥马	宗保佳遇穆桂英 / 139
第三十六回	宗保部众看天阵	真宗筑坛封将帅 / 143
第三十七回	黄琼女反投宋营	穆桂英破阵救姑 / 146
第三十八回	宗保大破天门阵	五郎降伏萧天佐 / 150
第三十九回	宋真宗下诏班师	王枢密进用反间 / 153
第四十回	八殿下三关借兵	众英雄九龙斗武 / 157
第四十一回	杨延朗暗助粮草	八娘子大战番兵 / 160
第四十二回	杨郡马议取北境	重阳女大闹幽州 / 164
第四十三回	平大辽南将班师	颁官诰大封功臣 / 167
第四十四回	六郎议取令公骸	孟良焦赞双丧命 / 171
第四十五回	禁宫中八王祈斗	无佞府郡马寿终 / 175
第四十六回	达达国议举伐宋	杨宗保兵征西夏 / 177
第四十七回	束天神大战宋将	百花女锤打张达 / 180
第四十八回	杨宗保困陷金山	周夫人力主救兵 / 183
第四十九回	杜娘子大破妖党	马赛英火烧番营 / 187
第五十回	杨宗保平定西夏	十二妇得胜回朝 / 190

叙　述

宋运泰开生圣主，将星明朗应相聚，
边疆建辟敌人降，四海苍生望霖雨。
太原灵气产英豪，慷慨埋沉世所遭，
宝剑利磨新出匣，愤然有志入中朝。
铁甲坚兵曾斩阵，保銮从驾建功勋，
东荡西除群寇服，晋阳声势又相闻。
杨家父子真豪士，万里威风人仰慕，
一旦欣然思远图，八骏齐奔向南路。
太宗重命赐恩深，义士归崇报亦诚。
大战幽州兵败衄①，一门忠勇尽亡倾，
六使栖栖②依北道，七郎遭矢最堪怜。
真宗命领三关镇，收服英奇智策深。
汝州发配遂埋藏，魏府铜台羽檄③忙，
震撼三军齐救驾，番④兵胡浪虎驱羊。
七十二阵真奇绝，杨府英雄兵法熟；
世界闹动天地昏，尽教萧后归邦域。
西番倡乱又扬尘，笳⑤鼓声中马上频；
十二寡妇能效力，乾坤再整靖⑥边庭。

---

① 衄（nǜ）——战败。
② 栖栖（xī xī）——忙碌不安的样子，亦作"棲棲"。
③ 羽檄（xí）——古时征兵的军书上插羽毛。
④ 番（fān）——指外国或外族，这里指辽。
⑤ 笳（jiā）——指中国古代北方民族的一种乐器，类似笛子。
⑥ 靖（jìng）——使秩序安定，平定。

仁宗统御升平盛,蛮王智高兵寇境;
杨府俊英文广出,旌旗直指咸①归命,
更有姨娘法术奇,炎月瑞雪降龙池。
天生豪杰真不偶,将与圣明展帝基。
于今去古几千场,荒草寒烟又夕阳;
故国不殊②风物异,令人看此垂悲伤。

---

① 咸——全,都,尽。
② 殊(shū)——差别,不同。

第 一 回
北汉主屏逐忠臣　呼延赞激烈报仇

却说北汉主刘钧,听知大宋平定各镇,与群臣议曰:"先君与周世仇。宋主之志更不小,今既削平诸国,宁肯容孤自霸一方乎?"谏议大夫呼延廷出奏曰:"臣闻宋君英武之主,诸国尽已归降。今陛下一隅之地,何况兵微将寡,岂能相抗? 不如修表纳贡,庶免生民之祸,而保河东无虞①也。"刘钧犹豫未决。

忽枢密副使欧阳昉②进曰:"呼延廷与宋朝通谋,故令陛下纳降。且晋阳③形胜之地,帝王由此而兴。无事则籍民而守,有警则执戈而战,此势在我耳,何必轻事他人乎? 乞斩呼延廷以正国法。倘或宋师致讨,臣愿独当之。"钧允奏,令押出呼延廷斩首。国舅赵遂力奏曰:"呼延廷之论,忠言也,岂有通谋宋朝之理? 主公若辄斩之,使宋君闻知,则征讨有名耳。必欲不用,只宜罢其职而遣之,庶全君臣之义也。"刘钧然其言,下令削去官职,罢归田里。

呼延廷谢恩而退,即日收拾行装,带家小直向绛州④而去。欧阳昉尚不遂意,深恨呼延廷,欲谋杀之。唤过亲随人张青、李得谓之曰:"汝二人引健军数百人,密追呼延廷安下处,尽杀之,回来吾重赏汝。"张、李领诺,即引健军追赶呼延廷去了。

却说呼延廷与一起人行至石山驿,日已晚,歇下鞍马。是夜与夫人对席饮酒,自叙不幸之事。将近二更,忽听驿外喊声大振,火炬连天,人报有劫贼来到。呼延廷大惊,令家人速走。张青、李得部众拥入驿中,将呼延廷老幼尽皆杀了,财宝劫掠而去。

---

① 虞(yú)——忧虑。
② 昉(fǎng)——曙光初现,引申为开始。
③ 晋阳——今山西省太原市。
④ 绛州——今新绛县,位于山西省西南部。

时随从人各自逃生,只有妾刘氏抱着幼子,走入厕中,保得性命。至四更,刘氏叹曰:"谁想我家遭此劫数,使我母子无依。"放声大哭。忽有一人在后叫曰:"小娘子何故号哭?"刘氏星光之下,泪眼觑看。其人近前问曰:"汝是谁家女子,独自到此?"刘氏泣曰:"妾是本国谏议大夫呼延廷偏室,因回归乡里,至此被强人劫掠,将一家尽皆杀死,只留得妾身同乳子,避于此间,无计可保,望尊官见怜。"其人听罢,怀愤长呼曰:"吾乃河东府两院领给,姓吴名旺。适闻杀汝恩主者,却是欧阳昉亲随人张青、李得,假作强人到此。汝宜速抱幼子而走,不然一命难保。"道罢而去。

刘氏正慌间,忽驿外喊声又起,一伙强人拥入,见刘氏,捉住来见马忠。马忠曰:"汝何处女子,抱着孩儿在此?"刘氏曰:"妾含冤负屈……"因将一家被害之故,备述一遍。马忠曰:"适夜巡人来报,驿中有官宦被劫,我等正要来夺分金宝,原来有此苦事。汝若肯随吾回庄,抚养孩儿长成,与汝报此冤仇,可乎?"刘氏曰:"妾有莫大之冤,何恤微躯?愿从大王而去。"马忠即引刘氏,回至庄上。将近天晚,马忠安顿刘氏居庄,自与手下复回山寨去了。刘氏密遣人去驿中收殓其主尸首,埋于一处,立意只图报冤,抚养孩儿。

不觉时光似箭,日月如梭,将近七年光景,孩儿已长成矣。马忠与其子取名曰福郎,送往从师学业。其子生得面如铁色,眼若环朱,貌类唐时尉迟敬德①。虽是读书,暇时便习兵法。年至十四五,走马射箭,武艺通晓。使一条浑铁枪,有神出鬼没之能。马忠见其雄勇,不胜欢喜,改名曰马赞。一日,随马忠出庄外,见一起脚夫扛着大石碑来到,上写道"上柱国欧阳昉"数字。马忠见了,愤怒变色。马赞曰:"大人见此石碑,何故有不足之意?"忠曰:"看此欧阳昉名字,甚有伤吾心也。此人十五年前,害却呼延廷一家。吾听得呼延廷有子尚在,我若见他,便与之同去报仇矣。"赞怒曰:"可惜孩儿不是呼延廷之子,若然,即日报仇。"忠曰:"此事汝母更知其详,可入问之。"

赞回庄,入见母刘氏,问欧阳昉害呼延廷一家之故。刘氏呜咽洒涕而泣曰:"我含此冤恨,今十有五年矣。汝正是呼延廷之子,此父乃托养汝者也。"赞闻此言,昏闷在地。马忠径入,仓皇救醒。赞哭曰:"孩儿今日

---

① 尉迟敬德——即尉迟恭,唐代名将。

辞父母,便去报冤。"忠曰:"他是河东权臣,部下军士甚众,如何近得?须用计策图之。汝今后只称我为叔。"赞拜曰:"叔叔有何计策教我?永不忘恩!"忠正思量间,忽报耿忠来相访,马忠即出迎接。

入至庄里坐定,令赞相见。耿忠问曰:"此位是谁?"马忠曰:"义子马赞也。"乃问耿忠来此之故。耿忠曰:"适与强人相争,赢得一匹好马,名曰'乌龙马'。将要送往河东,卖与欧阳丞相,因过尊兄庄上,特来相访。"马忠曰:"既贤弟有此好马,不如只卖与小儿,就中更有事理。"耿忠曰:"吾与尊兄,义虽契结①,胜如嫡亲,汝之子即吾侄也,此马便当相送。"马忠大悦,因具酒醴②相待。

马忠席上因道起呼延廷一家被欧阳昉所害,此子是呼延廷亲生,正欲报仇,不得其策。耿忠听罢,愤然曰:"尊兄勿虑,吾有一计,可以杀欧阳昉也。"马忠曰:"弟有何策?愿指教之。"耿忠令赞近前,谓之曰:"汝今只将此马送入欧阳昉府中,称作拜见之物。他得此马,定问汝要何官职,须道不愿为官,只愿跟随相公养马,彼必喜而收留。待遇机会处,因而杀之,此冤可报也。"赞拜受其计。是日席散,耿忠辞归山寨。次日,赞拜别马忠、刘氏,上马登程。后人有诗为证:

　　豪毅英雄胆气粗,轩昂人物世间无。
　　此行必定冤能报,方表男儿大丈夫。

且说呼延赞离了马家庄,径赴河东③,访问欧阳昉府中,令人报知曰:"府门下有一壮士,牵匹好马,要来献与相公。"昉听罢,即令唤入。赞到阶下跪曰:"小人近贩得骏骑,特来献相公以为进见之礼。"昉曰:"汝何处人氏?"赞曰:"祖居马家庄,小人姓马名赞。"昉曰:"此马价值几何?"赞曰:"价值连城。"昉听得,自思:"此人必图做官。"令左右问之。赞曰:"不愿为官,只愿服侍相公一年半载,终是名分人也。"昉见赞仪表奇特,又送他这马,不胜之喜,即收留为左右使唤。赞既欲行事,遂尽意奉承,极得昉之欢心。

---

① 契结——情义相投的朋友。
② 醴(lǐ)——甜酒。
③ 河东——泛指今山西省中部和北部。

开宝七年①八月中秋佳节,欧阳昉与夫人在后园凉亭上饮酒赏月。怎见得中秋好景?有苏子瞻②《水调歌头》为证:

明月几时有?把酒问青天。不知天上宫阙,今夕是何年。我欲乘风归去,又恐琼楼玉宇,高处不胜寒。起舞弄清影,何似在人间! 转朱阁,低绮户,照无眠。不应有恨,何事长向别时圆?人有悲欢离合,月有阴晴圆缺,此事古难全。但愿人长久,千里共婵娟。

欧阳昉饮罢,酒醉,从人扶入书院中,凭几而坐。赞随至院中,自思:"此处不下手,等待何时?"正欲拔出短刀,忽窗外有人持灯笼进院,却是管家来请昉安歇。赞即藏刀入鞘,叹曰:"此贼尚有余福,须再图之。"

却说赵遂以欧阳昉专政已久,恐惹兵端。一日,奏知北汉主曰:"昉有擅杀之罪,陛下若不早除之,为患深矣。"会帅将丁贵等,力劾③其罪。刘钧乃降欧阳昉丞相之职,宣授为团练使之职。昉耻与遂同列,上书辞归乡里。汉主允其请。昉即日收拾行李,领从人离晋阳,望郓州④而去。不消一日,已到其家,诸亲眷皆来称贺,昉日具酒醴相待。

九月九日,却是昉之生辰,准备筵宴,与夫人畅饮。呼延赞独安外房,闷坐无聊。将近二更时分,出庭外闲行,但见月明如昼,西风拂面。赞仰面长叹曰:"本为父母报仇到此,不遂其志,苍天能无怜及我耶?"言罢挥泪入房,偃身而卧。忽窗前起一阵怪风,赞睡中见许多人满身鲜血,向前抱着赞曰:"汝父被昉所害,今日可以报仇矣。"赞听得,忽然觉来,只是梦中。

正在犹疑间,忽从人来叫:"马提辖⑤,相公有事唤汝。"赞藏了利刃,径入书院中,见欧阳昉睡在床上。昉曰:"吾饮数杯,宿酒未醒,汝在身旁,好生服侍。"赞应诺,因自忖曰:"此贼命休矣!"约近四更,赞走出院外,见四下寂静,正是:

---

① 开宝七年——即公元974年。开宝:宋太祖赵匡胤的年号。
② 苏子瞻——北宋文学家苏轼,字子瞻,号东坡居士。
③ 劾(hé)——揭发罪状。
④ 郓州——今山东郓县。
⑤ 提辖——古代官名。

怒从心上起,恶向胆边生。

腰间取出尖刀,寒光凛凛,杀气腾腾,复入书院,拿住欧阳昉曰:"汝认得呼延廷之子么?"昉惊得心胆飞裂,连告曰:"饶我一命,家私尽付于汝。"话声未绝,赞即挥刀,刺入咽喉。欧阳昉大痛无声,命归阴府。赞既杀欧阳昉,径入内去,将夫人并至亲男女四十余口尽皆屠了。静轩咏史诗曰:

气概凌云孰可加?怀冤必雪震中华。

全家竟杀申深恨,始信皇天报不差。

赞杀出庭中,只有老妪跪在阶下,告曰:"乞饶残生。"赞曰:"不干汝事,急去收拾金宝与我。"老妪进房,将缎帛金银,装做一车,与赞带回。赞临行,以血书四句于门曰:

志气昂昂射斗牛①,胸中旧恨一时休。

分明杀却欧阳昉,反作河东切齿仇。

呼延赞写罢,骑了乌龙马,并带金宝,连夜回见其母刘氏,具道杀死欧阳昉一家四十余口,并取得金帛而回。刘氏大喜。次日,与马忠相见,忠问曰:"报得仇否?"赞答曰:"赖叔叔之福,将昉老少一家诛戮殆尽,临行留有字迹四句。"马忠问曰:"字迹如何道?"赞以其诗告之。忠惊曰:"倘汉主得知,则吾家有灭族之祸!汝速宜收拾盘费,往贺兰山,投耿忠、耿亮二叔叔,以避其难。"赞领命,即日拜别父母而去。

第 二 回
李建忠力救义士　呼延赞梦神教武

却说呼延赞辞过父母,匆忙上路。正值十月天气,寒风袭面,落叶萧条。赞在路行了数日,望见前面一座恶山。赞思曰:"此处必有强人出没。"道未罢,忽山坡后一声鼓响,走出几个强人,拦住去路,问赞索买路钱。赞怒曰:"天下之路,安得汝卖?胜得我手中利刃,则与汝钱;不然,

---

① 斗(dǒu)牛——斗宿与牛宿。二十八星宿中的两宿。

将汝头来试刀。"小头目大怒,绰刀向前,与赞才交一合,被赞劈死坡下。内中乖的,急上山报知耿忠曰:"山下有一壮士经过,小头目问索金银,已被杀死。"耿忠大惊,即上马来看,见赞正与众头目相斗,忠认得是赞,忙喝曰:"侄儿不得动手!"赞抬头视之,慌忙下拜。

耿忠引赞上山,与耿亮相见毕,忠问所来之由,赞将报仇之事并血书四句,一一道知。"今父亲着小侄,径投二位叔叔避难,不想有伤部下,望乞恕罪。"忠曰:"汝乃误耳,何罪之有?"即令手下摆酒相待。忠因曰:"我等屯聚于此,以观时变。汝既来,则为第三位寨主。"赞拱手拜谢。自是赞居寨中,打官劫舍,出无不胜。

一日,赞与耿忠兄弟议曰:"河东旁郡,多有钱粮。叔叔借我军士三千,往绛州劫掠而回,可应二年之用。"忠笑曰:"绛州是张公瑾镇守,此人有万夫不当之勇,若去必遭其擒也。"赞曰:"小侄若折一军,情愿偿命。"耿忠见赞如此志气,便与军士三千。赞即披挂上马,扯起令字旗,上写"河东切齿仇"五字,引着三千兵来到绛州城下,将城围了,大叫:"好好将府库钱粮献出则退;不然,攻入城中,恣意劫掠。"守军报与公瑾知道。公瑾自思:"贺兰山有新贼呼延赞,英雄之士,必是此人作乱。"吩咐军士二百人:"多设弓弩,埋伏吊桥两边,待吾诱而擒之。"军士得令,自去埋伏不提。

公瑾披挂上马,引五百军出城迎敌。呼延赞跨着乌龙骑,直奔军前,大叫曰:"我来别无他意,只问库中借黄金三千两。"公瑾怒曰:"强贼急退,尚留残生;不然,擒汝献主,碎尸万段!"赞大怒,舞枪跃马,直取公瑾,公瑾举枪来迎。二人交战三十余合,真如猛虎相斗,不分胜负。公瑾再战佯输,走过吊桥,赞勒马赶过桥去。忽一声鼓响,两边伏兵并起,箭如雨落。赞大惊,跑马急杀回,所部三千喽啰,射死一半。公瑾亦不追赶,收兵还入城中。

却说呼延赞不敢回见耿忠,单马奔小路逃走。将近一更,又被伏路喽啰拿住。正是:

才脱虎坑逃得去,又遭机阱捉将来。

众喽啰将赞缚上山来见马坤父子。坤问曰:"汝乃何人?"赞曰:"小人是相国之子,复姓呼延,名赞,走错路途,被大王部下所捉,乞饶性命。"马坤大怒曰:"近闻汝围绛州,将劫府库,尚来瞒我!"即令将陷车囚起,连

第二回　李建忠力救义士　呼延赞梦神教武

夜点二百余人,解送呼延赞入绛州请赏。喽啰得令,将赞解出山下。众人相谓曰:"我大王与八寨大王有隙,只恐前面夺了呼延赞,我等如何分说?不如前面借宿一宵,明日早行罢。"前到拦路虎门首,叫声:"借宿。"有守门者出来看之,见一伙强人,解一陷车来到。守门者曰:"夜已深矣,汝等借宿,休得惊动大王。"众人齐道:"我等自有方便。"即将陷车推入后亭去了。

时有八寨主李建忠,为入西京勾栏内看戏,被官拘察拿住,因于牢中四年,因越狱走回,亦在拦路虎家借宿。步出门外,听见守门人大惊小怪,乃问曰:"汝等相议何事?"守门者曰:"太行山马大王,令二百人解呼延赞与张公瑾请赏。"建忠听得,自思:"我在西京牢内,闻得赞乃英勇之士,因何被他拿了?还当救之。"即提朴刀亭后,大叫曰:"谁敢监囚赞将军者休走!"众喽啰惊散而去。建忠打开陷车,取出呼延赞,在星光之下相见。赞曰:"是谁救我?恩德难忘!"建忠曰:"我乃第八寨李建忠也,都是一家兄弟。"即赐与衣服。

次日,带赞回新建寨。人报知寨主柳雄玉,雄玉大惊,即出寨迎接,果是真实。雄玉邀入帐中坐定,不胜之喜。因问:"何以得回?"建忠将越狱之事道知。雄玉曰:"自尊兄离寨之后,手下单弱,被六寨主罗清每年来讨赁土钱①,甚被扰害。"建忠大怒曰:"此贼再来,吾当生擒之!"雄玉因问:"同来此位是谁?"建忠曰:"相国之子呼延赞也。"雄玉曰:"久闻其名,今幸相会。"即令左右设酒庆贺。

三人正饮之间,忽报:罗清同五六百人来山下讨半年赁土钱。柳雄玉听得,不敢问。赞觑②定建忠曰:"乞借鞍马衣甲,生擒罗清来献,以报哥哥救命之恩。"建忠喜曰:"吾知贤弟是其敌也。"即付与鞍马盔甲,点喽啰二百,随赞迎敌。

赞披挂齐备,辞二位而出,向山下大叫:"罗寨主来此何干?"清曰:"特来问柳寨主讨半年赁土钱。"赞怒曰:"汝既以兄弟相处,急早退去,免伤和睦;不然,特擒汝入山以献。"清曰:"无端匹夫!与汝何干,而来撩③

---

① 赁土钱——旧指在私人势力范围内逗留居住而缴纳的费用。
② 觑(qū)——把眼睛眯成一条缝仔细地看。
③ 撩(liáo)——挑弄,引逗。

耶?"即挺枪跃马,直取呼延赞。赞即举枪相迎。二人交战,未及五合,赞轻舒猿臂,将清捉在马上,杀散余众,绑缚罗清上山,来见李建忠。

建忠大喜,将清吊在柱上,曰:"待缓缓诛此逆贼。"令具酒庆贺。不想罗清败众,报与第五寨大王张吉,再点二百人,全装贯带,喊喊连天,来攻新建寨。李建忠与赞正在饮酒,听得山下金鼓不绝,人报:"五寨主引兵来救罗清。"赞怒曰:"待一发擒剿此辈,以除心腹之患。"即辞建忠,引众人出寨。

排开阵势,赞喝问:"前面强贼何人?"张吉认得是赞,乃曰:"好好放出罗寨主还我,饶你性命;如若不从,叫你目下受灾。"赞大怒,挺枪直取张吉。张吉抢刀来迎。刚斗二合,被赞一枪刺于马下。众人见杀了主将,各自丢戈抛戟而走。赞乘势追入寨中,将所聚金银,尽数劫取,放火焚其山寨而回。建忠、雄玉见赞又胜一阵,大喜曰:"贤弟威风,果不虚传。"仍令坐席饮酒。建忠喝左右杀取罗清心肝,作供酒之肴。三位开怀畅饮。不提。

却说败兵走投太行山,见马坤,说知罗清、张吉被赞所诛。马坤大怒曰:"不诛此匹夫,何以泄吾愤!"即令长子马华,率五百精勇,杀奔新建寨来。逻卒①报知李建忠,建忠曰:"马坤欺人太甚,吾当出马擒之。"赞曰:"不劳尊兄神色,待小弟明日定下计策,擒此恶党,以申前恨。"建忠依其议,下令众人坚守寨栅,明日出战。众人得令,各自整备去了。

呼延赞回到帐中,思量捉马坤之计。俄而睡去,忽见个火球滚入帐中,赞梦中赶将出去。至一所在,尽是金窗朱户,宫宇巍然。赞直入内,却不见那火球。旁边转过一人曰:"主人候将军多时矣。"赞曰:"汝主人是谁?"其人曰:"请入内便见。"径引赞入殿中。见一员猛将,端然而坐,觑定呼延赞曰:"你道天下只你一个会武艺么?"赞答曰:"小人一勇之夫,何足挂齿!"那员将道:"且去教场中,吾有事讲论。"

赞即随到教场亭上坐下。那将令左右以鞍马军器付与赞,曰:"你有甚武艺,试演一遭,与吾观之。"赞领诺上马,将平生所学显出。那将笑曰:"此不足为奇。"唤左右牵过自己马来,谓赞曰:"吾与君较一较胜负。"赞自思:"适间留一路枪法未使,且与他比较刺之。"乃上马与那将场中比

---

① 逻卒——亦作逻倅,巡逻的士兵。

较。二人斗上数合,赞挥起钢枪,被那将转过骅骝①,挟下马来,连喝曰:"吾弟牢记此一法。"赞愕然觉来,却是梦中,视身上衣甲尚在。赞思奇异,便唤小卒入,问曰:"此处莫非有神庙乎?"小卒曰:"离此一望之地,有一座古庙,年深荒芜,无人祭赛②。"

赞于次日带小卒来看其庙,见牌额写道"唐尉迟恭之祠"。步入殿上,见神像与夜来所梦无异。赞曰:"怪哉!此乃神力相助也。"即倒身四拜,当神祝曰:"若使呼延赞久后发迹,必当重整祠宇,以报神功也。"拜罢,与小卒回见李建忠。建忠曰:"贤弟哪里得此衣甲?"赞道知夜来所梦之事。建忠喜曰:"此乃神灵相助,吾弟当有大富贵之分。"

正讲话间,忽报马华在外搦战③。赞辞却建忠,绰枪上马,引众人出寨迎敌。对阵马华举鞭指而骂曰:"诛不尽的狂奴!好好将罗清放出,免得自家相拼;不然,碎汝尸为万段。"赞大笑曰:"汝将来与罗清同一处死耶。"华大怒,举枪直取呼延赞。呼延赞约退数步,兵刃相迎。未及两合,被赞挟住枪梢,活活捉住,令人押上山来见李建忠。

华之败兵归报马坤曰:"小将军被赞活捉而去。"坤大惊曰:"此贼真乃雄勇。"即令次子马荣,部健勇二百人,前去救取。赞听知太行山人马又到,列下阵势。马荣横刀于马上叫曰:"好好将吾兄放出,佛眼相看;不然,杀汝片甲不留。"赞怒曰:"待擒着汝一同发落。"即挺枪纵骑,冲过阵来。马荣抡刀回战。二人在山坡下斗上二十余合,不分胜负,赞乃佯输,走回本阵。马荣不舍,骤骑急追。转过坳后,赞按住神枪,专待马荣将近,绰起金鞭,喝声:"着!"从背上打下。马荣口吐鲜血而走。回到寨中见马坤,说赞英雄难敌,马坤忧闷不已。

坤有女金头马氏,见父面带忧色,因问曰:"爹爹何故不悦?"坤曰:"今被新建寨副贼呼延赞,捉去汝长兄,又打伤二哥,思量无人敌之,是以纳闷。"马氏曰:"爹爹不须烦恼,待女孩儿前往擒之。"坤曰:"此人英雄莫敌,只恐汝胜不得他。"马氏曰:"当用奇兵捉之,先埋伏勇壮于山侧,若战不胜,引入伏中,必落圈套。"坤依其言,即与七千人前去对敌。

---

① 骅骝(huá liú)——赤色的骏马。
② 祭赛——祭祀酬神。
③ 搦(nuò)战——挑战。

呼延赞知之,当先出马,大叫:"来将即令寨主归顺,免遭吾焚戮;不然剿汝等无葬身之地。"马氏大怒,舞刀跃马,直杀过来。呼延赞拍马迎之。二人战上三十余合,马氏跑马而走。赞勒马赶上一里地位,见山后隐隐有伏兵之状,遂回马不追。两下各自收军。

马氏回见坤曰:"呼延赞深知兵法,不能胜之矣。"坤愈不悦。忽小卒来报:"山后一彪军马来到,不知是谁。"坤闻知,即令人哨探,回报第一寨主马忠也。坤出帐迎接。马忠与刘氏安下人马,入寨中相见毕。坤曰:"久违贤弟,一向消息不闻。"忠曰:"怀想大哥多日,今特来相访。"坤令左右设酒醴相待。

众人饮至半酣,马忠见坤有忧色,因问:"尊兄何故不悦,莫非以小弟来扰乎?"坤曰:"贤弟道差矣,吾兄弟即同一家人,岂有厌弃之意?怎奈第八寨有新来呼延赞,每与各寨相拼,近日捉去吾长子,无人救得,是以纳闷。"忠听罢,乃曰:"既如此,不须烦恼,小弟当出力相救。"坤曰:"此人亦是劲敌,不可小觑。"忠曰:"自有方略降之。"即辞却马坤,与刘氏,引本部人马,来至山下。

第 三 回
金头娘征场斗艺　高怀德大战潞州

却说马忠、刘氏来到山下,果见对垒呼延赞全身贯带而出,大呼曰:"杀不尽的党类,尚敢来相争耶?"刘氏拍马向前,认得分明,乃喝曰:"福郎不得无礼!"赞听罢,猛然抬起头来,见是母亲,即丢枪下马,拜伏路旁曰:"不肖子得罪母亲。缘何至此?"刘氏曰:"汝起来,去见叔叔。"

赞乃随母入军中见马忠。毕,忠曰:"闻汝在耿忠寨里,谁知在此相斗?马坤是我结义兄弟,汝即宜前去服罪。"赞曰:"前日孩儿擒他长子入山,又打伤马荣;若去相见,恐有不测之祸。"忠曰:"有我在,无妨。"

赞乃领诺,随马忠入坤寨,来见马坤。忠曰:"小儿不识尊兄,冒犯罪重,望乞恕宥①。"坤惊问其故。忠以赞之本末道知。坤叹曰:"不枉相国之子也。"赞向前拜曰:"小侄肉眼不识伯伯,全赖扶持,恕小侄之前愆②。"坤曰:"汝本不知,岂有相怪之理?"即令排筵席庆贺。

坤唤马荣出相见,荣见赞似有赧愧③。赞曰:"冒犯哥哥,万乞赦宥。"荣亦以礼待之。是日,寨中大吹大唱,众人欢饮。有诗为证:

豪杰相逢不偶然,一时会聚义全坚。
未交扶佐中朝主,先有威声震太原。

马坤因谓忠曰:"吾有一事相禀,未审贤弟允否?"忠起曰:"尊兄所命,安敢有违?"坤曰:"小女金头娘,貌虽丑陋,颇有武艺,若不嫌弃,愿与赞结百年之欢。"忠拱手谢曰:"尊兄若肯怜爱,厚德难忘。"马坤即令人道知金头娘。金头娘笑曰:"嫁与亦无妨,只不知呼延赞武艺如何?前日交锋,未分胜负;今再与比试,若能胜我,则许从之。"小卒出,告之马坤。马坤曰:"小女幼习未除,要与呼延将军比试,亦不碍事。"忠即令赞与马氏相较。赞领诺,披挂上马,出场中。马氏亦贯带而出。

二人于教场中,再决胜负。马忠、刘氏、马坤等,立于寨门外观望,见二人各举军器,斗上二十余合,胜负不分。马氏自思:"赞之枪法极熟,且试他射箭如何。"即勒转马缰,望将台而走。赞思曰:"此必欲以箭惊我,待赶去看他如何。"亦骤马紧追去。马氏待其相近,弯弓架箭,一连放出三矢,尽被赞闪过。赞曰:"偏我不会射箭?"复回马,引马氏赶来,拈弓在手,扣镞而射之,其矢正中马氏头盔。众人喝彩。马忠跑出阵来,叫曰:"一家人,休得相拼。"二人乃各下马,进入寨中。坤笑曰:"赞将军武艺精乎?"马氏低头不答。坤知其意,即令焚香为誓,将马氏嫁与呼延赞。赞拜了父母,称谢马坤。是日,众人尽欢而散。

次日,赞入见坤曰:"小婿回山寨见李建忠,送还小将军。"坤大喜,即令人送赞登程。赞归见李、柳二人,备道会着父母,及与马氏成亲之事。建忠喜曰:"此事皆非偶然也。"赞曰:"日前捉得马华,当送还之。"建忠曰:"如今即是一家,岂有相害之理?"即着人于寨后取出马华。马华疑加

---

① 宥(yòu)——宽恕;原谅。
② 愆(qiān)——罪过,过失。
③ 赧(nǎn)愧——羞愧。

谋害,吓得心惊胆战,汗透重裘。建忠曰:"兹有喜事相报,幸勿惊疑。"遂把成亲完娶之事,一一次序道知。华始变忧为喜曰:"既如此,列位都该请过小寨相会。"建忠曰:"将军先请,吾吩咐手下便来也。"马华即辞建忠而去。

时柳雄玉不欲行。建忠曰:"若不去,恐彼致疑;正当与之相会,以释其旧怨耳。"即日与赞等齐到太行山,令人报与马坤。坤即出寨迎接。众人入帐中,相见毕,建忠曰:"如今义同兄弟,患难正当相救,勿使再致相争,有伤和气。"坤大悦,请马忠、刘氏相见。忠曰:"小儿多得贤兄救护,恩德不忘。"建忠曰:"赞将军终非久淹之人,他日必当大贵。"坤令安排筵席庆贺。是日,众豪杰依次而坐,开怀畅饮。

酒至半酣,忽报:"山下有五千余军马来到,不知是谁。"赞曰:"才得安静,又有争闹。"便要点人马迎敌。马坤曰:"待吾自去看之。"即引二百人下山探视,却是幽州耶律皇帝殿前名将韩延寿。坤问曰:"将军来此何干?"延寿曰:"耶律皇帝已殁①,今立萧太后登宝位,我奉令旨,来取将军回国,共佐新主。"坤曰:"既奉有令旨,敢不回国!将军且同入山寨,与兄弟等相见,再作商议。"延寿应诺,将人马屯于山下,与坤入到山寨。

坤令众兄弟出来相见毕,仍整筵席款待延寿。坤席上谓赞等曰:"我只因耶律皇帝无道,隐入太行山,今近十五年矣。听得国中已立萧太后为主,有旨来取。寨中约有七千人马,留二千与汝,同吾女镇守,吾率五千,带华、荣二人回国。若有书来召汝,即便相应。"赞等领诺。次日坤辞众人,与延寿离太行山。马忠等送出五里路外而别。坤父子带人马自赴幽州。不提。

且说呼延赞同众人回至寨中,招军买马,专待朝廷招安。开宝九年②三月,宋太祖闻刘钧严设警令,日夕操作军马,与赵普等议征伐之计。普奏曰:"未有可乘之机,陛下尚容再议。"帝意未决。适归德节度使高怀德入奏边事,乃言:"河东文武不睦,陛下宜乘其乱而图之。"枢密使潘仁美亦奏亲征。太祖乃下诏,以潘仁美为监军,以高怀德为先锋,统十万精兵,

---

① 殁(mò)——死,也作没。
② 开宝九年——公元976年。

克日离汴京,往潞州①征进。

消息传入晋阳,刘钧大惊,即召文武商议。赵遂奏曰:"主公勿忧,宋师连年征战,军士怀怨。臣提一旅之众,出潞州迎敌。"刘钧允奏,即以遂为行军都部署,刘雄、黄俊为正副先锋,点兵五万,前御宋师。赵遂得令,即日部兵,来到潞州界下寨,遣人缉探宋兵动静。回报:"宋师离潞州二十里驻扎,旗鼓相接,声势甚盛。"赵遂得报,次日与刘雄、黄俊,引兵杀奔潞州而来。

宋前锋高怀德已列下阵势,两军对垒。怀德横枪立马于阵前,北阵中赵遂跃马而出,手掄铜刀,厉声大骂曰:"宋将不识时势,敢侵犯边界!"怀德大怒,挺枪跃马,直取赵遂,赵遂抡刀来迎。两军相交,战上十数合,不分胜负。汉先锋刘雄,见赵遂胜不得宋将,举方天戟出阵助战。宋将高怀亮怒目睁睛,舞竹节钢鞭来敌。刘雄斗不数合,被怀亮打中头脑而死。赵遂拨回马便走,怀德骤马追杀。潘仁美驱动后军,乘势掩杀。北兵大败,死者无算。高怀德、高怀亮直赶二十里而回。

赵遂大败一阵,走入泽州②驻兵,与黄俊等议曰:"宋兵雄猛,宜遣人往晋阳求救,以保此城。"俊曰:"事不宜迟,若待宋兵围城,则难为计矣。"遂即差人星夜赴河东,奏知刘钧。刘钧曰:"赵遂始出兵辄败,谁可出兵以应之?"丁贵进曰:"此行他将非宋之敌,主公须再召山后杨令公,发兵来救,可退宋师。"刘钧依其言,即遣郑添寿为使,赍③金宝,径诣山后,来见杨令公,递上诏书曰:

  北汉主刘钧诏示:近因宋师入境,命赵遂率兵拒御,潞州之战,败走泽城。孤以羽书报知,确有燃眉之急。令公拥重兵于山后,志存忠义,当赴国难。诏书到日,宜即发兵来应,勿负孤望。

杨业得书,与诸将议曰:"往年周主下河东,吾父子大胜其军,足以振威矣。今宋师又至,汉主复下诏来召,还当救之。"道未了,七郎曰:"中原军马甚盛,大人此一回且莫发兵,待宋师将困河东,救之未迟。"王贵曰:

---

① 潞州——位于今山西境内,首府在上党县,即今长治市。
② 泽州——今山西省泽州县。
③ 赍(jī)——把东西送给别人。

"小将军道差矣!君命召,不俟驾而行①。尝言,'救兵如救火。'若待宋师临城,则成涓涓之势,徒劳无益也。正须亟出兵相援,庶表忠国之志。"杨业然其言,乃令长子渊平守应州②,自与王贵部兵,即日赴晋阳,来见刘钧。山呼毕,刘钧以宾礼相待,赐赉③甚厚。业拜谢而退。

次日,刘钧设宴于中殿,款待杨业。杨业奏曰:"陛下召臣退敌,未能宽慰主忧,何敢受宴?"钧曰:"卿之威望,马到成功,何患敌人不灭耶?但饮数杯,明日出兵未迟。"业拜受命。是日刘钧亲赐业金卮④,君臣尽欢而散。

次日,业入见刘钧谢宴,因请旨出兵。钧曰:"今日卿可部兵前行,若退得宋师,寡人当以重爵处卿。"业即日辞朝,率精兵前到泽州下寨。

第 四 回
讲和议杨业回兵　　迎銮驾豪杰施能

哨马报入宋军中,太祖曰:"朕往年随世宗下河东,未得利而回。今彼又来救援,可回军以避其锐。"潘仁美奏曰:"杨家之兵虽雄,统属不一。臣与诸将当以奇兵胜之,勿劳圣虑。"太祖从其言,乃下令出兵。潘仁美与高怀德、党进⑤、杨光美等商议,怀德曰:"杨业武艺,河东有名者。明日交锋,可令萧华打初阵,赵嶷第二阵,吾与弟怀亮第三阵,君监大军相应,此作长围,战之可胜其兵也。"仁美大喜,即分遣而行。

次日平明⑥,鼓罢三通,萧华引军前进,恰与杨业军马相遇。两军对敌,萧华捻枪勒马高叫:"北将及早纳降,以免杀伤之厄;不然长驱而进,

---

① 君命召,不俟驾而行——出自《论语·乡党》,意思是国君召见,(孔子)不等车马驾好就步行走了。
② 应州——位于山西省北部。
③ 赉(lài)——赐,给。
④ 卮(zhī)——古代盛酒的器皿。
⑤ 党进——北宋初年军事将领,朔州马邑(今山西朔县)人。
⑥ 平明——天刚亮,黎明。

第四回　讲和议杨业回兵　迎銮驾豪杰施能

踏河东为平地耳。"业提刀纵马，跑出阵前，左有王贵，右有延昭，厉声骂曰："无端匹夫！死在目前，尚敢口出大言哉！"舞刀骤马，直取萧华。华举枪迎敌。两马相交，斗不数合，被杨业一刀斩于马下，宋兵大败而走。业挥动左右赶来，宋阵中一军摆开，乃赵巍出马绰斧，来与杨业交锋。战至二十余合，赵巍亦被杨业一刀，连人带马，分为四截。余兵大溃。

高怀德闻知大惊，急与怀亮引马军一万来敌。泽州赵遂闻知救兵来到，亦开门以应之。杨业直杀入宋阵中。怀德提枪迎之。两马相交，战有五十余合，不分胜败。杨业打马复回，怀德骤马追之。旁边转过杨延昭，截怀德于马下，却得怀亮拼死力战，救援怀德回阵，王贵麾军掩杀，宋兵折去无数。

怀德引军回见潘仁美，说杨业英雄，连斩大将二员。仁美曰："可见主上商议，徐定战杨家之策。"仁美奏知太祖："王师已挫一阵，杨家之兵难敌。"太祖叹曰："莫非天意不欲朕平定河东乎？"即与诸将商议班师。杨光美进曰："杨业之众，已与赵遂相并，声势颇振。若今班师而去，倘或敌人追来，吾军见北兵之盛，不战而溃，反取辱于外人也。为今之计，可遣人与杨业讲和，然后回兵，可无后顾之忧矣。"太祖曰："谁可为使前往？"光美曰："臣愿奉诏一行。"太祖允之，即令文臣草诏，与光美赍①往泽州见杨业，道知讲和之意。

业笑曰："汝主削平诸国，曾亦有讲和者乎？"光美厉声曰："我主英武而承大统，恩威加于诸国，近征逆命，如泰山之压危卵，系颈称臣者，不可胜计。今驾下河东，将收功于指日，但不忍生灵肝脑涂地，又以将军名望素重，弗肯相伤。况中原谋臣勇将，拥兵未动，若使闻知河东未下，车驾淹留，激怒齐至，汝晋阳能保无事耶？将军能保常胜耶？"杨业被光美说了一篇话，无言可答。王贵讲曰："机会难得，将军可允其议。若使激怒宋人，非河东之利。"业乃回报使者："归奏宋君，吾即部兵回矣。"

光美辞退，再入别营见赵遂，道知通和之由。遂喜曰："宋君吾之尊主也。既有通好之意，安敢不从？"光美辞遂，归见太祖，奏知允和之事。太祖大悦，乃下诏班师。时军中亦因粮尽，闻命无不欢悦。

次日，车驾由潞州回军，行至太行山驻扎。有小卒报入寨中，道知宋

---

①　赍(jī)——怀抱着，带着。

太祖下河东，不利而回。呼延赞大悦，与李建忠议曰："吾与河东有切齿之仇。今当下山拦住车驾，问求衣甲三千副，弓弩三千张，与吾众人演习。待车驾再下河东，充为先锋，建功绩于大宋，岂不胜于为寇乎？"建忠然其言，即与人马五千。赞披挂齐备，引人来于山下，排开阵势，阻住去路。

哨马报入宋军中："前有贼众阻住去路。"前锋副将潘昭亮出马问曰："谁敢阻住车驾？"呼延赞答曰："挡住圣驾，不为他事，只求留下衣甲三千副，弓弩三千张，与小将寨中演习。待圣主再下河东，愿充为先锋，以破仇邦。"昭亮怒骂曰："中原多少英雄，要你无名草寇何用？急早退去，尚留残生；不然，擒汝以献。"赞曰："赢得手中枪，便放车驾过去。"昭亮怒激，挺枪跃马，直取呼延赞。赞举枪迎战。交马两合，被赞掣出钢鞭，打死马下。前军报入中军，杨延汉提刀出马来战呼延赞。呼延赞虚退几步，放延汉杀进。不数合，被赞擒于马上，令手下解入寨中去了。

潘仁美闻知其子昭亮被赞所杀，正在忧虑。忽党进见曰："前有贼兵阻路，杀伤官军甚众，公安得高枕无忧？倘主上知之，何以回答？"仁美曰："正在思虑，不得其计耳。"进曰："吾当部兵战之。"仁美曰："太尉若肯出力，朝廷之幸也。"党进即披挂上马，跑出阵前曰："无端匹夫！不度①车驾在此，敢来寻死耶？"赞曰："小将非是邀驾，欲尽忠于王邦耳。衣甲弓弩小事，何故吝惜不与，动此干戈？"党进大怒，舞刀直取呼延赞。

呼延赞举枪迎敌。二人战上数十余合，不分胜负。赞佯输，走入本阵。党进骤马追来，绰起钢刀劈头就砍。赞回身闪过，挽住枪梢，尽力一卷，拖翻下马。众喽啰一齐向前捉了。赞亦令解上山去。宋军中高怀德，听此消息大惊曰："此处安得有此雄将？"即跑马出阵前，与赞交战。二人斗上五十余合，不分胜负。骑校奏知太祖。太祖亲部侍兵出阵前，见二员虎将鏖战②不止。太祖令杨光美谕旨。光美跨马出阵前曰："二将军且歇，圣上有旨到来。"

高怀德遂勒转马缰，呼延赞亦退立于门旗下。光美曰："阻圣驾将军有何议论？"赞曰："闻宋师征河东，不利回军。小将愿借衣甲三千副，弓弩三千张，留在寨中，招募壮士演习。待主上再下河东，充为先锋，以破强

---

① 不度——不合法度；不遵礼度。
② 鏖（áo）战——激烈地战斗。

敌。此至愿也,敢有他意哉?"光美听罢曰:"将军稍待,吾奏知主上计议。"即入军中见太祖,奏知前军阻路之由。

太祖曰:"朕堂堂天国,何惜三千衣甲弓弩?使彼果能建功,爵禄且不吝也。"即令军政司搬过精细衣甲三千副,坚实弓弩三千张,与光美交割呼延赞。光美领旨,即出阵前,遣军校送衣甲、弓弩入赞阵中。赞大悦,因拜受命。引人马径归寨中,与李建忠道知。建忠曰:"既圣旨允赐衣甲、弓弩,便当送还擒将,自至驾前谢恩请罪。"赞然其言,请出杨延汉、党太尉入帐中相见。赞曰:"适间冒渎①将军,万乞恕宥。"党曰:"此是吾辈不能晓达勇士之意而遭擒辱,实为惭愧,何为怪乎?"赞令设酒醴待之。建忠令手下取过黄金二十两,谓延汉曰:"适间冲犯二位,聊作压惊之资。乞引小弟诣驾前,见主上一面,死生不忘。"党进曰:"若受勇士之礼,何面目以见天子乎?"坚辞不受,遂引建忠、呼延赞至驾前拜见太祖。

山呼毕,党进奏知呼延赞本末。因言:"二人皆欲尽忠于陛下,乞陛下旌②奖之。"太祖曰:"朕之诰命,未随军行,权封李建忠为保康军团练使,呼延赞为团练副使。朕回汴之后,即遣使宣召。"建忠与呼延赞谢恩毕,自回山寨听候不提。

第 五 回
宋太祖遗嘱后事　潘仁美计逐英雄

却说宋太祖回至京师,因途中冒冲暑气,养疾宫中,累日不朝。延至冬十月,转加沉重。因遵母后临终遗命,其弟晋王光义入侍,嘱以后事曰:"朕观汝龙行虎步,他日必为太平天子。但侄德昭,当善遇之。再有三事,朕未能全得,汝宜承之:第一件,河东近边之地,不可不取;第二件,太行山呼延赞,当召而用之;第三件,杨业父子,朕爱之,欲召为将。吾观彼国有赵遂,与此人通好,必诱他来降;且杨家父子,只图中原之富贵,可于

---

① 冒渎(mào dú)——冒犯亵渎。
② 旌(jīng)——表扬,表彰。

金水河边,造无佞宅以待之,使人通消息于山后,其家必无疑矣。再者,朕中年在五台山,曾许醮①愿,盖因国家多事,未曾还得。汝若值朝廷无事之时,可代朕还。数事牢记勿忘。"

光义拜而受命。太祖又唤其子德昭曰:"为君不易,今传位与叔王,以代汝之劳也。今赐汝金锏一把,在朝如有不正之臣,得专诛戮。"德昭曰:"君父之命,安敢遗忘?"太祖嘱罢,大声谓晋王曰:"汝好为之。"俄而帝崩,在位十七年,寿五十。后人咏史诗曰:

耿耿陈桥见帝星,宏开宋运际光明。
干戈指处狼烟灭,士马驱来宇宙清。
雪夜访求谋国士,杯酒消释建封臣。
专征一念安天下,四海黎民仰太平。

时漏下四更,宋后入见晋王,愕然亟呼曰:"吾母子之命,皆悬于陛下矣。"晋王泣曰:"共保富贵,无忧也。"次日晋王光义即位,更名炅②,是为太宗皇帝。群臣朝贺毕,赠宋后为开宝皇后,迁之西宫。大赦天下。

太宗以即位之初,注意将帅。先朝符彦卿、马全义等皆已物故③。一日,谓群臣曰:"河东、辽、夏,皆吾敌国。先帝临崩之时,以太行山李建忠、呼延赞两名将嘱朕,朕须下诏召之。"杨光美奏曰:"李建忠等,先帝曾有封授,正宜宣其入朝,任以帅职。陛下欲下河东,是人必能建功也。"太宗依其奏,即日遣高琼为使,赴太行山召取李建忠等。高琼领命,径诣山寨,传宣诏命曰:

朕初嗣位,注意将帅。乃者河东未下,烽火有警。今特招募雄勇,再议征举。近有太行山李建忠、呼延赞,弓马娴熟,武艺超群;部士精健,不下数千。朕以先帝之遗命,曾有授封,未颁诰命。今特遣亲臣高琼,赍诏来宣。卿闻命之日,宜即赴阙④,勿负朕望。

建忠等得诏,拜受命讫,请高琼入帐中相见毕。琼曰:"主上以二将军之

---

① 醮(jiào)——设坛祭神。
② 炅(jiǒng)。
③ 物故——亡故,去世。
④ 赴阙——入朝,指朝见皇帝。

第五回　宋太祖遗嘱后事　潘仁美计逐英雄

名,遣下官即催赴阙,二公当随诏而行。"建忠曰:"既闻君命,岂敢违诏!奈此处与河东隔一带之地,若将军马一同赴阙,彼得乘虚以夺吾寨。今令呼延赞随诏面君,吾暂留于此,专待圣驾下河东,则效命从征,何如?"琼然其言。

次日与呼延赞同马氏,部众二千人,辞建忠,离太行山,不日来到汴京。高琼引赞朝见太宗毕。高琼复以建忠留寨之故,一一奏闻。太宗宣赞上殿,见其身躯魁伟,凛凛英风,称羡不已。赞既退,琼又奏曰:"新将初到,陛下当以府第处之,庶慰来归之望。"太宗问群臣曰:"近城有何壮丽所在?整饰与赞安止。"潘仁美出奏曰:"臣访得汴城东郭门有所皇府,原是龙猛寨,唯有此处宏敞,现有壮兵一千看守,此实可居。"帝允奏,即下旨,着呼延赞皇府安止。赞得旨。

次日,引本部与马氏径出东郭门,来到皇府第中。却是一所破房,两庑①倒塌,中堂倾圮②,庭除深草,屋角蛛丝,全未整理。只有五百守军,皆是些疲癃③老弱之辈。赞甚不悦,忧形于色。马氏力劝曰:"将军息怒,此不过暂时栖止,待圣上有下河东之举,吾等便离此地耳。"赞依其言,权令军校扫除安顿。次日,下令部军,勿忘戎事,每日出教场操练。

却说潘仁美遣人密探赞之动静,回报:"呼延赞自到府中,不以荒残为意,唯夕整饬戎伍,部下号令严明,不敢私自入城扰乱百姓。"仁美闻报,自忖:"此人久后必得大位。"欲思逐去之计,乃与心腹刘旺商议。旺曰:"此事不难。彼今新到,未得重职,三日后当来参见大人。待其至,生一支节,苦虐之,彼被羞辱,必将逃去矣,安用逐为?"仁美大喜曰:"此计甚妙。"即吩咐左右,严设刑具以待。

第四日,人报呼延赞入府参谒。仁美令召入。呼延赞径趋阶前拜曰:"小将蒙枢使提携,得入于朝,诚愿尽忠于阙下,以报先帝知遇之大恩也。"仁美半晌不答,已而乃曰:"汝晓得先王留下法例乎?"赞曰:"小将初到,不省其由。"仁美曰:"先皇誓书:'但遇招伏强人下山,皆要决一百杀威棒,以禁其后。'汝今亦当如是。"赞听罢,悚然莫应。仁美喝令手下,依

---

① 庑(wǔ)——堂下周围的廊屋。
② 圮(pǐ)——倒塌。
③ 癃(lóng)——年老衰弱多病。

法施行。左右得令,将呼延赞推倒于阶下,重责一百。可怜他打得皮开肉绽,鲜血迸流,帐下见者,莫不酸鼻。仁美令府门外从人,急策之去。

呼延赞回至府中,马氏接着,见其容颜改色,步履差池①,惊问何故?赞将被打杀威棒之事,说了一遍。马氏曰:"既先帝有此法例,亦当顺受,将军只得忍耐。"言罢,暖过醇酒,递与赞饮。赞在饥渴之际,接来便饮。酒杯未放,忽然大叫一声,仆地闷绝。马氏大惊,仓皇失措,百计扶摩,扶救不醒,遂放声号哭曰:"吾夫妇本欲尽忠于朝廷,谁想自送其命?"

忽旁边转过一老军曰:"夫人不要啼哭,小军还能救之。"马氏泣曰:"汝若救得醒,胜如重生父母。"老军曰:"此是将军被杖之时,必杖上先淬毒药,浸入肌肉,遇热酒即发,故闷绝去矣。待将灵药解之,立地可醒。"马氏曰:"既有此药,即来施治,报恩有日。"老军取过丸药,调而灌之。呼延赞口通药气,渐渐苏醒。众军皆喜。赞问老军:"药丸何此之妙?"老军曰:"小军曾遭仇人毒手,受杖而死,得遇方外道人救醒,因而传得此药。"赞以白金重酬。老军不受,乃曰:"将军居止此处,分明是当朝潘仁美奏陷;适被毒杖,亦必是此人之计。公若不亟去,性命终难保矣。"赞听罢,怒曰:"权臣当国,吾等何以立身?"即下令所部,收拾行李,连夜与马氏走归太行山,侵早②已到寨外。

小卒报与李建忠。建忠不信,出寨视之,果是赞也。即同入寨中,问其所归之由。赞将被责之事,一一诉知。建忠怒曰:"此贼盖因汝杀其子,故设此谋,将以报怨。今且守于此,待圣驾复下河东,擒此匹夫,碎尸万段。"赞然其言。建忠令手下摆酒散闷。

忽报:"山下一伙人马来到,不知是谁。"建忠即率部军出寨相迎,乃是耿忠、耿亮也。建忠喜曰:"正待来请贤兄,不想自至,甚慰吾望。"即邀入帐中相见,列坐而饮。席间,耿忠问曰:"近闻贤侄受宣入朝,今日何又在此?"建忠答曰:"一言难尽。吾弟正随使赴阙,欲尽忠于朝廷。不期奸相潘仁美,怀着宿怨,屡屡谋害吾弟。"遂将前事诉说一番。耿忠听罢大怒曰:"贤弟此处有多少人马?"建忠曰:"大约八千余人。"

---

① 差池——参差不齐,这里指脚步蹒跚、踉跄。
② 侵早——一大早。

忠曰:"借我二千,同赞去把怀州①城围了,挟其上本,奏知潘仁美之奸,以申吾侄之冤也。"

建忠依其言,即日分拨二千人马与耿忠、呼延赞等,前至怀州府,将城郭围了,城下金鼓之声,彻于内外,州人无不惊骇。知州事者张廷臣知之,登城观望,遥见耿忠等,耀武扬威,于城下喊叫。廷臣问曰:"汝等来围城池,将有何意?"耿忠曰:"我等不为劫掠而来,特为吾侄洗雪不白之冤。"廷臣不知其故。乃问:"要雪何冤?"忠曰:"前日太行山呼延赞,受朝廷之宣命,赴阙面君,被佞臣潘仁美奏陷,又假捏祖制,加杖杀威棒一百,欲了其命,只得潜归山寨自保。今朝廷不知其由,反坐赞有私奔之罪。今特部众逼城,要求州主奏知此事,除去佞臣,吾等皆愿效命于朝廷也。"廷臣谕之曰:"既有此事,汝众人且退,勿惊百姓。我当即具本奏知,定得朝廷复来宣汝何如?"耿忠乃下令,将人马退去,离城二十里安下营寨。

第 六 回
潘仁美奉诏宣召　呼延赞单骑救驾

却说张廷臣回至府中,写下奏章,遣人星夜赴阙,奏知太宗曰:

臣张廷臣具奏:近有太行山呼延赞,受诏入朝。盖为潘仁美每生计害之,彼不愤逃归。今陛下建位之初,注意边将。赞豪杰之才,未显其能,辄被大臣构陷,屏逐远方,非陛下亲贤任能之意也。乞将仁美体察得实,复颁诏宣召,使赞欣然从事,边陲之功,指日可收,则国家幸甚。

太宗览奏,大怒曰:"潘仁美何得擅专杀伐,屏逐忠良乎?"即令右枢密杨光美根究其事。光美得命,遣人请潘仁美至府中,谓之曰:"主上深怒于公,欲究逐呼延赞之事,公有何言?"仁美曰:"事由下官所为,全仗枢

---

① 怀州——今沁阳市,位于河南省西北部。

使善觑①,当报厚德。"光美曰:"主上之命,岂可私于公?但得公同入面奏,吾自有救公之策。"仁美深谢,即随光美入见太宗。

帝问曰:"卿追究潘仁美之事,果得实否?"光美奏曰:"臣受命究问呼延赞归山之由,实与潘仁美不甚相关。今仁美知罪,随臣面奏其情,乞陛下宽宥之。"太宗闻奏,召仁美于殿前问之曰:"呼延赞,先帝经念之将,朕是以宣之入朝,欲显其能,汝何得屏逐而去?"仁美奏曰:"臣以呼延赞之赴阙,心尝怏怏,欲归久矣,非因臣所逐也。愿再奉诏入山,宣召赴阙,与臣面证是非。果如赞所言,则甘就斧钺之诛,万死无辞也。"太宗半晌未应。八王进曰:"陛下以将帅经心,仁美虽有罪,愿准其请,再往召之。若赞仍奉诏赴命,则可两恕其罪矣。"太宗然其言,乃下诏付仁美,前召呼延赞。

仁美领旨,即日出朝,径诣太行山来,令人报入山寨。呼延赞曰:"我遭此贼毒手,性命几丧,恨莫能雪;今乘其来,杀之以申我仇,饶他不过。"建忠曰:"不可,我等正欲立功于朝,岂以小怨而忘大谋?不如承奉圣旨,冀免私奔之罪。"赞从其言,乃与建忠出寨迎接。潘仁美进入帐中,宣读诏书曰:

　　朕以立国之初,首先召卿,欲以及时重用。何以入朝未经一月,竟任意欲行,径自返骑?且卿文武之才,正当摅②忠献策,宁忍怀宝沉埋,自甘久屈乎?再命使来到,即宜赴阙,以补前日私奔之罪。故兹诏示。

建忠拜受命毕,请仁美坐于军中,二人拜谢曰:"重劳枢使奉诏至此,有失远迎,望乞恕罪。"仁美见赞,颇有惭色,因答之曰:"下官冒触将军,深自追悔。今圣旨复来宣召,即宜赴阙,以慰皇上之望。"建忠大喜,即令盛排筵宴,以待朝使。款留寨中一夜。

次日,仁美催呼延赞下山。赞与建忠商议,建忠曰:"仁美当朝大臣,今既领圣旨来召,当随其赴京,以弭③旧怨也。"赞然之,即装点衣甲鞍马,同马氏随仁美下山。建忠送出大路而别,自去抽回耿忠等人马。不在话

---

① 善觑——好心看待。
② 摅(shū)——表示;发表。
③ 弭(mǐ)——平息,停止。

下。

只说呼延赞到京师朝见太宗，首请逃归之罪。太宗曰："朕以卿未建奇功，暂留皇城居住，候下河东，则当重用于卿。"赞谢恩而退。太宗宣入八王，谓之曰："朕以赞新将，未见其武艺，今欲试观之，汝有何策？"八王奏曰："陛下欲观赞之武艺，此事极易，当效先朝御果园故事，便见其能也。"太宗曰："单雄信之士，军中或可有；小秦王①之类，难为其人也。"八王曰："臣愿装作小秦王；使呼延赞为尉迟敬德；唯单雄信，陛下于百万军中选之。"太宗允其奏。因命群臣拣选将帅中，谁可为单雄信者。潘仁美终怀毒恨，又欲生计害之，出班奏曰："臣婿杨延汉，弓马娴熟，堪充此职。"太宗允奏，即下命传至军中。

延汉受命，自思："此必岳父起害赞之心，特举我充此职，而与其子报仇也。昔我被赞所捉，已蒙不杀之恩，临行又赠黄金。今日若不救他，则为失义人耳。"遂进八王府中，道知其事。八王大骇曰："汝若不言，几乎要弄假成真也。汝且退，我自有方略。"延汉辞出。八王入奏太宗曰："陛下圣旨，议择于帅臣，以杨延汉充作单雄信。臣以延汉为赞之仇人，恐有不测，反伤朝廷大体。今当于偏将中，另择一人，或纵有微伤，不致成隙。"帝深然之。乃下命，再令群臣于偏裨将校中遴选。高怀德奏曰："教练使许怀恩，武艺精通，可充此选。"帝允奏，即令怀恩明日于教场中听候。群臣奉命而退。

次日，教场中旌旗四立，军伍齐备，枪刀出鞘，盔甲鲜明。不移时，太宗车驾来到，文武各官俯伏而迎。依班序立。只听鼓乐喧天，炮响动地。太宗宣过八王与呼延赞、许怀恩三人入军中，谓之曰："朕本欲试卿之武艺，且欲令军中信服，各宜用心走马，勿徒自伤。"八王等各皆受命。太宗因赐呼延赞金鞭一条，赐许怀恩檀枪一柄，赐八王画弓翎箭。

三人拜赐出帐外。那八王跨着高头骏马，挥鞭兜辔②而走。许怀恩骤马绰枪来追，虚声叫曰："小秦王休走！"八王转过箭垛边，弯弓探箭，觑定许怀恩射来。怀恩眼快，闪过一矢，挺枪追赶。八王再发一矢，又被怀

---

① 小秦王——指唐太宗李世民。
② 辔（pèi）——驾驭牲口的嚼子和缰绳。

恩躲过。场中军士，无不凛然。呼延赞见许怀恩势气渐逼，即刬①马提鞭，如真敬德一般，在后大叫曰："追将慢走！呼延赞救驾来也。"许怀恩见赞追来，要显出平生手段，欲擒之以献，遂勒回马来敌呼延赞。赞举鞭策马，来与怀恩交锋。

二人在场外战有二十余合，不分胜负。赞自思："我若在此擒他，不见我之威风，待引于御前算之。"即勒马佯输，旋绕教场而走。怀恩激怒曰："不捉此贼，何以明心？"骤马亟追。将近御前，赞转过身，绰起金鞭，将怀恩打落下马。潘仁美等见之，无不失色。时八王复马回见太宗。太宗大悦曰："不枉为先帝所知，赞果真将军也。"亲赐赞黄金一百两，骏马一匹，命于天国寺安止。赞谢恩而退。君臣各散。

时值太平兴国元年②二月初一日，太宗视朝毕，下命诣太庙行香。时诸臣皆于内前立着起居碑，以防御驾出幸；若无此者，即为冲拦御驾。忽人报知于呼延赞："今日太宗驾出行香，各官皆在内前立起居碑，将军何以不为？"赞闻报，正不知其由，欲待披公裳迎候，恰遇圣驾来到。当御前者，却是潘仁美，便问："谁冲銮驾？"从军报道："新归将呼延赞也。"仁美大怒曰："诸臣皆立起居碑，彼何得故违朝例？"喝骑尉押赴法场处斩。骑尉得令，即将赞绑缚而去。当下文武皆不敢言。

直待太宗行香已回，八王乃归府中，经过法场，见有许多兵卫，拥一绑缚犯人。八王问曰："今日圣上行香吉日，何故斩人？"从军报曰："侵早圣驾方出，适新归将呼延赞，不省回避，得冲驾之罪，今将处斩。"八王听罢，大惊曰："险些折去一栋梁也。"即近前令人解缚，带赞回府，问其冲驾之由。赞泣曰："臣初下山，不省国例。适圣驾出幸，未立起居碑，得罪当死。若非殿下来救，命在顷刻矣。"八王愤怒，自思："未立起居碑，此乃小节，何以竟至死罪！此必逸佞又要图害之计。"因留赞于府中，径入宫见太宗，奏知其事。太宗曰："朕本不知，须颁旨赦之。"八王曰："陛下深居禁庭，纵有冤枉，不能上达。乞降优诏，以安其心。"帝允奏，即日降下圣旨，付与八王，给赞执证。

---

① 刬（chǎn）——光着。此指马未配鞍。
② 太平兴国元年——即公元976年。

第 七 回
北汉主议守河东　呼延赞力擒敌将

却说八王领旨,归至府中,见赞贺曰:"今请得圣旨一道,给君执证。但谨守法令,自保无虞矣。"赞拜谢而退。不想马氏闻知夫主犯罪处斩,必拿家属,与从人密地逃归寨中去了。赞举眼无亲,嗟叹不已,只得栖止寺中。

却说河东刘钧,听知太宗新立,招伏太行山呼延赞为将。乃集文武商议曰:"中原宋太祖在日,以孤境为敌国。今彼新立太宗,河东之忧,其能免乎?"丁贵奏曰:"往年因召杨令公援泽州之围,讲和而回。今军士蓄锐有年,兵甲坚利,陛下可高枕无忧。近年之弊,多因预备不固,使敌兵长驱而来。今宜下令各边关,严设提防,勿使宋兵轻进,乃为长守之计。我逸彼劳,师费无功,自不敢正视河东矣。"刘钧然其奏,即下令于各边关等处去了。又于晋阳城中,深沟高垒而待。

消息传入汴京,太宗会群臣议征河东之策。杨光美奏曰:"河东预备坚完,未可卒①下。陛下欲图之,须乘彼国有隙,然后进兵,则可决其成功。"太宗沉吟未决。曹彬进曰:"以国家兵甲精锐,剪太原之孤垒,如摧枯拉朽,尚何疑焉?"帝闻彬言,意遂决。以潘仁美为北路都招讨使,高怀德为正先锋,呼延赞为副先锋,八王为监军,统十万精兵,克日御驾亲征。旨命既下,潘仁美等退朝,于教场中分拨军马。呼延赞所部,皆以老弱者与之。高怀德进曰:"先锋之职不轻,逢山开路,遇水安桥。今以老弱之兵付赞统领,倘误朝廷大事,则招讨罪将谁任其咎?"仁美默然良久乃曰:"老弱之兵,将付谁部下耶?"怀德曰:"所言老弱,非尽不堪用者,比斩坚入阵,则有不及。当以此军,分统随驾之将。前军皆选精勇,均分与小将、呼延赞统之。"仁美无奈,只得如此。

次日入请御驾起行。太宗以国事付太子少保赵普分理,以郭进为太

---

① 卒(cù)——同"猝",很快。

原石岭关都部署,以断燕蓟援师。太宗分遣已定,即日车驾离了汴京,望河东征进。但见旌旗闪闪,剑戟层层。不则一日,兵至怀州。忽哨军报入第一队中:"前有伏兵拦路,不知是谁。"呼延赞听得,便引所部跑出军前来看,却是李建忠、耿忠、耿亮、柳雄玉、金头马氏一起。赞执枪下马,立于道旁曰:"哥哥何故不守山寨,来此为何?"建忠曰:"往日马氏回寨中报知,说汝犯罪被戮,我等抱愤多时。今闻御驾来征河东,是以部众挡住去路,要捉害汝之人报仇也。"赞听罢,乃称感八殿下相救之由。

言未毕,高怀德一军已到,知是赞之兄弟,乃曰:"既于此相逢,事非偶然,何不奏知天子,同征河东,以取富贵?"建忠曰:"此我等之素志也,愿效命以争先。"高怀德即传奏太宗御前:"今有赞之兄弟八员猛将,愿随陛下征进。"太宗大悦曰:"此一回取河东必矣。"即宣授建忠等八人为团练使之职,候平定河东回朝,领受诰命。建忠等谢恩而退。有诗为证:

圣主龙飞重俊良,英雄云集岂寻常!
干戈直指风声肃,管取河东献域疆。

次日,大军到天井关下寨。守关将铁枪邵遂,有万夫不当之勇,听得宋兵来到,与部将王文商议迎敌。王文曰:"宋师势大,难以交锋,将军只宜坚守。遣人求救于晋阳,待援兵来到,前后击之,可以取胜。"遂曰:"日前刘主之命,勿使敌人轻进。今正好乘其疲乏,一战可破,何待救兵乎?"即部兵出关迎敌。

两阵对圆①,宋阵上先锋呼延赞,挺枪跃马,跑出阵前曰:"北将何以不降,自取灭亡之祸?"遂曰:"汝今急早退去,犹不失为胜也;不然,叫汝等片甲不回。"赞大怒,举枪直取邵遂。邵遂抡刀来迎。两骑相交,二将战上三十余合,不分胜负。赞欲生擒邵遂,乃佯输,走回本阵。遂不舍,骤马追之。赞觑其来近,回转马,大喝一声,将遂活捉于马上。后人有诗赞曰:

兵马南来势气雄,将军志在建奇功。
旌旗展处风云变,敌将身亡顷刻中。

次队高怀德见赞赢了敌将,率兵杀入。北兵大败,死者甚众。北将王文不敢迎敌,乘骑走投陆亮方而去。宋兵遂袭了天井关。太宗驻军关中。

---

① 对圆——两军临战前各自列成半圆形阵势,因相对成圆,故称。

第七回　北汉主议守河东　呼延赞力擒敌将

赞缚邵遂以献。太宗曰："留此逆臣无用处。"令左右押出斩之，枭首号令讫。

次日，兵到泽州。守将袁希烈闻知宋师已到，与副将吴昌商议曰："宋兵利锐，且呼延赞世之虎将，若与交锋，难保必胜；当用守计，劳其师则可。"昌曰："泽州城高池深，军士精勇，战守之计，皆不可少。仗小可①平生之学，出退宋兵，如其不胜，守亦未迟。"希烈从其言，与兵五千。

吴昌全身贯带，开东门，列下阵势。对面宋先锋呼延赞，横枪跨马，立于门旗之下。吴昌曰："我主汉王，自守一方，何故穷侵无厌？"赞曰："我大宋以仁义之兵，而清六合，唯有河东未下。汝辈如鱼游釜中，死在顷刻，不降何待？"吴昌大怒，舞刀跃马来战。呼延赞举枪迎敌。两骑才交，宋兵鼓勇而进，北军先自扰乱。吴昌势力不支，跑马望本阵逃走。赞乘势掩之。昌见宋兵雄勇，不敢入城，率众绕出汾涧遁去。赞杀得性激，径骤马追之，大叫："贼将休走！"昌回头见赞追紧，按住刀，弯弓架箭，一矢放来，被赞闪过。吴昌愈慌，只顾前走，忽连人带马，陷于汾泽中。赞部下向前捉住，降其部下二千余人。

赞将吴昌解见太宗，太宗令推出斩之。下令急攻城池。昌之败卒走入城中，报知希烈，希烈大惊曰："不依吾言，果致丧师，如何能退劲敌？"道未毕，其妻张氏，乃绛州张公瑾之女，形貌极丑，人号之为"鬼面夫人"，却有一身武艺，万夫难近。闻得丈夫之语，近前谓曰："将军休慌，妾有退敌之计。"希烈曰："城中势若烧眉，夫人用何妙策？"张氏曰："宋兵势大，须以智而破之。君明日先部军伍出战佯输，引敌人入于丛林之下，吾预埋伏射骑于此待之，四下返击，必获全胜。"希烈然其计，下令分遣已定。

次日，部精兵六千出城迎敌。两军摆开，宋将呼延赞首先出马，高叫："贼将如何不献城池，尚敢来战耶？"希烈曰："今特擒汝，以报吴昌之仇。"言罢，举斧直冲宋阵。赞跃马举枪交锋。两下呐喊。二人战上二十余合，希烈跑马便走。赞率部将祖兴乘势追之。将近丛林，希烈放起号炮，声彻山川。张氏伏兵齐起，千弩俱发。宋兵死伤者不计其数。赞知中计，勒马杀回，正遇张氏阻住，二马相交，战不两三合，被张氏刺中左臂，赞负痛冲围而走。祖兴部余众随后杀出，希烈回马追到，将兴一斧劈落马下。宋兵

---

① 小可——自称谦词，宋元时民间口语。

大败。希烈与张氏合兵进击,胜了一阵,乃拔军入城。

赞归至军中,深恨张氏这一枪之仇。与马氏议曰:"今日之战,不得其利,折去大将祖兴,部下伤损大半。"马氏曰:"是谁出战,能胜吾众?"赞曰:"袁希烈不足惧。其妻张氏,枪法不在吾下,且有智识,若令婴城①而守,则泽州未可卒攻。"马氏曰:"此无虑也,彼之伏兵,只用得一番。我亦以计取其城。"赞曰:"汝有何计?"马氏曰:"且将各营按下,只说因被敌人伤重左臂,不能出战。彼闻此消息,必怠于防守。却令老弱之众,罢却戎事,日于汾涧中洗马,似有回军之状。吾与君伏精兵于城东高阜之处瞭望,俟其出兵,通约高将军先战,我等乘虚捣入城中,则泽州唾手可取矣。"赞喜曰:"此计足申我恨!"即密下号令,各营按兵不出。

果然数日间,哨马报知希烈,希烈急请张氏议之。张氏曰:"前日匹夫被我伤着一枪,宋军中若无此人,众心必怠。宜乘其虚,出兵扰之,宋师不足破矣。"希烈曰:"善。"即点下精兵七千,扬旗鼓噪,出南门冲击。宋师不战而走。希烈自以为得计,驱兵直杀入中坚。高怀德当先抵住交锋。两马才合,后军报道:"宋兵已攻入东门矣。"希烈大惊,即跑马杀回。恰遇呼延赞突至,厉声曰:"贼将休走!"希烈不敢恋战,溃围而走。赞勒马追之。不上半里之遥,赶近前来,绰起金鞭,打落马下而死,尽降其众。有诗为证:

精兵排下势如龙,慷慨英雄几阵中。
敌国未平心激烈,夺旗斩将显威风。

时张氏杀过城东,遇马氏大杀一阵,只剩得数百骑,走奔绛州去了。高怀德兵合,遂取了泽州。赞遣人奏报太宗,太宗大悦,遂命车驾入城驻扎。

---

① 婴城——倚仗城墙防守。婴,缠绕,围绕。

第 八 回
建忠议取接天关　大辽出兵救晋阳

　　却说宋兵攻下泽州之后,于翌日进抵接天关。守将陆亮方乃与王文商议曰:"宋师长驱而来,当何计以退之?"文曰:"关隘险固,只可坚守,待宋师粮尽,一鼓可破矣。"亮方然其言,遂按兵不出。宋前锋呼延赞屯扎关下,令部下急攻。关上乱放弓矢木石之类,军士不能近前。赞无计可施,与李建忠议曰:"陆亮方坚守此关,将以何计取之?"建忠曰:"关势危险,难以卒下,若急攻之,徒伤军士无益。为今之计,莫若撤围而待,乘有可取之机,然后进兵,庶不徒费军功也。"赞沉吟半晌,退入军中。

　　又过了数日,赞遣人缉探关前消息,回报:"关上守愈坚固,人马不能近。"赞越忧闷。忽报:"营外有一老卒,要见将军。"赞令唤入。老卒至帐前曰:"闻将军攻此关不下,特来献策,以成将军一大功绩。"赞愕然曰:"汝有何计,以取此关?当保奏天子,不失汝之富贵。"卒曰:"此关地势极高,故名接天关。守将陆亮方,不过是一勇之夫,进攻亦易。内有王文辅之,此人智谋宏远,用兵得术,若使固守不出,则将军之众,虽守一年,亦只如此。将军不知山后有一小径,虽是崎岖,实只此路可入,却是李太公把截。若将军遣人问之借此而过,直至河东北境,坦然无阻。"

　　赞闻之,大悦曰:"此天叫汝教吾,实皇上之洪福。"即留老卒于营中,候功成日保奏之。老卒曰:"小可不愿升赏。"径辞而去。营军入报:"适老卒出外,忽然不见,唯有一阵清风耳。"赞惊讶之,即望空而拜。

　　次日,遣柳雄玉步兵五千,往李太公关中借路。雄玉部兵,径从山后小路,直抵关下,遣人通知去了。守将李太公,名荣。有二子:长曰李信,次曰李杰,二人皆有武艺。太公听知宋兵围了接天关,因亦严守此地。忽报:"宋将遣人来见太公。"太公令唤入问之。来卒曰:"我大宋兵取接天关,关中守备严固,未能卒下。闻此处有路可进河东,特问太公借路。倘能成功,朝廷重加封赠。"

　　太公听罢,笑曰:"此处乃是河东咽喉之地,今前关与我相为声势,以拒宋师。若许汝进兵,则是割肉喂人,自取其败也。吾不杀汝,急回报知主将,有勇者早来交锋。"差人惊怕,走回报与柳雄玉,道知不许进行之由。雄玉大怒,部兵关下搦战。忽听关上一声鼓响,却是李信部五百健卒,斩关而下。雄玉退步不迭,被信刺死关前。李信大杀宋兵一阵而回。雄玉部下走归报知呼延赞,赞大惊曰:"事图不成,而损大将。若使敌人两下合兵来战,何以御之?"即与建忠商议别计,建忠曰:"事可谋其先,乘前关不敢出兵,可令高将军攻之;吾等率兵先取此关,若得是处,则此关可下矣。"赞然其计,即便遣人报知高怀德出兵,自与建忠率所部来关下搦战。

守军报入帐中,李太公与二子商议曰:"宋兵来战,何以退之?"李信曰:"彼众我寡,难以力敌,可遣人于接天关期约,令其来助,方可议战。"太公依其言,即遣人径诣前关知会。陆亮方与王文议曰:"宋师过不得此关,从背路攻击,倘或彼处不保,则我关亦危矣,君当率兵急往救之。"王文曰:"将军所见极是,小将愿行。"即引精兵三千,前来三镇关相助。李太公得王文来到,不胜之喜,因与商议迎敌。王文曰:"平川之地,利于急战。公宜坚守此关,吾与令郎合兵破之。"太公然其言。

过了一宵,次日,王文与李信开关出战。宋将呼延赞亦排下阵势,马上指王文骂曰:"丧败之将,不即献关纳降,尚来寻死耶?"王文笑曰:"宋军知足不辱。今日杀汝片甲不回。"言罢纵骑舞方天戟来战呼延赞。赞援枪迎之。两下交锋,战未数合,王文佯输而走。赞久知王文善于用兵,要生擒之,骤马追去。一声炮响,关左一彪兵杀来,乃李信也,举枪绕赞之后杀来。赞怒激,赶近前,挥起一枪,将王文拨于马下。部兵竞进捉之。赞再回马与李信交锋。信见王文被捉去,心慌胆怯,不敢久战,即收兵走入关中。赞亦勒军回营。

军校解得王文来见,赞亲出帐外,手解其缚,请入坐中,谢曰:"适间冒触阁下,望乞恕罪。"文曰:"小可被捉之将,生死系于将军,何故殷勤若是耶?"赞曰:"小将本是河东出身,今归命大朝,尽忠则一也。公有如此胆略,何以屈节于丛棘,投珠于暗地乎?不若同事宋主,以建奇功,留轰烈之名于后世耳。"

王文被赞说了一遍,沉吟半晌乃曰:"良禽择木而栖,贤臣择主而事。文也,愧非贤臣,愿从将军帐下,早晚听命。"赞大喜,因问攻取之计。文

第八回　建忠议取接天关　大辽出兵救晋阳

曰:"事当随机应变,今李信以吾被擒,必死守不出,将军其奈之何?不如先取接天关,然后来攻此处,有何难哉?可令李将军率壮兵埋伏前关下,小可乘今夜,冲将军之阵,亮方必出兵来应,将军部兵继我而进,其关立破矣。"赞曰:"此计极妙,只不可走漏消息。"即分遣布置已定。

赞先引羸①卒来接天关攻击。陆亮方听知宋兵复来,自思:"此必后关难进,故又来攻此地。"乃令部下严兵固守。将近二更左右,赞令军士点起火炬,呐喊放炮,并力攻击。关上连发矢石抵之。忽东北角王文引兵冲围来到,宋兵大乱。王文直杀至关下,高叫:"宋将战败,关上可出兵接应。"守军听得是王文口气,报知亮方。亮方遂部兵接应。忽关旁边转过呼延赞,断北兵为两截,王文乘虚杀回。亮方知事有变,即勒马跑走,被赞一枪刺于马下。李建忠伏兵齐起,杀入关中。北军进退无路,皆弃甲拜降。

平明,众将都集,赞不胜之喜,乃谓王文曰:"此一座雄关,非足下妙算,即守一年,亦不能过也。"王文曰:"侥幸成功,何足挂齿?"赞遣人报捷于太宗,太宗车驾径进接天关,望河东一带之地矣。哨军报入三镇关,李太公大惊曰:"宋师真乃神兵也。"即引二子弃关逃入河东去了。

却说绛州守将张公瑾,听知宋兵取了接天关,惊疑终日,不知为计。牙将刘炳进曰:"兵法云:'多算则胜,少算不胜。'况无算乎?今宋师势如山岳,长驱而来,前之坚固关隘,已被攻破。何况绛州平低之城,健卒扳堞②可登,且有数之兵,焉能抗敌?不如投降,以救生灵之厄。"公瑾然其议,即遣刘炳到宋军中纳降。

呼延赞奏知太宗,太宗曰:"不战而降,是知时势者也,可允其请。"赞得旨,次日,军马抵绛州城下。公瑾开门迎候。太宗车驾入城中,安抚百姓,下令前锋呼延赞、高怀德等,合兵进攻河东。赞等受命,依次而进。不提。

消息传入河东,刘钧闻之,亟集文武商议。丁贵进曰:"宋师远来,粮草费竭,宁能久驻乎?陛下一面遣人于大辽萧太后处,乞出兵以阨③宋之粮道;一面调集军马,为战守之计。"刘钧从其议,遣人赍书前往大辽求

---

① 羸(léi)——瘦,弱。
② 堞(dié)——城上如齿状的矮墙。
③ 阨(è)——同"厄",阻断,阻塞。

救；一边分遣诸军，严设战具以待。

却说使臣赍文书，径诣大辽见萧太后，奏知求救之事。太后与文武商议，左相萧天佑奏曰："河东地控辽界，实唇齿之邦，愿陛下发兵救之。"太后允奏，即命南府宰相耶律沙为都统，冀王敌烈为监军，率兵二万以救之。

耶律沙得旨，即部兵与使臣出离辽地，到白马岭下寨。哨马报入绛州，太宗闻辽主出兵以援晋阳，怒曰："河东逆命，所当问罪，北番焉敢助逆？"督令诸将，先战北兵，后攻晋阳。诸将得令，呼延赞与高怀德、郭进议曰："辽兵乌合而至，公等何计破之？"郭进曰："兵贵先声，使敌人不暇为谋，此取胜之道也。今闻辽众屯白马岭，离此处四十里程，有横山涧正阨辽兵来路。小将率所部渡水攻之，公等继兵来助，破之必矣。"赞曰："君之所论极是。"即分遣停当，郭进引兵先进。

辽将耶律沙与敌烈议曰："宋兵以急战为利，初来其势必锐。我与君阻横山涧而列阵，待其兵渡将半，出师掩之，敌将可擒矣。"敌烈曰："不然，若使敌人先渡，我众望见其势，皆有怯志也；正宜先其势而逆之，可以成功。"即率所部渡水来迎。

第 九 回
郭进大破耶律沙　刘钧敕书召杨业

却说敌烈不听耶律沙之劝，率众渡涧。众未及岸，忽正东金鼓齐鸣，喊声震天，乃郭进人马杀来。敌烈排开军马，两下对圆。郭进舞刀纵骑，大骂："北朝待死之寇，尚敢来惹速亡之祸耶？"敌烈亦骂曰："汝中原穷武连年，贪心无厌，是以出师援汉。若早退兵，免遭目下之诛。"郭进挥兵冲入，敌烈抡刀迎之，两马相交，战上二十余合。涧左一彪军出，乃呼延赞也，挺枪跃马，纵横冲断其阵。敌烈怒，力战二将不退。对垒耶律沙望见敌烈势危，急催后军涉涧救之。南阵右侧高怀德之兵又到。两下鏖战，箭下如雨。郭进鼓勇向前，敌烈势力不支，溃围而走。郭进追及之，挥起提刀，斩落于涧中。可怜北地英雄，化作春梦。

是时宋兵马竞进。北军大败，杀死涧中者，不知其数，尸首堆垒，涧水

第九回　郭进大破耶律沙　刘钧敕书召杨业

为之不流。当下耶律沙引败众望小径逃走。呼延赞、高怀德率劲兵追之。耶律沙正危急,忽山后一支军马杀出,乃辽将耶律斜轸。盖萧太后恐前军有失,故命耶律斜轸屯兵山后,以救不测,至此遇着耶律沙杀败走到。耶律斜轸乃整兵奋力杀退宋兵马,保得耶律沙等去了。高怀德等合兵一处,报捷于太宗。太宗大悦,仍下令径趋晋阳。

城中刘钧闻辽兵大败而走,惊惧无地,乃集群臣商议。右相郭有仪奏曰:"宋兵势大,难以迎敌,不如奉表称臣,一则可以免祸,二则救满城百姓。"刘钧嘿①然。中尉宋齐丘奏曰:"河东城坚池深,精勇之士不下数十万,若使背城一战,成败未可知也,何以辄屈膝而事人乎?臣举一将,足以破敌。"刘钧问曰:"卿举何人?"齐丘曰:"世居幽州人氏,姓马名风。当黄巢作乱之时,闻此人名声,兵不敢入州。使一根铁管枪,与王彦章②齐名。今弃武学道,隐居嵩山。此人虽老,尚可用也。陛下若降诏召其为帅,率兵以退宋师,必收万全之功也。"刘钧曰:"谁可赍诏召之?"有卷帘将军徐重进曰:"臣愿赍诏前往。"钧即下命,遣重前诣嵩山。

徐重来到山前,远远望见一所茅庵③。径进庵门,窥见内有一人,身长八尺,黑面银须,端坐于石墩看经。重进前揖曰:"此处莫非马将军庄上否?"其人起而问曰:"阁下从何而来?"重答曰:"小可奉汉主之命,赍诏来宣马道士下山,以退宋兵。"其人曰:"贫道就是马风,但我年已老迈,不比往年矣。今既奉诏旨,不敢不权为拜受。"因唤山童,摆设香案,拜受诏旨毕。

邀重入庵后,分宾主坐定,乃问之曰:"宋君举兵北伐,谁为正将?"重答曰:"宋军惯战之将极多。唯有先锋呼延赞,英雄莫敌,近来攻取关州,皆此人之力也。今有宋中尉举足下能御宋师,特遣下官赍诏来宣。乞承旨下山,以慰我主之望。"马风笑曰:"贫道筋骨衰老,鬓发霜侵,年近九十,大非昔日之比,且弓马久废,何能堪此重任?今山后杨令公拥兵于应州,何不举之退敌,而来召我耶?公宜亟复王命,勿误军情。"徐重闻言,遂不敢再强,只得辞别马风。

---

① 嘿(mò)——同"默",不说话,不出声。
② 王彦章——字贤明,五代时后梁名将。
③ 庵(ān)——圆顶草屋。

归见北汉主,把马风口内情辞,如此这般,一一奏上。刘钧闻说马风不肯应命,闷闷不悦,与群臣再议退敌之计。丁贵进曰:"事势如此,陛下只得再召杨令公,来救国难。"刘钧曰:"杨家屡次出兵应我。往年泽州之盟,与宋师讲和而归,甚称宋之恩德。寡人疑其有通谋情意,故不欲再召之。"贵曰:"陛下以仁义待人,杨家父子,乃忠义之士,宁肯负国耶?"刘钧准奏,复遣使赍敕命,径诣山后,来见杨令公,宣读诏书曰:

孤守晋阳,谨保一城。虽无汤武之德,常慕事大之名。自周世宗①,耻仇不绝,屡被侵伐。今宋君继立,复率精兵,长围城下。百姓抱死亡之患,城郭有累卵之危。唯汝父子,忠勤效命。诏书到日,即宜引兵赴阙,以救国难。成功之日,当颁重典。故兹诏示。

杨令公得诏,与王贵议曰:"宋兵屡侵河东,若不救援,则有违诏之责;若径兴师,则前番与宋议和,岂宜失信?君何以计之?"王贵曰:"将军河东镇臣,主上有难当救,何用执小信而迟疑?"令公然其言,即委王贵领镇应州,自率七子,部精兵三万,前来救应河东。有诗为证:

万马南来势气雄,旌旗闪烁蔽长空。
全凭国士擒龙策,一定封疆顷刻中。

哨马报入宋军中,主帅潘仁美召集诸将议战。高怀德进曰:"杨令公乃劲敌也,自周世宗之朝,每与对敌,未尝得利。今又举兵再至,当以深谋远计战之,不可卒攻也。"呼延赞曰:"小将亦闻杨家父子,天下无敌。我先领本部于来路冲击一阵,且观其势如何。"仁美允其议,即令赞前去。赞得令,率马军八千而行。

却说杨令公兵马来到卧龙坡下营,哨骑报入:"宋军于十里之外阻住去路。"令公笑曰:"敌贼不知兵势,自来取败。"问军中:"谁先出马?"道未毕,第五子杨延德进曰:"不肖愿先上阵。"令公许之,即付精兵五千。延德全身贯带,部精兵鼓噪而来。两阵对圆,延德绰斧跨马跑出,高叫曰:"宋将何不速退,将欲自取死亡耶?"赞大怒曰:"无名小将,今日休走。"即挺枪跃马,直取延德。延德舞斧来迎。两骑相交,二将连战四十余合,不分胜负。赞马上自思:"人称杨家父子英雄,果不虚语。"二人欲复斗,马

---

① 周世宗——五代时期后周皇帝柴荣,954—959年在位。

第九回　郭进大破耶律沙　刘钧敕书召杨业

不堪驰。延德曰:"马力困乏,明日再战。"南北乃各收军还营。延德回见令公,告知:"宋将与儿连战四十余合,未决输赢。"令公曰:"近闻宋军有呼延赞,武艺精锐,莫非正是此人?明日吾亲战之。"因下令征进,离宋营数里下寨。

杨七郎欲建首功,密引部兵三千,潜地出寨,来劫宋营。正值潘仁美与郭进、高怀德等在军中议论兵法,忽然灯爆火灭。仁美曰:"莫非杨家有兵劫寨,天公预使见报?"下令诸军多设弓弩,以备不虞,不可出兵骚动。高怀德等各按营而守,遵令分遣埋伏。

杨七郎自料宋兵无备,引部下喊声攻入。忽营内一声梆响,伏军万弩齐发,箭如雨落,北兵射死者不计其数。七郎急回马,被高怀德、郭进两骑冲出,追杀五里而回。七郎部兵折去大半。令公知之,大怒曰:"不由军令,致损许多人马,按法当诛。"即令军政司押出七郎,斩首示众。军令才下,牙将张文进曰:"七将军虽有罪,其志盖为国也,误致伤折,情理可原,望乞令公赦之。"杨令公曰:"父子虽至亲,法令不敢私,务必斩之。"众将力为解劝,令公怒始稍缓,乃着军政司跣剥七郎,即于帐前捆打四十,血肉淋漓,观者无不凛然。七郎匍匐谢罪而退。令公谓众曰:"吾众初到,未可便与交锋;须待养威数日,审机而战,无有不克。"众将得令,人各坚守不出。

却说宋帅潘仁美听知杨家军马来到,遂撤围迎战,南北对垒立营。一连拒守十数日,各不出兵。仁美遣健卒前去缉探北兵动静,回报:"杨家军马,各严整兵器,欲与我大战。"仁美闻报,即便下令诸将,分营出战。高怀德为左翼,呼延赞为右翼,郭进为前后救应。分遣已定,众将各整备迎敌。

次日平明,鼓罢三通,南阵上潘仁美当先出马,上手高怀德,下手呼延赞,三匹马一字摆开。对阵杨业亦部兵出战,金盔银铠,白马红袍,左有延朗,右有延昭,父子将兵,威风赳赳。仁美在门旗下暗暗称奇,出马问曰:"河东逆命之国,特来问罪,公何屡次出兵救之?"令公厉声曰:"汝主据有中原,尚自不足,连年穷师远讨,既不免为贪兵;况向年①讲和而退,盟血未寒之日,又来侵犯,是何道理?吾受刘主厚恩,特来救援。汝等急早退

---

①　向年——往年。

师,犹存旧好;若牙迸半个不字,吾驱太原之兵,杀汝片甲不回,那时悔之晚矣。"

仁美闻言大怒,问阵中:"谁先出马,擒此匹夫?"言未毕,这壁呼延赞挺枪出马,望杨业刺来。那壁杨延朗一马上前截住厮杀。战到七十余合,不分胜败。忽宋阵中鸣金收兵,原来太宗看见杨家父子,尽是英雄豪杰,心中只要招抚,故此鸣金收军,以待图策招徕①,那时河东不难下矣。

第 十 回
八王进献反间计　光美奉使说杨业

却说是夜太宗回归营中,只是闷闷不悦,无计可施。维时八王揣知上意,因进言曰:"陛下闷闷不乐,岂非为无计招降杨家父子耶?"太宗惊问曰:"汝今有何妙计来献?"八王顿首进曰:"依臣愚计,只可遣人往河东行反间之计,管叫杨家父子来归。"太宗喜曰:"此计固妙,但恐无人可行。"八王又曰:"此行须得杨光美去,事必万全。"是时光美正在旁边,即出班奏曰:"臣不才愿往。"太宗大喜,即日给与黄金千两、锦缎千匹,以及珍宝货赂,前往河东。光美星夜来到赵遂府中。

却说赵遂是刘主宠的嬖②幸,赵遂所言,钧无不从。光美来到,先赂其左右,引见了赵遂,送了他黄金、锦缎。赵遂本是小人,贪其厚利,便喜不自胜。问光美曰:"大人天朝大臣,何意收幸遐陬之老③?但有所教,焉敢不从。"光美曰:"吾主极知大人宠幸于刘主,言无不从,故使光美布此诚意。河东、中原,原无大仇,所以兴兵,不过欲来讲和。奈有杨业父子,恃其勇悍,专耀兵威,遂使两国和好不成。且彼战不利,则祸移河东;彼战一胜,则阻兵而骄,刘主必大加宠幸,于大人之遇,未免少衰矣。我主是以

---

① 招徕——招抚。徕,慰劳。
② 嬖(bì)——宠幸。
③ 何意收幸遐陬之老——为什么想到收买我这边远偏僻之地的老头?遐(xiá),远。陬(zōu),角落。

第十回　八王进献反间计　光美奉使说杨业

愿乞大人一言,疏之刘主,则彼必勒兵而回。那时却与大人定其和议,使河东、中原,永为兄弟之国,则大人之宠益固,不让他人得专其美也。愿乞大人裁之。"

赵遂既受了他许多东西,又听见他这番言语,遂有攘①功妒能之心,曰:"大人放心,赵遂自有区处,管叫除了杨业父子。"将光美款待,潜地送回。赵遂自思:"得了宋人许多礼物,若不除杨业,他日功成,反让他得专其美,岂不又失了宋人面皮?"于是将些金银,日夜布买谣言,说杨业受了宋人金珠,约与反兵助宋,同剿河东,待功既成,便与宋朝同分其地。此言一时传播。却又秘密通讯,戒宋人切勿交战,但须逗留十日半月,管叫成功。

太宗得此消息,大喜,问光美道:"此事可信否?"光美曰:"臣视赵遂小人,只知食禄固宠,又且忌妒杨业,此事可信无疑。陛下只须传谕各营,坚壁勿战,俾遂得就中取事,疏间②杨家父子。伺彼有隙,然后臣奉片言诏谕,管叫山后军马,入吾彀③中。"太宗击节称善。乃下令戒谕军中,各宜坚壁,勿与交战;若其请战,但只听之而已。此令既下,各营果是坚壁不出。刘主见此犹豫,每日只促杨业出阵。杨业奉令整军,日出击战,奈何宋营人马,只是不出,杨业无计可施。又且河东纷纭,说是令公得宋金珠,羁縻④欲叛。杨业愈慌,每日只是督军索战,宋军半分不理,故每日只是空回。

赵遂连夜入见刘钧,说杨业受宋人金珠,要举众降敌。刘钧大惊曰:"国舅何以得知?"遂曰:"此事臣知已久,往年泽州之围,杨业提兵速援,自与宋人通和而回,臣以国家用人之秋,未敢辄奏;今彼稽延⑤不进,与宋师为观望之计。此反情已露,中外皆知,流言四起,百姓仓皇,非独臣一人知也。"刘钧信其言,因问赵遂拿杨业之计。遂曰:"陛下须降敕,宣其入国议事。预先埋伏甲士于殿下,待其来,投刀为号,齐出擒之,只消二十多

---

① 攘(rǎng)——偷窃,侵夺。
② 疏间——离间。
③ 彀(gòu)——本指箭射出所至范围,比喻牢笼、圈套。
④ 羁縻(jīmí)——笼络。
⑤ 稽(jī)延——停留,拖延。

人便能成事。"

次日,刘钧遣使径诣北营中宣召。杨业入至殿前拜见毕,刘钧拔所佩刀,投于阶下。两边伏兵听见刀声,一齐进出,将杨业捉下。杨业不知其由,大惊曰:"臣无罪,陛下何以捉我?"刘钧怒骂曰:"汝与宋军通谋作叛,尚说无罪?"亟令推出斩之。宋齐丘苦谏曰:"杨业父子,忠勤为主,焉有反情?陛下勿信谣言而误大事。"钧曰:"彼有三反之罪,岂是谣言无据?屡日不出兵,一反也;不遣人通知出兵,二反也;往年私自受和而归,三反也。有此三反之罪,难以容留。"丁贵保奏曰:"即日宋师临敌,待其出战不胜,斩之未迟。"刘钧依奏,乃赦之,令退宋师。

令公默然而退。回至军中,谓诸子曰:"此必宋人用贿赂之计,使汉主疏我父子。顷间若非宋丞相等力奏,险些一命不保。今命杀退宋师,则免我诛戮;不然,仍要正罪。怎奈敌兵不出,何以退之?"延德进曰:"大人何用深忧?既汉主信谗,而屏逐我父子,则将人马复回应州,待宋兵攻破河东,那时思我父子,悔之晚矣。"令公曰:"我今本欲尽忠于国,既出兵来援,岂有引退之理?汝众人明日只管出战,再作商议。"延德怀愤而退,与部将密议,欲有归附大朝之意。次日,延嗣、延朗两兄弟出阵搦战,宋营中无一骑来敌者。日晚,延嗣等只得退去。

太宗闻刘钧要诛杨业消息,因与谋臣商议招徕之计。杨光美进曰:"陛下正宜乘此机会,以诱杨家来降也。"太宗曰:"朕正苦未得其策。"光美曰:"臣有一计,不消半个月,河东唾手可取,使杨家父子径入我朝也。"太宗欣然曰:"卿有何妙策?"光美进前,于太宗耳边,连道几句"如此如此"。太宗大悦曰:"此事非卿不可行。"

光美欣然领命,径诣杨业寨中,先使人通知杨业。杨业曰:"往年正因此人来议和,吾厚待之而去,致汉主疑忌;今又至此,必有说词。"先令健卒二十,伏于帐外,并嘱曰:"吾喝一声,即出擒之。"分布已定,须臾光美昂然而入。杨业端坐不动,两边七子,齐齐立开。杨业乃问光美曰:"汝来欲何为?"光美曰:"特来劝将军归顺天朝也。"业大怒,喝一声,帐下走过二十人,将光美登时①捉缚,辄令斩之。延嗣曰:"大人暂息雷霆,审其来语,如有不是,然后斩之。"业曰:"汝试说来,若说不通,即请试刀。"

---

① 登时——立刻,马上。

第十回　八王进献反间计　光美奉使说杨业

光美全无惧色,朗声谓曰:"吾闻良禽相木而栖,贤臣择主而佐。今将军来援河东,本欲竭尽其忠;殊猜忌日深,无以自明心迹,事必败矣。我宋主仁德远敷,诸镇仰服,只有河东未下,其能久安乎?背暗投明,古人所贵,愿明公垂察焉。"业听罢,半晌无语。既而曰:"吾不杀汝,放汝去,速令勇将来战。"光美不慌不忙,退出帐外,故意拂袖堕落一密封于军中而去。

左右拾得,被延德接着,拆开视之,却是画成图局一张,有无佞宅、梳装楼、歇马亭、圣旨坊,内写"接待杨家父子之所",极其美丽。延德将与七郎等细玩。七郎曰:"莫说与吾等居住,便得一见,亦甘心也。"延辉曰:"且莫露机,看汉主势头如何,若不善待我父子,即反归南朝也。"众人隐下,不与令公知之。

数日,刘钧遣人督战,粮草赏军之物,又不给与。令公愈慌,与其子商议,分兵出战。延朗进曰:"非我众人不肯尽心,数日军中粮草不敷,众人各无斗志。若使出兵,必先自乱,焉能取胜?不如引退应州,再作计议何如?"业曰:"汝等若有此举,复何面目以见天下丈夫乎?"延德曰:"大人不自忖量,军士亦欲激变矣。"业见众论纷纷,且刘钧屡来责罪,只得下令,将军马一夕退回应州去了。

消息报入宋营中,太宗知之,即召群臣商议。杨光美曰:"且令诸将暂缓河东之攻,先定计降了杨家父子,不愁河东不下也。今乘其军马已退,可布谣言于应州传说:'北汉主以杨家父子有抗兵私逃之罪,欲结大辽出兵讨之。'彼闻此消息,人怀内惧,陛下再遣人说之,事必成矣。"太宗依其议,即下令军中,布谣言传入山后。不提。

却说杨令公星夜归至镇下,不数日闻此消息,军士皇皇①,统属不一。令公坐卧无计,忧形于色。夫人佘氏问之曰:"令公自晋阳归山,何以日夕抱闷?"令公长叹不已,只得将汉主见罪之事告知。夫人曰:"曾与众儿子商议否?"令公曰:"多有劝我投降,只恐非长策也。"夫人曰:"若天朝厚待公父子,归之亦是长策,何必深忧?"令公曰:"正不知待我之情何如,若使不及汉主,反受负忠之名,那时进退两难矣。"令公言罢,径出军中。

适五郎延德入问母曰:"才方父亲所言何事?"佘氏以令公之语告之。

---

① 皇皇——通"惶",惶恐貌,指人心不安。

延德曰:"事不偶然,我父子有王佐之才,定乱之武,何所归而不厚哉?"言罢即以所得宋人绘图展开,与母观之,延德一一指说其详。时有二妹在旁:长曰八娘,年十五;次曰九妹,年十三。闻说如此之富贵,力怂其母,劝父归顺大朝。母曰:"汝等且勿言,待我以机会劝之。"次日,与令公对席而饮。酒至半酣,夫人问曰:"妾闻军中日夕怀大辽出兵之忧,此事殊为可虑。令公值此进退不决之地,光景易去,年华日逼,致使功名不建,深为可惜。不如从众孩儿之言,弃河东而归顺大朝,上酬平生之志,下立金石之名,不胜幽沉于夷俗,致万古只是一武夫乎?"令公闻言,欣然曰:"夫人所论极是,我明日当与众将商议归降。"

令公思忖一夜,次日,出军中召集诸将,定议归顺宋朝之计。牙将王贵进曰:"令公此举,亦非细事。必先自重,然后人重之。须先遣人通知宋主,待其差大臣勇将赍敕书来到,然后归之,可保全美。"令公然其言,先遣部将张文,前诣宋军中,来见太宗,道知令公将归顺大朝之事。太宗召集文武问曰:"令公将欲来归,当何以处之?"八王进曰:"杨家父子若有此举,陛下难以等闲待他们,须于文武班中,推二人赍诏前往通意,则彼必倾心归顺,无所疑惑。"太宗问:"谁可往?"道声未罢,杨光美进曰:"文臣牛思进,言词清朗;武臣呼延赞,英气慷慨。此二人若去,事必万全。"太宗允奏,即下诏,遣二人赍厚礼诣应州,来见令公。宣读诏书曰:

朕以国家多事之秋,所难得者人才也,是以即位之初,注意边将。兹尔山后应州杨令公父子,文能兴邦,武能定乱;隈屈于䨒远之方①,舍置于闲散之地,朕甚惜焉。且河东克在目下,君将何归?今特遣亲信文武二臣,赍来敕命,道知朕意。尔之父子果有幡然②之志,投降我朝,朕将委以重职,使子孙受莫比之富贵,而令公得金石之高名,岂不伟欤③?故兹诏示,想宜知悉。

杨令公得诏,拜受命毕,即请牛思进与呼延赞入于帐中,分宾主坐定。牛思进曰:"主上以令公倾心归命,特遣小可二人,敬来麾下,面定其约。

---

① 隈(wēi)屈于䨒(diào)远之方——处在边远的地方。隈、山、水等弯曲的地方。䨒,远。

② 幡然(fān rán)——很快而彻底地改变。

③ 欤(yú)——文言助词,表示疑问、感叹、反诘等语气。

且众人望公之到,如大旱之望云霓。幸勿疑贰。"令公曰:"区区守此僻土,上不能尽忠汉主,下不能立功当朝,实为天下所羞。"呼延赞曰:"令公道差矣,君有文武全才,效忠为国,志亦勤劳,奈刘钧幸臣用事之日,不欲令公父子建立奇功,致使进退沉滞,而有归大朝之念。此诚天意,使公等立不世之名于我朝,岂偶然哉?"令公见二人理通词顺,甚加敬服,因令左右设酒醴相待,众人尽欢而散。

次日,令公入与夫人商议归降之事,夫人曰:"令公既然有意归顺于天朝,何必再四①商议?"因先令差来二臣复命,再令其子调集边防军马,装载府库金帛,准备起行。后人有诗赞曰:

山川钟秀不徒然,致使英雄产太原。

父子从来归大宋,契丹拱手定三边。

第十一回

小圣感梦取太原 太宗下议征大辽

却说牛思进与呼延赞回奏太宗:"杨家父子,随即率众来降。"太宗谓八王曰:"既杨业将来,卿率群臣于中路迎之。"八王领旨,即日率众臣于白马驿中等候。忽报北地旌旗蔽日,尘土遮天,想必杨家军马来到。八王听得,引众人出驿观望。不移时,前哨报入杨令公军中,道知大朝官员驿前迎候。令公即下马前进,见两边百官,衣冠侍立门上,击鼓相迎。八王当先施礼曰:"奉主公宋君之命,为令公远涉风尘,特遣众臣于中途迎候。"令公初到,未知是谁,似有倨②色。呼延赞恐其失礼,乃近前谓令公曰:"此是宋君嫡侄金铜八王也。"令公大惊,便拜伏于路旁。八王连忙扶起,与令公同入驿舍。早已安排酒醴,众臣济济,殷勤相劝饮酒。杨家军马驻扎于驿营。

宿了一宵,次日,八王与令公并辔而行,前到宋营。近臣奏知太宗。

---

① 再四——连续多次。

② 倨(jù)——傲慢。

太宗下命宣入。八王引令公朝见，拜伏帐外，稽首请罪。太宗深加慰劳，授杨业边镇团练使之职，统率所部，候班师回京，再议升擢。业受命而退，以带来军马，驻于城南，按甲不出。太宗下令，诸将仍前急攻河东。

是时，刘钧闻报应州反了杨业，归顺大朝，惊得神魂飞落，寝食俱废。宋齐丘与丁贵等，只得婴城拒守。宋师连攻数日不下。潘仁美分遣诸将，筑长围攻击，金鼓之声，达于内外。城上矢石，交下如雨。丁贵等欲舍死抗敌，入见刘钧，乞借兵于大辽，以救国难。刘钧允奏，遣人星夜诣大辽求救。不提。

却说太宗以太原久围不下，于二月初三日，亲至军前，督战益急。高怀德、呼延赞等，分门攻击。城堞皆崩，杀伤甚众。太宗手诏谕汉主出降。使者至城下，守阵军不纳。太宗大怒，与诸将卫士进屯城下，列阵于前。南北军对射，矢集城上如猬毛。

是夜，太宗宿于中营，隐几而卧。忽闻报云："夫人至矣。"太宗开眼视之，见三四十黄巾力士，迎着一乘轿来。须臾有妇女从轿中出，取过白帖一张，付与太宗。太宗问曰："卿是何人？"妇人答曰："妾乃河东小圣，今献小计，来见我主。"太宗看纸上写着八个字云："壬癸之兵，可破太原。"太宗看罢，觑那妇人，忽然不见。觉来却是一梦，将近五更。太宗急召八王、杨光美入营中详梦。光美曰："壬癸属北方，莫非教陛下从北门攻打，可破太原？"太宗然其言，次日，下令诸将，急攻北门。

是时，汉主外援不至，饷道又绝，城中大惧。先夜梦见金龙一条，从北门随水滚入，城尽崩陷。惊觉，天色平明。忽报宋君降手诏，遣人于城下谕降，终保富贵。刘钧见势倾危，又得此梦，亟召文武诸臣议曰："吾父子在晋阳二十余年矣，安忍以祸加百姓？若不即降，必有屠城之惨，我心何安？不如投降，以安百姓。"群臣闻之，无不下泪。人报："赵遂国舅，已开水北门，领宋师入城矣。"刘钧乃哭入宫中。

潘仁美当先进城，遣人传旨与汉主："宋君宽仁大量，并无加害之意。"钧始放心，乃遣李勋赍印绶文籍，奉表乞降。太宗下诏许之。车驾进北门城台，设宴奏乐，与从臣于台上酬饮。汉主率官属，缟衣纱帽，待罪台下。太宗赐以袭衣玉带，召使登台。汉主叩头谢罪。太宗曰："朕以吊民①之师至此,岂能加害?但放心无忧也。"汉主谢恩已毕,因请车驾入太原府中。百姓香花灯烛,排门迎接。

太宗升堂坐定,北汉诸官皆拜降于堂下。太宗宣授刘钧为检校太师、右卫上将军,封彭城郡公,仍领河东。按:北汉刘崇,于后周太祖广顺元年据太原称主,统州十二,迄刘钧四世二十九年,至是降宋。太宗凡得州十,县四十,户十三万五千二百二十。如是河东悉定。静轩有诗曰:

投降敌国胆生寒,圣主驱随驾两骖。
总为吊民非好战,马前不信是张堪。

太平兴国四年②,太宗下议班师。潘仁美进曰:"河东地控幽州,契丹屡为边患。今陛下车驾在此,军士效命。可乘破竹之势,平定辽东,诚千载一时之功也。"道未罢,杨光美进曰:"河东初定,军士披坚执锐者日久,且粮饷不继。陛下宜回车驾,徐定进取。"

是时,众论纷纷,太宗未决,起入行宫,召八王、郭进、高怀德一班战将入议其事。先是围太原时,从军或不知太宗所在,军中或欲议立八王,八王不肯。及太原既定后,太宗闻之,故意久不行赏。八王曰:"太原之赏,不及将帅;今又将有大辽之行,军士不堪。莫若依光美之议,班师回京,诚为上计也。"太宗怒曰:"待汝有天下,当为之。"高怀德曰:"潘招讨所论,欲建边防之大计。此去幽州,咫尺程也,若使功成,太平指日而见矣。望陛下从其议。"太宗意乃决。

次日下命,以礼部郎中刘保勋知太原府事,车驾离太原,遂伐辽。分遣诸将及杨家兵,望幽州征进。时值暮春天气,但见:

山桃拥锦,岸柳拖金。时闻村酒出篱香,每见墙花沿路吐。丝鞭袅袅,穿红杏之芳林;骢马驰驰,嘶野桥之绿草。随驾心忙嫌路远,从征意急恨行迟。

大军一路无词,不日来到易州③下寨。潘仁美遣人下战书于城中。

守易州者,辽之刺史刘宇,听知宋兵来到,正与牙部郭兴议战守之策。忽报宋营遣人下战书。刘宇得书,回问郭兴曰:"公所见何如?"兴曰:"据

---

① 吊民——抚慰百姓。吊,抚慰,慰问。
② 太平兴国四年——指公元979年。
③ 易州——今河北省易县。

小可之见，宋师即日平定河东，乘此胜气来到，安能拒之？不如遣人前诣军中，察彼动静，献城纳降，可保万全也。"刘宇曰："此行非公不可。"郭兴慨然领命，径赴宋营，见高怀德端坐帐中，兴心甚恐。及入帐，怀德问曰："大军临城，汝来见我，有何高论？"兴曰："天兵如雷霆，逆而当者无不齑粉①。今主将特遣小可陈乞降之状，以救一城生灵也。"怀德大喜，即引见潘招讨，道知其由。仁美曰："彼既投降，当令明日开城迎接车驾。"郭兴拜辞而去。

次日，与刘宇开城出降，迎接太宗车驾入府中驻扎。凡得兵二万，粮草一十五万，骏马六百匹。太宗封刘宇官职如旧。下令进取涿州。

守涿州②者，辽判官刘厚德，已知宋兵下了易州，召部下商议。部署廷珪进曰："宋君仁明英武，统一有机。不如开城迎降，以图富贵。"厚德闻言，即遣人于宋营中乞降。潘仁美得报，次日，护车驾进涿州。厚德拜于堂下请罪，太宗抚而纳之。是时太宗军马出师二十余日，平定二州。后人有诗赞曰：

> 干戈一指入辽封，敌将开城节使通。
> 圣主威风千里远，黎民争应道途中。

消息传入幽州，萧太后大惊，亟聚文武商议。左相萧天佑出奏曰："陛下不劳惊虑，臣举二人可敌宋兵。"萧后问曰："卿举谁人？"天佑曰："大将耶律奚底、耶律沙，智勇足备，若使部兵迎敌，必能成功。"萧太后允奏，即令耶律休哥为监军，耶律奚底、耶律沙为正副先锋，统领五万精兵前行。休哥等得命，部兵出城。南北营寨，旗鼓相接，兵势甚盛。

哨马报入潘招讨军中，仁美集诸将议战。呼延赞曰："小将先试一阵，以挫辽兵之威。"仁美允之，付与步军八千。高怀德曰："小将前往相助，共建功勋。"仁美亦与马军八千。赞与怀德皆引军去了。

分遣已定。次日，鼓罢三通，列阵于幽州城下，宋军北向，辽军南迎。辽将耶律奚底全身披挂，跃马当先。宋将呼延赞横枪勒马，立于门旗之下，问曰："来者何人？"耶律奚底怒曰："萧太后驾下大将耶律奚底是也。"赞骂曰："辽蛮匹夫！敢来争锋耶？"即跃马举枪，直取奚底。奚底绰斧迎

---

① 齑（jī）粉——细粉；碎屑。
② 涿州——位于今河北省保定市北部一带。

战。两下呐喊。二将战上数合,不分胜败。番将耶律沙一骑飞出,双战呼延赞。呼延赞力敌二将不退。忽宋军中銮铃响处,高怀德纵骑当先,舞枪抵住耶律沙交锋。四匹马踏动征尘,南北军箭矢交射。从早晨战至日午,胜败未决,两下互有相伤。呼延赞扬声曰:"马力已乏,明日再战。"乃各收军还营。

第十二回
高怀德幽州大战　宋太宗班师还汴

却说呼延赞与高怀德归至营中,道知辽将英雄,未决胜负。仁美曰:"耶律沙乃辽之骁将,汝等当慎而战之。"赞等退出。仁美入奏太宗曰:"辽兵势锐,今日之战,恐不能取胜,臣甚忧虑。"太宗曰:"朕亲临战阵,与番将一决雌雄。"八王进谏曰:"陛下当保重,自有诸将出力,不必亲犯矢石也。"太宗不听,次日,竟下命督诸将来战。

却说耶律休哥正与众将议敌宋兵之计,哨报:"宋兵倾营而来,要与元帅决一胜负。"休哥闻报,谓耶律沙曰:"大将耶律学古屯守燕地,正陒宋师之后,可令其出兵,袭宋兵后阵;吾与诸将,整兵于高梁河。"北兵刚列开阵势,望见宋兵漫川塞野而来。前锋呼延赞跑马出阵,高叫:"番将选勇者来斗。"话声未绝,北阵中耶律沙横刀而出,厉声喝曰:"宋将速退,免受擒戮。"呼延赞挺枪直取耶律沙。耶律沙抡刀来迎。两马相交,连战三十余合,不分胜败。北将耶律奚底飞骑挥斧,从旁攻入。高怀德一马当先抵住。两下金鼓齐鸣,旌旗乱滚。

四将鏖战之间,忽宋军阵后数声炮响,如山崩海涌之势,辽将耶律学古部劲兵冲击而来。宋军正不知何处兵马,先自溃乱,阵脚团结不住。耶律休哥在将台上,望见宋阵已动,出一支生力军马,直冲其中。太宗急下令诸将护驾。潘仁美闻此消息,骤马拼死来战,正遇耶律休哥兵到,交马只一合,将仁美截于马下。郭进看见,一骑抢出,救之而还。

是时连营去远,诸将逢着敌手,战之未下,及闻太宗有难,乃各抛弃来救。太宗已单骑杀出围中,落荒望汾坝而走,被耶律休哥部将兀环奴、兀里奚二骑乘势追逼。南营杨业看见,顾诸子曰:"主上有难,何不救之?"杨延昭匹马当先,喝声:"辽蛮慢走!"兀环奴激怒,抢刀便砍。延昭挺枪迎敌。战不两合,被延昭当胸一枪,刺落马下。杀散追兵,见太宗立于坝上。延昭曰:"陛下之马何在?"太宗曰:"已被乱矢所伤,不堪骑乘。"延昭曰:"可急乘臣马,臣当步战杀出。"太宗恐延昭无马,不能胜敌,乃曰:"卿当乘马而战,吾当乘驴车而去。"延昭曰:"敌兵来得多矣,陛下速上马,宁可伤臣,望勿顾惜。"

正在危急之际,适杨七郎单骑杀入,见延昭曰:"宋兵战阵已乱,哥哥何不急保主上而走?"延昭曰:"汝以所乘马与圣上骑,吾当先杀出。"七郎扶太宗上马。延昭怒声如雷,突出重围,正被兀里奚众军拦住。延昭咬牙觑定兀里奚,一枪刺去,正中咽喉而死。绕过西营,北兵矢石交下,延昭透不得重围,恰遇杨业、高怀德、呼延赞三将冲溃杀来,救出太宗,走奔定州①。此处可见杨延昭之勇。后人有诗赞之曰:

斩坚入阵救君王,敌将争迎致灭亡;
未入中朝先建绩,将军名望至今香。

潘仁美收拾残军,但见尸首相叠,血流满野,宋兵折去八九万,丧其资械不可胜计。于是,易、涿等州复归于辽。耶律休哥已获全胜,乃收军还幽州不提。

却说太宗走入定州,众将陆续都到。八王等进前拜谒。帝曰:"今日若非杨业父子力战,朕几一命难保。"八王曰:"陛下百灵相助,贼兵自不能伤。自今还当保重圣躬,不宜亲冒险地。设使诸将一时不及救应,谁为陛下计哉?"太宗点头以应。即召杨业入帐中,赏以缎帛二十匹,黄金四十两。因谓之曰:"权以赐卿,聊为相信之礼。候班师之日,再议报功。"杨业再拜受命而出。八王奏曰:"运饷不给,军士凋丧,乞陛下班师还京,以慰臣民之望。"太宗从其议,即日下诏班师,以潘仁美为前队,杨业为中队,其余诸将各以所部护驾在后。旨令既下,诸将准备起发定州,望汴京而还。有诗为证:

泽国江山入战图,生民何计乐樵苏?
凭君莫话封侯印,一将功成万骨枯。

---

① 定州——今河北省定州市。

第十二回　高怀德幽州大战　宋太宗班师还汴

大军一路无词,不日归到汴京。文武群臣朝见毕。太宗曰:"朕以幽州之辱,常悬胆以报雪。汝众臣各陈所见,为朕熟筹之。"司徒赵普与参知政事窦偶①、郭贽等奏曰:"陛下以甲兵之利,府库之富,何患丑贼不灭哉!但以军士围太原已久,疮痍②未复,须待秋高马肥,蓄威养锐,徐图进取,未为晚也。"太宗从其议,下命宴征太原将士于崇元殿。是日,君臣尽欢而散。

次日降敕:封杨业为代州③刺史兼兵马元帅之职;其长子以下,俱封代州团练使;居第于金水河边无佞宅;赐赉甚厚。群臣奏以杨业未立大功,封赐过重。帝曰:"朕以信义处人,岂可有失于臣下?"竟下命。杨业复上表,辞其众子之职。表曰:

臣杨业稽首拜言:窃谓圣明在上,万物同春。臣僻生边鄙,赋性粗率;文不能立国,武不能定乱。蒙陛下覆载之仁,浩荡之德;赐第宅于金水之河,授敕命以代州之任。如此宏恩,使臣虽碎骨捐身,莫能效命于万一。日夜怀惧,惟思报本。臣愚蠢之子,未见寸功于朝廷,而皆得团练使之职。恩命既下,中外骇焉。臣何敢当!乞陛下以赏罚为慎,追还众子之诰,使臣得免滥受之罪,以图尽职。频思致命,不胜幸甚。

太宗览表降旨,准其所请。杨业谢恩而退。是时边警暂息,烽火不闻。太宗日与群臣在宫中,讲论治道,计议藩镇将帅,或升或调,皆得其宜。

话分两头。却说耶律休哥自胜宋师以归,颇有张大之志,萧后甚倚为重。正值萧后设宴以待文武诸臣,耶律休哥进曰:"往者以陛下福荫,出军迎敌宋师,臣仗诸将用命,杀之败衄而去。今臣欲乘宋师走归之后,人怀内惧,谨领精兵,直捣汴京,以报围困幽州之辱。乞陛下允臣所请。"萧后曰:"以卿所论,诚忠言也。只恐宋师人强马壮,未可进取。"燕王韩匡嗣曰:"臣愿与耶律将军同出兵伐宋,审机而进,自有成绩。"太后依奏降旨,以韩匡嗣为监军,耶律休哥为救应,耶律沙为先锋,率精兵十万伐宋。

---

① 偁(chēng)——同"称"。
② 疮痍(chuāng yí)——创伤。
③ 代州——今忻州市代县,位于山西省东北部。

匡嗣等受命,即日兵出幽州,望遂城①进发。

时值九月天气,但见:寒风落叶秋容淡,鸿雁声悲旅思中。辽兵进发数日,始至遂城西北五十里下寨。守遂城者,宋将刘廷翰,听得辽兵骤至,与副将崔彦进、李汉琼等议曰:"辽人以主上兵败而回,乘此锐气,特来围城。将何以退之?"彦进曰:"若与之战,胜败未可知。当用诡计,竖起降旗,诱其入内擒之,可一鼓而成功也。"廷翰曰:"此计固妙,但恐其有疑,不纳我等降如何?"汉琼曰:"先以粮饷进之,彼见我情之真,决无不纳。"廷翰大喜,即遣人入燕营中济饷请降。韩匡嗣曰:"汝主来降,将何为信?"差人曰:"先献钱粮与元帅,充军饷之用,然后率众纳款。"匡嗣信而允之。耶律休哥进曰:"宋军气势不弱,今未交锋而请降,此诱我之计也。元帅宜整军待之,勿信其言。"匡嗣曰:"彼以粮饷与我,岂有不真?"遂不听休哥之谏。

次日,兵泊城下。廷翰得差人回报之语,即整点军马,令崔彦进率马军一万,屯城东门,待辽兵入城后,斫破其营。彦进领兵去了。又唤李汉琼领步兵一万,屯城西门,敌人若到,放上闸桥,乘势擒之。汉琼亦领命而行。廷翰分遣已定,自率劲卒,密出南门,做救应之兵。

第 十 三 回

李汉琼智胜番将　杨令公大破辽兵

却说韩匡嗣遣人缉探动静。回报:"宋人大开西门,并无只骑来往。"匡嗣不信,自率轻兵来看,首先进入壕堑,见吊桥装点齐备。燕护骑尉刘雄武进前谏曰:"元帅不可轻入,适望城中,隐隐似有刀兵之状,若不急退,堕其计矣。"匡嗣猛省曰:"汝之言是也。"即令后军慢进。忽门闸边数声炮响,如天翻地塌之势。李汉琼引步军抽起壕闸,当先杀出。韩匡嗣大惊,勒马便走。汉琼提刀追来。辽将刘雄武奋勇迎敌。二骑相交,战不数合,被汉琼一刀劈于马下。宋兵竞进。

---

① 遂城——为宋、辽界城,位于今河北省徐水县。

第十三回　李汉琼智胜番将　杨令公大破辽兵

辽兵大败,自相践踏,死者不计其数。耶律沙一骑飞来,保救匡嗣,杀向旧营。崔彦进引马军斩坚而入,正遇耶律沙交锋。耶律沙见宋兵势大,不敢恋战,拼死与匡嗣夺围走奔易州。彦进掩兵追击。辽师拔营而逃,遗弃辎重殆尽。刘廷翰从城南绕进,与彦进等合兵追赶。独耶律休哥以中军力战不退。廷翰乃收军还城。休哥引残军回见匡嗣,言宋兵太甚,一时无策,可急转幽州,再作商议。匡嗣忧惧无已,只得率众归奏萧后。

萧后闻知败兵折将之由,急召耶律休哥问曰:"出师未逢大敌,如何便致丧败?"休哥以宋人用诈计相诱奏知。后曰:"军中有汝在,何不参其议?"休哥曰:"臣亦曾谏,匡嗣以臣所料太过,乃致误遭奸计也。"后大怒,下旨斩韩匡嗣,以正国法。耶律沙等力救曰:"匡嗣之罪,本不容辞,念其为先帝之臣,乞陛下赦之。"后怒稍解,乃削其官职,黜退为民。下令着耶律休哥为主帅,耶律斜轸为监军,再统十万精兵,伐宋报仇。旨令既下,休哥等克日出师。

忽哨马报入遂城。刘廷翰集诸将议曰:"辽兵乘锐而来,要与我等死战,只宜坚守;一面遣人申报朝廷,待救兵一至,而后议战,则破辽兵如拾草芥耳。"众人遵令,各分门而守,按兵不出。

是时汴京已有边报奏入:"近日宋辽鏖战,宋师大胜。"君臣正在议论间,忽奏:"辽兵又犯遂城,乞发援兵相济。"太宗闻奏,谓众臣曰:"遂城乃幽燕之咽喉,辽兵既出,势所必争。若使遂城有失,则泽、潞二州亦不可守。谁领兵救之?"杨光美进曰:"杨业父子,常欲立功,以报陛下。若委之以此任,破燕师必矣。"太宗依其议,即授杨业幽州兵马使,部兵五万,前救遂城。业得命,欣然而行,令长子杨渊平监领余军;自率延德、延昭,克日兵离汴京,望遂城进发。来到赤冈下寨,隔遂城不远,先使人报知城中。刘廷翰知是杨业来救,大喜,召诸将议曰:"杨业世之虎将,辽兵非其敌也。汝等但整饬①器械相应。"彦进等各去整备。不提。

却说杨业部父子之兵,于平原旷野,排开阵势。忽见一彪军,旌旗蔽日,尘土漫天。杨业出阵视之:一员大将,唇青面黑,耳大眼睁,乃耶律沙也。横刀勒马问曰:"来将是谁?先报姓名。"杨业笑曰:"无端逆贼,妄生边衅。今日救死且不暇,尚敢问吾大名哉?"耶律沙顾谓军中曰:"谁先出

---

① 饬(chì)——整顿。

马,挫宋师一阵?"言未罢,骑将刘黑达应声而出,纵马舞刀,直取杨业。杨业正待亲战,五郎杨延德一骑飞出,抡斧抵住交锋。两下呐喊,二将鏖战。刚刚战到第七个回合,延德卖个破绽,转马绕阵而走。黑达要建首功,骤马追来,马尾相接。延德绰起利斧,回马当面一劈,将黑达连头带盔,劈落马下而死。

番将耶律胜纵骑提刀,要来报仇。杨延昭挺枪迎战。两马相交,杀做一团。延昭奋枪一刺,耶律胜翻鞍落马,血溅尘埃。正是:

  阵上番官拼性命,征场宋将显威风。

杨业见二子战胜,驱动后军,冲入北阵。耶律沙舞刀力战,不能抵敌,跑马望中军逃走。杨业一骑,左冲右突,如入无人之境。番兵大乱,死者无数。刘廷翰开了西门,引兵抄出。耶律斜轸拔寨走奔瓦桥关。廷翰与杨业合兵进击,杀得番兵尸首相叠,血荡成河,得其辎重衣甲极多。

杨业既获全胜,驻师遂城之南,与诸将议曰:"辽将走据瓦桥关。我当乘此锐气,剿灭番兵。"刘廷翰曰:"耶律休哥智勇之将,今既远遁,元帅暂且息兵遂城,审机而进。"杨业曰:"兵贵先声,使敌人不暇为谋,此取胜之道也。公等勿虑,只管进兵。"诸将得令,直杀奔瓦桥关,扬旗鼓噪,列阵于黑水东南,兵势甚盛。

是时耶律休哥等,听知宋师长驱而来,与耶律斜轸议曰:"杨家父子,真劲敌,杀我将如斩瓜切菜,无人敢当。今来攻围瓦桥关,只可据守,不可与战;待彼粮食将尽,而后战之,可雪前耻矣。"斜轸然其议,下令诸将,协力坚守关口,按甲不出。宋师乘势攻击,关上矢石交下,人不能近,唯远远啖围①而已。一连攻打十数日,不能成功。

杨业亲引数十骑,出关审视地理。远望靠左一带,尽是草冈,乃辽将屯粮之所;右边通黑水,番兵皆据岸而营。杨业看了一遭,入军中召刘廷翰议曰:"贼兵坚守不出,其志将待我食尽,而为攻袭之计。乘今北风夜作,寒冬天气,关左草木焦枯,若用火攻之计,可破此关也。"廷翰曰:"令公之论,与小将暗合,唯虑耶律休哥测破。"业曰:"吾自有智伏之。"即令军人捉一乡老来问之曰:"瓦桥关左侧,有小路可入否?"乡老曰:"只有一条樵路,人马不堪行。只今辽兵用木石塞断其处,难以通透。"

---

 ① 啖(dàn)围——紧紧包围;引诱并包围。

第十三回　李汉琼智胜番将　杨令公大破辽兵

令公听罢,以酒食赐乡老而去。召过延德谓曰:"汝引步军五千,卸去戎装,秘密偷出樵路,人各带火具,候在交兵之际,即便举起。"延德领计去了。又唤延昭入曰:"汝带马军五千,乘黄昏直渡黑水,敌贼必出兵半渡来袭,便复登岸而走,吾自有兵应接。"延昭亦领计而去。杨业复谓刘廷翰曰:"公与崔彦进率所部,待吾儿退走,沿岸接战,敌兵若见关后火起,必先慌乱,可获全胜。"廷翰慨然而行。杨业分遣已定,自引中军在高处瞭望。

却说耶律斜轸见宋兵攻关不下,自与诸将谈论饮酒,遣人缉探宋师动静。回报:"宋师将渡黑水,暗袭燕城。"斜轸笑曰:"人言杨业善用兵,徒有虚名耳。"因遣耶律高领精兵五千,拒岸而守,乘敌半渡逆击之,可破其众。耶律高领兵去了。又遣耶律沙、韩暹①部兵一万,袭宋营垒。分拨已定,自与休哥等整兵接应。

将近黄昏,杨延昭引兵直趋黑水,众人各携土囊,从下流而渡。未过一半,耶律高即率精兵乘势杀来。延昭军马复奔回南岸。辽将已渡过水,与延昭交锋。延昭且战且走。俄而信炮响亮,两岸箭弩如雨。刘廷翰等斩坚而入,正迎着耶律高交锋。耶律沙与韩暹二骑冲突宋营,喊声如雷,奋勇而进。杨延德步兵已偷过樵径,听得前面金鼓不绝,知是交兵,令部下点起火具。正值夜风骤起,火势迸发,一时满天红焰。番兵守粮者,各自奔溃。

耶律高见关后火起,急杀回原路,被廷翰赶近前,斩落水中。比及耶律沙已知中计,复引兵来救,杨延昭、刘廷翰等合兵进击,辽兵大败,各抛戈弃甲逃生。杨延德引兵从关后攻出。耶律休哥保斜轸杀奔蓟州,宋师遂乘机袭了瓦桥关。天犹未明,烟焰正炽,杀死番兵无数。

次日平明,诸将各上其功。杨业曰:"可乘此破竹之势,进兵围燕城。"廷翰曰:"令公威名已振,辽将已皆胆落。然今粮饷不继,未可深入敌境。"令公然其言,遂驻师于瓦桥关。

却说耶律斜轸又败了一阵,不胜愤怒,与众将整兵欲来决一死战。休哥进曰:"胜败乃兵家常事,元帅不必深耻。可奏知主上,得助兵来应,然后宋师可破也。"斜轸从其言,即差人来奏萧后。萧后闻奏屡败,乃大惊

---

① 暹(xiān)——古时有暹国(暹罗),今泰国。

曰:"宋师是谁用兵,能如此胜敌?"来军奏曰:"河东山后令公杨业也。"萧后曰:"久闻此老号'杨无敌',名不虚传矣。"即遣大将耶律奚底,率兵五万救之。奚底得旨,即日兵出幽州。不提。

第 十 四 回

犒①将士赵普辞官　宴群臣宋琪赋诗

却说哨马报入杨业军中,业与众将议曰:"既辽兵复出,且缓与战。待我报捷朝廷,粮饷充足,须平定燕幽,然后班师。"廷翰等然其议。业即遣团练使蔡岳归奏太宗。太宗闻知连胜辽兵,且大军直进燕幽,心中大悦,因问辽之消息如何。岳曰:"辽将不胜其辱,今复益兵来战。杨主将屯扎瓦桥关。近因粮食不充,未敢进兵,特遣臣赴阙奏知。"太宗与群臣商议,欲亲征大辽。枢密使张齐贤上疏奏曰:

圣人举事,动出万全。百战百胜,不如不战而胜。若重之谨之,戎狄不足吞,燕蓟不足取。自古疆场之难,非尽由戎狄,亦多因边吏扰而致之。若缘边诸塞,抚御得人,但使峻垒深沟,蓄力养锐,自逸以处,宁我致人!所谓择卒不如择将,任力不及任人。如是则边鄙宁,而河北之民获休息矣。臣又闻:"家六合者,以天下为心。"岂止争尺寸之土,乘戎狄之势而已!是故圣人先本而后末,安内以攘外。是知五帝三王,未有不先根本者也。尧舜之道无他,广推恩于天下之民尔。推恩者何?在安而利之。民既安利,则戎狄敛衽②而至矣。

疏上,太宗以示赵普、田锡、王禹偁数臣。赵普奏曰:"齐贤所陈,当今之急务也。乞陛下召还杨业之兵,敕帅将严设边备,则幽燕不能为中原患矣。"太宗允议,即日下诏遣使,召还伐辽之师。不提。

却说杨业在关中得圣旨来到,与诸将议曰:"朝廷既有班师之命,可

---

① 犒(kào)——犒劳,奖赏。
② 敛衽(liǎn rèn)——整一整衣襟,表示恭敬。

第十四回　犒将士赵普辞官　宴群臣宋琪赋诗

将将士分作前后而行,以防北兵追袭。"延德进曰:"所难得者,机也。大人连胜辽敌,再假十数日之程,直捣幽蓟,取其地舆以归,上报朝廷知遇厚恩,岂不美哉?"业曰:"吾亦有志如此,奈何君命既下,若不还军,反有违抗之罪,纵建微功,亦不足偿也。"延德乃不复敢言。次日,令刘廷翰等固守遂城,自率所部离了瓦桥关,径望汴京而回。静轩咏史诗曰:

功在垂成诏即行,堪嗟机会竟难凭。

陈家谷口忠勤念,千古令人恨不平。

杨业既至京都,朝见太宗。太宗深加抚慰,赐赍甚厚。因令设宴犒赏征辽将士,君臣尽欢而散。

次日,赵普辞罢丞相之职。帝曰:"朕与卿自布衣知遇,且朝廷赖卿扶持,何以辞职为哉?"普曰:"臣已老迈,不能理繁,乞陛下怜臣枯朽之体,允解政事,则生死而肉骨矣①。"太宗见恳切之甚,遂允其请,罢普为武胜军节度使。普拜受命,即日辞行。

帝于长春殿赐宴饯行。酒至半酣,帝于席上谓普曰:"此行只遂卿之志,遇有急事商议,卿闻命之日,当即随使而来,勿负朕望。"普离席领命。帝深有眷恋之意,亲作诗以送之曰:

忠勤王室展宏谟②,政事朝堂赖秉扶。

解职暂酬卿所志,休叫一念远皇都。

普奉诗而泣曰:"陛下赐臣诗,当勒之于石,与臣朽骨同葬泉下。"太宗闻其言,亦为之动容。君臣各散。赵普至中书省辞僚属宋琪等,因道主上之恩,不胜感慕。琪曰:"主上以公极知之爱,而有眷恋之情。此去不久,当复召也。"普取出御诗涕泣曰:"此生余年,无以上报,惟愿来世,得效犬马之力。"琪慰抚甚至,送之而出。普径赴武胜不提。

翌日,太宗设朝,群臣朝见。帝谓宰相曰:"普有功国家,朕昔与游。今齿发衰谢,不欲劳以庶务,择善地而处之,因赐诗以道其意。普感激泣下,朕亦为之堕泪。"宋琪对曰:"昨日普至中书省,与臣道及陛下之恩,且言来生愿效犬马之力;今复闻陛下宣谕,君臣始终,可谓两全。"帝然之。

---

① 此句意为——如果能解除我的职分,那可真是令死者复生,使腐骨长出新肉的好事呀!

② 谟(mó)——计划。

以宋琪、李昉知平章事;李穆、吕蒙正、李至参知政事;张齐贤、王沔同金署枢密院事;寇准为枢密直学士。琪等拜受命而退。

是岁改元为雍熙元年。冬十月,太宗想起华山隐士陈抟①。抟,亳州②真源人,尝举唐长兴中进士不第,遂不复官禄,以山水为乐。因服气辟谷,日饮水数杯而已。历二十余年,乃隐华山灵台观。每寝处,多百余日不起,故俗人有"大睡三千,小睡八百"之语。先是抟乘驴过天津桥,闻太祖克汴,乃大笑堕驴曰:"天下自此太平矣。"至是太宗遣使,召之赴京。

陈抟得诏,随使朝见。太宗待之甚厚,谓宰臣曰:"抟独善其身,不干势利,所谓方外之士也。"乃遣中使送抟至中书省。宋琪等延接殷勤,坐中从容问曰:"先生学得玄默修养之道,亦可以教人乎?"抟笑曰:"小道山野之人,于时无用,亦不知神仙炼丹之事,吐纳养生之理,非有方术可传。假令白日升天,亦何益于世?今主上龙颜秀异,有天人之表;博达古今,深究治乱,真有道仁圣之主也。正是君臣协心同德,兴化致治之秋。勤行修炼,无出于此。"琪深服其言。次日奏对,以陈抟所言上陈,太宗诏赐号"希夷先生",亲书"华山石室"四字赠之,放还华山。抟再拜受命,即日辞帝而出,自回华山不提。

却说太宗以边境宁静,与臣民同享太平之盛,因下诏赐京师百姓饮酒三日。其诏曰:

> 王者赐酺③推恩,与众共乐,所以表升平之盛事,契亿兆之欢心。累朝以来,此事久废,盖逢多故,莫举旧章。今四海会同,万民康泰;严烟始毕,庆泽均行。宜令士庶,共庆休明,可赐酺三日。

诏旨既下,京都士民,无不欢跃。至期,太宗亲自与群臣登丹凤楼,观士民乐饮。自楼前至朱雀门,设音乐,做山车、旱船往来;御苑至开封诸县及诸军,乐人排列于通路。音乐齐奏,观者满城,富贵无比。后人有诗断曰:

> 烽火烟消镇节安,君臣作乐夜深阑。

---

① 陈抟(tuán)——宋初道士,字图南,号扶遥子。著有《无极图》、《先天图》等。其学说后被推衍为宋代理学的重要组成部分。
② 亳(bó)州——今安徽亳州市,位于安徽西北部,与河南省接壤。
③ 酺(pú)——酒。

幽辽未下中原患,忘却当年保治难。
时雍熙二年①春二月也。

次日,太宗宴群臣于后苑,召宰相近臣赐酒赏花,谓之曰:"春气暄和,品物畅茂,四方无事。朕以天下之乐为乐,宜令侍宴诸臣赋诗赏花。"玉音既下,一人进曰:"小臣不才,愿承命赋诗。"乃平章事宋琪也。即展花笺,援笔立书七言八句以进。其诗曰:

圣主飞龙俗美淳,乾坤总是一般春。
四方风泽被休教,万国归来慕至仁。
浩浩舜恩邦尽戴,巍巍汤惠士皆亲。
微臣有愧无能补,鼓舞升平沐化新。

太宗览诗大悦,命取玉觞赐酒。李昉继进一首曰:

侍班上圣拟旒疏,融煦昭然德意孚。
饱暖四方咸底定,供输百姓自无虞。
仰风琛贡来蛮貊②,披泽讴歌沸道途。
际遇太平何以报?凤麟为瑞有珍符。

参知政事吕蒙正亦进一律曰:

恩敷喜动万方民,御极龙飞际圣人。
圣治及将休运启,嘉祥日送好音频。
均沾有域皆怀德,一视无邦不遂臣。
盛世愿赓③儒馆颂,德音荣对玉墀④春。

帝览罢三诗,乃曰:"宋平章之诗,词语优游,太平气象也;李昉诗,清丽可爱;吕蒙正诗,品格清高,忠勤度量。皆可为法,然视宋平章气魄绝伦,自与二人不同。"因令中官,将三人之诗,勒于赏花亭下,以记君臣共乐之盛。中官承命而出。太宗又曰:"国家虽值暂安,而武事不可急荒。辽蓟未平,朕日夕为忧。当今在席武臣及诸王,各务走马射箭,以较武艺。"宋琪曰:"陛下所虑甚远,诚社稷之福也。"

---

① 雍熙二年——即公元985年。
② 貊(mò)——我国古代对东北方的民族称"貊"。
③ 赓(gēng)——继续。
④ 玉墀(chí)——墀,台阶上的空地。玉墀,代指皇宫。

帝即命军校于后苑隙地,立起箭垛,离百步为界。武官分为两队:诸王穿红,将帅穿绿。诏旨既下,各带雕弓长箭,跨鞍立马听候。帝传令曰:"能有射中红心者,赏与骏马、锦袍;射不中者,降出藩镇调用。"道声未罢,红袍队里一人,骤马持弓而出,众视之,乃秦王廷美也。勒动其骑,挽弓架箭,指定红心发矢,正中其处。看者暗暗称奇。廷美射中红心,竟跳下马,于太宗御前请命。太宗喜曰:"吾侄技擅穿杨,真可御武。"遂赐袍、马。廷美谢恩而退。忽穿绿班中一将,涌身而出曰:"小将愿试一箭。"视之,乃是大将曹彬。纵马开弓,拈弦架箭,一矢正透红心。观者无不叹羡。曹彬亦下马,拜伏于御前。太宗深加抚劳,赐马、袍而退。是日君臣尽欢而散。

秦王等既出后苑,暮过楚王元佐门首。元佐,帝长子,少聪慧,貌类帝,帝钟爱之。后发狂疾,时以新瘥①不预。闻乐声透于堂中,问左右曰:"是谁夜过府门,而乐音透彻?"左右曰:"今日圣上宴诸王、武臣于后苑,皆较射为乐。适秦王射胜,赏赉马、袍而出,经过门首,送从之乐音也。"元佐怒曰:"他人皆侍上宴赏,我独不在,是弃我也。"因发愤饮酒,至夜深,放火焚其宫室。城中大惊。官军一时赴救不灭,可惜雕梁画栋,绣阁琼楼,尽成灰烬。次日,太宗知其由,下诏废元佐为庶人,迁于均州②安置。旨令已下,元佐怀惭无及,带从人径赴均州。不提。

第 十 五 回
曹彬部兵征大辽　怀德战死岐沟关

却说耶律休哥等,以宋师既退,欲报遂城之耻,未得机会。每遣人入汴京缉访,回报宋朝日以赏玩为乐,君臣酣饮之事。休哥闻此消息,入奏萧后曰:"臣以出师未得其利,致败衄之罪,诚该万死。且臣职在戎伍,近闻宋朝君臣纵逸欲之乐,不修国政。今欲部兵直捣汴京,定其疆界,庶报

---

① 瘥(chài)——病愈。
② 均州——即今湖北省丹江口市。

第十五回　曹彬部兵征大辽　怀德战死岐沟关

前日之耻。"后闻奏,乃曰:"卿连年出师不利而还,宋之天下,未可即图,须徐议进取。"耶律沙奏曰:"所难得者机会,易失者时月。正当乘其无备,一举可以成功。"萧后见众人意向如此,乃下旨:以耶律休哥为监军,耶律沙为先锋,其下将士,各依调遣。休哥得旨,即日辞萧后,率精兵十万,由朔、云等州征进。

消息传入汴京,太宗闻知怒曰:"丑羯①奴恣生边衅,朕当亲征之。"因下诏示知。宋琪等奏曰:"辽众犯边,帅臣云集,何劳陛下亲冒矢石,以损威重乎?只须遣大将御之足矣。"帝意未决。张齐贤亦力陈:"若使车驾再动,则百姓劳苦,乞陛下念之。"帝允奏,乃以曹彬为幽州道行营前马步军水陆都部署,以招讨使潘仁美、呼延赞、高怀德副之,率兵十五万众,征过大辽。

曹彬等得命,分遣诸将,克日②入辞太宗。太宗谓曰:"潘仁美但先趋云、朔,卿等以十万众声言取幽州,且宜持重缓行,不得贪利。彼闻大兵至,必悉众以救范阳③,不暇援山后矣。"彬等受命而退。大军离汴京。潘仁美、杨业、高怀德率兵三万,由寰州征进。曹彬、呼延赞由新城进发。正值暮春天气,但见:

　　路上残花随马足,原中飞絮点春衫。

且说曹彬部大众,来到新城五十里下寨。守新城辽将贺斯,听得宋兵来到,即引骑出城迎敌。两阵对圆,曹彬盔甲整齐,精神抖擞,立于门旗之下,谓辽将曰:"吾主仁明英武,统一天下,为何不速降,以图富贵?"贺斯怒曰:"汝无故兵入吾境,赢得手中刀,即便投降?"彬顾谓诸将曰:"谁去擒此贼?"一将应声而出,乃呼延赞,挺枪跃马,直取贺斯。贺斯纵骑舞刀来迎。两下呐喊。二将战上三十余合,贺斯力怯,拨回马便走。呼延赞奋勇追上前去,兜背一枪,刺落马下。辽兵遂溃。曹彬驱动后军,乘势取了新城。

次日,兵进飞狐岭。守将吕行德,知宋兵已到,与招安使大鹏翼等计议曰:"宋军势大,难以迎敌,不如解甲投降,庶免军士之苦。"鹏翼等曰:

---

① 羯(jié)——古时北方的民族。

② 克日——约定日期。

③ 范阳——约在今北京市和河北省保定市北部。

"宋兵远来,必然疲乏,正好破之,如何便思屈膝?"遂帅所部军马迎敌。远见宋兵漫川塞野而进。鹏翼令军士团住阵脚,当先出马,大骂宋军:"贪心无厌,深入吾境,杀得汝片甲不回。"宋阵中呼延赞挺枪出战。大鹏翼抡斧来迎。两马相交,战上五十余合,赞乃佯输,走入阵中。鹏翼骤马赶来。赞冷眼窥其渐近,大喝一声,鹏翼措手不及,被赞捉于马上。宋师涌进,贼兵降者无数。曹彬将鹏翼斩于城下号令。

次日,吕行德举关迎降。宋师又下飞狐岭,长驱进于灵邱。守灵邱辽将胡达,引兵迎战。宋将呼延赞跃马厉声出曰:"来将速下马投降,免受诛戮;不然,视前日为例。"达怒曰:"猖狂匹夫!擒汝以献吾主。"即抡刀直冲宋阵。呼延赞举枪交还。二将战上一百回合,不分胜负。赞思:"此贼勇力过人,须以智取。"即勒回马绕阵而走。胡达拍马追之,转过阵前,赞按下长枪,掣出金鞭。敌将追骑刚到,呼延赞睁睛举鞭,劈脑一声响,胡达一命悠悠,死于鞭下。曹彬驱军掩击,贼兵大败,遂袭了灵邱,得其降卒五千,牛马辎重无算。曹彬谓赞曰:"近来之战,将军功绩居多,吾固不及也。"赞曰:"皆出元帅之妙算,小将何功之有?"彬大服其量。因遣人报捷于太宗。

太宗惊曰:"彼安得进兵如是之速耶?"乃遣使诣灵邱,令彬待仁美之众,一同进兵,庶能克敌。曹彬得旨,正在沉吟之间,忽报:"潘招讨大军已出雄州①,特来与元帅相会。"彬大喜,即遣骑军迎候。翌日,仁美来到灵邱,入见曹彬,道知已克寰、朔等州,降其刺史赵彦章、节度副使赵希贤等十数人。彬曰:"此皆出于招讨致胜之功。今主上有旨,候在齐发,我等当整兵前进。"仁美然其言,即日领军,望涿州而行。

却说耶律休哥等,兵屯云州。听得宋师已进涿州,下令众军亟进,于涿州城南下寨,与宋营只去五里之地。休哥召耶律沙入谓曰:"宋师深入吾地,势必跋涉。汝引马军二万,屯于城南,坚壁而守。候其用力稍竭,出劲兵袭之。"耶律沙依令去了。休哥又谓华胜曰:"汝以步兵一万,屯灵邱险地,设伏于林中,以绝宋之粮道。"华胜亦领计而行。休哥分遣已定,夜则令轻骑入宋营掠其单弱,昼则以精锐张其声势。

是时,曹彬督诸将于城下搦战。辽兵按营不出。宋师望见辽师精锐,

---

① 雄州——今保定市雄县。

第十五回　曹彬部兵征大辽　怀德战死岐沟关

不敢轻进。夜间不胜其扰。一连驻了十数日,军中粮饷不继。遣人打探,回报曰:"近日粮草屡被辽兵所掠,不能前进。"曹彬大惊,与仁美等议曰:"吾众深入敌境,粮饷不继,倘被辽帅得知,出兵来袭,是自取其败也。不如撤围退雄州,以待运饷充足,再议进取。"仁美然其言,即下令将军马退入雄州,遣人入汴京奏知,以援馈饷。

太宗闻奏,大惊曰:"岂有敌在前,反退军以援刍粮?失策之甚也。"急遣使止曹彬等,令其引兵沿白沟河而进。使者得命,径诣雄州见彬,传示敕命。彬等闻命,与诸将商议进兵。潘仁美曰:"贼势方锐,且地理不熟,莫若据雄州待之,为上计也。"高怀德进曰:"若逗留不行,使敌人知吾粮尽,乘虚来袭,反为失计;不如先声而进,或可得志。"彬见众论纷纷,不得已,乃下令:"军士各裹粮带食而进。"将近涿州,耶律休哥听得宋师骤至,令人道知耶律沙等,乘虚出兵。又遣耶律呐部兵一万,埋伏巢林待敌。休哥分遣已定,自与耶律奚底引劲卒,出岐沟关迎战。

将近日午,宋师行了一日一夜,且兼暑月,人马饥渴。恰遇耶律休哥军马一齐摆开,威势甚壮。宋师颇有惧怯。南将高怀德首先出马,大骂:"辽贼速降,饶你一死。"耶律奚底激怒,纵骑舞斧,直取怀德。怀德举枪来战。两马相交,战将五合,奚底拨马便走,怀德引骑追之。曹彬催动中军而进。耶律休哥接住交锋,且战且走。宋师已入关口,忽巢林一声炮响,耶律呐伏兵齐起,将宋师冲作两截。曹彬大惊,跑马便回。番兵万弩竞发,彬所座马已中流矢而倒。正在危急之际,呼延赞一骑冲到,急叫曰:"主将可随吾杀出。"赞在前,彬在后,拼死杀透重围。

时耶律沙之兵,抄入潘仁美阵后,将仁美围在垓心①。高怀亮力战不退。赞保彬走回本阵,见南方杀气连天,谓彬曰:"必是宋师遭围,吾往救之。"即勒马而进。正遇仁美头盔尽落,徒走而来。赞杀散追兵,保仁美而回。怀亮与耶律沙大战,后面无接应军马,被耶律沙赶到关口,一刀斩之。比及高怀德冲围来救,耶律休哥挥动辽兵追杀。怀德血映袍铠,从骑丧折殆尽。耶律呐部兵又到,箭如飞蝗。怀德臂中巨弩,拔矢洒血复战,手斩番兵数十。见势危迫,料不能退,乃思曰:"吾为宋朝大将,莫被敌兵所辱。"遂马上自刎而亡。可怜高怀德兄弟二人,竟死于难。静轩读史至

---

① 垓(gāi)心——战场的中心。

此,有诗曰:
> 血战当年报主忠,斩坚入阵几千重。
> 英雄功绩今何在?回首沉吟夕照中。

高氏兄弟阵亡之后,耶律休哥等合兵一处,乘势追赶。又值暑雨暴下,宋师无复行伍。呼延赞保着曹彬、潘仁美等,走到马河,闻后军报道:"高怀德兄弟二人,俱战死阵中。"彬等不胜哀感。忽听战炮连天,耶律休哥追兵杀来。曹彬不敢停留,连夜渡河而走。辽兵已追及,杀死及溺河中者,不计其数。休哥等以宋师已渡河去,乃收军还营。次日,河中浮尸蔽满,水亦为之不流。岐沟关下,委弃盔甲辎重,积如丘山。曹彬等退保新城。计点将士,折去六万余人。遣人入汴上表请罪。

太宗闻奏,大惊曰:"此是寡人虑事不周之过矣!"即下诏遣使,召曹彬班师。使臣领旨,到新城宣知。曹彬等得旨,以副将米信守新城,自与大队回汴京,朝见太宗,伏于阶下。太宗慰之曰:"不知地势,遭贼兵所算。卿等今后当以是为戒。"彬谢恩而退。帝下诏,令呼延赞屯定州,田重进屯灵邱,以防辽兵再入。赞等领命而去。不在话下。曹彬自以出师无功,闷闷不悦,因上表力辞兵柄。太宗允奏,乃下诏降为房州①刺史。又追念高怀德之功,官其二子高麟、高凤为代州团练使之职。曹彬既受命,即日赴房州而去。自是闭门读书,不与人事相接。

却说耶律休哥大胜宋师,遣人奏捷于萧后,且请欲举兵南下。萧后得报大悦,因遣使诣涿州止之曰:"须候秋高马肥,然后进兵。"休哥等得旨,乃按兵不行。边报传入京师,已知辽兵留镇云州,将为再寇之计。太宗得报,与群臣商议拒御之策。八王进曰:"辽兵势颇猖獗。陛下只须敕边将修理战具,随机剿捕,使敌人疲于奔命,边患自息矣。"太宗然之,即下诏传谕近边帅臣。不提。

一日,太宗坐朝元殿,与侍臣议曰:"先帝在日,于五台山许一香愿未酬,临崩之际,嘱朕亲往还之。今值国事少息,将备法驾一行,卿等当为朕料理。"玉音既下,寇准出奏曰:"先帝虽有此命,然事当急其本而缓其末。近来与辽兵战斗连年,士马不宁。且五台山实乃辽之限界,耶律休哥拥重兵于云、朔等州,倘陛下车驾一动,敌人窥知,乘势来阻我众,那时谁为陛

---

① 房州——即今湖北省房县。

下计哉？宁可迟缓数年，候边境安息之时，还之未晚。此时决不可行也。"太宗半晌未应。潘仁美奏曰："臣举一人，保陛下前往，万无一失。"太宗问："所举是谁？"仁美曰："代州刺史杨业长子杨渊平，此人文武兼全，敌人畏惧。若护车驾而行，犹如泰山之安。"太宗大悦，遂下诏：以杨渊平为护驾大将军，带禁军二万，前往五台山。渊平得旨，准备戎伍伺候。不日，太宗车驾离汴京，三军迤逦①望太原进发。时值初秋天气，但见：

  落叶萧萧风乍冷，雁声悲切客情孤。

第 十 六 回
太宗驾幸五台山　渊平战死幽州城

  却说太宗车驾既离汴京，一路行来，看看望见五台山不远。寺僧智聪长老，率众迎接于龙津驿。车驾来到寺门外，引班官迎太宗进入方丈中龙椅坐定。文武列于两班。帝因下命，着仪司官赍过香礼与寺僧，于供佛案前摆列齐备。群臣随帝诣佛殿中。寺僧敲动钟鼓。太宗躬下拜祷曰："朕今此来，一者为先帝之愿，特来赛还；二者为生民臻②太平之福，仰仗洪慈；三者乃愿皇图巩固，四海清宁。"帝祝罢，主典僧宣读诰文毕。是夕，太宗宿斋于元和宫。

  次日，众臣奏曰："陛下香愿既酬，车驾当即还京，恐有细作不便。"太宗曰："朕深居九重，难得来此，与卿等暂留一日而行。"众臣再不敢奏。太宗遂令寺僧引路，邀侍臣步出寺外，观望景致。果见一座好山：前控幽州，后接太原，端然限界；中耸出一奇峰，层峦叠翠，万峰在目。有诗为证：

  拥翠拖蓝叠秀奇，巍然势下别华夷。
  分明指处尖峰顶，缥缈云霞接汉齐。

  太宗看之不足，因指前一望之地问曰："野草连天，却是何处？"潘仁美奏曰："此幽州也，古来建都之地，最是好光景。"太宗曰："朕当与文武

---

① 迤（yǐ）逦（lǐ）——曲折连绵。
② 臻（zhēn）——达到。

诸臣，前去游玩一回。”八王急奏曰：“幽州乃辽主萧后所居之地，陛下若往，是自投机阱也。速宜整车驾还京，免遭耻辱。”太宗曰：“昔者唐太宗平定了辽东，未尝不亲临战阵。今朕有千军万马在此，岂惧萧后哉！汝众臣但随朕去无虑。”八王再不敢谏。

即日车驾离五台山，前至邠阳①城地面。忽见旌旗蔽日，尘雾遮天。哨报：“前有番兵拦路。”太宗问：“谁可去探视？”一人应声而出，身长七尺，威风凛凛，乃保驾将军杨渊平也，奏曰：“臣前去擒取阻兵。”太宗允奏，渊平率马军杀奔前来。番阵旗门开处，一员辽将，生得面如黑铁，眼若流星，使一柄大杆刀，跨一匹赤鬃马，乃耶律奇，高叫：“宋人好好退去，饶汝一死。不然，自取擒戮矣。”渊平怒曰：“蠢尔番蛮，尚不缩头远避，敢来阻驾寻死耶？”即挺枪跃马，直取番将。番将舞刀来迎。两下呐喊震天，二将战做一块。耶律奇力怯，拨马便走。宋兵乘势赶入。番兵大乱，自相践踏，死者无数。渊平追去五里，回见太宗，奏知杀败番兵之事。太宗大悦，车驾遂进邠阳驻扎。

耶律奇收残军入幽州，奏知萧后：“今有宋帝车驾，驻在邠阳，臣被杀败而回。”萧后大惊，因问帝驾何以来此？近臣奏道：“前日在五台山还愿，便来游玩。”后曰：“往者众臣尚要兴师去伐宋地，今有此机会，何不出去擒之？”言未毕，天庆王耶律尚奏曰：“臣愿部兵前往，擒取宋帝以献。”后曰：“更得一人助卿为上。”马鞑令公韩延寿进曰：“臣愿同往。”后大悦，即与骑军一万前去。耶律尚即日部军出幽州，前抵邠阳城下，围城四匝，水泄不通。太宗车驾困在邠阳，深自悔恨，因令杨渊平出兵退之。渊平奏曰：“辽众初至，其势甚锐，若即与交锋，必不能胜。须停数日，一战可退。”太宗允奏。

是时，耶律尚亲督番兵，于城下紧攻，喊声雷动，城中震骇。太宗登敌楼观望，只见四下番兵，乌屯云集，连营数里攻击。谓侍臣曰：“番兵众甚，如何脱离此处？”潘仁美奏曰：“陛下勿忧。今有杨业，屯坚兵于代州与幽州连境地方。得一人前往谕救，必能退敌。”太宗问曰：“谁可往代州谕救于杨业？”渊平应声而出曰：“臣当一往。”太宗即付与敕旨。渊平密藏，披挂上马，开东门杀出。正遇番将刘弼拦住，渊平更不答话，奋怒一

---

① 邠(bīn)阳——古地名，今地不详。邠，同“豳”。

第十六回　太宗驾幸五台山　渊平战死幽州城

枪,刘弼翻鞍落马。渊平乘势杀出重围,径投代州,来见父亲。将敕旨进上,道知:"圣上被围邠阳,四面皆是番兵,父亲当尽引代州之众,前去救驾。"令公得旨,遂发兵起行。父子八人,离了代州,往邠阳而来。

哨马报入番营,告知天庆王。天庆王集诸将议曰:"杨业乃劲敌也,此来救驾,父子必将死战。我众人谁敢抵挡?不如将军马撤退,放他入城,然后复兵围之,不消一月,将他君臣尽困死于城中。"众然其计。乃下令将军马撤围,退离五里之地。

哨骑报入杨业军中。杨业闻此消息,乃曰:"番人不战而退,必有谋矣。我众人且入城见驾,徐图脱离之计。"渊平道:"父亲所见极明。"即整军马入城中,朝见太宗。太宗大喜曰:"不是卿来赴援,敌人安肯退去?朕闻卿名为辽人所畏,信不诬矣。"业奏曰:"番人夷狄之性,意不可测,此去必将复兵来困。望陛下即整车驾,臣父子拼死杀出。"太宗曰:"朕明日准定回驾。"话声未绝,忽报:"番兵长驱而来,仍旧围了城郭。"太宗惊曰:"不出卿之所料。"业奏曰:"番兵众盛,车驾难以轻出。待臣审视敌人声势,然后定计破之。"太宗曰:"卿当尽心筹度。"业承命而退。

次日,杨业率众子登敌楼①观望,见番兵八面分屯齐备,军马雄伟。令公叹曰:"若此坚兵,吾父子虽能杀得出去,如何能保众文臣无伤?纵使诸葛复生,不能施其计矣。"渊平曰:"终不然束手于此而待毙耶?"令公曰:"计策虽有,只是难得尽忠之人耳。"渊平笑曰:"大人往日常言,要以死报宋君。今吾父子自到宋朝之后,主上设极富贵之第宅相待,思无以报德;今遇患难,若有计可施,不肖情愿舍死向前。"令公喜曰:"汝若肯成吾计,可保君臣无虞。我明日奏知主上,即便主行。"渊平全无难色,凛凛然下了敌楼。

翌日,令公朝见太宗,奏曰:"臣昨观敌兵,甚是利锐。陛下若要脱此灾厄,除非学汉朝纪信救高祖离荥阳之计:诈献降书与番人,在西门迎受;臣保车驾与侍官,从东门而出,则可保矣?"太宗曰:"此计虽妙,谁肯学纪信所为乎?"令公曰:"臣长子渊平愿承此计。乞陛下急作降表,遣人通知番营。若更迟缓,恐事有漏泄不便。"太宗听罢,恻②然曰:"朕以汝父子侍

---

① 敌楼——城墙上御敌的城楼,也叫谯楼。
② 恻(cè)——悲伤,凄凉。

寡人,未沾大恩,今日何忍损卿之至亲以救孤？非仁者之所为也。"渊平进曰："事已急促,若待城破之日,玉石俱焚,虽留臣之父子,亦无益于事。今若救得陛下出此重围,留万代之名,是臣子当行之事,又何惜焉？"

语未毕,守城军来报："南门渐崩,番人将攀堞而上。"渊平曰："陛下快脱下御袍。臣父与六郎延昭、七郎延嗣保车驾出东门。小臣与弟二郎延定、三郎延辉、四郎延朗、五郎延德出西门诈降。不然,君臣难保。"太宗不得已,卸下御袍,龙车、法驾之具,尽付渊平。

渊平先遣人赍降书前去。番将天庆王接得宋帝降文,与众人商议。韩延寿曰："宋人遭困出降,此事必实。然不过与其讲和放回,宁有加害之理？亦请回书,与使者复命。"

次日,宋军于城西插起降旗。番众遂远离一望之地,等待宋君出城。太宗急同文武,率轻骑出东门,望汴京而走。于是渊平端坐车上,黄旗数面,前遮后拥,隐隐而出。番将天庆王率众将,戎伍齐备,于城西旗下高叫："既宋朝天子情愿纳降,请出车驾相见,决无伤害之意。"渊平在车中听得,令左右揭起罗幔,见番王坐于马上,旁若无人。怒曰："不诛此贼奴,何以雪吾耻也！"即拈弓搭箭,指定项下射去。一声响处,天庆王应弦而倒。正是：

  一时主将成何事？顷刻番臣箭下亡。

渊平既射死番王,闪出驾外,厉声叫曰："吾乃杨令公之子渊平是也！有勇者来战。"番兵大惊。激怒了韩延寿,下令番兵齐起,捉此匹夫！即挺枪跃马,直杀过宋阵。渊平鞍马未备,迎敌不及,被延寿一枪刺落车下。延定正待来救,耶律奇拍马而出,二将交锋。延定虽勇,部下先溃,被番兵争前涌进,斩断马足,掀翻战场,千军乱踩而死。延辉见势不利,冲出重围而走。不上一里,芦苇草内长钩套索,一齐并起,先把延辉座马绊倒。延辉身离雕鞍,已遭番兵所屠。延朗知兄被伤,慌忙杀出。背后韩延寿、耶律奇精兵皆至,四下围绕。延朗冲突不透,遂被北众所获。部下骑军战死殆尽。

第 十 七 回
宋太宗议征北番　柴太郡奏保杨业

却说杨延德冲出围中,后面喊声不绝,回望番兵,乘虚赶来。延德转过林边,自思:"当日在五台山,智聪禅师独遗小匣与我,吩咐遇难则开。今日何不视之?"即由怀中取出抻开,乃剃刀一把、度牒①半纸。延德会其意。遂将阔斧去柄,纳于怀中。卸下战袍、头盔,挂于树上,截短头发,轻身走往五台山去了。

却说番军东冲西击,杀至黄昏,始知宋君从东门而去,已离二百里程途矣。韩延寿等懊悔无及,乃收军还幽州,奏知萧后:"宋帝用诈降之计,遁出东门。只杀宋将三员,又生擒一将。现在大获全胜而回。"萧后大喜曰:"既胜得杨家将帅,宋人已自丧胆,再议征取未迟。"因令解过捉将问曰:"汝系宋朝主将,现居何职?"延朗挺身不屈,厉声应曰:"误遭汝所擒,今日唯有一死,何多问为?"后怒曰:"罕见杀汝一人耶?"令军校押出。延朗全无惧色,顾曰:"大丈夫谁怕死!要杀便请开刀,何须怒起?"言罢慨然就诛。

萧后见其言语激励,人物丰雅,心中甚不忍,谓萧天佐曰:"吾欲饶此人,将琼娥公主招为驸马,卿意以为何如?"天佐曰:"招降乃盛德之事,有何不可?"后曰:"只恐其不从耳。"天佐曰:"若以诚意待他,无有不允。"后乃令天佐谕旨。天佐传旨,告知延朗。延朗沉思半晌,自忖道:"吾本被俘,纵就死,亦无益于事。不如应承之,留在他国,或知此处动静,徐图报仇,岂不是机会乎?"乃曰:"既娘娘赦我不死,幸矣!何敢当匹配哉?"天佐曰:"吾主以公人物仪表,故有是议,何故辞焉?"直以延朗肯允奏知。后遂令解其缚,问取姓名。延朗暗忖:"杨氏乃辽人所忌。"即隐名冒奏曰:"臣姓木,名易,现居代州教练使之职。"后大喜,令择吉日,备衣冠,与木易成亲。不提。

却说太宗既回汴京,文武朝贺毕。太宗宣杨业于便殿,慰劳之曰:

---

①　度牒——僧道出家的证据。

"朕脱此难,皆卿父子之力也。然不知渊平等消息如何?"业奏曰:"臣长子性刚不屈,必遭其擒。"言未毕,近臣奏入:"渊平因射番帅天庆王,全军皆没。"太宗闻奏,惊叹曰:"使良将陷于死地,寡人之过也!"因而下泪。杨业曰:"臣曾有誓,当以死报陛下。今数子虽丧于兵革,皆分定也,陛下不必深忧。"太宗抚谕再三,乃遣杨业退出。

次日设朝,与文武议报杨业父子之功。潘仁美奏曰:"边境多事,杨业父子忠勤之将,陛下宜授帅臣之任,以显其才。"太宗允奏,即封业为雄州防御使。业将辞行,帝出殿面谕之曰:"卿此行,但为朕专备边事。有召则至,无旨不宜轻离。"业顿首受命而出。到无佞府,吩咐八娘、九妹,好生看待令婆,自与六郎、七郎,父子三人,前赴雄州。不提。

话分两头。却说耶律休哥等,听知宋兵杀败于邠阳,屡遣人奏知萧后,宜乘时进兵,以图中原。萧后因与群臣商议征伐之策。右相萧挞懒奏曰:"臣虽不才,愿率兵进取。"萧后曰:"卿此去,先问讨取金明池、饮马井、中原旬三处,与我屯军。若允暂且回兵,不允则举兵有名矣。"挞懒领旨,即日与大将韩延寿、耶律斜轸部兵二万,从瓜州南下,但见:

　　旌旗闪闪乾坤暗,戈戟层层白日昏。

人马到胡燕原下寨。声息传入汴京,侍臣奏知,太宗怒曰:"辽兵屡次犯边,朕当御驾亲征,以雪邠阳之耻。"寇准奏曰:"陛下车驾才回,岂宜辄出?只须遣将御之,足退其众也。"太宗曰:"谁可代朕行者?"准曰:"太师潘仁美,素知边情,可当此任。"太宗允奏,即下旨,授仁美招讨使之职,部兵前御番兵。

仁美得旨,回至府中不悦。其子潘章问曰:"大人今日何故不悦?"仁美曰:"主上有防御番兵之命,圣旨又不敢辞。即去亦无妨,只是没有先锋,因此迟疑不决。"章曰:"先锋在眼前,大人何不举之?"仁美曰:"汝道是谁?"章曰:"雄州杨业父子,可充先锋。"仁美悦曰:"汝若不言,我几忘之矣。"次日侵早,仁美入朝,启奏太宗曰:"此行缺少先锋,必须雄州召回杨业父子,则可破番兵矣。"太宗允奏,因遣使臣,径诣雄州,来见杨业,宣读诏曰:

　　朕以国运艰难,乃忠臣义士,立功之秋。近日边报:北番大举
　　入寇,军民惊扰。诏命潘仁美为行营招讨使防御之。唯尔杨业,
　　辽人所仰,是宜充行。朕命到日,作急赴阙,计议征进,不得稽延

第十七回　宋太宗议征北番　柴太郡奏保杨业

从事。故兹诏示。

杨业得旨，即日率兵就道，入汴京朝见太宗。太宗赐赉甚厚，乃封为行营都统先锋之职。

业受命而出，回府中见令婆，正值令婆与太郡柴夫人在堂中闲遣，令公相见毕。令婆曰："老将军因何回朝？"业曰："北番犯边，主上有诏来取，任老将为先锋之职，克日征进。特来见夫人一面。"令婆曰："谁为主帅？"令公曰："潘仁美也。"令婆愀①然不悦曰："此人昔在河东，被公羞辱，常欲加害于公父子，幸主上神明，彼不能施其谋耳。今号令在其掌握。况长子等五人，已各凋零，只有公父子三人在。此去难保无相害之意，令公何不省焉？"业曰："此事吾所素知，然主上之命，岂敢有违？"太郡曰："媳明日亲为具奏，求一朝臣保令公而行，彼则不敢生谋矣。"令婆曰："我与太郡同往。"令公大悦，因具酒食相叙。

过了一宵，次日，杨令婆与太郡夫人赴朝。近臣先为奏知，太宗降阶迎接。何以君王若是尊敬令婆？因他上拿一龙头拐杖，上挂一小牌，御书八个字："虽无銮驾，如朕亲行。"是太祖皇帝遗敕所赐，以此敬重之也。太宗接上殿前，命侍官赐二人绣椅坐定，问曰："朕未有命，令婆与郡夫人趋朝，欲建何议？"太郡先起奏曰："闻陛下命将防御番兵。主帅潘仁美，素与杨先锋不睦，此行恐非其利。须念其父子忠勤于国，陛下当善遇之。"太宗曰："此王事耳，他人则不可行。太郡有何良策？"太郡曰："陛下若必欲其行，须于廷臣中，举有名望者保之同往，则无虑矣。"太宗曰："此议甚高。"遂下诏，令文武举择谁可保杨业出征者。诏命才下，八王进曰："臣举一人，可保同往。"帝问是谁。八王曰："行营都总管呼延赞，此人忠义一心，可为保官。"帝大悦曰："卿此举甚称其职。"即日下命，着呼延赞保杨业一同出师。令婆与太郡辞帝而出。

是日朝罢，杨业闻赞为保官，不胜之喜，复往雄州，调发所部军马征进。

---

① 愀（qiǎo）——脸色变得严肃或不愉快。

第 十 八 回

呼延赞大战辽兵　李陵碑杨业死节

且说潘仁美大军已离汴京，迤逦望瓜州进发。来到黄龙隘下寨，分立二大营：呼延赞屯东壁，自屯西壁。仁美乃与牙将刘君其、贺国舅、秦昭庆、米教练四人议曰："我深恨杨业父子，怀恨莫伸。此一回欲尽陷之，不想有保官呼延赞在，又难于施计矣。"教练进曰："太师勿忧。小将有计，先去了呼延赞，然后除杨家父子，有何难哉？"仁美曰："公有何妙策教我？"米教练曰："对垒即是番兵屯营之所，彼听我军来到，必出索战。太师即下令：'先锋未到，当着保官出阵。'赞虽雄勇，奈今年纪老迈，不能久战。待他交锋之际，按兵莫救，必被番兵所擒耳。"仁美曰："此计极妙！准定明日行之。"

果然番兵听得宋师来到，率所部围合而来，人马雄壮，声势甚盛。哨马报入仁美营中。仁美遣人请呼延赞入军中商议曰："番兵长驱索战，先锋军马未到，公有何计退之？"赞曰："兵来将对，水来土掩。既承主命征进，当尽忠所事，与番兵决战，更何待哉！"仁美曰："公先上阵，我率军后应。"赞慨然请行。披挂完全，率所部扬旗鼓噪而出，正遇番将萧挞懒出马。赞厉声骂曰："番兵速退，免受屠戮。不然，殄灭汝等无遗类矣。"挞懒怒曰："老迈之将，养死且不暇，敢来争锋耶？"即舞刀跃马，直取呼延赞。呼延赞举枪迎战。

两马相交，二人战上八十余合，番将力怯，拨回马便走。赞骤骑追之。四下番兵散而复聚。赞回头，不见后军接应，恐入深地，乃勒回马，走入林中。一彪军马截出，乃耶律斜轸，叫曰："宋将下马受缚，免遭诛戮。"赞激怒，奋刺斜轸杀出，番兵众盛，透不得重围。赞部下折伤大半。欲从僻路而走，骑校曰："小路恐有埋伏，不如走大路为愈。"赞乃杀奔大路。萧挞懒复兵赶来，赞前后受敌。正在危急之间，忽正东旌旗卷起，鼓声震天，一彪军当先杀出。来将乃杨业也，策马提刀大叫："番将休走！"挞懒部将贺云龙，纵马迎敌。战不数合，杨业手起刀落，斩云龙于马下。番兵大溃。

第十八回 呼延赞大战辽兵 李陵碑杨业死节

杨业父子，冲入中坚，救出呼延赞。杨延昭挺身力战，独当其后，保护赞回至营中，卸下盔甲。赞曰："今日若非将军来救，几致丧命。"业曰："小将来迟，致总管惊恐，望乞恕罪。"赞乃令业屯止本营。

次日，人报太师："杨先锋军马正从东杀来，救了总管呼延赞回营。"仁美闻之，愤恨无及。刘君其曰："杨业违令来迟，太师若以军法从事，杀之有名矣。"道未罢，杨业进中军参见。仁美问曰："军情之事，汝何得后期而至？"业曰："主上令末将回雄州调集军马，于十三日起程。"仁美怒曰："番兵寇边至紧，汝为先锋，稽①延不进，尚以主命来推。"喝令左右，拿下处斩。

军校登时将杨业绑缚于辕门。业厉声叫曰："我死不足惜！敌人在境而戮良将，非为国家计也。"道声未罢，时从人已报知东营呼延赞，跑马来到，喝开军校，将绑缚解了。领入帐中，见仁美曰："汝居招讨之职，昨日交兵，坐观成败，不发一骑相应，若非杨将军奋勇力战，几致败事。今日何得擅自诛之？老将临行，主上亲赐金锏一把与我，专保其父子回京。不然，翻转脸皮，先与汝放对②。"仁美满面通红，不敢答应。赞邀杨业抽身出帐中，愤怒而去。

仁美自觉羞惭，半晌无语。米教练进曰："太师勿忧，小将另施一计，去了呼延赞，则杨业死在旦夕矣。"仁美曰："公再有何计？"米教练曰："即日军中缺少粮草，可令呼延赞前去催运。待他离了边境，业再犯令，谁复保哉？"仁美然其计，即发帖书，着令呼延总管，前往运粮。差人持帖文到东营，见赞道知。

赞得此消息，闷闷不悦。杨业进曰："军粮实乃重事，非总管去，他人不能当是任也。"赞曰："我非不肯前行，只有一件：潘仁美狼子野心，常有害君之意，恐我去后，以非理虐将军，谁能保耶？"杨业曰："小将观番兵亦是劲敌，须待总管到来，然后出战。招讨纵要害我，彼亦无可施。"赞曰："此去未定几时粮到，君父子坚守东营，待我复来，再议出兵。"杨业应诺。赞即日领轻骑五千，回汴京催粮去了。后人《咏史诗》曰：

忠勤王事领征师，何事英雄不遇时？

---

① 稽(jī)——停留，拖延。
② 放对——一对一地打。

边境未宁良将灭,令人览此重伤悲。

西营潘仁美探知呼延赞已回汴京,不胜之喜,因与众将商议出战。米教练进曰:"招讨可发战书于番人,约日交战,徐好定计。"仁美即遣骑将,赍战书去见番将萧挞懒。萧挞懒得书怒曰:"明日准定交锋。"批回来书,召众将议曰:"潘仁美不足惧。杨业父子,骁勇莫敌,近闻与主将不睦,正宜乘其隙而图之。离此一望之地,有陈家谷,山势高险。得一人部众埋伏两旁,诱敌人进于谷中,团合围之,必可擒矣。"耶律斜轸应声而出曰:"小将愿往。"挞懒曰:"君若去,必能办事。"斜轸即引骑军七千余人前行。挞懒又唤过耶律奚底曰:"汝引马军一万,明日见阵。杨家父子深知战法,须缓缓佯输,引入伏中。号炮一起,截出力战。"奚底领计去了。挞懒分遣已定,着骑军前诣宋营缉探动静。

潘仁美已得回书,与刘君其议曰:"明日谁当初阵?"君其曰:"杨先锋出战,招讨率兵应之。"仁美召业入帐中问曰:"番将索战,先锋不宜造次。倘有疏虞,堕君之锐气也。"杨业禀曰:"明日是十恶大败日,出军不利,且呼延总管催粮未到,番兵势正锐;须待省机而进,则可成功矣。"仁美怒曰:"敌兵临寨,何所抵对?倘总管一月不到,尚待一月耶?今若推延不出,我当申奏朝廷,看汝能逃罪否?"业知事不免,乃曰:"番将此来,奇变莫测。他处平坦之地,不必提防。此去陈家谷,山势险峻,恐有埋伏。招讨当发兵于此截战,末将率所部当中而入,庶或克敌。不然,全军难保也。"仁美曰:"汝但行,吾自有兵来应。"

杨业既退,贺怀浦进曰:"既杨先锋要如此行,招讨可遣将于陈家谷相应,庶不误事。"仁美曰:"正无机会,今乘此不发兵应之,看他如何设施?"怀浦曰:"招讨此是唯报私仇,不以朝廷为计矣。"仁美不听,起入帐中去了。怀浦叹曰:"竖子几误国事,吾安忍坐视不救?"遂率所部,来见杨业曰:"公此行,得非利乎?"业曰:"吾非避死,盖时有不利,徒伤士卒而功不立。今招讨责业以不死,当为诸公先行。"怀浦曰:"潘招讨之兵,难以指望。小将愿与将军同行,庶得相援。"业曰:"当与公左右翼而出。"商议已定。

次日黎明,杨业率二子与贺怀浦,列阵于狼牙村。遥见番兵漫山塞野而来,鼓声大震。耶律奚底横大斧,立马于阵前,厉声曰:"宋将速降,免动干戈。不然,屠汝等无遗类矣。"杨业激怒,骂曰:"背逆蠢蛮,限死临头,犹敢来拒敌天兵耶?"言罢舞刀跃马,直取奚底。奚底绰斧迎战。两

第十八回　呼延赞大战辽兵　李陵碑杨业死节

下呐喊。二人战上数合,奚底拨马便走。业骤马追之。杨延昭、贺怀浦催动后军,乘势杀入,番兵各弃戈而遁。奚底见杨业赶来,且战且走。杨业以平野之地,料无伏兵,尽力追击。将近陈家谷口,萧挞懒于山坡上放起号炮。耶律斜轸伏兵并起,番兵四下围绕而来。

杨业只料谷口有宋兵来应,回望不见一骑,大惊,复马杀回,已被斜轸截住谷口。番众万弩齐发,箭如雨点。宋军死者不计其数。比及延昭、延嗣二骑拼死冲入,矢石交下,不能得进。耶律奚底回兵抄出东壁,正遇贺怀浦。二骑相交,战不两合,被奚底一斧劈于马下。部众尽被番兵所杀。延昭谓延嗣曰:"汝速杀出围中,前往潘招讨处求救。吾杀入谷口,保着爹爹。"延嗣奋勇冲出重围而去。

且说延昭望见谷中杀气连天,知是南军被围,怒声如雷,直杀进谷口。正遇番将陈天寿,交马战才一合,将天寿刺落马下。杀散围兵,进入谷中。杨业转战出东壁,遇见延昭来,乃急叫曰:"番兵众甚,汝宜急走,不可两遭其擒。"延昭泣曰:"儿冲开血路,救爹爹出去。"即举枪血战,冲开重围。萧挞懒从旁攻入,将杨业兵断为两处。延昭回望其父未出,欲复杀入,奈部下从军死尽,只得奔往南路,以待救兵。

时杨业与番兵鏖战不已,身上血映征袍。因登高而望,见四下皆是劲敌,乃长叹曰:"本欲立尺寸功以报国,不期竟至于此!吾之存亡未知,若使更被番人所擒,辱莫大焉。"视部下,尚有百余人。业谓曰:"汝等各有父母妻子,与我俱死无益。可速沿山走回,以报天子。"众泣曰:"将军为王事到此,吾辈安忍生还?"遂拥业走出胡原,见一石碑,上刻"李陵碑"三字。业自思曰:"汉李陵不忠于国,安用此为哉?"顾谓众军曰:"吾不能保汝等,此处是我报主之所,众人当自为计。"言罢,抛了金盔,连叫数声:"皇天!皇天!实鉴此心。"遂触碑而死。可惜太原豪杰,今朝一命胡尘。静轩有诗叹曰:

　　矢尽兵亡战力摧,陈家谷口马难回。
　　李陵碑下成大节,千古行人为感悲。

杨业既撞李陵碑而死,番兵喊声杀到。业众力战不屈,尽皆陷没。番将近前枭了首级。日将晡①,萧挞懒乃收军还营。

---

① 晡(bū)——申时,午后三时至五时。

第 十 九 回

瓜州营七郎遭射　胡原谷六使遇救

却说杨延嗣回瓜州行营，见潘仁美泣曰："吾父被番兵困于陈家谷，望招讨急发兵救之。不然，生死决矣！"仁美曰："汝父子素号无敌，今始交兵，便来取救耶？军马本有要备，我营难以发遣。"延嗣大惊曰："吾父子为国家计，招讨何以坐观其败乎。"仁美令左右推出帐外。

延嗣立地骂曰："无端匹夫！使我若得生还，与汝老贼势不两立！"仁美大怒曰："乳臭竖子！仇恨莫报。今杀伐之权在我，尔径来寻死路耶？"乃令左右缚于高处射之。军校得令，将延嗣系于舟樯之上。众军齐齐发矢，无一箭能着。仁美惊曰："真乃奇异！何众人所射，皆不能中？"延嗣听得，自思难免，乃曰："大丈夫临死，有何惧哉？只虑父兄存亡未卜。"因教射者："可将吾目蔽障，射方能中。"众军依言，遂放下，割其眉肉，以蔽其眼，然后射之。可怜杨七郎万箭着身，体无完肤，见者无不哀感。后人有诗叹曰：

　　万马军前建大功，斩坚入阵见英雄。
　　如何未遂平生志，反致亡躯乱箭中？

潘仁美既射死杨七郎，令将其尸抛于黄河去了。忽报："番兵困住杨业于陈家谷，杨业已死。今枭其首级，杀奔西营来了。"仁美大惊曰："番兵众盛难敌，若不急退，必遭所擒。"即下令拔营起行。刘君其等心胆坠地，连夜走回汴京而去。番兵乘势追杀一阵。宋兵死者大半，委弃辎重、盔甲，不计其数。萧挞懒既获全胜，乃屯止蔚州①，遣人报捷于萧后。不提。

却说杨延昭部下陈林、柴敢，因交兵乱后，逃匿于芦林中，直待番兵退去，二人乃沿岸而出。忽见上流头浮下一尸，将近岸边，二人细视之，泣曰："此是杨七郎小主官，因何遭乱箭所射？"泣声未止，忽岸侧一骑，急跑

---

① 蔚州——今河北省蔚县。

第十九回　瓜州营七郎遭射　胡原谷六使遇救

来到。陈、柴正待走避,骑已近前,乃杨延昭也。因见陈、柴二人,问曰:"汝等缘何在此?"陈林曰:"战败避于此处,正欲寻访本官消息。不想见河中浮一尸来,却是七郎君,满身是箭,体无完肤,不知被谁所害。"六郎下马,仰天号泣曰:"吾父子为国尽忠,何以遭此劫数?此必是问仁美取救兵,言语相激,致被老贼所害。"因令陈、柴捞起尸首,就于岸上埋讫。陈林曰:"本官今日要往何处?"延昭曰:"汝二人可随处且安身。吾密向小路,探听我父消息。若只困在谷中,须漏夜①入汴京取救;倘有不测,此仇亦当报也。"陈、柴从其言,三人洒泪而别。

只说杨延昭单骑入谷中,至半途,遇见二樵夫,问曰:"此是何地名?"樵夫曰:"转过谷之东壁,乃幽州沙漠之地,前去便是胡原。"延昭听罢,轻骑来到其处。只见死尸重叠,皆宋军部号,嗟呀②良久。近李陵碑边,一将横倒于地,留下腰绦一条,延昭细视之,乃是其父所系也,因抱尸而哭曰:"皇天不佑吾父子,致使丧于兵革,何不幸若是哉?"乃掩泪,将所佩剑掘开沙土埋之,上留断戈为记。复勒马出原口,已被番张将黑嗒拦住,高叫曰:"来将何不下马投降?以免一死。"

延昭大怒,挺枪直取番将。二人交锋,战上数合,四下番兵围绕而来,延昭虽勇,寡不敌众。正在危急之间,忽山后一将杀来,手起一斧,劈黑嗒于马下。杀散番兵,下马来见延昭,乃五郎延德也。兄弟相抱而哭。延德曰:"此处贼敌所在,可随我入山中商议。"遂邀六郎到五台山。

进方丈中坐定。延昭曰:"自与哥哥幽州散失,一向存亡未审,今日如何在此?"延德曰:"当日爹爹保銮驾出东门,我同众兄弟与番兵鏖战,势已危迫。自为脱身之计,削发投入五台山为僧。日前望见陈家谷杀气连天,人道辽宋交锋。自觉心动,因下山观视,不想恰遇吾弟在急难中。"延昭泣诉七郎与父之事。延德不胜悲悼,乃曰:"至亲之仇,不可不报。"延昭曰:"小弟当于御前雪明父、弟之冤。"是夕,在寺中过了一宵。次日辞延德,自投汴京而行。

声息传入汴京,太宗听知杨业战没,宋师败衄,急集文武议曰:"杨业父子,忠勤于国。今闻其死于王事,朕甚悼焉。"八王进曰:"近有呼延赞

---

① 漏夜——深夜,连夜。
② 嗟(jiē)呀——叹息,悲叹。

回京备办粮草,对臣言:'主帅潘仁美,与杨业不睦。'臣便虑其败事,今果然矣。陛下当究仁美丧师之由,与后人知所惩戒。"太宗然其奏,因下诏群臣,专究其事。

仁美闻此消息,坐卧不安,与刘君其议曰:"今朝廷专要究吾败军之故。人传杨六郎将赴京陈诉其事。倘主上知此情,呼延赞力为之证,我等全族难保矣。"君其曰:"事不宜迟,若待举发,百口无以分诉。乘今六郎未到,可密遣人于黄河渡候之,谋事于外,所谓斩草除根,免得萌芽再发。"仁美从之,即遣心腹军人,密往黄河渡等候去了。

却说杨延昭自离五台山,望大路进发。到一山林,忽听数声鼓响,走出二十余人,拦住去路,叫曰:"你若要经过,留下买路钱。"延昭抬头视之,见为首二人,问曰:"来者莫非陈林、柴敢乎?"陈、柴听得,即忙近前拜曰:"原来是本官也。"遂邀六郎入寨中,道知:"自别本官后,夺得此处安身。不想早是相遇。"延昭将父死情由道知,因言要赴京,于御前告明主帅不应救兵之由。陈林曰:"喜得本官道出其事。今有潘招讨正防本官告状,特差数十健军,于黄河渡等待本官。此间另有一处可赴汴京,当着人送本官从小路而去,方保无虞。"延昭听罢,乃曰:"事不偶然,此贼害吾一家,今又来谋我耶。"遂在寨内过了一宵。次日,陈林令手下密送六郎从雄州而去。

话分两头。却说幽州萧后得萧挞懒捷报,决意要图中原。有内官王钦者,本朔州人,自幼入宫侍萧后,为人机巧便佞,番人重之。钦乃密奏曰:"中原一统之地,谋臣勇将,不可胜数。区区一战之功,安能便取天下哉?臣有一计,不消一年,使中原竟归陛下,宋人缩首无计矣。"后曰:"卿有何计,若是其妙?"王钦曰:"臣装作南方之人,投为进身之计。若得成事,必知彼处动静,兵数强弱,国之利害,密遣人报知陛下。然后,乘其虚困,举兵南下,可收万全之功,何患江山不属陛下哉?"后闻钦奏,大悦曰:"若果成事,当以中原重镇封汝。"

次日,萧后与群臣计议,左相萧天佑奏曰:"王钦此计可行,乞陛下允之。"后因下令即行。王钦准备齐整,来辞萧后。萧后看见笑曰:"卿装作南人,真无异矣。然此去须宜机密。"王钦曰:"臣自有方略。"即日辞后出燕京,径望雄州而来。

且说杨延昭望雄州进发,时值五月天气,途中炎热。来到绿芜亭,歇

第十九回　瓜州营七郎遭射　胡原谷六使遇救

下行杖,正靠栏杆而坐。未片时,遥见一人来到,头戴黑纱巾,身穿绿罗衣,系一条双鞭黄丝绦,着一双八比青麻鞋,恰似儒家装束。将近亭中,延昭迎而揖曰:"先生从何而来?"其人答曰:"小可朔州人氏,姓王名钦,字招吉。幼读古今,居于此地。今将往中原,求取进身,不想遇见阁下。动问高姓大名?"延昭不隐,道知本末,且言胸中冤屈之事。招吉听罢,愤然曰:"既君父子若此忠义,被人谋害,何不于御前诉雪其冤,而乃徒自伤悲耶?"延昭曰:"小可正待赴京诉明,只缘无人会做御状,以此迟疑未决。"招吉曰:"此非难事,既足下有此冤枉,小生当罄其所学,为君作之。"延昭下拜曰:"君若肯扶持,真乃万千之幸也。"即邀招吉到馆驿中,备酒醴相待。

席上,延昭诉他平日之事。招吉嗟呀不已,乃问曰:"君所陈诉,当以谁为罪首?"延昭曰:"招讨潘仁美同部下刘君其、米教练等,主谋害我父子,是以数人皆难放过。"招吉然其言,乃誊出状稿,递与延昭视之。果是情辞激切,婉转悲悼。延昭视罢,喜曰:"此足以雪我冤矣。"酒阑①,招吉辞延昭而去。延昭曰:"当与足下于汴京相会。"招吉应诺。

二人既别,延昭将状词写正明白,径赴京都。不想缉探人已将此消息报与潘仁美。仁美大惊,乃召刘君其等商议。君其曰:"先发者制人,后发者制于人。不如进一道表章,奏知杨业父子,邀功贪战,几败国事,今延昭又越伍逃走。圣上闻奏,必先诛之。"仁美曰:"此计甚妙。"即日具表奏知朝廷去了。

当日杨延昭来到京师,正值七王元侃行驾出朝。延昭取出御状,拦驾称冤陈告。左右捉住,正待绑缚,七王喝声:"不许动作,且允其告。"侍从即接其状词。七王令带入府中。延昭随车驾入寿王府,伏于阶下。七王将口词审过一遍,再将御状细细视之,内中词语明切,刀笔精利。叹曰:"作此词者,真有治世之才。"因问:"此状出谁之手?"延昭不敢隐,将王钦来由道知。七王喜曰:"孤正要得如此之人,既他来求进身,当取用之。"又问:"此人今在何处?"延昭曰:"寓居汴京东角门龙津驿中。"七王听罢,乃曰:"汝之冤枉,实是国家重事,此处难以决问。可于阙门外击登闻鼓,与圣上知之,则可为理矣。当速去,勿被奸人所觉。"延昭接过御状,拜辞七王,径趋阙门外来。七王自遣人于驿中寻取王钦。不提。

---

①　酒阑——酒筵将尽。

第二十回

六使汴京告御状　王钦定计图八王

只说杨延昭来到阙边,击动登闻鼓,声言欲面圣上陈告。被守军捉送提狱官。提狱官审问明白,将状奏请太宗。太宗以状展于御案之上,视曰:

诉冤枉人杨延昭,为毒谋深害、陷没全军、欺君误国事:臣父杨业,生自太原,筮仕①河东。深荷先帝之垂青,继承皇上之招徕,臣父子心矢忠贞,情甘效死。近因契丹犯边,兵寇瓜州,以潘仁美整防御之师,蒙敕臣父当冲锋之职。此正九重宵旰②之时,边臣尽瘁之日也。不意潘仁美向怀私怨,包藏祸心。用计遣回保官,致书暗挑敌战。逼孤军而临绝险,假皇命以利词锋。狼牙村兵交马斗,主帅则宴坐高谈,不发一卒相援。陈家谷矢尽力穷,番将则乌屯云集,遂致全军皆陷。臣父杨业,捐躯命于李陵碑下,虽臣节之当然。臣弟延嗣,遭乱箭于西壁营中,何私仇之必报!丧师辱国,由其自坏长城。饰罪蒙奸,思维闭塞言路。破巢不留完卵,遣健卒径阻黄河。剪草不叫蔓延,逞巧言章呈魏阙。可怜臣父子八人,忠勤为国,欲图报于陛下,先见陷于帅臣。臣飘流独自,孤苦无依,击廷鼓以诉冤,乞天恩而明审。若使臣之父兄有灵,致陛下开日月之明,拘证奸人,断省深冤,使九泉者得以瞑目,臣即死于九泉地下,无所憾矣。

太宗看罢状情,不胜愤激。忽枢密院牒上潘仁美表章,称道杨业父子邀功失机之由。太宗得奏,沉吟半晌曰:"潘仁美以杨业有邀功之罪,杨

---

① 筮(shì)仕——初次做官。
② 宵旰(gàn)——宵衣旰食,即天不亮就起床穿衣,天晚了才吃饭歇息。旰,晚。

延昭以仁美有陷害之情,各执一词,孰为轻重?"南台御史黄玉奏曰:"阃①外之事,任在帅臣。若使号令不行,何以办事?于今杨业父子,违令邀功,以致全军皆陷,其罪本有;今被番人所屠,而乃诬告主帅,是罔陛下也。死者则止,当以杨延昭押出朝门,明正其罪斩之。"盖黄玉本潘仁美内兄,故力救之。时八王急出奏曰:"杨业父子,有功于朝,先帝尚以不次之位待之。今被奸人所陷,陛下宁不为之雪其情哉?此事臣知久矣。乞拘潘仁美于法司衙门,着落有职官与延昭对理,鞫②问明白,取自上裁。"太宗依奏,即敕参知政事傅鼎臣,鞫问潘仁美一案。

鼎臣领旨,遂开衙府,拘到潘仁美、刘君其、秦昭庆、米教练一干人,都在阶下。鼎臣问曰:"潘招讨往日同僚相待,今乃君命也,难以容情。果违法律,明招其由,勿使动用刑法无益。"仁美曰:"小可承君命,防御辽兵。彼父子自失机宜,致被陷没,反来诬陷我等。若朝廷不察其详,屈坐帅臣,则后人何敢任是职哉?乞大人明鉴,为申上知。"鼎臣半晌无言,令左右将一干人拘于狱中,退入后堂。

忽报:"潘府黄夫人遣使女来,说有机密事要见大人。"鼎臣令唤入后堂。使女跪在阶下曰:"夫人以太师发问于参政台下,没甚孝顺,薄奉黄金一百两,玉带一条。望大人善觑方便,再得重谢。"鼎臣本是好利之徒,见着此物,不胜欢喜,令左右收起,谓使女曰:"汝归拜上夫人,不须挂念,参政自有分晓。"使女拜辞而出。

不想八王得知鼎臣好财,恐潘家有人通传关节,乃密遣手下在府门缉探,比见使女进府,走报八王。八王随即来到,恰在府门外捉住使女。提着金铜,入后堂来。鼎臣见着,吓得面如土色,连忙下阶迎接。八王厉声曰:"汝为朝廷显官,何得私受潘府贿赂,要害杨家?"鼎臣曰:"小官并无是情,殿下何以出此言?"八王乃令从人将潘府使女,跣剥③阶下拷讯。使女抵赖不过,只得实招。八王怒曰:"傅参政尚能强辩乎?"鼎臣哑口无言,自脱去冠带,伏于阶下请罪。

八王令备马,随即入见太宗,奏知其事。太宗惊曰:"若非卿有先见

---

① 阃(kǔn)——这里指皇宫。
② 鞫(jū)——审问。
③ 跣(xiǎn)剥——脱去(衣服)。

之明，险被奸臣卖弄。"因问："鼎臣当拟何罪？"八王曰："私受贿赂，其情尚未行，当得枉法之罪，该拟罢职为民。"太宗允奏，即下旨，罢鼎臣官职，发归乡里去了。八王又奏："西台御史李济，忠诚公正，可问仁美一案。"帝允奏，敕命李济承问施行。

李济领旨，开御史台，端坐于堂上，左右军尉威风凛凛，排下刑具之类，见者无不骇然。正是：

> 生死殿前难抵讳，血冤台上不容情。

一伏时，狱官解过仁美、延昭等到阶下，审问一遍。仁美力推："杨业自家战死，与我等无干。"李济怒曰："汝为主帅，败衄而回，反以彼自家战死抵讳。杨七郎有何罪，汝用乱箭射之？且傅参政因汝送了前程。今日好好招承，免动刑具。不然，休怪下官酷虐也。"仁美低头不应。李济喝令军校，将刘君其、秦昭庆、米教练一起，推于甬道，极刑拷打。三人受苦不过，只得将陷害杨业并射死七郎情由，逐一供出明白。吏司呈上，李济审案录奏，仍将犯人监禁，候旨发落。

李济离了御史台。次日，以仁美招由，奏知太宗。太宗视毕，大怒曰："朕以仁美先帝功臣，屡恕容之。今如此侮法，不正其罪，何以激励边将？"因问八王："当何以处治？"八王奏曰："潘仁美该处斩罪，陛下以后妃之故，减二等，罢职为民。刘君其、秦昭庆、米教练等，得通谋之罪，亦该处死，减一等，调边远充军。杨延昭有失军机，发问配所。其余人犯，随旨发落。"太宗允奏下敕，着李济照原拟遣。李济领命，于府中将文案覆视，罢黜①仁美为民外，刘君其问淄州军，秦昭庆问来州军，米教练问密州军，杨延昭配郑州。拟议已定，将刘君其等决杖讫，依期起行。不在话下。后人《咏史诗》曰：

> 党恶害人何所益？试看今日配君其。
> 皇天有眼应无误，只在斯须与报迟。

次日，李济以发遣仁美一起，奏知于上。上谓侍臣曰："往者杨业父子，屡立奇功，不期死于王事，朕甚怏怏，欲将恩典旌之，卿等以为何如？"直学士寇准奏曰："陛下念及功臣，以慰其后，为社稷计也，有何不可？且杨业父子，忠勤为国，人臣所难。今只有延昭一人在世，正当厚恤之，使边

---

① 罢黜（chù）——罢免，革除。

将知所观感。"太宗然其议,因遣使臣于郑州取还延昭去了。

忽近臣奏知:"武胜军节度使赵普卒。"太宗闻奏震悼,谓群臣曰:"赵普能断大事,尽忠国家,真社稷臣也。"寇准曰:"诚如陛下所言,臣等多不及也。"按赵普素性深沉,刚毅果断,虽多忌克,而能以天下事为己任。故其当揆①,唯义是从,偃武修文,慎罚薄敛,以立弘功于后世,其功大矣。少习吏事,寡学术。太祖劝以读书,遂手不释卷,每归私第,阖门启箧②,取书诵之竟日。及次日临政,处事如流。既卒,家人发箧取书视之,则《论语》二十篇也。尝谓帝曰:"臣有《论语》一部,以半部佐太祖定天下,以半部佐陛下致太平。"普相两朝,未尝为子弟求恩泽。卒年七十一岁。后谥文献公,封韩王。

是时宋太宗在位既久,未立东宫。冯拯等上疏,乞早定太子。帝怒,贬之于岭南。自是中外无复敢言者。

七王知此消息,密与心腹王钦议曰:"君父春秋已迈,未肯立皇太子。廷臣谏者,遂遭贬黜。莫非因八王之故,欲以天下还之耶?若果有此意,则我失望矣。"钦曰:"殿下所言,正合我意。主上以遗言为重,必将天下还八王无疑。若不预定其事,噬脐无及③。"七王曰:"君有何策教我?"钦曰:"除非谋死八殿下,则大事定矣。"七王曰:"八殿下君父至爱,如何谋得?"钦曰:"臣有一计,不知殿下肯依否?"七王曰:"君试言之。"钦曰:"可召精巧匠人入内府来,打造鸳鸯酒壶一把,能贮两样之酒。当遇春景,百花盛开,特请八王于后苑赏玩。令庖人④进食,侍官斟酒。先藏毒酒于外,后放醇酒于中。八王饮之,不消半钟⑤即死于非命矣,有何难哉?"七王听得,大喜曰:"此计极妙。然事不宜迟,即须行之。"乃遣军尉往城西召胡银匠进府中,打造鸳鸯壶。

不出数日,其工完全,银匠将壶献与七王。七王视之,果是精巧,人不能测。谓王钦曰:"器物已造完备,当在何时行之?"钦曰:"殿下先将匠人

---

① 揆(kuí)——事务。
② 阖门启箧(qiè)——关上门,打开箱子。箧,箱子一类的器物。
③ 噬脐无及——意为"用嘴咬自己的肚脐,够不着"。比喻后悔莫及。
④ 庖(páo)人——厨师。
⑤ 钟——即"盅"。

诛之,以灭其口。"七王然之,因赏以醇酒,登时醉倒,七王令左右丢入后苑井中去讫。王钦曰:"殿下当发书于八王府中邀请,明日辄行此事。"七王乃遣内官赍书,径诣八王府中进上其书曰:

弟元侃以春光明媚,花柳芳妍,适朝廷优暇之际,与兄连日间阔。乞车驾于后苑赏玩片时,庶慰伊弟之杯,以酬春光之盛。

八王得书,着内官复命:"明日准来赴约。"内官拜辞,归见七王,道知八殿下许允赴约之故。七王得报,吩咐庖人厨宰,准备筵宴齐整。

次日,八王驾到,七王亲出府门迎接。进于堂中坐定,各诉相爱之情。茶罢三钟,二王入后苑来,只听得乐工歌女,丝竹品奏。八王与七王分宾主对席而坐。七王笑曰:"兄弟之爱,喜乐相同。难得如此春光,今特与兄少尽一日之欢,以慰生平之念。"八王曰:"多蒙雅召,安敢推辞!怎奈数日因寒暄失调,腑脏颇觉不安。然而兄弟之情,只得赴命,酒实不敢饮。"七王曰:"纵兄不十分饮,且开怀饮数杯。"一伏时,庖人先进品味。七王令侍官行酒。侍官提过鸳鸯壶,先斟一金钟,进于八王面前。其酒才入金钟,毒气冲逼,八王身子未痊,闻此酒气,掩鼻不迭。忽筵中一阵狂风,吹倒金钟,将酒倒翻泻地,毫光迸触。侍从皆有惧色。八王离席,吩咐准备车驾,辞七王径回府去了。

七王以计不成,懊悔无及。王钦曰:"殿下勿忧,八王不知就里,谅亦无怪,俟①再图之。"七王闷闷不悦。

第二十一回

宋名臣辞官解印　萧太后议图中原

却说太宗尝以后事决之赵普。普曰:"先帝既误,陛下岂容再误?金匮之盟②,未可全执。"于是太宗遂有立子之意。至是,偶沾重病不起,召寇准、八王等入嘱后事。帝曰:"先帝以天下付朕,掌理二十二年矣。今

---

① 俟(sì)——等待。
② 金匮(kuì)之盟——严肃、郑重的盟约。金匮,收藏重要文书的书柜。

当以此位还于八王,庶不违皇太后之命。"八王奏曰:"陛下皇子长成,人心所属,谁敢有异议?惟陛下善保龙体。臣决不愿为君,须与七王为正。"太宗良久问寇准曰:"卿且言孰可付神器者?"准对曰:"陛下为天下择君,谋及妇人中宫,不可也;谋及近臣宰辅,亦不可也;唯陛下择所以副天下望者而立之。"太宗乃曰:"既八王不肯为君,当以元侃主社稷。"准拜贺曰:"知子莫若父。圣虑既以为可,愿即决定。"太宗又谓八王曰:"朕此病莫保,卿善辅汝弟。先帝尝言:'当代代有谗臣,以乱国政。'今赐汝铁券头免死牌十二道,若遇奸臣当国,得专制之。且杨业有子延昭,此人必能定乱,须重用之,勿弃也。"八王拜受讫。俄而帝崩,寿五十九岁,时改元至道三年①三月日也。后人《咏史诗》曰:

> 混一中原志亦勤,堪称美政化维新。
> 苍天若假当年寿,竟使黎民望太平。

太宗笃前人之烈,成未集之勋:混一中原,偕包四海,中外宁谧②,偃③武修文,礼乐文章,焕然可述。时既晏驾于万岁殿,众文武乃立七王元侃即位于福宁殿,是为真宗皇帝。群臣朝贺毕。尊母李氏为皇太后。命中官奉太宗灵柩于偃陵。封王钦为东厅枢密使,谢金吾为枢密副使,进八王爵为诚意王,其余文武,升职有差。

次日,参知政事宋琪奏曰:"臣蒙先帝之恩,在位已久,无益朝廷,乞陛下允臣解职归乡,不胜感激。"真宗曰:"朕初即位,正赖卿等相扶,如何便舍朕而去?"琪曰:"朝廷清贵无数,区区微臣,何足念哉?"帝见其意真切,遂准奏。宋琪辞帝而归。越数日,吕蒙正、张齐贤等,封章迭至,各称辞官解职。帝俱允之。自是朝廷重事,专委枢密使王钦所理。

却说八王趋朝而出,忽一人拦住车驾,喊冤告状。八王问曰:"告状者是谁?"其人哭曰:"小人胡银匠之子。日前父亲被新王召入府中打造鸳鸯壶,欲以谋害殿下。数日不出,被王枢密恐外人知觉,谋死于府中。小人有冤无处诉,只得投殿下做主。"八王听罢怒曰:"日前斟酒之际,吾意亦猜至几分。当时唯见王钦在旁调度是事,不想起此毒意也。"乃令左

---

① 至道三年——即公元997年。至道,是宋太宗的最后一个年号。
② 谧(mì)——安静、平安。
③ 偃(yǎn)——停止。

右接过状纸,取黄金十两与告状人而去。

八王复命回车驾入朝,正遇着王钦与帝在便殿议事。八王直前奏曰:"臣于午门接得一纸冤状,告称王枢密私谋胡银匠。臣已准理,特来奏知陛下。"真宗听罢,大惊,乃曰:"王钦常在朕旁,哪得此事?王兄勿听奸人之言。"八王笑曰:"谋杀胡银匠,本为臣之故也。臣以忠心待陛下,陛下何用疑心,听信谗言,要害自家骨肉?若非太祖皇帝有灵,社稷何如?臣若有意为君,不到今日矣。"王钦忙进前奏曰:"八大王以势压臣,故来于此说词,岂有谋杀人命,往日不告,而待陛下已立大位,敢向午门谤天子耶?"帝未答。八王大怒,抽出金锏,望王钦劈面打去。王钦躲避不及,正中鼻准,血流满面而走。八王一直赶去。真宗忙下金阶劝救曰:"万事看朕之面,饶他一次。"八王乃住步,指王钦骂曰:"汝若再为恶,吾即诛之,今姑缓汝之死!"言罢,愤怒而退。

王钦乃伏于帝前请死。真宗曰:"八王先君爱臣,朕且让之,何况于汝。今后凡事但宜避之。"王钦顿首辞去。归至枢密府中,深恨八王,欲思报怨之计。乃修下密书一封,遣心腹人,漏夜送入幽州见萧后,奏道:"宋朝太宗晏驾,新王即位,朝中无甚良将。若发遣人马入寇,则中原可图。"萧后得奏,与群臣商议。萧天佑奏曰:"耶律休哥屯兵云州,屡请举兵伐宋。既宋朝遇丧,正宜乘其无备,一举可以成功。"道声未罢,卷帘将军土金秀出班奏曰:"宋君善能用人,边庭帅臣,皆是雄虎之将。王钦所言,未见得实。若即举兵南下,难定输赢。臣有一计,能使宋朝献纳山后九州之地,与陛下掌管,不劳兴军众也。"后曰:"卿有何计?"金秀曰:"陛下今可遣人赍书一道,与宋朝通知:'臣与麻哩招吉、麻哩庆吉部五千骑,于河东界,约与宋人比试。'臣之箭法天下无双,招吉善枪,庆吉善刀。若宋朝知此消息,定选一武艺出众者,来与臣等放对。果是臣之对手,则迟数年征伐;如对臣等不过,则知宋朝无人,那时陛下御驾亲征,直抵汴京,宋之江山不难夺矣。"萧后闻奏大悦,即遣使臣赍书,径赴汴京,进上真宗。书曰:

幽州君后萧,书奉大宋皇帝陛下:兹者孤闻贵朝有丧事,未及吊慰,负罪负罪!近因通好之议,自古为美。往年兵革不息,民遭荼毒,孤甚悯焉。今特遣驾下小臣二员,于晋阳分界,与宋之君臣会猎一番;且讲息兵之由,早定封疆,庶免边衅日生,军士

第二十一回 宋名臣辞官解印 萧太后议图中原

震骇。千载之遇,惟国君留意焉。

真宗得书,与群臣商议。寇准奏曰:"观萧后来书,词倨气傲,多是邀陛下观兵之意。逆料北之来将,不过试刀箭而已。堂堂天朝,岂无敌手哉?须下圣旨,选有文武充足者,与之会猎。"真宗曰:"先辈良将,已皆老迈。唯杨业父子,尚有杨郡马在,先帝曾遣使于郑州调回,至今未见消息。其他帅臣恐不能胜来将也。"准又奏曰:"陛下当再遣使于郑州征取。"帝允奏,仍遣中官赍敕旨,径诣郑州寻访,不知下落。郑州太守因言:"先帝曾敕取回朝去了。"中官只得复命,奏知真宗。

真宗忧闷累日。八王奏曰:"臣往无佞府察探动静如何?"帝曰:"此系紧关大事,兄宜用心体探。"八王即日出朝,来到无佞府,见令婆与太郡夫人,访问杨郡马消息。令婆曰:"六郎犯罪,发配郑州,再不见回来。殿下今日寻讨,老妾诚不知也。"八王曰:"新主在位,既有赦文召取,当令投赦入朝,而与国家出力,何必匿隐?"太郡曰:"尚容改日,待令人于郑州跟寻,来见殿下也。"八王会其意,遂辞却令婆,回朝奏知:"实不知郡马下落。"

真宗闻奏,正忧虑间,边臣急奏:"辽兵于晋阳屠劫军民,甚为深患,乞陛下早议定夺。"真宗问曰:"文武中谁堪此行者?"寇准奏曰:"禁军教练使贾能,文武足备,可称是职。"帝允奏下敕,以贾能充亲军使,带领骑兵一万,同寇准赴晋阳会猎。贾能即辞帝离汴京,望河东而进发。是时,无佞府密遣人缉探,得官军起身消息,来报杨令婆。令婆与六郎议曰:"贾教练非辽将之敌。国家新立,我儿只得赴难。"六郎曰:"母亲不说,儿有意久矣。更得一人相助尤妙。"道未罢,八娘、九妹进曰:"我二人陪哥哥同往。"六郎曰:"汝等女流也,如何去得?"八娘曰:"姊妹装作从军而行,人所不觉。"六郎依其言,即日辞令婆,带二妹赴晋阳。不提。

却说辽将土金秀,于河东地界立起一大营,朝夕劫掠边民,纵乐饮酒。忽报宋兵将到。金秀听得,即与麻哩招吉等议曰:"我量宋人无杨家父子,则他将不足惧矣。若遇比试之际,当要用心,以慰吾主之望。"招吉曰:"使平生之所学,务要大胜宋人而归。"金秀下令已定。

次日,于平川旷野,立起红心;将所部之军,分布齐整。遥望见正南旌旗闪烁,杀气连天,宋兵已到。两阵对圆。对面辽将土金秀,全身贯带,立于门旗之下,上首麻哩招吉,下首麻哩庆吉,三匹马齐齐摆开。宋阵中寇准先出。贾能戎装,立于阵后。寇准曰:"汝幽州自为君后,华夷有限,何故屡次犯境,扰我生民?"土金秀答曰:"吾主以宋帝新立,欲与晋阳会猎,将议息兵之盟,宋君如何不自来耶?"寇准厉声曰:"今新天子即位,皇风披振,无不仰服,特与文武论治尚且不暇,宁有隙时与汝等会猎乎?"土金秀语塞。

第二十二回
杨家将晋阳斗武　杨郡马领镇三关

却说左翼麻哩招吉,挺枪跃马,跑出阵前叫曰:"宋将有勇者出马比试,勿徒讲口。"道未罢,寇准背后一将应声而出,乃大将贾能,舞枪纵骑,绕出阵来,喝声:"吾与汝比试。"两下各按住营寨,金鼓齐鸣。麻哩招吉与贾能,在战场中斗上十数合,不分胜败。招吉枪法精熟,贾能终是惧怯。辽将用赚敌之计,佯输走入本阵。贾能拍马追之。未及辕门,被招吉回马一枪,刺落地下。番兵大振,宋兵尽皆失色。

招吉欲冲宋阵,宋队中走出一女将,乃八娘也。跳上青骢,出与招吉交锋。斗不数合,八娘抛起红绦,将招吉绊于马下。宋军一齐向前捉住。寇准大喜,便问:"女将是谁?"八娘下马答曰:"妾乃杨令公长女八娘也。"准曰:"将门之女,亦劲敌矣!"因令记功官录其名字。

土金秀见折去招吉,大怒,正待出马,麻哩庆吉一骑跑出,向前曰:"杀兄之仇,如何不报?"抡刀要来比试。宋阵中牙将赵彦,亦舞刀还战。二人战上数合,赵彦力怯,拨回马便走,麻哩庆吉直逼入中军。宋队中走出一少年女将,乃九妹也。舞刀跃马,抵住追将。二人斗上二十余合,九妹挥起杆刀,喝一声,劈庆吉于马下。正是:

　　徒恃英雄来斗武,不期鲜血染红尘。

九妹既斩了庆吉,下马来见寇准,道知名字。准曰:"杨家尚有汝等在,实朝廷之福也。"仍令记录其功。

番将土金秀跃马出曰:"谁敢再来比箭?"宋骑将杨文虎出曰:"我来与汝较射。"土金秀先抡弓搭箭走马,指定红心射去,三箭皆中。众人喝

第二十二回　杨家将晋阳斗武　杨郡马领镇三关

彩。文虎亦走马,连放三矢,止有一矢中红心。金秀曰:"汝输我二矢,当以捉将还我。"文虎曰:"箭法虽输与汝,敢来斗武乎?"金秀怒曰:"待斩此匹夫,以与庆吉报仇。"即绰方天戟,便来交战。文虎舞斧迎之。两马相交,未及数合,文虎左臂被戟所伤,负痛跑马而走。土金秀怒声如雷赶来。

宋军中恼了杨六郎,绰枪上马,迎住番将交锋。土金秀力不能敌,回马叫曰:"宋将且缓斗武,先与汝比箭。"六郎按住枪笑曰:"汝之箭法有甚高处,敢在军前夸大口耶?"因令左右取过硬弓,马上一连三矢,并透红心。观者无不称赞。六郎曰:"汝莫想要射,试看能开得此弓否?"从军传递与土金秀开之。金秀接弓在手,睁目咬牙,尽力扳扯,不动半毫,乃惊曰:"能开若是硬弓,真神人也。"宋军一连胜却番将,威声甚盛;辽兵垂首丧气,只待要走。寇准出阵前扬言曰:"今捉得斗将,且把还汝。归见萧后,休得妄生边患,天兵一至,屠汝辈无遗类矣。"因令解麻哩招吉回北营。土金秀羞惭无地,部军径回大辽去了。后人有诗为证:

　　气势南来恃勇雄,一时失计斗酣中。
　　军前自有杨家在,为辅皇朝建大功。

只说寇准召杨郡马入军中,甚加慰劳曰:"今日若非将军等助阵,险被番人所辱。可随我入朝,见帝面奏,以封公职。"郡马拜谢。准即日下令,拔营回汴京,入见真宗,奏知:"已得杨家兄妹等斗胜番兵而回,诚赖陛下之洪福也。"真宗闻奏大悦,下诏宣杨延昭上殿,面谕之曰:"卿父子忠勤国家,先帝称羡不已;今尚有汝在,足为边境捍蔽①也。"延昭叩首请罪。真宗问准:"当封延昭何职?"准曰:"高州②缺一员节度使,陛下可封此职。"帝允奏,颁旨封杨延昭为高州节度使。

六郎得旨,辞曰:"臣父子有败兵之罪,蒙陛下赦臣不死,恩亦厚矣,安敢受官爵哉?"帝曰:"先帝在日,尚要旌表汝父子;今又有退番将之功,当受实赏,何必辞焉?"郡马力请曰:"既陛下赐臣之官,情愿受佳山寨巡检之职,节度使诚不敢当。"真宗曰:"卿居节度,则可与同列齐名;巡检卑陋之官,卿何愿为是职?"延昭奏曰:"臣为巡检有二便:一者,闻彼处有几员好将,臣欲招而用之;二者,佳山乃三关冲要之地,与幽州隔界,欲往把

---

① 捍蔽——坚固的屏障。
② 高州——即今广东省高州市。

守,使番人不敢南下。故愿居是职也。"真宗闻罢大悦曰:"卿真忠义臣也。"即允其请。着东厅王枢密发军兵与郡马,赴佳山寨镇守。郡马谢恩而退。

王枢密承旨,到府中拨应军兵三千,尽是老弱不堪战阵之人,付与郡马。郡马怒曰:"朝廷以佳山寨近番兵地界,着我镇守,如何尽拨此无用军人随行?"时军中有岳胜,齐州人,武举出身。生得面如傅粉,唇若涂朱,使一柄大刀,有万夫不当之勇,军中号为"花刀岳胜"。因见六郎道众士卒老弱,乃出军前叫曰:"将军是将家出身,欺天下无敌。今日敢来比试么?"六郎曰:"我先与汝斗武,然后赛刀。"言罢,绰枪跃马,出辕门搦战。岳胜披挂齐备,提刀纵骑来斗。两下呐喊。

二人战上七十余合,不分胜败。六郎叹曰:"此人刀法纯熟,勇力过人,真烈丈夫也。"岳胜愈斗愈劲。六郎佯败,跑出赛场。岳胜曰:"待擒此匹夫,以抑其夸。"即骤马追之。不想六郎所乘,走得慌忙,前蹄已失,将六郎掀翻在地。岳胜挥起钢刀,连盔劈下。忽一声响处,六郎头上现出个白额虎,金睛火尾,突来相交。岳胜惊惧半响,即跳下马,扶起六郎曰:"小将肉眼不识神人,望本官恕罪。"六郎曰:"君可同吾赴佳山寨,共建功勋。"岳胜曰:"小将情愿以所部伏事本官。"

六郎得了岳胜,不胜之喜,回无佞府辞令婆、太郡而行。令婆问曰:"汝父为代州刺史,汝为佳山巡检,岂不有辱先人乎?"六郎曰:"吾非好为此小官,今值国家多事之秋,佳山寨实近番之地界,今儿于此处立功,足可以显能也,何必居清要之职哉?"令婆然其言,即备酒送程。六郎是日领了令婆酒席,宿过一宵。明日,望佳山进发。时值二月光景,路上风和日暖,百花竞开。但见:

　　酒旗开处行人喜,芳草丛中去马嘶。

六郎众人一路无词。不日来到佳山寨,原有官军俱来迎接。入帐中,称贺已毕。六郎下令曰:"今朝廷以辽兵屡寇边界,此处实控幽州咽喉,汝众人各宜整饬戎伍,谨守烽堠①,勿使敌人窥伺。用命者,则有重赏;退缩者,以军法从事。"众人领命而退。

次日,岳胜因出寨闲行,遥见对面一座大高山,树木苍阴,林峦叠翠。

---

① 烽堠(hòu)——即烽火台。堠,古代用以瞭望敌情的土堡。

第二十二回 杨家将晋阳斗武 杨郡马领镇三关

乃问土人曰:"前面那一座峻岭,是何所在?"土人答曰:"将军休问那里,说起来胆亦惊破。"岳胜曰:"莫非有猛兽乎?"土人曰:"比猛兽还狠百倍哩。"因指曰:"走过转弯,一山过去,有胡材涧。倚山有可乐洞,洞有寨主,姓孟名良,邓州人氏,使柄大钺斧,无人敢敌。聚集数百人,专一打官劫舍。哪一个敢正视其山?"岳胜听罢,归见本官,道知其事。六郎曰:"吾久闻此处有勇士孟良,若得此人归顺,诚壮此寨威风。"岳胜曰:"小将轻骑前往,哨探一回,徐定擒捉之计。"六郎依其言,即遣岳胜前到可乐洞。

正值孟良部下刘超、张盖与众喽啰,各将金银缎匹,在洞中赌赛。岳胜拴住马,佩短刀入洞中,大喝一声。刘、张惊疑官军来到,各四散奔走。岳胜近前,一连砍死十数喽啰,尸横倒地,流血惊人。岳胜曰:"不如留下姓名,报与他知,好来寻我。"即蘸血大书于壁上曰:"寨前列枪刀,洞口布旗帜;杀了你家人,便是杨六使。"岳胜题罢,径上马回佳山寨去了。

却说孟良归至洞中,见杀死十数人,大惊,问手下:"是谁到此?"众喽啰对曰:"适有少年将军,单骑来到寨中。众人疑是官军,不敢与争,被其乘虚杀死十数人。临去,留血字于壁,大王看之便知端的。"孟良看壁上所题,乃曰:"吾闻杨家有名之将,来日与他放对,定报此仇。"

却说岳胜回见六郎,道知杀死部下,并血书题壁之事。六郎曰:"孟良若知,必来厮闹。汝等须防备之。"道声未罢,忽报:"孟良于寨外讨战。"六郎即与岳胜部众二千,出寨迎敌。遥见孟良生得眉浓眼大,人物雄壮,果是好员将家。六郎马上谓之曰:"君有堂堂之貌,何不纳降于我,同把番界,立功朝廷,图名目于后世,岂不胜于为寇哉?"孟良怒曰:"汝父子八人,弃河东而归中原,今皆做无头之鬼。我在此处,与汝无冤,何故杀我部下,而来相扰耶?若胜得手中利斧,则降于汝。不然,捉归洞中,取汝心肝烹酒,为众人报仇也。"六郎大怒曰:"无端匹夫,辱人太甚!"即挺枪径取孟良。孟良舞斧交还。

二人力战四十余合,不分胜负。六郎佯输,绕平原而走。孟良激怒,拍马追之。岳胜当中冲出,又战数合。六郎见岳胜敌住孟良,按住枪,拈弓架箭,射中其马,将孟良掀跌于地。众军一齐向前捉住,押赴寨中,来见六郎。六郎曰:"汝已被吾擒,肯降伏否?"孟良曰:"汝暗箭伤我座骑,误遭汝擒,如何服耶?"六郎笑曰:"汝既不伏,吾放汝去何如?"孟良曰:"汝若放我回去，必再整顿部下，与汝决胜负。若能擒吾，方肯伏也。"六郎曰："只今便放汝去，纵能走归天上地下，亦能擒之。"随即放起，令人送出寨外而去。

第二十三回
樵夫诡计捉孟良　六使单骑收焦赞

却说孟良去后，岳胜曰："孟良贼之渠魁①，今幸成擒，本官何以放去？"六郎曰："吾与此人连斗数十合，武艺不弱，心甚爱之；且今英雄难得，吾欲他心服，收为部将，非徒捉之而已。汝等试看，孟良不久又被我所擒也。"岳胜曰："彼今此去，必再整众来战，本官用何计捉之？"六郎曰："孟良勇力虽有，终是寡谋。离此佳山之南五里，皆峻岩峭壁，无路可行。汝引骑军二千，于此埋伏。敌人若进其中，然后绝其回路，吾自有计较在也。"岳胜引兵去了。又唤过健军五人，吩咐曰："汝几人先往山谷，装作樵夫。待敌人问路之时，汝等便如此如此答应。"军人各领计而行。

六郎分遣已定。人报："孟良引众于寨前索战。"六郎即披挂上马，出寨高叫曰："今汝用心交锋，若再被擒，更无轻放之理。"孟良曰："此来定报昨日之辱。"言罢，舞斧纵骑，直奔六郎。六郎举枪迎之。二人战上数合，六郎拨回马，望山路而走。孟良怒曰："汝复能以箭射我乎？"径骤马追之。六郎且战且走，赚孟良赶至山谷，故作慌张之状，头盔堕落，因弃马缘山逃奔。孟良性如火烈，亦下马绰斧赶去。转过山坳，不见了六郎。良惊曰："又中其计矣。"连忙杀出。忽岩后一声鼓响，岳胜伏兵将谷口紧紧把住。孟良见有伏兵，迤逦投西，入山谷，依小径而走。见山岭有四五个樵夫，良问曰："此处还有路通得哪里？"樵夫道："岩上却有小路出得胡材涧。"良曰："汝众救得我，愿以金珠相谢。"樵夫曰："本欲相救，但恐将军不从。"良曰："只图有生路，如何不从？"樵夫将麻绳一条垂下，曰："将军把此绳系于腰间，我等齐力吊将上来，将军便可以脱矣。"良心中自忖曰：

---

① 渠魁——大头目，首领。

第二十三回　樵夫诡计捉孟良　六使单骑收焦赞

"事急且相随,权从其言,未为不可。"便双手接过绳头,拦腰紧系。众人并力扯至半岩,将绳缠缚大藤,不上不下,停而不动。良叫曰:"何故只在半空,不复吊上?"樵夫曰:"将军稍待,且待吾邀众人来。"孟良听罢,忧疑无定。

一伏时,六郎引岳胜等都到岩上,叫孟良曰:"此一番在天上捉汝,还不伏乎?"良曰:"汝诡计算我,非战败之罪。要杀便杀,决不心服。除非和你大战一场,阵上擒得我时,方才心死,然后归降。"六郎曰:"且放你去,必要地下捉汝,毋得再悔。"即令军人,依前放下孟良去了。

六郎与岳胜等归至寨中,商议曰:"孟良被吾连擒二次,彼今不敢再战,必来劫寨。此回捉之,看他再有何辞?"岳胜曰:"本官奇谋妙计,非他人所能及,只恐其不来也。"六郎曰:"准定今夜至矣。"因令众人于帐前掘下地坑,可深五六尺,上用浮木铺定。着军士远远埋伏,只留八九人藏于帐前,候敌人中计,即出擒之。众人依令而行,整顿齐备。

是夕,六郎独坐于帐中,秉烛观书。将近二更左侧①,孟良果部军士悄悄来到佳山寨。遣人缉探,回报寨中军人各安歇去了。孟良喜曰:"今番报其仇矣。"径到寨边,着手下停止于外,自轻骑杀入帐中,见六郎隐几而卧,更无一人。孟良手提巨斧,乘力向前,喝声:"六郎休走!"举斧未落,忽一声响处,孟良连人带马,陷入土坑中。帐前健军一齐抢出,用搭钩擒住。孟良带来部下二千余人,被军士围裹将来,不曾走得一个。众人押过孟良,六郎谓之曰:"量君见识,不出我神机。放汝回去,再意招集人马来战。"因令左右放之。孟良曰:"我虽为贼,颇知礼义,只缘顽性未除,蔽却本来羞耻。将军神人也,我安敢不服哉?情愿倾心以事本官,无他念也。"六郎大喜曰:"君若肯归顺于我,久后终得好名目矣。"

次日平明,孟良禀过六郎,回本寨召集刘超、张盖、管伯、关钩、王琪、孟得、林铁枪、宋铁棒、丘珍、丘谦、陈雄、谢勇、姚铁旗、董铁鼓、郎千、郎万共一十六员头目,都来归顺。六郎于寨中摆设犒军筵席,与岳胜等欢饮。

酒至半酣,孟良曰:"离此六十里,有芭蕉山,地势极恶。内聚强人,专一劫掠放火,官军无奈他何。为首乃鸦州三元县人氏,姓焦名赞,生得面如赤土,眼若铜铃,四肢青筋突起,遍身肌肉,块垒无数,使一柄浑铁锤,

---

① 二更左侧——指二更左右。左侧,犹左右(指时间)。

万夫莫近。若得此人来降顺，尤为吾党生色。"六郎听罢，欣然起曰："吾当亲赍空名官诰，招来为将。"孟良曰："此人至顽，本官不可轻往，须部众而去。"六郎曰："吾以诚信待人，何以兵为哉？"是日酒散，已交三鼓。

次早，六郎令岳胜等守寨，自引骑军三人，单马来到芭蕉山。将近山隘，隘口坐着一人，形容古怪，似樵夫装束。六郎问曰："此处是芭蕉山否？"其人起身答曰："汝是何人，单马来此？"六郎曰："小可姓杨，名延昭，杨令公第六子也，近授佳山寨巡检。闻此处有焦赞，勇力无双，我特来相招为将。"其人曰："君要寻焦赞，吾素相识。君可随我来，引汝见之。"六郎喜不自胜，即同其人进山中，但见石壁巍峨，树林丛杂。将近洞边，其人曰："汝且停待于此，我先入通报。"六郎允诺。其人进洞中，一伏时，走出数十喽啰，将六郎捆缚了，捉入洞去。

六郎见上面坐着一人，正是方才引路者。那人笑曰："我焦赞未尝请汝，汝自来寻死，复有何词？"六郎颜色不动，厉声应曰："大丈夫视死如归，凭汝如何处置。"焦赞曰："吾啖着多少好汉心肝，罕见汝一个乎？"即令手下吊起，亲自下手开剥。正待举刀，忽六郎顶上冒出一道黑气，气中现出白额虎来，咆哮掉尾。焦赞大惊曰："原来此人乃神将也。"即便叫手下放宽吊索，亲解其缚，纳头便拜曰："小可不识神人，情愿归顺。"六郎曰："君若肯归于我，不失官职，胜于为寇多矣。"乃取过空名官诰，付与焦赞。

焦赞大悦，令手下都来拜见，吩咐备设筵席相待。六郎正待饮时，忽洞外喊声大振，金鼓不绝，人报入寨中。六郎出洞视之，乃岳胜、孟良一起。众人见着六郎，乃各下马相见，因说从骑回报，本官被贼人所捉，特来救取。六郎道知收服焦赞之事。众人皆悦，入洞中依次序而坐，尽欢畅饮。次日，六郎率众人离芭蕉山，焚其巢洞，径回本寨而来。后人以六郎连收三员勇将，有诗赞曰：

　　天下英雄角逐秋，一时豪杰总归投。
　　三关兵马中原盛，威震番庭志气酬。

却说杨六郎招伏三员大将，遣人申报朝廷，欲求定封，以安其下。真宗得奏，与群臣商议。寇准奏曰："延昭既招伏群寇，陛下当允其请。"帝准奏，乃遣使赍敕，加封延昭为镇抚三关都指挥正使，岳胜、孟良、焦赞以下一十八员并授指挥副使。诏旨既下，使臣领命，径诣佳山寨传宣。六使与众人拜受命讫。款待朝使已回,遣人往胜山寨招取陈林、柴敢来到。自是壮勇并集,兵马强盛,于关上扯起杨家金字旗号。从此番人畏服,边患稍息。

时值八月中秋佳节,六使在寨中与众将赏月饮酒。怎见得中秋好景?有前人《念奴娇》词为证:

> 凭高眺远,见长空万里,云无留迹。桂魄飞来光射处,冷浸一天秋碧。玉宇琼楼,乘鸾来去,人在清凉国。江山如画,望中烟树历历。　　我醉拍手狂歌,举杯邀月,对影成三客。起舞徘徊风露中,今夕不知何夕。便欲乘风,翩然归去,何用骑鹏翼?水晶宫里,一声吹断横笛。

是夜,酒至半酣,六使于席上谓岳胜等曰:"吾父子八人,自归大宋以后,与北番世仇。我父令公,因瓜州之战,丧身于胡原谷,当时暂埋骸骨于李陵碑下。每欲遣人取回,葬于先茔①,稍尽人子之道。奈无心腹之人,代我前去,心常怏怏,不知何日得伸此志也。"岳胜曰:"本官此意,诚乃大孝至情。怎奈番兵阻道,四下皆贼敌,难以亟取;须迟缓数年,则可计较。"六郎因潸然②出涕,遂撤席而散。

时孟良因听本官席上所言,自思曰:"我蒙三次不杀之恩,今日要人出力,所在无一人敢承其志者。不如乘今夜悄悄偷出营寨,密往胡原谷,取得骸骨而归,稍报本官之万一。"孟良准备已定,不与众人知道,径望胡原谷而去。

次日平明,寨中不见了孟良,众人报知六使。六使大惊曰:"昨日席上饮酒,今日却缘何不见?"岳胜等曰:"孟良终是贼性。莫非逃奔他处,不与本官知道?"六使曰:"我观孟良,其性虽粗,志如金石。既降于我,宁肯私奔他适乎?"众人狐疑未定,六使亦闷闷而已。

---

① 茔(yíng)——坟墓。
② 潸(shān)然——形容流泪的样子。

第二十四回

孟良智盗骕骦①马　岳胜大战萧天佑

却说孟良装作樵人,来到胡原谷,寻觅令公骸骨,全无下落。忽遇一老番卒经过,孟良作番语问曰:"此处有杨令公骸骨,今缘何遗失无存?"番人答曰:"一月之前,幽州萧娘娘已令人掘取,迁葬于红羊洞去了。"孟良听罢,思忖曰:"专来干此功劳,若不得骸骨,亦难以回去,不如径入幽州,徐图计较。"遂假装番人,望幽州而行。

数日之间,将近其境,遇见一渔父来到。孟良问曰:"汝要入城否?"渔父曰:"赶明日献鱼,如何不入城?"孟良曰:"献什么鱼?"渔父曰:"八月二十四日,乃萧娘娘寿诞,例当进献鲜鱼奉贺。今朝是二十三日,明日侵早要进。"孟良听罢,暗喜曰:"中我计矣。"乃曰:"我番帅喂马者,亦要入城,当与公同往。"渔父在前,行不数步,孟良抽出利刃,将渔父一刀杀死,撇了尸首,剥下渔人衣服、牙牌穿戴着,提鱼在手,径入城中。守门番军见孟良称说贺寿者,搜检牙牌是实,径放他进。

次早,萧后娘娘设朝,众文武称贺毕。阍②门太使奏曰:"今有黄河渔户进上鲜鱼,未敢擅入。"萧后下旨,召入金阶下。孟良献上其鱼。后曰:"此鱼比往年小,鳞又不新鲜,如何敢进于我?"孟良奏曰:"臣每年进者虽大,皆非美味。此鱼极是难得,近日于河中网取,养之池内数日,盖因天气乍热,其色不鲜。然滋味实与凡品不同,请万岁试尝之,便见端的。"后喜而笑曰:"言之有理。汝且退,须待过却圣节,各员役一同赏赐,然后回家。"孟良喜不自胜,拜辞而出。萧后令有司官排下筵宴,赏赐在廷文武。是日,宫中大吹大擂,丝竹和鸣,君臣尽欢而饮。前人曾有《西江月》词为证:

　　断送一生唯酒,摒除万事无过。远山横黛蘸秋波,不饮防人

---

① 骕骦(sù shuāng)——一种良马。
② 阍(hūn)——宫门。

第二十四回　孟良智盗骕骦马　岳胜大战萧天佑

笑我。　　花病等闲瘦弱,春愁没处遮拦。杯行到手莫留残,不道月斜人散。

群臣夜静乃散。次日,众臣趋朝谢宴毕。忽近臣奏知:"今有西凉国进贡中朝骕骦良马一匹,路经幽州地界,被守官夺得送来。"萧后命牵进其马,视之,果是好匹骏骑:碧眼青鬃,毛卷红纹,四蹄立处,高有六尺。后曰:"此马果是难得。"下命有司,用心喂养,以备出入。有司承命牵出。不提。

孟良闻此消息,密往厩中视之,称赞不已。自思:"先偷取骸骨,然后计较此马。"径抽身来到红羊洞中,旷野所在,见一土墩,旁有小碣,上写了"令公冢"。孟良待至昏黑,掘开冢墩,下有石匣安贮。孟良解了包袱,开匣取骨,包藏停当,忙走出洞中。却被番人捉住,搜检包裹,问曰:"汝是何人,敢来做此勾当呀?必是宋朝细作。汝从何处发掘而来?"孟良泣曰:"小人不是细作,乃渔父矮张也。日前献鱼上朝庆寿,蒙太皇敕旨,留我父子赐宴。吾父因见皇封御酒,多吃了几杯,不料醉死。路途遥远,只得将尸首焚化,带取骸骨归葬。岂有细作,敢来此处寻死?"言罢哭之甚哀。番军信其言,遂放之,令其速走。

孟良得脱,急归至驿中,将骸骨藏好。次日,带些毒药,复来马厩边,见番人正值煮豆喂养。孟良装作番人一般,近槽边撒下毒药,径回去了。其马中着毒药,即时不食。喂养军人报知司官。司官急奏萧后知道。后曰:"此马不食,莫非汝等调养失宜之故?"司官奏曰:"贵相良骏,本难调护,既不食,必有病。乞陛下圣旨,招募有能医治者,重赏以爵,或得识其性者,用之保护,可万全矣。"萧后允奏,即出下榜文,招募善能医马之人。

旨令既出,孟良听此消息,思曰:"此计若成,带得此马献君,诚此来之大功也。"径来揭取榜文。守军捉见萧后。萧后问曰:"汝能医治骏马耶?"孟良曰:"臣即前日进鱼之人,亦晓医马。不消一二日,管保医好此马。"后曰:"汝若医得平复,当封汝重职。"孟良拜命而出。有司引良到厩里看视马病。孟良既到,细看,乃曰:"此马中毒已深,当急治其标,然后治其本。"有司然其言。原来孟良所放药末,只是一味麻药。若叫中了,即不能开口,便似有病。直至将麻药洗去,撒下香豆,那马立地吃尽。过了一宵,平复如初。

司官奏知萧后:"其马已平复无恙。"萧后大悦,即宣进孟良,谓曰:"医好良马,卿之功也。燕州缺一员总管,就封卿此职。"孟良谢恩。自思:"我本为此马之故,费却几多心力。总管非我所愿。"即生一计,奏曰:"蒙陛下深恩,赐臣官职。缘此马尪羸①初瘥,血脉未固,若不随宜调之,恐又再发,便难调治。当与臣带往州所,驰骋几日,方保无再发之虞。"太后曰:"卿言极有理。"因令将此马与孟良带往燕州而行。孟良得旨,叩首辞出,就往驿中取过骸骨,跨马跑出幽州,星夜逃回佳山寨而去。有诗为证:

骕骦良骥带将来,壮士奇谋亦勇哉!
本为忠勤能报主,临行又带令公骸。

逻骑报入幽州,萧后知之大惊曰:"却被奸人所算矣。"即遣萧天佑率轻骑五千追之。萧天佑得旨,部骑出幽州,如风送行云赶来。

却说孟良已离幽州二百里程途,望三关不远。回顾后面,尘土遮天,旌旗蔽日,知是番人追赶,急走至关口。早有哨军认得孟良,连忙报入寨中知道。六使闻此消息,急令岳胜、焦赞等出兵接应。岳胜部众前来,恰遇孟良走得汗流满面而来,叫曰:"后头番兵追紧,汝宜仔细。"岳胜曰:"汝先上关,我自抵住敌兵。"孟良径跑马入寨中去了。岳胜摆开队伍。

霎时,番帅萧天佑挺枪跃马而来,厉声大骂曰:"贼人盗我大辽骕骦良骥,好好献还,饶你残生。不然,踏上关来,寸草不留。"岳胜怒曰:"番蛮敢来相撩耶?"即舞刀跃马,直取番将。萧天佑举枪还战。二人斗上四十回合。焦赞喊声如雷,率轻骑从旁攻入。番将前后受敌,势力不加,拨马走回。焦赞乘势掩之。北兵大败,自相践踏,死者不计其数。岳胜等直追至澶州界上,乃收军回营,来见六使,道知杀败番兵之事。

六使既见孟良,又闻杀赢番兵,大喜,问孟良因何私往幽州?孟良将其本末详细道知。六使拜谢孟良曰:"既蒙大德,取还吾考令公之骸,即当与吾母令婆知道,然后安葬先茔;并将此马献与主上请功。"分遣已定,差人带领骕骦,径诣汴京,进见真宗。

真宗得此良马,大悦,谓群臣曰:"延昭才守三关,近得捷音,收服良将三员,今又夺得良马来献,其功不小,朕当重赏之。"八王奏曰:"杨郡马忠勤为国,陛下赏之实当。"帝径遣使臣,赍缎匹羊酒,前诣佳山寨,赏赐郡马。不提。

忽近臣奏知:"番兵寇打澶州,为边庭患,乞朝廷定夺。"真宗问曰:

---

① 尪羸(huī tuí)——疲劳生病。

第二十四回　孟良智盗骓骝马　岳胜大战萧天佑

"番兵犯界,当令谁部兵退之?"八王曰:"澶州近三关地方,若敕郡马退敌,管叫成功。"帝允奏,乃下敕,着杨六郎抵御北兵。使臣领旨,径诣佳山寨宣读。六使得赐缎匹羊酒,尽俵分①部下。召诸将议曰:"今番兵屯止澶州,近为边患,朝廷敕我等御之。汝众人当用力向前,不宜造次。"孟良进曰:"此患是小人惹来,我当率兵迎敌。"六使曰:"萧天佑北番名将,汝引兵先行,吾率众相应。"孟良领兵去了。又唤过岳胜谓曰:"汝引马军一千出关,俟战酣力乏,可冲阵击之。"岳胜引众而行。杨六使分遣已定,自领马军二千,随后救应。

飞骑报入番帅军中。萧天佑与耶律第议曰:"太后令旨,着我部兵来追贼人,今已走入关中,访得乃是巨贼孟良也,今要来与我放对。汝众人各宜用力,取得马复回,主上必有重赏。"耶律第曰:"主帅不须挂念,凭我众人之力,务要成功而回。"天佑下令已定。次日平明,于平川旷野,排开阵势。宋兵摇旗鼓噪而来。孟良全身贯带,绰斧立于阵前,高叫曰:"番贼不即退去,必来丧其命矣。"萧天佑怒骂:"偷马之贼!尚敢来斗耶?"即举枪直奔孟良。孟良舞斧迎之。两下呐喊。

二人战上三十余合,不分胜负。番将耶律第提刀纵骑,冲出助战。忽山后一声鼓响,岳胜一军杀出。萧天佑力敌孟良,岳胜战住耶律第,四将鏖战。天佑勒马佯走。孟良不舍,骤马追之,抡巨斧望番将劈面砍来。萧天佑金光灿起,斧不能伤。孟良大惊,跑马走回。番将复马杀来,宋兵披靡,四散逃走。岳胜部下先溃,抛了敌将,与孟良径奔关下。天佑见前面杀气连天,知有伏兵,乃收军还营。

孟良回至寨中,见六使,道知萧天佑之事。六使曰:"世上有此异事?吾明日亲上阵,便知端的。"着令陈林、柴敢守寨;岳胜率刘超、张盖先战;孟良、焦赞领王琪、孟得等分左右翼而出。众将得令,各整备交锋。不提。

却说萧天佑在军中召部下同议曰:"孟良、岳胜,英雄之将;且部下皆八寨强徒,都能争斗。若不以智胜之,徒战无益也。离此三十里,有双龙谷,两边山势险峻,只有一条小路可通雁岭,岭下便是幽州之野。先得一人引步军埋伏于此,赚敌人进入,即出围之,不消半月,皆饿死于谷中矣。"耶律第应声曰:"小将愿一往。"天佑曰:"汝去最好。"即付与步军二

---

① 俵(biào)分——按人分发。

千,耶律第去了。又召过黄威显曰:"汝率骑军一千,于雁岭下多张旗帜。候敌人进入谷中,垒断其路。"威显亦领计去了。

第二十五回
五台山孟良借兵　三关寨五郎观象

却说萧天佑分遣已定。人报宋将扬声搦战。天佑披挂上马,率番兵列下阵势。对面岳胜先出,舞刀大叫:"番将速退,免伤和气。不然,自取灭亡耳。"萧天佑大怒,挺枪直奔岳胜。岳胜抡刀迎战。未及数合,孟良、焦赞左右冲出,接住番兵交锋。萧天佑力战数将,佯输而走。六使从旁追及,挺枪刺之,金火迸起,枪不能入。六使且惊且疑。

岳胜、孟良等催兵而进,被天佑赚到谷口。六使见山势峻恶,停住马曰:"众人且慢追赶,恐敌人用埋伏之计。"良曰:"此处我素惯熟,里头乃绝地,只有小路可通雁岭。番将不知路径,走入谷中,正好乘势擒之,如何不进?"六使然其言,率众赶入谷中,不见番将人马。六使惊曰:"敌人已有计谋,若不急退,定遭其困。"道未罢,谷口金鼓齐鸣,喊声大振,耶律第伏兵齐出,将南兵尽皆困了。孟良、岳胜等拼死来战,山上矢石交下,宋兵伤者无数。直待寻雁岭杀出,已被番兵垒断路径。山后旌旗乱滚,哪一个敢近前!

六使与众人困在谷中,无计能脱。焦赞进曰:"小将愿部兵冲开谷口,救着本官出去。"六使曰:"番兵甚众,如何抵挡?倘伤士卒而无益,不如停待几时,乘势或可走脱。"岳胜曰:"寨中不知我等被困,倘若外无救援,内绝粮食,番兵乘疲杀入,岂不坐而待毙!趁今人马尚强,依焦赞之言可也。"六使曰:"救援之处本有,奈无人通透。此去五台山,一望之地,若得一人前去,报与吾兄杨五郎得知,内外夹攻,则可脱此厄矣。"孟良曰:"本官与众人忍耐在此,待我装作番军,偷出山谷,前往五台山求取救兵。"六使曰:"汝去须用机密。见了吾兄,求他作急而来。"

孟良遂解下盔甲,扮作番人,辞六郎,乘夜偷出雁岭。恰遇巡营番兵,被孟良一刀斩之,取其铁铃,满营喊去,口内番语不休云:"牢把寨,牢把寨,莫叫走了杨都大。"又云:"牢把险,牢把险,莫叫走了杨巡检。"时番营并无猜疑,任从孟良来往。巡至三更,走离岭外,大踏步望五台山而行。

不消一日,孟良来到山门之下,见一侍者,问曰:"汝师父在寺中否?"侍者曰:"君从何处而来?"孟良曰:"杨六使将军差遣,特来见杨禅师,有急事报知。"侍者闻是杨家,即引孟良进入方丈中,禀知师父,出来相见毕。五郎问曰:"汝来寺中,有何高论?"答曰:"小人姓孟名良,近归杨巡检,镇守三关。盖为北番犯边,本官与其交战,不期中了敌人之计,被困于双龙谷,外无救应,粮草将尽,特遣小人来求师父,出力相助。"五郎笑曰:"我出家之人,岂可复临阵相杀乎?且戎伍久荒,武艺俱废,纵去亦无益矣。君可往汴京,求救于朝廷,庶不误事。"孟良曰:"此去京师,程途遥远,知他几时出兵?望师父念手足之情,亲劳一行,以救众命,便是活佛出世,万勿推辞。"

五郎沉吟半晌,乃曰:"去则容易,奈我战马已死,少一匹骑骏,难以果行。"良曰:"师父若肯相救,小可即往寨中取得马来。"五郎曰:"吾所乘骑,最难中意。除非八大王千里风、万里云二马,若得其一,则可前行。"孟良曰:"此亦没奈何,小人只得星夜入汴京,问八王借得来用。"五郎曰:"若有是马,当胜番兵矣。"

孟良即辞五郎,径往汴京而来。不日到京,进八王府中拜见,道知要借马之由。八王曰:"别事皆可,唯此二马,吾看之未饱,岂肯借人临阵哉?不必再说,决难允许。"孟良闷闷而退,赴无佞府,来见杨令婆,道知六郎被困。令婆洒涕曰:"吾夫君率诸子归于朝中,今只有六郎一人,能承父志,今又为番兵所困,倘若有不测,使我倚靠于谁?"九妹进曰:"母亲不必深忧,既哥哥有难,儿当同孟良前去救应。"令婆曰:"汝去最好。边庭之事,须宜谨慎。"九妹领诺。孟良曰:"请小姐先出汴京,于二十里之外等候。小人今夜往八王府中,偷得其马,即来相约。"九妹依其言,先自整备,辞母亲去了。

只说孟良复来八王后花园,蓦地越入。将近黄昏左侧,向御书楼边放起火来。一伏时,烟焰张天,满处通红,军校急报入府中。八王大惊,即令人赴救。孟良乘其慌乱,闪入马厩,偷得千里风一匹,从后园门,径跑出城。比及救灭火势,中军传说:"有一壮士,乘千里风走出东门而去。"八王怒曰:"必是孟良用此计较也。"即令牵过万里云,挥鞭赶来,天色已黑。

时孟良偷马出得汴京城，不胜之喜，不知八王所乘如腾云雾，顷刻间追至。孟良正行间，听得后面如风过之声。八王骂道："逆贼速留下马还我，饶汝性命。"孟良大惊曰："彼来何速耶？"即心生一计：将千里风推落泥泽中，自躲入松林里瞭望。适八王追赶近前，见马陷在泽中，笑曰："此贼莫奈何，生支节推落泽中。且待从军来到，救起而去。"遂跳下所乘，近前视之。孟良在星光之下张见，即跨上万里云，叫声："八大王休怪，吾借此马，退番兵便送还矣。"言罢，挥鞭勒辔而去。八王悔恨无及。正在懊恼间，后头随军已到，八王知道被孟良诡计脱去万里云。随军曰："殿下勿忧，待其救出杨郡马，必当送还。"八王只得令人救起千里风，复回汴京不提。

将近平明，孟良恰与九妹相会，说知盗得万里云马而来。九妹喜曰："既得此马，君往五台山求五哥下山救援，我先去三关俟候。"孟良领诺，径来五台山见五禅师，告知："借马已到，又与九令妹同来救援。"五郎曰："看你为主，志亦勤劳，当得下山相救。"即点起头陀五六百人，扯起杨家旗号，离了五台山，到三关与九妹等相见。九妹曰："六哥被困日久，乘今便杀入救之。"五郎曰："番兵众盛，待遣人缉探消息，然后出兵。"众人然其言，遂按甲而待。

消息传入萧天佑军中，天佑召诸将议曰："杨五郎救兵来到，此人雄勇莫敌。吾有一计，可使救援自退，宋兵尽死于谷中矣。"耶律第曰："元帅有何妙策？"天佑曰："今军中捉得一边民，面貌极似六郎。可杀之，以头悬于高竿，只说昨日被番兵所擒，部下诛戮殆尽。彼若见之，必信而退矣。"耶律第曰："此计甚高。"萧天佑即将其人诛之，斩其头，令番兵悬出阵前，传说六郎被杀，今以首级号令。

哨军报入关中，五郎闻此消息，大惊曰："吾弟遭困，为番兵乘虚所杀，此理有之。"即令九妹出关下认之。九妹连忙披挂，来关下认之。先令军人前往通知番帅："若果是杨家首级，即便退兵。"军人于阵前传说。萧天佑得知，令部下献出辕门与视。九妹看时，见面貌颇似六郎，遂号泣不止，遥指番兵而骂曰："杀兄之仇，定要报复！"乃回马入关中，报知五郎。五郎叹曰："本为来救吾弟，谁想已遭擒戮，真乃杨门之不幸也。"唯有孟良不信，乃曰："五将军，此事可疑。当日小人离双龙谷之时，本官部下尚有许多人马，即被其杀，岂无一人走漏者乎？此事未可便信。"五郎亦疑信不决。

是夜，秋风微动，月明如昼。五郎披衣出帐外，观望星斗，见将星明朗，正照于双龙谷。自思："六郎必然尚在。"次日谓九妹等曰："我夜观星象，知汝兄无恙。今得一人通知消息才好。"孟良曰："小可复入谷中，体探动静。"五郎曰："得汝去极好。"孟良径辞而行。九妹曰："孟良既去，小妹亦往左近访问其事。"五郎曰："汝去须用机密，勿被敌人测破。"九妹曰："自有方略。"即辞却五郎，装作打猎小军行至天马山，路径丛杂，进入林中，却有番兵无数来到。九妹转到后面，见着小茅庵。九妹抽身入庵中。

恰遇庵主，迎问之曰："汝是何人？独自来此深山？"九妹答曰："实不相瞒。小可是杨家女流，盖为哥哥六郎被番兵所困，今来访问的实。走错路径，遇番人追逼，特投庵主相救。"庵主曰："此是番邦境界，汝缘何轻进？速卸去弓箭，取道服穿着。"一时间，番兵都赶到庵中，捉住九妹。庵主曰："是我弟子，在此出家，汝等何以捉之？"番兵曰："既是出家，缘何带有弓箭？"庵主笑曰："汝本不知，我居此山，不时有猛兽伤人，适才弟子出外打猎而回，弓箭何足为怪。"番兵遂放了手，因曰："汝既能射，必有勇力，若斗得我众人过，则放汝。不然，定要捉去，见我娘娘也。"庵主曰："汝等如何出此言？"番兵曰："近因南朝孟良过界，偷去骗骊御马，今下令各处巡视，恐防南人入界。我等疑她亦是细作，故要比试也。"九妹曰："师父且待我与他比试。"言罢，即出草坪中比斗。番兵无一人能近之者。番兵斗他不过，各自回营去了。庵主曰："且待几日，我令人探问令兄消息，行之未迟。"九妹依允，就留止庵中不提。

第二十六回
九妹女误陷幽州　杨延德大破番兵

却说巡视番兵回幽州见张华丞相，道知："天马山庵中有一壮士修行，端的弓马精熟，武艺超群，我等十数人不能近之。"张华听罢大喜曰："既有此人，当遣人领诰敕前往，召他来见。"番官领命，赍诰敕复往庵中见庵主,道知其事。庵主与九妹商议曰:"幽州张丞相有诰命来召,汝肯去否?"九妹曰:"既来相召,安敢相辞?"庵主愕然,邀九妹往庵后谓之曰:"君乃女流,若被识破机关,命亦难保,如何许其前行?"九妹曰:"蒙庵主相待,足见庵主好心。此去自有方便,内中用事,救得哥哥,亦机会也。"庵主曰:"亦宜谨慎而行。"

即日,九妹辞庵主,与番官径赴幽州。进张丞相府,参见毕。张华问曰:"壮士何处人氏?须先通姓名,而后录用。"九妹答曰:"小可祖贯太原人氏,姓胡名元。幼年曾习武举,屡科不第,因弃家居庵修养。昨承钧旨相召,只得赴命。"张华听其言词清丽,人物出众,不胜之喜。乃令人整顿净房一所,与其安置。九妹辞出。张华退入后堂与夫人商议,要将月英小姐招胡元为婿,夫人允许。

次日,张华命番官通知胡元。九妹曰:"此事大好,蒙丞相见爱。但今宋兵在境,干戈未息,凭小可生平所学,建立微功,然后允之。"番官回报张丞相。张华曰:"且看他武艺如何。"即整朝服入奏萧后曰:"臣招募得一壮士,英雄俊伟,要与陛下立功。乞宣授其职,以退宋军。"萧后允奏,下命封胡元为幽州团练使,付兵五千,前助萧天佑。九妹得旨,拜命讫,领兵辞张丞相,径到澶州来,与萧天佑兵会合一处,屯扎西营。正遇杨五郎催军索战。九妹披挂上马,跑出阵前大叫:"宋将速退,免受其戮。"五郎马上认得,大惊曰:"贤妹如何在彼引军相争?"九妹打暗号曰:"五哥诈败,我自有计较。"五郎会其意,舞斧便战,斗不数合,大败而走。九妹追出数里乃回。

哨马报入萧天佑军中:"新收将大胜宋军一阵。"天佑大悦,即遣人请入帐中,商议破宋之策。营里番兵有认得九妹者,密谓天佑曰:"此人前日在宋阵中看六郎首级,元帅须用提防。"天佑大惊,遂令番众拿下胡元。九妹不知其由,乃曰:"吾有杀退宋军之功,元帅何故拿我?"天佑曰:"汝本南朝杨家之将,敢欺我耶?"不由分说,将囚车陷了,遣军校解回幽州见萧后,具奏其情。后得奏,乃宣张丞相问之。张华奏曰:"臣亦未知真实。乞发下牢中,待擒得杨家将来,一同斩首。"太后允奏,命将胡元监于狱中。正是:

本为成家整骨肉,谁知先自受悲辛。

却说消息传入三关,杨五郎闻知其妹有难,亟与众人商议曰:"六郎近闻无事。如今九妹被系狱中,当先设计救之。"陈林曰:"将军有何妙计?"五郎曰:"幽州右控西番,实唇齿之邦。吾诈作西番人马,前去相助,萧后必信,从中举事,可救之矣。"陈林曰:"此计极妙!本官先去,吾亦引军于中路相应。"五郎分布已定,扯起西番旗号,部军来到幽州,遣人通报萧后。萧后下命侍臣,宣西番国统兵主帅入见。杨五郎承命,进于金阶,称呼毕。萧后曰:"有劳将军,跋涉风尘不易。"五郎曰:"西番国王以娘娘与南军交战,胜负未决,特遣臣部兵相助。"萧后不胜之喜。即令设宴相待,亲举三觞,赐赉甚厚。五郎曰:"军情事紧急,臣明日当出师以破宋人。"太后曰:"远来疲乏,尚待数日而行。"五郎谢宴而出,在城南扎营。下令军中:"乘番人不知提备,今夜杀入皇城。"众军得令,各整备不提。

是时,九妹在狱中,得狱官章奴知其为南人,十分相待,每要放他走脱,未遇其便。九妹因谓章奴曰:"蒙君相待甚厚。我适间占卜六壬课,今日当脱此难,不如与君同奔南朝,当有酬报也。"章奴曰:"我有此心久矣!只缘无人提携。若将军肯带小官同去,今夜可越狱而出。"九妹整点停当。将近黄昏左侧,城南数声炮响,杨五郎引七百头陀,杀入城中,如入无人之境,后面马军一涌攻入,四下鼎沸。近臣报入宫中:"反了西番国军马。"萧后大惊,急令紧闭内城。当下杨五郎先杀入狱中,恰遇杨九妹从狱中杀出。番官各自逃生,哪一个敢来争锋?南朝人马踩踏而进,杀死番兵不计其数。

五郎与九妹左冲右突,大闹了幽州城,放火烧着南门,复军杀奔澶州。萧天佑不知军从何来,部下大乱。耶律第一骑先出,正遇五郎。两马相交,战不两合,被五郎一斧劈落马下。陈林、柴敢接应夹攻。天佑不敢恋战,弃营逃走。杨五郎骤骑追之。萧天佑回马力战。二人斗上二十余合,五郎挥起利斧,当面劈下,忽金光灿起,不能伤之。五郎曰:"师父曾说番邦萧天佑,铜身铁骨,刀斧不能入,留下降龙咒一篇,嘱咐即则诵之。待我念动此咒,看是如何?"五郎才刚诵之,忽狂风大作,飞沙走石,半空中降下金甲神人,手执降魔杵①大叫:"逆妖好好回去,饶汝万刀之诛。"萧天佑滚落下马。五郎再复一斧,忽声响处,火光满地,不见了萧天佑。一伏时,天地清朗,月色如昼。五郎杀入番营,提兵抄入双龙谷。

---

① 杵(chǔ)——较粗的木杖。

孟良听得外面金鼓不绝，引众人当先杀出，正遇番将黄威显，一斧砍之。杨六郎等乘势突出，与五郎军马合为一处，杀得番兵四分五落，尸首堆积，夺其牛马无数。正值四更时分，五郎收军还佳山寨安下。

次日平明，众人相见。六使曰："若非五哥出力救援，几被番人困杀矣。"五郎曰："九妹反为北番所困，不施此计较，险些亦难保也。"六郎嗟呀不已。九妹曰："多得狱官章奴与我杀出狱中，却被乱兵所伤。深感此人，难报其恩。"五郎因问被困之故。九妹将庵中相救，及往番邦之由，一一道知。五郎曰："深山幽谷，亦有此好人。可令人送缎匹往庵中答谢。"是时六郎于寨中，广设筵席，犒赏诸将。酒至半酣，五郎曰："贤妹依前回去奉侍母亲。我亦领众转五台山。六弟用心守此三关，继吾父之志。"九妹领诺，酒罢即辞行。六郎亲送兄妹离寨数里之程而别。

不说九妹与五和尚自回，且说六使回至寨中，遣人送万里云还八王。八王笑曰："前日我不借马，非是吝惜，盖试孟良之能耳。今既得此捷胜，马亦无恙，真国家之福也。可令杨六将军下令军中，整饬戎伍，紧守三关，招募英雄，为进取之计。"

话分两头。却说宋真宗闻捷报："杨郡马大胜番兵。"与八王议曰："六使新建奇功，当何以报之？"八王曰："陛下须赐以犒军之礼，候再立功，方升官职。"帝允奏，即遣使臣，赏花红缎匹，前诣佳山寨，犒劳六使部下诸将。不提。

是日朝散，王钦归至府中，自思曰："杨家有此英雄，如何能遂吾志？"一时无计，遂请谢金吾来商议。差人去不多时，邀得谢副使到府中，分宾主坐定。茶罢，谢副使起曰："不知枢密见召，有何教诲？"王钦答曰："下官蒙主上顾宠，八殿下屡怀不平。前日下官因公务过无佞府，至滴水天波楼前，不曾下得马，被杨家大辱一番。待奏圣上知之，八殿下又来放对。没奈他何，思量不如辞官归乡，杜门不出，省得吃此烦恼也。"谢金吾笑曰："王大人何以自堕其志，竟至如此？今朝中先朝旧相，已皆凋谢，只有我数人而已。虽八殿下权势尊隆，然不理政事。杨家父子，并做无头之鬼，一门唯寡妇耳。先帝在日，重其恩典，起立无佞府、天波楼，以引诱之。当今主上，宁以此当事耶？下官试往过之，若彼省改则止，不然即令手下拆之。"王钦暗喜曰："中我计矣。"复以言激之曰："谢副使休要争闲气，若拆其楼，杨令婆必来相闹，圣上为他做主，我等反受辱矣。"金吾曰："且看下官为之。圣上若问,吾自有计策答奏。"王钦佯意然之,因留酣饮。日晚,金吾辞去,王钦直送出府门而别。

第二十七回
枢密计倾无佞府　金吾拆毁天波楼

却说到了次日,谢金吾摆列队伍,经无佞宅门首而过。近天波楼边,令手下敲动金鼓,喝道连声。谢金吾端座马上,过却楼前。正值杨令婆与柴夫人在厅上闲坐,闻府外乐声响亮,令人出府探视。回报:"谢副使径乘马喝道而过。"令婆怒曰:"满朝官宰,让得我杨家。谢金吾何等人,特来欺凌?"即令备车马,趋朝来奏于帝。令婆以龙杖而入。真宗降阶而迎,列坐,因问曰:"朕未有宣命,夫人造朝,将奏何事?"令婆起答曰:"妾先夫蒙先帝厚恩,曾赐无佞宅、天波楼等第宅,使臣妾诸子荣耀莫加。宰官经过者,俱下马回避,非是敬老妾,盖重君命也。今者谢金吾,动用鼓乐,不下马而过,分明轻慢陛下,欺侮老妾。"

真宗闻奏,即宣谢金吾入,责之曰:"昔先帝遗旨,汝何独违?今夫人劾汝轻侮朝廷,该当何罪?"谢金吾奏曰:"臣非敢有慢国法,容奏其故。前日陛下以敕命旌赏杨六使,臣领敕经过天波楼,亦下马而过,斯时君命反甚轻亵①。臣等以为相碍,正欲会同文武俱奏,未敢擅进。且天波楼离无佞宅一望之地,实当南北要道,遇圣节朝贺之日,由此而过,深为未便。乞陛下毁拆其楼,使朝廷知所尊重,千载盛事也。"金吾奏罢,真宗默然。王钦迎风旨进奏曰:"谢金吾所陈,极当于理。且无佞宅与天波楼隔越,拆之诚便于事。"真宗曰:"卿等且退,待朕再与文武商议。"令婆闷闷而出。

私地②,王钦又力奏其事。真宗允旨下敕,就着谢金吾监众拆毁之。旨敕既下,王、谢不胜之喜。消息传入杨府中,令婆与郡夫人议曰:"不想

---

① 亵(xiè)——轻慢,不庄重。
② 私地——暗地里。私,暗中。

谢金吾劾奏朝廷,要拆天波楼。王钦亦互同此主意。今圣上允其奏,此贼必来毁拆。若不能做主,深贻夫君羞也。"郡主曰:"待见八殿下商议,再奏圣上,或能挽回天意。"令婆曰:"事不宜迟,太郡当即往。"

柴氏径辞令婆,来八王府中,相见毕。柴氏曰:"主上听信谢金吾罔奏,要拆毁天波楼。且此楼创始,乃先帝之命。望殿下念其父子忠勤于国,复奏止息其事,则杨家必深报德矣。"八王曰:"圣旨既下,难以即奏;且此楼不便于天使,主上有意去之。如今之计,谢金吾好利人也,汝归商议,多用金宝,买贿与他,宽容数日,遇有机会,我当奏于主上。"

柴太郡领命辞归,见令婆,道知买嘱之事。令婆曰:"若得此楼不拆,安惜金宝为哉?只恐谢金吾不肯接受。"太郡曰:"可令心腹付之,无有不接。"令婆然之。即整备黄金四十两,玉带一围,遣人往谢府送去。果然,金吾见杨府礼物,便自心动,乃作傲曰:"彼恃朝廷只在他一家而已,今日亦识谢某乎?"知心人刘宪进曰:"既杨家服输,小心于枢密,正做个人情,缓缓拆之。待朝廷意阻,若留得不动,则令婆正有孝敬在后,岂不两全其美?"金吾曰:"汝言有理。"遂受下礼物。遣人于杨府回复。

令婆闻知,私喜曰:"若金吾肯息此事,圣上必不深较。"乃遣人于八王府中,缉探复奏消息。不想谢金吾所受贿赂,已漏于王钦知道,乃力奏真宗,急行是事。真宗得奏,复敕谢金吾作急回报。金吾领旨,不得已,督率人夫,将天波楼上层拆去,尚留中层未拆。八王遣人报知令婆:"圣意难回,可星夜往三关与六使商议,则能计较。"令婆得报,忧闷不已。八娘进曰:"母亲勿忧。且依殿下所言,令六哥回来计较。不然,涓涓之势弗遏①,恐后日无佞宅亦难保也。"令婆曰:"汝言虽是,谁去报知?"九妹曰:"女儿曾识三关路径,愿走一遭。"令婆曰:"汝速去速回。"

九妹装点齐备,辞别母亲,望三关而来。时值五月天气,途中暄热,九妹趁早而行。不消一日,到三关寨,见六郎,道知:"谢金吾奏主上拆毁天波楼,母亲着兄星夜回去计较。"六使惊曰:"朝中文武不谏,八殿下亦坐视耶?"九妹曰:"八殿下力谏不允。是他着人来说,要与哥哥商议。"六使忧愤无地。密令九妹入后寨讯曰:"我镇守此处关隘,职责亦重,朝廷又

---

① 涓涓句——此句意为"在势态尚未成形之前不阻止"。涓涓,细水慢流的样子。弗,不,没有。遏,阻止。

无诏命;倘被觉知,则有擅离之罪。进退两难,如何处置?"九妹曰:"母亲立待,哥哥只得私离数日,待事定之后,仍复回寨。"六使乃唤过岳胜吩咐曰:"母亲有大事商量,着吾妹来召,只得私下三关数日,事定后即便到此。汝与孟良等,谨慎边境,遵守号令。待焦赞问我所在,只说往眉山打猎未回,不可漏此风声与知。"岳胜领诺而出。是夜,六使辞岳胜、孟良等,悄悄离佳山寨,望汴京而来。有诗为证:

单马宵征恨不平,君王何以重奸臣?
谁知祸起萧墙内?诈死埋名不忍闻。

二骑行了半夜,将近乌鸦林,忽一人跳出林外,拦住去路叫曰:"本官吩咐,不与焦赞知之。我已听得多时。"六使大惊曰:"汝不守关寨而私来此。"焦赞笑曰:"本官亦且私离三关,如何反说我来?小可闻得东京最好光景,平生未睹,今日特要跟本官同走一遭。"六郎曰:"汝真恼杀我矣。此来正怕人知,汝心性又急,若到京城,必生出祸患,那时谁任其咎?作急归寨,我回来重赏于汝。"焦赞曰:"若不允我去,先到汴京,扬说本官私离三关。"九妹曰:"只一个人,哥哥便带他同去,叮咛勿使生事便了。"六郎依九妹之言,带焦赞一同来到无佞府中。

入见令婆,拜礼毕。令婆见六使,汪然泪下曰:"汝父子八人,投入中朝,于今凋零,只有汝在。先帝敬我杨府,建设第宅相待。今被谢金吾欺虐,奏毁天波楼。若不早为定计,后日无佞宅莫得安矣。"六使曰:"母亲勿忧,待不肖①密进八殿下府中商议。我父子有死难之功,主上宁肯相忘?"令婆乃令柴太郡等相见。太郡曰:"八王若肯主张是事,决有好消息。"六使然其言。因安顿焦赞在偏房居住,着府中军校防守,勿令出去生事。

时焦赞初到,亦且过得。一连数日,便坐卧不住,与军校议曰:"我随本官到此,正待看汴京风景。今着人监守于我,莫若不来,犹得散诞。汝等若肯带我向城中游玩,多买酒食相谢。"军校曰:"去且无妨,只恐你生面,被人识破,那时连累着本官也。"赞曰:"自有方略,决不与人识破。"军校乃背了六使,开后门,与焦赞出得无佞府,大踏步望汴京而来。果然好一座城郭,有《西江月》词为证:

堪羡京师形胜,朱门十万人家。汴京自古最繁华,弦管高歌

---

① 不肖(xiào)——不肖子孙的略语,谦词。

月夜。市列珠玑①锦绣，风流人物豪奢。菁葱云树绕堤沙，真是堪描堪画。

焦赞转过仁和门，但见车马往来，人烟辏②集，不觉失口曰："若非本官挟带，安得见此光景？"军校惊曰："汝胆好大！此处乃京城地面，缉访军家无数，闹出祸来，谁人来救？"焦赞笑曰："便道一声何妨？"言罢，行到歌管巷，见酒馆中摆列齐整。赞曰："相与进里面，沽饮三杯而去。"军校曰："此间不是我等饮酒处。往城东，望高楼饮玩。"日色将晚，军校催促回去。赞曰："难得来此，只在城中寻店安下，明日回去未迟。"从人见他性急，只得依从。

近一更时分，焦赞尚未安歇，乘月下，与军校闲走。偶经过谢金吾门首，听得府中乐声嘹亮，歌音不歇。焦赞问曰："此是哪个家中？风送歌音，如此清亮。"军校笑曰："速行，休问此处。我本官正因其人要拆毁滴水天波楼，才下三关。正是当朝宠臣谢副使府中，想必正在欢饮，乐人未散，故有此乐音也。"焦赞初未知谢金吾家，则全然无事，听说是本官对头，便怒从心上起，恶向胆边生，谓军校曰："汝二人只在外面等候，我入府中察访消息便来。"军校吓得浑身酥麻，叫苦曰："汝生出事节，我等定遭连累。可急转店中，明日侵早回去，本官亦弗觉。不然，我先走去报知。"焦赞怒曰："任汝二人去，定要依我行也。"径别了军校，闪进谢府后门而去。二军慌忙各自逃奔不提。

第二十八回
焦赞怒杀谢金吾　八王智救杨郡马

却说焦赞抹过东墙，见不甚高，遂攀援而登，踊身跳于后花园内，密进厨下。家人俱各在堂上服侍谢金吾，只有小使女在灶前烧火。焦赞于皮靴中取出利刃，先将使女杀了。提着死人头，走向堂上。只见谢金吾当席

---

① 珠玑（jī）——珠宝，珠玉。
② 辏（còu）——形容人多。辏，车轮的辐集于毂上。

第二十八回　焦赞怒杀谢金吾　八王智救杨郡马

而饮,乐工歌童列于庭侧,径将人头对面掷去。谢金吾吃着一惊,满面是血,即喊:"有贼!众人何在?"焦赞踏进前骂曰:"弄权奸佞!今日认得焦赞么?"言罢,一刀从项下而过,谢金吾头已落地。众人看见,四散逃走。焦赞杀得手活,抢入房中,不分老幼,尽皆屠戮。可怜谢金吾一家,并遭焦赞所害。后人有诗为证:

　　起意陷人终自陷,且看今日谢金吾。
　　谁怜恃富当朝相?老幼全家被所屠。

将近三更,焦赞取筵中美味恣①食一餐。临行自思曰:"谢金吾一家,被我杀死。他是朝廷显官,若知此事,岂不连累地方?不如留下数字,使人知是我杀,庶不祸及他人也。"即蘸鲜血,大书二行于门曰:"天上有六丁六甲,地下有金神七煞。若问杀者是谁?来寻焦七焦八。"题罢,复越墙,打从后墙门而出。待寻二军校,不知走往何处。因在城坳边躲过一夜。次日侵早,逃归杨府去了。

却说巡更捕卒,夜来闻说谢副使府中被劫,亟报王钦。钦即进谢府视之,只见杀死一家老幼共一十三口,尸横散地,血污庭阶。检验官录得门上写得杀人凶身名目呈奏。时闹动汴京军民。真宗得奏大惊,下令着王钦体察此事。王钦奏曰:"臣缉问杀死谢金吾一家者,乃杨六郎新招将焦赞。"真宗曰:"杨六使镇守三关,何得有部将入城杀人?"王钦曰:"前日私下三关,带得焦赞同来,有违国法。乞陛下提处其罪。"真宗允奏,敕禁军捕捉杨六郎与凶身焦赞。旨令既下,禁军四十人领命而行。

是时,杨六使在府中,与令婆计议天波楼之事。忽报:"昨夜焦赞越墙入府,杀死谢金吾老幼一家,共计一十三口。今朝廷差禁军来捉。"六使大惊曰:"狂奴当败吾事!"道未罢,禁军一齐抢进,捉住杨六使。时焦赞在外听得,手执利刃,一直杀入。禁军见其猛恶,无人敢近前。六使喝声曰:"汝生出如此大祸,尚敢来拒捕朝廷乎?好好自缚,同去请罪。"焦赞曰:"我平生杀了几多人,稀罕一十三个!我与本官回佳山寨去,看他如何摆布我?"六使越怒曰:"若不依吾言,今日先斩汝头去献。"焦赞乃放下利刃,唯唯而退。禁军正待来捉,六使曰:"不要动手,见天子自有分辩。"六使乃随禁军朝见真宗。

---

① 恣(zì)——放纵,没有拘束。

真宗问曰："朕无圣旨召卿,何得私下三关?又带部将杀死谢副使一家,当得何罪?"六使奏曰："臣该万死!乞陛下宽一时之戮,容陈冤苦。臣父子有幸,蒙朝廷厚恩,虽九泉亦思补报。近因主命有拆毁天波楼之诏,臣母忧虑成疾,只得下关省视即回。部将焦赞凶顽之徒,不知几时进城。今杀死谢金吾一家,岂必是臣主使哉?乞圣明体究,如果是的,当就藁街之诛,以正朝廷法令也。"真宗闻奏,半响未答。王钦进奏曰："杀人者确是焦赞无疑,当日本家侍从及乐工亲目所睹,且临去又留下笔迹。乞陛下将六郎、焦赞押赴市曹处斩,庶警后人。"真宗迟疑不决。八王力奏曰："杨六使罪责本有,其情可原,果然部将杀人,念彼有镇三关功绩,从轻发落。"真宗允奏,敕法司衙门拟定杨六使等罪来奏。六使既退,王钦密遣人于法司官处。嘱咐发配六使等于远恶地方居住。时掌刑名官黄玉,最与王钦相得,依其言语,以六使得私下三关之罪,发配在汝州①做工,递年进造官酒二百埕②,三年功满则回。焦赞以把边之绩,宽其死罪,发问邓州③充军。即日起行。黄玉拟议已定,申奏真宗。真宗依拟下敕,并命收殓谢金吾等尸首以葬。近臣领旨宣示不提。

只说杨六使闻此消息,不胜悲悼,来辞母亲令婆与柴太郡。令婆曰："此我家大不幸也,使老身倚靠何人?"六使曰："母亲勿忧,多则二三年,便可回来,母子复相见矣。且儿犯罪发配,八殿下必周全天波楼一事。今焦赞杀了谢金吾,亦为朝廷去除一恶。若不是八殿下力奏,险些性命难保。"道未罢,焦赞入见六使曰："闻朝廷问本官配汝州军,正要邀本官回三关寨。我亦不要往邓州发配,我不晓得充什么军。"六使曰："圣旨既下,汝只得到其地方,候遇有赦,仍转三关。若再违法令,得罪反重。"

不移时,王钦差解军四十人,来催杨六使、焦赞等即行。六使先打发焦赞与解军起身,自辞令婆、太郡,亦离杨府。八娘、九妹直送至十里长亭而别。时焦赞在路等候六使来到,乃曰："我此去,不日走归寨中,报与岳胜哥哥等知道,便来取本官也。"六使曰："休得胡说!我罪不至死,汝亦忍耐过一年半载,便得相逢。"焦赞大笑分别,自与解军投邓州不提。

---

① 汝州——即今河南省汝州市,位于河南省中西部。
② 埕(chéng)——酒瓮。
③ 邓州——即今河南省邓州市,位于豫、陕、鄂交界处。

第二十八回　焦赞怒杀谢金吾　八王智救杨郡马

只说六使随从一起上路,望汝州进发。正值夏末秋初,凉风透骨。正是:

孤雁声中愁莫诉,残蝉树里恨难禁。

不日来到汝州。公人将批文投至府中,见太守张济。张济看罢来文,先发回公人,邀六使入后堂问之曰:"闻将军把守三关,番人畏服,因何又犯发配之罪?"六使答曰:"一言难尽!"遂将部下焦赞杀死谢金吾之由,道其本末。张济嗟呀不已,乃曰:"将军权且忍耐。此去城西,有万安驿,冲要所在,可以监造官酒,及时而进。多则一年半载,仍复归朝矣。"六使称谢,辞太守,自去做工不提。

却说王钦探知杨六使已到配所,请黄玉来府中,商议谋害之计。黄玉曰:"此事不难。今圣上以酤①税为重,六使监造是职,关系最大。枢使上一道本,劾其有私卖之罪,主上必处之以死刑矣。"王钦大喜曰:"此计甚妙!"即具酒醴,与黄玉对席酬饮,二人尽欢而散。次日,王钦果趋朝上本,劾奏六使:"轻玩国法,到汝州未经一月,将酒酤禁令放弛,私鬻②钱价,将为逃反之计。乞陛下早正其罪,免生后患。"真宗闻奏,大怒曰:"彼令部下杀死谢金吾一家,朕念其先人有功,姑免其死。今又在配所私卖朝廷之物,难以宽容。"即敕团练正使呼延赞,赍旨到汝州,取六郎首级而回。旨令既下,廷臣愕然。八王力奏曰:"杨六使忠诚之臣,岂有此事?陛下勿听一时之言而诛英雄也。"帝曰:"卿屡为六使作保。前日屠朕爱臣谢金吾一家,亦该处死否?"八王语塞而出。

是日朝散,寇准曰:"幸得领敕命者系呼延赞,可令其见汝州太守计较;以罪人貌类六使者,枭其首级来献纳;令放六使逃走。后日遇国有难之际,又好保举也。"八王然其言,乃与呼延赞道知。赞曰:"此事老夫自有主张。"呼延赞即日辞众赍旨,径赴汝州,见太守张济,细说斩六使之由。张济惊曰:"彼到汝州未久,焉有此事?主上何故徒要轻损豪杰?"赞曰:"此是权臣王钦劾奏其情,圣上遂激怒之,八王力保不允。今廷臣商议,要求太守如此如此方便。"济喜曰:"正与下官之意暗合。值今北番强盛,若无此人,边境怎安?"因令去请六使来,说以朝廷之意。六使曰:"小

---

① 酤(gū)——买(酒)。
② 鬻(yù)——卖,出售。

人本无是情,既圣旨问我以死,只得承命,与朝廷回报。"济曰:"君勿忧,正在商议,要如此脱君之厄。"六使曰:"若得太守方便,当图死报!"张济曰:"管保郡马无事。"即令狱官伍荣来商议。

荣曰:"牢中有蔡权,问实死罪,情真罪当,年久当斩。此人面貌与杨将军无异,可将此人斩首以献,主上必允信也。"济令取出蔡权审视,果然相像。吩咐伍荣,多讨酒馔①赏之。醉于狱中,伍荣密来枭了首级,提见张太守。太守曰:"事不宜迟。"便交呼延赞赍着首级,星夜赴汴京去了。张太守唤过六使,教其装作客商,逃往远处避难。六使拜谢出府,换着轻快衣服,悄离汝州,径回无佞府不提。

却说呼延赞单骑回转汴京,正值真宗设朝,进上六使首级。帝亲下看验,只道是实。群臣见者,无不嗟呀。八王恐将首级号令,被人参透,乃进曰:"既延昭服罪被诛,乞将此首级发于无佞府,与其家人埋葬,亦见陛下不忘功臣之意。"帝允奏,因发下首级,着禁军领去。禁军得命,径来杨府。令婆未知前因,只道是实,举家悲哀,将首级遵旨埋葬不提。

第二十九回

宋君臣魏州看景　　王全节铜台交兵

却说六使被斩消息传入佳山寨,岳胜、孟良等闻知,号啕而哭,声振原野。孟良曰:"既本官不幸,我众人难以再守,不如散去,各安生理。"岳胜曰:"汝言正合我意。刘超、张盖,于山下创立本官庙宇,旁塑十八员指挥使,递年祭祀。"分遣已定,将寨中所积,人各均分,拆毁三关寨。是日,众人四散而去。陈林、柴敢率所部,依前往胜山寨居住。岳胜邀孟良等,反上太行山,称草头天子,部将仍封为丞相等职,打官劫舍。不在话下。是时焦赞在邓州,听知六使遭戮,亦越狱逃走。

话分两头。却说王钦见六使已死,不胜之喜。自思曰:"朝廷无了此人,我志得遂矣。"乃修下密书一封,遣心腹人漏夜送往北番,来见萧后。

---

① 馔(zhuàn)——饮食,吃喝。

萧后拆书视之,其书曰:

> 臣自辞陛下赴南朝,又是数年。每怀报答君后之恩,无由得遂。今臣颇知南朝强弱,所可虑者,唯杨六使而已,今臣略施小计,枭其首级以献,臣目所睹。可乘南朝无备,整点六师,大兴征伐,边防必望风瓦解。若待京城震骇,臣内中自生支节,复有书来奏知。望陛下与二三文武商议,勿失此机会焉。

萧后得书大悦,因以示文武。萧天佐奏曰:"王钦来书,道得详细,乞陛下早定伐宋之计,以图中原也。"后然其奏。忽一人进曰:"陛下此举虽善,只是难以取胜。"众视之,乃大将军师盖也。后问曰:"孤欲举兵伐宋,卿何以见得难胜?"师盖曰:"杨家虽亡,中原一统之盛,边帅拥重兵者不下数十万,若径提兵深入,未能即胜。当用计策赚之,令宋兵首尾不能救应,中原唾手可取也。"后曰:"愿闻卿之妙计。"师盖曰:"魏府铜台,乃晋帝陵寝之所,近来成兵凋落,武备不修。陛下可遣人整饬园林,开凿玉池,多植奇果名花。诈称天落祥瑞,池水成醇,树叶藏浆。以此特异之事,扬于中原。再使人令王钦就中哄惑,引诱其君,来此玩景。然后出劲兵,紧紧困之。陛下亲率精兵,乘虚直捣京城。国中无主,哪个敢来争锋?此时取宋天下,有何难哉?"萧后闻之大喜。先发密书,入汴京与王钦知道。再遣能干之人,前去铜台修筑陵寝。一面下令萧天佐等整点军马以待。

不一月间,消息传入汴京,近臣奏知:"魏府天降奇瑞,池水成醇酒,叶里贮琼浆。附近边民,各移就共饮。"真宗闻奏,问于众臣曰:"魏府沃野之地,有此奇事?卿等当究的实。"一时文武群臣皆上表称贺。唯寇准等怀疑是事,乃奏曰:"魏府晋朝陵寝之所,既有此瑞,何独一境应之?陛下不可深信。"帝未应。王钦迎风旨,前奏曰:"若此异事使天下皆然,又不足为瑞矣;今特魏府有之,正是太平符运,千载难逢。陛下当整六师亲视之,一者巡抚边民,二者使番人不敢南下。"真宗乃悦曰:"卿乃忠言也。"即下诏巡幸魏府。八王谏曰:"魏境地接辽界,近来帅臣调遣,城郭荒野。值今戎马在郊之日,陛下车驾一动,北番乘虚而入,那时谁为保守京城乎?万望以社稷为重,勿轻信虚诞之事也。"真宗曰:"朕命柴驸马、寇莱公领禁军守京,必保无事。"八王见谏不从,怏怏而出。明早,敕旨已降,以呼延赞为保驾大将军,光州节度使王全节、郑州节度使李明为前后扈从。赞等得命,准备起行。

越数日,真宗车驾发离汴京,八王以下文武,皆随侍而行。但见:

红尘起处兵军盛,白日昏时羽纛①多。

大军一路无词,不日间来到魏府境界。时冬十一月,朔风竞起,北方寒冻。车驾进入府中驻扎。次日,真宗与群臣登晋之陵寝看景,果见林中树叶包藏有物,玉池中泉水红润。帝命取而尝之,其味似酒,其淡若醴。军校摘下树叶,揭内视之,俱是时造粟浆。八王奏曰:"陛下以祥瑞之故而劳动车驾,使边民供给,不堪其苦。今观此亦何祥瑞之有耶?此必番人之计,赚君臣来此。若不亟还,定落其圈套。"真宗亦疑,因下命退回军马。不想北番已知消息,萧天佐、土金秀等率马步番兵一十万,将魏府城郭团团围了。飞骑报至驾前,真宗大惊曰:"不依卿等所谏,致被围困,将何以为计?"八王曰:"番人预定此策,长驱而来,其势正锐。陛下可敕诸将,严守各门。一面遣人,星夜往汴京取救兵,待援兵一至,内外夹攻,则可退敌矣。"真宗依奏,即命呼延赞等分门而守。时宋军于敌楼上望见番兵鸟聚云集,声势甚盛,众皆有惧色。呼延赞按剑而言曰:"凡两国相敌,胜负在将,不在兵之多寡。我观番兵虽众,利在急战。明日与其交锋,当尽力而战,必能以胜之。"众军得令。次日,赞请旨,与光州节度使王全节,分前后出战。旗鼓开处,两阵对圆。番将土金秀跑马先出,指宋将谓曰:"汝等已中吾计,何不纳降,以免一死?"呼延赞怒曰:"臊狗奴速退,尚可留残生;若使邀阻御驾,直待兵指幽州,寸草不留。"金秀大怒,跃马舞刀,直取宋将。呼延赞举枪交锋。两将鏖战四十余合。番将力怯,拨马而走。呼延赞催动后军掩杀。

番将见赞赶来,挽弓架箭,一矢恰中乘马,呼延赞被掀翻在地。王全节正待救之,番兵围裹将来,将赞活捉而去。全节不敢恋战,跑马杀入城中。萧天佐从旁攻之,宋兵大败,死者不计其数。全节入见真宗,奏知:"番兵众盛,已捉去大将呼延赞,臣战败而回。"真宗闻之,忧愤不已。八王曰:"事既急矣!陛下可再遣人于沿边帅臣取救。"帝允奏,手诏遣使臣而行。

却说番将捉得呼延赞,用槛车囚下,待遣人解赴幽州。萧天佐与土金秀、耶律庆分门攻击,宋军震骇。八王曰:"番人所惧,唯有杨家。陛下可

---

① 纛(dào)——古代军队中的大旗。

第二十九回　宋君臣魏州看景　王全节铜台交兵

效汉高祖白登故事,以军中勇壮者,假装六使及部下一十八员指挥使,城上扯起杨家救援旗号,阳使假子于城上走马。番人见之,必引兵退去。我军乘势杀出,可脱此难矣。"帝允奏,下令军中,并依三关将帅装束。

次日平明,城上扯起杨家救驾旗号。番人见着旗号,报入军中。土金秀惊曰:"杨六郎已死,如何又来救驾?"即率所部来看。一伏时,城上金鼓齐鸣,炮响震天。假装岳胜、孟良、焦赞等,于城上走马。番兵望见,哪知虚实,齐叫:"快走!不然,无遗类矣。"萧天佐闻之,拆营而去。王全节与李明开城追击。番兵奔如潮涌,自相践踏,死者无算。宋军直追至数里而回。王钦大怒曰:"北番人真乃乳子!恁①地怕着杨家。"亟密遣人报与番帅得知。萧天佐闻之,叹曰:"假的如是惧怯,若是真的,不战而败也。"复率众围绕而来,攻打越紧。

城中见番兵又至,报知真宗。真宗曰:"此机已被参破,再有何策可退?"八王曰:"朝廷音问不通,哪个敢敌北兵!如今不有杨家,臣等亦难为计也。"真宗曰:"悔之无及!朕将率众将亲战番兵,溃围而出。"八王曰:"北兵众盛,陛下徒损威风,必不能出。只得紧守此城,以待救兵。"

番兵一连围困二十余日,城中危急。真宗亲自登城,见北骑周回围绕,水泄不通。八王曰:"陛下要脱此难,除得杨六使来,殄②此丑虏,如滚汤泼雪。"帝曰:"哪里再得此人?"八王又奏曰:"可出赦书,遍行天下寻之,恐有六使也。"真宗不答,退入府中,自思:"八王所奏可疑。"因召侍臣入内问计。侍臣齐奏:"杨六使消息,八王恐知下落。乞陛下发赦书于汝州究之。"帝允奏,问:"谁赍赦一行?"王全节曰:"臣愿前往。"帝付与赦文。

次日,令李明送出。开了城门,李明先杀出,正遇番将耶律庆,战败之。全节乘势杀出重围,投汝州而去。李明退入城中坚守。

---

① 恁(nèn)地:那么,那样。
② 殄(tiǎn)——灭绝。

第三十回
八王赍诏求六使　焦赞大闹陈家庄

却说王全节赍赦文,星夜投进汝州,见太守张济,道知:"主上被困魏府,官军战败。今众臣保奏,赦了杨六使前罪,着部兵救驾。今某赍赦文到此,望太守作急根究其人。"张济曰:"六使犯罪,首级已献于朝廷,岂复有六使乎?今着下官根究,从哪里寻讨?节使可速回奏,庶不误事。"全节忧闷不已,乃曰:"若不得此人,则主上之难万不能脱,下官亦难回奏。"张济曰:"君父有难,臣子何安?节使务要追究,除非到无佞府,可知消息。我汝州决无是人。"

全节无奈,只得离汝州,径到无佞府,来见令婆,道知圣上赦讨六使救驾之事。令婆曰:"小儿首级埋葬多时矣,哪里复有?此或众臣无计可施,设为此言,以安主上之心。节使可即回奏,勿误军情。"全节怏怏不乐。次日全节只得单骑复来魏州,杀开血路,到东门大叫:"开城!"李明听得是王全节声音,即开城杀出,救入城中。

全节见真宗,奏知:"汝州并无六使消息。臣又投杨府究问,皆道已死多时。"真宗闻奏,长叹曰:"堂堂天朝,遇朕有难之际,无一人敢提兵救援。"又问计于群臣,群臣对曰:"如此兵势,虽子牙复生,亦无计可施。"真宗纳闷无地,寝食俱废。八王曰:"事急矣!臣只得亲往杨家,取讨六使。如果不在,亦召藩镇来援。惟陛下与众将坚守此城。"帝曰:"军情重事,兄不宜造次。"八王领命。帝乃令王全节、李明先杀开重围,保出八王而去。二人复杀回城中。不提。

却说八王赍赦文,径赴无佞府,来见杨令婆,说知主上在危急之中,可着六使出来商议救驾。令婆曰:"前日王节使来召,老妾不与其知。既殿下亲到,当令出来相见。"因令手下,于后园地窖中,唤出六使,堂上拜见八王。八王嗟呀良久,乃曰:"若非昔日之计,今日哪讨郡马?"六使谢曰:"多得殿下方便,无恩以报。"八王曰:"主上被困魏府,事势已急,今有赦书来到,郡马作急救应。"六使曰:"近闻三关之众,人各散去,如何能够即

第三十回　八王赍诏求六使　焦赞大闹陈家庄

救？须待小可前往寨中，招集众人，方可议行。"八王曰："事不宜迟，我进朝中，调拨边师俟候，待君招集众将，一同进兵。"六使领诺。八王既去，六使辞却令婆，前往三关而行。正是：

谁叫豪杰依然出，直向铜台救驾回。

六使只一人在路，行了数日。先往邓州界访问焦赞消息，并无下落。行到锦江口，见一伙僧家，唧唧哝哝而过。六使问曰："汝等要往何处？都有不悦之意。"僧人曰："君岂解其事？此地方有一癫汉，发作时，便要打人，官司没奈他何。他口中称，有什么本官，被朝廷所诛。但逢僧道，便拿去看经诵偈，哪个敢违逆之？昨日来我寺中，着我等去做功果，超度其主，我众人只得赴命。"六使听罢，自思："此必是焦赞。"乃问曰："此人今住何地？"僧人曰："邓州城西，泗州堂里便是他居处。"六使曰："我同汝等往见之。"

僧人引六使到泗州堂，正见焦赞卧在神案上，鼻息如雷。六使视之不差，近前摇醒。焦赞睡中起来，睁开一双怪眼，大声叫道："哪个不怕死的，却来相撩老爷？"六使喝曰："焦赞不得无礼！本官在此。"赞听罢大惊，径向前抱住曰："汝是人耶？鬼耶？焦赞超度本官多矣。"六使笑曰："岂有白日之鬼来见汝乎？此间不是说话处，可随我来。"焦赞放手便拜。众僧人掩笑而散。六使引焦赞出城西桥，道知："主上遇难，今八殿下领赦来召救驾，可速往三关，招集众兄弟同往。"焦赞听罢，大喜曰："我道本官被朝廷所害，撇得众人没主。今日又得相会，真是快活煞我也。"

次日，六使经过汝州，入府中拜见太守，道知八王领赦来取救驾之事。张济大喜，亦以王节度来由告知。六使曰："军情紧急，我当往三关招集进兵。"张济然之。六使径辞张济出城，与焦赞望三关而行。路上，二人各诉其本末。来到杨家渡，日正当午，遥望水势茫茫，旁无船只。六使等待多时，全没人渡。因令焦赞去问渡船。

焦赞领诺，行至上流头，见船夫问曰："劳汝渡过对岸，多奉渡钱。"船夫曰："此渡是杨太保掌管收钱，哪个敢私渡？汝要去，可往前面亭上见之。"焦赞听罢，径奔亭中来。正见一伙人在那里赌赛。焦赞近前曰："借用渡船过岸，多奉船钱。"众人忽抬头，见焦赞生得异样，皆不答言。焦赞又小心问之，众人骂曰："臭狗奴！说什么过渡，过渡！"焦赞大怒，伸出一对硬拳，打得众人四分五落，正待向前打那太保，太保望后走去。

焦赞回见六使，怒气未消。六使曰："汝又去生事来？"焦赞曰："今番好被那伙儿气也！分明有渡，不肯借我，反出恶言相伤。被我怒激起来，打散众人而去。"六使正没奈何，忽见强人各执短棍赶来。焦赞曰："待结果此贼，以除其害。"径提大朴刀，当中杀来。那伙强人不能抵挡。后面杨太保出，与焦赞连斗数合，不分胜败。六使叫曰："不要相斗，愿闻壮士姓名。"杨太保抽回利刃，立于原上。焦赞亦住了手。太保曰："我乃邓州人氏，姓杨名继宗，小号太保。且问汝是何人？要过此渡而令手下强取？"六使曰："小可太原杨令公之子六郎也。今主上被难，要往三关招集部下救驾。来到河边无渡，特借一时。壮士何故不允？"太保听罢，放下刀，近前拜曰："久闻大名，未得瞻拜。今日幸见，甚慰平生。"六使扶起。太保即邀六使到庄上，设酒醴相待。乃曰："将军不弃，愿率所部，同往魏府救驾。"六使喜曰："太保如肯相从，诚乃美事，有何不可？只待招集众人，便来相约。"太保领诺。是夕，留六使宿于庄上。次日，杨太保撑船渡过六使登岸，与焦赞望三关而行。时四月天气，途中酷热，古人有词为证：

　　翠葆参差竹径成，新荷跳雨泪珠倾，曲栏斜转小池亭。风落帘衣归燕急，水摇扇影戏鱼惊，柳梢斜日弄微晴。

二人行了半日，歇坐于柳荫之下。焦赞曰："本官且停待于此，我往前面，问有酒舍，沽一壶聊止饥渴。"六使允之。焦赞径往前来，没处寻酒店。正烦恼间，忽一伙人挑着酒肉而过。焦赞问曰："汝等所挑酒肉肯卖乎？"一人曰："此是赛愿①酒肉，如何肯卖？"焦赞曰："赛什么愿？"众人曰："前面有杨六使神庙，威灵显赫，乡村赖之以安，但有祈许者，无不遂意。今日特往酬谢。"焦赞听罢，遂大笑。回见六使，道知其事。六使笑曰："哪有是理？"焦赞曰："乡人道离此不远，当与本官访视之。"

六使依言，与焦赞行来，果见一座庙宇，创造极是威仪。杨六使步入庙中，见上塑着本身神像，脱然无异。两旁塑一十八员指挥使。香火十分旺盛。六使指焦赞谓曰："此像塑汝真乃相似也。"焦赞笑着道："本官更塑得真。我在邓州发癫打人，原来这里供养。待先推倒本身，然后去推本官。"言罢，一下拳头一声响，将其塑像推落半边。走上殿去，把六使神像一连几推，全然不动。乃努力推之，震声而崩。赛愿者各自奔走。庙祝见

---

①　赛愿——祭神还愿。

第三十回　八王赍诏求六使　焦赞大闹陈家庄

之,便把哨锣乱敲。一伏时,刘超、张盖带领三百余人,来到庙前。六使认得,喝声曰:"汝众人做得好事来!"刘、张大惊,纳头便拜曰:"众人都道本官已死,今日缘何到此?"六使说知诈死之事:"今要招集汝等,前往魏州救驾。"刘、张喜曰:"既如此,请到寨中商议。"六使令拆毁庙宇,打倒神像。随众人到虎山寨坐定,刘、张设酒醴相待。六使曰:"岳胜居止何处?"刘超曰:"岳胜与孟良部众反上太行山,称草头天子。"六使叹曰:"使我不起,四境如何得宁?"乃吩咐刘、张等:"整备枪刀盔甲,在此俟候。待我招了岳、孟,一同征进。"刘、张领诺。

六使仍与焦赞望太行山而来。行了一日,红轮西坠,天色渐昏。六使曰:"此去皆是山路,想无客店,汝往前村寻觅借宿去处。"焦赞领诺,往前一望之地,并无人家,直转过山后,却是个小乡村。焦赞靠前入进庄所中,见一员外,在灯光下端坐。焦赞揖曰:"远行客商到此日晚,敢扰公公宝庄上借宿一宵,当以重谢。"那人答曰:"平时敝庄尽可安歇,今日难以相许,君可往别处投宿。"焦赞曰:"天色已黑,万望公公方便。"主翁曰:"汝有伴当否?"焦赞曰:"只有本主在庄外,共两人而已。"主翁曰:"只两人亦无碍,与汝在外房歇息。"焦赞即出,邀六使相见。

主翁视六使一貌堂堂,乃问曰:"君从何而来?"六使答曰:"小可汴京到此,欲往太行山公干。"主翁曰:"君若提起太行山,老拙冤怀莫伸。"六使曰:"有何苦事?望说与小可知之。"主翁曰:"老拙居止此乡,好名重义。此庄都是陈家一姓,离太行山数里之程。今山中有二位草头强人,一名岳胜,一名孟良,号称天子,招聚五六万人,打官劫舍,甚为民害。老拙飘零半世,只生一女,被孟良瞧见,今夜要来入赘①,没奈何,只得允从。不然,一乡之人难保。是此冤枉,无处申也。"六使笑曰:"老丈勿忧,孟良是小可故人,待他来,我自有法退之。"主翁曰:"若得小女不辱,乃重生父母。"六使辞出外面俟候。

却说主翁吩咐家中,安排筵席迎接。将近二更左侧,忽闻金鼓之声,灯炬辉煌,人报孟大王来到。陈长者出庄外迎接。孟良进厅上坐定,从人各列于两边。长者拜曰:"有失远迎,望大王赦宥。"孟良曰:"汝今是我岳丈也,不必施礼。"长者因令家人抬过筵席,并故意令百花娘子来把盏。

---

① 入赘(zhuì)——上门女婿,男子到女方家落户。

使女回报:"娘子怀羞,不肯出来。"长者曰:"如今即是将军夫人,怀什么羞,不肯出来耶?"孟良听得,不胜欢喜。

是时,六使与焦赞隔窗张视,私笑曰:"若是没王法,凭他横行乡村。今日不遇我来,真被他骗去此女。"焦赞曰:"待我出去打折他一只脚,看他还做得新郎否?"六使曰:"汝先去捉住,我便来矣。"焦赞忍气多时,即踏进厅上,一脚将筵席踢倒,两手将孟良紧紧抱住。孟良不曾提备,动手不得,喝声:"手下何在?"喽啰正待向前,六使厉声骂曰:"不识廉耻之徒!敢如此无礼耶?"焦赞乃拖孟良出座外,指曰:"汝看此位是谁?"孟良灯下认得,连忙拜曰:"本官因何到此?万望赦罪。"六使曰:"可急备鞍马,回寨中商议,起兵救驾。"

第三十一回
呼延赞途中遇救　杨郡马大破辽兵

却说杨六使既见孟良,即欲转回山寨,商议救驾。陈长者进前拜曰:"将军是谁?愿闻姓名。"六使扶起,将其本末道知。长者大喜曰:"久闻盛名,如雷贯耳,今特有缘相会。"因令百花娘子出来拜谢。六使看见,果是好个女子:淡妆素抹,体态端庄;虽然难比西施女,胜却寻常窈窕娘。焦赞见了,笑声曰:"孟哥哥,你真没造化,撞着我们来到。若迟一日,亦得一宵受用矣。"孟良喝曰:"本官在此,休得妄言。"众人又掩口而笑。百花娘子拜罢六使,进入内去。长者亲把杯,递与六使,意甚殷勤。是夕,众人依次而坐,尽欢畅饮。天色渐明,杨六使辞长者要行,长者取过白金十两,以为相谢之资。六使固却不受,与众人离了庄所,径望太行山而来。有诗为证:

愁多不忍醉时别,想极还寻静处行。
谁遣同衾又分手?不知行路本无情。

六使行到山下,孟良先遣人入寨中通报。岳胜闻此消息,即引数十骑出半山迎接,恰遇六使,拜于道旁。六使进寨中坐定,众人齐拜贺毕。岳胜再拜曰:"只因本官得罪,致各人四散而去。今日复得相聚,是我众人

第三十一回　呼延赞途中遇救　杨郡马大破辽兵

之幸也。"六使曰："前事慢说。今主上被困魏府,情势甚紧,可作急准备救驾。"岳胜曰："主上不以社稷为重,轻信谗佞,要致本官于死地。今幸皇天开眼,留得本官复在。不如只居此处,自称一国之君,图取快乐,何以救驾为哉?"六使曰："我等尽忠报国,留美誉于后世;若占此一方,万代骂名,只是强徒而已。"岳胜不复敢言,因设庆贺筵席。是日,寨中大吹大擂,众人酣饮而散。

次日,六郎遣人去招刘超、张盖等来到。只有陈林、柴敢未到。岳胜曰："他二人复归胜山寨屯集,可着人报知。"六使乃遣刘、张前往。不数日,陈、柴亦率所部来到。时帐下岳胜、焦赞、孟良、陈林、柴敢、刘超、张盖、管伯、关钧、王琪、孟得、林铁枪、宋铁棒、丘珍、丘谦、陈雄、谢勇、姚铁旗、董铁鼓、郎千、郎万共二十二员指挥使,部下精壮八万余人。六使曰："此足以胜敌。"遂先令人赴汴京,报知八王,期约进兵。又着人往杨家渡,知会杨太保。六使分遣已定,克日点集部将,旗上大书"杨六使魏府救驾"七字,一声炮响,大军离了太行山。但见:

　　枪刀荡荡,剑戟层层。

时盛夏天气,南风微起。六使兵马正行之际,忽报一彪军到。六使令人探视,却是杨太保兵至。众人相见,一同进兵。六使于马上见军容可掬,遂口占一绝云:

　　复合英豪势更雄,万山风色送行骢。
　　此行专为安邦国,说与番人亟避锋。

大军将近澶州①界,八王亦部兵四万来会,入见六使,不胜之喜,六使曰："兹行非唯救驾,殄灭丑类,平定幽州,在此一举也。"八王然之,遂驻扎澶州城中。次日,六使召岳胜谓曰："主上被围已久。汝充前锋急进,冲开一阵,使番将先挫锐气。"岳胜领命去了。又唤孟良与焦赞曰："汝二人率刘、张、陈、柴等各部兵二万,分左右翼,攻入敌之中军,须用力战。吾引后军继进,必获全胜。"孟良等亦部兵而去。六使分遣已定,与八王议曰："臣与殿下,率精兵后应,诸将必能成功矣。"八王曰："郡马真乃举足能定乱也。"六使辞不敢当。

次日,兵行之际,忽正北征尘蔽天,一彪人马来到。岳胜舞刀冲开其

---

① 澶州——位于今河南濮阳市西南。

阵,番将刘珂不能抵敌,大败而去。宋军夺得囚车,送六使军中。车内不是别人,乃是保驾将军呼延赞也。六使连忙打开放出,拜曰:"天叫相遇,不然,竟遭俘虏矣。"赞曰:"老将被捉之时,屡欲报知主上,来取足下。怎奈军情严密,弗能达意。若今日不是郡马相救,几丧残生。"六使大喜,引见八王。八王曰:"此天子洪福也,故使将军遇救。"六使下令诸将,兼程而进。是时,真宗在魏府,与众臣悬望救援消息,音问不通。城中粮草将尽,臣下皆宰马而食。番兵攻围紧急,势已危急。

却说刘珂败回,见萧天佐,称中朝救驾兵到,抢去了呼延赞。萧天佐大惊,即遣人哨探是哪一路救兵。哨马回报曰:"旗上大书杨家部号,来得甚是凶猛。"萧天佐下令各营,俱要整兵迎战。分遣未定,前队岳胜军马,漫山塞野而来。

番将耶律庆列阵先战。岳胜大骂:"天兵已到,丑贼尚不远遁,是欲自促其亡乎?"耶律庆怒曰:"宋朝君臣已困死一半,汝来亦就屠戮耳。"岳胜拍马舞刀,杀进北阵。耶律庆举枪迎之。两马相交,战上数合,番兵围裹将来。孟良、焦赞分左右翼攻入。番将麻哩喇虎举方天戟绕出助战,正迎着孟良,两马交锋。陈林、柴敢率劲兵从旁杀进。是时南北鏖战,金鼓连天。焦赞战得激烈,提利刃,横冲北营,如入无人之境,恰遇番将刘珂来到,交马只一合,被赞斩落马下。宋骑竞进,万弩齐发,北兵阵势挫动。

萧天佐奋勇来战,杨太保一箭射落马下。土金秀望见,杀出救之而去。耶律庆料不能胜,斜刺杀出。岳胜乘力追近前,一刀挥为两段。麻哩喇虎溃围逃走,被刘超、张盖用绊索缠倒其马,向前捉住。师盖正待来救,郎千、郎万杀到,将其生擒于马上。孟良直突进东门。敌楼望见城下鏖战,节度使李明、王全节开门接应夹攻。北兵倒旗弃甲,如风卷落叶而走。宋兵长驱追击,杀得尸横山积,血流成渠。萧天佐与土金秀率残骑,垂首丧气,漏夜走回幽州去了。宋兵夺其营寨,掠得牛马辎重无算。

盖此战成功有三机焉:一者,番人攻围已久,志意懈怠;二者,不意六郎尚在,兵势先夺其心;三者,宋兵新来,锐气正盛,且又攻其不备也。后人有诗赞曰:

宋运兴隆启圣明,英雄效命发长征。

番人弃甲抛戈遁,方显杨家救驾兵。

时八王单马先入城中,见真宗称贺曰:"赖陛下洪福,已取得杨六使

第三十一回　呼延赞途中遇救　杨郡马大破辽兵

救兵来到,杀得番众残戈败衄而去。"真宗曰:"朕脱此难,卿之功也。"令宣进杨六使,拜伏御前。帝曰:"卿因误犯前罪,特悉赦之。今有救驾大功,朕决不负汝。"六使顿首奏曰:"机会难得,宜乘陛下车驾在此,威风百倍,臣率所部,直捣幽州,取萧后地图以献,永息边患。此千载之盛举,乞准臣奏。"帝曰:"卿言甚善,奈车驾久出,壮士疲困,须待回朝议之。"六使退出回营,以所捉番将,尽行枭首号令不提。

次日,帝以代州节度使杨光美为魏州留守,下令各营,班师回汴。军士得令,无不欢跃。文武拥护车驾离魏州,望大梁而回。但见:

　　旌旗动处黄龙舞,画角鸣时白昼闻。

大军一路无词,不日到汴京,车驾进入皇城。翌日设朝,群臣朝贺毕。真宗以扈从文武久困魏州,各赏赉有差。宣六使入殿前,亲慰甚厚,因谓之曰:"三关赖卿以安,可统所部,仍镇其处,使北番不敢南下,是为社稷捍蔽。"六使奏曰:"臣正待再往佳山寨,招募雄勇,以图伐辽之计,未得圣旨。既陛下允臣立功,即便前行。"真宗大悦,加封六使为三关都巡节度使,旨敕一道,斩伐自由。六使拜受命。帝于便殿设宴,犒赏救驾将士,君臣尽欢而散。

六使径来无佞府,拜辞令婆起行。有子杨宗保,年纪一十三岁,欲随父往三关。六使曰:"那佳山寨乃苦寒地方,去则无益,不如侍奉令婆,待汝成丁,即来取汝。"宗保乃止。六使辞别府中,与岳胜、孟良等率军马望三关进发。有诗为证:

　　大将征场得胜回,旌旗云拥后军催。
　　须知此去存威望,径使皇家诏旨来。

三军一路无词,不日来到佳山寨。六使入旧营中坐定,众人参见毕,乃下令修整营栅,筑造关隘。分遣岳胜等为十二团练,各领所部,整点枪刀衣甲听令。自是三关仍前兴旺。六使每遣逻骑缉探北番消息,与诸将日议征进之计。不提。

第三十二回

萧太后出榜募兵　王全节兵征大辽

却说萧天佐自败归之后,萧后日夕忧虑宋朝见伐。一日与群臣议曰:"近日北兵败衄,又听得南朝将为征讨之计。今杨家人雄马壮,倘或部领北征,谁可抵敌?"道未罢,韩延寿奏曰:"谚云:'大国有征伐之兵,小国有预备之固。'今大辽宿将老帅,已不堪任。乞陛下效选举法例,出下榜文,招募各国雄勇,任以帅职,以备宋人来侵,则为长保之策。"后允奏,着文臣草招募榜文以进。其文曰:

  北番萧太后为招募英雄,以防国难事:盖闻兵以将为贵,将以才为能。今值大辽多事之秋,戎马相寻,干戈弗息。特出榜文,招募各处豪杰。或有抱谋略于山谷,怀武艺于穷荒,搴①旗、斩将、攻关、取城,不拘一技一能,可辅定霸者,咸集幽州,孤亲试其才。果能称职,即授重权,尊其爵位。故兹榜示。

萧后看罢榜文,即令张挂城门,招取英雄。正是:

  欲教胜敌杨家将,除是神仙降世来。

大中祥符四年②,蓬莱山钟、吕二仙,适在三岛洞中炼丹、围棋。钟离问曰:"汝曾忆岳阳楼赏白牡丹之事乎?"洞宾答曰:"色欲之心,人皆有之。若敝弟子尚且脱胎换骨,亦被迷恋,况凡夫俗子耶。"钟离曰:"此理本然。"又问:"黄鹤楼酒舍,汝何留恋半载? 此岂仙家之所宜乎?"洞宾曰:"弟子存神炼气,此味不能断之。"钟离笑曰:"众道友论汝'酒色神仙,犹有余染',果不虚也。"洞宾自觉愧赧,尊敬师长,不敢与辩。忽然南北起一道杀气,冲入云汉,但见:红光万丈随火入,千条杀气迸烟来。洞宾看罢,唤仙童拨开云雾视之。回报道:"却是南朝龙祖与北番龙母相斗,杀

---

① 搴(qiān)——拔。
② 大中祥符四年——即公元1011年。大中祥符(1008-1016年)是宋真宗的第三个年号。

第三十二回　萧太后出榜募兵　王全节兵征大辽

气迸入于此。"钟离曰："吾以气数推之，尚有二年杀逆未除，只是可怜黎民受其荼毒。"洞宾曰："既师父以气数知之，还是龙母战胜，龙祖战胜？"钟离曰："龙母逆妖之类，走下北番，霸起一国。龙祖应天运而生，以做万民之主，今遭其扰闹，不久当为龙祖灭也。"洞宾曰："二龙争攘，百姓何辜？我仙家以救人为心，师父何不降凡，收龙母以归升，免得为民之患，岂不美哉？"钟离曰："世界纷纷，自有人定。我等只存修养，莫将闲事恼心。"言罢径入洞中。

洞宾见钟离已去，自思："众仙笑我酒色为重，师父指道龙祖为能。我今要亲降凡间，扶佐龙母，灭却南朝，又恐师父分上有碍。近见番界碧萝山有万年椿木，今成精怪，不如令他脱身降世，以助龙母。"即着仙童唤椿木精来到。洞宾曰："吾今付汝三卷六甲兵书。上卷观视天文，中卷变化藏机，此二卷汝不必学；只有下一卷，人难得识，内中尽载阴文迷魂妖遁之事，教汝熟视。即今北番萧太后出下榜文，招募英勇，欲与南朝交兵。尔可脱身降世，将此下卷兵书扶佐北番。待灭却宋朝之后，我收汝同入仙道。"椿木精拜曰："小孽下凡，难以施展，兵书恐不能通耳。"洞宾曰："汝先去揭取榜文，我即亲降凡间，代汝用事。"

椿木精即日拜辞仙主，径变身化作一道金光，震声如雷，走下北番，来到幽州城，正见各处壮勇，团立于关门外看榜。椿木精进前，叫声："待我来揭榜。"众视之，其人生得面如黑铁，眼若金珠，身长一丈有余，两臂筋肉突起，貌极奇异。守军见揭了榜文，引进朝门，来见萧后。萧后视罢，大惊曰："世上竟有此怪貌耶？"因问："壮士何处人氏？"椿木精答曰："小臣祖居碧萝山，姓椿名岩。"萧后曰："汝有甚武艺？"岩曰："兵书战策，一十八般武艺，无有不通。"萧后大悦，即与文武议封官职。萧天佐奏曰："壮士初进，未见其能，陛下权封以中职；候其建立奇功，再议未迟。"后允奏，乃封椿岩为团营都总使。椿岩谢恩而退。

却说宋真宗以魏府之耻，欲图报雪，召集群臣计议。八王奏曰："陛下以一统之盛，幽州一隅封宇，取之不难。怎奈士马未集，尚待从容讨之。"帝未应，忽一人出曰："不乘此时进兵，更待何时？"众视之，乃光州节度使王全节，近前奏曰："臣有一计，可使北番拱手纳降。"帝曰："卿有何计？"全节曰："若起中原之兵，急难取胜。乞陛下敕澶州一路、雄州一路、山后①一路,此三路乃幽州咽喉,易为粮饷;臣再提一旅之师,共四路并进。北番虽有雄勇之将,何能挡之?"帝依奏,即敕三路出兵,以王全节为南北招讨使,李明为副使,部兵五万前行。全节得旨,克日领兵离汴京,望幽州进发。时初春天气,风和日暖,但见:

路上野花无意采,林中杜鹃动人情。

大军来到九龙谷下寨。

消息传入幽州,近臣奏知萧后:"南朝起四路兵马而来,声势甚盛。"太后大惊曰:"不意其来如此速耶!"因问:"谁可部兵迎敌?"道未罢,椿岩应声出曰:"陛下勿忧,臣举一人退宋兵,如摧枯拉朽,取中原犹反掌之易。"太后问曰:"卿举何人?"岩曰:"臣之师父,姓吕名客,现在宫门外,未敢擅入。若用此人退敌,何患不克?"后即宣进吕客于阶下,视之,见其人物清雅,举止特异。自思:"此人必有奇才。"乃问曰:"卿要来应募,求进身否?"吕客答曰:"臣闻陛下欲与南朝争衡,特来相助一臂之力,取其天下。"后曰:"卿要多少人马而行?"吕客曰:"宋人善战者多,可用阵图斗之。依臣所论,幽州军马不足调遣,陛下须于五国借兵,可成大事。"后曰:"五国是谁?"吕客曰:"可修书一封,差使臣往辽西鲜卑国,见国王耶律庆,献送金帛,以结其心,问彼借精兵五万,彼必无推。又修书赍官诰往森罗国②,赏赐国王孟天能,令他发兵五万相助。再遣一使往黑水国③,许以成功之后,割西羌一带谢之,令助兵五万,必定悦从。又差一使臣赴西夏国,见国王黄柯环,说知中原利害,借兵五万。再着亲臣往长沙国,见国王萧霍王,借兵五万。若得此五国兵来,仗臣平生所学,排下南天七十二阵,使宋君臣见之心胆碎裂,拱手归命矣。"萧后听罢,大悦曰:"卿真子牙重出,诸葛复生。"即日封吕客为辅国军师、北都内外兵马正使。吕客谢恩而退。

太后遣下五处使臣,令赍金宝,径诣鲜卑等国而行。当下领旨使臣分头进发。自是,五国得赐敕赏,无不悦从。鲜卑国王差黑靼令公马荣为帅,森罗国王差亢金龙太子为帅,黑水国王差铁头黑太岁为帅,西夏国王

---

① 山后——古地区名,在今河北省太行山北端。
② 森罗国——当时位于辽东一带的部落势力。
③ 黑水国——匈奴后裔建立的国家,位于河西走廊及内蒙古弱水流域一带。

差公主黄琼女为帅,长沙国王差驸马苏何庆与公主萧霸贞为帅,各助精兵五万,陆续而来。

不消数十日,都集幽州听候。近臣奏知萧后:"五国兵马齐到。"后宣进吕客问曰:"五国之兵已到,军师何以调遣?"吕客奏曰:"臣此行不是等闲,陛下再召回云州耶律休哥等,蔚州萧挞懒等,起倾国之兵,与臣提调,管取克伏中原。"后允奏,即下敕于云、蔚二州,调回各处军马。以鞑靼令公韩延寿为监军,都部署土金秀以下并听调遣,统率二十五万精兵,合五国共五十万,随吕军师征进。韩延寿得旨,出往教场中,操演齐备。越数日,云、蔚二州军马皆至。吕军师同岩率五国精兵与北番人马离幽州,浩浩荡荡,望九龙谷而进。此一去,有诗为证:

全凭兴国扶王策,能使英雄显智来。

三千世界风云变,七十天门战阵开。

北番兵马来到九龙谷,于平川旷野下寨。对面便是宋营。次日,吕军师召集诸将,吩咐曰:"三月丙申支干相克之日,吾将排阵,各人须要听令。如有后期者,先斩后奏。"韩延寿进曰:"军师令旨,谁敢有违?"

第三十三回

吕军师布南天阵　杨六使明下三关

却说吕军师取过阵图一张,吩咐中营骑军五千,离九龙谷一望之地,筑起七十二座将台,每台令五千军守之。另外设立五坛,竖旗号,按青黄赤白黑之色;内开甬道七十二路,往来通透。待筑完备时,而后提调。骑军得令前去,按阵图筑立。不数日,台坛俱已整齐,甚是完固。回报于吕军师,亲往巡视一遍。军师择定吉日,下令诸将听调。

三通鼓罢,五国军马,齐齐摆列。吕军师先令鲜卑国黑鞑令公马荣率所部军,列在九龙正南,摆作铁门金锁阵。分一万军,各执长枪,按为铁门,把守将台七座;又分一万军,各执铁箭,按为铁闩,把守将台七座;再分一万军,各执利剑,按为金锁,又把守将台七座。马令公得令,一声炮响,率军排列去了。有诗为证:

画角齐鸣阵势开,铁门坚固巧安排。

对垒敌将若欲破,除是神仙秘诀来。

吕军师又下令,着黑水国铁头太岁率所部军,靠九龙谷左排作青龙阵。分一万军,手执黑旗,按为龙须,把守将台七座;又军一万,分四队,各执宝剑,按为四个龙爪,把守将台七座;又军一万,各执金枪,按为龙鳞之状,把守将台七座。铁头太岁得令,率所部分布去了。有诗为证:

青龙阵势智谋深,百万雄兵亦凛然。

自是中朝豪杰在,敢驰骏马入南天。

吕军师又令长沙国苏何庆,以部下靠九龙谷右排作白虎阵。分一万军,各执宝剑,按为虎牙,把守将台七座;分军一万,手执短枪,按为虎爪,把守将台七座。再令耶律休哥屯军一万,守将台六座于前,按为朱雀阵。耶律奚底屯军一万,守将台六座于后,按为玄武阵,绕围左右,做掎角之势。苏何庆、耶律休哥等各领所部而行。有诗为证:

白虎交加阵势雄,前排朱雀将台中,

后居玄武藏机妙,敌国兵强不易通。

吕军师再遣森罗国金龙太子,以所部军端守将台中座,按作玉皇大帝坐镇通明殿。令董夫人装作梨山老母。再绕中台分军一万,各穿青黄赤白黑服色,按为四斗星君。另军二十八名,披头散发,绕中台前后,按为二十八宿。又令土金牛装为玄帝,土金秀手执黑旗,排成龟蛇之状,把守二门之北。金龙太子等各得令部兵去了。有诗为证:

玉皇驾下列星君,阵势巍然智压群。

不是仙家亲降世,定教中原两平分。

吕军师又令西夏国黄琼女,以所领女兵,手执宝剑,按为太阴星。萧挞懒率所部,各穿红袍,按为太阳星。仍令黄琼女赤身裸体,立于旗下,手执骷髅骨,遇敌军大哭,按为月孛①星之状。耶律沙率所部巡视四方,按东西南北斗,结为长蛇之势。黄琼女等各引兵分布。有诗为证:

战鼓频挝②势若雷,东西南北阵门开。

仙家摆作拿龙计,不想英雄识破来。

---

① 孛(bèi)——古时指一种彗星。

② 挝(zhuā)——敲打。

第三十三回　吕军师布南天阵　杨六使明下三关

吕军师又令萧后单阳公主率兵五千,各穿五色袈裟,按为迷魂阵。内杂番僧五百,为迷魂长老。密取七个怀孕妇人,倒埋旗下,遇交锋之际,摄取敌人精神。单阳公主得令,引兵依法而行。有诗为证:

阵阵相连法甚奇,鬼神夜夜魄精迷。
分明一本安邦术,变作天翻地覆机。

吕军师下令耶律呐选五千健僧,手执弥陀珠,按为西天雷音寺诸佛。另以五百和尚分列左右,按为铁罗汉,总居七十二天门之首,以吞敌人威势。耶律呐领命而行。有诗为证:

堂堂阵势列方圆,万马争驰绕将台。
若使英雄齐角力,尽教圣主定中原。

吕军师排成阵势,着椿岩与韩延寿督战,每阵中以观红旗为号,指挥迎敌。果是仙家妙用,世人莫测。七十二阵,变怪奇异。昼则凄风冷雨,夜则河汉皆迷,好使人惧!正是:

不有真仙开妙秘,如何能破鬼神机?

次日,椿岩以师父阵图已完,与韩延寿议曰:"今宋兵列营于对垒,可令人下战书与知,看他如何出兵。"延寿然其言,即遣骑军来见宋将王全节。全节批回战书。次日,引李明等出九龙谷平川之地邀战,望见正北一座阵势,如生成世界一般,大惊曰:"番家必有奇才在军中,且未可即战。"道未罢,辽帅椿岩、韩延寿二骑飞出,厉声高叫曰:"宋将若只斗武艺,即便交锋,如要斗文,试观吾阵。"全节顾李明曰:"北兵势锐,若与交战,终是不利;以阵图与言,回兵计议乃可。"明然其言。全节曰:"斗战武夫较力之事,不足为奇,待再整阵图来破,方显高低。"椿岩笑曰:"任汝去排阵来战,吾不暗算汝矣。"乃收兵还营。

全节归至军中,谓李明曰:"阵势小可颇谙①,未见今日之异。当具奏朝廷,速遣将来辨视。"李明曰:"事不宜迟,便速行之。"全节乃画成阵势图局,遣骑军星夜往汴京奏知真宗。

真宗看罢大惊,即遍示文武,无一人识得者。寇准奏曰:"臣视阵图,内中变化必多。除是三关召回杨六使,可识此阵;其他边帅,恐不能识。"帝允奏,遂遣使臣,径赴三关,来见六使。宣读圣旨毕。六使领旨,与诸将

---

① 谙(ān)——熟悉。

议曰:"既主上有旨,当得赴命。"因令陈林、柴敢守寨,自率岳胜、孟良等二十二员指挥使,统领三军,离佳山寨,赴京而行。此所谓明下三关也。君恩优渥①,将帅威仪,较前兄妹私行,真有天渊之隔矣。有诗为证:

万战丛中争六合,千军队里定乾坤。

英雄自有平戎策,直指旌旗入阵门。

军马一路无词,不日到京,六使以所部扎于城外。翌日,随班朝见。真宗帝曰:"近因北征帅将进番人排下阵势图局,文武皆不能识。朕以卿太原将种,阵图素熟,卿试看此为何阵?"六使承旨,接过阵图视之,奏曰:"臣视此阵,必有传授,番邦无人能排此阵者。须容臣亲提士马,临敌境看视,方明其理。"帝允奏,赐六使金卮御酒,即命起行。六使谢恩而退,即率所部,离汴京,望九龙谷进发。

哨马报入王全节军中,全节听是杨六使到,不胜之喜,与李明等出营迎接。六使下马,与全节并肩入帐中坐定,二人各叙起居。全节曰:"近因小可北征,不想番家于对垒排下阵势,甚是奇绝。今得足下来此,想有定论。"六使曰:"主上以阵图视之,小可一时难明。还待出阵前观视,看它变化何如。"全节然其言,令具酒醴相待,夜静乃散。

次日,六使下令出军。岳胜、孟良等披挂齐备,鼓罢三通,宋军鼓噪而进。北将韩延寿亦部兵列于阵前。杨六使端坐马上,高叫曰:"北兵休放冷箭,待吾看阵。"延寿认得是杨六使,自思曰:"此人将门出身,深识阵法。"下令各营,依红旗指挥,随时变化。番营得令,一声震响,阵图如山岳之势。六使于马上停视良久,谓诸将曰:"阵势吾曾排着几番,未曾见此变化。道是八门金锁阵,又多了六十四门;道是迷魂阵,又有玉皇殿。如此丛杂,如何敢破?只得回军商议。"岳胜等乃收军还营。北兵亦不来追赶。

六使归军中,与全节议曰:"此阵果是奇绝,小可亦不能测。"全节曰:"君若不识,他人愈难明矣。"六使曰:"可急遣人奏知,请御驾亲征,然后计议。"全节乃差人赴京奏知。真宗闻报,与群臣议曰:"杨家不识其阵,必非小可,朕只得御驾亲征。"八王奏曰:"此一回须用陛下监战,方可成功。"帝意遂决,竟下命寇准监国,大将军呼延赞为保驾,八王为监军,敕

---

① 优渥(wò)——优厚。

沿边帅臣俱随征听调。旨令既下,诸将俱整备俟候不提。

次日,车驾离大梁,望幽州进发。正值夏末秋初,但见:旌旗卷舞西风急,斗帐凄凉夜色寒。大军一路无词,不日望九龙谷将近。杨六使、王全节等迎接于五十里之外。真宗下命于正南驻营。众将朝见毕。帝宣六使入御前,问其阵势如何。六使奏曰:"阵势排得奇异,臣亦参不透,正待圣驾来观。"帝允奏,下令明日看阵。六使退出,吩咐各营整备不提。

第三十四回
宗保遇神授兵法　　真宗出榜募医人

却说北番听得宋君亲到,韩延寿与椿岩议曰:"宋君车驾亲来,还当具奏,请君后车驾亦来监战,则诸将知所遵命,可建大功。"岩曰:"此言正合我意。"延寿即具表,差人入幽州奏知。萧后得奏,与群臣商议。萧天佐奏曰:"陛下此行,乃图中原之大计,勿阻其请。"后大悦,因令耶律韩王监国,萧天佐为保驾,耶律学古为监军,即日驾离幽州,大军浩浩荡荡,望九龙谷而来。韩延寿等接驾,奏知宋人不识阵势及宋帝亲征之事。后曰:"卿等各宜用心建功,若得中原,高职寡人不吝也。"延寿拜命而退。萧后立营于正北,分遣诸将翌日见阵。

平明鼓罢三通,正南宋真宗车驾拥出,将佐齐齐摆列前后。对垒萧后亦亲部军而出,遥见黄纛①下真宗高座马上看阵。萧后跨着紫骅骝,立于褐罗旗下,高叫曰:"宋君一统天下,尚有不足,屡欲图我山后九郡。今来决一雌雄,若破得此阵,山后尽归宋朝;不然,还要平分天下。"真宗厉声答曰:"汝陋夷之地,纵归献于朕,朕亦无用处。量此阵又有何难破!"言罢,抽身还营。萧后亦退。

帝回至帐中,召诸将议曰:"朕观其阵,变化极多,卿等不能识之,将何为计?"六使奏曰:"臣父在日,尝言:'三卷六甲兵书,唯下卷难晓,皆是阴文妖道之术。想此阵必出于下卷。臣母或闻其详,乞陛下召来问之,或

---

① 纛(dào)——古时军队或仪仗队的大旗。

可晓其阵。"帝大悦,即遣呼延显赍敕命一道,星夜前去。显领旨,径赴无佞府见杨令婆,宣读圣旨曰:

> 朕以御驾北征,适因番兵排下一阵,阴阳变化,军中莫测;且番人口出不逊,必欲与朕争衡。朕立意要破此阵。唯夫人久在太原,得先令公之指示,当明其窍,特来宣召。闻命之日,即随使至,以慰朕怀。

令婆拜受命毕,款待天使,因问阵势之由。显答曰:"前日圣上因与萧后对阵,言语颇厉,故来宣取大驾,立待回奏。"令婆曰:"明日即行。"呼延显辞出。次日,令婆吩咐柴太郡曰:"圣上来宣,只得赴命。勿使宗保知之。"太郡领诺。天使催促起行,令婆整点齐备,与呼延显离杨府,径望幽州而去。

适宗保打猎回来,因问:"令婆何往?"太郡曰:"入宫中见宋娘娘,有国事商议,数日便回。"宗保怀疑,径进城中探问。遇守北门军校问曰:"曾见令婆过此否?"军校答曰:"侵早与天使赴御营去了。"宗保听罢,亦不回府,勒骑随后赶来。一路问信,皆道过去已久。看看日色将晚,宗保一直行去,不想走差路径,来到荒僻处,全没人烟。宗保大惊,欲待要再走,夜深月黑,莫辨路途。

正在慌间,忽见谷中透出一点灯光。宗保随光影近前,见一所大房,似庙宇之状,遂拴了马,连叩数声。里面有人开门,引宗保进入,见一妇人,坐于殿下,两边仪从,极是雄伟。杨宗保拜于阶下。妇人问曰:"汝乃何人?夜深至此?"宗保道知本末,且言因与令婆走差路至此。妇人笑曰:"汝令婆赴军中看阵,如何识得?"因令左右具饮食,款留宗保。宗保亦不辞,开怀食之。却是红桃七枚,肉馒头五包。食毕,妇人取过兵书一本,付与宗保曰:"吾居此间,近四百余年,未尝有人至此,今君到此,乃夙缘①也。汝将此书下卷熟玩,内有破阵之法,可去扶佐宋主,降伏北番,做将门万代公侯,不失为杨家之子孙矣。"宗保拜而受讫。妇人令左右指教宗保出路。天色渐明,左右曰:"此去一直之地,便是大路。"言罢而去。宗保在马上且惊且疑。出得深山,恍然人境。问居民:"此是何处?"居民指曰:"前一座大山,乃红累山,内有擎天圣母庙,多年荒废,基址尚在。"

---

① 夙(sù)缘——前生的因缘。

第三十四回　宗保遇神授兵法　真宗出榜募医人

宗保默然曰："凡事不偶，此真乃奇遇也。"遂取出兵书玩之，熟读详味，不胜欢喜。后人有诗赞曰：

英雄何幸有奇逢，一本兵书术穷通。
此去定教扶圣主，将军真可倚崆峒①。

却说杨令婆随天使到御营中，朝见真宗。真宗赐慰甚厚，道知北番所布阵图之事。令婆曰："臣妾先夫，曾留下兵书一册，未知此阵载得有否？容臣妾与六郎出阵观视。"帝允奏，令婆辞退。

次日，率六使及众将登将台观望其阵，但见刀兵隐隐，杀气腾腾，红旗动处，变化无穷。令婆细看良久，取兵书对之，不识在哪款中。下得将台，谓六使曰："此阵莫道我等不晓，就是汝父在日，亦未见也。"六使曰："似此如之奈何？"令婆曰："我杨门不识此阵，他人愈难晓矣。"正在忧闷间，忽报宗保来到。六使怒曰："军伍之中，他来何益？"道未罢，宗保已进帐前，见父怒气不息，乃曰："爹爹莫非为阵图不识而烦恼乎？"六使曰："汝勿妄言，好好回去，免受鞭笞。"宗保笑曰："我回去无妨，谁人来破此阵？"令婆闻其言，唤近身边问曰："汝曾见此阵来？"宗保曰："孙儿颇识阵图，试往观之，自有定论。"令婆遂令岳胜、孟良等保他登将台看阵。岳胜得令，引宗保登将台。

宗保望良久，顾谓岳、孟曰："此阵排得极巧，只可惜不全，破之甚易。"岳胜、孟良等惊问曰："御驾前将帅云集，无一人敢正视此阵者，小本官何以识之？"宗保曰："且回军中细说。"众人下了将台。岳胜入见六使曰："小本官深明阵法，言破之甚易。"六使笑曰："休听他胡语。"岳胜即出。宗保见令婆，道知阵图可破之故。令婆曰："汝既能破，且问此阵何名？"宗保曰："说起此阵，非等闲之比。自九龙谷正北布起，直接西南一派，都是按名把守，内有七十二座将台，筑开甬道，路路相通，名为七十二座天门阵。靠右侧黑旗之下，阴阴杳杳，日月无光，乃吞迷敌人之所，埋得孕妇在此，更为惨毒。此一处颇难破之。其外，尚有不全处：中台玉皇殿前，缺少天灯七七四十九盏；青龙阵下，少了黄河九曲水；白虎阵上，少了虎眼金锣二面，虎耳黄旗二张；玄武阵上，欠珍珠日月皂旗二面。是几处，待孙儿依法调遣，破之如风扫残云，霎时即消，有何难哉？"令婆大惊曰：

---
①　崆峒（kōng tóng）——山名，在今甘肃省。此处指依靠，后盾。

"吾孙何处得此妙诀?"宗保不隐,将所得兵书之事道知。六使听罢,以手加额曰:"此主上之洪福,使汝得此奇遇。"

次日,六使进御营,道知其阵名,具言有不全之处,破亦容易。真宗大悦曰:"既卿能识其阵,当以何日进兵?"六使曰:"待臣子与宗保商议。"帝允奏。六使出到军中,唤宗保计议。宗保曰:"彼以干支相克之日布阵,吾当以干支相生之日破之。"六使然其言,下令诸将听候。

不想真宗驾下王钦,私以阵图不全消息,遣人漏夜入番营报知。韩延寿接得大惊,急入奏萧后。萧后曰:"似此如之奈何?"延寿曰:"陛下可宣吕军师问之。"后即降敕,宣吕军师入帐中问曰:"卿排下其阵,缘何有几处不全?"吕军师自思:"彼军中亦有识此阵者。"乃奏曰:"果有未全,待臣按法添起,纵使轩辕复出,亦不能破矣。"后曰:"卿宜早设,勿使敌人测破。"吕军师出到场中,下令于玉皇阵上添起红灯;青龙阵上开起黄河;白虎阵内左右建起二面黄旗,当中设立金锣二面;玄武阵上竖起日月旗。分布齐备,已成全阵。正是:

只因奸贼通谋计,惹起干戈大会垓①。

却说杨六使分遣诸将,并依宗保指挥。择定其日,奏帝出师。帝闻奏,下敕各营并进。宗保复引岳胜等登将台观望,见天门阵布全,无路可入,叫一声苦,跌落台下。岳胜大惊,连忙扶入帐中,报知六使。急令人救醒,问其缘故,宗保曰:"不知谁泄了天机,使番人知之。今阵图添设完全,除是真仙下降,乃能破矣。"六使听罢,昏然闷绝。众人近前扶起,不省人事。令婆放声大哭,众将着慌。宗保曰:"令婆且慢啼哭,可请八殿下来计议。"令婆乃收泪,着人请得八殿下来到,令婆道知其由。八王曰:"既郡马有事,待奏知主上商量。"即辞令婆,入见帝,奏知六使得疾之由。帝惊曰:"若使延昭不起,朕之江山奈何?"八王曰:"陛下须出榜文,招募名医,先救好延昭,然后议出兵。"帝允奏,即出下榜文,挂于辕门外。

次日,军校来报:"有一老翁揭取榜文。"帝宣医人进于御前问曰:"卿何处人氏?"老翁答曰:"臣居蓬莱,姓钟名汉,人称为钟道士。近闻杨将军为阵图得病,臣特来救之,又解破阵之法。"帝见钟道士仪表非俗。自思:"此人必有广学。"乃令钟道士往视六使病症。钟道士回奏曰:"臣能

---

① 垓(gāi)——战场的中心。

救治。"帝问曰："卿还用药医,用针灸乎?"钟道士答曰："臣观其症,阴气伤重,只须用二味药品。"帝曰："卿试言之。"道士曰："须要龙母头上发,龙公项下须。得此二味来,可疗其病。"帝曰："二味药出何处?朕好使人求之。"道士曰："龙须不必远取,只在陛下可办。龙母头上发,须问北番萧太后求讨。"帝曰："萧氏朕之仇人,哪里去讨?若有他药代得,愿出重金买办。"道士曰："偏要此品来,则可下药。"八王奏曰："延昭部下,皆能干之人,陛下出旨道知,或能有人求得者。"帝允奏,令钟道士且退。即着六使部下前去取药。令婆闻旨,与岳胜议曰："此物可讨,只是难得机密人前去。"岳胜曰："敢问老夫人有何计策?"令婆曰："向闻我第四子改名木易,为萧后驸马。若有人通知其由,必能求得。"岳胜曰："唯孟良最机密,可干此事。"令婆即召孟良,令其前往。

第三十五回

孟良盗回白骥马 宗保佳遇穆桂英

却说孟良慨然领诺,是夜来见钟道士,问要几多。道士曰："汝去足可办事。其发不拘多寡。待求得后,可往御苑中,有匹白骥马,偷得回来,与宗保破阵。又有九眼琉璃井,亦在苑中,今青龙阵上九曲水,皆是此井化出,汝密将沙石填塞中一眼,其龙即旱无用,此阵易破也。"孟良领命,即偷出宋营,恰遇焦赞赶来。孟良曰："汝来此何干?"赞曰："因哥哥一个独行,我心不安,特来相陪同行。"良曰："此行要办机密事,如何带得汝去?"焦赞曰："独哥哥机密而我泄露耶?定要同走一遭。"孟良无奈,只得带他,径到幽州城中安下。

次日,良谓赞曰："汝且留在店中,我访驸马消息即回。"赞领诺。良遂装作番人模样,入驸马府见四郎,道知本官染疾,求取药品之事。四郎曰："此间缉探者多,汝暂出,容吾思计求之,过几日来取。"孟良领诺,仍复变形而出。

四郎思忖半夜,心生一计,忽大叫心腹疼痛,不能停止,琼娥公主大惊,急令医官调治,愈称痛苦。公主慌张无计,问曰："驸马此痛不止,要用何药可疗？"驸马曰："我因幼年战力过度，衄①血留于心腹。往时得龙须烧灰调服，已好数年，不想今又发矣。"公主曰："龙须中原可有，北番哪有讨处？"驸马曰："得娘娘龙发，亦可代之。"公主曰："此则不难。"即遣人前诣军中见萧后，道知取龙发疗驸马之事。萧后曰："既驸马得疾，此如可愈，我安惜哉？"遂剪下其发，付与来人而回。来人将龙发进入府中，驸马取些发烧服之，其病顿瘥。公主大喜。次日，四郎以所剩之发藏下，恰遇孟良又来，便交付之。孟良接过，径回店中，付与焦赞曰："汝将此物先去，我干事完日，随即还矣。"焦赞领诺，带龙发星夜出幽州去了。

只说孟良蓦地②入御苑，向琉璃井边运下砂泥之类，将中眼填实。抽身出到马厩下，正遇喂养番人在彼看守，孟良作番语云："太后有旨，道此马将用，着我牵出教场跨演。"守者曰："请敕旨来看。"孟良早已假造停当，即便取出看验。番人无疑，遂付马与之。孟良骑出教场，勒走一番，近黄昏逃离幽州而去。比及番人得知，随后追赶，已走去五十里程矣。

孟良偷得白骥马，走了一夜，回到军中，见钟道士，告知干完二件大事。道士曰："不枉为杨家之部下。"次日，请主上龙须，均以龙发，按方医治六使。一服便痊。

真宗闻道士医好六使，不胜之喜，宣入帐中问曰："汝愿官职荣身，还是只图重赏？"道士对曰："贫道麋鹿之性，不愿官职，亦不愿旌赏。贫道此来，非但调理杨将军，还要与陛下破此阵而去。"真宗曰："卿若能建此功绩，朕当勒名于金石，垂之不朽。"道士曰："此阵变化多端，一件不全，难以攻打。容臣指示宗保行之。"帝允奏，遂以钟道士权授辅国扶运正军师，除御营以下将帅，并依调遣，不必奏闻。道士谢恩而退，来见六使。六使拜谢不已。钟道士曰："尊恙幸得安痊，贫道当与令嗣破此阵图。"六使即唤过宗保，拜钟道士为师。宗保拜毕，道士曰："军中调遣，还要这几人来用。"宗保曰："要着谁人？乞师父指示。"钟道士曰："令呼延显往太行山，取得金头马氏，率所部来御营听候。又差焦赞往无佞府，召八娘、九妹并柴太郡。再令岳胜往汾州③口外洪都庄上，调回老将王贵。着令孟良

---

① 衄（nǜ）——泛指出血。
② 蓦（mò）地——出乎意料地。
③ 汾州——位于今山西汾阳县一带。

往五台山,召杨五郎。"分遣已定,呼延显等各领命而行。

却说孟良前往五台山,来见五和尚,道知要破天门阵,乞下山相助之意。五郎曰:"前者澶州救吾弟回后,一意皈依①佛法,忘却兵事。今日又来扰乱乎?"孟良曰:"此为国家大事,非由于己。师父可念本官勤劳,勿辞一行。"五郎曰:"北番有二逆龙,昔在澶州降伏其一,尚留萧天佐在。除是穆柯寨后门有降龙木二根,得左一根,可伏其人。汝若能求得此木,与我作斧柄,则可成事。不然,去亦无益。"良曰:"既师父务要其木,小可只得往求之。"五郎曰:"汝就去索取此物来,吾当整备俟候。"

孟良即辞五郎,径望穆柯寨来。恰遇寨主,乃定天王穆羽之女,小名穆金花,别名穆桂英,生有勇力,箭艺极精,曾遇神授三口飞刀,百发百中。是日正与部下出猎,射中一鸟,落于孟良面前。良拾得藏之。行未数步,忽有五六喽啰赶来,叫声:"好好将鸟还我,饶你一死。"孟良听得,停住脚步。喽啰近前,一起发作,被良打得四分五裂而走。良又行得一望之地,喽啰报与穆桂英,部众追来。

良闻后面人马之声,知是贼兵赶来,取出利刃,挺身待之。一伏时,桂英大骂:"诛不尽的狂奴,敢来此处相闹耶?"孟良更不答话,舞刀相战。桂英举枪迎之。二人在山脚下,连斗四十余合,孟良力怯,退步便走。桂英不赶,与众人把住路口。孟良进退无计,谓喽啰曰:"吾将射鸟还汝,开路放我过去。"喽啰曰:"汝来错路头,谁不知要过穆柯寨者,要留下买路钱? 汝若无时,一年也不得过去。"孟良自思有紧急事,只得脱下金盔当买路钱。喽啰报与桂英,桂英令放路与过。

孟良离却此地,径回寨来见六使,道知五本官要斧柄,穆柯寨主难敌,又将金盔买路事诉了一遍。六使曰:"似此如之奈何?"宗保曰:"不肖与孟良同走一遭。"六使曰:"恐汝不是其敌。"宗保曰:"自有方略。"即日引孟良,率军二千,来到寨外索战。

穆桂英听得,全身贯带,部众鼓噪而出。宗保曰:"闻汝山后有降龙木二根,乞借左边一根与我,破阵事定之日,自当重谢。"桂英笑曰:"其木确有,赢得手中刀,两根都拿去。"宗保大怒曰:"捉此贱人,自往伐取。"乃挺枪直奔桂英。桂英舞刀来迎。两骑相交,二人战上三十余合,桂英卖个

---

① 皈(guī)依——原指佛教入教仪式,后泛指信奉佛教或参加其他宗教组织。

破绽,拍马便走。宗保乘势追之,转过山坳,一枝箭到,宗保座马已倒。桂英回马杀来,将宗保活捉而去。孟良随后救应,寨上矢石交下,不能近前。良曰:"汝众人勿退,须待思量着计策,救出小本官。"众军依言,遂屯扎关下。不提。

却说穆桂英捉宗保入帐中,令喽啰绑缚之。宗保厉声曰:"不必用苦刑,要杀便杀。"桂英见其青年秀丽,言词慷慨,自思:"若得与我成为夫妇,不枉为人生一世。"密着喽啰以是情通之。喽啰道知宗保,宗保半晌自思道:"我要得他降龙木,若不应承,死且难免;莫若允其请,而图大计。"乃曰:"寨主不杀于我,反许成姻,此莫大之恩也,敢不从命?"喽啰以宗保之言回报,桂英大喜,亲扶宗保相见,令左右整备酒醴相待。二人欢悦。

饮至半酣,忽寨外喊声大震,人报宋兵攻击。宗保曰:"既蒙寨主不弃,还请开关与部下知之,以安其心。"桂英依其言,令喽啰开关说知,放孟良入帐中。良见宗保与桂英对席而饮,知是好事,乃曰:"小本官在此快活,众人胆亦惊破。"宗保以寨主相顾之意道知。良曰:"军情事急,当即回去,再得来会。"宗保欲辞桂英而行。桂英曰:"本待留君于寨中,既戎事倥偬①,只得允命。"宗保径出寨来,桂英直送至山下,似有不舍之意。宗保曰:"倘遇救应之处,特来相请。"桂英领诺而别。后人有诗赞曰:

甲士南来战阵收,英雄到此喜相投。
非惟免祸成姻偶,从此佳人志愿酬。

宗保率众军回见六使曰:"不肖交锋,误被穆寨主所捉。蒙彼不杀,又与孩儿成亲,特来请罪。"六使大怒曰:"我为国难未宁,坐卧不安,汝尚贪私爱而误军情耶?"喝令推出斩之。左右正待捉之,令婆急来救曰:"我孙儿虽犯令,目下正图大计,还当便宜放之。"六使曰:"遵母所言,权囚起于军中,待事宁之后问罪。"孟良曰:"本官息怒,小本官结姻,诚不得已,特为降龙木之故,望赦其囚。"六使不允,径将宗保囚下。

次日,良密入军中见宗保曰:"适见钟道士,言小本官该有二十日血光之灾,在此磨折,只得忍耐。"宗保曰:"吾之心事,唯汝知之。穆寨主英雄女流,且军中用得此人,必获大利。汝再往见之,一者求降龙木,二者着他来相助。"孟良领诺,即日径诣穆柯寨见桂英,说知本主特来相请,并要

---

① 倥偬(kǒng zǒng)——急迫匆忙。

求取降龙木之由。桂英乃曰:"正待着人迎请汝主,我如何离得此地?速归拜上小本官,再不来时,我部众来斗也。"孟良听罢愕然曰:"既寨主与小本官成其佳偶,正宜往军中约会,何故出不睦之言?"穆桂英怒曰:"当日我少见识,被汝引去,今又来摇舌①,若再说,试我刀利否?"孟良不敢应。退出在外,思忖一计道:"若不用着毒心,彼如何辄肯下山?"至黄昏左侧,孟良密往寨后,放起一把无情火。正值九月天气,夜风骤起,霎时间烟焰冲天,满谷通红,穆柯寨四下延烧。众喽啰大惊,齐来救火。孟良提刀入桂英寨内,将其家小杀去一半。比及得知来赶,却被孟良砍伐降龙木二根,奔往五台山去了。

第三十六回
宗保部众看天阵　真宗筑坛封将帅

却说孟良用火计,焚毁穆柯寨,星夜逃往五台山。天色渐明,火势已灭,寨之前后,烧得七残八倒。穆桂英怒气填胸,便点部下军士,杀奔宋营,报此仇恨。部将进说曰:"此必孟良见寨主不肯下山,故行此计。今山寨凋零,家小抛弃,不如相助宋君,一者佳配完全,二者建功于朝廷,亦良会也,何必自伤和气耶?"桂英沉吟半晌,乃曰:"汝言极是。"即命将寨中所积粮草,用车装载齐备,扯起穆柯寨金字旗号,率众径赴宋营中来。正是:

只用奇计能成绩,引到英雄建大功。

骑军报入六使寨中,道知穆寨主部众来到。六使怒曰:"深恨此泼贼,勾引吾儿,致误军事。今日又来相惑耶?"因统部兵五千,出军前大骂:"贼人好好退去,万事俱休;若不收军,汝命顷刻。"桂英怒曰:"好意来相助,反致凌辱之甚。"遂舞刀跃马,直取六使。六使举枪交战。经数合,不分胜败。桂英欲生致之,佯输而走。六使纵骑来追。一声弦响,射中六使左臂,翻落马下。桂英勒回马捉之。此时岳胜、焦赞等皆不在军中,无

---

① 摇舌——动舌。谓发言,出言。

人救应。桂英令将六使解回原寨。

忽山坡后旌旗卷起,一彪僧兵截出,乃是杨五郎与孟良来到。桂英列开阵势。孟良拍马近前,望见六使高叫曰:"本官如何被捉?"六使未答。桂英问曰:"此是谁人?"孟良曰:"正是小本官父亲。"桂英惊曰:"险些有伤大伦。"急下马,着手下解开六使,扶于上座拜曰:"一时不识大人,万乞赦宥。"六使曰:"汝且起来相见。"五郎等都会一处,合兵回至军中。六使令放出宗保。桂英拜见令婆,令婆不胜之喜曰:"此女真乃吾孙之偶也。"因命具酒醴,与五郎等接风。五郎见母哀感甚切。令婆曰:"此吾儿该有佛缘,不必过伤,留得汝母在时,终叫相见也。"五郎收泪谢之。

酒至半酣,人报岳胜、呼延显等调取各处军马皆到。六使大喜,即出寨迎接。有王贵、金头马氏、八娘、九妹等,齐入帐中相见毕。六使请王贵坐上,拜曰:"有劳叔父驰驱风尘,侄儿之过也。"贵曰:"侄以国事用我,安敢以劳为辞?"令婆等都来叙旧,仍叫设席相待,众人欢饮而散。

次日,六使入奏真宗曰:"臣今调取沿边诸将,已各听候,特请圣旨破阵。"帝曰:"卿既以诸将齐备,亦宜审机而行,勿使敌人得志而挫动我军锐气。"六使领命退出,与宗保商议进兵。宗保曰:"师父昨言,目下未利出师,尚容择日而进。不肖先率诸将,前往探听一回,徐议破敌。"六使然其言。

平明鼓罢三通,宗保全身贯带,扬旗鼓噪而出。对垒番将马鞑令公韩延寿,耀武扬威,跑出阵前,见南阵旗下,众将拥着一少年郎君,端坐白骥马上。延寿认得其马是萧后所乘,大喝一声曰:"乳臭匹夫休走!"其声如空中起个霹雳。宗保听了,翻身落马,众将救起。番帅亦收兵还营。时六使闻此消息大惊,即引兵来救,众将已扶宗保入帐中坐定。钟道士进丸药一粒,吃了始苏醒。六使问其坠马之故,众将答道:"被番人厉声一振,不知小将军因何便倒。"六使忧闷无计,乃曰:"未与交锋,畏惧若是;倘临战斗,焉望其成功?"钟道士曰:"此非弟子不能战阵,盖因未满年丁,难以拒敌。必须奏过主上,授以重任,赐其壮年,方能御彼阵势而破辽众也。"六使依其议,奏知真宗以宗保年幼,难拒大敌之故。

真宗与群臣计议,八王奏曰:"陛下欲建不世之功,当有大授之臣。今北兵众盛,不有韩元帅之职,安能讨服丑虏?乞重封宗保,以破辽众,天下太平立见矣。"帝曰:"当封以何职?"八王曰:"陛下须效汉高祖筑坛拜

第三十六回　宗保部众看天阵　真宗筑坛封将帅

韩信故事，使诸将知所遵令，摧坚斩敌，无不尽命。"帝允奏，下命军校："于正南隙地，筑立三层将台，按着天地人；五方竖起五色旗号，按青黄赤白黑；礼仪法物，俱如汉时所行。"

不二日，军校筑完坛所回奏。帝斋戒沐浴，择吉日，率群臣至坛。宣宗保诣御前，焚香告誓毕，帝亲为挂大元帅印，封为吓天霸王、征辽破阵上将军。宗保领旨谢恩。帝谓众臣曰："朕以宗保年幼，寡人特赐一岁，以作满丁之数。"八王奏曰："既蒙陛下赐他一岁，群臣亦赠一岁，共凑成一十六岁，过满丁，使出兵有万倍之威。"帝悦曰："卿见更高。"即如议下敕，差军校捧金牌，送宗保归营。宗保再拜受命，与军校先行。帝同群臣下坛，仍回御营。

翌日，宗保坐中军行事，下令各军听候，请钟道士入帐中商议进兵。钟曰："番兵阵势甚雄，当先令一人前往探听一遍，然后徐议攻击。"宗保乃问军中："谁敢往视天门阵？"道未罢，焦赞应声曰："小将愿往。"宗保曰："汝性急之人，恐有误事。"钟曰："这一回正用得此人。"宗保允其行。焦赞入营中，与牙将江海议曰："今特往观北阵，君有何计教我？"海曰："若无萧太后敕旨，如何能进？公既要往，还须持假敕旨而去？"赞曰："敕旨能假，哪里讨着印信？"海曰："此事何难？吾父曾为萧后内官，得其印式。我依样刻出无错，然后与公前行，决不误事。"

赞大喜，即请着假敕文，用了假印信，星夜出到九龙谷。先观铁门金锁阵，见番帅马荣威风凛凛，立于将台之上，部下把守得如铁桶一般。马荣见焦赞问曰："汝是谁差到此？"赞曰："娘娘有敕旨，着我来打探一番。"荣曰："请敕旨来看。"赞辄取示之。荣看罢，令开阵与过。赞大叫一声，遂过了铁门阵，径到青龙阵。大将铁头太岁厉声曰："此处是何所在，汝敢来扰乱耶？"赞曰："娘娘有敕旨，差来巡视，何为扰乱？"太岁见敕，遂开了青龙阵放入。赞遍观里面，见甬道丛杂，变化不常，但闻四下金鼓之声，心内颇惧。走过白虎阵，恰遇守将苏何庆，喝问："谁来撞吾阵？"赞道："承娘娘敕令巡视。"苏何庆见旨，开阵与过。赞连忙走到太阴阵，见一起妇人，赤身裸体，台上阴风凛凛，黑雾腾腾，不觉头旋脑乱，几致昏迷。黄琼女手执骷髅，将焦赞截住。赞喝曰："吾奉娘娘敕旨，巡视天阵，汝何得拦阻？"琼女素取敕旨观罢，始得释放。赞从旁路而出，至北营数里之外，乃得萧后屯军所在。此时被韩延寿缉知，急来追捕。

焦赞连夜走回军中，见宗保，道知阵图奇异，难辨往来；更有太阴阵，妖气逼人，尤难攻打。宗保听罢，请来钟道士商议。钟曰："夜观星象，太阴阵内当有反变。先下令破了此阵，其余可以依次进攻。"宗保曰："太阴阵中有妇人赤身裸体，此主何意？"钟曰："彼按为月字星，手执骷髅，遇交战，哭声一动则敌将昏迷坠马。今欲破阵，先要擒着此人。"宗保曰："谁人可往？"钟曰："金头马氏前去，必能成功。"宗保即命金头马氏曰："汝部精兵二万，从第九座天门攻入，我自有兵来应。"马氏领兵去讫。宗保又唤过八娘曰："汝部马军一万，靠太阴而守，彼有军出来，乘势攻之。"八娘亦领兵而行。宗保分遣已定，与钟道士登将台视望。

却说金头马氏部兵从第九门呐喊攻入，恰遇黄琼女赤身裸体来敌，马氏骂曰："汝乃一国名将，为西夏王亲生女，部众远来助逆，不为正用，而居下贱之职；披露形体，不识羞耻，而乃扬威来战。纵使成事，亦何面目回见汝主乎？"琼女被骂，无言可答，自觉羞愧，勒马便走。马氏见台上枪刀密布，亦不追赶，与八娘合兵而回。

第三十七回
黄琼女反投宋营　穆桂英破阵救姑

却说黄琼女回到帐中，自思："我千里部众而来，受如此耻辱。曾记得幼年邓令公作伐，将我许与山后杨业第六子，因邓令公丧后，停却此姻。今闻宋军中杨六使即我夫也，不如将所部投降中朝，以寻旧好，助破番兵，报雪此耻矣。"计议已定，次日，密遣部卒送书信投入马氏营来。

马氏得书，迟疑未决，来见令婆，道知其事。令婆想曰："我几忘之矣，昔在河东，确有是议，盖因邓令公弃世，一向消息不通。"马氏曰："此女昨被我羞辱，今日来降，决非虚诳，令婆可与六郡马商议。"令婆然其言，入见六使，道知黄琼女要来归降，且言曾与结姻一事。六使曰："不肖幼年亦闻此说，怎奈国家重任在身，非臣子会亲之日，还待殄灭北番之后，然后计议。"令婆曰："汝见差矣，今国家用人之际，彼要来降，欲与汝相认；若阻之，使其生疑，反为不美。今一举两得，有何不可？"六使依其议，

第三十七回　黄琼女反投宋营　穆桂英破阵救姑

即修书与来人回信,约定明日黄昏,内应外合举事。

来人接书,来见黄琼女。琼女看毕,心中大喜。次日,将近黄昏,下令众军,整点齐备。忽阵外喊声大振,金头马氏率所部攻入太阴阵。黄琼女听知宋兵已到,部众从中杀出,正遇韩延寿部下大将巡阵黑先锋来到,与马氏交兵只一合,被斩于阵内,北兵大溃。黄琼女与马氏合兵一处,直杀出北营。比及韩延寿、萧天佐等部兵来追,却已离远了,二人悔恨无及而回。

且说金头马氏带黄琼女入军中见令婆曰:"已得黄琼女归降,又胜北番一阵。"令婆大悦,着与六使相见。众人都来贺喜。次日,宗保入禀曰:"钟师父指示阵图,解说出入攻打之路,甚是分明;且道第三日甲子,乃是破阵之日。乞大人奏知圣上,亲来监战,则不肖方好调遣。"六使曰:"汝自去裁度进兵之计,吾自去奏。"宗保退出,来见钟道士:"攻阵何者为先?"钟曰:"铁门金锁阵乃咽喉之地,正宜先破。次则便破青龙阵。"宗保曰:"可差谁往?"钟曰:"青龙阵须劳柴太郡,铁门阵必用穆桂英。"宗保曰:"桂英可行。吾母柴太郡有孕在身,如何破得此坚阵?"钟曰:"正以孕气胜之,管取无事。"宗保依教,来见六使,禀知调遣之事。六使曰:"军令彼安敢违?怎奈太郡有孕,恐有疏虞,如何是好?"宗保曰:"师父道无事,可令孟良助之而行。"六使允之。宗保即下号令,密书破阵计策与之。穆桂英、柴太郡得令,各率精兵三万,一声炮响,二支兵鼓噪而进。

先说穆桂英带领三万人马,吩咐将一万各提火炮火箭之类,候交锋之际,炮箭齐发;二万从九龙谷正北打入,绕出青龙阵后,接应柴太郡之兵。众人依计而行。穆桂英扬声呐喊。分左右攻入铁门金锁阵。恰遇番帅马荣,离将台部众,如天崩地裂。桂英虚退阵营一望之地,赚敌将近,两马相交,军器并举。二人战至十数回合,不分胜负。桂英部下,各望甬道齐进。铁须爪一时迸作,被宋兵放起火箭,尽皆射死。铁闩、铁门一十四门精兵来应,宋兵围绕而进,北军队伍乱窜。桂英奋勇前进,大喝一声,杆刀已下,马荣头已落地。宋兵乘势攻入,杀死番众不计其数,遂破其坚阵。桂英领兵直出青龙阵后。且看柴太郡如何破阵,有诗为证:

　　鼓众麾旗入阵丛,敌兵失算血流红。
　　从来圣主多灵助,致使佳人建大功。

却说柴太郡率所部三万,来到青龙阵下,吩咐孟良曰:"依计而行。

汝引劲卒一万,先夺黄河九曲水,从龙腹杀出。吾引大众打入龙头,绕出后阵,与穆桂英兵合。"孟良领计先行。郡主分拨已定,喊声震天,攻进左阵。守将铁头太岁引所部离将台,厉声叫曰:"破阵宋将要来寻死耶?"柴郡主纵骑杀进。两马相交,斗经数合,未分胜负。忽阵后一声炮响,孟良以劲兵从龙腹截出,北兵溃乱。铁头太岁复兵来救。柴太郡乘势进击。龙须、龙爪十四门精卒齐出。

柴郡主与孟良前后力战,不觉日色将晡①。郡主斗力已乏,冲动胎孕,在马上叫声:"疼痛难熬!"部下军士无不失色。霎时间,育一孩子,遂昏倒阵中。铁头太岁回马来捉。忽阵侧一彪军马,如风雷驱电来到,乃穆桂英也,见郡主危急,努力来救。交马二合,铁头太岁化作一道金光而去,被血气冲破,桂英抛起飞刀,斩于阵中。番兵大乱,却被孟良从后杀到,屠剿大半,只走得一分回去。桂英向前救起郡主,以所生孩儿纳在怀中,遂破其青龙阵。后人有诗为证:

　　战阵才交势已危,桂英于此显雄威。
　　飞刀斩落妖元首,夺取英雄得胜归。

桂英已得全胜,回见六使,详述破阵之事及郡主且得平安。六使大喜,即令郡主入后营歇息,将儿子抱与令婆视之。令婆看罢喜曰:"此儿面貌与兄宗保无异。"遂为取名杨文广,吩咐媪②婆好生看养不提。

却说番帅韩延寿输了二阵,折了人马,急召椿岩商议。岩曰:"彼纵能战,决难破我迷魂阵也,他若来时,管叫片甲无存。"延寿曰:"将军亦须用心提备,宋军中必多精通惯熟之人,万勿轻视。"岩曰:"自有机变捉他。"言罢,径与吕军师商议去了。

却说哨马报入宋营:"北兵预防其阵,甚是固完。"宗保谓诸将曰:"彼势已动,正可依次攻打。"乃请钟道士计议进兵,钟曰:"再破白虎阵,其外审机而战。"宗保曰:"谁人可去?"钟曰:"汝父可建此功。"宗保允诺,入见六使,道知。六使曰:"正须先声而进,以励诸将。"宗保退出。

次日,六使全身贯带,率骑军二万,杀奔北营,攻入白虎阵内。番兵喊声大振,势如潮涌。椿岩先登将台,手执红旗麾动。番帅苏何庆遂开白虎

---

① 晡(bū)——指午后三点至五点。
② 媪(ǎo)——指老年妇女。

第三十七回　黄琼女反投宋营　穆桂英破阵救姑

阵门,率兵迎敌,恰遇杨六使耀武扬威而到。两马相交,军器并举。二人战到三十余合,何庆佯输,勒马便走。宋兵乘势杀进。忽将台金锣响处,黄旗闪开,陡然变成八卦阵,霸贞公主引精兵围合而来。六使见门路丛杂,进退错乱,被何庆复兵杀回,困于阵中。六使左冲右突,北兵矢石交攻,不能冲出。

败军急走报知宗保,宗保大恐曰:"此事如之奈何?"即召焦赞谓曰:"汝速领兵五千,从旁道攻入,用石锤打损其锣。使虎无眼,则不能视,吾自有兵来应。"焦赞发愤去了。又唤过黄琼女曰:"汝部马军五千,从右门攻入,先把黄旗砍倒,使虎无耳,则不能听,其阵必然溃乱。"琼女亦领兵而去。又唤穆桂英曰:"汝率劲骑一万,当中杀入,以救吾父。"桂英慨然而行。宗保分遣已定,自率岳胜、孟良等于对阵接应。

且说焦赞听得六使被困,声震如雷,率兵攻入旁道。正遇番将刘珂镇守虎眼,见宋兵杀来,下台迎敌,交马两合,被赞一刀砍死。焦赞杀散余众,将二面金锣打得粉花雪碎,乘势而进。适见黄琼女从右门杀来,一刀劈死张熙,截倒黄旗二面,与赞兵合,抄入白虎阵后。苏何庆见阵势危迫,慌忙来应。穆桂英当先杀入。二人交锋不两合,何庆绕阵而走。桂英拈弓搭箭,一矢正中其项下,何庆坠马而死。霸贞公主见夫有失,急待来救,不提防阵后黄琼女一马杀出,手舞铁鞭,从背脊打下,霸贞口吐鲜血,单马走归本国而去。杨六使闻外面金鼓之声,料是救兵,从内杀出,正遇焦赞屠番兵就如斩瓜切菜,两下合兵,遂乘势破了白虎阵。有诗为证:

　　巍然阵势巧安排,谁想英雄测破来?
　　斩将屠兵成败决,中原诚是有奇才。

六使杀回本阵,宗保等接应而去。

次日升帐,众将都来贺喜。六使曰:"彼阵果是奇异,战至半酣,不知去路。若救兵不至,我命几休。"宗保曰:"既爹爹破了白虎阵,当乘势攻其玉皇殿,则他阵易破。"六使曰:"阵内藏机莫测,须仔细辨认,而后进兵。"宗保曰:"孩儿自有分晓。"即请令婆、八娘、九妹入帐中曰:"此一回,敢劳婆婆与二位姑娘一往?"令婆曰:"此为王事,安敢辞却?"宗保曰:"阵内按有梨山老母,婆婆若去,先要擒捉此人,其他易攻。"令婆得计,率八娘、九妹前进。宗保又召王贵曰:"叔公可引本部,从正殿打入,接应本阵。"王贵亦领计去了。宗保分遣已定,但等明日交锋。

第三十八回
宗保大破天门阵　　五郎降伏萧天佐

却说令婆部众,扬旗鼓噪,杀奔玉皇殿。椿岩即下号令,摇动红旗。梨山老母乃董夫人,拍马来迎。两骑相交,兵器并举。二人斗上数合,董夫人勒骑而走。八娘、九妹两翼绕进。忽然阵内金鼓齐鸣,番兵团合而进,将令婆等困于阵内。王贵闻此消息,急引兵杀入前阵来救。恰遇北番巡营帅将韩延寿来到,挽弓搭箭,指定王贵心窝射来,王贵应弦而倒,部下马军被番兵杀了一半。

败军走回报知宗保,宗保大惊曰:"失吾正将,何以立功?"即遣穆桂英部兵五千,前去救应令婆。桂英领计去了。又令杨七姐率步军五千,抄入殿前,破其红灯,则敌人不知变动。七姐亦领计而行。

先说穆桂英杀入北阵,望见内中杀气连天,纵骑突进,正遇董夫人力战八娘,八娘势渐危急。桂英架箭暗发一矢,射中其目,董夫人落马而死。乘势杀散围兵,救出令婆、八娘、九妹,合势杀出。适遇杨七姐破了红灯,绕出通明殿前,与令婆等一同杀回。韩延寿见宋兵大胜,不战而退。宋军乃夺得王贵尸首回寨。宗保等诸将接见,无不哀感。时王贵之妻杜夫人亦在行阵,见夫战死,号泣不止。六使曰:"婶母勿忧,当奏闻圣上,旌表叔父之忠,报其功业。"夫人收泪谢之。次日,六使进御营奏知:"叔父王贵,为破阵战死。乞陛下旌表之,以励后世。"帝允奏,乃宣杜夫人入帐前,抚慰之曰:"王令公,朕之爱臣,今闻战殁,不胜怜惜。今夫人有子三岁,封为无职恩官,候成立之日,许其在朝任事。封汝为贞节夫人。谥赠王贵为忠义成国公。赐金银缎匹十二车。"恩命既下,杜夫人叩谢而退。翌日,辞了令婆,装载所赐,径回洪都庄。不提。

却说宗保来见钟道士,再议破阵。钟曰:"迷魂阵最为惨毒,乘今破之。"宗保曰:"弟子在将台上观望,见北营吕军师善能用兵,恐难胜敌。"钟曰:"吾自有攻他计策,不必过虑。"宗保欣然辞退,即下令攻打迷魂阵。召杨五郎谓曰:"此行要烦伯父。"五郎曰:"当得效力。"

第三十八回　宗保大破天门阵　五郎降伏萧天佐

即日率头陀兵五千，喊声杀入迷魂阵，正遇番帅萧天佐阻住，二将交战。经十数合，天佐佯输，放五郎入阵。单阳公主纵马舞刀来迎，不两合，公主拨马而走。五郎驱兵赶入。五百罗汉一齐向前，头陀兵奋勇力战，将五百罗汉诛戮殆尽。耶律呐见宋兵势锐，麾动红旗。忽太阴阵放出一群妖鬼，号哭而来。头陀兵人各昏乱，不能近前。五郎大惊，念动神咒，急率众走回宋营，报知宗保。宗保得知曰："师父曾言，此阵有妖术，须按法破之。"乃取天书来看，内载："要小儿四十九个，各执杨柳枝，打散妖妇三魂七魄。"宗保知其意，即下令备此小儿之数，俱要戒装。唤过五郎谓曰："烦伯父领此小儿入阵中红旗台下，割去妖妇骸体，破之必矣。"五郎慨然而行。又唤过孟良曰："汝部兵二万，打入太阳阵，抄出其后，接应本军。"孟良亦领兵去了。

且说五郎鼓勇当先，复引众攻入迷魂阵来。单阳公主不战而退，引敌兵入阵。杨五郎直杀进将台。耶律呐摆动红旗，妖氛迸起。四十九个小儿手执柳条，迎风而来，妖氛辄散，被宋兵割去孕妇尸骸。耶律呐慌乱抛阵而走，五郎赶近前，一斧劈死。五千佛子，溃乱逃奔。头陀兵戒刀齐落，寸草不留。单阳公主措手不及，被宋兵于马上擒住。萧天佐激怒，提兵来救。杨五郎冲出阵前。两马相交，连战二十余合，不分胜负。五郎抽出降龙棒，击中其肩。天佐露出本形，乃是一条黑龙也。五郎绰起月斧，挥为两截，作二处飞去。按天佐头截飞落黄州城，后称火离国王；尾截飞落铁林洞，后做河口军师，又乱中原不提。

却说是时孟良攻入太阳阵，恰遇番将萧挞懒，交马两合，被孟良一斧砍之。杀散余骑，直冲入后阵，接着杨五郎，一起杀回，遂破了迷魂、太阳二阵。诛剿番兵，不计其数。有诗为证：

　　迷魂阵上妖氛盛，熊虎军中杀气高。
　　败北番兵风雾散，成功宋将血连袍。

五郎解过单阳公主，入军中见宗保，道知破阵杀萧天佐之事。宗保大喜曰："破了此阵，其外不足惧矣。"因令将单阳公主押出斩之。穆桂英劝曰："看此女容貌端严，且是萧后亲生，不如留他，以为帐下号召。"宗保允言，遂放了公主，提调诸将破阵，唤过呼延赞等，谓曰："有玉皇殿重兵尚多，汝装赵玄坛，攻打其中。孟良装关元帅，焦赞装殷元帅，岳胜装康元帅，张盖装王元帅，刘超装马元帅，是五人击其左右，破他北方天门阵。"

呼延赞等得令,各领兵五千去了。宗保分遣已定,与六使登将台观望。

且说呼延赞等整点齐备,扬旗鼓噪,杀奔玉皇殿来,恰遇金龙太子。两马相交,二人斗十数合,太子佯输,引入阵中。孟良、焦赞乘势杀入,恰近将台珍珠白凉伞下,杀气隐隐,不敢突入。赞等复率众绕过北阵,正遇土金秀将真武旗麾动。岳胜拍马先进,陡然天昏地黑,不辨进路,被土金秀生擒而去。比及焦赞得知去救,四下番兵围合而来。

呼延赞见势不利,引众杀出,归见宗保,备述阵势难攻。及点视,失去岳胜、孟良。正在忧闷间,人报二将已到,即召入问之。岳胜曰:"阵内奇变莫测,一时东南错杂,径被番人擒获,若非孟良扮为胡人来救,几至一命不保。"宗保曰:"玉皇殿内有二十八宿,七七四十九盏天灯,都是变化之名。"乃唤孟良谓曰:"汝明日去攻阵,可先偷去玉皇殿前珍珠白凉伞,再着焦赞砍倒二面日月珍珠皂罗旗,吾自有兵来应。"孟良、焦赞领计去了。

宗保入禀六使曰:"此一回必得圣驾亲行,敌住玉皇上帝。大人破其右白虎,还须八殿下破其左青龙,不肖自率劲兵破其正殿。"六使可其议,即入御前奏闻真宗。王钦进奏曰:"陛下为万乘之主,何必亲劳圣驾?须着诸将前往,如不克敌,罪归主帅。"此乃王钦忌其成功,故进此以阻之也。真宗欲允其议,八王奏曰:"陛下此一番,盖为破阵,今遇成败将决之际而有犹豫,何以励诸将士?皇上正宜躬往,使敌人望风而退,社稷之长计也。"帝意遂决,下命准备进兵。

次日,鼓罢三通,孟良与焦赞领兵先入,无人敢当,直杀近玉皇殿侧。孟良夺下珍珠白凉伞,焦赞砍倒日月皂罗旗。正遇番将土金牛、土金秀二人杀到,与宋将两下鏖战。孟良怒激,一斧劈死金牛。焦赞斩了金秀。部下番兵尽被宋军所杀。后队杨六使拍马攻入,先射落四十九盏号灯,其阵遂破。二十八员星官一起杀出,被孟良、焦赞挥刀尽屠戮之。金龙太子见阵势穿乱,单马逃走。宋帝架起翎箭,一矢射死于阵中。宋军竞进,宗保举发火箭,焚其通明殿,烧死番兵不计其数。孟良等合兵一处,遂破了玉皇殿。有诗为证:

> 玉皇殿势妙无穷,破识从交克战中。
> 北众凋残风落叶,君王一箭立奇功。

宗保下令曰:"乘此破竹之势,诸将各宜效力。"令孟良攻入朱雀阵,焦赞攻入玄武阵,六使、呼延赞攻入长蛇阵。军令才下,孟良鼓勇当先,部众杀入朱雀阵来。正遇番将耶律休哥挺枪跃马来迎。两骑相交,二人战上数合,不分胜败。忽阵后一声炮响,刘超、张盖从旁攻入。休哥力不能敌,遂弃将台而走。孟良乘势追击,遂破其阵。

时焦赞攻进玄武阵,遇耶律奚底,战上十数合,奚底败走,被焦赞赶近前来,一刀斩之。杀散余众,破了玄武阵。杨六使率众将打入长蛇阵,耶律沙见阵势俱乱,不敢迎敌,拖刀绕阵走出。宗保阻住与战,两马相交,未及数合,孟良、焦赞等从后杀来。耶律沙进退无门,拔剑自刎,毙于马上。时宋兵倍勇,哪个不要争功?宗保下令攻入北营。

韩延寿见天门阵破得七残八倒,慌忙问计于吕军师。军师怒曰:"汝去,吾自往擒之。"即率本营劲卒,如天崩地裂而来。椿岩作动妖法,霎时日月无光,飞沙走石。宋兵个个两眼蒙昧难开。宗保君臣困于阵内,番兵四合砍进。

正在危急之际,钟道士看见,奔向阵前,将袍袖一拂,其风逆转,吹倒番人,天地复明。椿岩望见钟道士,忙报吕军师曰:"钟长仙来矣,师父快走!"道罢,先化一道金光去了。吕洞宾近前,被钟离喝道:"只因闲言相戏,被汝害却许多性命。好好归洞,仍是师徒;不然,罪愆难逭①。"洞宾无言可答,乃曰:"弟子今知事有分定,不可逆为,愿随师父回去。"于是二仙各驾红云,径转蓬莱不提。

第三十九回
宋真宗下诏班师　王枢密进用反间

却说萧后正营尚有七姑仙、四门天王未破。宗保下令:"八娘、九妹、黄琼女、穆桂英部兵攻其七姑仙,杨五郎部兵攻其四门天王。"众将得令,各引兵前进。八娘、桂英杀却番国独姑公主等七人。杨五郎驱众径入,杀死耶律尚、耶律奇等四将。

---

① 罪愆(yǎn)难逭(huàn)——形容罪多得难以逃脱责任。愆:满,水溢而流。逭:逃;避。

韩延寿知大势已去,入营中报与萧后曰:"娘娘速走!四下皆是宋兵。"后惊曰:"吕军师何在?"延寿曰:"早已遁去,不知所之。"太后听罢,慌张无计,乘一小车,与韩延寿、耶律学古等望山后逃归。杨六使知之,率众将急追。焦赞奋勇向前,赶上韩延寿,大叫曰:"作急纳降,饶汝一死。"延寿回马再战,不两合,被焦赞擒住。孟良等竞进,番兵抛戈弃甲而走,萧后从僻路去了。

此一回,杨宗保大破南台七十二天门阵,杀死番兵四十余万,尸首相叠,血流满野。百年之后,尚有白骨如山,观者无不惨伤。有诗为证:

  白骨交加委塞墙,问人云此是征场。

  停骖①顾望添惆怅,晚带斜晖倍可伤。

宗保既获全胜,即收军还营。次日,坐牙帐,调集各处军马。部卒解进韩延寿。宗保骂曰:"汝夸北地第一英雄,今日何以被囚乎?"延寿低头无语。宗保曰:"留汝奸贼何用?"因命推出斩之。左右得令,绑出枭首讫。再录诸将破阵功勋。遣人追问钟道士消息,皆言从破北营,竟不知去向。宗保始悟其为汉钟离降世也。吩咐诸将,各依队屯营,以候圣旨。诸将遵令而行。自是军威大振,远近惊骇。

却说杨六使以诸将功绩,奏知真宗。真宗曰:"候朕班师回京,以议升赏。"六使奏曰:"难得者机会,今番人大败而去,陛下车驾长驱直捣幽州,取萧后舆图②以归,万世之利矣。"帝曰:"今番人既去,军士久战力疲,令憩息以固根本。候回朝之日,再作区处。"六使乃退。

越二日,帝竟下命,澶州三路军仍前退回。令筑坚关于九龙谷,留王全节、李明以所部镇守。其余征边帅臣,并随驾班师。旨令既下,军中无不欢跃。平明,驾离九龙谷。杨六使为先队,杨宗保为后队,帝与众臣居中。三军迤逦望京师而来,正是:

  旌旗动处军声壮,万马嘶时喜气扬。

不一日已望汴京不远,文武迎车驾入禁中。翌日设朝,众文武朝贺毕。帝宣六使至御前抚慰曰:"此举赖卿父子,朕当论功升赏。"六使曰:"皆诸将协力效命,臣愚父子安敢独受皇恩?"真宗命设宴犒赏征北将士,

---

① 骖(cān)——古代驾在车前两侧的马。

② 舆图——疆域地图册,也指疆土。

第三十九回　宋真宗下诏班师　王枢密进用反间

杨家女将皆预其席。是日,君臣尽欢而散。

次日,六使入朝谢恩。帝赐黄金甲二副,白马二匹,锦缎一十二车。六使当庭固辞。帝曰:"此微报也,万勿再三推却。其余建功诸将,当计议超擢。"六使乃受命而出。归至无佞府,参见令婆,道及圣上恩典。令婆曰:"吾儿久离三关,当复往镇守,以防番人不测。"六使依命,因令具筵席犒赏部将。宗保、岳胜等二十员战将坐于左席,穆桂英、黄琼女、单阳公主等二十员女将坐于右席,杨令婆、柴太郡、杨六使居中,列位次而坐。是日庖人进食,士卒舞剑,众人开怀畅饮。

酒至半酣,杨五郎起谓母曰:"不肖佛缘未满,且喜吾弟建立大功,要我在军中无益,今日特辞母、妹,再往五台山出家。"令婆曰:"此乃汝之本性,去住但凭裁度。"于是五郎作别众人,领头陀自回五台山去了。不在话下。是晚,酒阑席罢,诸将皆退。次早,六使趋朝奏帝,欲往三关镇守。帝大悦,降敕允六使前镇三关,杨宗保监军巡视京城。各各领命去了。

却说王枢密归至府中,思道:"自入中朝,一十八年,不曾与萧后建功立业。"心生一计,入奏真宗曰:"臣蒙陛下收录,未有寸功。今北番败归以后,谅彼必畏我天威。今乞陛下允其降伏,以杜他日之患。"帝曰:"此言具见卿之忠爱。"即命武军尉周福同枢密赍敕前往番地开读。二人得令,赍了敕文,望幽州进发。

行至中途,王钦问于周福曰:"此去道经何处?"福曰:"有二路可进,一从黄河,一从三关寨。"枢密听罢,暗思:"若从三关经过,必被六使所捉;不如生个计较,向黄河经过。"乃谓周福曰:"我尚有紧关文书失落要取,汝代我先往,我即随后便到矣。"福不知是计,即允其言,竟赍札文先自去了。

且说王枢密单骑出黄河,不日已到太原府,镇守官薛文遇出郭迎接。王钦进府中相见毕,文遇问曰:"枢密临此有何公干?"王钦答以往大辽取纳降文书之事,太守可遣备船只。文遇曰:"此易事耳。"遂调拨红船送过黄河北岸。王钦径望幽州去了。

却说周福带了军马,将近三关地界,被六使逻骑拦住问曰:"来者是谁?"前军报道:"钦差王枢密往北番公干。汝是何人,敢来阻截?"逻骑曰:"日前八殿下有关防来说,王枢密欲通番,令我们着实提防,今果然矣。"众人一齐下手,报六使捉得细作王枢密到。六使大喜曰:"此贼因我抬举,得至大官,屡要起谋作乱,今日自坠网中,决难轻放。"众人将周福缚于帐前,两边剑戟如麻,枪刀密布,惊得那周福面如灰土,哑口无言。

六使抬头一看,怒曰:"此人不是王枢密,你们众人何得虚报?统该按律问罪。"周福方敢应曰:"将军饶命,我乃周福也。"六使问其由,福曰:"蒙圣上遣小官同王枢密,往北番讨纳降文书。枢密因失落文书回取,令我先行,而被将军部下所捉。"六使笑曰:"岂有出城而忘文书乎?此贼必知风,故设是计也。"因令放起,延入帐中相见。六使曰:"汝记得昔日河东交兵,潘仁美之事乎?"福曰:"小可颇记忆之。"六使曰:"汝乃吾旧知,可不必惊恐。"令具酒醴款待,留营中一宵。次日,送周福过三关去讫。

却说王枢密已进幽州,先着近臣奏知。次早朝见萧后。萧后一见王钦,怒气冲冠,拍案骂曰:"奸佞之贼,我欲生啖①汝肉,以雪此愤!每想无计能获,今自来寻死。"喝令推出法场,碎尸万段。军校得旨,将王钦绑起。耶律休哥奏曰:"娘娘且息雷霆之怒。彼今复来,必有长议。若待其言不合,斩之未迟。"后怒犹未息。耶律学古奏曰:"王钦如樊笼之鸟,诛之何难?乞娘娘宽其罪戮。"后乃放起,问其来意。钦惊复半晌,乃曰:"臣自到南朝,非不尽心,奈未遇机会。今宋天子要娘娘九州图籍,尽归中朝,又欲发兵北上。臣因北番败丧之后,不能迎敌,因请得文书来见,就中图机会,以报娘娘之恩。"

后闻奏,回嗔②作喜曰:"卿有何策能图中原乎?"钦曰:"今幸宋廷良将俱各远遣,只有十大文臣在朝。娘娘可回书,称说王钦官卑,不能达意,必须着大臣于九龙飞虎谷,交纳九州图籍。待其来,围而执之。再遣使奏知,挟令宋君中分天下,然后送还。宋君以大臣为重,必允所请,那时徐图进兵,管叫成功也。"后曰:"谁人可往宋朝?"钦曰:"臣不惜一行。"后即令草表,着王钦带回。钦辞朝离了幽州,望京师进发。半路恰遇周福军马,王钦道知见萧后复命之事。福大喜,即回军,与王钦由黄河而归。

不日到京,朝见真宗奏曰:"臣领命入北境传旨,萧后欣然愿纳九州图籍。因言此系重事,臣职卑陋,不能成久坚之盟,乞请十大朝官,于九龙飞虎谷交献。特令臣复命奏知。"真宗闻奏大悦,即下敕,着廷臣准备起行。

---

① 啖(dàn)——吃。

② 嗔(chēn)——生气。

第四十回

八殿下三关借兵　众英雄九龙斗武

却说寇准、柴玉、李御史、赵监军等得旨,都来八王府中商议。准曰:"此乃奸人之计,若去必有不测。"柴玉曰:"圣上所命,岂敢推辞?"八王曰:"列位无忧,此行须从三关寨经过,见杨郡马,借军助行,保管无事。"准等大喜而退。次日十大朝官入辞真宗。真宗曰:"卿等此去,为社稷计也,当谨慎行之。"八王等领命出朝,离京望三关进发,先遣哨马报知六使。六使令孟良、焦赞于半路迎候。

不日,八王与众人将近梁门关,一彪军马拦路,乃是孟良、焦赞等,高叫曰:"来者莫非八殿下否?"八王近前曰:"是谁拦路?速报与郡马知之。"孟良即下马,伏于路旁曰:"蒙本官差遣,令小可谨候多日矣。"八王遂与众官直进三关。又见一彪人马来到,却是六使自来迎接。八王见了六使,不胜之喜,并马入帐中。十大朝官依次坐定。当下摆列酒席齐备,众官举觞而饮。

酒至半酣,六使起而问曰:"不知殿下与列公到此,有何见谕?"八王曰:"此来欲与郡马商议一场大计。近因圣上欲定北番,不想奸臣王钦领旨,往见萧后,后特献九州图籍,以息干戈。萧后来表,必须十大朝臣诣九龙飞虎谷,则可坚此议。圣命已下,着我等前往。想此乃是王钦奸计,若只我等前去,正如羊入虎口,岂能保全?今特来借兵助往,以破番人之谋也。"六使答曰:"日前下官正待擒此贼,以除后患,不意从黄河渡而去。今既用此诈谋,欲欺本朝大臣,小可当以赴应,务取丑蛮图籍以归。"八王听罢大喜曰:"有君调度,诚圣上之福。"是日,众官尽欢而散。

次日,六使召过孟良、岳胜、焦赞、林铁枪、宋铁棒、姚铁旗、董铁鼓、丘珍、王琪、孟得、陈林、柴敢、郎千、郎万、张盖、刘超、李玉等二十余人,吩咐曰:"此行必要动干戈,汝众人须用心保着朝臣前往。"岳胜曰:"本官所论虽是,倘北番认得我等,怀疑不来投降,岂不误了大计乎?"六使曰:"我有计策教汝。每人担箱子一只,俱装作随任之人,箱内藏着军器,上面安顿朝冠衣服。又用竹筒两节,上节贮水,下节藏枪棒,番人若问,只说带水来饮。若无事则止;倘有不测,临时机变而用。"岳胜等受计而退。

即日,八王辞却六使,与众臣离三关,径望九龙飞虎谷进发。正值初冬天气,寒风拂面,鸿雁声悲。十大朝官于马上见两旁横尸白骨交加,断戟残戈无数,八王叹曰:"昔汉、周于此交兵,使黎民肝脑涂地,见者无不惨然。"有诗为证:

> 两岸犹存战血红,当年豪杰总成空。
> 行人于此重嗟问,惆怅西风夕照中。

此时消息已传入北番,萧后遣耶律学古为行营总管,部精兵一万,先往等候。学古领命,率兵径赴九龙飞虎谷,于正北下寨。次日,亲往谷中巡视一遭,回军中谓牙将谢留、张猛曰:"我视其处,四下皆绝路,唯东边一片平阳地,堪容五六百人。可于是地摆筵,以待其来,就中图事。"谢留曰:"总管此计极高。"道未罢,人报十大朝官已到。耶律学古吩咐军马远远回避,自出军前迎接。八王与学古马上施礼曰:"汝主自议,要献九州图籍,将军意下何如?"学古应曰:"阵前不是议和所在,明日当于军中定夺。"八王应允而退,于正南安下营垒。

耶律学古回帐中,召谢、张商议曰:"吾明日要行楚霸王鸿门会上宴高祖故事,舞剑斗艺,就筵中决个输赢,汝二人宜用心立功。"谢留曰:"凭小可平生所学,定成总管此谋。"学古又召太尉韩君弼谓曰:"汝领劲兵一万,于谷口埋伏,候有变动,即将宋臣围定。"君弼领计而行。学古分遣已定,一面着人于谷口备办筵席,一面差番卒持书诣宋营见八王曰:"总管有命,请列位大臣明日商议纳降文书,并不得持寸刃相见。"八王得书看毕,亦回书与番卒不提。寇准进曰:"此行若非殿下有先见之明,带得郡马部下同来,决无善意。"八王曰:"今虽赴约,看他如何定议。"众人即散。

次日,耶律学古于谷口等候,遥望尘土荡起,宋臣各跨骏骑而来。将近面前,学古见无军马相从,心中暗喜,即邀众人进谷中,相见已毕。学古恭请十大朝官,依次坐定。八王曰:"萧娘娘肯归顺大朝,且不失为一国之主,诚乃苍生之大幸也。"学古笑曰:"此意我娘娘本有,且请饮酒,从长计议。"因命番官进食,乐工品奏。是日,帐前大吹大擂,南北臣僚相会而饮。

第四十回　八殿下三关借兵　众英雄九龙斗武

　　时柴驸马坐于左正席,学古颇认得,问曰:"此位莫非柴先生否?"柴玉听得,即应声曰:"学生正是,将军有何高论?"学古曰:"汝记得先年进番家天字图入中朝,被公改天字作未字,萧后发怒而动兵戈?今日又有相会耶。"柴玉曰:"汝道差矣。我主上应天顺人,不数年间克伏群雄,遂成一统之盛。唯汝北番,因距中朝太远,未暇征讨,致汝君臣屡生变乱,戕①扰生民,震动皇威。天阵一破,北骑倒戈而遁,那时我主若驰驱直捣幽州,与汝主面取图籍而归。盖缘我等不忍军民再陷锋镝②,竟劝班师。若萧后知顺逆之理,不听狂夫所惑,倾心归顺,犹保一邦。不然,堂堂天朝,士马精强,宁与外境称孤哉?改天字图之为,实出我手。事既往矣,何复言乎?"

　　学古被柴玉说了一遍,略有难色。又问于右正席寇准曰:"曾记咸平③年间,进贡锦皮暖帐,被公沉埋不奏,以致兵革相寻,岂大臣为君谋乎?"寇准厉声答曰:"我主上论治理政,且无暇日,那里有心玩汝锦帐?今日欲与汝国结和议之盟,索九州图籍来献,何必讲往事乎?"学古曰:"图籍改日交割未迟,且叫番官帐前舞剑,劝酒取乐。"八王曰:"顷言不许带寸刃以随,此又非鸿门宴上,何用舞剑为哉?"道未罢,谢留已应声而出,手提长剑,于筵前抽舞。八王见势头不好,即叫:"随侍者何在?"孟良激怒向前曰:"北兵能会舞剑,大宋岂无壮士耶?我亦对舞,聊助筵前一观。"言罢,挥过利剑,与谢留两相交舞。

　　耶律学古见孟良志气昂昂,自思:"此人必是将家,不可与之斗。"辄曰:"舞剑没甚好处,且射箭为乐。"孟良曰:"要走马射,穿杨射,随汝意欲。"谢留曰:"走马射柳,人所常见,须奇巧而射。"孟良曰:"何谓奇巧?"谢留曰:"将一个活人缚在柱上,连射三矢,能避者便为妙手。"孟良听罢暗笑:"此贼要暗算我,先须杀之,以挫北番锐气。"乃应曰:"哪个先射?"谢留曰:"我先射。"孟良慨然允诺,自令人缚于柱上,叫曰:"任汝连放三矢。"八王等看见,各有惧色。谢留离筵前一望之地,手拈硬弓,一矢放去,被孟良紧紧咬住。第二矢向项下射到,又被孟良一手拨开。谢留惊

---

① 戕(qiāng)——杀害,重创。
② 锋镝(dí)——响箭。指代战事、战争。
③ 咸平——宋真宗的年号,即公元998年—1003年。

慌,再放一矢,要射其腹,不想孟良有护心镜,射之不入。十大朝官连声喝彩。

众人解去其缚。孟良曰:"借汝与我试箭。"谢留无可奈何,亦被缚于柱上。孟良满开雀弓,扣镞①射去,故意不中番官。谢留自思:"此人只会舞剑,不能射箭。"乃曰:"任汝再放二矢。"孟良又放一支,正中项下。谢留应弦而绝。正是:

　　无能番士徒施勇,今日须叫箭下亡。

耶律学古见谢留失手,大怒曰:"特要讲和,何得相伤?"喝声:"众人擒捉!"只见筵前转过番骑五六百,奋勇踏进。岳胜、焦赞等不胜怒激,各打开箱子、竹节,取出长枪短剑,一起杀来。耶律学古知有提备,先自走了。众骑被宋兵杀死一半。

孟良急保朝官出谷口,忽数声炮响,韩君弼伏兵齐起,将谷口截住。岳胜恐北兵紧困,力战欲出,怎禁得番兵矢石交下,人不能近。后面又是绝路,四下山崖壁立。正是:

　　虎落深坑无计出,龙堕铁网智谋疏。

第四十一回
杨延朗暗助粮草　八娘子大战番兵

却说八王与十大朝官被困于谷中,忧闷无计。寇准曰:"当辞朝之际,众人就知有难。如今只得忍耐,徐图脱去之计。"八王曰:"今粮草将完,援兵未至,倘番兵乘虚而入,何以当之?"孟良曰:"殿下请勿虑,待北兵稍缓提备,小可偷出谷口,回至三关,招取救兵,殄此丑虏。"八王依其议,遂按甲不出。

却说耶律学古困了宋臣,与张猛议曰:"我等只坚守于外,彼虽有霸王之勇,不能出矣。"猛曰:"此计极高,但恐中朝知此消息,必有兵来救应。不如乘此机会,奏知娘娘,自提大兵相助,则可成功。"学古曰:"君论

---

① 镞(zú)——箭头。

第四十一回　杨延朗暗助粮草　八娘子大战番兵

诚高。"即遣番兵径赴幽州,奏知萧后。

萧后闻奏,与群臣商议。耶律休哥奏曰:"既北兵困却宋臣,此好消息也。娘娘正须发兵应之,以图中原。"后曰:"近因丧衄而归,良将已皆凋零,今无保驾先锋,何以征进?"道未罢,一人应声而出曰:"小将不才,愿保娘娘车驾,剿灭宋人而回。"众视之,乃木易驸马也。木易近前奏曰:"臣蒙娘娘厚恩,未酬所志,今愿保驾前行。"后大喜曰:"日前台官奏道:'幽州当兴,该有扶佐者出。'想应着卿矣。"即下令,封木易为保驾先锋,率领女真、西番、沙陀、黑水四国人马共十万前行。木易受命而出。

翌日,萧后车驾离幽州,军马浩浩荡荡,望九龙飞虎谷进发。不日将近,耶律学古半路迎接,进军中,拜曰:"赖娘娘洪福,将宋朝十大朝臣困于谷中,近闻粮草将尽,不久可擒。臣恐宋朝发兵来救,特请车驾亲行,定取天下。"萧后大悦曰:"此回若图得十大朝臣,足可洗先年之耻。"遂以军马分作二大营屯扎:耶律学古统女真、西番兵屯正北,木易驸马统沙陀、黑水军马屯西南,作长围之势,以困宋兵。学古等承命退出,自去分遣。不提。

却说木易军马安西南营,是夜,微风不动,星斗满天。木易在帐中自思曰:"今十大朝臣困于谷中,北番人马若是之盛,彼如何得出?救兵虽来,倘粮草已尽,终难保其脱险。"遂心生一计,修下书信一封,缚于箭头,射入谷内。令其密遣人出山后,赠他粮草几十车。准备已定,出帐前射进谷中。恰遇孟良拾得,却是一枝响箭。知有缘故,揭开系书一封,连忙递与八王观看。其书曰:

> 杨延朗顿首拜知八殿下、十大朝臣列位先生前:兹者北兵甚盛,列位且莫辄离,恐伤锋镝无益。不久,当有救兵来到,忍耐,忍耐!今有粮草二十车,于九龙谷正南交付,聊做一月之给,须遣人搬取。此系机密重事,勿误勿泄。

八王看罢,不胜之喜,谓寇准曰:"此书杨将军所报,有粮草于山后相济。北番全赖此人主兵,决保我等无事。"寇准曰:"既有粮食,当遣人探视。"孟良曰:"小将愿往。"八王允行。孟良即率健军十数人,乘夜来山后缉探,果见粮米二十车,孟良悉取至谷内。八王曰:"粮食且幸有矣,若无救兵来到,终是险厄,汝辈计将安出?"孟良曰:"殿下放心,小可偷出番营,入汴京求救。"八王曰:"汝去极好,亦须仔细。"孟良曰:"小可自有方便。"即辞八王,从山后走出。行将一里之地,被逻骑捉住,孟良力斗不胜,竟被绑缚,来见木先锋。木易故近前喝之曰:"吾差汝回幽州见公主,有紧关事报知,为何被人捉住?"孟良认诈应曰:"天色未明,走差路径,致遭其捉。"木易曰:"急去,便来回报。"左右连忙解放去了。

孟良走出番营,喜曰:"若非杨将军,今日一命难保。"自思:"欲往三关报知,必须要申奏朝廷,恐日久误事;莫若去五台山,请杨禅师来援,成功较易。"即抽身径向五台山来,参见杨和尚。和尚问曰:"汝缘何作番人装束?"孟良曰:"特有一件紧急事告知师父。深恨萧太后用诡计,赚十大朝官,困于九龙飞虎谷,十分危急。今奉八大王命,欲往三关取救兵,自思恐日子缠久,有误大事。五台山去彼咫尺之程,乞师父一行,同扶国难。"杨五郎沉吟半晌,叫声孟良曰:"我与汝不是冤家,何故屡次相恼?"孟良曰:"小可非为一己之私,亦看本官份上。师父不去,若十大朝臣被害,吾师心上亦难自安。"五郎曰:"本待不去,奈八殿下份上,只得部众前行。"

原来五台山近关西地方,出凶顽之徒,但有犯法该死者,逃入寺中为僧,五郎即收用之,故所向无敌也。当日杨和尚点集寺中一千余人,准备起行。孟良曰:"师父前往,小可再往三关报知本官,同来救援。"五郎应允。孟良即辞下山,星夜到寨中见六使,道知朝官被困之事。六使曰:"我一面兴兵赴援,汝急赍表入京奏闻。"孟良得令,带表星夜赴京,奏知真宗。

真宗得奏大惊,宣上孟良问曰:"朝臣被困几时?"孟良曰:"将近一月。得杨延朗以粮食相济,暂保无虞。今三关兵马已发,乞陛下再遣将救应。"真宗问廷臣曰:"谁可部兵前行?"道未罢,吓天霸王杨宗保奏曰:"臣愿往救。"真宗大悦,遂命老将呼延赞为监军,杨宗保为先锋,点兵五万征进。宗保受命而退,来无佞府辞令婆出师。令婆曰:"可着八娘、九妹同行。"宗保曰:"得姑娘①相助极妙!"是日,众将整点齐备,孟良为前队,宗保中队,呼延赞率大军随后,径望九龙飞虎谷进发。但见:

　　万马丛中军刀壮,三千队里显英雄。

哨马报入萧后军中:"宋兵长驱而来。"萧后即召耶律学古等议战。学古奏曰:"娘娘勿忧,我这里有四国军马,何惧宋兵哉!待臣分遣迎战,

---

① 姑娘——指姑姑。

第四十一回　杨延朗暗助粮草　八娘子大战番兵

必能胜敌。"后曰:"卿宜用心调度,不可造次。"学古领命而出,调来女真国王胡杰,沙陀国大将陈深,西辽国驸马王黑虎,黑水国王王必达,都集帐下,吩咐曰:"明日与宋兵交战,各人皆须努力向前;若能胜敌,娘娘必有重赏。"胡杰进曰:"总管不必烦心,定要杀尽宋兵,方休戈息甲。"

道声未罢,人报宋兵来到。耶律学古即部众列阵迎敌。遥见旌旗开处,马上一员勇将,乃是和尚杨五郎,高声骂道:"诛不尽的辽蛮!好好退去,尚留残喘;不然,殄灭为齑粉矣。"耶律学古大怒,谓诸将曰:"谁先挫宋人一阵?"女真国王胡杰应声曰:"待吾斩此匹夫。"即挺枪跃马,直取五郎。五郎舞斧还战。两下呐喊。二人战上数十合,胡杰力怯,拨马便走。杨五郎驱兵掩之。北阵王黑虎舞方天戟,纵骑从中杀来,将头陀兵分为两段,辽兵围裹而进。王必达提斧拍马,喊声而进。杨五郎见四下皆是番兵,矢石乱发,冲突不透。

正在危急之间,忽西南征尘荡起,鼓角齐鸣,一彪军马杀来,乃八娘、九妹、杨宗保也。八娘一骑当先,正遇王必达,两马相交,斗经数合,九妹率兵从旁攻入,必达抛戟逃走,九妹乘势追之。将近谷口,一将厉声喝曰:"逆贼早降,免遭屠戮。"乃大将呼延赞,当头拦住,未经数合,必达被擒。宋兵竞进。孟良杀入北营,正值沙陀国陈深突到,两马相交,兵刃才合,孟良大声喝曰:"敌贼休走!"一斧劈落场中。

杨宗保见南将连胜番骑,催动后军追击。八娘奋勇争先,迎住胡杰交锋,抛起红绒套索,将杰捉于马上。杨五郎勒马杀回,部下僧兵戒刀斩落王黑虎马脚,掀落阵中,宋兵齐向前擒之。

耶律学古见势崩摧,走入营中报萧后曰:"娘娘速走!宋兵英勇,四国将帅擒剿已尽。"萧后听罢,惊得心胆飞裂,撤营单骑逃走,耶律学古与张猛拼死救护而去。后面杨宗保驱兵追击。

萧后正走之间,坡后一军截出,乃杨六使之兵长驱而来,番兵望见,倒戈逃遁。萧后仰天叹曰:"今日是吾当尽,汝众人善自为计。"言罢,欲拔剑自刎。耶律学古曰:"娘娘勿慌,幽州尚有数十万雄兵,犹可克敌,只争咫尺之程,何乃便为自绝之计耶?"张猛曰:"娘娘从僻路逃走,吾去阻住敌兵一阵。"萧后乃止,与耶律学古往郊谷遁去。

第四十二回
杨郡马议取北境　重阳女大闹幽州

却说杨六使鼓勇杀来,张猛纵马再战,未及数合,被六使一枪刺死。部下番兵,为三关壮勇屠戮殆尽。宗保军马赶到,合兵一处,会议要乘势赶去。适木易一骑飞到,叫曰:"吾弟须调回人马,救取谷中朝臣。幽州精兵尚多,待我杀回,内中取事,一举可定。"六使然其言,即放木易军马杀过,部众攻入谷中。

时韩君弼听知北军战败,撤围奔走。孟良拍马当先,正遇着敌将,两骑相交,一斧砍为两段。谷中岳胜、焦赞等乘势杀出,番兵死者不可胜数,遂救了十大朝臣。此一回北兵败衄,折去四国人马共十二万,委弃辎重①牛马无算,尸横散乱,血满长川。有诗为证:

北兵败衄尸交横,断戟残戈日半曛②。
过客莫言当日事,马蹄余血下荒坟。

杨六使调集军马,人人各上其功。六使下令,将所擒番兵,尽行斩首号令讫。八王等称贺曰:"若非郡马救援,非惟朝臣不保,且损圣上威望也。"六使曰:"圣上正以殿下被困,忧愁累日,特遣呼将军与小儿部兵救应。已赖洪福,杀得他垂首丧气而去。"八王曰:"阃③外之事,君命有所不受。萧后屡为边患,可乘破竹之势,直捣幽州,取舆图而归,诚乃大机会也。"六使曰:"殿下不言,小可正待禀知。四兄曾道,幽州精兵尚多,彼今内中取事。正宜发兵应之,管叫成功也。"八王曰:"但凭尊意行之,朝廷重事,我当承受。"六使乃下令唤过岳胜、孟良、焦赞部兵先进,八娘、九妹、杨宗保为前后救应,呼延赞保朝臣为监军。分遣已定,岳胜等率兵长驱而进。

---

① 辎(zī)重——军队携带的物资。
② 曛(xūn)——暮;昏暗,落日的余光。
③ 阃(kǔn)——指皇城。

第四十二回　杨郡马议取北境　重阳女大闹幽州

是时,萧后走归幽州,忧愤无计。耶律休哥进曰:"胜败兵家之常,娘娘不必忧虑。城中粮草,有十余年之积;精兵猛将,不下数十万。宋军若退则止;倘再来侵扰,当与决一雌雄,成败未可知矣。"后曰:"四国之兵,丧将尽矣,尚何望克敌哉?不如纳降,以救一方生命。"张丞相曰:"娘娘何因此一败而自倒志气哉?大辽自晋朝以来,中原仰惧;今虽一时挫衄,犹足称霸。待宋兵再来,臣等背城一战,管取报仇。"道未罢,人报木易驸马杀回。

后宣入问曰:"我正虑驸马被宋人所袭,何以后来?"木易奏曰:"臣屯西南营,困住十大朝官。比闻北兵战败,待出兵救之,谷中宋军杀出,那时娘娘车驾已离正营,臣力战宋兵,致在后也。"后曰:"宋兵声势何如?"木易奏曰:"近闻得要来围困幽州,娘娘须提备之。"忽哨马入报:"宋兵云屯雾集,将幽州城围绕三匝,水泄不通,乞娘娘作急定夺。"萧后失色。木易曰:"娘娘勿虑,凭臣等一派军将,定将宋兵杀退。"后曰:"卿等用心迎战,不宜造次①。"木易领命而退。

话分两头。却说河东庄令公有一女,号称重阳女,盖因九月初九日诞生,故取是名。幼有勇力,武艺精通。曾许嫁与杨六使,奈缘兵戈阻道,耽搁亲事。及闻十大朝官被困,就举兵来救,且寻旧约。当下兵行之际,哨报:"杨六使杀退了番兵,攻围幽州未下。"重阳女听罢大喜曰:"得此好机会,见夫君必矣。"即率所部诣宋营,令人报知六使。六使猛省曰:"此事吾亦记得,值国事怔惚,音问不通。今既部兵来应,还当迎接。"遂令岳胜出军前迎候。

重阳女轻身入帐中相见,六使不胜之喜。二人各诉往事,极尽缱绻②。六使曰:"戎事未宁,待回见令婆,而后讲礼。"重阳女曰:"我初进,未立功绩,欲乘此机,暗投于萧后,内应外合,以成其事。郡马肯许否?"六使曰:"贤妻若能用心,成败在此一举也,有何不可?"重阳女欣然领所部一万,冲开南阵,岳胜、孟良等虚作退遁之状。重阳女直至城下,高叫开城。

守城军报入城中:"有一女将,杀开南阵,特来救应。"萧后闻报,即与

---

①　造次——鲁莽,这里指大意、疏忽。
②　缱绻(qiǎn quǎn)——形容情投意合,难舍难分。

文武登敌楼观望,见旗上大书"河东重阳女",正在城下追杀宋兵。后辄令耶律学古开门接应。重阳女径入城中,参见萧后曰:"臣乃太原庄令公之女。刘主深恨宋君见伐,遣小将相助,共取天下。"后大喜曰:"汝主刘钧若肯同心破宋,誓与平分中原。"遂令设宴于殿庭,款待来将。酒至半酣,重阳女起奏曰:"宋兵围城紧急,臣率所部擒之,以为初见微功。"后允奏。重阳女谢宴退出。杨四郎自思:"重阳女曾许嫁吾弟为亲,岂有来助番邦之理?内中必有缘故。"乃奏萧后曰:"臣部精兵,前助重阳女伐宋。"后曰:"得驸马同行尤好。"

木易领命,出军中与重阳女商议进兵。重阳女曰:"宋兵虽众,破之亦易。驸马出北门先战,我引兵继之。"木易驸马笑:"依你所行,则幽州一战可破矣。"重阳女愕然曰:"驸马何出此言?"木易曰:"休得相瞒,事同一家。"因将其本末逐一道知。重阳女喜曰:"本为郡马成此谋也,得君之济,何患不克?"亦将其来意说知。四郎曰:"事宜机密。萧后驾下精勇者多,须除去牙爪,然后方可进兵。"重阳女曰:"君有何计去之?"四郎曰:"明日出兵,令上万户、下万户、乐义、乐信等见初阵,汝率所部,先斩此四人,遂引宋兵乘势杀入,唾手可取此城。"重阳女大然其言,先自准备出兵。木易下令上万户、乐义领兵先战。

上万户得令,次日平明,一声炮响,部兵扬旗而出。恰遇宋将岳胜喝曰:"守死之寇,尚不早降何待?"上万户骂曰:"汝等深入吾地,死在旦夕,尚来夸大言乎?"即舞刀跃马,直取岳胜。岳胜举刀迎之。二骑相交,战不两合,下万户、乐义、乐信从旁攻入。岳胜抵敌不过,拍马退走。番兵乘势而出。重阳女部骑后进,大喝:"辽众缓走!"手起一刀,斩乐信于马下。乐义大惊,措手不及,岳胜回马,挥为两段。孟良、焦赞率兵掩来,喊声大振,上万户被孟良所杀,下万户为乱骑踏死。重阳女当先杀入,宋军随后继进,幽州城中,四下鼎沸。内官报入宫中,萧后听得,自思:"吾为一国君后,若被擒获,羞辱无地;不如自尽,以免玷污。"径走入后殿,解下戏龙绦①,自缢而死。正是:

可怜番国萧君后,今日宫中自缢亡。

是时,杨延朗进入禁宫,恰遇琼娥公主走出曰:"驸马快走!娘娘已

————————

① 绦(tāo)——丝线编织的带子。

自吊死,四下皆敌兵矣。"延朗曰:"公主勿慌。我乃杨令公第四子,诈名木易。蒙汝厚恩,决无相伤。"公主听罢,即跪告曰:"妾之性命,唯君处置。"延朗曰:"公主若肯随我回中原,即便同行;不然,难以强请。"公主曰:"国破家亡,驸马肯念伉俪①之情,带妾同去,岂有不从?"延朗大喜,即令收拾金珠罗翠,装做几车,当先杀出。正遇耶律学古走入殿庭,木易厉声曰:"逆贼休走!"学古不曾提防,被延朗一刀斩之。耶律休哥听知宋兵入城,削净须发,从后门越城逃走去了。

只说杨六使亲提士卒入城,扫净番兵,杀得尸横道途,血满城壕。日将晡,乃下令曰:"禁止屠戮。"八王等都进入城中,先问萧后下落。人报自缢死于后殿。八王令解下,停在一边。宗保调集各军,驻营城东。

次日,八王、六使登殿庭,点视宫室。众将解过番国太子二人,捉得番官张华以下臣僚共四十九员,番将三十六员。六使俱令将槛车囚起,以候解京。当下诸将皆集。杨延朗进见八王曰:"小可寓居番庭十八年,今日得见殿下,甚觉赧颜②矣。"八王抚慰之曰:"今日定幽州之功,皆出于将军;归见圣上,当有重封,何谓赧颜哉?"延朗称谢。六使曰:"幽州既已平定,还当张挂榜文,谕知各地方,务必悉安,然后班师。"八王然其议,着寇准草榜,传布四方。自是,大辽郡邑闻幽州已破,望风归附。

第四十三回
平大辽南将班师　颁官诰③大封功臣

却说越数日,八王于宫中大开筵席,犒劳诸将,众人尽欢而饮。延朗进曰:"小可有一事禀知,未审殿下允否?"八王曰:"将军有何建议?但说无妨。"延朗曰:"自居北境,蒙萧后盛意看承。今既死矣,乞将尸骸埋葬,庶报一时知遇之德,使番人不以延朗为负义耳。"八王曰:"此将军盛德之

---

① 伉俪(kàng lì)——夫妻。
② 赧(nǎn)颜——因惭愧而脸红。
③ 诰(gào)——帝王对臣下的旨令。

事,当从所请。"是日席罢。次日,八王一面申报朝廷,一面下令将萧后尸首以王礼埋葬。有司奉行不提。后人看到此处,有诗赞曰:

　　盛德于人将德报,杨门豪杰几人同?
　　片言深仰番庭慕,为筑封茔一念忠。

六使进见,定议班师。八王允言,发遣诸将,分前后队回军。呼延赞等准备起行。寇准与众议留兵镇守幽州。八王曰:"留兵有二不便:一者,南北杂处,统属不一,则有掣肘①之患;二者,离中原既远,作逆一时不知。莫若回京,徐定防御之策。"寇准然其言,即日大军离幽州,望汴京而回。但见:

　　马上红尘随处起,途中箪食喜相迎。

一路无词,不觉早到皇城。八王先遣人报知捷音。真宗遣文武出郭迎接,正遇八王等军马来到,文臣孙御史当先接见,并辔②入城。六使人马屯扎郭外。次早,八王领众臣朝见,进上平定北番表章。真宗览罢,龙颜大悦,抚慰众臣,甚加赞叹。寇准奏曰:"诚赖陛下洪福,及杨六使父子兄弟一心为国,今已平定大辽。此乃不世之功,乞加封黄以奖其劳,则国家幸甚。"帝曰:"朕深知其功,当得封赠,候颁敕拟议。"八王等拜命而退。

是日,杨六使与延朗回无佞府见令婆,拜毕,延朗不胜哀感,乃曰:"思不肖一阵之挫,困辱北境,竟至一十八年。不想吾母皓发盈头,桑榆景迫。今日幸得相逢,悲喜交集。"令婆曰:"歧路无情,人生有此飘零。今既相见,足慰子母之望。可着公主相见。"延朗唤过琼娥公主,八拜令婆。令婆不胜欢喜。延朗曰:"此虽一时佳会,十分得赖提携。"令婆曰:"姻缘不偶,观此女子,真是吾儿之配也。"因令具席,以为庆贺之设。是日,府中众人依次坐定,欢饮而散。杨五郎仍领众人,自回五台山去了。

却说王枢密见北番已败,恐祸将及,乃假装云游道人,漏夜走出汴京。直待近臣奏入,真宗乃知,大怒曰:"此贼屡起反意,朕以故人相待,不忍深罪;今又背朕而去。"急聚群臣商议。八王奏曰:"王钦罪恶滔天,不容于诛。想其出城未远,陛下可令轻骑追捕。"帝允奏,即敕杨宗保率捕兵追之。

宗保得令,率兵径出北门,问守军:"曾有王枢密过去否?"守军曰:"适见一道士,慌忙出去,莫非是也?"宗保得其实,特骑赶来。时枢密走

---

① 掣(chè)肘——牵制。
② 辔(pèi)——驾驭牲口用的缰绳和嚼子。

第四十三回　平大辽南将班师　颁官诰大封功臣

到黄河渡,见艄公连叫曰:"汝若急渡吾登岸,多将金宝相谢。"艄公听得,遂撑船近前。王钦跳下船,艄公举棹而行。才近东岸,忽然狂风逆作,将船仍吹下来。一连如此三次,不能及岸。艄公曰:"风势紧急,难以过去,须待风息而行。"王钦愈慌,只得匿在篷下躲避。

一伏时,南路征尘荡起,数十骑赶来。杨宗保马上厉声问艄公曰:"曾见有一道士过去否?"艄公未应,王钦低声曰:"应他已去多时,我便倾囊谢汝。"艄公曰:"且道汝是谁人?明白告我,当得方便。"王钦不隐,将其本末道知。艄公听罢怒曰:"此处被汝在朝,年年使吏胥①打搅,正要报恨,没寻讨处,今日倒落手中来也。"即将船撑近前,报知宗保。宗保差骑军上船捉之。王钦急忙不能逃脱,竟被骑军绑缚到岸。宗保解之而回。正是:

　　善恶到头终有报,只争来早与来迟。

正值真宗设朝,文武皆集。近臣奏知:"已捉得王钦回朝。"帝令军校拿进殿前,面斥之曰:"逆贼屡在朕前献谗,寡人优容过多。今若放汝走往他国,又将生患矣。"王钦低头无语,只乞早就刑戮。帝曰:"怕汝奸贼不死耶?"因问八王:"当何以处之?"八王曰:"陛下可设大宴,会集外国使臣,皆得预席。将此贼碎剐②凌迟,以助筵前一观,庶使后人知惧。"帝允奏,遂下命,着司官排列筵宴齐备,征召外国诸臣,两边依次坐饮。行刑军校将王钦绑缚于桩上,慢慢割下其肉。席中观者,无不凛然。后人有诗断曰:

　　作恶年深祸亦深,试看今日戮王钦。
　　苍天报应无私眼,不使登行竟被擒。

王钦受苦难禁,不消数十刀,气已绝矣。帝令抛其尸骸于野,以彰奸臣。因谓八王曰:"王钦往者所言,本有欺罔③之意,而朕不觉何也?"八王曰:"大诈似忠,以致陛下不觉。今日王钦受刑,朝野皆为之欢庆矣。"帝然之。

忽报大将呼延赞夜中风症而卒。帝闻报,不胜哀悼,乃曰:"赞自入本朝,勤劳王事,未尝一日自安,真为社稷臣也。"因令敕葬,谥赠忠国公。后人有诗赞曰:

---

① 吏胥(xū)——地方官府中掌管簿书案牍的小吏。
② 剐(guǎ)——被尖锐的东西划破;封建时代一种残酷的死刑,把人的身体割成许多块。
③ 罔(wǎng)——蒙蔽。

愤仇已雪出河东,为国勤劳建大功。

不意将星中夜落,令人千古恨难穷。

天禧①元年二月,真宗以平定北番将士,未及旌封,特与八王商议。八王奏曰:"赏功怀远,帝王盛德之事。今四方宁息,天下一统,使得谋臣勇将镇守,诚为社稷长计矣。"帝曰:"往者献俘阙下,朕犹未发遣,萧后太子、臣僚,当何以处之?"八王曰:"前幽州班师之际,寇学士等会议,欲留兵以镇守,臣以为不便,未敢擅行。今辽人已服,陛下正当兴灭国,继绝世,放他们还大辽,仍自镇守,递年只取其进贡,则边境自安,唐虞之治不过如是。"

真宗大悦曰:"非卿所论,朕不能及此。"遂下敕,赦萧后二太子并所捉臣僚,俱令还国。敕旨既下,番臣大悦,诣阙稽首谢恩。真宗又赐北番太子金织蟒衣各一袭,赏赉甚厚。太子拜受命,即日率臣僚径回幽州。不提。

翌日,真宗亲拟封旨,宣六使进殿面谕之曰:"卿父子,破南天阵,已建大功,朕未及升擢;今又有平定北番之绩,当旌封典,以报汝劳。"六使顿首曰:"破阵平北之功,上赖陛下之福,下则军士齐心,臣区区微劳,何敢受赐?"帝曰:"卿不必过谦,朕自有定议。"六使拜命而出。

是日,封旨敕下:

授杨六使为代州节度使,兼南北都招讨;

杨宗保为阶州节度使,兼京城内外都巡抚;

杨延朗以取幽州功,授泰州镇抚节度副使;

岳胜授蓟州团练使;

孟良授瀛州团练使;

焦赞授莫州团练使;

陈林正授檀州都监;

柴敢正授顺州都监;

刘超正授新州都监;

管伯正授妫州都监;

关钧正授雷州都监;

王琪正授武州都监;

孟得正授云州都监;

---

① 天禧(xī)——宋真宗1017年—1021年年号,天禧元年即1017年。

林铁枪正授应州都监；
宋铁棒正授寰州都监；
丘珍正授朔州都监；
丘谦正授雄州都监；
陈雄正授蔚州都监；
谢勇正授凤州都监；
姚铁旗正授寿州都监；
董铁鼓正授潞州都监；
郎千正授瓜州都监；
郎万正授舒州都监；
八娘授金花上将军；
九妹授银花上将军；
渊平妻周氏封忠靖夫人，
延嗣妻杜氏封节烈夫人；
穆桂英以下十四员女将，俱授诰命副将军；
其余有功将士，俱各封赏有差①。

第四十四回
六郎议取令公骸　孟良焦赞双丧命

却说杨六使受封后，次日诣殿前谢恩，奏曰："臣部下皆蒙恩命，俱各赴任就职。唯臣老母在堂，乞陛下优容限期，不胜感激。"帝曰："卿既以令婆之故，朕亦不十分催促，须候再议，而后赴任。"

六使拜受命，退归府中。岳胜、孟良、焦赞、柴敢等都在府中俟候。六使召岳胜等谓曰："今圣上论功升赏，授汝众人官职。幸值清平，各宜赴镇，以享爵禄，上耀祖宗，以酬所志。不宜造次，而误限期。"岳胜曰："我等赖本官威风，建立微功；今日远舍而去，于心何忍？"六使曰："此君命恩

---

① 差（chā）——区别，不同。

典好事,何必言离别之情?可谕本部军马:'愿从临任者,则带之同行;不愿去者,多以金帛赏之,命其回家生业。'但赴任之后,各宜摅①忠为国,施展其才,不枉为盛世之丈夫。当急行,勿迟疑。"岳胜等听罢,都来拜别,径赴任所。中有愿从军士,即日同去;不从者,回乡一半。当下只有孟良、焦赞、陈林、柴敢、郎千、郎万六人,候待六使离京,然后起程。孟良曰:"今众人已各赴任,尚有三关寨守军未知消息,本官须令人报之。"六使然其言,即着陈林、柴敢、郎千、郎万六人,候待六使离京,然后起程。孟良曰:"今众人已各赴任,尚有三关寨守军未知消息,本官须令人报之。"六使然其言,即着陈林、柴敢、郎千、郎万往三关寨,调回守军,并将积聚载归府中。陈林等领命而行。不在话下。

时维②九月,云汉湛清。是夜,六使散步于庭下,闲行仰望,星河满天,追忆部下,口占长词一阕云:

惨结秋阴西风送,丝丝露湿凝望眼。征鸿几字暮,投沙碛③。欲往乡关何处是?水云浩荡连南北。但修眉一抹有无中,遥山色。　　天涯路,江上客;情已断,头应白;空搔首兴叹,暮年离隔。欲待忘忧除是酒,奈酒行欲尽愁无极。便挽江水入樽罍④,浇胸臆。

六使吟罢,入西窗下。正待解衣就寝,忽扃⑤外一阵风过,恍惚见一人立于窗下。六使即起视之,乃其父杨业也。六使大惊,拜曰:"大人仙久,何以至此?"业曰:"汝起莫拜,我将有事说知。今玉帝怜我忠义,故封为威望之神,已无憾矣。只我骸骨无依,当速令人取而葬埋,勿使旅魂飘泊。"六使曰:"十数年前,已遣孟良入幽州取回骸骨安葬了,爹爹又何言此?"业曰:"汝岂知萧后诡谲⑥之事?延朗自知,汝今便可详细问之。"言罢,化一阵凄风而去。六使痴呆半晌,似梦非梦,将近三更左

---

① 摅(shū)——发抒,舒散。
② 维——连结,接续。
③ 碛(qì)——沙石,沙粒。
④ 罍(léi)——古时盛酒的器具。
⑤ 扃(jiǒng)——门户。
⑥ 谲(jué)——欺诈。

第四十四回 六郎议取令公骸 孟良焦赞双丧命

侧。

直待天明,入见令婆,道知其事。令婆曰:"此乃汝父英灵,特来相告。"六使曰:"可问四哥,便知端的。"令婆唤过延朗问曰:"夜来六郎见父,言其骸骨仍在北番。果有是事否?"延朗惊曰:"母亲不言,儿正要商议此事。自被北兵捉去后数日,番骑赍得吾父首级来到。萧后与众臣商议,正怕南人盗取,以假者藏于红羊洞,真者留于望乡台。往年孟良所得,乃是假骸骨。除是台上的,是父真首级矣。今日六弟闻是消息,岂非吾父显灵显迹耶?"令婆曰:"今既北番归降,须令人取之而回,有何难哉?"六使曰:"若令人取,又是假的矣,盖吾父北番所惧,彼将其为威望之神,岂肯付之与归?不如仍令孟良盗取,则可得也。"延朗曰:"汝见甚明。"

六使即召孟良进府中,谓之曰:"有一件紧关事,着汝去干,须要用心。"孟良曰:"本官差遣,就便赴汤蹈火,岂敢辞哉?"六使曰:"吾知汝去,足能成谋。今有令公真骸骨,藏于幽州望乡台,密往取回,乃汝之大功矣。"孟良应声曰:"离乱之时,尚能为是,何况一统天下,取之何难?"六使曰:"汝言虽是,奈番人防守严密,还当仔细。"孟良曰:"番人消不得一斧,本官勿虑。"言罢慨然而去。

适焦赞听得府中众人唧唧哝哝①,似有商议之状,乃问左右曰:"本官将有何事?"左右答曰:"侵早吩咐孟良前往幽州望乡台,取回令公真骸,欲议举葬也。"焦赞听罢,径出府外,自思曰:"孟良屡次为本官办事;我在帐下多年,未有些许之劳。莫若随后赶去,先自取回,岂不是我之功?"遂装点齐备,径往幽州赶去。此时杨府无一人知觉。

先说孟良星夜来到幽州城,将近黄昏左侧,装作番人进于台下,适遇着五六守军问曰:"汝是何人?敢来此走动?其非细作乎?"良曰:"日前宋朝天子放北番君臣归境,着我近边戍卒护送。今事宁息,到此消遣一回,何谓细作?"守军信之,遂不提防。

日色靠晚,孟良悄悄登台上,果见一香匣,贮着骸骨在焉。良自思曰:"往年所盗者,果与此不同,今日所得,必是真的矣。"乃解开包袱,并木匣裹之,背下台来。不想焦赞随后即到,登台中层,手摸着孟良足跟,厉声

---

① 唧唧哝哝(jī jī nóng nóng)——低声说话而絮叨不体。

曰:"谁在台上勾当?"孟良慌张之际,莫辨声音,只道番人缉捕到来,左手抽出利斧,望空劈落,正中焦赞头顶,一命须臾①。

比及孟良走下台来,并无动静。孟良自忖道:"守军缉捕者,岂止一人来乎?此事可疑。"径踏近前,于星光下视之,大惊曰:"此莫非焦赞乎?"拨转细视,正是不差。孟良仰天哭曰:"特为本官成谋,谁知伤却自家?纵盗得骸骨,亦难赎此罪矣。"道罢,孟良径出城来,已是二更,恰遇巡警军摇铃到来,孟良捉住曰:"汝是哪一处巡军?"巡警军应曰:"我不是番人,乃屯戍老卒,不能归乡,流落北地,充此巡更之职。"孟良曰:"是吾本官之福也。"乃道:"我有一包袱,央汝带往汴城无佞府,见杨六使,必有重谢。"巡军曰:"杨将军我素相识,当为带去。"因问:"公乃何人?"孟良曰:"休问姓名,到府中便有分晓。"即解下包袱,交付巡军,再三致嘱勿误。

复来原处,背焦赞出城坳,拔所佩刀,连叫数声:"焦赞!焦赞!是吾误汝,当于地下相从也。"遂自刎而亡。可惜三关壮士,双亡北地。后人赞孟良曰:

英雄塞下立功时,百战番兵遁莫支。
今日北地归主命,行人到此泪沾衣。

又赞焦赞曰:

匹马南关勇自然,斩坚突阵敢当先。
太平未许英雄见,致使身骸卒北边。

当下巡军接过包袱,半惊半疑,只得藏起。次早,偷出城南,径往汴京去了。

————————
① 须臾(yú)——指极短的时间。

第四十五回

禁宫中八王祈斗　无佞府郡马寿终

却说六使自遣孟良行后，心下怏怏，坐卧不安。忽夜睡至三更，梦见孟良、焦赞满身鲜血而来，二人拜曰："重蒙本官恩德，未能酬答，今日特来相辞。"六使惊曰："汝等何以出此言？"遂伸手扯住孟良。蓦然醒觉，却是梦中。六使忧疑不定。

捱①至天明，忽府中人报："日前焦赞赶孟良同往幽州去了。"六使听罢，顿足惊曰："焦赞休矣！"左右问其故。六使曰："孟良临行曾言，若遇番人缉捕，当手刃之。彼不知焦赞后去，必误作番人杀之矣。"众尚未信。适巡军走入府中，见六使拜曰："小人幽州巡更之卒，前夜偶遇一壮士，付我包袱，再三叮嘱送至将军府来。不敢失误，今特献上。"六使令解视之，乃木匣所贮令公骸骨。六使又问："当时曾问其姓名否？"巡军曰："问之不言，仓促而去。"六使令左右取过白金十两，赏巡军去讫。乃遣轻骑，星夜往幽州缉访。

不数日回报："孟良、焦赞二尸，俱暴露于幽州城坳，今以沙土壅②之而回。"六使仰天叹曰："值戎马扰乱之日，若非二人效力克敌，焉致太平？正好安享，辄自丧亡，伤哉！伤哉！"次日，入奏真宗曰："臣部下孟良、焦赞，为事失误，已死幽州，乞陛下追还官诰。"帝闻奏，甚加伤悼，乃允六使所奏。仍下命，以孟良、焦赞有救驾之功，敕有司为筑封墓，谥赠二人俱为忠诚侯之职。六使谢恩，退回府中。自因二人丧后，怅怅③不悦，杜门敛迹，亦无心赴任矣。

却说八王于幽州回军，路感气疾，卧养府中。真宗不时令寇准等问安。八王谓准曰："与先生辈相处数年，不意于此分别。"准曰："殿下偶尔

---

① 捱（ái）——忍受，延熬。
② 壅（yōng）——障蔽，遮盖。
③ 怅怅（chàng chàng）——失意的样子。

小恙,何足为虑?值今四海清宁,正须燮①理朝纲,共睹太平之盛,如何出兹语乎?"八王曰:"大数难逃,宁奈彼何哉?"准等既退,入奏帝,请效祈禳②北斗之事,以保八王。帝允奏,着令寇准、柴玉主行是事。准领命,去请华真人,建坛于禁宫,依法祈祷二日。真人报寇准曰:"坛上天灯长明不灭,八殿下可保无虞。"寇准暗喜。果然醮坛完满,八王病体复瘥。满朝文武上笺称贺。

适八王入朝谢恩,真宗亲接上殿,面谕之曰:"得卿平复,社稷之幸矣。"八王奏曰:"赖陛下福荫,当效犬马之报。"真宗大悦,命设庆筵,礼待文武。是日,君臣尽欢而饮。日将晡,众臣宴罢,拥送八王出朝,来到东阙下。前导军校报入:"有一白额猛虎,从城东冲入,百姓惊骇,今直进东阙下。"八王听罢,出车望之,果见人丛列开,其虎咆哮而进。即令取过雕弓,八王拈弦搭箭,一矢射中虎项。其虎带箭跑走。众军急赶至金水河边,不见踪迹,回报八王。八王惊疑半响。回至府中,旧疾复发,再不能起矣。

却说杨六使忽感重疾,报知令婆。令婆与延朗、宗保、太郡等都来问候。六使对令婆曰:"儿此疾实难自保。"令婆曰:"待令医人调理,或可痊安。"六使曰:"昨日当昼而寐,偶游东阙下,适逢八殿下与群臣退朝。殿下发狠,弯弓放矢,正中儿之项下,便觉骨肢损痛,想是命数合尽。母亲善保身体,勿因不肖过伤。"又唤过宗保谓曰:"汝伯延德,善明天文,曾对我言:'国家杀气未除。'汝宜忠勤王事,不可失为杨门之子孙。"宗保拜受命。六使嘱咐已毕,顾谓延朗曰:"四哥好好看承母亲,今兄弟中唯兄福而有寿。谨记勿忘。"言罢而卒,寿四十八。静轩有诗赞曰:

慷慨归朝志愿酬,将军正尔得封侯。

于今坟上无情土,野草离离几度秋。

令婆等哀号深切;汴城军民闻者,无不下泪;文武众官,亦各悲悼。真宗叹曰:"皇天不欲朕致太平,而使栋梁先折也。"道未罢,群臣奏知:"八殿下听得郡马已卒,愤而加病,夜五更,终于正寝。"真宗倍加哀念,为之

---

① 燮(xiè)——调合。

② 祈禳(ráng)——祈祷神灵护佑,消除灾祸。

辍①朝二日。

寇准、柴玉等会议,奏请八殿下与杨郡马封谥。柴玉曰:"八殿下与杨郡马,皆辅国良弼②,今既弃世,当表其谥。明日须同众臣奏之。"寇准等商议已定,次早约众人入奏真宗。真宗曰:"此寡人之本心也,允卿所奏。"遂追封八王为魏王,谥曰懿③;杨延昭为成国公。并命有司,俱用王礼葬祭。寇准等既退,有司承命而行。只见功臣将士相继而死,不知清平世界可得长久?

第四十六回
达达国议举伐宋　　杨宗保兵征西夏

却说西夏达达国王李穆,缉探大朝已破幽州,与群臣议曰:"宋君混一土宇,北番又归中原,今欲乘本国人马精强,以图伐取,卿等以为何如?"左丞柯自仙出班奏曰:"谚云:'事有可为而为之,则成功易;事有不可为而强为之,悔莫及矣。'今宋朝一统之盛,谋臣猛将,连藩接境。往者北番自晋、汉以来,每见尊惧;宋君御极,遂致干戈日寻,疲于奔命,竟被宋朝所灭。今西番控弦之众,不足以当大朝一郡,倘若兵甲一动,致怒宋君,长驱而来,岂不是惹火烧身,自取其祸哉?主上自宜详审焉。"

道未罢,一将应声而出曰:"不因此时进兵而取中原,尚何待耶?"众视之,乃羌氏人氏,姓殷名奇,使二柄大杆刀,有万夫不当之勇,更会呼风唤雨,国人惧之,号为"殷太岁"。部下一将,名束天神,亦有妖法,能化四十九个变身,西番号为"黑煞魔君"。是日殷奇力奏:"正好乘虚伐宋。"穆王曰:"卿要举兵,有何良策?"奇曰:"臣近闻中原将士凋残,杨六使等已皆丧亡;沿边守将,武备不修,一闻烽警,人各望风而走。凭臣平日所学,声势及处,先叫郡邑瓦解;兵抵皇城,管取一战成功。取宋天下,有何难

---

① 辍(chuò)——停止。
② 弼(bì)——辅助。
③ 懿(yì)——美好(多指德行)。

哉？"穆王大悦，遂封殷奇为征南都总管，牙将束天神为正先锋，汪文、汪虎为副先锋，江蛟为军阵使，共统十万番兵征进。殷奇领命而出，将羌兵操练精熟，克日离西番，望雄州进发。但见：

旌旗蔽野，杀气凌空。

有诗为证：

凄凄杀气遮红日，金鼓声鸣势若雷。
徒恃英雄生怨隙，径叫匹马不西回。

殷奇兵行数日，将近雄州，离城正南十里安营。镇守雄州者，乃都监丘谦。闻知西番兵至，与牙将邓文议曰："此是西番听得吾之本官已丧，朝中无甚良将，故乘虚入境，来寇中原。今雄州军马单弱，恐难迎敌，似此奈何？"邓文曰："都监勿虑，城中有兵四千，留一半守城，吾同骑尉赵茂率兵二千，出城迎敌。"丘谦曰："贼兵势重，公等不宜轻觑。"邓文曰："无妨。"即与赵茂披挂完全，率兵扬旗，开城而出。

西番殷帅见宋兵出战，排开阵势，马上高叫："宋将作急投降，必有重用；假若执迷，吾今十万羌兵，即将雄州踏为平地。"邓文一马当先，指而骂曰："无端番逆，不知天命。大辽如此之雄，尚遭吾灭；汝西番旦夕不保，还敢妄想中原耶？"殷帅大怒，问："谁先出马，捉此匹夫？"只见左哨下一将，应声而出，乃束天神，手执铁斧，纵骑直取邓文。邓文举枪迎战。四下呐喊。二人斗上三十余合，邓文枪法渐乱。赵茂拍马舞刀相助。天神力战二将，全无惧色。殷奇于马上挽起巨弓，一矢射中赵茂而毙。邓文见茂中伤，抛战逃走入城。殷奇挥羌众奋击，宋兵折去一半，遂乘势围了雄州。邓文下令紧闭城门，入见丘谦，道知西番兵锐，军尉赵茂中矢身亡。丘谦骇曰："彼众我寡，势所不敌，今其困城紧急，可修表，令人入京求救。"邓文曰："事不宜迟！"即时修表，遣骑军夜深出城，星火来到汴京，投文于枢密院。

近臣奏知真宗，真宗大惊曰："西番乘虚入寇，实乃大患。"急聚文武商议。柴玉进曰："臣举一人，可御番兵。"帝问："是谁？"玉曰："三代将门豪杰、金刀杨令公之孙、官授京城内外都巡抚杨宗保也。若用彼部兵前往，破之必矣。"帝大悦曰："卿之所举，实称其职。"即下命，封宗保为征西招讨使，呼延显、呼延达为副使，大将周福、刘冈为先锋，发兵五万，前退番兵。

第四十六回　达达国议举伐宋　杨宗保兵征西夏

宗保领旨出朝，诣无佞府辞令婆出师。令婆曰："曾忆汝父遗言，'国尚有兵革，须尽忠所事'。"宗保曰："军情紧急，特辞令婆即行。"令婆吩咐："审机调遣，莫坠先人威风。"宗保领诺，出教场中，催集军马齐备，克日离汴城，望雄州进发。

时值十二月天气，朔风寒冻，但见：

> 鸿雁北来声惨切，征人西下怯穷途。

宋朝人马浩浩荡荡，直抵焦河口，望雄州只争十五里之远，宗保下寨于崖口，遣人报知城中。

却说番帅殷奇闻知消息，吩咐部下大将："宋之援兵，旗上大书'杨宗保'。久闻此人是六使长子，文武双全，当时破南天阵，皆其调遣。今部兵来到，汝等不可轻敌，各宜用心。若能胜之，中原不难取矣。"副先锋汪文、汪虎进曰："不消元帅出阵，小可二人，管叫杀退宋兵。"殷奇即付与精兵二万。

次日，汪文于平川旷野，列阵索战，遥望见宋军鸟飞云集而来。杨宗保马上厉声问曰："封境有定，何故来犯吾地，戕害①生灵？"汪虎答曰："雄州近西番之地，为汝侵夺，不得不取。"宗保大怒，顾谓左右曰："谁先出马？"呼延显应声请战，挺枪跃马，直取汪虎。汪虎舞刀交还。二人鏖战三十回合，汪文举枪来助，呼延达绰斧从旁攻入。汪虎力怯，跑马便走。呼延显激怒追之。杨宗保率后军继进，汪文抛战退遁。宋军竟进，番兵披靡。丘谦在城上望见西番战败，开东门接应，大胜羌兵一阵。宗保亦不追赶，收兵入城。

文、虎率败众回见殷奇，道知宋兵势锐难敌。殷奇怒曰："些许宋人，犹不能胜，尚望取其中原乎？"即欲引兵亲战。束天神曰："元帅稳坐，看小将立退敌兵。"奇曰："汝先见阵，吾亦随后接应。"天神领诺。

次日平明，于城下扬威耀武搦战。忽东门一声炮响，呼延显、周福厉声骂曰："背逆丑贼，不即返兵，剿汝等无遗类矣。"天神大怒，纵马举方天戟，直取周福。周福舞刀迎敌。两骑相交，战不数合，天神佯输，引宋兵入阵，口念邪偈②，忽狂风大作，飞砂走石，半空中黑煞魔君无数。周福大

---

① 戕（qiāng）害——杀害无辜。
② 偈（jì）——佛经中的唱词。

惊，回马急走。背后天神复马杀来，一戟刺于马下。宋兵大败，死者甚众。呼延显慌忙走入城中，抽起吊桥。天神直杀至壕边而回。

呼延显入军中，报知宗保周福战死之由。宗保惊曰："西方竟有如此怪异？谁敢再出兵见阵？"道未罢，刘闵进曰："小将再见阵一番。"宗保允行，即付与精兵一万。

第四十七回
束天神大战宋将　百花女锤打张达

却说次日平明，刘闵率兵，扬旗鼓噪而出。对阵束天神大叫曰："杀败之将，今日又来寻死耶？"刘闵怒曰："妖人急退，犹可延生；若执迷不悟，叫汝片甲不回。"即舞刀纵马，直冲西阵。束天神举方天戟迎战。二骑才交，天神拨马而走，刘闵乘势追击。

未及一望之地，天神作动妖法，日月无光，狂风拔木，空中魔君无数杀来。刘闵大惊，措手不及，被天神回马一戟，刺死阵中。宋兵溃乱，自相践踏，死者不可胜计。天神又胜一阵，率众紧困城池。

宗保又见刘闵战死，愤怒已甚，即下令整兵，务与敌人决战。至次日，亲引呼延显、呼延达，开城出战。对垒束天神排开阵势，上手汪文，下手汪虎。宗保坐于白骥马上，早望见番帅生得面如青靛①，眼若铜铃，须发似朱染就，甚是可惧。宗保骂曰："逆贼作急回兵，饶汝一死；不然，屠汝辈如齑粉矣。"束天神顾问左右："此人是谁？"汪虎曰："宋之主帅杨宗保也。"天神曰："哪个先战，以挫宋人之威？"汪文应声而出，举枪跃马，直奔宋阵。

宗保激怒，舞枪迎敌。两下金鼓齐鸣，喊声大振。战上数合，宗保奋勇一枪，刺汪文落马。汪虎见兄被害，大怒曰："骨肉之仇，如何不报？"举刀跃马，奔出阵来。宗保曰："一发结果此贼。"遂挺枪迎敌。交马数合，宗保佯输而走，汪虎赶来。将近阵侧，宗保挽弓一矢射去，汪虎应弦而倒。

---

① 靛（diàn）——深蓝色。

第四十七回　束天神大战宋将　百花女锤打张达

呼延显见主帅连胜,部众一拥冲来。两军混战,杀得天昏日惨,地震山摇。有诗为证:

烈烈旌旗灿若霞,冬冬金鼓急忙挝。
阵前杀气遮天暗,成败斯须属一家。

正斗之间,束天神口念邪咒,顷刻乾坤黑暗,走石飞沙,半空中黑煞魔君,各执利刃杀来。宗保惊异,先自退避。番众乘势掩击,宋兵大败。呼延显力战,与宗保走入城中。束天神部众拥到,呼延达进退不迭,竟被番人所捉,解进西营,来见元帅殷奇。

殷奇吩咐,将槛车囚起。下令部落,分门攻击。束天神进曰:"宋人虽挫一阵,吾众折去大将汪文、汪虎;只一座雄州尚不能下,倘至中原,如何克敌?如今之计,可令人回本国,再着添兵相助,鼓勇南下,庶可成功矣。"殷奇曰:"汝言正合我意。"即遣骑部回奏李穆王,求添兵马助阵。王问曰:"近日西南兵势若何?"骑部曰:"西番部众虽多,斗死者亦不少。此时宋兵坚守雄州,师久乏粮,国主若再添兵攻击,破之必矣。"

穆王与群臣商议,右丞胡天张奏曰:"臣有一计,使宋兵首尾不能相顾,自然退去。"穆王曰:"卿有何计?"天张曰:"可遣一人,直入森罗国借兵相助,许以和亲,彼必悦从。又遣使往黑水国,说以得中原之后,割重镇相谢。若得二国兵出祁州,以袭其后,却令三太子起重兵,以攻其前,无有不克矣。"穆王从其计,即时遣使入森罗国,进上金珠,道知和亲借兵,以取中原之事。

国王孟天能与太子孟辛议曰:"西番求援出兵,还当如何?"辛曰:"西番原乃唇齿之邦,既许以和亲,理合依允。"王曰:"往年因借北番军马,只留得一分回来;只恐宋兵难敌,反惹其祸耳。"辛曰:"今宋朝非往时可比,谋臣勇将,已皆凋落,此回发兵相助西番,必可得志。"国王从之,即令孟辛为帅,提兵四万前行。时王长女百花公主,勇力过人,武艺精通,奏王要同出兵。王允行。孟辛即日率兵离本国,望祁州征进不提。

是时,黑水国亦从其约,差大将白圣将,率部兵三万,从祁州来会。却说使臣回奏穆王:"二国各许相助,军马已望祁州进发。"穆王闻奏大喜曰:"此行定可成功。"便问天张:"谁可再部兵前往?"天张曰:"三太子文武双全,可押兵相济。"穆王允奏,遂令三太子统羌落四万起行。太子领命,率众离西番,迤逦望雄州而进。但见:

红旗开处番兵盛,画角鸣时部落齐。

是时,殷元帅每遣逻骑随路哨探,回报:"三太子兵马已到,于正西安下大寨,请元帅前往计议。"殷奇闻报,即诣西营。拜见毕,三太子问其交兵如何。奇曰:"两下征战,互有胜负。正待太子兵到,再议擒斩宋人之策。"太子曰:"森罗、黑水二国,已各出兵,从祁山来会。候其来齐,便可决战,务必胜敌。"道未罢,人报二国兵马已到西关下寨。太子即遣人赍羊酒,前诣军中赏劳,并令其先出兵以袭雄城。差人送礼物来见二国主帅,道知三太子之命。孟辛受下礼物,吩咐来人:"拜上太子,明日请看我等出兵,先破宋军,而后取城。"差人领诺回复不提。

哨马报入城中,宗保听得森罗、黑水二国动兵,问帐下:"谁敢当此军马?"呼延显进曰:"小将愿往。"宗保曰:"敌人势大,须着张达助之。"张达领命。宗保即拨兵二万与之。呼延显退出,与张达议曰:"森罗之众利锐,当何以战之?"张达曰:"未知蛮兵虚实,来日见阵,当作三路而进。"显然其议。

次早,呼延显以叶武在左,张达在右,自居其中,三路兵一齐出城。但见皂罗旗下,蛮兵漫山塞野而来。主帅孟辛手执铁锤,腰带双刀,高坐于马上。呼延显扬声谓曰:"西番背逆之寇,旦夕不保,汝何故出兵应之?"孟辛怒曰:"宋人杀吾弟金龙太子,今日特来报仇也。"叶武大怒,绰刀纵马,直捣西阵。孟辛舞锤迎敌。两下呐喊。二人战上五十余合,不分胜负。

忽右营一声鼓响,白圣将率所部从中攻入,将宋兵冲断,分作两截。叶武力战孟辛不下,百花公主举双刀夹击,叶武部众披靡①。右边张达奋勇抢枪救护,却被百花公主放起流星锤,打中张达胸臆,一命须臾。番兵竞进,万弩齐发。宋军大败,死者不计其数。呼延显身松体便,回马急走。孟辛等乘势追击,直至城壕而止。有诗为证:

番将狰狞马更雄,勤王效力战酣中。
垓前已丧斯须命,冤耻于今翳②草蓬。

哨马报入殷元帅军中,道知森罗、黑水二国所部,大胜宋兵一阵,斩其

---

① 披靡——退却,后退。喻指军队溃败。
② 翳(yì)——遮蔽,障蔽。

战将二员。殷奇大喜,与三太子议曰:"宋人既败入城,主帅必激怒,再来交锋。久闻杨宗保将门之子,武艺精通,若只与斗武,难决胜负,当用奇兵胜之,则一战而可成功。"三太子曰:"公有何策破之?"奇曰:"昨观地势,此处十五里外,有座大山,名曰金山笼,只有一条小路可入,两边尽是高山。若先着重兵埋伏于此,引得敌兵进笼中,绝其归路,紧紧困之,不消数十日,使宋人尽为饿鬼,而雄州唾手可得也。"三太子曰:"此计虽妙,只恐南人参透不追。"奇曰:"宋人未知虚实,可将营寨移于金山脚下。"分遣已定,殷奇等撤围而去不提。

却说呼延显回见宗保,道知战败,大将张达、叶武战死。宗保大怒曰:"不戮此蛮类,何面目见天子?"遂下令各将出兵,欲与西番决战。邓文进曰:"适报番兵撤围,移屯金山脚下驻扎,莫非有计?元帅只宜坚守,从长计议,或可胜敌。勿激一时之怒,而忘远虑耳。"宗保曰:"彼今唯恃一勇之力,有甚见识?诸君但看吾破之。"邓文不敢再言。次日平明,宗保吩咐呼延显见头阵;刘青次阵;邓文在后,以防孟辛之众;丘谦守城。分拨已定,自率轻骑居中。

且说呼延显扬旗鼓噪,杀奔金山,恰遇番将束天神列阵而待。显马上大骂:"逆丑早早回兵,万事俱休;不然,屠绝汝等,以为宋人报仇也。"天神大怒曰:"黄头孺子,今日休走。"遂纵马举方天戟来战。呼延显挺枪迎之。两马才交,战未两合,刘青率精兵从旁攻入,天神佯输而走,显等乘势追之。殷奇见宋兵入阵,跑马舞刀接战。杨宗保中军已到,怒战殷奇。兵刃才接,奇即勒马望金山小路逃去。

第四十八回
杨宗保困陷金山　周夫人力主救兵

却说宋兵各要争功,如潮涌而进。邓文在后看见,急向前谏曰:"贼兵不作妖法,见阵辄输,必有埋伏,且此处离城已远,元帅不速回去,必遭其计。"宗保曰:"兵贵神速,正宜长驱而进,掩番兵之不备,则一鼓可成擒也。纵有伏兵,何足惧哉?"众军听罢,皆勇增百倍。赶近山脚,番人遗下辎重衣甲无数,宋兵不疑,一直追入笼中。

日已将晡,俄而,听得信炮一声响亮,江蛟伏兵齐起,截住笼口。后军报知宗保,宗保大惊曰:"不信忠言,果中其计。"即令众将力战杀出。呼延显、邓文当先杀出,山顶番兵木石矢箭,一齐乱发,宋军伤死无数,不能得出。待至山后,却是绝路。正是:

只因误中奸人计,致使英雄一月灾。

宗保与众人被困谷中,心中惶惶。邓文曰:"番众坚守谷口,纵有羽翼,难以飞脱;只得忍耐,以图出计。"宗保曰:"地理不熟而隐机阱。雄州些许人马,犹虑不保。"文曰:"丘都监闻我等被困,彼必坚守,想亦无失。只是此中粮草乏绝,恐无救济。"宗保曰:"朝廷倚我为泰山之重,既被番兵所困,诸公可思一良策,以为保全之计。"呼延显曰:"今应州军马雄盛,可令人密往求救,方解此厄。"邓文曰:"应州贼人往来之地,难以求应;莫若径入汴京奏知,大军一到,足为番众之敌也。"宗保曰:"番营严密,但未知谁可前往?"道未罢,一人进曰:"小可愿往。"众视之,乃是刘青,小名刘招子,凡事敢为,军中号为"刘大胆"。宗保曰:"汝有何计出番营?"刘青曰:"元帅不闻孟尝君门下有鸡鸣狗盗之客乎?小可能潜形出去。"宗保大喜,即修下求救文书付之。

刘青靠黄昏左侧,秘密出笼原,望见番兵云屯雾集围守,遂变成一青犬,跑出营来。番人只道营中所畜,并无疑防。刘青得出坚壁。日已沉西,正值番众野地聚食。刘青走进粮草寨边,堆积犹如丘山,遂心生一计:取过火石,用硫磺焰硝引着,投于粮草屯里。夜风正作,一伏时,烟焰涨天,满屯通着。番人望见粮草被火,急报知主帅来救,四下慌乱。刘青偷一匹快马,星夜往汴京去了。有诗为证:

困陷金山战阵摧,刘青勇敢有谋为。

先叫粮草成烟烬,又得番营骏马回。

殷奇令部落救灭其火,粮草已烧去一半,方知宋兵有人出营,追悔无及。因下令晓夜巡军提防。

且说刘青不数日来到汴京,先报知枢密院。次日,近臣奏知:"边廷帅将全军遭困,乞救兵相援。"真宗闻奏,大惊曰:"番人是谁主兵,有此奇异?"因宣刘青入殿前问之。刘青奏曰:"往日与西番交兵,互有胜负。近来连损大将数员,元帅激怒而战。不意番人预埋伏于金山笼,引我军入伏中,遂遭其围困。且雄州声势甚急,我军粮草俱绝。乞陛下早遣援兵,庶不误事。"帝闻奏乃曰:"卿且退,待朕与群臣商议。"刘青谢恩而出。

帝问群臣:"谁可部兵前行?"柴玉奏曰:"沿边帅将,只好看守本境,难以调遣。陛下必须出榜文于都门,招募诸将中有武勇智谋超群者,充元帅、先锋之职,领兵前往。"帝允奏,即令学士院草榜张挂各门不提。

却说刘青投进无佞府,报与令婆,说知宗保被困之事。令婆大惊,问曰:"汝曾奏知圣上否?"青曰:"已先奏知,然后来见令婆。"令婆曰:"主上何日发兵救应?"青曰:"柴驸马奏道,朝廷无甚良将,不堪此行。即令出榜文,招募新将,部兵前往。"令婆乃顿足哭曰:"救兵如救火。吾孙遭困阵中,度日如年,若待临时招募,得知有人来应募否?若使再延一月,宗保性命休矣!"言罢号恸不止。

是时,穆桂英、八娘、九妹等闻知,都出堂上探问因由。令婆收泪,道知宗保全军被困之事。桂英曰:"此系朝廷大事,何不令人奏知朝廷,乞发救兵?"令婆曰:"国无良将,欲待临时招募,以充此行。我恐稽延误事,故此恼闷耳。"桂英曰:"令婆勿忧,小妾当部兵救之。"令婆曰:"汝一人如何去得?"八娘、九妹曰:"女孩儿二人愿相助同往。"令婆未应。

堂前十二寡妇——周夫人(杨渊平妻,最有智识)、黄琼女(六使之妻,好使双刀)、单阳公主(萧后之女)、杨七姐(六使之女,尚未纳婚)、杜夫人(杨延嗣之妻,十二妇中,唯此一人乃天上蓐星降世,幼受九华仙人秘法,会藏兵接刃之术,武艺出众,使三口飞刀,百发百中,杨府内外之人,莫不尊敬之)、马赛英(杨延德之妻,善使九股链索)、耿金花(小名耿娘子,延定之妻,好用大刀)、董月娥(杨延辉之妻,目力精锐,乃有百步穿杨之能)、邹兰秀(延定次妻,极善枪法)、孟四娘(太原孟令公养女,为渊平次妻,有力善战,军中呼为孟四娘)、重阳女(亦六使之妻,善使双刀)、杨秋菊(杨宗保之妹,武艺高强,箭法更精)——一起近前请行。周夫人曰:"既侄儿有难,凭我等众人武艺,一者为朝廷出力,二者省令婆烦恼,定要救回宗保也。"令婆喜曰:"我观汝等并力同心,实堪此行。"即吩咐速准备枪刀衣甲俟候。八娘、九妹等自去整点。不提。

却说令婆次早入朝奏曰:"臣妾媳妇等,闻宗保被困,各要部兵前往救应,与朝廷建功,乞陛下允臣妾所奏。"帝问群臣,柴玉进曰:"臣虑无人应募,正欲请命是事。陛下允其奏,管叫成功在即。"帝大悦曰:"令婆若能为朕分忧,救回元帅,当勒名金石,以表杨门之功。"令婆谢恩。帝亲赐金厄一对。乃下敕,封杨渊平之妻周氏授上将军之职,部领精兵五万,前往救应。

敕旨既下,周夫人等已各整备完全,都出堂前,辞别令婆起行。令婆曰:"军情紧急,汝众人当倍道①而进。番蛮性顽,若知救兵来到,必要乘势赶来,各宜用心,勿负主上之命。今宗保被困已久,须预遣人报知,以安其心。只此叮咛,各宜牢记。"周夫人领命。

即日饮罢饯酒,一声炮响,十二员女将齐齐出府,各执一样兵器,端坐于马上,英英凛凛,白皂旗下,军威百倍。宋真宗与文武在城楼上观望,顾谓侍臣曰:"朕今日视杨家女将出兵,军前锐气,胜如边将远矣。此一回管取克敌。"柴玉曰:"诚如陛下所言。"是日君臣各散。

只说周夫人等军马离汴京,以刘青为前哨,浩浩荡荡,望雄州进发。时值二月天气,风和日暖。但见:

马似飞龙乘紫雾,人如猛虎逐长风。

杏花扑鼻行骢稳,野水清流急济中。

宋兵进发数日,望雄州不远,刘青曰:"近城便是森罗、黑水二国营寨,夫人只好于此屯住,徐议交锋。"周夫人然其言,下令分作三营:着重阳女、九妹、杨七姐、黄琼女、单阳公主五人,率兵二万,屯左壁;杨八娘、杜夫人、马赛英、耿金花四人,率兵二万,屯右壁;自与穆桂英、董月娥、邹兰秀、孟四娘部兵一万,屯中壁。吩咐众人,交兵之际,互相救应。重阳女等得令,各部兵分屯。不提。

却说消息传入三太子寨中,三太子曰:"若使救兵缓来十日,宋将皆已授首,雄州破在旦夕。"即召殿奇商议迎敌之策。奇曰:"哨马报说,宋人皆是女将主兵,此国无良将可知矣。今彼分作三大营寨屯扎,若只攻一处,则两处兵必来救应。须分兵前后,令孟辛同白圣将先战,审其行兵动静,然后以计破之可也。"三太子然其言,即发帖文报知孟辛等。孟辛得令,欢然领诺,整点军马齐备。

次日天明,于平川旷野列阵邀战。宋左营九妹、杨七姐出迎。红旗开处,九妹马上指敌将而骂曰:"胡蛮好好退兵,饶汝一死;不然,诛灭无

---

① 倍道——兼程而行;指一日走两日的路程。

遗。"孟辛大怒,即骤马舞铁锤来战。九妹舞刀来迎。两马相交,二人战上数合,孟辛佯输而走,九妹驱兵赶进。百花公主率轻骑从旁截出,与九妹接战数合,百花又败。九妹不舍,勒骑追之。公主较其来近,取出流星锤,转身一放,正中九妹座马,其马负痛,掀跌九妹于阵中。百花公主正待挥刀砍下,不提防杨七姐一矢射中百花公主左臂,翻落马下,宋兵竞前捉之。孟辛奋力来救,刘青率部军绕进,森罗国兵大败,孟辛单马走投白圣将营中去了。杨九妹等乃收军还营。众人解百花公主入中营见周夫人。夫人曰:"且将槛车囚起,以候回军发落。"军校得令,将百花公主槛囚不题。

忽报黑水国部落索战。周夫人召集二营商议,因问:"谁出兵迎敌?"重阳女应声曰:"小将愿往。"周夫人曰:"更得一人副之为美。"穆桂英进曰:"妾身相助出敌。"夫人大悦,付兵一万与二人前往。重阳女得令,与桂英部兵扬旗而出,列阵搦战。

第四十九回
杜娘子大破妖党　马赛英火烧番营

却说重阳女等来到阵前,正遇番将白圣将,挺枪纵骑,直冲宋阵,重阳女举双刀奋勇来迎。两马相交,喊声大振。战了数合,白圣将力怯,拨马便走。孟辛怒曰:"待捉此将,以为吾妹报仇。"舞锤拍马,当中截战。穆桂英看见,抽矢挽弓,指定敌将射去,正中心窝,孟辛应弦而倒。宋兵乘势杀进。重阳女赶上,把白圣将一刀砍落马下。番兵被杀死一半,其余抛戈弃甲,各走回本国。委弃辎重,不计其数。重阳女又胜一阵,周夫人不胜之喜。

消息传入西番营中,三太子大惊曰:"不想女将有如此英雄,一连杀胜二国。汝众人谁敢退敌?"束天神进曰:"殿下勿慌,小可部兵出战,务斩宋将而回。"三太子允行,即付精兵二万。束天神部兵出阵前,勒马横戟大叫曰:"宋将强者来敌,弱者不如早退。"话声未绝,南阵上旌旗开处,一员女将骤马舞刀来迎,威风凛凛,视之,乃耿金花也。正是:

逞威唯仗追风马,斩将全凭偃月刀。

大骂:"番奴速退,免污吾刀。"即纵骑直奔番将。束天神举戟交还。两马相交,二人战到垓心。有诗为证:

征云黯黯①乾坤暗,杀气漫漫日月昏。

逆贼敢当豪杰将,还看今日定输赢。

二将一来一往,斗不数合,束天神佯败而走,耿金花乘势追进。天神引得敌兵入阵,念动妖言,狂风拔木,日月无光,半空中魔君无数杀来。金花大惊,勒马回走。宋兵大败一阵,死者无数。天神收军还营。

耿金花走入军中,见周夫人,道知怪异之事。夫人曰:"西方常出妖党,有如此之术。谁敢出兵迎敌?"杜夫人进曰:"妾身须往擒此妖党。"穆桂英亦请同行。周夫人大喜曰:"汝等若能破此妖术,则功勋可垂万世。"即付兵一万。

二人部兵杀出,正遇束天神在阵前扬威索战。杜夫人一骑当先,大骂:"妖人休走!"天神笑曰:"杀败之将,尚来寻死耶?"即舞戟纵骑,直冲宋阵。杜夫人挺枪迎战。两下呐喊。二人战上数合,天神佯败退走,引杜夫人追来,作起妖法,念几句口号,忽天昏地暗,狂风怒起,空中四十九个黑煞魔君,各执利刃飞下。宋兵惊慌。杜夫人怒曰:"汝之邪法,只好惊吓他人,敢在我跟前舞弄?"即诵动九华真人秘诀,一伏时,雷声霹雳,满空尽是火球,将魔君悉皆烧绝,天地复明。宋兵倍勇,如潮而进。天神气势颓败,慌张无计,正待吐气逃走,穆桂英抛起飞刀,斩落阵内。所部番兵,屠戮殆尽。桂英欲乘势攻入番垒,杜夫人曰:"且回兵,与主帅商议进取。"桂英乃收军还营。

是时,败军走报三太子,说知束天神被宋将所杀。三太子闻天神失手,顿足惊曰:"天神有如此善战之术,今尚死于宋家女将,正所谓勇将不离阵上亡也,令人何以为计?"殷奇曰:"太子勿虑,犹有五垒军马未动,明日保着殿下,与宋人决一胜负,便见端的。"太子依其议,下令部落,倾壁而出。

缉探报入宋营中:"番人长驱而来,欲与我兵大战。"周夫人听得,聚集女将议曰:"胜败在此一举。可先令刘青入金山笼,报知宗保,约定明

---

① 黯(àn)——昏黑,阴暗。

第四十九回　杜娘子大破妖党　马赛英火烧番营

日从内攻出，方好调遣。"刘青应命去了。周夫人唤过黄琼女曰："汝引步兵一万，与彼交战，引敌人至雄州城下，吾自有兵来应。"黄琼女领计去了。又唤过董月娥曰："汝引马军五千，与邹兰秀于城坳两旁埋伏，信炮一起，乘势杀出。"董月娥与邹兰秀亦领兵而去。又唤过马赛英曰："汝引轻骑五千，各带火具，候交兵之际，焚其营寨。"赛英承命而行。又令杜夫人率后军应之。周夫人分拨已定。

次日，鼓罢三通，宋兵出动。黄琼女勒马阵前索战。西阵殷奇一骑先出，手执利斧大叫："宋将速退，尚保残生。若来强战，管叫你片甲无存。"黄琼女怒曰："汝等已被我军屠戮殆尽，尚夸大言耶？"即舞刀直取番帅。殷奇绰斧迎敌。两下金鼓齐鸣，喊声大振。黄琼女诈败而走，殷奇驱众追来。将近城壕，宋营中信炮并起，董月娥、邹兰秀二支伏兵齐起，万弩俱发，番众溃乱。

殷奇知有埋伏，勒马杀回。穆桂英从中杀进，冲开番阵，三太子之众，各不相顾。马赛英轻兵已出其阵后，放起烈火，正值东风骤起，霎时间烟焰涨天，满营皆着。番骑报道："宋兵已焚寨壁。"三太子惊得魂飞魄散，弃敌而逃。殷元帅见势不利，口念邪偈，怀中取出取兽牌，望空敲动，忽一声震烈，四下黑雾中，涌出一群猛兽，尽是豺狼虎豹，冲入阵中。宋人个个失色，各回马逃生。

杜夫人望见宋阵披靡，即念起真言，满空中火焰齐下，将猛兽烧得四分五落。番众倒戈弃甲而逃，恰如残云风扫，病叶经霜。殷元帅拼死杀出重围，正走之际，杨秋菊一箭当弦，正射中殷奇左眼，落马而死。

是时，金山笼杨宗保等望见火起，刘青引兵杀出。呼延显鼓勇争先，恰遇江蛟，交马只一合，刺于马下。部下番兵，杀死大半。穆桂英、黄琼女二骑，直进金山脚下，与宗保合兵一处，乘势追赶，杀得番众尸横散野，血满如川。夺得牛马辎重，不计其数。有诗为证：

　　四面干戈战阵连，杨门勇将定中原。
　　番人弃甲抛戈遁，正是英雄效力年。

宋军已获全胜，唯呼延达先被番人所杀，周夫人乃收回众军。城中已开门迎接，周夫人以军马屯止城下，自与宗保入府中相会。宗保拜曰："不是姆婶齐心克敌，宗保几至颠危。此一回足洗困辱矣。"周夫人曰："圣上以侄被困，无人押兵赴救，令婆怀忧终日，我等只得前来救应，不意剿尽敌兵也。"宗保曰："机会难再。此去西番连州城,数日程途,莫若乘此破竹之势,直捣其境,擒取国王以献,千载一遇,不可失也。"周夫人曰："阃外之事,君命有所不受。但可利于国者,行之无妨。吾意正待如此。"即下令进兵,以取连州城。众人得令,各整备起行。次日平明,三军望西番征进。

是时,三太子望僻路走回,奏知李穆王："殷元帅并二国借兵,尽被杨门女将剿灭殆尽;即日人马长驱来取连州。"穆王听罢,神魂飞坠,拍案悔曰："早不听柯丞相之言,致有今日之祸。"道未罢,传报:"宋兵将连州城团围三匝,水泄不通。"穆王下令众部落,婴城坚守①,与文武商议迎敌之计。柯自仙奏曰："宋兵声势甚盛,我之大将尽皆授首,今日哪个敢再战？"王未应,忽珠帘后一人进曰："小妾愿部众以退宋兵。"众视之,乃王长女金花公主也。穆王曰："只恐汝不是宋人之敌。"公主曰："儿幼年曾学武艺,何倒自己志气？儿若与之交锋,自有方略破之。"王允奏,即付兵二万。公主得命,次日,部众开西门出战。

第五十回
杨宗保平定西夏　十二妇得胜回朝

却说金花公主来到城外,正遇宋女将杨九妹,两阵对圆。公主谓曰："宋兵不识时势,深入吾地,作急退去,免遭屠戮。"九妹怒曰："该死之贼！犹不纳降,尚敢来争锋耶？"即舞刀跃马,杀奔番阵。公主举枪迎战。两骑相交,斗经数合,九妹刀法渐乱,败阵而走。公主奋勇追来,城上喊声大振。杨七姐看见公主追逼九妹,紧急挽弓,一矢射去,可怜金花一命归冥。宋兵竞进。番众死者无数,只走得一半入城,报知穆王金花公主被射死阵前。穆王仓皇无计,寝食俱废。

越二日,宋兵攻城危急,武将张荣奏曰："主公勿忧。城中兵马尚有四万,粮草可应一年;且宋兵虽盛,远来运饷不给。臣愿率所部出城一战,

----

① 婴城坚守——绕城固守。婴,缠绕。

第五十回　杨宗保平定西夏　十二妇得胜回朝

若使能退,乃主上之福;若不能胜,君臣婴城而守,亦长计也。"王允奏,即令张荣出兵。张荣,羌落人,极有勇力,使一柄大杆刀,上阵如飞,军中号为"铁臂将"。是日领了主命,次早率众二万,出城迎战。

南阵中一员女将,当先出马,乃单阳公主也,大叫:"番蛮尚不献城,犹来抗敌耶?"张荣更不答话,舞刀纵骑来迎。两马相交,战未数合,张荣佯输,绕城而走。单阳公主尽力追之。张荣较其来近,转身一刀劈下。公主眼快,侧身躲过,其马跌倒在地。却得杜夫人连忙撒起飞刀,看准张荣砍去,中其左肋,死于马下。番兵被杀死无数,乞降之声,震动原野。此真见杨家女将互相救应之能也。有诗为证:

城下英雄势力争,一时失算倒前征。
敌人莫保须臾死,方显杨门互救兵。

却说番众于城上望见张荣战死,报入城中。穆王忧愤无地,欲为自尽之计。左丞柯自仙奏曰:"宋君宽仁大度,降者无不膺①爵,抗者自取灭戮。今宋兵坚屯城下,成败已分,主公何不遣使纳降,献上图籍,递年唯出贡物,尚不失为一国之主,此则大计也。如何效取儿女子态,自经沟渎②,以取笑于外人乎?乞我主审焉。"穆王沉吟半晌,乃曰:"宋运当隆,依卿所奏。"即令城上竖起降旗。次日,遣人赍纳降文书,诣宋营投进。

周夫人正坐帐中,与众人商议西番纳降之事,忽人报:"番王遣使来议投降。"杨宗保令唤入。使臣进帐前,道知其主纳款之意。宗保犹豫未决。邓文进曰:"西番乃遐荒③之地,无用所在,众类顽皮,难供使令;元帅正宜允其降,以彰圣上柔远人之德也。"周夫人然其议,批回来书,与使臣回奏穆王。

穆王君臣大喜。次日,亲率文武,开城迎接。杨宗保先进,见西番君臣拜伏道旁。宗保敬他一国之主,扶起,并辔入宫中。部落各备香花灯烛迎候。穆王端立于庭阶请罪。宗保曰:"吾天子仁爱国君,今既归降,若使倾心无二,必不失旧封矣。"穆王称谢。

是日,宫中大开筵宴。周夫人率十二员女将并都尉继入。穆王拜见

---

① 膺(yīng)——承受,接受。
② 沟渎(dú)——比喻困厄之境。
③ 遐荒——边远荒僻之地。

毕,周夫人慰谕亦厚。众将依次而坐,宫中大吹大擂,番官进食,番妇进乐,众人尽欢而饮,夜深乃散。宗保安营于城里,周夫人等屯扎于城外。

又越数日,傍境皆宁,宗保乃议班师,报于各营寨知道。众军得令,准备起行。穆王送宗保真犀带二条,珍珠奇异之物无数。宗保只受其带,余物留以进主。乃以阵上所捉将帅,俱令送还,唯有百花公主解入中原。是日,中军离了连州,西番君臣送出十里之外而别。班师将士分作前后队而回,军威大振,四海钦服。有词一篇为证:

  盖闻天时不如地利,地利不如人和。兵乃凶器,战为逆德,圣人之所不谈,戈舜弗忍于用。兹者西番播乱,兵甲扰雄州之境;皇上震怒,旌旗出汴城之师。征云冉冉,杀气腾腾。连环寨垒,如山岳之势;辎重器械,犹鱼鳞之多。金鼓鸣声,车箱匝地。六师奋力以前,三军鼓勇而斗。金山一战,垓下遭围。敬烈闺中之寡妇,敢膺阃外之重权。周女帅,运筹算于帷幄。杨七姐,破坚阵于山前。斩将鏖旗,独美单阳公主。呼风唤雨,最雄杜氏夫人。马赛英,有争先缚捉之能。耿金花,多救应砍斫之力。运双刀,黄琼女军中独胜。开得矢,董月娥塞下无双。邹兰秀,枪法取番人之首。重阳女,飞刀枭敌将之头。孟四娘,英雄莫及。杨秋菊,气势超群。穆氏桂英,施百步穿杨之箭。八娘、九妹,怀图王霸业之机。天生豪杰,地聚精灵。干戈西指,束天神倒旗丧命;貔貅①齐进,殷元帅跌马亡身。屠部落,如残云迅扫;斩蛮丑,如病叶辞柯。番王纳款,边境争迎。班师唱杨柳之歌声,回旅敲金鞍之响镫。于戏盛哉!宋运休明,名播万方之威武;杨门奋勇,世称千载之英雄。

行程数日,已望汴京不远。宋之君臣预闻捷音,帝先着柴玉一班文臣出郭迎接。宗保望柴玉来到,下马候问。柴玉近前,手携上马,并辔入城。

翌日,乃朝见真宗。真宗面慰之曰:"卿为朕远涉风尘,成功不易。"宗保顿首奏曰:"臣赖陛下洪福,平定西番,已取图舆以归,属州十四,县二百,户口一万八千,租赋四百石,珍奇异物三十余车。"帝颜大悦,以所献俘俱发无佞府处置。因谓侍臣曰:"杨门女将,俱有功于朝廷,朕当论

---

① 貔貅(pí xiū)——古书上常说的一种猛兽,后比喻勇猛的军队。

第五十回　杨宗保平定西夏　十二妇得胜回朝

功升赏，以旌其忠。"柴玉曰："此国家之盛典，理合颁行。"

帝遂下敕，加封杨宗保上柱国大将军，呼延显等俱封典禁节度使，周夫人封忠国副将军，八娘、九妹等俱封翊运副将军。并令有司于内庭设大宴，犒赏征西将士。诏旨既下，杨宗保等再拜受命。是日，依班列坐，君臣尽欢而散。

次日，宗保谢恩回无佞府，与周夫人等参见令婆。令婆不胜欢喜，遂以百花公主配与杨文广为室。时文广一十五岁也。令婆吩咐设庆贺筵席，与众媳妇解甲。众妇依次坐饮，至夜分乃散。唯有令婆恩典，直待杨文广征服南方，而后受封也。

自是，四方宁靖，海不扬波，宋室太平可望矣。

说呼全传

主要人物表

呼延必显　　名得模，袭父呼延赞忠孝王职，御赐金鞭，匡惩
　　　　　　不法。
呼守勇　　　呼得模长子。
呼守信　　　呼得模次子。
王金莲　　　王汝南女，后嫁呼守勇。
赵三姐　　　名凤奴，赵虎臣妹，后嫁呼守勇。
齐月娥　　　齐国宝女，后嫁呼守信。
呼延庆　　　呼守勇长子。
呼延豹　　　呼守信长子。
呼延龙　　　呼守信次子。
呼碧桃　　　呼守勇长女。
呼梅仙　　　呼守勇次女。
呼延寿　　　呼守勇次子。
赵文姬　　　名相赵普之女，后嫁呼延龙。
花瑞莲　　　总兵花万年之女，后嫁呼延庆。

庞　集　　　当朝右丞相。
庞黑虎　　　庞集子。
庞多花　　　庞集女，入宫被仁宗封为贵妃，后被赐死。
庞天德　　　名琦，庞集弟，封海东公，挂总兵职。
庞龙虎　　　庞琦长子。
庞牛虎　　　庞琦次子。
庞飞虎　　　庞琦三子。
庞毛虎　　　庞琦四子。
岳鸣皋　　　庞琦大将。

宋仁宗	即赵桢，宋朝第四代皇帝。
八　王	即赵德昭，宋太宗之侄。
包　拯	龙图阁大学士。
王员外	名汝南，北宋名将王贵之子，辞官隐逸。
翠　桃	王府金莲使女。
杨　氏	呼延必显妻，杨令婆女。
杨五郎	即杨延德，杨令婆五子，五台山落发为僧。
齐国宝	杨府花花太保，后为天定山寨主。
齐　雄	齐国宝之子，月娥之兄。
赵大郎	名虎臣，高山大王，凤奴之兄。
陈　琳	皇宫太监。
寇　直	后宫宫娥。
邓三娘	齐雄妻。

原　　序

　　小说家千态万状竞秀争奇，何止汗牛充栋，然必有关惩劝、扶植纲常者，方可刊而行之，一切偷香窃玉之说、败俗伤风之辞，虽工直，当付之祖龙①尔。

　　统阅《说呼》一书，其间涉险寻亲、改装祭墓，终复不共戴天之仇，是孝也；救储君于四虎之口，诉沉冤于八王之庭，愿求削佞除奸之敕，是忠也。维忠与孝，此可以为劝者也。至庞氏专权，表里为奸，卒归于全家殄灭，其为惩创，孰大焉？维遐及史册，其足以为劝惩者，灿若日星，原无庸更藉于稗官野乘②，然而史册所载，其文古，其义深，学士大夫之所抚而玩，不能挟此以使家喻而户晓也。如欲使家喻而户晓，则是书不无裨于教云。

　　乾隆四十有四年，清和月吉，滋林老人出于西虹桥畔之罗翠山房。

---

① 祖龙——指秦始皇。秦始皇曾下令焚书。祖，初，开始。龙，古时指代帝王。

② 稗（bài）官野乘（shèng）——稗官，小官。古时帝王设立稗官采录民间情况，后亦称小说、杂记类书籍。乘，春秋时晋国称史书，后亦通称一般史书。

目 录

第 一 回　呼家将游春戏猎　庞黑虎思美丧命 / 205
第 二 回　庞丞相忍气吞声　宋仁宗嘱托访美 / 209
第 三 回　庞丞相请驾游园　多花女花园献媚 / 213
第 四 回　庞贵妃欺僭正宫　呼得模遭奸设计 / 216
第 五 回　庞丞相父女弄权　呼家将一门受戮 / 220
第 六 回　王金莲奇缘巧遇　包文正力救呼郎 / 225
第 七 回　包文正硬退庞奸　呼守勇病倒王园 / 229
第 八 回　王员外巧选东床婿　牛夫人劝嫂联姻眷 / 232
第 九 回　钦天监观占星象　庞贵妃计触龙情 / 237
第 十 回　庞丞相乘机进剿　包文正奉旨入觐 / 241
第 十一 回　牛夫人怒打庞奸　赵凤奴山前大战 / 245
第 十二 回　赵大郎与妹完婚　庞丞相高山大败 / 249
第 十三 回　庞总兵钦召进京　赵大郎演习兵法 / 253
第 十四 回　庞四虎四路追赶　杨令公显圣惊庞 / 258
第 十五 回　五霸山大郎遇寇　王金莲喜产麟儿 / 262
第 十六 回　太行山守信拜别　杨家将保送甥儿 / 267
第 十七 回　齐国宝大演阵法　老夫人擂台选婿 / 271
第 十八 回　石头陀打下擂台　呼守信访兄别丈 / 275
第 十九 回　桃花潭守信收妖　新唐国公主招亲 / 279

第二十回	花公主许配东床	呼延庆书房讲武／282
第二十一回	骑石虎延庆逍遥	庞贵妃奸谋渐露／285
第二十二回	万花谷呼郎受法	飞石关王环相遇／288
第二十三回	呼延庆辞师归里	王金莲新唐访夫／291
第二十四回	齐月娥出猎较射	忠孝王冤魂显圣／294
第二十五回	呼延庆擒妖得偶	守信盗祭铁丘坟／298
第二十六回	牛夫人计救呼郎	包文正法场放绑／301
第二十七回	呼家将兄妹相遇	铁丘坟兄妹盗祭／303
第二十八回	呼延庆力救太子	赵文姬梦仙指引／306
第二十九回	仙岩洞延龙遇美	庞飞虎割耳逃回／310
第 三 十 回	庞四虎火烧祝家庄	祝素娟飞马往西凉／312
第三十一回	花瑞莲雄关计放	四虎将兵遭迷雾／314
第三十二回	庞东海领兵助虐	天定山金莲剖诉／317
第三十三回	呼延庆新唐见父	仙山洞公主成亲／320
第三十四回	天定山庞琦大战	小道童大作妖法／323
第三十五回	岳鸣皋逞术大战	天定山国宝受困／326
第三十六回	呼家将大破五行阵	金牛岗杀死庞东海*／328
第三十七回	老八王硬指奏妃	呼家将奉旨除奸／332
第三十八回	三家村女将交兵	呼延庆出关提兵／337
第三十九回	庞牛虎戏美亡身	呼家将领兵过关／340
第 四 十 回	呼家将力歼庞奸	宋仁宗封赠团圆／343

---

* 原书目录为"金牛岗庞琦受死",现依正文回题改过。

楼船笳吹晓霞横，
旌节新移宠若惊。
道运风柔思报国，
沙场尘敛喜消兵。
恩纶加惠全忠孝，
呼氏流芳千古闻。
宋主听奸生祸乱，
征辽平寇旧功臣。

第 一 回

呼家将游春戏猎　庞黑虎思美丧命

　　话说北宋朝一个大将复姓呼延,名得模,字必显,世居山后,历为汉臣。因刘王失政,去贤用佞,轻听宇文均,把呼氏诛绝。幸祖母马氏怀妊,逃回马家庄上,遂生下呼延赞。年甫弱冠,典坟通晓,韬略且精。正杨业老将军奉旨征辽,呼延赞志欲报仇,遂投宋主,与杨老将军领兵进讨。孰知辽兵不耐战守,一旦遂倾,众夷慑服,是以凯歌奏圣。恩蒙宋主加封呼延赞忠孝王之职,赐造王府,又赐金鞭一柄,敕令呼延赞值殿巡察,如有文武①,不劳王政,就金鞭打死。已叨②朝廷③十分隆重④,奈何不久遂薨⑤。又蒙圣恩,命必显袭父职,夫人杨氏,所生两个孩儿,长名守勇,年登十六;次儿守信,甫⑥经十四,不但熟读孔孟,且喜考究孙吴⑦,更习了百步穿杨的神箭。看这两个孩儿的武艺,呼延必显倒也晚景无忧。

　　那守勇兄弟,一天到厅,道:"父王在上,孩儿们拜禀。今因天气晴和,欲往郊外春游射猎,特来禀知父王。""我儿既去春游射猎,须带二十名家将同去。"那守勇道:"多谢父王。"

　　他兄弟两个,你道怎生打扮?但见:

---

① 文武——原指赏罚,这里指需惩办的首恶。
② 叨——谦词,承蒙,领受。
③ 朝廷——这里指当朝皇帝。
④ 隆重——这里指赏识、器重。
⑤ 薨(hōng)——周朝时诸侯死之称。《新唐书·百官志一》:"凡丧,二品以上称薨,五品以上称卒,自六品达于庶人称死。"
⑥ 甫(fǔ)——刚刚。
⑦ 孙吴——我国春秋战国时期著名军事家孙武、吴起的并称。这里是指他们的兵书《孙子兵法》和《吴起兵法》。

头戴紫金冠,两傍插雉尾,身穿银甲白如雪,腰间挂了宝剑,佩了弓箭,脚登粉底乌靴,手持长枪,一齐来到厅前。那呼得模见了两个儿子,威威武武一般装束,心中十分欢喜,说道:"你兄弟两个,出去总要和顺,不可生事。"

守勇别了千岁①,同了家将,一齐上马,来到乡村,啊唷妙啊,果然桃红柳绿,水秀山清。行来已是山庄,令家将一齐追赶,射的飞禽,戳的走兽,各逞武艺。诗云:

蹀躞②巴宝马,陪骢③碧野鸡。

忽闻仙乐动,赐酒玉遍提。

话说右丞相庞集,字宰翁,止生一子,名唤黑虎,年已三九,因丞相过于钟爱,任耽酒色,幸有多花女儿,年方十六,却是生得国色天姿,品貌不凡,故尔尚未许字。这叫:

妓容不易轻相许,须选东床绝世才。

且说庞黑虎在郊外游春,见了东庄赵大郎的妹子,生得十分美貌,果然闭月羞花,沉鱼落雁。"我府中娶的妻妾,那个比得他来。"这黑虎想了一计,叫齐一班家丁:"你们同我到东庄抢亲,回来各赏十锭银子。"那家丁一齐跟了黑虎抢亲去了。却是:

金屋鸳衾展,银河鹊驾填。

吹箫集凤羽,空作凤求鸾。

且说东庄赵大郎的妹子赵氏三姐,名唤凤奴,年方十六,虽是乡村女子,稍知大义,故尔爹妈将其择婿,要选才貌相当的丈夫。不道爹妈并殁④,其兄嫂亦不肯轻诺,是以尚未适人。今因天气晴和,又乃上巳,凤奴同嫂嫂也往郊外游春。哪晓撞着了什么庞公子,做出许多丑态,凤奴同嫂嫂就回到家里。那小庞又央人来说,娶其做妾,被嫂嫂抢白了一场,那做媒的大家没兴回去。方才嫂嫂进来对凤奴说道:"阿呀姑娘啊,不好了!昨日看见这个尖脸贼要娶你做妾,我已回了他们。如

---

① 千岁——旧时称太子、王公等。
② 蹀躞(dié xiè)——小步走路。
③ 骢(cōng)——青白色相杂的马。
④ 殁(mò)——死。

第一回　呼家将游春戏猎　庞黑虎思美丧命

今听说带了百十个家人，在庄上就要抢我姑娘，这怎处？你哥哥被这班家人捉住，打得七死八活，在地上滚哩。"那三姐听了，哭得死去活来。那晓庞黑虎已领了这些家人蜂拥进房，抢了三姐就走。那赵大郎夫妻赶将出来，被庞家的豪奴一搏，大郎跌闷在地，他妻子喊救。那些邻舍赶来，听说庞家抢了三姐的话，那邻舍道："我们何苦在老虎头上拍苍蝇，不识利害？我们道是回去，免些是非的好。"那大郎听说，越发叫喊。

恰好呼家打猎的回来，在此经过。只见他枪挑了鸡兔，肩背了獐鹿，喜孜孜走来。那世子①听他悲声凄惨，勒马问道："为何啼哭？"那大郎道："二位将军听禀：小人有个妹子凤奴赵三姐，今被庞丞相的儿子抢了去了。""呀，有这等事？难道没有王法的么？你们且不要哭，他从那一条路去的？你来领俺前去，包管抢还你的妹子便了。""多谢将军！"那大郎洒开大步前行，世子紧紧追来。

过了几个山坡，环绕几座村庄，不觉已是小安山了，略略转个小弯过来，远远却有一簇人马，好似哭声影影。那大郎道："二位将军请看，那前面影影的，只怕正是了。"那世子就勒住了马，望一望，竟拍马加鞭，一直飞赶前来，大喝一声道："咄！庞黑虎，你这狗强盗，太没王法了！这样太平盛世，胆敢抢人女子为妾，你就该死哩！俺呼爷爷最肯救人，不肯害命，快快把三姐还他！"

黑虎道："咄，你这乳臭的孩子，敢来阻挡？谁人不知俺庞公子今日娶妾，胆敢拦住，你还不快快走开让俺过去！"那世子道："咄，狗强盗，你不晓得俺呼守勇、呼守信的厉害哩。俺父王在朝秉政，谁不敬服。你家老子既做丞相，为何不教训你这畜生。敢来抢掠民人的女子，俺今教训你这畜生，快把三姐送还了他们就罢，如敢不依，管教你的狗命不保！"

那黑虎听了大怒，即喝令家丁："你把这个小王八拴了！"那家丁走来，毛手毛脚，思量拖拖拽拽。那两位世子，就将马鞭乱抽乱打这些家丁，打得抱头鼠窜，个个逃走。那世子纵下马来，一把扭住了黑虎，提起拳头，打得他乱叫乱喊："啊唷唷，饶了我罢，实在打弗起哉！看我

---

① 世子——古时称天子、诸侯的嫡子。

爹爹面上，放了我罢。""咳，你这狗男女，不说老庞也罢，提起了他，还要打你几下，因老庞不能教训，有你这个不肖，横行不法。""啊呀，小千岁，我如今再不敢了，放我去罢。"这呼家世子想起临出门的时候，父王再三吩咐，教兄弟两个不可生事闯祸。守勇道："兄弟，且放了手，叫他将三姐交还赵大郎夫妻领回，就放了黑虎去罢。"这叫：

鳌鱼脱却金钩钓，摆尾摇头再不来。

那大郎夫妇，同了三姐，一齐叩谢道："承蒙小千岁相救，还求保送一程。"那世子一想，却是不与保送，恐他在路抢劫。"既如此，我们送你回去便了。""多谢小千岁。"那守勇兄弟，同了家将一齐上马，保送三姐回庄，然后回去。

那家丁看世子上马去了，他们才走出来，扶起黑虎。黑虎道："啊呀，不好了，我身子难动，不能骑马，只好你们驮我回去的了。啊唷，好痛啊！咳，小呼，我同你什么冤家，又不是你的妹子，要你出尖打得我这般苦恼。回去告诉了爹爹，少不得启奏朝廷，把你姓呼的砍为肉泥，好出我胸中的怨气！"那黑虎一路唠唠叨叨，说个不住。

这家丁驮了黑虎，正到厅前，恰好丞相出来，见了黑虎，倒吃一唬，说道："儿啊，你好好出门，为何如此回来？""啊呀，爹爹！不要说起，孩儿东郊游玩，那晓遇了呼家两个儿子，同了许多家丁，在东庄抢劫人财，夺人子女，那乡村上人人痛恨，个个切齿。孩儿见了呼家劝说了几句，那晓呼家不听也罢，这小呼反令一班恶奴赶来，不由分说，一把扭住了孩儿就打，说道：'大宋皇帝，还是呼家把他做的。'又道孩儿是奸臣之子，是以孩儿与他争了一场，被他打得这等厉害。"

那丞相听了黑虎的话，看他又打得这般光景，就唤家丁喝骂："你们这班奴才，小主爷被人扭打，不即解劝？"那家丁道："太师息怒，容小人们禀告：昨日公子游春，见了东庄赵大郎的妹子凤奴三姐，生得标致，要娶他做妾，想是赵家不肯。今日公子叫小人们同去，到了东庄，看见了三姐，教小人们驮了他来。小人们听得公子吩咐，只得背了三姐就走。不道行到半路，那三姐的兄嫂同呼家两位世子赶来，要还他的三姐，因公子不肯还他，两边就扭将起来，小人们连连相劝，被他也打在里边。直等他们去了，小人们就驮公子回来。小人无罪。"

不知以后如何，且听下回分解。

第 二 回

庞丞相忍气吞声　宋仁宗嘱托访美

曲填新恨谱，寥寂伴灯昏。
玉碎怜衾冷，依依梦迫魂。

话说庞丞相听了家丁这般说来，心想：原是公子不守规矩，但呼必显不该放这两个畜生打得我孩儿这般厉害。倘有差迟，我老庞也不肯就罢，别人怕你功臣，偏偏我不怕你！丫环走来，好好扶了公子进去。"张文你去请了太医，速速调理。"张文道："晓得。"这叫：

善恶到头终有报，只争来早与来迟。

那呼守勇兄弟，送了三姐回到东庄，那大郎夫妻同了妹子凤奴叩头谢道："今日若然不是二位将军相救，一家三命不保。小人无以相报，欲将舍妹奉为将军侍妾。"守勇道："既承相许，待俺娶了正室，再聘令妹便了。"那呼家兄弟就作别大郎夫妇，离了东庄。不觉红日西沉，才到府中，见了爹妈，把游春射猎的话说了一番，便回到书房里边。这是：

有意栽花花不开，无心培柳柳成荫。

且说庞黑虎，自从那日被呼家两个世子打坏驮了回来，不觉恹恹沉重，病愈加增，医药罔效。那抢亲的时节，不想今日之苦楚，只道红鸾照命，谁知白虎临宫。黑虎在床自叹道："天作孽，犹可违；自作孽，不可活。"不道说了这话，就两足一挺，两眼一睁，竟就死了。

这班妻妾哭得悲楚异常，这些家丁，碌乱匆忙。那丞相同夫人小姐，听说黑虎死了，大家唬得一身冷汗，赶到房里，放声大哭。独是多花小姐哭得有腔有板，又说道："爹爹，你为何不立出个主意，现在哥哥被呼家打了死的，理应要他抵命！为什么爹爹不上本章？"丞相道："你只知其一，不知其二。为父的岂不知杀人偿命的道理？但是你哥哥为了抢人女子，被人打死，我若上本奏了，那呼必显定然也是一奏。那时朝廷就要究出个抢亲的事来,为父的,先认个治家不正,那诳君之罪,怎么逃脱?故此不便启奏。这小呼打死了我的孩儿,难道罢了不成?少不得慢慢的复仇。自古道:一报还一报,毫厘谁肯饶?闲话少说,且把孩儿殓了再处。"

那太师一声吩咐,家人碌碌匆忙,这一班黑虎的妻妾,都是悲悲切切,惟是他妹子多花,更哭得凄凄怆怆,声韵悠然,说道:"小妹定要与哥哥报仇的。"这叫:

　　有仇不报非君子,兄长含冤我与申。

且说真宗皇帝驾崩,遗诏皇后权宜处分①军国大事。诏第六太子名祯(仁宗)即皇帝位,改元天圣,诏颁天下,大赦钱粮,释放狱囚,册封曹后为正宫皇后,张氏为东宫贵妃,刘氏为西宫贵妃,各赐了仪仗。那嫔娥太监,各各加赏,文臣加级,武士加封。不道仁宗皇帝,在宫常自忧思,每于行幸之次,未得称心,"朕想陈琳,是寡人的心腹,召他进来商议,必要采访国色,以快朕意"。这叫:

　　有缘千里能相会,无缘对面不相逢。

那仁宗想了一回,即召陈琳进宫,将觅美女的事,谕了陈琳。那陈琳领旨出朝,打点,择日起身。先到苏扬一带探访。

那右丞相庞集,在朝闻说皇上密差了陈太监到苏扬一带采访美女的消息,心中想道:"朝廷已有六院三宫,岂无国色。我想如今既是朝廷选妃,若将我女画个图儿进呈,只怕倒有十之八九。倘然朝廷选中,庞家的富贵可不小哩,那呼家的仇,就好报了!咳,可惜老夫已经位列三台②,不便将女儿进献的了,若是进了画图,将来僚友面前如何说法?他们讥诮起来,就不好站在朝堂了,这个机会,只好错过的了。"丞相又道:"不妨,且去同小女儿商议,看他有何见识?"

那丞相来到里边,见了女儿,说道:"女儿呀,为父的今日听得僚友说,朝廷差了陈琳到苏扬地方去觅访美女。我想我儿的容貌,若画了进去,只怕朝廷见了,不怕不是上选。我儿就是贵妃,为父的就是国

---

① 处分——处置,办理。
② 三台——汉时对尚书、御史、谒者的总称。后亦称"三公",泛指朝廷重臣。

丈，岂非大富大贵？但是僚友必是耻笑于我，只好说说而已的了。若是错过这个机缘，岂不可惜？将来黑虎的冤仇，就申雪无时了。目下朝廷选妃，倒算个奇遇，故此为父的一闻此信，心中就想起女儿的品貌，不弱于王嫱，不下于貂蝉，那些五音六律，南北九宫，箫管丝弦，无一不精。若然进了，何愁不中？所嫌老夫是丞相，不好意思，只道我以女媚君，岂不被僚友耻笑？"

小姐道："爹爹既然有此机会，孩儿敢不依遵严命？孩儿只要报得哥哥的冤仇，无不听从！"丞相道："好，难得我女儿的孝义！但恐日后被人耻笑。"小姐道："这倒不妨，只要爹爹请陈琳到来与他饯行，席中就谈及其事，将女儿的图取来与他看了，若是可以进得，他就不肯还图了。倘然中选，必有钦差来聘，日后哪个敢评？"丞相道："果然女儿妙计，不羡陈平。"如此且去备贴，请了陈琳到府细谈。却是：

翠微深院选姮娥①，玉殿岧峣②呈画图。
一束老人来月下，数年威福满山河。

那陈琳领旨，前往苏扬一带访寻美女，已奏明日起身，但云江南人物风流，不知可能果有绝色的美女。这教君命召，不俟驾而行。闲话休题，且到了苏扬再作理会。忽见小内侍进来说道："老公公，外面有庞丞相差来的家人，说请陈公公去饯行。名帖在此。"那陈太监接过名帖一看，说道："好奇怪。这老庞在朝，极自夸大，见了咱们不放在眼里的，如何今日与咱饯行？想是他如今晓得朝廷与咱心腹，故此他也来奉承。咳，老庞你真个势力。"

雪中送炭人间少，锦上添花世间多。
却是世情看冷淡，果然人面有高低。

那陈琳道："既然老庞请咱饯行，只当去扰孙子的。真是早上不做官，晚间不作揖。孩子，你去对他家丁说，承太师相请，少顷就来。"那小内侍回复了家丁。只见那陈琳头戴一顶抢龙的帽，身穿一品的蟒袍，腰围的金镶白玉绦，足上乌靴粉底，手抡一柄马尾的拂尘。那陈琳穿了公服，踱出厅来，坐了一匹五花马，带几个小内侍，来到相府，通

---

① 姮（héng）娥——即"嫦娥"，传说中的月宫女神。
② 岧峣——山高峻貌。也作"迢峣"。

报里边。

那庞丞相接了进厅，相见了一番，分宾主坐下。陈琳道："承老太师召见，敢不赴趋？"太师道："岂敢。老夫闻公公奉旨出京，特备水酒一杯，屈驾光临，聊伸一饯。"陈琳道："又要太师费心。"

那二人登席，两旁站立了一班女乐，筵前歌唱了一番，个个回避进去。丞相道："陈公公，目下钦差先从那一处寻访？不知如何美貌合得圣意？"陈琳道："老太师有所不知，不过温厚崇礼，自然福大。"庞丞相道："妙啊！只要福大，必合圣意。这陈公公讲得极妙，若取温厚载福，老公公何必舍近图远？"陈琳道："倒要请教老太师，难道洛阳就有？"丞相道："怎么没有？老夫现有画图在此。"

陈琳接来一看，便道："老太师，这是谁家的女子？"丞相道："这教不远千里而来，可能进得？"陈琳道："莫非就在府上？"丞相道："然也。"陈琳道："这位女子与老太师什么称呼？"丞相道："这位女子，不瞒陈公公说，却是小女多花。"陈琳道："原来是小姐啊，呀！咱倒失敬了。请教丞相，令爱今年贵庚多少？"丞相道："才交十六岁了。"陈琳道："今日亏得丞相说起，见了画图，好去进呈，定得上选。不然岂不耽误了小姐？如今不访，明日待咱赉①了画图就进，包管老太师是国丈，小姐是贵人。"丞相道："全仗公公仁力。"

那陈琳取了画图，别了丞相回府，专等仁宗升殿。陈琳奏道："蒙万岁差访美女，昨值庞集饯送奴婢，谈及美人，他将女儿多花的真容进出，奴婢冒死赉进，恭呈御览。"那仁宗接过画图，展玩良久，不觉龙情大悦。陈琳看见朝廷嘻嘻展玩，俯伏又奏："目下正春风浩荡，庞园牡丹盛开，丞相必定请驾赏玩，教他令小姐一齐见驾，那时圣上龙目细观，然后圣裁。"仁宗道："准依卿奏。"

那陈琳出朝，即传旨庞集说："朝廷图已收进，必得丞相请驾游园，同了小姐接驾，立刻就聘，岂不好么？"丞相道："多谢公公费心，既如此，老夫今日端正了请本，明早上达。"陈琳别去。

太师来见小姐，把前番的说话道了一遍，来到书房，端正请本。吩咐家人将园内打扫洁净，以便恭迎圣驾。那家丁听得太师吩咐，各自分

---

① 赉（lài）——赠送。这里是进呈意。

头料理。丞相入朝启奏,请驾赏花。仁宗道:"卿既奏请,朕于明日临幸便了。"

不知以后如何,且听下回分解。

第 三 回

庞丞相请驾游园 多花女花园献媚

  天颜咫尺降洪波,名姓仍烦当宁呼。
  从此身心须日检,君亲难负策骐骝。

那仁宗降旨,明日临幸,太师领旨出朝,回到相府,摆了香案,专等来朝接驾不题。

不觉已是天明,仁宗即传旨摆驾,那合朝文武,个个随班伺候。这些凤旆龙旗,旌幢符节,金瓜月斧,一对对罗列前导。又见那御林军,都拿了豹尾长枪,前前后后,簇拥了龙车。那庞丞相跪伏府门,接了圣驾到厅,谢过了恩。那仁宗道:"众卿回避。"那太监陈琳传旨少顷候驾,这随班文武都领旨回避。

太监同了庞丞相随了朝廷进院,驾幸牡丹厅坐下赏花,陈琳、庞集赐坐锦墩。仁宗道:"今日朕幸赏花,惜少仙音。"太师奏道:"臣女多花,却有所教的女乐,因未奏明,不敢见驾。"仁宗道:"且召来。"太师领旨,那多花装做天仙,侍婢扮了仙姬,见了朝廷。那些侍婢吹弹歌舞了一会,这多花吹起凤箫,奏一曲彩凤和鸣,仁宗听了大喜。多花又吟诗一首:

  名花却是长侯门,腼腆芳辰朝自尊。
  一曲凤箫和奏里,幸教少女荷君恩。

那仁宗道:"美人音容俱妙,六律精通。"即召陈琳赐他金龙宝带一围为聘,庞家父女,一齐谢了皇恩,却是红日西沉了。仁宗传旨,摆驾回宫。

那丞相同多花小姐不胜欣喜,来到夫人房里,将仁宗天子聘女的

事,细细说了一遍。那仁宗天子回宫,想右丞相庞集的女儿,果然百般风月,万种娇羞,真是:

月殿嫦娥离皓窟,九天玉女下蓬莱。

那仁宗道:"今日见这女子,可称国色,是以朕解金带为聘,且召国子监祭酒陶先翰,同了太监陈琳,将黄金百笏,彩缎千端,着二卿赍送前去。"即命庞卿将女儿送至宫中。

那陶先翰等领了圣旨,来到相府。那丞相接了圣旨,款留天使,来至里边,吩咐挑婢女二十四名,都要穿五彩宫衣,各执宫灯兜扇,一队队站到厅前。那小姐出厅,拜别了爹娘嫂嫂,又到黑虎的灵前,告别了一番,那侍婢扶了小姐,上了凤车,只听笙歌嘹呖,迭奏仙音,送出了相府,行来已是五凤楼前了。

那太监陈琳即往宫门启奏:"庞集已将小姐送至午门候旨。"仁宗道:"既如此,送入正宫见驾。"陈琳领旨,引了香车,来到正宫。那多花见了万岁,又见了正宫曹后,那仁宗又命嫔娥,引送偏宫。曹后看了多花,心中暗想:"唉,这庞多花,人品却好,只恐心地乖张,况庞集是奸而且佞,他的女儿,绝非贤淑。今我皇上若隆重于他,只怕难免父女弄权,江山就有些不太平了。"曹后看了多花,就添忧国之思。仁宗得了多花,方称宫帏之乐,仁宗挽了多花进了偏宫,把他细看,却与进的画图一般。一宵晚景不题。

到了金鸡三唱,仁宗升殿,即降旨册封多花为贵妃,封庞集为国丈,赐了半朝銮仪,立了下马牌。那丞相谢恩出班,合朝文武称贺不题。这叫:

昨夜风开露井桃,未央宫殿月轮高。

平阳歌舞新承宠,帘外春寒赐锦袍。

且说呼得模叨蒙圣恩,袭封了忠孝王之职,府第改造了永平殿,皇命世守此职,却也威风,更且妻贤子孝,真是忠孝两全,这也不在话下。心想:"我祖仁宗,不念先王之重寄,止知美色风流,自从纳了庞多花,封为贵妃,庞集封了国丈,将来他家父女必然就有狼狈为奸的事;倘若做出来了,如何是好。奈本藩职非谏宫,不便谏诤。目下朝堂里,除下一个包文正,还有何人清直过他?无奈包公今又告病在家,朝政江山,何人秉理?故俺旦夕忧闷,将来上朝,俺也不免仍遵先王尊

第三回　庞丞相请驾游园　多花女花园献媚

命，依旧带了紫金鞭入朝的了。倘有权佞不法，俺也不能饶他过去的了。"

千岁正在焦思，忽夫人杨氏来到书房，见了千岁道："相公为何愁眉不展？""咳，夫人，我只为朝廷恋色荒政，轻用权佞，只恐江山有失，是以旦夕忧心，愁怀百结。""啊呀相公，意见偏执，却是为何？""咳，夫人，自古道：食君之禄，分君之忧。今朝廷不以天下为重，人臣安得不加忧也。""相公之思为上。古云：得宽怀处且宽怀，且把闲愁去撇开。百年三万六千日，日日寻欢有几回？"

那千岁道："夫人你是女流，岂知朝纲大节。若是做了人君，岂可一日不忧国，一刻不忧民？将祖宗的基业，竟置罔闻，是以放心不下。""啊呀相公，你岂不知桑田沧海，沧海桑田，若祖宗积德，子孙能保之，譬如人家的气运将终，出了不肖子孙，不能守成，如劝戒他，教化他，反生厌恶。况庞家是文官，他们父女作奸；我们是开国功臣，又非谏官，何苦结下这个仇怨？""咳，夫人，朝纲事宜你那里知道，请进去罢。""啊呀相公，妾身今日出堂，非为别事，因太华山香愿至今来完，故于睡卧之间，常觉梦魂颠倒，神气不清，欲令次儿守信，代妾前往太华，完此香愿，故与相公商议，不知意下如何？""吓，夫人，既令守信前去，且唤他出来吩咐一番。"

那书童请了世子来到厅前，道："爹爹、母亲，不知唤孩儿则甚？"千岁道："今日唤儿到厅，因你娘亲有太华山香愿未完，令儿前去。守勇孩儿，你只消相送守信一程便了。"千岁正在吩咐，忽家将道："启上千岁，车马都在外面伺候。""既如此，挑了二十名家将同世子前去，路上须要仔细。"那家将领了钧旨，大家收拾起身。守信到厅，拜别爹妈。那夫人道："我儿完了太华香愿，即往太行山去，望望外祖母杨老令婆，并候母舅、舅母安好。"守信一一应诺。

那守信兄弟别了父母，齐到厅前上马。这二十名家将，随了世子，一路匆匆，不觉已到十里亭了。守信下马，作别哥哥赶路。守勇道："兄弟，我有一句说话交代，你须耿耿：凡事小心。可记得我们游春打猎回来，过东庄的时节，听说抢亲，我们不曾问得明白，竟就追赶，打伤了庞黑虎，抢还了赵三姐，不道黑虎回去身死，庞丞相岂有不恨？奈我爹爹是个开国功臣，又且秉政朝纲，故庞集不敢声响。但目今的庞集,计将女儿献进,已封贵妃,只怕日后有害,不可不防备于他。兄弟你完了香愿,到太行老令婆家去,务必熟习武艺,交结些英雄好汉,后来也好帮扶。"守信道:"哥哥之言极是,但爹爹母亲在府,亦须防备庞家的暗害,总是我之父母,惟赖哥哥留意。""这个不消贤弟叮咛。"那守信别了哥哥上马,守勇就勒马回京。这教:

> 送君千里终须别,西出阳关无故人。

且说庞贵妃的心里,恍恍惚惚,一无定准,时刻想害呼家,奈呼得模是本朝开国功臣,已封王位,先帝又赐了金鞭,朝廷十分优渥①,如何摇动得他?吓,有了!不免启奏朝廷,只说要往东岳完愿,若是准了这奏,然后乞借皇后的仪仗一用,倘然遇着了呼得模,他必然就要呕气,那时就好乘机而入,毁掉了銮仪②,抓破了花容,回到宫里,见了万岁就哭奏起来,只说呼得模仗了先帝的威力,目无纲纪。料想朝廷一定嗔怒,然后教我爹爹再奏一本,不要说他一个功臣,就是十个功臣,也不怕他不死。这叫容情不举手,举手不容情。

庞妃正在寻思,忽仁宗驾幸宫来。那庞妃接了圣上,摆下宴来。仁宗道:"庞卿为何不欢欣?"庞妃奏道:"臣妾昔年许下东岳圣帝的宿愿,因臣父庞集送了臣妾到宫,至今未酬。昨晚臣妾睡去,宛然跪在东岳殿下,只见六曹官典判司,查臣延寿案内宿愿未酬,限五日完缴,醒来却是一梦。今日自觉神思困倦,臣正奏请圣裁,臣欲亲往岳庙缴酬宿愿。"仁宗道:"既是庞妃偿愿,待朕降旨诣行便了。"那庞妃谢恩,又奏道:"臣妾仰荷圣眷,已沐无疆之德,臣妾庞多花再叩天恩,伏乞我皇允臣,恳借曹后娘娘的銮舆,赐臣一光,那些臣民不敢亵慢,就是臣妾的祖宗父母均沐洪庥③,这是臣妾邀请皇上格外之恩。"那仁宗微微笑道:"后妃各有定制,纲纪国典,岂能转移?廷臣见闻启奏,朕难遮饰。"那庞妃又奏道:"臣如果蒙宠暂移,何敢上渎?"那仁宗因过爱庞妃,勉依奏准。

不知以后如何,且听下回分解。

---

① 优渥(wò)——丰厚。优,充足,富裕。渥,沾润,丰盈。
② 銮仪——銮,古代帝王车驾的铃,也作帝王车驾的代称。这里指皇后的车驾仪仗。
③ 洪庥(xiū)——浩大的吉福。洪,大。庥,荫庇,福禄。

第 四 回

庞贵妃欺僭正宫　呼得模遭奸设计

　　琥珀尊开月映帘，调弦理曲指纤纤。
　　含羞美态留君住，更奏新声刮骨盐。
　　且说仁宗天子自从宠幸了庞妃，那庞妃就生出许多计来，打算要害呼家。谁道仁宗被庞妃哄准，那仁宗即命太监陈琳，与正宫娘娘借銮仪一用。陈琳遵旨来到正宫，见了曹后道："启上娘娘，今日奉万岁差，奴婢与娘娘借銮仪一用。"那曹后听奏，沉吟半响，若是不允则违了圣旨。娘娘道："罢了，且允他便了，如庞妃僭用，是有廷臣谏议。"
　　陈琳复了圣旨，庞妃谢了恩，已是十分欣喜。仁宗与庞妃谈谈说说，不觉东方渐渐微明，却是：
　　恩爱欢娱嫌夜短，果然寂寞恨更长。
　　那庞妃专等天明，就梳洗妆扮，好似仙姑降世。仁宗见了，龙情大悦，即传旨摆驾，点三千铁甲，护卫娘娘进香，陈琳伺候。庞妃谢恩，上辇出了东华门外。这些百姓疑是曹后娘娘驾到，都摆下香花灯烛，各各跪迎。
　　却值呼得模巡城到此，远远看见绣旗招展，宫娥拥住了凤辇①，那呼得模躲避不及，只得俯伏道旁，口称："老臣呼得模奉旨巡城，不知娘娘龙驾来到。有失回避，望娘娘恕罪。"那庞妃明知呼得模跪迎，故意不睬。得模跪久，因未奉懿旨②，只得重又奏道："臣该万死，望娘娘宽恕。"庞妃装作大怒，就命太监："打这老贼！"那些将校齐来动手。得模冤不敢言。
　　等过了辇，呼得模立起身来，道："咳，娘娘也变坏了！"正在自

────────
①　凤辇（niǎn）——古时皇帝的车驾。此处指曹后的车驾。
②　懿旨——古时称皇太后或皇后的诏令。

叹,忽见太监陈琳飞马赶来,呼爷道:"陈公公,今日娘娘往那里去?"陈琳道:"吓,老将军,方才过的是庞贵妃,借了娘娘的仪仗,往狱庙进香!"呼爷道:"吓,有这等事?反了,反了!君臣的体统,国家的纲纪,岂可这样的么?"陈琳道:"老将军,如今只好看破些罢。"陈琳就上马道:"老将军,咱先得罪了。"说犹未了,已是拍马扬鞭去也。呼爷道:"若是朝廷耽于酒色,不免被这贱人弄出事来,如何处置?但朝中乱了法度,将来天下人民如何惩罚?俺想先帝所赐的金鞭上边写得明明白白:'如有文武不法,代朕施行。'此鞭却是先帝遗命,近日怕原要用他,好正国法。"

那呼得模执了金鞭,飞马上前,大喊一声道:"庞妃,你休太猖狂,胆敢僭用銮仪,妄自尊大,可晓得后妃亦有统制,岂可混用?俺今恕你无知,快快换了便罢,不然,俺的金鞭不肯饶哩!"庞妃道:"呼将军,你差矣。先王赐你的金鞭,教你打奸除佞,并非教你欺君辱妃的!左右,与我打这呼老贼!"那些将校不得不遵,只得上前,扯扯拽拽。谁知呼爷是百万军中战过的大将,谁敢抵挡?呼爷将鞭柄打来,这些铁骑已是东奔西躲。庞妃见了,吓得抖个不住,心中好不着急,叫道:"呼老将军请息怒,凡事看朝廷金面,放我回宫换正便了。"那呼爷想道:咳,得饶人处且饶人,何苦结这没用的冤家。呼爷道:"既如此,快去换了便罢。"那太监陈琳,素知呼爷性子急暴,故尔飞马赶来相劝:"老爷将军息怒。"呼爷道:"既承陈公公解劝,让他换正便罢。"陈琳道:"多承老将军抬举,咱送庞妃回去更正便了。"呼爷上马前去不题。

那庞妃心中细想道,好了,已中了我的计也。即召内监:"传令军校,将仪仗凤辇快快与我打掉!"太监道:"娘娘,这是为何?"庞妃道:"我有道理。"陈琳不能劝阻,只得吩咐军校把銮仪打坏。庞妃自把花容抓破,急急回宫去了。陈琳道:"娘娘,这诳君之罪,如何……况呼老将军合朝都怕,他是个忠勇,故先王赐他金鞭,纠察文武。如今娘娘却僭用了正宫的仪仗,原是不合。"庞妃不听。陈琳道:"娘娘若奏了万岁,抑或朝廷震怒,必然加罪。而呼家回奏起来,反为不美。若娘娘冤枉了他,岂不就有是非,风波从此而生。劝娘娘三思。古人云:伴君如伴虎,刻刻要当心。况且各处的外夷,都是呼将军威镇,倘难为

第四回　庞贵妃欺僭正宫　呼得模遭奸设计

了他，只恐变生不一。还望娘娘体察，不可执之一见，须存保国之心，后来史官也好与娘娘称颂千古。"谁道庞妃执意不听，那太监陈琳，只得随了庞妃。

回到宫门，陈琳就击鼓三下，里边走出两个小太监，问道："咄，谁人在此击鼓？"陈琳道："咱随贵妃娘娘在此。"那小太监听说庞娘娘回宫，即往里边奏道："启上万岁，庞娘娘在宫门候旨。"仁宗道："请娘娘进宫。"那庞妃来到内宫，见了朝廷，一包珠泪。仁宗道："庞卿为何如此？"庞妃道："臣妾幸尔奉旨进香，恩荣已极。不料出京未及三里，撞着了巡城千岁呼得模，不知为何，见了臣妾就骂，将万岁比作纣王，臣妾就是妲己。骂犹未了，扭住就打，将銮仪毁尽，罚令臣妾步行。那时，臣妾再四哀求，不道呼千岁又是一把揪来，将凤冠龙袍扯破。可怜〔臣妾〕无处可躲，只得躲在破辇里逃回。得见天颜，臣妾瞑目矣。"

仁宗道："庞卿休怒，寡人代卿出气便了。"那庞妃又奏道："臣妾被他如此凌辱，全不念君臣之面，看来必有歹意。望我皇龙腹细详。"仁宗听奏，详察衷情道："庞卿尔自思之，至于仪仗，后、妃原有分别，借用确是违制。卿缘朕之所爱，勉强行之，固失体统，毋怪呼得模禁阻。况得模且开国功臣，在朝确无差错，故先帝赐他金鞭，纠察文武，如有奸佞，不遵宣化，任其代帝施行，故尔封他忠孝王，造了宫殿，命他子孙世袭守职，是以定鼎①之后，朝野肃清，可称栋梁柱石，确是忠孝两全，朕亦深信，卿何奏他歹意？觉狠了些。今呼得模冒犯了贵妃，待朕慢慢的训饬②他。"那庞妃道："朝廷设官治天下，岂教他辱君殴妃的么？若不早为治之，只怕宋朝的天下，已在他掌握中矣。愿我皇思之。"诗云：

　　水中有月原无月，镜里无花却有花。
　　此秘前贤俱未睹，低头我独拜龙华。

那仁宗天子听了庞妃反复所奏，心里却有疑惑：胆敢殴妃辱君，谅

---

① 定鼎——九鼎为古代传国重器，王都所在，即鼎之所在，故称定都为定鼎。
② 训饬——教诲，告诫。

非忠孝之心，就是先帝赐他的金鞭，不过宠爱忠良而已。为人臣者，岂可如是！果若不早为亟治，反患莫考。即传密旨一道，令庞丞相领兵歼灭。

那丞相领旨，即传令三军，点了三千铁骑，齐集教场候令。到了三更时分，忽听一声大炮，丞相吩咐起营。只见一队队旌旗闪闪，刀剑层层，果然是兵随将转，马听锣声，但听耳边隐隐，好似哭声一般。你道什么缘故？这是呼家的阴灵，所以阴风惨惨，细雨凄凄，已知子孙受屈。正是：

　　冤报冤兮恩报恩，前生冤债记分明。
　　若得主公重再世，谁能解释度群生。

且说仁宗对庞妃道："朕已差丞相领兵灭呼去了，爱卿可以雪恨也。"贵妃道："臣妾屡沐帝恩，粉身难报。"仁宗道："朕与卿不必说报。"那庞妃心中暗想一回道，好了，如今不怕呼家逃上天去的了。这叫：

　　略施妙计胜陈平，数语龙情顿发嗔。
　　今日提兵歼呼贼，管教忠孝顿时倾。

却说呼得模自从陈琳劝回，坐在西书房思想，恰好夫人到来，见了千岁说道："相公为何怒容满面，在此呆想什么？"千岁道："夫人不要说起。俺今日巡城，见纷纷仪仗，道是娘娘经过，一时回避不及，只得跪迎道左，谁知被他辱骂一场。那陈琳走来，俺即动问其情，方知庞妃僭用正宫的銮仪，胆敢放肆泼骂。俺气他不过，欲把金鞭打这泼贱。陈琳再三劝阻，俺就趁势放他回宫去了。"正是：

　　莫以今时宠，不思旧时恩。
　　看花满眼泪，谁识假南宫。

却说杨夫人听了千岁这番的话，说道："相公，妾闻庞多花是朝廷极爱的贵妃，所以由他僭用正宫娘娘的仪仗，廷臣都不作声，你今管什么是非？"这叫：

　　各人自扫庭前雪，莫管他人瓦上霜。

那千岁听了夫人这些言语，就呵呵大笑道："夫人，这宋朝的天下，那个不晓得俺父王呼延赞同杨业老将军创立起来的，怕他则甚？"

不知以后如何，且听下回分解。

第 五 回

庞丞相父女弄权　呼家将一门受戮

功盖三分国，名高八阵图。

一朝身负屈，千古遗恨多。

却说呼千岁说了这番的话，夫人道："相公，妾想连日梦兆甚是不祥，每见火球下掉，把我家的宫殿烧毁，妾心所以逐日忧闷。今知相公与庞妃争闹，妾愈恐惧。相公极早启奏才是。"千岁道："夫人差矣。梦中之事，何以取信？"千岁正与夫人讲论，忽见家将李元禀道："外面陈琳要见千岁。"呼爷道："请他进来。"

李元走到外边，说道："千岁有请。"陈琳抢上厅来，见了千岁。分宾主坐下，呼爷道："公公乘夜降临，有何见教？"陈琳道："方才千岁同贵妃争了这一场，那晓庞妃回宫哭奏。朝廷大怒，今差国丈领兵到此，必然凶多吉少。咱与千岁交好，所以冒险而来。"千岁听说大惊，陈琳叮咛而去。古人云：

酒不醉人人自醉，色不迷君君自迷。

那呼必显急煎煎到了房里，喊道："不好了！"夫人道："相公却是为何？"呼爷道："方才陈琳到来，说道庞妃回宫狡奏，朝廷大怒，今差国丈庞集领兵到来，只怕凶多吉少。如何是好？"夫人听说，吓得目瞪口呆，魂消胆丧，醒来大哭道："相公既与庞妃争过几句，原劝相公奏闻圣上才是，如今反被庞妃怂怒天威，受此屈也。"千岁道："古云：君要臣死，不得不死；父要子亡，不得不亡。俺呼家将历受国恩，袭叨帝荫，今朝廷一时迁怒，惟听命耳。幸次儿守信太华未回，快令大儿追往前去，待他会见了守信，一同逃往他乡。俺呼氏方有接续。"夫人道："既如此，快唤大儿出来，与他讲明这话。"

道言未了，守勇已到书房。见千岁同夫人这般光景，守勇道："爹妈为何如此?"夫人道:"儿啊,你爹爹与庞妃呕气,被他狡奏,朝廷已差国丈领兵到来,谅必凶多。故此唤我儿出来,把这个缘由与儿说明。你速去寻了兄弟,且往别处躲避,后来好与爹妈伸雪。"守勇听说,一包眼泪,说道:"蒙爹妈恁般吩咐,孩儿怎忍分离?"千岁道:"我儿读的《孝经》,可是教你违逆父母之命的么?"夫人道:"儿啊,你听爹娘嘱咐,快寻兄弟去罢。"守勇总是啼哭,依依不舍。

忽听外边河翻海沸,火炮震天,家将报道:"启上千岁,外面许多官兵围住在那里了。"千岁听报,闭目凝思想道:"吓,有了!记得父王在日说,杨六郎破天门阵的时节,有个道人姓钟,曾与俺父王说,后世子孙有难,把这锦囊开看。我想今乃天大奇殃,何不取来一看。"呼爷取出锦囊观看,那知里面写得明明白白,说道:"呼家将难脱庞妃害,两世子快从地穴行,到后来夫南妻往北,得恩诏除奸复大功。"千岁看毕,将锦囊交付守勇,催他速从地穴里去。守勇想道,事到其间,不得不依。正是:

流泪眼观流泪眼,断肠人送断肠人。

那守勇别了爹妈,从地穴里去,却见里面隐隐有火光相照而行,直走去了。千岁又吩咐男女家人:"你们也从地穴里去罢。"那家人仆妇齐道:"小的们蒙千岁恩养,情愿死生同在一处,不甘弃主贪生。"忽一小僮哭将出来,跪告千岁也要从穴中逃命。那晓这地穴自世子去后,里边这火光就没有了。这叫:

天书远诏征辽将,暗度呼家续旧弦。

且说庞丞相专等天色将明,即传令开刀。三军奉了将令,疾忙升炮起营,领兵杀进。可怜呼家将,一门三百余人,顷刻间都是无头之鬼。丞相吩咐兵士,把首级拿来点验,细细查看,单单不见呼家两个儿子的头颅。丞相满腹狐疑,只得硬了头皮复旨,奏道:"臣庞集奉旨领兵抄灭呼家将,共杀男女三百三口,独呼守勇、呼守信的首级未见,他兄弟两个必然逃了,臣思斩草不除根,逢春依旧发。若不追除,倘然日后他结党成群,扰国殃民,臣本不言,因呼家两个儿子的武艺,比他祖父更勇且强。"仁宗道:"卿奏甚是。着再点铁骑五千,追提便了。"丞相领旨出朝,仍往教场点兵。正是:

第五回　庞丞相父女弄权　呼家将一门受戮

旌头夜落捷书飞，来奏金门着紫衣。
白马将军频破敌，黄龙戍卒几时归。

那庞妃见仁宗进宫，疾忙俯伏谢圣，奏称："臣要叨荷皇上天恩，允臣灭呼雪恨，捐躯难报。蒙据臣父庞集所奏，呼守勇、呼守信知风逃去，臣父又邀格外之恩，仍赐领兵出追。但呼氏不惜天恩，胆敢狂悖，应将呼家尸首倒置，使奸者畏法迁善，则朝无奸佞之臣，家无悖逆之子，朝野肃清，皇上可谓尧舜之君矣。"这叫：

美女娇音岂是良，倾城倾国败夫郎。
唯将媚语迷君意，只恐他年难主张。

那仁宗听奏，十分欢喜，遂命工部起造狱坟，那工部杜衍同侍郎王德用领旨出朝，往呼家废址，改建狱坟，铺在四面。这杜衍、王德用正欲上本报竣，恰庞妃令内监吴琮、任文忠等与杜衍、王德用道："咱奉贵妃娘娘命令，坟傍立一大石碑，上刻：'奉旨抄斩呼家将之狱坟'。"那晓呼必显夫妻身虽受屈，倒葬了一块福地，却有个名儿，双龙捧珠。这叫：

人恶人怕天不怕，人善人欺天不欺。
善恶到头终有报，昭彰天理有循环。

且说呼守勇自从地穴里逃出，连宵达旦而行，心中甚是恍惚，不知爹妈被庞贼害得如何了。"咳，天哪，俺呼守勇不知何日与父母报此大仇。闲话休提，且去寻了兄弟再处。"不觉红日西沉，天色将晚，却好有座神庙。"待俺少歇片时再走。"那呼守勇来到里边，抬头一看，原来是玄天上帝。守勇跪拜道："神圣吓神圣，弟子呼守勇，因庞集父女作奸，殃害俺爹妈，又蒙爹妈令俺从地穴里避走，寻了兄弟呼守信，一同躲避他方，后来好与父母伸雪这个冤仇。倘弟子日后得遂此愿，重修庙宇，再塑金身。"守勇祷毕，沉吟了一回，道："呀！为何在此耽搁？且赶路罢。"

行走之间，忽听人声逼近，回头一望，觉得胆战心惊。只见烟尘滚滚，剑戟层层，蜂拥追来，自语道："想必是庞家的人马。呀，如今躲到那里去？吓，好了！前面黑隐隐的，想是一个庄子，待我避过那一阵兵马再处。"守勇就绕过了湾，见一扇小门大开，溜进一看：

原来一座花园，且喜里面无人。守勇将园门推开，直往里边，假山石畔，上刻三个大字。吓，这叫"桃源洞"，里边恰也洁净，暂且躲在洞中。正是：

屋潜更遭连夜雨，行船又遇打头风。

且说有个王汝南的，不愿做官，怕有风波之险，故尔退归林下，守了田园，遨游山水，每日与高士博弈饮酒，弹琴长啸，河南地方号王百万。他想，做官那有这等快活；但安人史氏与我同庚，今年五十二岁，只生一女，名唤金莲，已是十八岁了。因安人爱如掌上明珠，所以尚未适人，这也不在话下。方才听说，呼家将被庞妃谋害，已经抄灭了。我想当时那呼延赞、杨业，同我先父王贵，大破辽蛮，死于天门阵内，蒙皇上圣恩，都追封了公侯爵秩，钦赐了府第。那晓呼家将今遭此奇冤，倒是我退守林泉的好。却是：

文章牛马尘中走，事业蚍蜉洞内栖。

无能岂敢邀天禄，潇洒林泉学地仙。

且说他女儿王金莲王氏小姐，终日焦思，想道：爹爹王汝南得宋朝开国功臣王将军之子，未知何故不去袭职，反恋林泉之趣。且我母亲亦不相劝，全不念及儿女。呀，且住，我昨夜梦见青龙，张牙舞爪盘在床间，看了倒吃一唬，忽云端里有一位仙姬，他见了我，就道："仙姑请了，你园中假山洞内这位青龙星，与仙姑有五十年姻缘之分，你当速速收他，不可错过。"那时，我正要动问其详，这仙姬已驾云头去了。这叫：

蝴蝶梦中家万里，杜鹃枝上月三更。

那金莲小姐，终日想这怪梦：若果然是青龙星降凡，面貌必然丰美，但不知我自己，可是上界的仙姑降生。金莲正在思想，恰好翠桃使女走来，说道："小姐，为何愁眉不展？"金莲道："因昨晚得一怪梦，不解详解，我故忧闷。"翠桃道："小姐，梦中之事，想他做甚。如今园内百花盛开，何不到园中散闷一回，多少是好。"

不知以后如何，且听下回分解。

第 六 回

王金莲奇缘巧遇　包文正力救呼郎

袅袅城边柳，青青陌上桑。
提笼忘采叶，昨夜梦渔阳。

话说金莲在绣房呆想这梦，恰是使女翠桃来说后园百花齐放。金莲唤了翠桃，同出绣房来到园内。金莲道："翠桃你看，果然千红万紫百萼齐辉，又听黄莺弄舌，紫燕呢喃，黄蜂飞舞，玉蝶穿帘。堤上梨花似雪，池边柳絮如银。一阵阵香风远送，笑盈盈主婢同行。"翠桃道："小姐，这是万花楼了，我们进去坐坐再走。"那金莲上楼一望，果然园景不让蓬莱，你看太湖石独立玲珑，紫峰岩怪石千重。金莲远远望去，忽见桃源洞边红光焰焰，即唤翠桃往桃源洞去看来。

那翠桃奉小姐之命，来到桃源洞口一看，说道："呀，里边睡的书生，是那里来的？我且不要管他。"就喊一声："捉贼！"守勇听喊，大惊说道："姐姐，我不是贼。"翠桃道："你既不是贼，在此做什么？"守勇道："姐姐，难生实不相瞒，只因连日路途辛苦，且有官兵后面追来，难生见尊府园门未关，所以躲避尊园。"翠桃道："吓！你说后面有官兵追捉，避入我园，明明是强盗了！待我通报员外，叫官兵来捉你。"守勇道："啊呀！姐姐，难生不是强盗。因爹爹呼必显奉旨巡城，那晓庞妃僭了正宫的仪仗，俺爹爹不许庞妃僭用，谁想庞妃回宫哭奏，朝廷怒令妃父庞集，领兵抄灭俺呼家将。那时，俺爹娘叫难生走避，寻访兄弟，后可复仇，这话难生句句实情，望求姐姐怜救。"正是：

负罪将军在此逃，野田芳草绿迢迢。
高台爱妾魂消尽，凭仗丘迟为一招。

那翠桃听说，见他品格不凡。翠桃道："据你说，呼千岁是令尊，你就是呼千岁的世子了。既如此，同我去见小姐，看你的造化。"守勇道："总要姐姐相救。"

翠桃上楼,见了小姐说道:"那桃源洞边并没有什么红光,却是一个少年,睡在桃源洞里,我就叫喊捉贼,他说不是贼,因官兵赶来,暂避我家园内的。"守勇听翠桃禀明小姐,就称:"难生呼守勇叩见,求小姐相救!"那金莲听他说难生呼守勇,就把他一看,心中暗想:"莫非此人就是仙姬与我所说的青龙星么?如果是他,也不枉一生姻眷。"金莲正在思想自己终身,守勇一旁恳恳求救。适当时此,忽听得炮惊天地,翠桃道:"小姐,不好了,外面想是官兵来也。"金莲道:"不妨,你且快叫呼家少年换了衣服,让他在女伴里等着,待我与员外讲明,好来救也。"

翠桃领了守勇,改妆上楼,女伴们见了,问道:"翠姐,这是那家的小姐?"翠桃道:"这是员外的亲戚,到此看学刺绣的。"这叫:

道却横波字,人前莫漫羞。

只因兵马到,乔妆扮女流。

且讲金莲来到书房,见了员外,说道:"爹爹万福。"员外道:"女儿出来为何?"金莲道:"爹爹,女儿昨夜得了一梦,甚奇:见一条青龙对我旋绕,忽然又有一位仙姬,说道我们园内有青龙星避难,教我相救于他。今早女儿同翠桃进园,见桃源洞边红光射天,令翠桃看来,说道洞内睡一少年,问他,说是呼家将之子呼守勇,因官兵追捉,他就躲入我园。如今又闻炮声大震,官兵围在我们庄上。儿恐搜查出来不便,已令翠桃教他改妆,躲在绣楼,只说是学绣工的。"员外道:"如果是呼千岁的令郎,老夫也该相救。若官兵要来搜捉,不妨说是前村李员外家的小姐,在此学绣工的便了。"员外正说,果听炮不绝声,马嘶人闹,也觉有些胆怯。这是:

同时一脉旧英雄,辅宋平辽立大功。

先帝念臣加社稷,一朝涂灭逐孤鸿。

却说庞丞相领兵追捉,远远看见呼守勇模样,不料转过弯来一望,绝无影迹,想必这贼决然躲在此处,即令三军扎下营伍,把这王家庄围了,这教瓮中捉鳖,怕他逃上天去?丞相看见一座牌坊,上写"御赐功臣府",说道:"咦,莫非是王贵老将军的府居?咳,难得他这公子,朝廷袭荫他爵禄,那公子王汝南不愿出仕,性爱林泉之趣,自己守了田园,颇有员外之称。如今他这庄子,却也不小,方才那个呼贼,想必躲

第六回　王金莲奇缘巧遇　包文正力救呼郎

在他家。"丞相即吩咐三军，且把王家庄前后守好，方可进门搜捉。三军就奉令围守，丞相带领一千精壮的将士，一直赶进王家，齐说搜捉呼家兄弟。

那员外府中这些男女，个个吓得目瞪口呆，赶进里边报说。员外道："你们不必惊惶，待我去问庞集。"员外出厅，问道："老太师，今日提兵到舍，想是朝廷有旨来的。"丞相道："员外，今日造①府，也算得奉旨的了。"员外道："太师差矣，既不奉旨，何敢领兵骚扰我家？谁不晓得我先父王老将军，系宋朝的功臣，袭荫子孙的府居。我是辞职归田的员外，你敢无事生非，乘机劫掠么？古云：钢刀虽快，不斩无罪之人。岂可率兵鼓噪②？"丞相听说大怒，一把扯了员外，说道："你好大胆，敢将反贼呼守勇、呼守信窝藏在家？你的身家性命都难保了，还敢强辩！"丞相道："众军士，快到里边搜捉反贼！"丞相一把揿了员外，说道："你们先从大门搜起，一直搜到里面。"吓得绣楼上的女子，个个抖倒。金莲、翠桃吓得魂飞天外，那假装的小姐犹如泥塑。

员外硬了头皮，上了绣楼，说道："这班女子是绣工的。"那丞相细细看到西首这个女子，品貌像男的，却是疑惑，故意喝他一声道："员外，你何必遮瞒，自讨苦吃。那西首乔妆的明明呼守勇，你还要瞒我则甚。快快交代出来，好救你的性命！"员外道："丞相，你道那西首这女子，他就是前村李员外家的小姐，在我家学绣的，包文正是他的母舅。老太师，请看准了讲，不要错认了。"丞相听说，沉吟半晌，说道："这个女子，实有蹊跷。"员外想道：好了，如今老庞有些软了。正是：

逢人且说三分话，不可全抛一片心。
若然吐露真机奥，祸起萧墙命岂倾。

且说龙图阁学士包拯自叹道："我想告病的时节，蒙朝廷十分宠爱，命我病痊速行就职。咳，我包文正上感天地生成之德，下叨人君加我天禄，如此洪恩，教我怎生答报，只好尽忠孝，代天宣化，辅政惠民，仰答天地好生之心。"文正正思念天恩，忽家人报说："呼家将被

----

① 造——敬词，前往，到。
② 鼓噪——擂鼓和呐喊。古时军队出战时大张声势。这里指喧扰，哄闹。

庞妃毒害，奉旨诛灭全家了。闻得呼家两位世子逃在王员外家里。如今庞太师领了兵马，在员外府中，搜捉呼家那两位世子。"包公闻听大怒道："老庞啊老庞，你忒①煞横行了！我如今病已好了些，不日就要入朝办事，待我把这政绩理他起来。闲话休提，且到王家，看老庞怎么！"

包公就上了雕鞍，来到王员外家里，见那庞丞相指定这乔妆的，说是个男子。王员外道："丞相，可曾认得明白，到底是真是假？"那丞相听王员外这般说法，心中好不狐疑，若说是真的男人，这便治他的死罪，倘然果是李员外家的女儿，岂非又惹出事来。这教进退两难，如何定局？吓，有了！且唬他一唬再处。丞相道："员外，你说这乔妆的是包文正甥女，李员外的小姐，但是老夫难瞒的。军士们，你与我把这乔妆的洗剥②了他！"那金莲、翠桃听说，急得面如土色，守勇胆战心惊。员外硬了头皮，喝一声："呔！奸贼，你擅敢在此放肆，既要洗剥，也该请了李员外同包文正到来，洗剥未迟。"

道言未了，恰好包公进厅。员外道："包大人，你今日来得凑巧，不道丞相将令甥小姐错认是呼家世子乔妆的，说要洗剥他衣裙哩。"包公听了，疾忙上楼道："庞太师费心了。"丞相道："包大人，这是朝廷密旨，不得不遵。"包公哈哈大笑道："好个不得不遵，但是朝廷差你捉的呼家儿子，并未教你洗剥李小姐。你仗了庞妃的势头，欺我老包的甥女，他好端端在王员外家学绣，你狠巴巴硬要洗剥，明明在王家寻衅，欺唬这班女子。如今苦我老包不着，与你去面君，看圣上如何？"丞相道："包大人，诸凡要你教我，何必如此深责。今冒犯了员外小姐，亦可说明，总要请大人息怒。既然员外府中没有姓呼的，我们快到别处追赶。"

三军立刻起营。那丞相又取黄金百两，送与小姐压惊。包公道："这倒不消。"丞相道："包大人，这是老夫的微意，不必推却。"包公哈哈大笑，说道："老太师，你好像《三国志》上的周瑜了。"丞相道："这是何解？"包公道："你倒忘了，这教周郎妙计巧安排，赔了夫人又

---

① 忒（tuī）——太。
② 洗剥——脱衣搜身。

折兵!"那丞相道:"包大人,休得取笑。"包公道:"如此,舍甥倒要领的了。"

不知以后如何,且听下回分解。

第 七 回

包文正硬退庞奸　呼守勇病倒王园

梁园秋竹古时烟,城外风悲欲暮天。

万乘旌旗何处在?平台宾客有谁怜?

且说包文正在绣楼退了庞兵,来到里边,说道:"员外,这呼守勇究竟如何?"员外道:"方才这大脚的就是。"包公哈哈笑道:"怪不得老庞讲要洗剥他,老夫还道老庞欺人太过,与他硬争,那晓果有其事。幸亏老庞倒软了,不然老夫倒要吃他的亏哩。"员外道:"那老庞说要洗剥,其时我的魂魄都唬掉了,亏得说了你的大名。却是你又来了,真正巧极!"

员外道:"院子①,你去请了呼公子来。"守勇到来,员外就叫他拜谢了包公,说道:"这就是救你性命的龙图大人。"守勇拜了包公,掉下泪来。包公看见守勇泪出,说道:"贤侄,你把受害的根由细说一遍。"守勇道:"恩人听禀:俺父王巡城在道,忽见銮舆队仗纷纷而至。父王认是正宫娘娘经过,那晓是庞妃僭用銮舆。彼时父王羞辱了他。不想庞妃诳奏,朝廷轻信,就差庞集统兵到来,抄灭了我家三百余口。小侄因爹妈命从地穴里逃出,往太华追寻胞弟守信一同避难。谁知才走得两日,只听炮声震耳,呐喊连天,想是追兵到来。如何躲避,小侄急欲逃灾,见一小门半掩,疾忙挨身走进,躲入假山洞里。到了天明,恰好小姐进园,一见小侄则喊捉贼,小侄只得实情哀告。蒙小姐垂恩教我改妆,允入绣楼。谁想,霎时间庞兵拥入门来搜捉,指称洗剥。那时,小

---

① 院子——家仆,家人。

侄已魂飞天外,幸员外同包大人退去庞贼的人马,小侄得以再生。若非二位恩人相救,小侄已做了刀头鬼哩。"

包公道:"贤侄,你今大难不死,日后必得厚禄。我想令祖呼延赞同杨业、王贵老将军都是同朝的开国功臣,岂料呼家遭此灭门大祸!咳,苦恼苦恼。如今贤侄要往那里去呢?"守勇道:"不瞒二位恩人说,目下小侄犹如丧家之犬,只好到处为家了。"包公听说,道:"员外,我想呼家贤侄连受惊惶,且在府内消停几天如何?"员外道:"弟亦深有此意,我们且到园内去讲。"

三人行至万花楼,分宾主坐下,大家谈谈说说,不道守勇掉下泪来。包公道:"贤侄不必悲苦,老夫病愈不久就要复官,那时再与贤侄伸冤雪恨便了。"守勇道:"多谢大人。"包公辞别员外而去。员外命小院子将花厅收拾好,服侍呼公子安歇。正是:

心中百结万千愁,恨煞妖娆怨怎休!
终宵睡却难成梦,切切思思复大仇。

且说呼守勇住在王员外园内,忽然身子困倦起来,书童报知员外,〔员外〕进园问候,公子道:"多蒙员外大恩,今生恐不能图报的了。"员外道:"公子,你不过冒了些风寒,须耐性调养,切勿忧闷,且把愁肠放下,在舍下稍停岁月,少不得文正复官之后,将来自有区处①。况我年将花甲,只有一女,名唤金莲,今年十六未姻。老汉思量觅一佳婿,还仗贤侄代老汉参酌哩。身子自宜保重,凡事宽心为主。"员外讲罢,出园去了。公子病将数日,精神渐减。却是:

才力应难跨数公,只今谁是出群雄?
或看翡翠兰苕上,未掣鲸鱼碧海中。

却说王氏金莲,思想梦中青龙盘旋,那日同翠桃进园,见桃园洞口红光直透,令翠桃往看,见是呼家公子睡在里边,自想:公子决然大器,他的年纪与奴仿佛,不知员外、院君②心上如何?金莲正在思想,恰好翠桃进房道:"小姐,你从前梦的青龙盘住了你,那晓恰有呼公子相遇,我想这是明明的宿缘,只怕员外、院君也明白的了,所以留他住

---

① 区处——安排,办法;打算。
② 院君——有封号的妇人,亦尊称官吏、财主之妻。此处金莲称己母。

第七回　包文正硬退庞奸　呼守勇病倒王园

在园里。但是近日公子有病。"金莲道："翠桃，那公子有病，员外可晓得么？"翠桃道："员外方才在园内看了公子，方晓得有病。员外说公子的病，因思亲、受唬两件上起，只要宽心调养不妨。但他父母皆亡，员外又无子嗣，若是把小姐的终身托他，真正是天缘配合，不枉梦里的征兆，青龙盘住了小姐，如公子得了这个喜信，他的病包管就好。"这叫：

　　良缘自有三生约，好把心猿意马收。
　　且听南岭莺弄舌，鸟啼花落不知愁。

那金莲被翠桃说了这几句，不觉满面通红，说道："翠桃，你今天说话欠通。古云男女有别，岂可到园私许，作此丑态，遗千古之羞？"翠桃道："小姐，你羞今日之相许，为何救初见之呼郎？有往日之搭救，才有今日订百岁之姻盟。"金莲道："翠桃，你这般说了，他把我轻看起来怎处？"翠桃道："既如此，小姐作札一函，待我送去，看公子如何？"金莲道："这倒使得。"小姐作札内云：

　　闻双亲惨死，家室顿倾，幸亲命兄逃，尚有庞兵追捉。日前在园相遇，兄以直陈，忽听火炮声频，军兵震耳，只得委曲改妆，充入绣楼为侣。若非文正之能，险遭洗剥之厄。不料兵退祸消，兄又尊体欠安，谬叨兄妹，聊申启候，会晤有期。

那翠桃接了这封书信，疾忙送至花园，忽听公子正在那里自言自语地说道："他日若非仙子降，今朝岂有解辰星。昨日蒙员外到园问我的病，又是一番言语。我想承他们父女如此厚恩，教我如何答报？倘能配偶，也不枉小姐的了。"

翠桃听了一会，走到里边，叫道："公子，我家小姐有书在此。"守勇接来细看，道："咳，小姐教我怎能消受？"守勇旋①又说道："姐姐，我不能动笔，烦姐姐代言。"

翠桃回来对小姐道："公子不及回书，教我多多致谢。"小姐道："教我怎的。但不知公子近日病体若何？"翠桃含笑道："公子看了小姐的书，觉得病已轻可了些。"这是：

　　一纸真符除万病，半轮明月满乾坤。

---

① 旋——马上，随即。

且说呼守勇自从逃避到园，不觉一月有余，病体已愈，精神如旧，心想：乘此天气晴明，不免把这金枪试舞一会也好。就将衣服脱下，单穿了鹅黄紧身，拴一条片金暖肚，手里提了金枪，使得来金光闪烁，犹如电掣雷轰。使了半响，说道："好厉害，病得这几天就弄他不动了，果真拳不离手，待我歇息片时再舞。"

且说员外想起呼守勇的病，连日未曾进园看他，不知好否。心想："呼侄品貌虽好，奈他颠沛太狠，若是纳他为婿，却也相当。今日闲暇无事，且到园内盘他一盘，再作理会。员外步进园来，只见一条青龙在空场上百般飞舞，员外一见，口称奇怪：青龙发现，乃人间大瑞①，莫非老汉有添丁之庆？员外近前细看，呀，明明是青龙飞舞，谁知是呼家贤侄在此耍枪。果然将门之子，与众不同，看他拿这柄铁杆枪，犹如取了一根杉木棍，轻轻松松不用气力的一般。我家小姐常常说要学枪，须得习学这神枪，方有用处。咳，我想朝廷为什么轻听庞妃的献媚，把一个辅助江山的功臣，一旦倾亡。这叫：

孤猿更叫秋风里，不是愁人亦断肠。

那呼守勇把这金枪正使得高兴，抬头一看，却是员外在此看舞枪。守勇道："放肆了。"员外道："公子你病后元神未足，舞枪恐劳筋骨。"守勇道："小侄却是不知。"员外道："你既不知，老夫与你讲明了罢。"守勇道："如此，请教。"员外道："公子，对于这一柄枪，老夫曾立过誓，若有使他者，只要人才出众，枪法精熟，愿将小姐匹配。今日老夫看你枪法恰好，人才又妙，岂敢悔誓。况老夫膝下无儿，全赖公子，我得暮年勿忧也。"守勇道："大人，但是小人灾难叠至，且无一椽寸土，枉负虚名，岂敢耽误千金？况且现漂湖海，未卜何时有定。蒙大人恩命，小侄断不敢遵！"员外道："公子，这是老夫的心事，你今不必固执。"守勇道："大人，目下小侄的性命，犹如水上浮萍随浪去，漂流湖海任西东。"那守勇虽然口里这般讲，心窝里十分欣幸。

后来毕竟如何，且听下回分解。

———————————
① 大瑞——大吉。瑞，吉祥。

第 八 回

王员外巧选东床婿　牛夫人劝嫂联姻眷

本来银汉是红墙，隔得庐家白玉堂。
谁与王昌报消息，尽知三十六鸳鸯。

那王员外道："公子，你今不必过虑，待老夫择吉，就可花烛。"守勇道："蒙大人如此深恩，教小侄怎么消受？"员外道："说那里话。自古云：姻缘本是前生定，莫作寻常世事看。"

员外出了花园，来到内宅，对安人道："老夫今日与女儿办了一件大事，真正天从人愿。"安人道："你如此快活？可是有媒人来与小姐说亲？"员外道："说亲有甚快活？"安人道："既不是说亲是什么？"员外道："是做亲哩。"安人道："怎么说，世间那有不聘而婚的道理？"员外道："只要女婿好，论聘则甚？"安人道："员外你好糊涂，怎么把女儿的婚姻，轻如鸿毛。到底许了那一家呢？"员外道："许的后山呼氏。"安人道："可是呼家么？"员外道："然也。"安人道："既是后山呼氏，那个为媒？"员外道："老夫亲自伐柯①，所以即日就要完婚。"安人道："呀呸！岂有丈人作伐，不聘成婚的道理？亏你还是功臣之子、员外之称，全然不识时务，把女儿的终身轻诺非人。我今日与你拼了罢！"安人就一把拽着员外胡须。

员外急得屁滚尿流，说道："安人不必动气，放了手好好的讲。今日我到园里，见一条青龙在那里飞舞，近前一看，原来呼公子耍枪。我想，此子必成大器。故将女儿许他为室。因他父亲与庞妃作对，以致全家抄灭，单逃了守勇出来，又遭庞兵追捉，恰好我家园门未关，躲进了园。谁知庞集又来搜寻，说要洗剁。我骗他说是包龙图的外甥女儿。看那庞集有些疑惑，恰恰包文正到来，说了几句，庞集才退了兵马。那文

---

① 伐柯——作媒。与下文"作伐"同义。

正教我留他在园安息几天,我想这守勇人品不凡,故将小姐许他。若是平常不堪的,老夫焉肯把女儿与他。"安人道:"你这糊涂鬼,倒说是干净。待我唤女儿出来,与你再讲。翠桃,你去请了小姐来。"

那翠桃奉主母之命,来到绣房,道:"小姐,你快去解劝,员外为了小姐,今被安人大骂哩。"金莲听说爹妈为他反目,匆匆来到外厢,见了员外、安人,道:"爹爹,母亲,呼唤孩儿则甚?"员外道:"女儿,你娘道我把你许了呼家,嫌他穷途无聘,所以与我呕气。"安人道:"女儿,我为你的终身,伤亲怪友,未曾应允,如今被这老糊涂将你许了什么呼守勇,你道气也不气?"小姐道:"母亲罢了,总是女儿命薄,既是爹爹作主许了,如今说也无益,劝母亲不必动气,若儿命好,爹爹也不许那飘了飘去的穷鬼了。"安人道:"呸!你父女俩都是没下梢①的。"这叫:

  抱鸡鸡弗②斗,气杀抱鸡人。

那安人道:"我如今只算在家修行,不管俗家的事罢了。"

那晓员外的妹子牛夫人恰好回来,见了员外,说道:"哥哥,为何嫂嫂侄女都不出来?"员外道:"妹子,我正要与你商量。你嫂嫂道我把小姐许了呼家,因他未曾聘得,道他是穷鬼,正在与我呕气,幸亏女儿倒明白,他说:'穷通富贵皆前定,岂知由命不由人。'"那牛夫人道:"侄女却贤惠,待我去劝嫂嫂。"

牛夫人来到里边,道:"嫂嫂在那里?"安人道:"姑妈请坐,我正要告诉姑妈,你哥哥忒煞糊涂,瞒了我把女儿许了一个穷鬼,亦无家室,亦无媒妁,就要与他完婚。可有这个道理么?"牛夫人道:"嫂嫂,我方才来,哥哥已细细说过,我已埋怨他一番的了。我想,既把侄女许了呼家,不能挽回,如今我为媒妁,相劝嫂嫂不必添怒,婚姻大事,须要吉利为主。家兄一时糊涂,总看小姑薄面。"安人道:"姑妈,我今不管闲事的了。"牛夫人道:"呀,嫂嫂,你错了!凡事三思。"安人道:"咳,姑妈,你哥哥可耻,金莲更可耻,他说由命不由人。"牛夫人道:"呀,嫂嫂,那女孩儿家,更不知道理,何必计较他。嫂嫂与我

---

① 下梢——结局,下场。
② 弗——不。

第八回　王员外巧选东床婿　牛夫人劝嫂联姻眷

哥哥争论，也不过为儿女，他既讲由命不由人，也明白了，姻缘本是前定，果然由命不由人。小侄女后来决难怨及父母的了。嫂嫂何不欢天喜地，动什么气？"安人道："既蒙姑妈劝说，如今由他择日完婚，谅女儿亦难怨我做娘的了。"牛夫人道："嫂嫂，就是为父的，他也不怨的了。不然，那'由命不由人'这句说在那里的呢？"安人道："姑妈说话，越发贤明，真正妙极了。"

那姑嫂二人正谈到情理之际，恰员外选了吉日回来，与安人道："我与你总为女儿，岂肯配与平庸？"安人道："你虽说得好，我终不能放心。"牛夫人道："嫂嫂，这呼家与我们是世代通家①，同朝共政的大功臣，对亲②恰是不错，不过他父母遭了庞妃的害，我们目下③对亲，并非因他们世耀联姻，不过守勇可以裕后光前耳。"员外道："安人，可见得我不错，他姑妈也晓得这个源头的。"那安人笑嘻嘻道："若然不是姑妈劝说讲情，我把你这老糊涂的胡子，逐根拔光的。如今姑妈在此劝解，造化了你。"员外道："多谢妹子帮衬④，承安人海涵⑤。"牛夫人道："但不知哥哥择了何日？"员外道："选的本月十六，黄道吉辰⑥。"牛夫人道："既是通家世谊，何不先请来一见。"

员外听说，欣喜不过，请了守勇到厅。员外道："贤婿过来，先叩谢了姑母。"牛夫人把守勇上下一看，心中暗想：果然品貌不凡，人才俊雅，日后必然大用⑦，果然我哥哥眼力不差。夫人道："公子，拜见了岳父、岳母。"员外扶住守勇，安人看那公子，果真人物俊俏，不似等闲，说道："公子少礼。"员外笑嘻嘻道："贤婿请书房里去罢。"那守勇回了书房。

员外就吩咐院子收拾打扫，前后都要挂彩张灯，十六黄道吉日，小

---

① 通家——世家。
② 对亲——成亲。
③ 目下——眼下，现在。
④ 帮衬——帮忙，帮助。
⑤ 海涵——即包函，敬语。
⑥ 黄道吉辰——旧时星命之说把青龙、明堂、金匮、天德、玉堂、司命六辰叫吉神。六辰值日的日子称黄道吉日。
⑦ 大用——成大器。

姐婚配良辰,一应乐工掌礼,齐集侍候。那院子奉了员外吩咐,大家料理停当。

到了那日,包公也来贺喜,这些亲朋,纷纷称贺,乐人宾相,吹唱匆忙,员外心中好不欢喜。正是:

洞房花烛今宵会,百岁良缘从此谐。

且说守勇见了小姐、翠桃,重又施礼称谢,说道:"卑人若无小姐垂慈、翠桃神力,焉能今日兰房①得有乘龙之庆?此恩此德,教我如何答报?"小姐道:"公子这段姻缘,非今世事也。因先有一梦,梦一条青龙,盘住我房。醒来不能解说。恰翠桃劝我进园散闷,不道桃源洞边,看有红光透天,翠桃看了来说,桃源洞内有人睡哩,想欲喊捉,被我阻住。因见公子不凡,说是逃难到园,却听炮声震动天地,人马沸腾,谅事急迫,故把公子委屈,改妆了女子,方可藏入绣楼。不料,庞贼指定要洗剥公子,那时我同翠桃吓得胆战心惊,我家爹爹亦是土神一般。幸喜包文正来到,说得硬挣,庞集只是疑惑,就不敢洗剥,将人马退去。若非包公到舍,谁人解得此围?你我如今聚首,乃是上苍所赐。"

守勇道:"小姐,但为卑人蒙令尊、令堂这般抬举,又得小姐匹配于我,教卑人如何消受?"金莲道:"公子,夫妇乃人伦之大节,原是五百年前结就的,若然不是前生注定,焉有预兆。我且不喜游园,偏偏那日进园得见公子,心中若有所得,岂非宿世之缘,得遂百年之乐?"守勇道:"情理虽然如此,但是有屈了小姐。"金莲道:"已成夫妇,屈的也直了。"谈谈说说,不觉天色已明。

守勇梳洗完了,来到外边,相见了员外、安人,回进内房,见了小姐。守勇想起了父母,含一包眼泪。小姐道:"公子为何垂泪?"守勇道:"我想起爹妈好不心痛。我在此欢乐,亲死九泉,苦之不胜。人子之心,孰不思劬劳②鞠育③?富贵贫贱虽殊,亲恩从无二理。但我的爹娘死非数终,被庞妃狡奏,遭仁宗蒙准,把我家三百余口,一旦尽遭涂

---

① 兰房——女子居室的美称。

② 劬(qú)劳——辛劳,劳累。

③ 鞠(jū)育——抚养。

炭,惨毒至此,千古未有!教人怎不痛心。"

金莲道:"公子,你且耐性,今公公婆婆已遭荼毒之苦,天下共知。将来包文正到京,他就不肯纵奸为恶,只怕有一番议论哩。我们且寻着了叔叔,慢慢的商量该如何办理之处,先立了章本就好计议,难道庞家杀了我们三百余人就罢了不成?古人云:杀父之仇,不可不报,何况杀了一家?"守勇道:"但不知我兄弟几时相会得着,才能报得大仇哩!"小姐道:"公子不必心烦,灰了英雄之志,沉了父母之冤,自古道:大丈夫能屈能伸,总立定了大志,神道亦即辅助,况今为父母伸冤,上天扶佑无疑。"古云:

黄河尚有澄清日,岂可人无得运时?

那守勇听了一番,心中方见明白。

不知后来如何,且听下回分解。

第 九 回

钦天监观占星象　庞贵妃计触龙情

巧笑知堪敌几万,倾城最在著戎衣。

晋阳已陷休回顾,更请君王猎一回。

且说庞丞相自从提兵之后,四处追捉,这呼家兄弟两个绝无踪迹。他诳奏:"善于妖法,军兵不能前进,伏乞皇上敕召法师,驰赴军前荡涤邪氛,以便追获。并敕各省抚按,严督郡邑文武官吏巡员将弁,一体协力查获,即以官升吏赏。如不严行查获,察出一并究参。如此则易于破获,以免隐迹潜踪之患。"仁宗览奏,即降旨礼部王曾:"着人绘画了呼家兄弟的图形颜貌,颁布中外文武,一体追获。如敢徇情故纵,照律应加三等治罪。钦此。"

那仁宗回宫想了一会,道:"呀,错了!这呼延赞乃我朝的功臣,皇祖极宠爱他的,是以袭封呼得模为忠孝王,赐了金龙鞭,命他在朝秉政。不料朕躬临御,觅了庞丞相的女儿到宫,封了他为贵妃。朕一时未曾想到，被庞妃潜用了正宫的銮舆，被呼得模议谏了一场。那晓庞妃奏说得模欺君妄上，朕即令丞相庞集领兵抄灭呼家。不道得模之子呼守勇、呼守信遁去无踪，庞妃必欲追获，杜绝其源。朕误听其言，复命庞集统兵追赶。今庞集称呼家妖法厉害，军兵莫敌。但是呼家谅非奸佞，何庞集疏奏至此，于中定有嫌隙。"

仁宗正在思虑前后，恰好庞妃进见，奏道："臣妾荷皇上格外之恩，已敕臣父庞集领兵追捉呼家，谁晓他妖法多端，不得不奏闻陛下。臣妾想，呼家将如此难捉，莫非罡煞临凡，致多怪术，必请法师镇治，然后进兵有效，再令钦天监夜观星象，把迁位宫次讲明，方得追赶不虚，若不早为制伏，迟则生变，到了这个地步，只怕鞭长莫及了。"仁宗道："庞卿所奏甚是，朕想呼家将乃皇祖开国的功臣，故袭封他子孙世守，朕因操守不坚，一时惶愧，把一个赤心忠良的呼家将一旦尽殊，今被廷臣议论，朕心常自忧思。今卿这奏，朕亦难为，卿且各人自扫门前雪，莫管他人瓦上霜。"那庞妃执意要仁宗降旨，仁宗只得降旨钦天监。

话说那钦天监监正孙太，奉旨上台，要将周天过宫凶吉次序逐一查看，那青龙离宫三度，白虎迁垣数仞，查此二星，恰恰应的呼家两子，幸喜将星尚伏，干戈不致冲旺。那监正下台，俯伏金阶，奏道："臣孙太奉旨观星，查得青龙、白虎二星，虽属离宫退位，幸将星伏下，台垣辅弼正在离宫退位，须皇上亟宣禳保①，以安众象。"

仁宗听奏，沉吟良久。回到正宫，曹后接了驾，摆下御宴，问道："圣上今日进宫，为何不快活？"仁宗道："娘娘有所不知，朕因误于庞妃，把一个皇祖的大功臣冤杀了，既已轻听误杀，又令加兵追捉，去今四月，昨日庞集奏云，呼家妖法厉害，奏请法师驰赶除妖，以便追捉呼家兄弟。今日庞妃奏亦相似。旋据钦天监孙太奏复，青龙、白虎二星离垣，请朕祈禳归宫，以安辅弼。朕思呼家两个儿子，上应二星，如今只好不动不变，也不听庞家添兵去追，慢慢的不理这事了。"

曹后道："古云：朝廷乃上帝委治中界②，须代天宣化。今我主慈

---

① 禳（ráng）保——祭祀神祖，去邪除恶，求其保护。
② 中界——即人间。古时以天为上界，阴间为下界。

第九回　钦天监观占星象　庞贵妃计触龙情

祥教化，四海人称尧舜，但我主过于宠了庞家，反被庞家父女弄坏，岂不可惜，况且呼家将原有功于我朝，其忠良之念，决不肯变。庞家既有这般奏法，还宜省察，试看呼家果否，然后用事，使廷臣畏惧，庶朝野肃清。今我主听了庞家的奏章，不审是非，就把呼家来灭，未免廷臣有道我主不分美恶、轻听佞臣之言，冤杀忠良。因我主太过仁慈了，故奸佞敢于侮君。"仁宗道："娘娘，已往之事，不必讲他。如今夜深了，睡罢。"却是：

　　五更漏声催晓箭，九重春色醉仙桃。

到了五更时分，只见月淡星稀，仁宗升殿，却好朝堂无事，退殿进宫，正遇西宫的刘妃娘娘往正宫请安，仁宗就进了西宫，道："爱卿为何美容比前日清减了些？"刘妃道："臣妾近日觉得身慵意懒，想是精神稍减。"仁宗道："刘卿，这叫：春色恼人眠不得，月移花影上栏干。"

那仁宗来到西宫，刘妃接了圣驾，奏称："臣妾不知驾到，有失恭迎，望我皇恕罪。"仁宗道："刘卿何罪之有？"刘妃道："臣妾接驾不恭已违仪典，若不奏请赦除，虑恐廷臣议论。"仁宗道："朕不责卿，廷臣岂知？"刘妃道："若要不知，除非莫为。"仁宗听了沉吟不响，道："准赦卿罪便了。"刘妃谢恩，又奏道："臣妾闻皇上又差兵追赶呼家，这一节事怎么样了？"仁宗道："那灭呼之事，并非朕意。因呼家气数已绝，有此庞家的参奏。"刘妃道："二鼓了。"仁宗卸下龙袍，挽住刘妃的手同入寝宫。那晓睡至三更时分，刘妃做成一梦，见一朵五色彩云，上边立一位白须的老人，手里拿一只仙桃，向刘妃一笑，把手一招，拿这只桃子，送与刘妃吃下，〔刘妃〕醒来一想，却是南柯一梦。这叫：

　　蝴蝶梦中家万里，杜鹃枝上月三更。

话分两头，单表一支。且说庞妃思想，为何皇上许久不进宫来，那呼家的事，不知钦天监如何查了？不免令小太监到钦天监去问个明白。那小太监到了钦天监细细的一问，进宫回复庞妃，说道："钦天监查看西龙星伏在西方，白虎星已迁兑宫，但查此二星应在呼家两子，不去惊动为妙。"庞妃听说一呆，想道："呼家原是天上星宿，故此这般厉害。呼家的儿子是青龙、白虎两星降凡，教我如何？偏偏这许久朝廷又不进宫，行止难定。"正是：

南宫冷落生孤另，北院空名强自眠。

庞妃怨想未已，恰好天子来宫，见了庞妃道："爱卿为何美容无喜？"庞妃道："臣妾因皇上久未进宫，逐日思念，故尔精神稍减。且虑呼家未绝，反复莫考。况呼家的儿子又应青龙、白虎二星，务选精兵急追，方免后患。若不剪除，贻祸不小，臣妾旦夕加忧。"仁宗道："庞卿既为国加忧，朕岂可逆天行事？"

庞妃呆了半晌，想出一计，道："臣妾别无他虑，因呼家打死了臣妾的胞兄，斩了庞家的禋祀①，说也心寒，庶民有犯，严律非轻，况今臣妾在宫，臣父在朝，兄冤不伸，倒是一场话柄。蒙皇上如此恩隆，兄冤稍息，但臣父年老，还求皇上眷顾②，臣等父女，粉身难报。臣今拜谢天恩。"仁宗道："庞卿何故谢恩？"庞妃道："古人云：为人欲尽忠和孝，臣报君恩子报亲。臣蒙皇上节次③提兵，亦谓臣之兄死不明所由也。圣恩如此，臣以死报。"庞妃言毕，就除了凤冠红袍，正辞驾出宫。仁宗一把挽住庞妃，说道："庞卿为何动怒？"庞妃道："臣惟捐生报主，并未有怒。"仁宗道："卿既不怒，何以轻生？"即命宫娥与娘娘穿戴好了。

宫娥与庞娘娘穿了宫袍，戴了凤冠，依旧回宫，见了仁宗，即俯伏谢恩，奏道："臣妾又蒙皇上赐我再生。"仁宗道："古人云：在生一日，胜死千年。况卿国色天姿，且又富贵过人，朕劝娘娘大放襟怀，切勿固执。"庞妃听了，暗笑不止，心里想道："被我这番做作④，一个皇帝也就没法了。若是我哥哥不死，在朝也做了官，就好商量划策，内外有了人，还怕那一个？就是做他的皇帝，也不值什么。可惜我家没有人，爹爹年老，哥哥早殇，想他则甚？不如耸动一番，待朝廷添些兵马，竭力追捉，不怕不获到军前枭示。

庞妃想了一会，主意定了，见了仁宗，把添兵追捉呼家这话，细细

---

① 禋（yīn）祀——这里泛指祭祀，即子嗣息继。
② 眷顾——关心照顾。
③ 节次——陆续，一次接一次。
④ 做作——故意做出某种表情、腔调而显得虚假、不自然。

的奏了一番。仁宗听了庞妃这般泣奏,细想良久,道:"卿奏理当,朕即降旨,仍令丞相挑选雄兵三万,赐了上方宝剑。此去如朕亲行。"那庞集领旨谢恩,飞檄宣召李飞熊为前部总兵,周国用为后部都指挥,吴虎、王俊、杨升经、阮泰、雷上卿为左右两翼,朱胜、林弼、郝大元、江孚仁、荣兆先、唐坤为四哨,邵弘奎、徐甫光、富弼、王体仁为参赞,各将奉令,把营伍兵器收拾停当。

到了明日,又奉令点兵,那三营五哨的将官兵弁,齐集到点。这庞太师坐在帐中,好不威风,一声号令,非同小可。顷刻间,众将披挂,号炮三声,一齐拔寨,果然兵随将转,击鼓鸣金。这正是:

大将南征胆气豪,腰横秋水雁翎刀。

第 十 回

庞丞相乘机进剿　包文正奉旨入觐

威风凛冽似秋霜,将勇兵强气宇昂。
旌旗招展眩人目,宝剑光腾映夕阳。

话说庞太师领兵追赶呼家,不觉长安已经不远,只看见地广人稀,一片荒凉,心想:且在此安营下寨,然后进兵,怕他再逃到那里去?太师一声吩咐,这五营四哨的兵将,各各听令安营,却是:

将在谋而不在勇,兵在精而不在多。

闲话休题。且说包文正告病回里,不觉已是一年,目下可云康泰,闲居潇洒,胜似陆地神仙。包公正在自叹,不道朝廷差了杜衍,特召包公进京。包公接旨已毕,见了杜衍,说道:"弟自告病归里,叨庇得痊,原思身不列朝,做一山林野老,以娱此生。谁想又蒙圣恩特召,并劳杜兄远涉。"杜衍道:"包大人,朝廷眷顾,因班中少了辅弼,特召大人佐理国政。"包公道:"杜年兄,弟久离仕班,恐失规仪,况目下朝廷,闻说要庞妃、庞集主政,只怕我辈出来不合时宜。请年兄宽坐片时,待弟写一个谢恩本章,恳年兄代奏。"杜衍道:"包大人,岂不闻

《四书》上两句,说道:'君命召,不俟驾而行。'况且王谏议,吕通政辈与我一同酌议,必得大人列班,还可整顿规议。"包公道:"既然诸公倚重小弟,敢不共事。如此,就起身罢。"

包、杜两人即日起程,不觉已到京都。到了来日五更时分,殿上静鞭三响,皇帝御座,只见:

> 九天阊阖①开宫殿,万国衣冠拜冕旒②。

那包公俯伏金阶,奏道:"臣包拯启奏陛下:臣病请归故土,幸叨皇上福庇,今获无恙,臣正来京谢圣,值杜衍奉命敕召,臣不胜依切。"仁宗道:"朕临朝治政之际,廷臣总未能如卿之明敏,故命杜衍敕召卿来,入阁办事,兼司九卿监察,惟卿职守,毋负朕恩。钦哉,故敕。"包公谢恩退出,那王曾、杜衍、朱良左、吕广一齐见了包公,同至公廨,把朝堂品节规仪,细细酌议了一番,各各散去。却是:

> 君王勤政名空在,承露恩纶世已无。
>
> 唯有紫苔偏称意,年年因雨上金铺。

那包公同各官话别,心中耿耿不舒,自想:庞集如今又领兵往西追捉世子去了,但不知呼家侄儿是否在员外家里,切不要别了员外寻兄弟,撞着了庞家的追兵,那便坏了。难道呼老将军的神魂,竟然不默佑那两个儿子?待老夫一款一款的查实了,慢慢的奏闻。庞集他也恶贯满盈的了。古云:暗室亏心,神目如电;人间私语,天闻若雷。况庞家父女两个,奸恶已极。上天岂不加怒亟诛?我想,冤杀枉死之人不一而足,以致滞魄沉魂,塞满酆都③,其原因皆阳世间官,不能明察,或倚势冤枉人。须知阳世无屈杀之人,地狱无含冤之鬼。但既为人臣,毋负天之好生,不论臣庶,正直则能为圣为神。我官居辅弼,位列台垣,治事应代天宣化,教育冥顽,罪罚须省刑穷诘,民不呼冤于道路,断无枉死于酆都,一生如此,则仰不愧天,俯不怍④地,死后可见天地神明。

---

① 阊阖(chānghé)——传说中的天门。

② 冕旒(miǎnliú)——古时帝王、诸侯的礼冠,也代指帝王。旒,冕前后的玉串,帝冕有十二旒。

③ 酆(fēng)都——阴曹地府。传说中的鬼城,即是阴间世界的首府。

④ 怍(zuò)——惭愧。

包公正在追思，忽有家将到来，说道："王员外有事。请包大人一会。"包公听了员外的事，当即启奏："乞暂假十日。"仁宗见本，批："准假十日。"

包公飞马赶去，到了王员外门首，家人即忙通报，员外同呼公子迎接包公。来到书房里边，员外道："贤婿先来叩谢了恩人。"包公听员外叫呼公子"贤婿"，包公道："难得员外盛情，把小姐配了呼家大侄，恰是门户相当。目下呼家贤侄不过难中贫窘，承员外不弃，结了缔盟。"随后又对呼公子道："贤侄，你先拜谢了令岳。"大家谦逊，只得一齐跪拜，起来，分宾主坐下。

包公道："老夫因钦召赴京，不得奉辞，故呼贤侄聘娶贵千金，却是老夫不知，失了个礼。"员外道："包大人，我们都是通家世好，不敢费心。"守勇道："大人之恩，铭感五内。但差尊使到京，不知可有回音否？"包公道："不要说起，都道你先人生前受到了屈杀，死后更惨；那尸骸又倒葬在狱丘坟内，外边立了一座大石碑，碑上刻的'呼家将之狱坟'，四面差人看守。"守勇听得包公这般说了，不觉泪如雨下。

包公同员外相劝了一番，守勇听了，叹一口气，说道："我日后能来祭扫，不要说一座石碑，就有十座，也要推倒他哩！"守勇正在唠唠叨叨，忽听包公的家将来说："如今庞家又领了三万人马，分路追捉，只怕即日有兵马到王家庄哩。"包公道："员外，你和翁婿商量，不可耽误。"包公说了，就别员外回府。正是：

屋漏更遭连日雨，行船又遇打头风。

员外道："贤婿，事不宜迟，快快与小姐商议。"

那守勇见了小姐，把这番言语告诉了他。那金莲听了，心里犹如刀割一般，说道："公子，这叫福无双至，祸不单行，总是我王金莲害了公子。"守勇含一包眼泪道："恩妻，皆卑人累及小姐。"金莲道："古云：嫁鸡随鸡，嫁狗随狗。既成了夫妇，那里讲什么你我。但是公子别去，教我怎能放心。况怀妊三月，男女未卜。"守勇道："恩妻，卑人去后，倘然生了个男的，取名延庆，待他年长，好教他到新唐国来，便知卑人下落。"守勇说了这话，就别了员外。

小姐含泪道："公子，但不知新唐在何处。"守勇道："小姐放心，倘然孩儿想到新唐寻我，则父子相会有日了。当初我曾祖呼延均，因刘王失政，听信了宇文筠，把我曾祖冤杀，曾祖母遂生我祖呼延赞。那金头马氏道我祖必是大器，将如花小姐许配我祖。恰好大宋皇帝征伐刘王，钦召我外祖杨业老将提兵征讨。我祖想起父遭宇文筠杀害，此仇未雪，正在想及，那晓杨老将军已奏闻宋主，我祖乘机投营效力，进兵与刘王大战。且喜皇天默佑，一战成功，宋太祖就封他为藩，子孙袭职，就是新唐的马千岁。今卑人往彼，把受屈未伸的话说了，就好借些人马到来。翠桃姐，卑人将小姐交托与你，早晚解劝他。若是生产了男儿，你同小姐耐心抚育，等他年纪大了，令他到西番新唐国来，访寻卑人下落。你的终身，请同小姐商议，切不可为了卑人，反误了你。"

翠桃道："公子说那里话，我与小姐愿共生死。公子此去寻弟报仇，自有团圆之日，何出此言？"守勇眼泪汪汪，对着小姐、翠桃一看，含了眼泪，作别出房，又别了员外、安人。此时，小姐、翠桃一齐哭出厅来，守勇硬着头皮说道："夫妻本是同林鸟，大难来时且暂飞。皇天若不垂青眼，屈杀忠良父子离。"员外、安人也是涕泪如流，说道："贤婿慢走，还有话说哩。"守勇听得员外、安人叫喊，回身一望，喊道："大人不必远送，小婿拜别了。"守勇就向空四拜，转身就走。员外急忙走出门来，一看，呀，头也不回，竟是去了。这叫：

花落长川草色青，暮山重叠雨冥冥。

逢春便觉飘蓬苦，今日分飞一涕零。

员外呆了一会，来到里边。

那晓庞家的兵观已经围住庄子，放起轰天大炮，众军呐喊摇旗。庞丞相同了一班兵将来到王家厅上。员外毫无惧色，听从搜寻。庞家〔的兵〕就扭住了王家的小童，细细盘问根由。那小童怕极，只得招出："呼守勇刚刚逃去了。"丞相道："绑他起来。"唬得小童魂不附体，说道："将军，你给我松了绑，招就是了。"丞相道："快些招了，饶你的命！"那小童道："将军，这呼守勇说，寻了他的兄弟，要到什么新唐国去了。"丞相道："他到底几时去的?"小童道："真正昨日向西首去的。"丞相即传令，从西路去追，把童儿放了。正是：

鳌鱼脱下金钩钓，摆尾摇头再不来。

且说呼守勇别了员外，来到牛府，拜见姑妈，说道："侄婿呼守勇,多蒙姑妈规劝完婚,不料成亲半载,令侄女已孕三月,那晓庞奸又请大兵追捉,要来围困王家庄搜我。侄婿听包公说了,就别了恩妻,又托翠桃劝解,倘产了男儿,取名延庆;倘能长大成人,也好教他到新唐国来寻我。"姑妈道:"侄婿放心前去,凡事都在老身。"守勇道:"既承姑妈照察,侄婿呼守勇就此拜别。"

那晓牛府家人飞报进厅,说道:"夫人,不好了,外面许多兵马杀来,说到我家来捉呼家兄弟。我想夫人的侄婿姓呼,不如快快放他躲过才好。那里晓得今日有此大祸,这叫青天里打霹雳。"牛夫人道:"不必着忙,侄婿你拿了我的生铁棍子防身,从后门出去,只要随机应变,就可脱身。"

不知后事如何,且听下回分解。

第十一回

牛夫人怒打庞奸　赵凤奴山前大战

雪净胡天牧马还,月光羌笛戍楼兰。
借问梅花何处落?风吹一夜满关山。

话说呼守勇提了牛夫人的铁棍,出了后门,把这棍子一直飞舞过来。庞家那些兵将摸头不着,眼睁睁让他过去。守勇想道:"好了,如今要大步的走哩。"那庞丞相喝令兵士:"你们随我一同冲到里边,务要小心捉拿,不可放他过去。"那将士随了丞相冲进牛府。

那晓牛夫人大骂出来。丞相道:"牛夫人,不必着恼。自古道:无事不登三宝殿。因呼守勇躲在你家,所以惊动。"牛夫人道:"老庞,只怕你是强盗,今日领了许多喽啰,赶到我家抢劫么?"丞相道:"老夫乃朝廷钦命,领兵查拿反贼呼守勇。你不把反贼交出,反说老夫是强盗,好个不怕死的泼妇!"那晓牛夫人就伸过手来,在老庞面孔上打一下半斤重的大巴掌。丞相道:"牛氏休得无礼!老夫是当朝丞相,你这泼妇胆敢骂我?"牛夫人道:"老身教训你这奸贼!"丞相道:"众将官快快搜捉那反贼呼守勇兄弟，出来见我。"谁知牛夫人赶上前来，一把揪住了丞相的胡须，举手又打。那庞丞相出于无奈，只得叫道："牛老夫人，请息怒，有话好好的讲。"那兵将欲来解劝，又恐牛夫人不分皂白，一起打在里边。况他是诰命①夫人，不好还手，倘然搜不出呼家兄弟，岂不是又要吃他的亏哩。于是各各不敢向前。

那庞丞相被牛夫人扭住，骂道："你这奸贼，好端端为何打到我家？"丞相道："夫人，你错怪了，老夫是奉旨追拿反贼，闻说呼家兄弟在此，老夫故来请教。"牛夫人道："莫非皇上差你来抄抢我家的么？"丞相道："总是老夫错了，请放了手罢。"那牛夫人趁势放了。这五营四哨的官将齐声道："老太师且发令起营，不必在此耽搁了。"

丞相正要上马，那晓又被牛夫人拉住，丞相急得目瞪口呆，细细想道："事到其间，不得不如此。"赔下笑脸，说道："牛老夫人，不必如是，老夫赔礼了。"牛夫人道："你是奉旨到我家来拿反贼的钦差，为什么倒来赔我的不是？也罢，依你说是奉旨来的，我看朝廷金面，放你去罢。"丞相听说，十分欢喜，立刻上马，吩咐三军，速往西路追去，只要拿住了反贼，定即加功请赏。如敢不力协追，自有军法。三军奉令，星夜起行。正叫：

日落辕门角鼓鸣，千群面缚出藩城。

洗兵鱼海云迎阵，秣马龙堆月照营。

且说呼守勇得了姑妈这条铁棍，急煎煎飞奔而逃，一路行来，忽已红日西沉。远远望去，只见隐隐一座高山，寻思道："我且赶上去，寻个庙宇，且歇息片时再走。"那晓走近山坡，忽听一声大炮，守勇心里好不害怕，他想："难道庞家的伏兵在此？天啊，如今教我从那一条路走？"

守勇正想，那晓来了两员女将，后面许多喽啰，上前拦住道："汉子，你往那里走？快放下买路钱来！"守勇道："你们错了，我是逃灾避难的穷人，劫我则甚？"那女将道："好大胆？"提起刀来就砍，守勇急将铁棍架住。三人大战。胜败未分。

那女将重又道："来将何名？"守勇道："俺乃忠孝王呼得模之子，

---

① 诰（gào）命——受皇帝赐封的妇女。

第十一回　牛夫人怒打庞奸　赵凤奴山前大战

呼延赞之孙呼守勇是也！俺爹爹因遭庞妃狡奏，冤杀俺一家三百余命，庞家怕俺复仇，被他父女刁蒙，朝廷十分昏愦，差了妃父庞集，四处进兵追捉，俺无奈奔逃，在此经过。"那女将听毕，急忙跪下，道："妾等不知恩人驾到，望乞恕罪。"守勇道："请教将军高姓。"女子道："啊呀恩人，妾等就是赵家庄上赵大郎的妻与妹。"道犹未了，忽听远处炮声不绝，人马声喧。那赵大嫂同凤奴奔上山去，四面一望，只见西南上旌旗招展，相对说道："想是庞家的追兵来也，我们且令军士送了公子上山，待我们杀退了追兵，然后同公子去见大王。"守勇随在山上安息。

且说庞丞相领兵追至高山，不道山坳里放起一个大炮，山坡上吹号鸣金，灯球火把，照耀如同白日。那丞相甚是惊怕，不道旁边冲出一班喽啰，挡住了去路，大喝一声："呔，毛贼休走，快拿买路钱来！"丞相大怒道："有你这班不怕死的强徒，胆敢拦住了大兵的去路。"那赵大嫂飞刀砍来，丞相即令与战，吩咐："要取这女人的首级来见我。"那晓庞兵杀不过这两员女将，那赵大嫂趁他畏惧，乘势一战，杀得他北斗归南，庞家已是兵残将寡。这教：

何处吹笳薄暮天，寒垣高鸟没狼烟。
愁人一听头堪白，苏武争禁十九年。

赵大嫂、凤奴这两员女将已经收兵上山去了。庞丞相忍气吞声，只得收了残兵，再行追赶，正是：

葡萄美酒夜光杯，欲饮琵琶马上催。
醉卧沙场君莫笑，古来征战几人回！

且说赵家庄的赵虎臣赵大郎，原是田间野老，溪畔闲人，娶妻孙氏，尚未生育，妹子凤奴，被庞丞相之子黑虎抢去，幸亏呼世子相救，兄妹得以团聚，故把妹子送与世子为妾。那晓庞黑虎被呼家妹丈打了几下，不多几日黑虎就死了。谁道是黑虎的妹子封了贵妃，那父女两个商量起来，把一个功臣之子呼得模抄斩一家三百余人，因不见他两个儿子，故又起兵追捉。赵大郎恐怕庞奸害及，挈家而走。不道冒雨冲风已经半月，正在心焦，恰遇了一个救星，姓梁名玉，山西人氏，善用一十八般武器，大郎和妻妹一同拜他为师。那梁玉看三个人武艺精奇，教他们守了这座高山，自己下山去了。三人即守住了山寨，查点喽兵，立法最严,那些军士们人人称善,个个颂扬,这也不在话下。

方才巡军报大郎说,夫人同凤奴与一个小英雄战了半晌,后边又有人马追来,三人协同,杀得追兵望风而去。那道:

果然将相本无种,却是男儿当自强。

那头目进见道:"禀上大王,方才小将奉令巡山,夫人与凤奴把一个小英雄交小将带上山来,禀见大王。"赵大郎道:"那小英雄叫什么名字?"头目道:"他说是呼家将的子孙,因遭庞妃作对,杀了一家三百余人,尚在起兵追捉他兄弟两个。又说,他的兄弟叫呼守信,至今尚未会面。那呼守勇是单身逃难经过此处,恰好遇着夫人和凤奴,令小将引见,如今这呼守勇候在营门口,请大王下令。"

那赵大郎听了这话,立刻吩咐开门,军士都要披挂,队伍排列整齐。令四员头目跪道相迎,口称:"高山大王赵虎臣,特遣小将们接呼将军到营相会。"

守勇且喜且疑,喜的是虽然为寇,且系称孤道寡,也是凛凛威风,但不知可是俺父王昔年有恩于彼,如是殷勤接待;若非旧识,为什么这般光景?守勇正满肚疑想,耳边忽听笙歌嘹亮,头目道:"将军,俺大王在此接见。"守勇抬头一看,只见他:

头戴九龙达登,左右插的雉鸡毛,横搭一条狐狸尾,身穿大红圆领,周围绣了滚龙,腰间围的白玉宫绦,足登的粉底乌靴。

赵大郎踱出营来,见了守勇,说道:"恩人为何到此?"连忙搀了守勇,一齐进了营来,相见了一番,分宾主坐下,各将旧日之事细述一遍。大郎道:"那年救舍妹的时节,觉得尊躯还懦弱些哩,如今恩人真正年富力强了。"守勇道:"俺有何技能,承大王谬赞。"

正在叙谈,那头目禀道:"夫人同凤奴来了。"那守勇听说,就立起身来回避。大郎道:"恩人,房下①同舍妹出来叩谢大恩,何必回避?"守勇道:"俺有何恩德,安敢称谢?"大嫂、凤奴一齐出来相见。守勇道:"方才追兵赶来,如何退得他去?"大嫂道:"庞集亲自领兵追来,被我姑嫂两个与庞家血战山坡,杀得他兵残将损,大败而逃。"守

---

① 房下——在人前对自己妻子的谦称。

勇道："俺今日若不相遇二位，那庞兵将来时，叫俺如何抵敌？幸承二位神力，救了这个难。"大郎道："我们都是至亲骨肉，理应排难解纷，何必讲这些套话。况舍妹前年已许过恩人的了。"守勇道："俺现在难中，死生未卜，且自漂泊山河，行止①莫考，岂可耽误令妹的终身？"大郎道："这是一言既出，驷马难追，婚姻大事，不是耍的。一家夫妇，那有不同患难的么？古人云'夫唱妇随'，即此也。"正叫：

　　高梧叶尽鸟巢空，洛水潆漤夕照中。
　　寂寂天桥车马绝，寒鸦飞入上阳宫。

赵大郎道："妹子，你同嫂嫂进去梳洗罢，待我吩咐头目收拾起来。"赵大嫂同了凤奴来到里边，头目进营端正②。

　　不知以后如何，且听下面分解。

第 十 二 回

赵大郎与妹完婚　庞丞相高山大败

　　玉楼半天起笙歌，风送宫嫔笑语和。
　　月殿影开闻夜漏，水精帘卷近秋河。

　　且说那高山大王赵大郎自叹道："俺昔年若没有呼世子救我舍妹，俺一家儿性命就难保哩。那晓得呼家世子打了庞黑虎，恰巧他的妹子，朝廷又封为贵妃，故尔引出许多事来，把一个功臣府化为乌有，杀了呼家三百多人。俺想起来，那呼家之变，明明是由我们而起的。若庞黑虎不抢我的妹子，那时，我夫妻两个也不求告人救了，即使呼家在赵家庄经过，断然不会去打庞家，就没有这些灾难了。那晓呼世子被庞兵追到这里来，恰恰又遇俺的妻妹巡山，所以先令头目上山通报，俺一见了他，就说将妹子与他完姻，再作道理，但不知梳妆可完？"

---

①　行止——行，动。止，停。这里指踪迹、下落。
②　端正——准备，整理。

大郎正自言自语之时，只见一班使女簇拥了小姐出来。大郎见了妹子，说道："贤妹，愚兄将你配与呼世子成亲，这是义不容辞的事。若非世子救你回来，我们一家性命早已被庞家害死哩。"凤奴道："小妹亦知大节。"大郎道："难得贤妹才智不差，呼世子这般义气，俺当捐躯相助。"凤奴道："这个自然。"大郎又令头目唤齐乐工傧相，营门上挂彩张灯，今日与凤奴完姻，明日领赏。那一班军士，都在营门侍候。乐工傧相，齐集内营。吹打了一番，大郎吩咐乐工傧相到前营请了呼将军来，与小姐结亲。

那乐工奉令往请，傧相念了诗赋，三请新人，来到里营，喝请凤奴与呼将军参拜，行过夫妇礼，两位新人拜谢了哥哥嫂嫂，一班军士齐在营门道喜，女使仆从一齐叩见。到了日落西山，点齐了宫灯，送那新人进去。真是：

　　洞房花烛蟾宫喜，月殿姮娥下九重。

一宵晚景不题。

到了来朝，大郎夫妇重又相见了两位新人，各述了一番衷曲。大郎夫妇再三劝解，那守勇时刻想着爹娘死的如是之惨，怎忍心受这般快乐，人子之心岂得放下？凤奴道："公子，你且放心，我家哥哥嫂嫂已经说明，帮我呼家杀庞贼报仇。妾劝公子，留心兵将要紧。我们且到外边与哥哥嫂嫂商议，必有奇谋。"不道谈谈讲讲，又是黄昏月上，别了兄嫂回房。

凤奴道："公子，昔年与你一别，不知后事如何，请说一遍。"守勇道："凤奴，我说与你听：俺那年打了小庞，夺你回庄，那知黑虎不多几日死了。谁想他的妹子，朝廷封了贵妃，不道他僭用正宫娘娘的仪仗，往岳庙进香，偏我爹爹巡城，看见了他，不许僭用。那晓庞妃假公济私的一奏，仁宗也不问是非，把我呼家三百三人，一旦死于非命。那庞奸又查点首级，少了我兄弟两个，他又奏了仁宗提兵追赶。这叫：奸逞权衡厌忠孝，昏庸朝政失纲维。那晓白天黑夜逃来，走了一日，听得后面炮声不止，回头一望，却是兵马来了，那时急杀我也，幸见有扇小门半掩，我且挨进了门，却是王员外的一座花园，且喜无人，我就到假山洞里躲下。那晓身子疲倦，且打个盹，待庞兵去了，我好再走。谁想竟睡了一夜。来日，他主婢两人到园，看见我睡在他园里，那侍女翠桃

第十二回　赵大郎与妹完婚　庞丞相高山大败

看见我就叫喊起来。幸亏小姐喝住，于是查究我的来由，刚说了几句，就听炮响不止，唬得我胆战心慌。亏得小姐教我改妆成女子，叫翠桃送我上了绣楼，说是李员外家来学绣的。那晓老庞领了兵将，到王员外家各处搜寻，来到绣楼，指定卑人，说要洗剥衣裙，那是真正上天无路入地无门。全亏王员外请了包文正来，退了庞贼。又蒙包王二公，姑念我是功臣之子，留住花园，早晚与员外相叙。正是：道古谈今皆学问，悟参世务即经纶。那王员外道我不凡，将金莲小姐配我，在他府中欢娱，已是半载。那日，包公密差人来，说老庞请添了三万人马，分作东南西北四路追捉哩。我听来人说了这话，若是逗留不去，未免漏了消息，反害及员外，于心怎安？是以嘱托翠桃一番，小姐怀妊三月，要精心侍候，日后若生了个男的，取名延庆，将来也好到西番来寻我。用这样的话语，又去叮嘱了小姐一番，就叩别员外起身。不道走了许多日子，才到这里。若不是你姑嫂在此，俺怎得相见令兄，庞兵如何败走。但是承兄嫂恩德非浅，退了庞家的追兵，又让我和你完婚，教俺怎么消受？"

凤奴道："说那里话。自古道：以德报德，天下皆然。况我公公婆婆身死非命，公子的受苦含冤，皆由妾引起，我一家敢不捐躯图报，与这个庞贼决个雌雄？"守勇道："既如此，我们且睡，明日再与大舅细谈。"正是：

　　琵琶先抹绿腰头，小管丁宁侧调愁。
　　半夜美人双起唱，一声声出凤凰楼。

话说庞集请了那三万人马，分了四路追赶，那晓一路而来，又经两月，到此高山，不道反遇了一哨人马，挡在山坡，讨取买路钱。庞集口出狂言，妄想就此现成军马剿灭山寨。谁知倒被这两个泼妇杀得大败亏输，人马已伤其半。参谋道："丞相，我们且收了残兵，退到后面那大王庙，扎下营盘，再作道理。"那庞家的人马已杀得力倦精疲，到了大王庙扎下营寨，那些兵将，个个垂头丧气，锐气全无。这教：

　　岁岁金河复玉关，朝朝策马与刀环。
　　三春白雪归青冢，万里黄河绕黑山。

庞太师无计可施，一时捉拿不到呼家二子。不知不觉过了十几年。

一天庞集蒙眬睡去，忽然见呼家将的兵马一直杀进京来，放那连珠炮，震得天摇地动，神鬼皆惊，旗上写道："呼必显孙女、孙儿呼梅仙、呼碧桃、呼瑞珠、呼彩鸾、呼延庆、呼延龙、呼延豹。"忽内中一员小将闪来，指定了庞集骂道："奸贼招箭！"话犹未了，只听嗖的一响，那晓射中了庞集的左额。庞集大喊一声："啊呀！不好了！"醒来却是南柯一梦。庞集想，呼守勇、呼守信日后必有扰累，若不去追他，犹恐放虎归山，虽是提兵追捉，总是画饼充饥，捕风捉影。于是，下令速速回京，请旨添兵助战。那中军赍了奏章，到京上达。这叫：

军前告急非通小，直达丹宸下九重。

仁宗据庞集奏称：逆贼呼守勇等，未免盘踞山林，集众猖狂，必得请兵追剿，以除恶逆。仁宗降旨，命众卿议奏。那晓合朝文武并未议复。仁宗想：这样看起来，忠良都是假的，朕再降旨前去，若不速议具奏，一律按法治罪。自古到今，那个不晓得，食君之禄，分君之忧，岂不伴食不理？

仁宗正在大怒，恰好皇叔出班启奏道："臣康亲王启奏陛下：那逆贼呼家将已奉旨歼灭，尚有两子逃去，未尽剪除。我皇钦命贵妃之父庞集，提兵追捉，经久未获。臣想，我皇祖太宗开创宏基的时节，原亏了杨业、呼延赞、王贵辅治我朝的天下，他三人南征北讨，在荡西除，那夷狄听了这几个将官，人人恐惧，个个佩服，无一不钦敬他们，就是太宗，也知他赤胆忠心，有功于宋，故太宗都封为藩爵，令他子孙袭职。臣思太宗这般恩宠，他谅不敢悖。今庞集具奏，可谓大逆。臣等曷①敢妄议？据臣愚见，我皇颁诏招抚，仍敕呼守勇守职，他如果赤心为国，就好将功折罪；倘不能克尽厥②职，立可拿正问法，何必提兵远追？臣今冒昧干渎③，统望圣裁。"仁宗听奏，心里甚是犹豫，道："朕听王叔的话，极是情理。庞集的奏，也是为国。这便如何？且传旨前去，仍着庞卿作速领兵追捉。"却是：

遥知社稷山河水，全在廷臣战守功。

仁宗一腔心事回进宫来，庞妃接见朝廷，奏道："万岁今日为何圣容加怒？"仁宗道："朕今升殿，王叔奏说呼家的事，朕心深有不忍。"

---

① 曷（hé）——怎么。

② 厥（jué）——其；他的。

③ 干渎——冒犯。干，抵触；渎，轻慢。

第十三回　庞总兵钦召进京　赵大郎演习兵法

庞妃听说"不忍"两字，心中好不害怕，说道："高山的女寇，定是杨家十二寡妇，他同呼家是亲，只怕逆贼呼守勇必然躲避他家，但臣妾之父庞集，年老不堪报效，父臣不谙戎机，要求皇上格外赦免，敕召进宫一议，便知分晓。"仁宗道："卿言甚是。"即敕召庞集进京候旨。这教：

  一封丹诏离金阙，马头行处即长城。

  庞集接了圣旨，星驰上马回京。召进宫来，见了贵妃，说道："娘娘，可晓皇上召我到京，却为何事？"庞妃道："爹爹，召请到宫，不过是女孩儿的意见。要请教呼家到底有何踪迹？"丞相道："娘娘不要说起。我起兵一路追赶，到了高山，那晓两个女寇有许多啰唆，挡住了去路，要我买路钱。那五营四哨的官将，大家与他一战，再不想人马被他杀伤了一半，只得将残兵移驻大王庙。此后多年，连连有本章送达帝王，不知圣鉴如何？"贵妃道："爹爹，皇上看了本，交臣议奏，那晓八王叔奏了一番，朝廷竟有不忍的心肠，被女儿也是一奏，如今平允了些。我说爹爹年老，且文臣不谙兵政，求皇上赦免罪过，召请爹爹到宫商议。"丞相道："娘娘，我向来自无主见，如今弄得这样光景，我还有什么见识①？"贵妃道："女儿有一计策在此，叔父庞天德现挂印总兵，他有四个儿子，极甚骁勇。何不启奏了朝廷，召他同往军前出战。我们嗣②了他一个，朝廷封荫了他。"丞相道："果然妙计。女儿赛过陈平③。"正叫：

  弟兄竭力山成玉，父子同心土变金。

  且说仁宗恰好进宫，那庞妃父女接见了圣驾，就把敕召挂印总兵庞天德父子同往军前效力的诏启奏了一遍。仁宗大喜道："既是庞天德有四个儿子，应将他长子赐卿为嗣便了。"

  不知以后如何？且听下回分解。

---

① 见识——办法，计策。
② 嗣（sì）——过继。
③ 陈平——汉主刘邦的主要谋臣。惠帝、文帝时任丞相。

第 十 三 回

庞总兵钦召进京　　赵大郎演习兵法

衡阳一纸鹧鸪飞，奉召金门著赐衣。

挂印将军能破敌，海东名镇在西岐。

话说庞太师听了仁宗旨意，就写一封家书，差四个伶俐家将，教他到挂印总兵海东公府中投递。那家将来到公府门首，只见一个中军官问道："什么人，在此窥探？"家将道："启爷，俺奉太师爷差来投书的。"中军道："取出来看。"家将把书呈上，中军接了一看道："家将，你且在此等候。"

中军来到里边，道："启上公爷，京中太师爷差了家将到来，有家书在此。"海东公接过书来，拆开一看，道："好奇怪，几十年来毫无音耗①，近年老夫人封了公爵，哥哥想起兄弟了。"却是：

穷来休要寻亲眷，富在深山有远亲。

庞天德道："昔年我在军政府做监军守备的时节，求他几次到兵部里说个人情，免些差徭。他说，宰相同兵部没有交往的。怎么去托他？况派差升调，关乎国政，谅难徇私。我听他这般说法，以后就不讲了。近年他晓得我征服了边夷，现在镇守辽蛮，他就差了家将来投家书了，我且不必讲他的势利，再把来书细看了一遍。"上写着：

愚自少壮时与贤弟握别，倏尔②韶光③屡易，岁月频更。欣吾弟恩荣盖世，功冠古今，爵尊挂印总兵之职，位列台垣之重寄，以为我氏增光第，无不乐也。兹奉大宋仁宗皇帝留心治事，谈及我弟的英雄四位老侄的技勇。忽奉恩纶，命愚火速修

---

① 音耗——音讯，消息。

② 倏（shū）尔——极快的，迅速。

③ 韶光——年华，光阴。

第十三回　庞总兵钦召进京　赵大郎演习兵法

候,召我弟同四位贤侄齐赴京见驾,不得迟延。因有紧急重情,事关非细,为此特遣家将,赍来钦命的家书,兼程飞奔,望贤弟得阅来书,星驰就道入觐,稳叨天禄盈仓矣。"

庞天德把家书看了一遍,忽然哈哈大笑:"且喜我生四个儿子,却也个个精强,大儿龙虎,使一根梨花枪,次儿牛虎,用一把开山斧,三儿毛虎,专用一对钢鞭,但是圆睛突出,赛过铜铃,面赤发红,犹如火部神将。惟四儿飞虎,生得面如傅①粉,唇若丹砂,宛如瑶宫仙子,用一柄方天画戟。我想老夫的公爵,也亏这四个儿子帮助起来的。就是我庞家的祖宗坟墓,那风水也不算丑了。闲语休题,且唤那家将进见。"

中军来到外边,说道:"公爷着你进见。"那家将听唤,随了中军来到里边,叩头道:"相爷差家将叩见公爷,请同四位公子一齐进京议事。"公爷道:"你们且到外厢,消停两日再讲。"家将来到外厢,公爷到了里边,见了夫人,李氏道:"公爷今日有何喜事,这般快活!"公爷道:"夫人,说也奇怪,那晓我哥哥在京做了二十多年丞相,从来没有书信寄我。如今晓得老夫封了海东公,更且四个儿子正在血气方刚,都是技精力胜,我哥哥今日差了家将,下一封书来。"夫人道:"不知书中若何?"公爷道:"这一封书,说是朝廷的钦命,令我父子一同到京,想是要我父子帮他。"夫人道:"论理该嗣一个儿子给他,但是大伯朝廷虽宠,同僚不睦。因害了呼家一门,尚在捉他儿子,倒被呼家的儿子杀得十败其九,所以大伯想起了兄弟侄儿进京去商议,不过要你帮他。"公爷道:"夫人差矣,任使他无情,不可我无义。老夫应同孩儿到京,或者得了前程。倘然进兵获了呼家,就可名扬四海,威镇天下。就是大丈夫从兹建功立业,为之栋梁。如今你大伯差人来请,总不过手足至情,有此关切,进退老夫自有成见。家人过来,请公子上堂。"

那家人来到里边,说道:"公子,有请。"公子听唤,一齐上堂叩见公爷,说道:"爹爹唤孩儿们出来,有何吩咐?"公爷道:"因你伯父庞集为了追捉呼家将,要我父子进京商议。若是拿住了呼家将,就是个功臣,不怕不做大官哩。"公子道:"爹爹,孩儿们应该去的,一则代朝廷出力,二则建功立业,为国除奸,为臣份内之事。"公爷道:"难

---

① 傅(fù)——附着,加上。

得我儿有志气。"你看他都是雄赳赳,气昂昂,齐往上道:"母亲在上,孩儿同爹爹进京,就此拜别。"夫人道:"儿啊,你们年纪都轻,不要轻信别人的言语。况你大伯如此势利,因自己不能追获,骗你们替他死哩。"公子道:"母亲不必过虑,孩儿此去,少不得也要看风使船。请母亲放心,孩儿就此拜别。"夫人道:"畜生,我做娘的舍不得你,你道撇得下做娘的么?"公子道:"并不是孩儿撇你。自古道:男儿志在四方。"夫人道:"呸!有其父必有其子,都是蛮牛!"夫人就含一包眼泪道:"燕子衔泥空费力,初丰毛羽想离巢。未知何日还乡井,可能相会小儿曹。"

公爷听他母子说了多少唠叨话,如今孩儿别了夫人哩。公爷吩咐家将:"今日与四位公子起身,路上须要小心伺候。到京见了太师爷,说我耽搁一两月就到。"家将请了四位小将军齐上马,公爷又叮咛了一番,说道:"逢人且说三分话,未可全抛一片心。"海东公道:"你兄弟四个见了伯父,不可仗恃自己的伎俩①夸口。"公子道:"晓得。"答应一声就走。

不觉行了数日,已是长安地面。来到军前,家将就同四位小将见了太师,说道:"伯父在上,侄儿们拜见。"丞相道:"贤侄请起。"兄弟四人起身,又道:"爹爹随后到来,令侄儿先行,问安伯父。"丞相看了这四个侄儿,心中大喜,说道:"老夫闻你四个弟兄,都是武艺高强,明日先到教场,我要试看一会,就好分别官职效用。"

到了来朝,丞相令侄儿们齐赴教场比试。那庞龙虎提了银枪,使得双龙争胜八面回绕;那庞牛虎拿一把开山斧,使了五六十个盘旋,犹如电光闪闪,那庞毛虎用一根竹节大钢鞭,乒乒乓乓舞得爽利;只见那庞飞虎,拿一根方天画戟,使得来飞舞惊人。丞相看他兄弟四个比试一番,心中十分快活:果然英雄出少年,你看兄弟四个,都是凛凛威风,是将门之子。吩咐回营,一齐上马。

到了帐内,丞相吩咐丫环,请众位嫂嫂出来相见。那丫环请了众位嫂嫂,到帐前见了丞相,道:"公公万福。今日呼唤媳妇们出来,有何吩咐?"丞相道:"今日请众媳妇到来,非为别事。我想黑虎死后,老

---

① 伎俩(jìliǎng)——本领。

第十三回　庞总兵钦召进京　赵大郎演习兵法

夫自苦膝下无儿，今有四个侄儿到来，欲待嗣他为子。"众媳妇道："公公极是。自古说：不孝有三，无后为大。若不早为嗣立，我氏何人接续。"丞相哈哈大笑："我大房庞集有传了！"吩咐快排香案，拜谢了天地祖宗，收大侄龙虎为儿，叔嫂各各相见不题。丞相道："假子真孙从古说，宗祧有继怕谁欺。"

丞相带了嗣子龙虎，侄儿牛虎、毛虎、飞虎一同上京启奏。见了仁宗，奏道："臣庞集蒙我王命，召胞弟天德，自因有病未至，先令四子谢恩。"仁宗即日召四虎将上殿，见了，甚是欢喜，就将四虎均封为将军，随营听候调遣，又令龙虎等人："速随尔父尔伯前往军前效力，计功升赏。"四人一齐谢恩出朝，仍回营整顿不题。这教：

　　今日龙城飞将至，管教胡马度阴山。

且说呼守勇自从逃到高山，遇了赵大嫂同凤奴救了上山，见了大舅赵虎臣，十分要好，收他妹子凤奴与他完姻；幸喜凤奴倒也贤惠，守勇时常想起爹娘，心里如何得安，且同凤奴商议道："我往新唐国去，借了兵马来再处。"那赵凤奴听了公子这些言语，只得苦劝，说道："官人休得如此，今日哥哥嫂嫂在山下比试，我和你且去看来。"守勇道："这倒使得。"

二人来到山下，只见那里摆的一字长蛇阵，一声炮响，化做四门阵，变了八卦阵，又化一个五行阵。守勇道："好阵也！"那五行阵取金、木、水、火、土五行相克之意。虎臣收兵，忽见妹丈、妹子，立起身来问道："妹丈几时来的？"守勇道："才到。"那凤奴把守勇的话说与虎臣商议，虎臣道："贤妹，那妹丈的事不必心焦，我在此招兵买马，也为了妹丈。"守勇道："即承大舅救助，在此招兵买马，何不同往新唐借了些兵马，就好与他决战哩。"虎臣道："但此去新唐，说有八九千里，一路羌兵看守，恐不能去。妹丈你且耐了性子，还在此间耽搁的好。"那守勇听了，心中闷闷不乐。

虎臣见他烦闷，备下酒筵与守勇散闷。饮至半酣，忽有喽兵报道："启上大王，庞妃又差了四虎将领兵到来，要擒呼将军哩。"赵虎臣听说，即刻发了十二枝令箭，教喽兵四处再去打听，令头目守好了山寨。那喽兵奉令去后，赵大嫂道："官人，我想必要敌住了他，再作计较。"守勇听了，吓得面如土色，说道："我们兵稀将寡，那里杀得过他，不如大家逃往新唐去罢。"虎臣道:"不要长他人的志气,灭自己的威风。常言道:兵来将挡,水来土掩。既是妹丈害怕,快去同舍妹商议。"

那守勇来到里边,与凤奴计议同往新唐的话,那凤奴道:"公子,非是我不依,闻此去新唐,路有万里,我且同哥嫂在此,省得公子路途担忧。"守勇道:"但是你身怀六甲,凡事须要小心。"凤奴道:"这个自然。"守勇又叮咛了虎臣夫妇一番,作别就走。

不知以后如何,且听下回分解。

第十四回

庞四虎四路追赶　杨令公显圣惊庞

青海长云暗雪山,孤城遥望玉门关。
黄沙百战穿金甲,不获楼兰终不还。

且说呼守勇正要作别下山,不道被庞兵围住,不觉惊呼道:"这山前山后都扎下营寨,教我从何处走出呢?"虎臣道:"妹丈休要心焦,你且住在此间,待我夫妻与他厮杀便了!"庞臣说罢,即吩咐披挂,自己头戴一顶金扑头,穿一领金锁甲,提一根长枪。赵大嫂用一副扎额,两根鸡雉毛,使一对飞剑。他二人一齐上马,飞赶下山,勒住一看,说道:"娘子,我想必要杀他个措手不及。"赵大嫂道:"官人讲得不错,同你冲将出去。"二人就拍马加鞭,冲入庞营,道:"呔!那里毛贼,敢在此处讨死!"

那庞家才到,没有防备他,倒被赵家夫妇杀了四五百个人马。那庞龙虎、庞牛虎兄弟两个,各执了一根长枪,也就上马追来,喝一声:"狗男女休走,快把呼家兄弟献出,饶你的狗命!若再支吾,管教山林扫平,砍取你的狗头。"赵虎臣夫妻听说,不觉怒气直喷,骂道:"你这乳臭的龟孙,着枪!"庞龙虎也就挺枪迎住。赵虎臣与庞龙虎战三十余合,胜败未分。赵大嫂拍马追来,庞牛虎也来厮杀。赵家看这庞兵,一个青脸,一个红脸,好像魔怪一般,说道:"我们且诈败了罢。"

第十四回　庞四虎四路追赶　杨令公显圣惊庞

庞家两个少年，不知赵虎臣夫妇是诈败，反大喝追来，道："强盗休走！"挺枪正刺，那晓旁边有一把板斧直砍下来，牛虎连忙闪过，赵大嫂扳弓连射两枝神箭，只听飕的一响，已中了庞龙虎和牛虎。那毛虎、飞虎看见两个受箭，各领兵杀来，把赵虎臣夫妇围将拢来。赵虎臣夫妇心里十分着急，只得拼命的交战。叹道：

　　五六年来多战场，至今犹恨在山冈。
　　不思吞国兴王霸，为报深仁义不忘。

呼守勇望见虎臣夫妇被庞兵围起大战，急同凤奴商议道："贤妻，如今大舅、大嫂被庞兵围住，在那里大战，我和你快去解救了他。"凤奴听说，就令众头目吩咐喽兵披挂停当，速将连珠炮放起，一同杀进庞营，解救大王上山。那喽兵奉令，满山都用鹿角、檑木、石炮守住了这山头，一面放起炮来，一面同了守勇凤奴冲进庞营，杀得庞兵措手不及，如何抵挡。

赵虎臣同大嫂看见守勇、凤奴领兵杀来，又是一场泼战，趁了守勇的势，一齐杀出重围。虎臣道："若非妹丈与舍妹领兵杀来，如何能得解救？看来庞家的人马果然充足。"守勇道："大舅，我想此处，凉亭虽好，终非久恋之乡。不如再到别的山头去住罢。"虎臣道："妹丈放心，我山中也算兵精粮足，可守数年，只要严加看守，待他营里疏防，乘机冲杀他一场，岂不是好？"守勇道："高见甚是，倘庞家杀上山来怎么处？"虎臣道："已经吩咐头目，令众喽兵分守山头，准备了弓箭石炮，待他攻上山来，四处齐发，射箭的射箭，打炮的打炮，谁敢上山？"守勇道："此计恰好，到底打点一条去路才是。"虎臣道："妹丈你同舍妹且住在此，庞家倘有骚扰到来，我自抵挡，怕他则甚？"这叫：

　　三戍渔阳再渡辽，骍①弓在臂剑横腰。
　　边疆似欲知名姓，休傍阴山更射雕。

按下虎臣、守勇议论守山之策不表，再说庞兵营内。那庞集道："方才四虎将已经围住了一班草寇，稳稳的擒他，谁想反被逆贼呼守勇领了许多喽啰冲进阵来，劫了草寇上山，那晓龙虎、牛虎孩儿反被他射

---

① 骍（xīn）——赤色的马或牛，亦泛指红色。

伤了。也罢，且消停几日，与他决个输赢。令三军且围了高山，再作理会。"丞相正在吩咐，忽见巡兵报来说道："满山都是鹿角榴木，栅旁堆积许多石炮，周围伏了藤牌①，势难劲敌。"丞相听了大怒，就命三军领兵杀上山去，一声号令，众军披挂齐全，三声炮响，各提器械上山。却是：

军威赫赫敌人怕，将令森严神鬼惊。

那庞家四虎奉了将令领兵上山，见一个女将，顷刻间乱箭如飞，吓得那四虎将不敢上山对敌，丞相心里好不慌张。牛虎道："伯父不用慌张，待侄儿同毛虎、飞虎领兵齐往后山攻打便了。"那牛虎兄弟领兵飞往后山，那晓树边立一小将，口称："俺呼守勇来也。"道犹未了，忽听轰的一声炮响，庞家未曾防他下山，谁想呼守勇领兵直冲下山，杀得那庞家措手不及，又伤了一千余人。

那牛虎同兄弟追上山来，大喝："逆贼休走，快快下马受缚。"守勇听了大怒，挺枪直刺过来。那牛虎正要与之厮杀，忽听号炮连声，难以进兵，只得退兵来见丞相，说道："侄儿蒙伯父令往后山进兵，不道呼守勇冲将下来，伤了八九百人，上山又是炮打，侄儿不敢领兵前进，为此缴令。"丞相听了大怒，说道："贤侄差矣。自古道：休长他人之志气，不可减我的威风。那呼守勇虽然诡计多端，前山放箭，后山抛石，难道我奉旨捉他的官将倒怕了逆贼不成？"牛虎道："伯父，侄儿想他是个山林草寇，没有城郭的，只要担些芦粟秆子，拌了些桐油松香，周围树旁都堆将起来。到二三更天气，放起火来，他必然逃走，我们趁势上山，不要说一个呼守勇，就是十个，也要捉住哩。"丞相道："好妙策。"就吩咐三军依计施行。不题。这叫：

怨气难凭浊醴消，血天泪海恨滔滔。
统兵欲斩仇家首，全赖干将②砍万刀。

那赵虎臣道："妹丈，亏得我们早为埋伏，不然，他领兵杀上山来，如何抵敌？且喜前山一带，都用的火箭药箭，后山一带，尽是石块

---

① 藤牌——即指执藤牌的步卒。
② 干将——传说春秋时吴国的铸剑名师，后亦泛称宝剑。

石炮，他家谁敢上山。此次，庞兵被我们的埋伏算计，吃亏不小，谅他不敢再来的了。我们安心守住在此，怕他做甚？"吩咐："拿酒来，我同妹丈快饮几杯。"并劝慰："妹丈，不必过虑，自古道：遇有酒时须饮酒，得宽怀处且宽怀。"

呼守勇转身对凤奴道："恩妻，我想令兄令嫂虽施妙策，把前山后山都已设伏，庞家不能上山，以为得计。恐庞家亦有奇谋，他别开生面杀来，就难以抵挡哩。"虎臣道："妹丈所虑甚是。我已密令众头目四处巡探去了。"守勇道："大舅，我们既在此督守山寨，亦宜披挂以防不测。"虎臣就吩咐三军，速令众将披挂完备，以威军政。果然一声号令，火速就行。

不多时，只见巡兵纷纷飞报上山道："启上大王，那庞家的兵将运了许多芦粟秆子，堆在山冈，听他说是半夜里引火的。"虎臣听说，呆了半日，说道："我只防他杀上山来，不曾想他放火，这便如何是好？"守勇道："这倒不妨，快快传令兵将一齐冲下山去，与他决一死战。"话犹未了，忽见火光冲天，守勇道："呀，不好了，快快杀下山去再处。"那赵虎臣、赵大嫂、呼守勇、赵凤奴，领了合山的兵将，一直冲下山来。

谁道庞牛虎、庞龙虎大喝一声："反贼休走，快快下马受缚！"那守勇提起画戟就刺过来，龙虎即忙架住。正在不分胜败，那赵凤奴手舞双刀赶来，庞牛虎抡起板斧，架住双刀。那时高山大战，杀得庞家兄弟战战兢兢。那呼守勇架起画戟刺来，刚中了牛虎的左腰，忽听一声"啊唷"，不道那庞牛虎跌下马来，呼守勇就趁势冲杀过去。庞毛虎、庞飞虎统兵掩兵过来，随将守勇围住。守勇心里急个不止，看来这般光景，只好与他决战。那晓战到一百余合，精神愈加强壮了。

不想庞集也领兵追来，逐渐围拢，只听耳边喝叫："众将官，快擒反贼来领赏！"众军答应如雷，呼守勇唬得上天无路，入地无门，不知妻子同大舅、大嫂如今在那里。此时，呼守勇被庞家四虎围住大战，杀得气喘吁吁，身不由主，忽听隐隐的一声炮响，只见一支人马冲过山来，那号灯上大书"杨家将"三字。庞家人马见了杨家的号灯，都是人疲马倦，死的死，逃的逃，刹时十去其五。

那呼守勇就借势冲杀了一会,出了重围,一想,这支人马是何处来的?想了一会,在马上打起盹来,醒来一看,只见前面黑隐隐的一座村庄,近前一看,呀!原来是钦赐的杨侯庙,不免进去少睡片时再走。下得马来,神思困倦,合眼睡去。只见那神人云:"生前扶社稷死后作神明。俺杨业因当时扶宋征辽,潘仁美不肯发兵救援,俺遂阵亡,且害俺一家都撞死李陵碑下。蒙上帝矜恤忠魂,封为神道。不想俺女婿呼必显被妖妃庞多花屈杀了一门三百余命,昨日庞兵追来,把俺的外孙呼守勇围住,不能解救,俺只得遣了三千阴兵,冲破庞营,把外孙救了出来。待俺差了鬼判引他到来,指他一条去路。"那鬼判奉命,召了守勇的魂魄上殿。只见那神人高声大喝道:"呼守勇,你还不快到新唐续完了后段姻缘,相会了夫妻父子兄弟,共庆骨肉团圆。那杀父之仇,报亦不远的了,还不速走,庞兵追来就难解救了。"说毕,那神人去了。

守勇如梦初醒,心里甚是恍惚,忽叫:"外祖老令公,快救了外孙。"头撞在窗槛上,醒来了一想,呀,原来是一场大梦,方才老令公明明叫我到新唐国去,日后自有团圆,报仇不远。古云:宁可信其有,不可信其无。既如此,待我拜别了外祖,快些走罢。呼守勇叩别了神人,立刻起程。

不知以后如何,且听下回分解。

第 十 五 回

五霸山大郎遇寇　　王金莲喜产麟儿

樗①蒲百万不言贫,犯阵冲坚止赤身。
常诵《汉书》笑樊哙,但能屠狗不屠人。

---

① 樗(chū)蒲——古代的博戏。

第十五回　五霸山大郎遇寇　王金莲喜产麟儿

话说赵虎臣夫妻，那日被庞家的兵马困住，忽见远远标灯大书"杨府"两字，后面又是一支人马追来，冲散了阵势，庞兵都不见了，那时两人就借这灯光，一直走出战场。赵大嫂道："官人，我和你脱了重围，不知凤姑同姑丈如何？"虎臣道："我们一边走一边寻便了。"

正在行走，忽见一人一骑隐隐的走来，虎臣大喝一声："呔！来者是谁？"答道："小将赵凤奴！"虎臣哈哈大笑道："贤妹，愚兄与你大嫂在此。"凤奴同兄嫂把大家被困的话讲了一会，虎臣道："不知妹丈可曾脱出重围？"凤奴摇头道："不知。"大嫂道："此处离山已是二三百里，我们且脱了甲胄①，算为土民，方好再等救兵。"凤奴道："这倒不错。"大家卸了甲胄，改作土民不题。却是：

　　干戈暂且权收拾，甲胄包藏为土民。
　　志存宋室忠良辈，尧廷指佞恨奸臣。

庞丞相收住了人马，然后说道："侄儿，我想费尽心机，使这个神通，已是十全的妙计，稳稳拿住的了，谁道旁边冲出一支人马来，把我们的兵马冲散。那呼守勇想是混出营头，不知又往那里去了。众将官，冲杀这支人马，究竟那里来的？"众将道："启上太师爷，昨晚临阵之时，小将以为得计，忽见旁边冲出一支人马，灯上写的'杨府'两字，被他杀得昏天黑地，七颠八倒，想是呼家子趁此走了。"丞相道："灯上既然写的'杨府'，必定是呼守信借来的杨家将。速令三军且到太行山一路追去，必然拿获他兄弟两个。"那四虎奉了将令，星飞追往西羌去了。却是：

　　凭他妙策难逃网，管取头颅献玉皇。

且说赵虎臣被庞家灭了山寨，杀得抱头鼠窜，东三西四，幸亏有一支人马到来，救他出了重围。且喜他妹子凤奴倒也足智多谋，大家卸了军装，扮做了乞儿，日间沿途求讨，晚间古庙安身。虎臣道："我想此非久计，不如仍回故里再处。但不知妹子、大嫂意下如何？"凤奴道："哥哥尊见极是。古人说得好，树高千丈，叶落归根。"大嫂道："既是这般，何不就走？"

那三人就此晓行夜宿，不觉已到五霸山了。那晓山旁冲出一班喽

---

① 甲胄——铠甲与头盔。胄，古时作战时戴的保护头部的帽子。

啰，拦住去路，又有五个头目赶来，说道："俺等叫扳着天钱富、小霸王李兴、滚龙球吴大海、独角犀金胜、飞天鹏任大羽。"那五个头目各带一根齐眉棍，喝道："汉子休走，快把姣姣留下，你也好在此享些受用。"那虎臣听了大笑，说道："好大胆的毛贼，你快快送些金银与俺做个盘缠。若不送来，你休想在这里称霸！"那五个头目怒道："也罢，不战不胜，且与他决个输赢。汉子看棍。"这五根齐眉棍一起打下。虎臣架住了棍子，心里一想，且诈败过去。

那头目逼住虎臣，举棍打来，虎臣趁势抢将进来，夺了一根棍子，打将过去，把那扳着天钱富一棍打死。那四个头目见扳着天已死，他们心里想道："我们不如拜伏了罢。"大家跪倒在地，道："小可们不识英雄，多多有罪，如今大哥哥扳着天身死，求英雄在此做个寨主，小可们同这部下喽兵甘愿听令！"那虎臣同妻与妹商议，凤奴道："哥哥，既有此说，应允何妨。"虎臣道："你们愿听俺的命令么？"头目道："小可们愿在大王麾下效力。"虎臣道："也罢，俺且在此做个寨主。"那头目们听他允了，即传齐各部喽兵，披挂去迎赵大王升帐。

虎臣同了妻与妹上山，吩咐众喽兵免参，着头目进见。四个头目一齐参见，虎臣道："这里共有多少人马？多少钱粮？细细说与孤家知道。"头目道："启上大王：这里有五霸，部下有二十名校军、二千人马，钱粮够吃两年多些。"虎臣道："古人云：将在谋而不在勇，兵在精而不在多。今孤家在此，少不得的夫人妹子逐日总要比试，你们四人既在孤家麾下，做个总监军罢了。那钱粮不足，不可害人性命借来，违则惟你监军是问。"那监军把大王的号令，吩咐各部人马奉令依行。果然：

　　图王霸业非我愿，孝义堂前集众英。

且说王金莲与呼公子成亲才半载，公子走后，金莲想起：自从庞贼领兵追捉公子，害得我夫妻分离，如今不知怎么样了？金莲正在思想，忽然肚中疼痛起来。那翠桃看见小姐疼痛，说道："小姐，只怕今日要分娩了，待我报知员外、院君。"翠桃到里边说了，回到房来，只见小姐睡熟。那小姐梦见一位金甲神从天而下，正要看是何神，忽又一阵大痛，睁眼一观，呀，原来睡在这里，方才却是一梦。又是一阵紧痛，喜生一位小官人。那翠桃抱来一看，说道："小姐，小官人生得鼻直口方，声音响亮，与公子面貌一般的。小姐与公子伶伶俐俐，自然生的小

第十五回　五霸山大郎遇寇　王金莲喜产麟儿

官人也是清清秀秀。若是齷齷齪齪的父母，必定生个邋邋遢遢①的儿子。"

那翠桃同小姐在里边抱着小官人，好不快活。那晓外边这些田夫们见王员外家火起，急急赶来相救。员外听说后面火起，急唤翠桃出来相问。那翠桃道："方才小姐肚痛，幸喜生了一位小官人，小婢正来报员外、院君知晓，里边并没有火光。那小官人出世的时节，房里不过有些香气，那里有什么火光？员外睬他则甚？"那员外听说小姐添了小官人，心里十分快活，来到外边，说道："各位乡邻，舍下并未失火，方才小女生了一个小官人。"那些乡邻听说员外添了外孙，众人齐道："员外恭喜，这位小官人长成，必然是个大器，我们惊动了。"员外道："多承各位问候。"众人各自回家。却是：

从来将相原无种，天怜忠孝降麟儿。

那员外、院君晓得小姐生了一个小官人，十分欢喜，来到小姐房里，恭喜一番，抱那小官人一看，果然天庭高耸，鼻直口方，说道："女儿，你生了这样的儿子，日后一定享他的洪福哩。"金莲道："多谢爹爹、母亲。"员外道："待我与外孙取个名儿来。"金莲道："爹爹，那呼公子临去叮嘱，说道，生了个男的，叫他延庆便了。"员外道："女儿，方才你说呼公子，且喜没有外人在此，倘若人家晓得呼公子是王家的女婿，岂不是又要弄出祸来？如今叫他王延庆罢。"金莲道："爹爹主见不差，，竟叫他王延庆便了。"正是：

文身断发贡苍茅，不反南人格有苗。
竭力致身分次第，先职子职后登朝。

且说庞妃闻西宫刘妃娘娘已经怀妊，心里很不爽快，恐他生了太子，朝廷必然宠爱。庞妃正想间，那晓刘妃腹痛起来，那庞妃已令心腹太监翁贵，买了一个女娃子进来，恰好刘妃正在临盆，庞妃假意殷勤看顾，一心要想调换。不道刘妃生了一个太子，被庞妃暗嘱了宫娥，调换了太子出去，就命宫娥寇直，将太子抛送御河里边。

那寇直不敢违拗庞妃，只得奉命依行。来到御河边，将太子取出，细细一看，不觉掉下泪来。寇直捧了太子，正在痛哭，忽听一声咳嗽。

---

① 邋邋（lā）遢遢（tā）——肮脏，不整洁。

寇直急将太子藏好。恰是陈太监走来，见那寇女在金水河边，上前问道："寇直女，你在河边则甚？"寇直道："陈公公，不要说起，庞娘娘调换了刘娘娘生下的太子，教我拿来送入河内，我不忍将好好一个太子弄死，所以在此悲痛。"那陈琳听了，倒是一吓，说道："寇直，此事断不可行，况皇上晨夕想生太子，岂可弄死储君①？"寇直道："我原是这般念头，为此啼哭。"陈琳道："寇直，咱去也。古人说得好：闭口深藏舌，安身处处牢。况这个庞娘娘，何等厉害，咱不要惹出事来。"这叫：

> 是非只为多开口，烦恼皆因强出头。
> 双手撇开生死路，翻身跳出是非门。

陈琳说了这话，回身就走，寇直一把拖住，说道："陈公公，你若不与我想个方法救这太子，还想做宋朝的太监么？"陈琳道："寇直，依你便怎么？"寇直道："依我，想个法子救了太子的性命。"陈琳道："不依呢？"寇直道："公公不救，我们大家死在河里便了。"那陈琳吃了一惊，想道：他不过一个宫娥，也知大义，难道咱是仁宗皇帝的得力太监，倒不如个女子？说道："也罢，待咱把这太子藏在身边，且到园内采了桃子，一齐送到八王爷府中。那八王爷最是修善的，待咱细细与他说明，再无不依。"寇直听了大喜，遂将太子交付陈琳。

寇直一径回宫，来见庞妃，说道："启上娘娘，这事办过了。"那庞妃道："你须秘密些儿。"寇直应道："晓得。"庞妃自言自语道："一计操成真妙策，万千辛苦乐今朝。"

且说陈琳被寇直将太子托来，心里好不担忧，不免采了几颗桃子，竟往八王府去。陈琳想了一回，来见王爷，说道："咱奉旨进桃，与王爷庆寿。"那八王开盒一看，只见盒内有一个孩子。八王就查究起来，说道："陈琳，你既送来，说话须要小心。"陈琳道："理会得。"

不知以后如何，且听下回分解。

---

① 储君——皇太子。

第 十 六 回

太行山守信拜别　　杨家将保送甥儿

太行回首望秦关，未卜家乡几日还。
今日拜辞唯有泪，不知风景在何山。

且说呼守信自从太华进香，又来到太行山，见了老令婆，又见了舅母、姨母、嫂嫂，一住就是三年，心想，承他们再三留住，教我兵法，光阴过得好快啊。时常想起家园，外婆只管叫我耐性，说什么免祸，始终未解其意。那八角琉璃井内的水，也曾吃过几杯，这长生诀可惜尚未学全。

守信正在思想，忽听一声炮响，震得地动天摇，却是为何？只见家将飞奔上山，说道："公子，不好了，听说朝廷差了庞太师，领了三万人马，把一座太行山团团围住，说来搜捉公子哩。"守信听说，吓得魂魄俱消，问道："朝廷何故拿我，只怕你听错了。"家将道："听得明明白白，一些不错。"守信道："你再去探来。"家将重又探听去了。

守信急往里边，见了老令婆，说道："外祖母，不好了。"令婆道："孙儿，为着何事？"守信道："方才家将报来，说道朝廷差庞丞相领兵围了太行山哩。"令婆道："你可记得同守勇出猎回家，打死那庞集的儿子之事吗？后来庞多花做了贵妃，就寻你爹爹的事，把一家三百多人尽遭涂炭，唯逃你兄弟两个，不知你哥哥逃到那里去了，所以提兵四处追捉。"守信听令婆这番说话，一交跌倒，令婆倒吃一惊，幸喜八姐九妹在旁，扶了守信起来，说道："孩儿醒来，你切莫悲苦，须定出个计来才是。"守信道："甥儿原想会见了哥哥，商议个计策，那里晓得弟兄南北，教甥儿独力难施。"令婆道："你也不必啼哭，量你哥哥必在新唐，如今庞兵虽围山下，你且拿了这一根生铜棍下山去，待我吩咐八姐九妹送你下山便了。"守信道："多谢外婆。"话毕，就拿了铜棍作别下山。

八姐、九妹各取了双刀飞舞,一齐赶下山来,只见:

　　旌旗耀日张威武,甲胄如云布满前。

那八姐、九妹见了庞家的阵势,心里顿生一计,道:"公子,你且慢走,待我们先去与他厮杀,你看我们势欲败走,他家必来追赶,你就乘势逃出营头去罢。"守信应声领教,称谢不已。那两员女将不问情由,竟一直杀进庞营去了。

牛虎正在帐中与龙虎兄弟商议追捉呼家两个儿子,谁道前营里人声沸腾,不知为何。忽中军报道:"外面有两个女将冲杀进营,必须将军抵敌。"龙虎听说,提枪就走,大喊一声:"谁敢来受死?"那姐妹听了大怒,舞刀飞砍,龙虎疾忙驾住道:"你不将呼贼献出,还敢冲犯天兵?只怕这座太行山不能姓杨了!"女将道:"你这奸贼,休夸大口,看刀罢!"龙虎挺枪直刺,战斗三十余合,那女将拖刀败走,龙虎兄弟领兵追赶,守信乘机冲杀过去,却被毛虎看见,就拍马追来,大喝一声:"小呼!你还不快来受缚,要想逃到那里去?"守信想来不能逃脱,只得举棍就打,毛虎道:"兄弟快来!"

那庞兵看见他沙场决战,急报到营,说道:"此刻大将军与山上下来的一大将大战了二百余合,只怕是反贼。看来三位将军会战,可能获住。不然,恐难相敌。"那庞牛虎、龙虎、飞虎听说,一齐上马冲来。守信在阵中望见,倒唬得毛骨悚然,只得与他泼战,心想:"自古道:生死有命,富贵在天。想必我呼家只好靠天的了。"却是:

　　死生由命不由人,拼得微躯报二亲。
　　杨家未备三军令,难破重围降救星。

且说那五台山的和尚杨五郎,自从上山做了和尚,不道已是数年,心想拜别师父,到太行山探望母亲。那五郎见了师父,说道:"徒弟想回太行去,望望母亲就来。"师父道:"你要回去倒也不难,只恐你性子全然不像出家人。"五郎道:"师父,如今徒弟的性子,比前大不相同了。蒙师父这般化度,弟子亦知五戒三规。"师父道:"既如此,须速去速来,常存佛在心头不可少懈。"五郎道:"这个自然。徒弟去了!"师父道:"且慢,我有偈言①四句,汝须切记。偈云:酒能乱性,

---

① 偈(jì)——佛经中的唱词。

色是败真。财乃致命,气动杀身。"那长老说完了四句偈言,回身进去,不题。

杨五郎就拿了禅杖,背了包裹,匆匆下山,一望,道:"好爽快也!这几年俺在山上做和尚,何曾有一些酒肉到口,熬得个身子小了一半,你道苦也不苦。幸亏今日俺的命不该绝,如今倒要大碗喝酒大块吃肉,吃他个爽快哩!咦,那里鸣金掌号。待我来看。"五郎上山一看,道:"好奇怪,见一个将军在那里大战。啊哟,不好了!你看这一员将,被兵马围在里边了。"

五郎看得怒气直冲,就拍马追来,抡起那根禅杖打将进来,呼守信也就乘势杀出了重围。那庞家的兵将被这和尚拍马冲来,倒杀得天昏地暗。众人道:"难道他也是呼家羽翼?这个和尚却十分厉害。闲话休题,且收了残兵再作理会。"

且说五郎见那将军乘势杀出,就飞马赶上,道:"将军休走。俺不知你姓名,在此则甚?"守信道:"俺乃后山呼家将的世子呼守信,从太华山进香,母亲教俺往外婆家去来。"五郎道:"你外婆在那里?"守信道:"俺外婆是太行山老令婆。"五郎道:"如此说来,你是我的外甥了。"守信狐疑未信。五郎道:"俺就是老令婆第五个儿子,在五台山出家的杨和尚便是。"守信一想,道:"呀,原来是五母舅,如此请上,待甥儿拜见。"五郎扶住守信的手,说道:"甥儿少礼。"

那甥舅正在相叙,恰杨家一班寡妇追来,看见五郎同守信叙话,一齐上前相见,将守信受屈的话,细细说了一遍,大家上马回山。众寡妇道:"叔叔,我们先回,你送外甥一程罢。"守信道:"多谢众位舅母、嫂嫂。"五郎送了十里,守信拜别和尚,各自勒马前行。诗云:

　　杨柳东门树,青青夹御河。
　　近来扳折苦,应为离别多。

且说五和尚回山,见了令婆,说道:"孩儿从五台来,今日救了一个将军,正在查问他,恰好众位女将军都在阵前助战。后来说起缘由,孩儿才晓得是呼家外甥。"令婆道:"五郎,我想庞奸贼只怕不肯退兵,还要上山来搜寻哩。"五郎道:"母亲休恼,待俺去与他讲究,不怕他不退兵回去。"五郎提了这一根防身的禅杖就走,令婆晓得五郎的性子最躁,就一把扯住,道:"凡事不可任性,总要定了主意,与他抵敌才是。"五郎道:"不错,我们且定了主意,再作理会便了。"自古道:君王有道臣民乐,无道之君可奈何?

那庞家四虎与这两员女将正杀得十分热闹,又将呼贼围拢,正拿住他,那晓又被和尚冲将过来,杀了半日,好不厉害。众人商议道:"那晓得这个和尚就是征西时杀了无数大将,回来到五台山出家的杨五郎,偏偏我们晦气,撞了他来,杀得这般苦恼,怎么好去回复?"牛虎道:"不妨,只说已有了呼家的踪迹,必得再添精兵五千,方可前去擒拿呼贼。"龙虎道:"好计策,明日竟去请兵,不必提起今日的事了。"那四虎商议已定,就吩咐中军前往京师请兵,不题。

那晓这五郎和尚,拿了禅杖,赶进庞营,大喊一声:"奸贼在那里?还不退兵逃命,想是要俺动气才走!"话未说完,禅杖已经飞舞,吓得这些兵将东奔西撞。那四虎在中军帐里,都是伸头缩脑,不知这个和尚赶来做甚。龙虎道:"兄弟不要管他,我们一齐出去,看他如何说法。"牛虎道:"哥哥讲的极是,我们大家出去。"

那龙虎兄弟来到外边,五和尚见了庞家四虎,抡杖就打,吓得四虎口里喃喃齐道:"望师父慈悲。"和尚道:"你们既要俺慈悲,还不起营快走!"四虎即传令三军,作速收拾拔寨。牛虎道:"我们收了兵马,也不必别处再屯,教他们离京二三十里住下,等我们与太师请了兵,同他一齐进赶,以为何如?"龙虎道:"我弟言之有理。竟是收兵进京去罢。"和尚见他吩咐拔寨,就拿了禅杖回山,不题。

且说呼守信一路行走,想:我这位五舅倒也骁勇,不是他这场泼战,俺今日焉得到此?呀,此处为何尽是皮帐,莫非是西凉界上了?不免少坐片时再走,有何不可?守信跳下马来,把身子抖一抖,便觉有些困倦,且在此打个盹罢,咳,我呼守信今日才晓得苦恼。果然:

跨马自知皮肉瘦,解衣才见箭瘢[1]多。

话说有个齐国宝,乃杨家将的花花太保,因同十二寡妇征西失踪,流落西羌,且喜在这里收了一班人马,自称定天山寨主,倒也快活,只落得朝朝寒食,夜夜元宵。夫人脱氏,所生一男一女,孩儿名唤齐雄,武艺倒也十分骁勇,年方十八,娶邓氏三娘为媳。喜他一对夫妻,都是

————————

[1] 瘢(bān)——疮口或伤口长好后留下的痕迹。

武艺高强。女儿月娥，年交十六，生得十分秀丽，果然佳婿难求。这脱氏夫人，精通韬略，每日教儿女习演武艺，愈加精熟。且喜那日天气晴和，国宝又闲暇无事，不免请了夫人、小姐，同往教场操演一回，有何不可。说犹未了，随吩咐侍女去请夫人、小姐。

不知以后如何，且听下回分解。

第十七回

齐国宝大演阵法　老夫人擂台选婿

尘饭涂羹旧话填，或言坚壁或开边。
新奇暂赏刍荛策，谋事由人成事天。

且说齐国宝请了夫人、小姐同去观兵比武，三军齐集营门伺候。那齐国宝同夫人、小姐上马下山，军兵拥护前后，一路行来，好不威风。国宝道："夫人，你看前面柳绿桃红，半天鹤泪，西羌风土，不弱中原。俺在此数年，集兵数万，垦地千顷，也不枉做定天山的寨主。时逢庆会，满殿嵩呼，比那大宋皇帝还觉快活。"夫人道："大王，今日一路而来，果然此间山色与西夷不同。"国宝道："前面是那里了？"都管道："启上大王：前面是演武场了。"国宝道："既如此，吩咐扎下了营。"都管道："大王有令，在此扎营了。"说声未了，军兵盘扎下营，国宝同夫人、小姐下马升帐。

忽有一匹带鞍子的五花马飞跑过来，大王即问管马军："你在孤家帐下管的什么马？鞍子也不去掉。"那管马军道："启上大王：这马委实①不是我们的。"大王道："不是我们的？倒是天上掉下来的？"管马军道："启上大王：这马只怕是放草的。"国宝道："胡说！孤家在此数年，从没有大胆的人敢来放马。据你说来，明明有奸细在此，快去拿来见我！"那管马军奉了大王将令，来到前营，把话细细说了一遍。大家

---

① 委实——实在，的确。

齐道:"既是如此,我们同去找寻,倘然果有奸细,拿来也好请功。"

这些将士四处寻获,只见青草齐倒,众人心想,莫非奸细躲在草内,也未可知。那些将士近前细看,谁道一只猛虎跳将出来,吓得那些将士个个魂飞魄丧,都说道:"大王,不好了,方才有鞍子的却不是马。"大王道:"不是马倒是牛?"将士道:"不是牛,却是一只猛虎!"国宝听说是虎,心里又惊又喜,道:"若说青草里有虎,孤家倒要去看的。"于是坐了一匹白马,军兵紧随后面。

来到草间一望,不见有什么虎。国宝就往草边细看,只见一个英雄睡在草里,那人手里拿了一条棍子:"想必是奸细了,待孤家盘问他一盘,便知明白。"齐国宝大喊一声:"汉子,你在此做甚勾当?"守信听得耳边叫喊,睁眼一看,只见许多官兵,心里好不着急,只得硬了头皮说道:"老将军尊姓,镇守的是什么地方?"国宝道:"俺乃太行的巡军太保,姓齐,在此做定天山的寨主。"守信道:"失敬了。愿大王听禀:俺是大宋皇帝的功臣呼延赞的孙子,因父王呼得模为了金鞭执法,见庞妃僭用了曹皇后的銮仪,父王要他换用,那晓庞妃不从,俺父王怒执金鞭要去打这庞妃,却有内监陈琳再三劝止。谁想这庞妃不思僭越违制,反在朝廷面前奏说俺父王打妃骂君,不久就要兴兵灭宋。那仁宗轻听妖妃谎奏,一时发怒,就差了妃父庞集,领了校尉到俺府中,抄斩一门三百余命。俺兄弟两个,蒙爹妈再三令俺兄弟逃出。原谓报复此仇,那晓逃出后,庞贼又领兵四处追捉,吓得俺兄弟分飞,不知何日会面,图报此仇。古语云:逢人且说三分话,未可全抛一片心。俺见大王重义,敢不剖心实告。"国宝道:"说起来,就是呼老将军的令孙小将军,但不知今后往那一方去?"守信道:"大王有所不知,目下是水面浮萍随浪去,何分南北与西东。"

国宝听了这两句,想起流落西羌的日子,说道:"将军若不嫌弃,请到山寨谈讲谈讲,且憩息几天,再做计较何如?"守信道:"承大王如此大恩,教我从那里消受?"国宝听说,哈哈大笑起来,说道:"你我只讲一个'义气'两字,凭他到那里都可去得。"守信道:"既蒙大王恩义,敢效执鞭。"国宝道:"太言重了。呼将军请上马。"国宝也跨上雕鞍,径回山寨。

守信远远看一位头戴雉尾的小将,迎道赶来。守信道:"大王,这

第十七回　齐国宝大演阵法　老夫人擂台选婿

位小将是谁？"国宝道："这是小儿齐雄。"那少年闻言下马施礼，国宝把守信一家受屈的事，细细说与齐雄知道。那齐雄听了，不觉怒上心来，说道："爹爹，若是这般说起来，忠臣受屈无伸了。"国宝道："不要管他，我们且到营寨里去细讲。"古人说得好：

　　从来好汉惜英雄，狐兔皆悲义侠同。
　　君王无道听奸佞，屈杀清忠忘大功。

国宝已经吩咐摆宴，款待呼家将军，一面打发中军下山去，接了夫人、小姐回寨。那中军奉了大王的命令，接了夫人、小姐上山进寨。那女侍见书房里，有一个俊俊雅雅的英雄，在那里吃酒，倒也奇怪，心想：待我去与夫人说知，便知分晓。女侍来到里边，说道："夫人，今日大王替小姐招了一个女婿，在书房里边吃酒哩。"夫人听说，又去告诉小姐。

小姐并不瞅睬，心里甚是疑虑，悄悄的唤了女侍，同到屏后看了一回，转身来坐下，又呆想了半日，咳，那得这样好人品，就与他做下了夫妻，也不枉了为人一世。但看人品却好，不知他才技如何？我爹爹如何讲说，就把奴许了。这时国宝正在道问，月娥方听明白。只见国宝问那英雄贵庚，守信道："今年已是二十有余。"国宝大笑起来道："将军长小女两岁，愿结成婚姻。但不知呼将军意下如何？"守信道："多蒙大王抬举，把小姐终身托付于我，须待俺去寻了哥哥，先将父母之仇报过，再来求亲便了。"国宝听说，沉吟细想，莫非他不肯攀我女儿，故把这话说来我听，也未可知，随说道："呼将军，方才这话明日商议。"守信乘此谢酒安睡。

国宝来到里边与夫人商议。齐雄进房，那邓氏三娘道："今日请的是谁？"齐雄道："今日请的呼延赞的孙子呼延守信。"邓氏道："请他则甚？"齐雄道："不要说起。就是今日巡山观兵的时节，见了一骑有鞍子的花马跑来，那时父王查问不出，令军士巡查，报说一只猛虎眠在草里。父王不信，亲自往看，才见那呼守信睡在草中，并没有什么猛虎。父王的心里就想他日后必是个大人物，故此唤醒了他，一同上山，让他细细的把庞家害他的缘由说了一番。父王欲将月娥与他。"三娘道："既如此，待我去恭喜了来。"齐雄道："虽然讲过，还未定准，且等明日定准了，去恭喜未迟。"三娘道："如此，且睡，明日再做理会便了。"语云：

　　世间千万惊奇事，磨折多番出类群。

　　且说齐月娥来到屏后，听得父王在那里对这位英雄说道："小女少将军两岁，愿与将军匹配，真正难得。"你道这位将军怎么回我爹爹？他说报过了父母的仇，然后再来求亲。月娥想，听他这般说法，你道气也不气！难道结了亲，就报不得仇的么？他明明在那里推托，不要讲他，且进房去罢。那月娥回房长叹道："不是姻缘莫问亲，那能红叶去传情。徒望老人来月下，休题石上定三生。"

　　邓三娘到了次日抽身起来，径往里边，见了月娥，说道："姑娘，你今日的面孔上好像有什么心事么？"月娥道："嫂嫂，我心事却没有，只是听得爹爹同那呼家的后生提亲，倒被这后生推托。嫂嫂，你道气也不气！"三娘道："怎么推托？"月娥道："他说报过了父母的仇，然后再说那对亲的话，岂不是被他推托？"三娘听说，细细想一想，道："姑娘，你不用着恼①，我有绝妙的计策在此，不怕他不来求我。"月娥道："既有妙策，倒要请教嫂嫂。"三娘道："我们去向我公婆商议，搭起一座擂台来，张挂些榜文②，择了日子，我们一家都到台上，少不得这些有武艺的都来比试，只怕这姓呼的见了姑娘的容貌武艺，他要来求我哩！"月娥道："好妙计！果然足智多谋。自古道：有志妇人胜似男儿。既如此，闲话少说，且同嫂嫂去与爹妈商议起来。"正是：

　　春风吹得园林茂，蛱蝶穿花绕苑墙。

　　那月娥同了三娘来见爹妈，道个万福，国宝道："女儿媳妇出来何干？"三娘道："闻公公昨日与姑娘对亲的话，儿媳倒有一个计策在此，故尔特来商议。"国宝道："你且说来。"那三娘把这擂台择婿的话细说了一遍。国宝听了大喜，即刻吩咐军兵搭台，一面挂起榜来，招集群雄，在擂台比试。

　　那些军士，奉了大王命令，齐往下山，纷纷嚷嚷，不多一会，搭起了一座擂台。顷刻间，灯彩齐全。那正管军吉屹罗飞奔上山禀见，说道："正管军启上大王：擂台已经完备，榜文已挂台前了。"国宝：

---

① 着（zháo）恼——发愁，气恼。
② 榜文——告示，布告。

"既如此,明日乃黄道良辰,早早传集军兵,伺候夫人、小姐上台比试,不得有违。"那吉屹罗领了大王将令,来到山上,晓谕这些前军后校。各各欢喜,不胜快活,大家专等明日伺候夫人、小姐上台,看他们比试。

不知以后如何,且听下回分解。

第十八回

石头陀打下擂台　呼守信访兄别丈

少小离家受苦辛,剑囊空佩未邀勋。

昔日功臣今受屈,亲仇未报暮云生。

却说齐国宝为了女儿月娥婚事,高搭擂台比武来选东床。此时红日已升,那国宝来到里边唤起夫人、女儿,妆束起来。那月娥小姐已经妆束完了,这些使女与小姐一样妆束。你道怎生打扮:

头上高飘雉尾,身穿红锦绣衣。罗裙低系,金莲似铁。双剑如飞,将军不敢近,神鬼皆逃避。

那齐国宝同了夫人、小姐跟了一班女从,都来到台上,那管军、力士一同来到台前参见。国宝就令管军,把珠灯彩球都要张挂齐备,四面都要扎营。管军奉令,吩咐力士把灯彩张齐,营伍完备。国宝又令:"四路管军领兵暗伏,倘有人敢台前喧嚷,立即擒住了他,拿来见我!"那四路管军、力士各各奉令把守。诗云:

今日雄才施技勇,擂台比试选东床。

那齐国宝为了女儿月娥招婿,搭起这座擂台,挂了榜文,就有多少勇士齐到台上来比试武艺,倘然中选,也显得英雄盖世。

却说西番单于①的儿子叫做单于吉,年尚十七,生得面青发红,手似钉钯,听说齐国宝擂台选婿,那单于吉也想中选东床,出厅见父亲,

---

① 单(chán)于——匈奴君主的称号,后泛指外族首领。

禀道："父王在上，孩儿有话禀明。"单于道："我儿有话，且说来为父的听。"单于吉就把擂台比试的话细说了一遍。单于听了大笑，说道："定天山齐国宝的女儿，那个不晓得他的将才，你如何去得？"单于吉道："爹爹放心，孩儿若去，包管中选。"单于道："我儿既要去，须得见机才好。"单于吉诺声道："是。"就带了勇壮家将二十名，同往定天山比试。诗云：

年少辞家独出群，金鞍宝马去邀勋。

一枝百年姻眷好，英雄盖世古今闻。

且说呼守信在定天山，远远听见人声如沸，金鼓喧天，不知何故。守信正欲来问，恰好都管军走来，说道："呼将军，为何不到山下去打擂？倒在此间闲耍。"守信道："打擂台则甚？"管军道："为小姐招亲。"守信听说小姐招亲，心里想道：向闻月娥貌似西施之美，不免踱到台前观看一番，有何不可？正是：

日高三丈群英集，齐望台间美玉真。

那月娥吩咐女婢往台前高叫道："俺奉小姐之命在台上赌胜①，如有不怕死的，请上台来与俺比试。如果俺胜，好与小姐亲自比试，胜，则与他花烛。"道犹未了，那晓闪出一个和尚，上台喊道："俺乃外国和尚石头陀②，在此与你小姐比胜！"那女婢见了这个头陀，心里好不着恼，即使武艺高强，怎么与小姐成亲？

那晓月娥在里边见这头陀生得恶状，倒在此撒泼，怒道："待俺打他下台去！"月娥走到台前大骂："秃驴，你来送死罢！"那和尚见了月娥就呵呵大笑道："你休得夸口，只怕洒家这一拳，也够你受用了。劝你不如快与洒家做亲的好！"月娥听了大怒，使出一路长拳，那晓这和尚纵上台来，被月娥一个双飞脚踢将过来，那和尚就一个斤斗摔下台去，引得一群英雄拍手大笑道："你看，金刚这样的胖和尚，原来是纸糊的！"

那晓单于吉也就纵上台来，喊道："俺西番单于的三太子在此！"月娥道："呔！你像个什么东西，也来送命。"太子听了，怒上心来，

---

① 赌胜——打赌。

② 头陀——行脚乞食的僧人。

第十八回　石头陀打下擂台　呼守信访兄别丈

就飞纵上台。月娥摆一个金鸡独立势，打将过去，那太子连忙一躲，也摆个猿猴献果势打来，月娥就趁势打去，那太子一个斤斗跌下台来。

守信看得火气直喷，跳上台来，把眼睛轱辘辘看了一回。月娥也是暗想：这个好像那姓呼的一般，不免待我叫他一声，看他如何。月娥道："小将军，你何苦也来送命？"守信道："为将之人，从来不顾身命的。况俺乃呼家将的子孙，谁人不知。"月娥心里已是明白，假意把两拳擎起，做个扑天雕舞势打来，守信乘势踏进，破了这势。月娥又摆一个蛟龙舞爪势，守信就钻将进去，一把抱住。那月娥低低说道："冤家，抱松些。"守信心里好不喜欢，只得放手，挽住了一根弯带。

正要一同回营，忽见台下这些人儿说道："快走，那边兵马杀来也！"守信听了，心中好不忧疑。忽听巡报说，西番单于吉领兵围住，要抢小姐，亏齐雄小将和三娘在那里征战，不能取胜，要请小姐去助阵。

守信不问情由，提棍飞跑，见了单于吉就拦头一棍，恰巧中了肩膀，跌闷在地。那些将弁见太子如此，说道："不如收了器械，扶了太子起来去罢。"那单于吉道："啊唷唷，好厉害！快回西番去。"单于吉领兵起身去了，齐雄同三娘、守信一齐上马回山。这叫：

　　姻缘巧遇呼家子，中选成亲齐月娥。

那月娥自选中呼郎，就同国宝夫妻上山，国宝道："女儿选中了呼守信，为父的也称心了。女儿你且到房里收拾打扮，待俺端正花烛，请呼郎与女儿成亲。"国宝吩咐这些力士："将灯彩挂好，快唤乐工俟相。今日黄道吉辰，与小姐完成花烛。"

国宝因月娥选中东床，不胜快活。那呼守信想起哥哥守勇，不知流落何方，爹妈被庞贼父女所害，冤死一家儿性命，此冤何日伸雪？想到其间，令人心痛。这是：

　　父母劬劳恩似海，沉冤何日与亲伸？

且说齐月娥与守信成了夫妇，已经两月，齐月娥向呼守信道："我看你终日愁眉不展，却是为何？"守信将爹妈含冤的话说了一遍。月娥听说，不觉掉下两行珠泪，说道："公子不必心痛，我去向爹爹商议，招些人马，也去杀他满门，就伸了公公婆婆一家儿的深冤了！"守信道："但得如此，就是九泉冤苦亲魂亦感激不浅！"月娥道："公子，古

云:"父母翁姑,恩亲无二。不免同去与我爹妈商议便了。"却是:

  且看翡翠兰苕上,欲掣鲸鱼碧海中。

  话说呼守勇一路行来,过了许多峻岭,看此处山色,与中原无二,人物恰是不同:面上好似有漆,身上臊腥,穿的羊皮,身上倒挂大圈,问他姓名,也不知他说的什么。恰好有一个年老的走来,守勇就上前问他,他说是新唐国差来,查点马匹到此,不然也不到西凉。守勇道:"这里到新唐还有多少路程?"那老者道:"这里到新唐,只有三天了。想是你要去么?"守勇道:"正是。"老者道:"你到那一个府第?"守勇道:"俺不到府第,要到王府去的。"那老者听了又道:"小英贤,你怎么要到王府去呢?"守勇道:"那新唐国的主公,就是俺祖呼延赞的妻舅马化凤。他当初原想在中华①做一个藩主,因出了赵匡胤,做了大宋皇帝,他就到新唐国来做了个番王。那大世子马韬,就是俺父王呼必显的表兄。"老者道:"小将军原来是马千岁的亲戚,如此,失敬了。"守勇道:"你在新唐做什么?"老者道:"不瞒小将军说,俺在新唐,蒙千岁容我,做了一个查马军,所以到西凉查马。今日幸遇小将军说起,又是千岁的亲戚,俺真正有造化。"守勇道:"前面是什么地方?"老者道:"就是新唐了。"守勇一望,心中大喜:我道新唐怎样,原来与中华不相上下,两国的城垣宫殿都一样。

  守勇正在观看,只见前面许多官军、太监摆队行来。那老者道:"小将军,快请回避,前面花花公主驾来也,另日再会罢。"言犹未了,那老者就拍马飞去。呼守勇只得回避。公主在马上飘然而过,守勇伏倒草内偷看了公主,心里想道:"只说中华人物丰采,谁道番邦女子倒比中华更美。方才马上的公主岂不是绝色?就是这些女侍,也有几分姿色。"正是:

  休说中原有美女,谁知西番胜西施。

  呼守勇看见花花公主驾已过去,就立起身来,心中想了一会,不知公主到那里去。守勇正在那里心焦,恰好有一队武士经过,上前施礼道:"请教列公,今日公主何往?"一武士答道:"今日公主到桃花潭去,因潭里出了妖怪,已经在这地方上吃了些百姓,俺国王故尔差遣公

---

  ① 中华——即指中原。

主前去看来。"守勇道:"桃花潭离此多远?"武士道:"不过三十余里。"守勇道:"噢,离此不远了。"武士道:"看你这妆束打扮,不像俺新唐人士。"守勇道:"俺乃是大宋的呼家后代呼守勇也。仁宗皇上偏听庞妃妄奏,说俺爹爹欺君傲上、心怀反意,故尔将俺全家抄斩。俺为了伸冤报仇到新唐国来。"武士道:"将军,咱们各奔前程。"守勇道:"请了。"大家分手。

后事如何,且听下回分解。

第 十 九 回

桃花潭守信收妖　　新唐国公主招亲

　　新唐公主逞英强,奉命歼除妖逆狂。
　　天姿映出桃花面,笑带芙蓉香柳娘。

那花花公主奉了国王的命,选了三百个雄兵,来到桃花潭下面,听那百姓讲这个妖怪好不厉害:"到了日午将西,那河里就要翻风作浪,性命被他害的也不少哩。"话犹未了,忽然起了一阵大风,河里顿翻白浪。公主就令番兵一齐放起炮来。谁想,这个怪物全然不怕,在空中飞舞,好像要来吃人的光景。公主吓得浑身冷汗,就带了番兵勒马回宫。

遂见国王,说道:"孩儿领兵桃花潭去,计图扫灭那怪物。那晓这个怪物果然十分厉害。孩儿看见风浪大作,即忙传令放炮。那晓这个怪物,忽地到半天里舞将起来,好像一条金龙向下飞来,势要吃人光景。吓得孩儿浑身大汗。料难抵敌,只得回宫。望父王赦罪。"国王听了公主的话,心下忧思,进宫又见公主吓得这般模样①。

到了五更时分,国王升殿,百官朝见毕,忽王门官上殿奏道:"有一大宋功臣之后呼延赞之孙呼守勇,有事奏闻殿下。"国王沉吟半晌,想起父王曾说,有位姑妈,嫁给大宋赵匡胤的功臣呼延赞为室,因说

---

① 原文如此。

道:"既如此,着他上殿。"即传旨召宋臣呼守勇见驾。

守勇俯伏银阶,口称:"臣呼守勇祝愿吾王千岁。"国王道:"你既是功臣之后,先把家世奏来。"守勇奏道:"臣祖呼延赞,扶宋社稷,功显日月;祖母新唐马氏,止生臣父必显,世受国恩;母前山杨氏,老令婆之女,生臣兄弟二人守勇、守信。"国王道:"你今来此何干?"守勇道:"臣缘父母痛遭仁宗无道,宠妃庞氏僭欺正宫,臣父必显执先帝遗赐金鞭,恐吓庞妃。不料庞妃捏词狡奏,宋主听妃之言,即差妃父庞集统兵围住府第,放火烧杀,毁我家口计三百三人。臣弟守信幸代母往太华进香,未逢惨毒。俺的性命,方得爹妈逼俺从地穴里逃将出来,以便代亲血恨。那晓逃命至今,历被庞家追捉,且喜屡遇救星,未遭杀害。今日到此新唐,得见千岁,以为万幸。伏祈千岁怜念至戚遭此惨杀,借给雄兵十万,剿灭庞贼父女,庶雪此仇,地府幽灵永沐洪庥。"

国王道:"你既是呼延赞的子孙,把那御赐的金鞭来看。"守勇道:"千岁,难臣被庞兵围捕,爹妈逼俺逃命,那里还想带这金鞭?"国王拍案大喝道:"你既是呼氏的子孙,岂能失带金鞭?明明是个歹人,将这番胡言哄弄孤家提兵与大宋为仇,岂不是个奸细!"令将校:"将呼守勇绑赴法场!"

那将校把守勇正欲捆绑,班中有几个老臣奏道:"臣等愚见,千岁如将呼守勇处刑,还不如加恩免其死罪,令其领兵将桃花潭之妖逆荡除,可谓两全。"国王道:"卿等奏得甚妥。"即降旨赦了。呼守勇俯伏谢恩。却是:

几希一命入幽都,幸赖先灵暗保扶。

国王道:"今众卿保奏,说你既是呼延赞的子孙,必定有些武艺。金鞭虽然失带,将略决定随身。孤家今日试你一试,就知明白。你今领兵三百,前往桃花潭去,除了这个怪物,你爹妈的仇,孤家自有商议。"守勇听了爹妈的仇"自有商议"的话,心里好不快活,疾忙谢恩退出,就上马加鞭,来到桃花潭,只见:

绿阴深处柳垂腰,隔岸桃花粉面姣。

河内无风波不起,鸟啼花笑寂无妖。

守勇看了一会,毫无踪迹,惟对天祷告:"弟子呼守勇,因爹妈一家三百三人惨遭庞奸杀害。俺弟守信代母太华进香去后,没有下落。俺

第十九回　桃花潭守信收妖　新唐国公主招亲

今来到此间，几乎性命不保。蒙番官保奏，领兵来此除妖。惟愿苍天默佑，万圣阴扶。"守勇祷毕，不觉日渐沉西，但见微风细浪，河内好似迷雾一般。守勇道："俺今日行事，乃奉国王之命，全赖众将官尽力攻击。倘能擒获，俺与众将计功。"那将校应声如雷，即忙整枪搭箭各各齐备。

那河中正在起风作浪，迷雾漫天，远远望去，云里好似有条金龙在内旋绕，势欲飞将下来，那将校见了，都是心慌意乱。忽听一声炮响，就呐喊起来，提枪的提了枪，射箭的扯起了角弓。那守勇提了一根铁棍，向前直冲，对着云里的龙道："你这逆畜，难道不晓得俺是大宋的呼家将在此，还不快来受缚。"那晓道言未了，这逆畜张牙舞爪的飞来，谁想守勇真灵，也化现了一条青龙，与那金龙两下里盘旋。忽地里起一阵怪风，吹得眼睛都不能睁开。只听半空中一声大震，好似地裂山崩，抬头一看，依旧红日青天。众军道："好奇怪！如今天上云也没有一片，龙也全然不见，方才明明是两条龙，盘旋不了。"

众军正在疑想，忽小校报说："前面哈都哩地方，天上掉一根鞭在那里，咱要拿他，实在拿不动。"守勇听说，也称奇怪："俺去看来。"守勇到那哈都哩，见了金鞭，倒下身便拜，道："金鞭金鞭，帝赐流传。"拜毕细看，果然是呼家之物，上面刻的"鞭赐御弟呼延赞，世世相承勿忘朕意"。一面又刻："勿论王亲国戚，文武朝臣，不遵规制，鞭死无情。金鞭铁面，代朕施行。"守勇收了金鞭，回到桃花潭营里，安息了五六日，那方百姓也不讲起妖怪，潭里也不生风兴浪了。

守勇带领将校，来见国王，把领兵伏妖的话，细细说了一遍。那得鞭的话，又说了一番。国王听说，十分欢喜，接过金鞭细看，拍手大笑道："好，果然将军是呼氏子孙，不然，那能恰巧就得。若说这鞭非将军得取，咱这里就闹个不停哩。将军除妖辛苦，请到内书房安息，早晚便于叙谈。"

不知以后如何，且听下回分解。

第 二 十 回

花公主许配东床　　呼延庆书房讲武

才略应堪夸数公，只今方信有英雄。
喜看翡翠金枝贵，欲钓鲸鱼沧海中。

且说呼守勇自从除妖得了金鞭，见过国王，就请守勇到内庭将息几天。那守勇将这金鞭逐日在手中舞弄。一日，国王来到书房，守勇正舞得高兴，国王看了一会，连声称赞："果然将门之子。"守勇回转头来，看见了国王，急忙放了金鞭，道："难臣不知万岁到来，有失跪迎。"国王道："咱家与山前杨氏、山后呼氏，原是世代老亲，何必这般谦逊？"守勇道："难臣承千岁如此抬举，也是叨祖宗的荫庇。"国王道："前日的金鞭得手，这是你令祖阴空默助。将来贤侄必作栋梁之器。"那国王讲了一番叙亲的话，依旧回宫去了。这教：

相才还是将才高，万里江山一举劳。
皇封御弟呼家将，荫子荣孙穿锦袍。

国王来到西安宫，娘娘接了万岁，进宫坐下，说道："孤家有一桩事，与娘娘商议。"娘娘道："千岁有何见谕？臣妾谨当领听。"国王道："与娘娘商议，非为别事，因为公主年已及长，东床未选。孤家为此，日夜焦思。前日为了桃花潭出了一个怪物，逐日在那河里兴风作浪，不知戕害①了多少百姓。公主听了，一时气冲牛斗，领兵前去剪除，那晓得到了桃花潭，这怪物正在那里兴风作浪。那公主一看，好似一条金龙，对着公主飞来的样子。吓得公主目瞪口呆，方得他有主意，就急忙回宫，孤家心里甚为不安。幸喜公主近日身体安泰，孤家才得放心。"娘娘道："人家为了儿女，父母心肠都是这般的。唯有儿女的心肠待爹妈，只恐就不能够了。"国王道："虽然如是，总要教导。"

---

① 戕（qiāng）害——伤害。

娘娘道:"那桃花潭的妖怪,如今怎么样了?"国王道:"娘娘讲起桃花潭,真正奇怪,那桃花潭里这个妖怪,方得孤家的表侄呼守勇到新唐来见孤家,那时孤家就教他带了三百名番兵往桃花潭去。呼守勇到桃花潭不多一会,河里就翻风作浪,乌云蔽日,云里有一条金龙飞舞。守勇喝了一声:'逆畜!'云里忽又出现一条青龙,与那一条金龙盘旋了半日,忽然大震一声,那里晓得就是宋太祖赐与孤家姑丈呼延赞老将军的这根金鞭。咱侄儿得了这鞭,那桃花潭里的风浪顿息,天上的乌云散去。又隔了几日,河里也不起风浪,百姓也不讲起什么妖怪。咱看那呼家表侄,将来必是个大人物哩。故此孤家有事与娘娘商议,咱想公主的容貌也好,武艺又强,年纪又是相仿。孤家欲将呼家侄儿做个东床佳婿。"

娘娘道:"既呼家侄儿到此番邦,应请他到府中安歇,也该来见我。"国王道:"娘娘,那侄儿已在西书房住,因他平妖辛苦,咱教他将息几天,然后相见罢了,所以呼家侄儿尚未拜见。"娘娘道:"既如此,臣妾与千岁同往书房何如?"国王道:"这是极妙的了。"

那千岁同了娘娘即时来到西书房门首,内侍道:"呼将军,千岁同娘娘在此。"守勇听了,急忙出厅迎接,口称:"难侄不知千岁与娘娘到来,有失远迎,望岂恕罪。"国王道:"侄儿免礼。"进了书房坐下,守勇拜见已毕,千岁开口说道:"孤家今日同娘娘到此,非为别事,一则念及老亲,二来见你人材出众,武艺高强,孤家欲将公主与你结个百年夫妇。"守勇道:"多蒙万岁与娘娘这般抬举,难侄岂敢?况公主是玉叶金枝,宫帏闺秀,难侄如今是丧家之犬,东奔西逃,不知将来如何下梢哩。"娘娘道:"呼家贤侄,你何这般推阻?将公主匹配与你,也是千岁重亲情的好意,将来新唐马氏与后山呼氏的亲,不致疏失了。"守勇道:"难侄已曾娶过王氏金莲、赵氏三姐,成婚未几,又被庞贼领兵追捉。方得三姐与贼对敌,难侄乘势走脱,苟延性命,得到此间,皆二位侄妇相扶,未经被贼擒拿,以为幸甚。"千岁道:"娘娘不必听他,咱们且进宫去,是有个道理。"

那千岁同娘娘进了内宫,说道:"公主,你到桃花潭看见的什么金龙?唬得孩儿浑身冷汗回宫,倒病了几天,那晓这金龙,就是后山呼家将的紫金鞭。"公主道:"父王何以知之?"千岁道:"我儿那日从桃花潭回来了,恰好你表兄呼守勇到此,咱就差他到桃花潭去,谁知你表兄呼守勇一到河里,风浪大作,白雾漫天,空中金龙狂舞。后又有一条青龙,在云端里盘旋了一会,那金龙掉下地来,众人拥去看来,恰是一条紫金鞭,被守勇拾了这鞭,云已散去,风浪即止,百姓也不讲那妖怪了。"公主道:"这也奇怪,将来倒要与表兄相借这金鞭来试看一看。"国王道:"何必要借,孤家现在待黄道吉日,就要把呼表兄与公主完姻了。"公主听说,不觉腮映桃红。娘娘同公主,随往里边更装去了。这叫:

脱下罗衫换锦袍,宝髻高扳翡翠娇。

今日洞房香满院,专待仙郎度鹊桥。

那国王道:"今日是黄道吉日,与公主完姻,速速备了花烛灯彩,须要整齐。"一声吩咐,各官纷纷备办。等到良辰花烛,各官齐集宫门称贺。国王道:"众卿少礼。"令内监陈三千陪了众卿到御园饮宴。那乐工傧相请出驸马、公主,拜了天地,见了千岁、娘娘,夫妻交拜已毕,随送入洞房去了。千岁道:"娘娘,你道呼表侄配的公主何如?"娘娘道:"果然配得不差,这对夫妻,好像仙子临凡,还有什么比得上他们?"千岁道:"妙啊,没有什么比得上他们。"那娘娘同千岁,得意洋洋也回宫去了。那守勇把这庞妃狡奏,仁宗发怒,遣庞集领兵歼灭的话,讲说了一番,同入香房安寝。到了天明,双双来到内宫,拜见了千岁、娘娘,请过了安,双双依旧回房,两下里谈谈笑笑,不觉又是梅梢月上,鸳枕朦胧,怪煞金鸡报晓。却是:

御前初献紫罗衣,交颈鸳鸯卧碧溪。

南燕北来新洞府,蓬莱小院遇仙姬。

且说王员外想起:招了呼守勇为婿,和女儿金莲成婚未几,不料就遭庞妃的父亲庞贼领兵杀来,把俺的庄子团团围住,要捉呼守勇去。方得俺女儿同翠桃,倒也有些主意,救了守勇。自从守勇去后,音信全无,不觉倒有十个年头了。俺女儿金莲时常想起了他,就要啼啼哭哭,俺与院君的心里好不懊恼。幸而有个外孙,叫做王延庆,今已十岁,倒也聪明。做娘的若是有些悲切,他就叫了翠桃一同在旁解劝,说道:"凡事总得孩儿长大起来,自有个道理,母亲若然苦坏,教孩儿怎么办。"翠桃道:"自古道:'吃得苦中苦,方为人上人。'小官人倒也讲得是。凡事要看小官人面上。"金莲心里甚是明白,以后只把小官人长成,再作理会。

以后如何,且看下回分解。

第二十一回

骑石虎延庆逍遥　庞贵妃奸谋渐露

桂窟香生花萼楼,万方同庆是中秋。
倾城人看双牛斗,小小儿郎解斗牛。

话说王员外一日正与院君叙话,偶见镜中的形容,不觉鬓已将斑。员外道:"妈妈,俺与你的年纪已是半百,苦奈膝下无儿,俺的心上欲将侄儿嗣续宗祧①。"院君道:"这个极是。"员外就立了侄儿为子,改名"环"字,今年十六岁,面貌却也富丽,就见了员外、院君,又见姐姐金莲。见了延庆,向金莲道:"姐姐,这个是谁?"金莲道:"这里俺娘的过继儿子王延庆。"王环道:"姐姐,这是兄弟了。"王环与延庆见了个礼。

一日,员外把延庆送进书馆里去,先生教他读书。那里晓得这延庆竟是个过目成诵的神童,先生甚是欢喜。一日员外正到书房,恰好看见延庆在那里舞弄枪棍,员外道:"你小小年纪,弄他做甚?"延庆道:"这个才是文武全材,学会了它,也就是个武艺。"员外假意要去打他,谁知延庆一溜出了庄门,忽见田里有两条水牛在那里争斗。延庆道:"不好了!俺家的豆麦都被他踏坏了。"急忙赶下田里,把这两条水牛的角一把扳住解开,对庄夫道:"你们拖了去罢。"那些看牛斗的人,都是伸舌摇头。这叫:

老大无能看牛斗,不如员外小儿郎。

且讲那万花谷秀云岩有个道士,说是反朝的一个宰相挂冠入山,姓

---

① 宗祧(tiāo)——祧,远祖的庙。这里与祖宗同义。

王名禅,曾拜云中子为师,日诵《黄庭》,夜则蒲团打坐。每到天明采东方青气,参透了玄机妙秘,往来云返。一日,西池王母大会群仙,那王禅在云头里看见了云中子驾云从西而来。王禅道:"师父何往?"云中子道:"今日西王母寿诞,大会群仙。"那王禅垂下云头,仍旧在万花谷秀云岩打坐。这叫:

> 谈玄自有无穷妙,熟读黄庭参道机。

那云中子赴了群仙大会,回归洞府,只见武曲星官迁宫。云中子掐指一算:"咦!就是那年的魁罡星,降凡于复姓呼延为子,今年已交十余岁,应传法了,所以武曲迁宫。"云中子驾起云头,来到万花谷,就按下云头,叫一声:"徒弟!"王禅开眼一看,说道:"师父可是群仙会回来?"云中子道:"非也!"把武曲星迁宫的话,对王禅说了,道:"徒弟,你须下山到王贵庄去,度了复姓呼延庆的上山,教授了他的行兵十法,然后送下山。"云中子依旧驾起云头,回归洞府去了。

王禅想起那王方平仙师的叱石成羊法:"待我试他一试,何不教他变了一个老虎,就好骑他到王贵庄去,岂不好么?"那王禅就对了这块顽石,把手在石上一摸,吸一口气道:"变!"你道这块顽石变的什么?谁想竟变一个猛虎。王禅就跨上虎背道:"快走!"一霎时已是王贵庄了。王禅道:"住!"这虎就歇在庄前。那庄前庄后的人都唬得目瞪口呆,说道:"不好了!我们庄上有了老虎,性命哪里还保?我们且去告知员外,多唤些庄夫,大家拿了家伙,筛起金锣来,只怕唬得动他,也未可知。"众人拥到庄子里边,说道:"不好了!员外的庄门口来了一个极大老虎!员外快快唤些庄夫,带了家伙,我们大家到庄上,鸣金追赶,或则赶了他去,大家就好安逸了。"王员外听说庄前有虎,满肚疑惑,说道:"我们在此住了几百年,从未听说有老虎。莫管他,同你们去看来,再作理会。"

众人同员外到了庄前,员外四面的一看,问道:"虎在那里?"众人道:"好奇怪!方才这里明明有一个猛虎。想是员外出来看他,那老虎也怕我们追捉。"员外听了哈哈大笑,说道:"疑心生暗鬼,不听自然无。那里什么老虎?这是你们自己眼花了。"员外踱进庄门,来到厅上。恰好院君听说庄前有了老虎,慌慌张张见了员外,说到庄前有虎的话。员外笑道:"妈妈,你那里拾的马屁字,我已看过,那有什么老

第二十一回　骑石虎延庆逍遥　庞贵妃奸谋渐露

虎？"院君听说，就回进房去。那金莲也闻庄前有虎，来见院君。院君道："我已问过员外，庄前并没有什么虎，都是乡里人以误传讹的话，女儿不必惊慌。"这叫：

人人见过田间虎，谁识王禅化石为。

且说王禅到了王贵庄前，就把那骑来的石虎伏在田间，那晓化成了一块顽石。王禅走到王员外的门口，说道："员外在府么？"门公道："是那个？"王禅道："特来拜访员外的。"门公道："请少待。"到厅前看见员外，门公道："员外，外面有个道人，他说特来拜访员外的。"员外细想：我没有什么相与的道人，既来拜访，且请他进来便了。门公来到外边，说道："师父，员外有请。"那王禅到厅，相见了员外。

员外道："师长从那里来？"王禅道："特来拜见。"员外道："大师贵处？"王禅道："贫道是万花谷秀云岩。"王禅正与员外叙谈，恰延庆走出厅来。员外道："过来见了大师。"延庆奉命过来作了揖。王禅道："好，这……"员外道："是过继的。"王禅道："可惜！"员外道："可惜什么？"王禅道："可惜他在母腹中就遭兵戈扰攘，父子分离南北，须早早习些玄奥，以免目下之灾、他日之难。过了十六岁，得有父子相逢夫妇重圆。若不早作主张，解除不及了，岂不可惜？"员外道："请教大师，如何与其解灾除难？"王禅道："小官人今年可是十岁出头，若交与贫道做个徒弟，传授给他玄妙，就有一切兵戈灾难，也不碍的了。过后，依旧将小官人送还员外，你意何如？"

员外听了，心里甚是惶惑：若听了道人的话，就要把延庆领了去；如不听这道人的话，有什么灾难到来，又要抱怨及我。员外一想，这话倒要与女儿讲的。员外道："大师请坐，待老汉去来。"

员外走进金莲房内，说道："女儿，你可晓得，今日老父听了道人说起延庆，心中十分疑惑。"金莲道："道人说延庆怎么？"员外道："他讲延庆未出母胎，已遇兵戈，目下有灾，他日有难，若下与道人做徒弟，及早学习些武艺，临事也好解除。倘日后偶有灾异，如何解法？道人说教化延庆之后依旧送他回来。"金莲道："爹爹快去回复道人，断不能与他领去做徒弟的。自古道：'死生有命，富贵在天。'"员外道："待我回他去。"

那晓延庆听说回复道人，他反倒哭将起来，道："亲娘怎么不放我去做徒弟？要我在家受灾难，巴不能让我学些法术，习些武艺，以后好与祖父报仇。"金莲道："做娘的因你年小是儿童，那里放得下心？"延庆道："如今母亲舍不得孩儿，只怕日后母亲不能相救孩儿，悔已晚了。"员外道："你娘儿两个不必哭，待我与大师商量。"

员外问王禅道："大师听讲：因为儿年太小，待他长成，送与大师为徒何如？"王禅道："既如此，贫道奉别了。"员外相送王禅出去。那晓延庆跟将出来，叫道："师父！徒弟是要随师父同去的。"王禅道："入山修道，是最苦的事。"延庆道："吃得苦中苦，方为人上人。"王禅道："既要我领你去，且坐在田里这块石上。"那延庆扒上石头坐定，叫道："师父快去！"员外只道他坐石上顽耍，不去睬他。员外与王禅作别，王禅道："员外改日会罢。"员外道："专程恭送仙长。"王禅走上了石头道："请了！"员外道："请！"打了一躬，抬起头来，只见他师徒两人坐在虎背，在云头里，睁眼细看，已去远了。员外心里如热油煎沸，痛苦万分。且去与女儿说明，再作理会。

员外对金莲道："那延庆决意不肯在家，已同道人去了。"金莲听罢大哭。院君急来查问女儿为何这般恸哭，翠桃道："员外说，小官人方才被道人领去了。娘娘听了啼哭。"院君也含一包眼泪，同翠桃再三解劝。

不如以后如何，且看下回分解。

第二十二回

万花谷呼郎受法　飞石关王环相遇

学术从师有宿因，弃家权去读黄庭。
蒲团且坐千余日，道德圆成功自深。

呼延庆骑了石虎，一霎时来到终南山后万花谷，那虎就立住不行。延庆跳下虎来一看，只见苍松密密，古柏重重，隐隐里宫殿层层，果是神仙洞府。延庆正在观玩，王禅道："徒弟过来，同我去见祖师。"

第二十二回　万花谷呼郎受法　飞石关王环相遇

延庆随了王禅走入洞府，只见蒲团上坐一个白髯老者，手里拿一柄拂尘帚，端坐中央。王禅道："弟子拜见！前奉祖师命，弟子往王贵庄度那延庆到山。"云中子把头颠了几颠，王禅就教延庆拜见了祖师，云中子道："王延庆既来，你须好好教授他。"王禅同延庆拜别祖师，回归洞府。那王禅把秘典法术的天书细细与王延庆讲究，这延庆倒会参解，王禅听了大喜。这叫：

仙诀不传凡，俗子无从觅。
台垣降尘世，真仙来教习。

延庆得了术诀，又将十八般武艺时刻演习，却是：
古来术法有真传，俗子安知玄妙玄？
武曲临凡飞白鹤，道成初试胜王禅。

且讲庞多花自从宋仁宗封他做了贵妃，把一个呼家将杀得东逃西奔。四处追捉，终未拿获。今差四路总兵分头追赶，过了数月，尚未见有擒拿呼守勇、呼守信的奏章到来，心中却也烦闷。庞妃正在焦思，忽内侍走到宫门口道："启上娘娘，圣驾已到外宫，请娘娘接驾。"庞妃道："臣妾庞多花见驾。"仁宗命宫娥扶起，用御手搀了庞妃，进了内宫坐下，庞妃西首侧坐。仁宗道："庞卿，你可晓得，朕在八王府园内赏花，见一个孩子，相貌生得甚是奇怪，与朕梦中得受九天仙女抱送来的孩子一般。更且那孩子的八字，又同刘妃生下公主的年月日时，都是相同的。如今朕把这孩子嗣为太子，续了赵氏香火，再作道理。"

庞妃听了，犹如小鹿在心头撞个不住，口里道："万岁，这也极妙。有了接香火的，江山还要怕谁？但八王爷这个孩子，是那位娘娘的？"仁宗道："那孩子却不是王爷宫里生的，是八王做寿，差陈琳在御园采取仙桃，庆祝八王寿诞。八王开盒取仙桃拜祝，那盒里开出这个孩子，王叔留养宫中，朕将来还要慢慢的察问。"庞妃唬得两手如冰，无言对答。

仁宗讲了这话，又道："贵妃，朕今日来与卿下一盘棋，也好消遣。"庞妃旁坐，正要着棋遣兴，忽内监许世泰奏道："启奏陛下，三边总制施彪有告急本章到来，说辽兵猖獗，杨家将被辽兵战败，杨家兄弟已到西番借兵去了，不道辽兵攻破三关哩！"仁宗将施彪的告急本章看了又看，即降旨到兵部衙门："会同九卿科道，速点骁将百员，精兵十万，随朕亲往三关破辽！"

那九卿文武齐集朝堂，议选骁将周仁、江一飞、郭兆熊等百员，挑集了精兵十万，仁宗就命梅又李做了领兵前部先锋，雷胜点做全营参赞，右翼右哨、左翼左哨各各点完，就此起行，这教：

　　秦时明月汉时关，御驾亲征果不凡。
　　自古真龙得虎将，管教胡马度阴山。

且说庞妃听了那一番的话，心里时刻不安。幸喜边关告急，万岁领兵亲征，心想：且送了圣驾，待我慢慢的来诘问。庞妃备宴，跪请圣驾，那晓仁宗已上马出宫去了，庞妃在宫，终日昏昏默默。

一日，想起陈琳、寇直御，就差一个小太监，去唤陈琳、寇直御来见。那小太监奉了贵妃的命，唤了他们到宫。陈琳、寇直御道："娘娘在上，奴婢叩见，望娘娘恕罪。"庞妃道："我怎么待你，你们全然没有良心！那金水河的事，到底怎样办的？快讲出来，免你的死！"寇直御道："那年奉娘娘的命，将太子抛送金水河去，婢子敢不依行？况今已数年，又提起他做甚？劝娘娘不必拨草寻蛇了。"庞妃道："这事明明是你弄在那里的。"庞妃又查问陈琳："那时你在御园则甚？"陈琳道："奴婢在御园是奉旨取桃，与八王爷做寿。就是金盒里有什么小孩子，奴婢并不晓得。"庞妃道："陈琳，你既不知，与我取鞭子来，把寇直御先鞭他一百下，然后再问！"陈琳对着寇直，大家含一包眼泪：若不依庞妃鞭打寇直，庞妃愈加忿恨；如听了他鞭打，这寇直的冤陷，如何分剖？我想庞妃不念圣恩，反把一位太子教寇直送至金水河中淹死他的性命，俺与寇直不忍把太子淹死，商量将太子放在盒中，与仙桃一齐送进八王府去。那晓隔了七年，又来讲起。陈琳假意提了那鞭子，把寇直鞭打。

庞妃看陈琳鞭打寇直，并不实力鞭责，想是陈琳、寇直通同作这个弊，故此陈琳遮掩，不肯用力鞭打。庞妃就接过鞭来乱打，寇直熬受不起，被妃鞭死。庞妃看那寇直已死，陈琳决难留他，一面将鞭子也就劈而乱打。陈琳道："娘娘请息怒，即使奴婢救了太子，也是奴婢们分内的事。若依娘娘将太子淹死，将来宋朝的天下，就没有社稷主哩。"庞妃听了大怒，教令内监李茂才等一齐动手。陈琳道："快些打！自古'忠臣不怕死，怕死不忠臣'。俺陈琳救了太子，今日被庞贵妃打死，将来也得个名儿。没使见了先帝，俺也无愧！"

陈琳正在那里受苦，忽有守门太监孙恩道："启娘娘，万岁有旨，特召内监陈琳飞骑前往，随驾征辽。"那庞妃接了圣旨，唬得浑身冷汗，抖个不住，说道："陈琳，难道你不念我平素看待你的恩么？"陈琳道："咱是再不忘恩的。"庞妃道："既是知恩，我今恕你，快去端正起身，前往驾前行走。那金水河的事，我如今也不来究你，你可晓得么？"陈琳道："奴婢知道。"话毕，就同孙恩出了宫门，上马去了。这叫：

  王孙脱难寄珠楼，内侍几希命不留。

  有此忠良心不昧，天恩犹助宋春秋。

那陈琳奉召，星飞赶上边关，随了圣驾，这也不在话下。

且讲庞妃密令内监李茂才等，把寇直御的尸首推下金水河去："日后圣上回宫，问及寇直御，你们竟说是落河身死便了。"那李茂才等把寇直的尸首抬到金水河边，推将下去。只见一道白光，直冲上天。那晓河里的神道，早报龙王知道，说那内侍寇直御因为救了太子，被庞妃怨恨，遭屈打致死。

不知以后如何，且看下回分解。

第二十三回

呼延庆辞师归里　　王金莲新唐访夫

  何期法术运无穷，采石云车起寿宫。

  闻有三山仙子窟，茂林修竹古苍松。

且说呼延庆自从王禅老祖度他到了终南，教习了法术和行兵的策略，无不精详。不觉光阴迅速，来此已经三载。"待我前去拜别，看师父如何？"延庆到洞府见了王禅，说道："师父听禀：徒弟在此已是三年，蒙师父教授了许多法术。"王禅道："你且把学习的武艺试演我看。"延庆就将师父教习的武艺都试演了一番。王禅道："你的武艺倒也去得。"

师徒两个又把法术讲究了一番。王禅道:"我看你武艺法术,却是精通,可以下山去了。我与你一个锦盒,倘日后有难,方可开这盒儿,便知明白。但这盒儿须带在身边,不可使外人知晓。"延庆把盒子藏在身边,又道:"师父,徒弟还要将师父的石虎骑去才好。"王禅道:"你好没见识,行了一个缩地法,岂不是好?"延庆道:"不错。"就召了六甲六丁神将拨山倒海功曹。延庆别了王禅,脚上画了灵符,倏忽间已到了王贵庄。延庆道:"这法儿倒也使得。"正是:

　　云中岁月无多日,翘首离家已数年。
　　故园风色依然在,苍松如故竹生孙。

那延庆看了一会,回身来到里边,恰好员外与院君在厅上讲那金莲终日想念孩儿延庆的话。延庆正走上厅来,见了员外。院君道:"我儿几年在那里?"延庆道:"孩儿那年同了师父,在终南山修道,学习了三年,今日才得回来。"院君道:"翠桃,你去劝小姐不必哭了,如今小官人回来哩!"

翠桃正要通报,那金莲正走出来,听说小官人在厅上与员外、院君叙话,金莲心里甚是快活,走来见了延庆,又流下眼泪,说道:"儿去三年,我心今日略放,但不知何日与你爹爹会面哩!"延庆道:"母亲放心,将来儿去寻访爹爹,自有见面的日子。"员外道:"夜深了,女儿,你同延庆孩儿进去罢。"那金莲别了员外,就同延庆来到里边。母子两人谈谈讲讲,不觉已是红日东升,延庆依旧读书去了。却是:

　　离家三载似行云,稚子胸藏玄妙文。
　　坐卧石床且养性,他年骨肉乐天钧。

话说王环自从继与员外为儿,不觉光阴易过,如今已是十六岁了。每日里把一条金枪常在手顽耍,倒也熟练,人皆称赞。那晓延庆听见王环在庄前使枪,看得高兴起来,连叫了几声,王环却未听见。延庆疑似不理他,就抢将进去,接住了枪杆往后一搡,王环没有防备,竟跌了一交,众人拍手大笑道:"这个汉子,倒被那小孩子拉跌了。"

王环扒将起来,看见延庆在那里使这杆金枪。王环气他不过,做个坐马势纵将进去,夺这根金枪。那晓延庆正使得高兴,把枪杆一洒,王环又跌了一交,连忙扒了起来,一把抓住了延庆的右手,说道:"兄弟,枪法却是你的好,这个皮锤,俺比你硬梆哩。"王环就把手一捻,

第二十三回　呼延庆辞师归里　王金莲新唐访夫

延庆借势也就用力一拼，王环又跌倒在地。延庆连忙扶了起来，说道："哥哥，不要动气，兄弟得罪了。"王环道："比武那里论得什么得罪？既如此，同你再来耍拳。"王环就做个金鸡独立的势子，延庆乘势踏将进去，拿住了王环的右手，王环把身子轱碌一转过来，延庆的左手被王环拉做一个太公下钩，延庆回身过来，用两手向王环背上一把乘势托了起来，说道："哥哥，你可晓得？这是小鬼朝天势。"王环等延庆的手一松，就跳将开去，骂道："你这忘八蛋，倒要欺我么？少不得赶你这野狗子去！"延庆被王环骂了这场，好没兴趣，回到里边，见了金莲道："娘啊！孩儿闻得王环哥哥使枪，孩儿看得高兴起来，与他接过枪来，也使了一会。那晓王环又要与我耍拳，忽然又骂起孩儿'忘八蛋'、'野狗子'，是何道理？"金莲道："儿啊，做娘的对你说，你是呼家的子孙，呼守勇是你的父亲。为了庞妃提兵到此捉他，做娘的与翠桃放他去借兵复仇。生下你来，就改姓王，说了姓呼，恐有后害。那王环并非你的哥哥，这是你外公的嗣子，骂你几声，只好罢了。"延庆道："如今孩儿的爹爹在那里借兵，求吾娘说与孩儿知道。"金莲道："你的爹爹到新唐国去借兵，已经数年，绝无音信。"延庆道："既是爹爹到新唐借兵，久无音信回来，得孩儿前往新唐，就知爹爹下落。"金莲道："你小小年纪，怎能放你前去？"延庆道："娘亲差矣！古云：男儿志在四方。孩儿终南已曾去过，何况新唐？"金莲看那延庆，男儿虽小，血气甚大，料不能阻住；若放他前去，教我如何放心？翠桃道："娘娘，看来小官人是阻他不住的，不如小婢和娘娘陪了小官人去罢。"金莲道："这倒使得。既如此，你快收拾起来。"

翠桃收拾了包裹一齐来到厅前，见了员外、院君，把延庆寻亲的话细讲了一番。员外、院君看来难阻，说道："路途风霜，你们那里受得？"金莲道："这也出于无奈了。爹爹、母亲请上，暂且拜别。"员外与院君含泪说道："女儿，你既同延庆前去，路上须要小心，早去早回，免我一家记挂。"金莲道："这个自然。"三人就此起身。

光阴迅速，已有月余，不觉又是潼关了。金莲向延庆道："做娘的听说关口最是紧急，倘然盘诘①起来，这便怎办？"延庆道："我们扮做

---

①　盘诘（jié）——仔细追问。

唱莲相打花鼓儿的。"到了关前,延庆口里一路儿唱将起来,翠桃把花鼓也打弄起来,挨到关口,那把关的道:"呔!你这班花子,到这里干什么?"延庆道:"爷,咱要过关去讨饭。"那些把关的见了金莲、翠桃,就道:"你们要想过去,可晓得咱们的意思?"翠桃道:"求爷放了咱三口子过去,回来自有个道理。"把关的道:"放了你去,回来不怕你扯谎。既如此,且先唱个曲儿与咱家听听。"

那把关的听了这曲儿,大家道好,对延庆道:"孩子过来,你姓什么?"延庆道:"姓王。"把关的又问:"那两个女的呢?"延庆说道:"那个是咱的娘,这是咱的姊姊。"把关的道:"好孩子不错,领了腰牌走罢。"延庆接了腰牌,竟出了潼关。金莲对翠桃说道:"我们出关,才得两三天,为何就是这般沙漠①了?不知新唐还有多少路程?"延庆道:"母亲不用烦恼,既来之,则安之,咱们只管走,少不得总要走到新唐再作道理。"

不觉行了半月,隐隐望见一座大山。金莲道:"这里是什么地方了?"延庆道:"母亲同翠桃慢慢的走,待孩儿前去打听个消息。"金莲道:"既如此,我们在此等你一同赶路便了。"那延庆拍马飞跑到山前问信去了。

不知以后如何,且看下回分解。

第二十四回

齐月娥出猎较射　　忠孝王冤魂显圣

边城日暮雁低飞,更见寒鸦觅树标。
远听铃声遥过碛②,何时解道到安西?

话说齐月娥、邓三娘带了百名女将,来到山前打猎,忽见坡上好似

---

① 沙漠——这里指荒凉之地。
② 碛(qì)——浅水下的沙石,也引申为沙漠。

有两个女子，到此不知作何勾当。月娥吩咐众将道："你们停在此处，待俺下山去看。"那月娥、三娘就拍马飞奔，赶下山来，大喝一声："奸细，看刀！"

金莲同翠桃一齐跪下说道："二位将军听禀：我们因迷失了路，孩儿问了个信儿就要走的，不是什么奸细。"月娥道："你们既是问信，到那里去的？"金莲道："我们要往新唐去的。"月娥道："既是迷失了路，今日天气已晚，请二位且到山上安歇一宵，明日早行便了。"金莲道："多蒙将军抬举，待等孩儿到来，一同叩谢便了。"月娥道："你们也不必推辞，请到敝山少坐片时，着人去寻令郎到山，以为如何？"月娥搀了金莲的手，说道："我们有缘得遇二位。"金莲道："请教将军，这叫什么山？"月娥道："这叫天定门，那山主花大王，就是俺爹爹齐国宝，这位就是俺的嫂嫂邓三娘。"金莲同翠桃说道："二位将军原来是姑嫂。"四人说了一会，大家上了雕鞍一路行来，只见百花齐放，殿阁巍峨，却也别一洞天。正是：

万谷千山堆锦绣，乔松古柏接青云。

一直到了花园里面，不但崇山叠翠，且有涧水潺潺，果是蓬莱胜境。金莲虽在花园游玩，心儿里想：那延庆为何问信一去还不到来？那晓月娥已差人找寻去了。

谁知延庆到了山岗，只见那山寨里都围的木栅，插满旗枪，旗上写四个大字：花花王府。延庆看了，就拔出两柄铜锤，打将进去。唬得这班把守的喽兵浑力冷汗，气吼吼报知寨主。那寨主大怒，吩咐喽兵："快快擒这小厮来受死！"那晓国宝这两个外孙，也是好动的，听得一声吩咐，就各持器械，飞出府门。你道国宝这外孙是谁？就是那呼守信的儿子，一个叫呼延豹，一个叫呼延龙。那两上小将拍马赶来，骂道："野狗子，你敢来冲犯爷爷么？看枪！"话犹未了，延豹挺枪直刺。延庆架起双锤，撇过了枪，骂道："黄毛小子你何苦赶来送死？"那呼延龙听了，火上头来，兄弟两个一齐勒马，杀做一团，不分胜败。

那国宝出府一看，只见三个小孩子战斗，倒也十分厉害。国宝看得眼热，赶来与他们解救。谁想延庆就撇开他弟兄，即与国宝接战，倒被这小子打了国宝一锤。喽兵上山，报说大王被那戴紫金冠的小将杀得大败，同了两位小将军，下山去了。

那呼守信听了大怒,提枪拍马,也赶下山。看见寨主同那两个孩子正被呼延庆盘住在那里追赶,却好守信追来,大喝一声:"小子休狂,教你快来死在俺手里!"延庆就撇了国宝,勒马迎敌,两下里在山后交战,一直杀到山前,已得一百余合,却是劲敌。

那喽兵飞报到园,道:"不好了!两位小将与大王都被那个孩子杀得大败回来。如今驸马爷同这小孩子在山后直杀到山前哩。"月娥同邓三娘、金莲、翠桃正说得高兴,听了这报告,不觉气上心来,四人一齐出府,恰好守信也杀败回营,同见大王。那晓国宝吃了这一锤,疼得不能坐,说:"那孩子实在厉害,方得俺外孙儿没有受伤。"月娥道:"爹爹休恼,待女儿同嫂嫂下山,擒他到来便了。"

月娥正要上马,国宝道:"住了,后面这两个女子,是那里来的?"月娥道:"他们是因迷失了路,女儿领他上山来的。山下这孩子,不知可是他的儿子。故此女儿同去认个明白。"国宝道:"女儿且慢,待咱诘问明白再走。咱看你这两个女人,同了儿子到此,其中必有个道理,快说个明白,饶你们的性命。倘有半句虚言,就一个也不能活了。"

金莲道:"大王听禀:俺祖公是宋朝的开国功臣呼延赞,公公呼得模,袭封了官职。因庞妃僭越了正宫娘娘的仪仗,被俺公公羞辱了他,庞妃自把花容抓破,哭奏朝廷。那圣上听了庞妃的话,就差奸相庞集,带了三千骁将,把呼家的王府毁掉,杀了上下人口三百三名。公子呼守勇,奉了爹妈的命,从地穴里逃了出来,躲在俺家庄上。俺爹妈念他功臣之后,招他为婿。不料完姻未久,那庞妃又提兵追捉,俺夫呼守勇临走说往新唐。所以俺带了孩儿,要往新唐,谁知又迷了路径,承蒙公主留俺上山。"国宝道:"你姓甚名谁?"金莲道:"俺姓王名金莲,孩儿呼延庆。这是义女,名唤翠桃。俺家还有一位叔叔呼守信,是俺婆婆差他太华进香,至今也无下落。"国宝暗想:那妇人的话,甚是切实。

月娥同守信出厅,各各叙了一番,方知叔嫂妯娌,重又见礼。守信叫那两个儿子拜见了大娘。这叫:

叔嫂从今初拜识,稚儿方得少分明。

且说延庆在山前得胜,喜洋洋来到坡前,一眼望去,并不见母亲、翠桃,心中一想:莫非此处有虎,把他们驮了去不成?咳!俺的命好苦也!如今也不能到新唐的了。延庆正在焦躁,只见许多喽兵赶来,说

第二十四回　齐月娥出猎较射　忠孝王冤魂显圣

道："你母亲在花园等将军去哩。"那知翠桃坐了一骑龙驹,赶来说："你母亲在山等久了,快快上山去见你叔父!"

延庆同翠桃来到园里,月娥正与他母亲坐下。金莲见了延庆,说道："孩儿,过来拜了婶娘,里面去拜了叔父。"守信见了延庆,叫道："侄儿果然将门之子!"令延龙、延豹大家出来见了延庆哥哥。守信吩咐道："你们同去,向外公请罪。"延庆等一同来到里边。

国宝见那三个小将到来,心里十分快活,便道："你们好好的进去罢。"那三个孩子勾肩搭背,一路儿笑将出来。延庆道："这老头儿方才被我打了一锤,如今倒也不讲,好快活哩。"这小将大家拍手,哈哈笑到里边去了,各自归宫安寝。正是:

　　　　禁钟声响客离魂,万里关山子访亲。
　　　　无限深愁谁识得?只用林鸟鸣山阴。

闲话休题。且说呼得模的英灵虽死犹生,到了三更时分,起了一阵阴风,显出个人形来,与再生一般,口道："俺赤心为国,铁面无私,荷蒙圣恩,加俺忠孝王之职。朝廷忽被庞妃淫迷失败,把正宫仪仗让庞妃僭用。俺想体制不可颠倒,俺说了庞妃几句,谁想这淫妇自己抓破面皮,回宫谎奏,圣上就差庞集领兵,把俺一府三百余人杀得苦恼①。幸喜留下两个孩儿的命。今日叔嫂子侄俱已相见,待俺前去与他托梦。"那呼得模的鬼魂来到守信寝宫,唠唠叨叨说了又说,化一阵清风而去。

守信醒来叫道："呀!好奇怪,方才明明是爹爹向俺说道:'你今叔嫂侄儿已见。不久你就与哥哥相会,你们弟兄,作速与为父的报此大仇。'"月娥听得夫主说什么怪话,连忙问及。守信把梦中的话说起,月娥道："果然奇怪,俺方才得的梦也是这般。"守信道："俺十几年来没有梦见,如今想是骨肉就有团圆之日,故俺爹爹先来托梦。"忽听金鸡报晓,天色已明。

起身梳洗才完,恰好嫂嫂到来,大家说起做梦的话,好生奇怪。守信道："嫂嫂,俺想爹爹托梦于我们,为子理当到坟一拜。"那延庆道："叔父说得极是,待侄儿同去。"金莲道："但你年纪幼小,如何可去?"

---

①　苦恼——这里是凄惨意。

延庆道:"母亲,你同翠桃在此盘桓①,孩儿同了叔父前去拜坟,回来再到新唐便了。"金莲道:"你既要同去,路上不可生事,诸凡要听叔父命令,不可自图其主。俺修书一封,你带在身边,到京打听挂印总兵,姓牛名士通,这是你做娘的姑丈,你把家书送进,自有个道理。"延庆接过书来,就拜别上马。守信这两个儿子也就上马,四人在路上飞跑,前面已是潼关了。

四人都改了姓名,来到关上,那管关的将校问道:"你们是那里来的?"守信道:"咱乃是西番狼主差来送宝进京的。"那晓把关的苏文、苏武,也是西番人,与守信讲了一会番话,苏文道:"既如此,把名字开来。"守信写了,把关的接来一看,道:"你就叫金天,这三个孩子一个叫童地,一个叫赵龙,一个叫赵虎。"那把关的来到里边,见了总兵,禀道:"西番来的四个人,咱问他,说是番王差他们送宝到京的。"总兵道:"你们盘查明白了么?"把关的道:"咱细细盘过。"总兵给出腰牌四面,把关的领了,交付明白,放他们进了关来,又道:"这腰牌你们回来也要查验,好放你回去。""金天"道:"这个自然。"就别了苏文、苏武,四人上马飞行去了。

不知以下如何,且听下回分解。

第二十五回

呼延庆擒妖得偶　守信偷祭铁丘坟

悲秋应似抵伤春,屈宋当年并楚臣。
何日相逢好时节,只将惆怅付词人。

话说呼守信带同子侄呼延龙、呼延豹、呼延庆,那日过了潼关,如今又走近祝家庄了。延庆道:"咦!前面这许多人,在那里则甚?"延庆在马上一路问来,听人说道:"那庄里出了个妖怪,不知何日得能太

---

①　盘桓(huán)——逗留。

平哩!"延庆听说,跳下马来,飞奔前去。延龙也就追到树边来看。

那众人道:"啊呀!你们这两个小官人,好不知厉害!那妖怪是要伤人的,还不走过些儿。"道犹未了,忽起一阵怪风,吹得那些人跌的跌、倒的倒,延龙也就闪过一边。那晓得这延庆还在河边细看,谁知那河里忽然波翻水沸,起了极大的浪来。众人正在看这河里,不想从波浪里边跳出一件怪物。吓得这些人儿魂魄都没有了。延庆就在腰间拔出那两柄铜锤,赶将上来。那怪物口里吐出火焰,在河边上飞来舞去。呼延庆架起铜锤,在那里东追西赶,引得村庄上男男女女,都来看这小孩子与那妖怪战斗。那祝家庄上的祝有道同了祝麟、祝凤,都来看斗,祝太公一望,就说道:"好个小英雄,果然厉害!这个少年不知谁家之子?若能除得此妖,老汉就要招他做女婿了。"

那太公正在自言自语,忽众人一齐拍起手来,喊道:"好了,好了!这两锤打得好厉害。"大家拥到河边,看那什么怪物。众人道:"呀,啐!这是一条旧枪。"那延庆拾起枪来,用力使舞,众人道:"使得好!连使枪的人也看不出,真正使得是神枪,与众不同的。"那些看使枪的,称赞个不了。延庆也使得越发高兴。祝太公同了两个儿子在马上喊道:"小将军请了,老汉特来相屈,到舍下奉茶。"延庆收了这枪,回头一看,见是那老头儿叫唤,也便应声道:"老丈请了。"太公道:"屈将军到庄上用茶。"延庆道:"多谢老丈,不消了。"太公道:"老汉特来相请,要实些儿。"

延庆同了太公来到庄子上,太公挽了延庆,到厅里相见坐下。太公道:"将军府居那里?"延庆道:"小生从西番进宝,在此经过,听说这里拿妖,所以小生来看。不想倒得了一杆古枪。"太公道:"这是天赐的神枪,可知将军洪福不小哩。请教上姓?""小生姓赵名龙。"太公道:"老汉有一个叫顺姣的女儿,今年才得十二岁,日日喜弄双刀枪棍,两个小儿也是这般的。今日老汉看你的枪法恰好,老汉要把小女与将军为室。"延庆道:"老丈差矣,小生乃过路的,岂可把令爱的终身大事轻许?这话却是不便领教的。"太公道:"呀!老汉因女儿最喜舞刀弄枪,今日见你除妖的时候,又得了神枪,为此老汉将小女配你,何必推却。"太公就吩咐请了两位官人,同了小姐,一齐出来相见。

那祝麟、祝凤、祝顺姣到了厅上,太公道:"来,来,来,你们见了礼。"太公又道:"贤婿,如今是天缘已定了。"延庆道:"承岳父大恩,叫小婿何由答报?既如此,岳父请上,待小婿就此拜别,到京进宝之后,回来再与岳父细谈。"太公道:"贤婿既匆匆要走,老汉也不苦留,如此静候便了。"延庆别了太公,上马就走。

　　流星赶月,不觉已到京都。且问那牛总兵府上,好把这封书信送去。延庆道:"咦,这是总兵府了。"延庆跛到府门,说道:"门上那个在?"牛父道:"你们那个在此大惊小怪?"延庆道:"俺从西番到此,有书面呈夫人的。"牛父看他野头野脑,也不细问他了。领了延庆,一直到了后堂,禀道:"有一位西番来投书的,他说要当面呈的,故此烦姐姐们通报一声。"那丫环把这话儿转禀夫人,道:"既西番有书到来,经带他进来面呈便了。"那内侍来到后堂,说道:"夫人请西番来下书的进去。"

　　延庆随了内侍,来到里边。夫人拆书细细看完,说道:"不想你家如此大变,若说要到坟上一拜,倘若被人看破,如何是好?我想这事断不可行。古人说得好:人防虎,虎防人。庞家既与你们做这天大的对头,况又晓得你爹爹、叔叔逃在外面,尚在四处缉访,岂有坟上不差人巡查的?倘然被他们知觉,弄出事来,干系不小哩!"延庆道:"姑母的话,句句都是金玉之言,但是此来,特为到坟上一拜。"夫人道:"既你这般说一定要去,也只好改装。"延庆道:"姑母说改装,这是绝妙的好计。如今倒扮个乞儿,只要到得坟前拜了一拜,也就是了。"夫人道:"这倒使得。"延庆就装了个乞儿,出了牛府的后门。

　　一路行来,不觉前面已是呼王坟了。延庆走到坟前一看,呀!好奇怪,倒有几个官儿坐下,这是什么缘故?莫非他先晓得俺今日要来的?不要管他,且硬了头皮闯到坟上,看他如何!延庆闯上坟来,那看守呼王坟的校尉喝道:"咄!你这化子好不乖巧。这呼王坟是庞贵妃娘娘差咱们在这里看守,你要上去则么?"延庆道:"俺是讨饭的,一路来没有个地方歇息,看这坟里倒有几株大树,要求老爷们行个方便,俺在树荫下歇息一刻,弄一点东西吃了就去的。"校尉道:"也罢!让他进去歇息一会儿罢。"

　　延庆、延龙背了筐儿,到了坟上,看见立的石碑上,上写:"奉旨剿除反贼呼必显狱囚坟。"那晓延庆、延龙把这石碑打了两段,口口声声骂庞妃："这淫妇少不得死在俺手里！"延庆弟兄正骂得高兴，外面的监守道："这两个化子为什么还不出去？天色差不多要晚了，咱们进去赶他们走罢。呔！你这化子，好没分晓，天色晚了，你还不去！不要噜嗦，快些走你的路！"那延庆、延龙竟乘此去了。

那监守的叫道："不好了！那坟上的石碑跌做两块，坟前还烧了纸灰，咱家的干系非同小可，这桩事儿怎了？"那都监道："你们不要多讲，快些上了牲口，追那化子去！"那些监军四面追寻。

这延庆弟兄还是慢慢的走。监守的飞奔到来喊道："呔！你这化子，想往那里走？"伸手想要擒住他。谁知延庆拔出锤来乱打，监军没有防备，只得虚张声势。那延庆一面将双锤乱打，一面原想逃脱，那知正巧旁边一个坑池，延庆跌下这池，扒不上来。这些监军也恨他不过，一齐围拢，用套索拴住。

不知以下如何，且看下回分解。

第二十六回

牛夫人计救呼郎　包文正法场放绑

西羌万里路迢迢，英雄留迹姓名标。
堪叹冤仇何日尽，自古忠魂登九霄。

话说这呼延庆却乘势飞奔，谁想光顾望了前面，那里想到脚下有个池儿，竟自跌下池里。不想倒有一丈多深，正要扒将起来，被这些看守呼王坟的军卒拿了挠钩套索，放下池来，打的打，套的套。延庆被他们弄得昏天黑地，又被他们缚了起来，送到庞丞相那里，还要审问。这叫：

寂寞孤鸿何日还？死生由命且由天。
空留一片三生石，忠孝只呼在燕山。

且说庞丞相坐在内堂，那监守呼坟的都尉禀道："俺蒙太师差都尉们监守呼家坟，方才有两个化子赶进坟来，把石碑打作两段。"太师道:"化子呢?"都尉道:"化子在当面。"太师拍案骂道:"好个大胆的死囚!你为何把石碑打断?老实招来!"延庆道:"俺又不打庞妃坟上的石碑,与太师什么相干?"嘟!胡说,难道不晓得这坟是奉旨看守的?"延庆道:"亏你做了宰相,忠孝两字都没有的。难道俺做了呼家的子孙,倒不许拜祖坟么?"太师听了大怒道:"今日才晓得你这死囚就是遗贼的子孙,得俺奏了朝廷,把你这死囚砍作肉泥哩!你们押他监禁,俺且进宫去。"都尉把延庆押往天牢。却是:

年月日时已裁定,算来由命不由人。

那呼延龙看延庆跌下坑池,被庞兵用了挠钩套索套住,心里想道:"俺哥哥送到庞集那里,审了一会,俺哥哥必然顶撞,那庞集就要启奏,把哥哥砍为肉泥。俺且到姑母那里,告诉他一番,看他可有救得延庆哥哥的妙策。"延龙飞马到来,见了姑母,把延庆出事的话细说了一遍。牛夫人道:"原阻挡过的,如今怎么处呢?"正是:

屋漏更遭连夜雨,行船又遇打头风。

牛夫人道:"如今且待俺去见包丞相,不知可能救得?"忽门公报道:"夫人,那庞太师差都尉到来,说有呼家的子孙在我们家里,他们要搜一搜。"夫人连忙教延龙弟兄:"你快快改扮了使女。"向门公道:"你去请都尉来便了。"

那都尉见了夫人道:"俺奉庞太师差来,闻说呼家子孙在此。"牛夫人道:"俺先老爷去世,冰操多年,俺想庞丞相是当朝一品,岂有不知的理法?既说呼家子孙在此,不妨请到里边搜一搜看。倘然没有,俺好与庞集讲话。"那都尉到了内厅,各处搜了一会,毫无踪迹,说道:"夫人,不要着恼,俺也奉公差遣,惊动了。"夫人道:"俺也不怪你们。"

然后,把延龙兄弟叫出来道:"好了,这难星躲过了。你们换了衣服,到后门去罢。你哥哥的事,俺就去见包文正也。"那延龙、延豹①、守信都从后门逃去。

那牛夫人来到包丞相门首,连忙通报。包爷道:"请见。"牛夫人来到里边,见了包公。包公道:"夫人因何到此?"牛夫人道:"那呼守

---

① 此处原文为"延虎",据上下文正之。后多处有"延虎",均勘正,不注。

勇是俺的侄婿，成婚未几，因庞兵追捉，守勇逃去无踪。有子延庆寻父而来，不想延庆闯到祖坟上，把这石碑打断，被都尉拿住。庞集审了，发到天牢里去，说立即斩决。故此特来求救。"包公道："忠孝本无二理，太冒险了。夫人请回，俺设法救他便了。"

包公出府未远，忽听街坊上人说："去看杀呼家将。"包公就勒马飞跑，来到法场，说道："庞太师，杀人不是当耍的。下官送驾征辽，圣上又命下官回京督理朝政，廷臣那个不知？庞老先生，像这决囚大事，连下官都瞒了，是何道理？左右放了绑，带他回去，待我审问。"庞集自觉羞愧，道："包老先生，下官看律上原有逆恶重犯、获即斩决这一条的。"包公道："庞老先生可晓得明正典刑，死而无怨？"包公就作别起身，庞太师也即回家。

那庞集顿生一念，点了三百名虎兵，叫他守在路头，吩咐道："这呼家的小逆贼，要到包丞相府中去审的，你们看他走来，上前去砍死了他，回来有赏。"那虎兵都往十字街站住，等这小呼。那知延庆已被放出来，在包文正府里作谢。包公道："俺念你令祖和我交好，今牛夫人又来面托，俺勉力救你。此处不宜再住，你快快走罢，但路上须要小心。"

那延庆别了包公，行至十字街头，只见一堆军马。延庆一直走来，那虎兵赶上前来，要想一把拿下。那延庆拔出这两柄铜锤，拼命打将过去，这虎兵个个被打倒在地。延庆上马，飞跑来到牛府，见了姑母，牛夫人说："你兄弟都已去了。"延庆叩谢了姑母，也就上马飞跑而去。

不知以后如何，且听下回分解。

第二十七回

呼家将兄妹相遇　铁丘坟兄妹盗祭

幽谷人稀不似春，古来遗憾岁时增。
而今欲解无穷恨，漫道他年且道今。

话说呼守勇的两个女儿呼碧桃同妹子梅仙也去京都祭祖坟，在路上商量道:"俺的爹爹呼守勇,自从被庞妃发兵四下追捉,害得东逃西躲,不知可是往新唐去的?幸喜母亲同了舅舅做个寨主,这也不在话下。俺姊妹两人亏得这双刀,交战起来,无人可敌的了。"梅仙道:"姐姐,可记得母亲说,公公托梦说让我们到坟祭他,又说,王氏母亲生的哥哥,名叫延庆,兵法甚好。八九岁的时节,看见牛斗,就两手把牛分开了。但目下他有灾难,方得有文曲星救解,脱了这个难,骨肉就得相逢了。说了这几句,那公公就不见了。"碧桃道:"俺姊妹二人一路到此,究竟不知坟在那里?"梅仙道:"姐姐,俺想延庆哥哥,不知何日兄妹相逢?"

道言未了,忽见远远有几个少年,飞马而来。梅仙道:"姐姐,那里来的莫非延庆哥哥?"碧桃道:"妹妹不要管他,俺且上马。"梅仙道:"来的只怕是歹人,为何看见我们,他们在那里慌慌张张?"碧桃道:"我们追上去。"梅仙带了家将追赶,延龙误认是庞家设计擒他,招呼延豹等调转马头,想要逃走。那姊妹二人,见他如此,越发生疑,就架起双刀,拍马飞追。却好延庆也是飞马赶来,延龙兄弟见延庆赶来,喊道:"哥哥快走,后面庞妃埋伏的女兵追上来也!"延庆道:"兄弟不要害怕,我们且迎上前去,与他交战便了。"那延庆、延龙、延豹、守信一齐拍马迎来,两下里好像闹元宵的走马灯,来来去去,倒战有一百多合,胜败不分。延庆想道:"这两个女子,倒也不差。"那碧桃也想:这几个少年,却是将官,不要管他,待俺欺他一欺。碧桃道:"呔!仍然这班无毛小子,还不快快下马!"延庆道:"难道你还不晓得爷爷是呼家将么?"那碧桃听"呼家将"三字,说道:"俺倒要请听你讲的了。"大家跳下马。

那延庆道:"请教二位女将尊姓?"梅仙道:"俺姊妹是呼守勇之女,忠孝王之孙。"那延庆弟兄听了"忠孝王之孙"这一句,立刻觉得心痛。碧桃道:"呼延庆可在此?"延龙道:"唶!这位就是俺延庆哥哥。"碧桃、梅仙一齐立将起来,大家按年岁认了兄妹。延龙道:"哥哥,我们不如就到前面扎下营盘,也好细细的商量。"延庆道:"二位贤妹,你们哪里晓得俺的名儿?"碧桃道:"这是爷爷托梦到来,说哥哥现有灾难,亏文曲星解救,不久兄妹就可相会。""吓!原来因是爷爷托梦,所以晓得。"延龙道:"俺爷爷却也灵感。"延庆道:"俺不知妹子因何到此？"梅仙道："小妹到此，到往爷爷坟上走一遭，烧化些黄钱金银宝钞与他，也不枉做了呼家的子孙。"延庆道："妹妹，目前爷爷的坟前，庞妃已差了都尉看守的。"梅仙道："既是这般严密，咱家把人马远远屯住，不必扎营，俺姊妹两人，扮了扬州来的打花鼓唱莲相的。到坟前把花鼓打将起来，唱起词儿，少不得那些看守的人儿都要来看打花鼓，听唱歌词，这便可见机行事。哥哥、兄弟扮做花脸，岂不好么？"延庆道："两位妹子这个计策却是不丑。既如此，不必再议，我们竟起身去罢。"

那带的将校，三个一走，五个一行，也有往前的在后的，左边走的，右边行的，都是远远的暗地相照。行来不觉离坟不远了。延庆道："不要走了，就在这里歇下罢。"这叫：

生事事生天理在，害人人害莫生嗔。

那庞集自语道："自从那一日要杀那打碑盗祭的逆恶，谁想龙图阁学士包文正来到法场上，把我一顿羞辱。俺若与他争论，他必定就写个有死无生的奏章，俺一家儿性命怎处？故此俺只得忍耐了他。逆恶被他又放了绑，带去要审问哩。无奈他奉旨督理朝政，俺女儿贵妃娘娘也说得是，若是别一个，一定要同他见个雌雄，这包文正合朝那个不怕他几分，就圣上见了他，心里也有些惧怯他的。这包老头儿想起来，恰是惹他不得。俺如今且吩咐这四个孩儿，叫他到坟前去监守，况庞家四虎将，人人晓得厉害不过的。"想罢，即命庞家四虎往坟前监守。

那碧桃道："我们且扎扮起来。"延庆道："妹子，俺听见人说，如今坟前又多了庞集的四个子侄，叫什么'四虎将'。"梅仙道："哥哥，这倒不怕他，只要我们自己见机而行。哥哥你同兄弟把那花脸儿扮好。"延龙、延虎、延豹一齐扮好。碧桃道："既扮完了，我们走罢。"

那兄妹手里拿的锣鼓，敲将起来，引得监守的兵将都来拥住，说道："这唱歌儿的，却生得齐整。"四虎道："你们可会唱秧歌的？"梅仙道："俺都会唱。"四虎道："既如此，你唱起来。"延庆说："早些唱起来。"碧桃把锣儿打将起来，梅仙把鼓儿也敲将起来，唱了一套《吕布三战虎牢关》。四虎道："唱得好！你再唱。"那碧桃又唱一套《小尼姑下山》，四虎道："果然唱得好，再唱快些，再唱。"延龙也唱了一套《昭君和番》。那四虎听了，两手拍个不住，口里道："好！你们拣好听些儿的再唱。"那延庆把霸王鞭打将起来，正要开口唱，忽见一个内监飞马到来，说道："俺奉贵妃娘娘令旨，说今乃元宵节，大家小户都要出来看赏花灯的。圣上往辽东去了，尚未回銮，这几日闻得京城里逆党甚多，请四位将军即刻上马进城。"那四虎听了，就同内监上马到京城去了。

那呼家兄妹说道："我们如今且去。"一齐到了前面，歇了下来，计议了一番。碧桃道："且住。延庆哥，你把那锦盒儿开出来看。呀！好奇怪，他先知俺兄妹到坟祭祖，教我们须用火攻，脱得庞家这个难鬼；又教我们快快到王城里救驾。"延庆道："不要管他，我们且去放起火来。众家将，你们见火就杀过来，那庞兵必然要救火的，我们乘势到坟上就烧化纸钱，拜了，便杀出坟来，这庞兵总防备不及的。他见坟里有火，一定要去看的，我们且到了京城再作理会。"延龙道："哥哥，俺想这个计儿，神仙也猜不着的。"

不知以后如何，须看下回分解。

第二十八回

呼延庆力救太子　赵文姬梦仙指引

昨夜秋风入汉关，朔雪边月满函关。
更催虎将飞骑转，莫遣沙场匹马还。

话说庞妃请四位哥哥到京，计欲商谋乘此元宵大放花灯，另差心腹内侍陈玉，到八王府哄太子出来玩赏花灯，趁此下个毒手，此计绝妙。庞妃正思想，那四虎将已到宫门，见了贵妃，把这话儿商议。庞飞虎道："这是极妙！既如此，我们到外边见机而行。"

这四虎正走出宫来，忽有都尉差小校报说："那坟旁火起，忽有一队人马冲杀过来。那贼正与我们厮杀，不想坟里又见火起。都尉赶到坟里救火，谁知这一队人马，倏然都躲过。如今不知从那一条路去的。恐怕这些贼躲在京里也不可知，所以都尉差小校们报与将军知道。"那四

第二十八回　呼延庆力救太子　赵文姬梦仙指引

虎听了这小校的话，肚子里好不受用。这教：

是是非非且慢管，先施奇策奏功勋。

且说那内监陈玉听了庞妃的诡计，来到八王府，见了太子，便道："千岁，今日元宵佳节，外面大放花灯，千岁何不出府去赏玩一会？"太子道："陈玉，待咱禀了八王爷，才好同去。"太子到得里边，见了八王爷，道："老王爷，今日元宵，咱同陈玉到外边瞧灯去。"八王道："今日瞧灯人挤，要去顽耍，多叫几个人同去，你瞧瞧就回。"

太子带了几个将校，同陈玉出了八王府，一路看玩，心里好不欢喜。太子道："陈玉，这里是什么人家？"陈玉道："这是勾栏院，里面歇的都是名妓。"太子道："咱进去瞧瞧看。"

陈玉到里边说道："俺小千岁在此。"那妓女都跪下道："俺姊妹们不知千岁到来，有失跪迎，望千岁爷恕罪。"陈玉道："千岁不计较你。"

那太子见这些妓女，内中只有一个与众不同，太子把手一招，便道："你叫什么？"女子道："启千岁，俺名儿叫做佛见笑。"太子哈哈大笑，说道："你这名儿取得好，果然不差。"太子对陈玉道："陈玉，赏他一个元宝。"那佛见笑道："俺姊妹们请千岁里面坐。"太子径到里边坐了。这些歌妓站在两旁，吹的吹，弹的弹，唱将起来。太子听得有兴，便叫道："你们且坐下了唱。"那歌妓大家席地坐下而唱。陈玉暗暗照应那庞妃差来的心腹：探知太子在勾栏院宴会。这探子闻信，飞报庞飞虎道："启上将军，俺今探明太子在勾栏院饮酒。"那四虎听了，不胜快活，就差这两个探子："你们再到那里，远远看着，凡事须要小心，待俺到来，好行事哩！"探子道："这个自然。"言罢，各自分头去了。

那庞飞虎正飞马而行，忽有那呼家狱囚坟监守都尉上前说道："将军起身来京晚上，坟旁忽然火起，军校正在扑救，那晓冲出几百个人马，好似那昨日唱歌的。俺正要追擒，谁知坟里又火烧起来，只得再去救火。不道这厮乘机逃去，想必到京师来了。"四虎听说，连忙传令：今晚城门早些下锁。那守门官奉了四虎将令，立刻把门锁闭。

那庞飞虎兄弟带一百名虎将，分作四路巡查，又说道："待俺先到勾栏院干下这桩大事，然后查拿这班逆恶，也不怕他逃上了天去。"那庞飞虎见了探子说了如此如此的话，飞虎就放了一个大炮，令四面人马会合拢来。那歌妓都已跪下，要求千岁："救俺姊妹的性命。"太子听了，却也满肚疑惑。"这炮因何放的?"将校道："千岁不必惊惶，且去看来。"那将校往外听得军马嘈嘈，人声嚷嚷，说道："快快送太子出来，免你们的死，若敢违拗，你们休想要活！"校尉听了大怒，一齐拔刀往外跑，太子的宝剑也出了鞘，杀出街来。只见庞四虎把刀逞舞，杀将过来，那将校难以抗敌。飞虎用戟直戳，太子飞剑就砍，飞虎将戟又刺，太子一闪，不道坠下马来，现出一条金龙。飞虎见了，倒吃一惊。

那庞牛虎、龙虎正在那里看这一道红光，那呼延庆、呼延龙道："这红光是什么缘故?"延虎道："哥哥，这红光却是有个道理，我们前去看来。"那呼家弟兄看得动起火来，延庆兄弟大家执了器械，冲杀过去，照正四虎，把那双锤提起乱打，倒弄得庞家四虎没处安身。谁想又杀出两个女将，横枪直刺，倒来得厉害，太子这时却被那女将救上了马，飞跑的到八王府里去了。

八王爷听得说太子是这般光景到来。八王倒有些不解：这两个女子来此何故？待咱问他个明白。八王道："你们到此何干？怎同太子相认?"那女子道："千岁，俺姊妹在这里看见那勾栏院门首围了多少人马，拥住那太子。俺兄弟们同什么四虎将在那里打仗，俺姊妹看那些人马，都寻向太子闹乱儿，俺姊妹为此保送太子到王爷府来的。"话犹未了，延庆弟兄擒了两个军校，一个叫巴山虎，一个叫混江龙，也送到王府里来。八王又问那延庆，延庆答道："俺弟兄同这妹子看灯，到勾栏院东门首，见那些人都向着这小将追杀。俺弟兄气忿不过，只得拔刀相助，同他们杀了半日，俺两个妹子保送太子到这里。"八王道："俺家的太子亏你们哥妹相助，又承保送到咱府里，真正难为你们一片的义气。但不知你姓名，你说与咱知道。"那梅仙、碧桃泪流不止，延庆、延豹跪下，也涕泪如雨。

那八王看这光景，便道："你们有什么话，只管说来，咱自有分晓。"延庆道："俺家被庞妃害得苦恼。"八王道："庞妃怎么害你？明白说来。"梅仙道："俺祖呼必显，因见庞妃僭用正宫仪仗，俺祖不许，那晓庞妃谎奏朝廷，就差妃父庞集领兵围起，把俺一家三百三口，杀得半个无存。俺父呼守勇从地穴里逃了出来；俺叔呼守信幸往太华进香，

第二十八回　呼延庆力救太子　赵文姬梦仙指引

未遭此劫。谁知庞妃杀了俺一家儿性命，尚犹未足，又把俺祖父母的尸首倒葬，又统兵四处追捉俺父呼守勇、呼守信，赶得无地存身。俺家只得逃往西番，俺兄妹到京城原想祭祖寻父，那晓庞妃的兄弟四虎将看守这坟。俺兄妹改扮唱歌儿的，才得偷祭。那守坟将校见俺追杀，俺兄妹才逃进京来，恰好大放花灯。俺正观看，只见前面有些人争闹，俺见几个将官光光把这太子相杀，俺气他不过，出去就同叫什么'四虎将'的交战，俺妹子就保送太子到王府里来。求老王爷把俺兄妹救一救，俺祖宗在狱囚坟里也是感激的。"

八王道："你们原来是呼必显的子孙！且住在府中，慢慢打算。"那呼家兄妹就在八王府住下。

延龙正被庞家追赶，没处躲避，幸喜吹起极大的狂风，吹得眼睛也不能张。延龙见前面一带花墙，乘此奔来，往花墙里跳将下去，四面一望，却不晓哪家的园亭。"且待俺躲过了庞兵再处。"延龙躲在石洞里边，过了一会，出了洞门，正欲跳出墙去，忽听有人走来，延龙依旧躲到洞里。正是：

　　善恶到头终有报，只争来早与来迟。

且说有个叫赵文姬的女子，善于舞刀，又和师父学了些兵法。一天夜里做个梦，醒来自语道："好生奇怪，俺梦中见的这位仙姑，明明是教俺兵法的女子。他说，俺园里有角木蛟转凡避难而来，与俺却有姻缘之分。仙姑又说那夫姓呼，现在园里仙岩洞。"文姬正想那梦里的话，却好瑞莲走来说道："小姐，今日天气晴明，梅花盛开，俺同小姐到园里游玩一回，却不是好？"文姬暗想：瑞莲这婢却是知趣。文姬说道："既要游园，我们就去。"

瑞莲同文姬来到花园，看了一会梅花，文姬到万花亭坐下。赵文姬忽又想起梦里仙姑与他说的话。那晓这瑞莲走到太湖石边游玩，忽见那仙岩洞里有一个少年睡在洞里。瑞莲喊道："小姐，我们进去罢，有贼在此！"文姬道："青天白日，那里有贼？"瑞莲道："现睡在仙岩洞，不信俺再同小姐去看来？"

以后如何，下回分解。

第二十九回

仙岩洞延龙遇美　庞飞虎割耳逃回

逢虎声威且避兵，谁晓豺狼作信人。
纵使将军能仗剑，不如岩上哭田横。

且说那赵文姬见瑞莲喊说仙岩洞里有贼，还睡在洞里，怎处？文姬道："瑞莲，俺和你去看来。"那主婢两人，走近太湖石边，看这洞里果有一人睡着。"呀！人脸那有红的？"文姬道，"瑞莲，只怕是个妖怪，见俺家园大人少，潜藏于此，也未可知。"那晓瑞莲这婢甚是作怪，默地里一声"呔！"那延龙听有人来叫喊，起来奔出这洞，不道文姬倒吃了一惊。延龙撞见了人，心里也是一惊，大家睁眼一看，文姬道："瑞莲，你来问他到底是人是怪，到此为何？"瑞莲就问。延龙道："俺非是怪也非是贼，因避难到此，望乞恕罪。"文姬道："既非贼，又非怪，如何来的？瑞莲，叫他到厅上来，待俺细问个明白，方可放得。"

文姬到玩月轩坐下，瑞莲同了延龙到来，瑞莲道："难道不晓得规矩的？见了小姐，还不跪下去求？"文姬道："那个要他跪，只要他把姓名住址、避什么难、为何到俺花园里来说个明白，俺免他送官出丑；若有遮掩，叫家人拿老爷的帖儿送官法究的。"延龙道："小姐，难人不敢欺隐一句，但是泄漏了出去，俺的性命就不能逃了。"瑞莲道："你放心，俺小姐也决不害你性命。"

延龙道："既如此，俺直讲了，俺祖呼必显，是宋朝的功臣，为庞妃僭了正宫的仪仗，因俺祖戒饬①了他，庞妃自觉羞耻，回宫妄奏。仁宗听了，就差妃父庞集，领兵抄斩俺家三百三人，俺父呼守信，幸往太华去了，未经遭劫；俺伯呼守勇死里逃生。俺父避到西羌，生俺兄妹。可恨庞妃还把俺祖的尸倒葬在狱囚坟里。俺兄妹思量来坟祭祖，那晓庞

---

① 戒饬（chì）——训诫。

第二十九回　仙岩洞延龙遇美　庞飞虎割耳逃回

妃还差虎将严守在坟，俺就在坟旁放火。大家弄得昏天黑地，俺乘此机会致祭，遇见庞兵追杀，俺兄妹且退且敌。谁知坟里又是火起，俺兄妹就乘机逃进京来，见勾栏院那边有人马挤一少年。听说庞家四虎将要杀那少年，俺兄妹拔刀相助，与四虎厮杀。俺兄妹救了少年，保送他前去，俺尚与庞家相杀。俺想寡不敌众逃避为先，是以逃将过来，恰好逃到府上的园里。"

文姬道："俺方才见你的时候，那红脸的是谁？"延龙道："俺并没有伙伴，那有两个人儿？"文姬道："俺明明见有一个红脸的人儿，怎么说是没有？"延龙道："不错，俺昨日到京，恐怕遇了对头，涂过花脸，方才听说小姐唤问，才把这花脸儿去掉的。"文姬道："这就是了。"

延龙道"蒙小姐大恩，未曾请教贵姓？"文姬道："俺姓赵，爹爹赵普，现随朝廷往辽东未回，俺因昨晚得了一梦甚是奇怪。"瑞莲道："小姐，这梦怎样奇怪？说来听听看。"文姬道："俺梦见一个仙姑，说俺园里有角木蛟临凡，乃是呼家将遇难逃避在仙岩洞，与我有姻缘之分，岂不是奇梦？"瑞莲道："小姐，这梦不凡，况仙姑说有姻缘之分，这叫天遣相逢，小姐何不就此说明？"文姬尚在含羞，瑞莲道："俺代小姐去说。"

延龙听瑞莲代小姐说了这话，连道不敢。瑞莲在小姐头上拔一只金凤钗，又向呼公子道："公子，你也取一物来。大家收好，日后为证，百年夫妇，今日为定。"延龙在腰带上解下一个碧玉环，瑞莲将此两物调换过来，各各珍收。呼延龙道："这教俺呼延龙如何消受？"就在阶前跪下，对天拜告："俺呼延龙避难到此，蒙小姐又许终身，愿上天保佑前去得通。"那延龙立起身来对瑞莲说道："俺承小姐之许，决不负盟，姐姐乞烦转谢小姐，请进去罢，俺今去也。"延龙仍旧跳出花墙去了。却是：

　　金钗从兹相期约，玉玦遂成百岁姻。

且说庞妃听得四虎将反被呼家打伤，太子亦被逆恶抢去，暗道："俺想城门紧闭，如何得能逃去。"庞妃乃差四虎："在你们身上，要擒还那呼家这些逆贼，不然，休道俺没有兄妹之情！"庞妃这话，吓得四虎胆战心惊，连忙发令，挑选精健兵丁三百名，四路追踪。听守门官说,今日开城门的时节,却有两个女将,领了一队人约有二三百个,出了城往东北去了。那四虎听了,吩咐快追下去。

那晓追了不及十里,忽听山坳里一声大炮,四虎倒吃了一惊。谁料女兵女将四下里追来大战,骂道:"庞贼!你还要听庞妃的计,谋害太子。若非俺呼家将相救,岂不是宋朝堂堂一个太子又被你这奸贼弄死了?你这班奸贼,快来受死!"那庞家四虎大怒,就挺枪戳来,碧桃、梅仙也就提刀砍来,战有一百余合,庞家倒也有些惧怯。

不知以后如何,且看下回分解。

第 三 十 回

庞四虎火烧祝家庄　　祝素娟飞马往西凉

唱得凉州意外声,溪桥南北集军兵。
一朝复得功勋业,册府能留汗马名。

话说那庞家四虎,正与呼碧桃、呼梅仙大战,心里却有些惧怯,恰好庞家的探子报来,说道:"方才见几个花脸,在马上飞跑过去,同前番唱歌儿的相似。听他们说,如今到祝家庄去了。"那四虎闻报,就半退半迎。这碧桃、梅仙见他败走的模样,想要追他,又恐他是诈败。"这贼使奸诈,赚诱我们去落他的圈套。"梅仙道:"姐姐,我们倒不如收了兵,且去寻着了兄弟,定个计儿,然后再去追他,岂不是好?"碧桃道:"既如此,我们勒住了马,看他可回转来,也好与他再杀。"这四虎看那女将勒马的光景,就乘此转过山坳,一直径往祝家庄。

那祝家庄的庄勇正在山上,看这军马都往庄路上来。"这是何故?我们快下山去报知庄主。"那庄勇报与祝太公,祝太公道:"想必为了呼家的事,有这些人马到我家庄上吵闹。"太公的儿子祝麟、祝凤道:"爹爹,不知他们此来行什么计,我们且传集庄勇,防备要紧。"一声吩咐,庄勇俱已齐集,各执器械。

庞兵把这祝家庄团团围起,四面堆了些芦秆。到了三更时分,放起

第三十回　庞四虎火烧祝家庄　祝素娟飞马往西凉

了火，烧得半天通红，庞兵乘此火光杀进庄来。祝麟看见兵火齐来，急来保救太公夫妇逃出这庄。祝凤同了金定、迎烟泼开板斧，冲出了庄逃难。迎头撞了一个老年的将官，领了一队人马，飞跑过来，那祝家兄弟躲避不及，只得放了太公夫妇，就与他搏战，不想那祝太公被庞兵捉住。祝凤、金定拼命追来，谁道祝凤亦被庞兵擒下。那祝麟回头一望，心里正想弟嫂为何不来助战，那知庞牛虎从小路追来，刺了一枪，恰恰刺了祝麟右肩，回马正要看这一枪从那里刺来的，不料已被扎下马来。

牛虎擒了祝麟来见飞虎。飞虎道："哥哥，那祝家父子如今都擒在这里，我们可要问他，呼家这逆贼在那里，俺就好去追擒了。"飞虎道："既是这般，也须绑了他，问明白了他再作道理。"飞虎问祝太公道："你这老头儿，买腌鱼放生——不知死活的，如今姓呼的在那里，快些说！"那祝太公道："那呼延庆到新唐去了，俺三姐往西番去了。"四虎听说，便道："这逆贼，还在那里做他娘的梦哩！不要管他，俺且提兵追他便了。"飞虎领兵分为四路追赶。那晓金定同迎烟与四虎战得气衰力疲，说道："不如且到三家村去，再作理会。"

那金定，迎烟到了三家村，见了三姐，呜咽不语。三姐道："嫂嫂，你们如何这般光景？"那金定、迎烟道："三姐，你早上出门到此，谁想不多一会，那庞家的兵马把祝家庄围了，祝麟看了此来甚是蹊跷，就把太公扶出了庄，那晓路上又撞着庞贼，俺就与这贼迎敌，祝麟、祝凤也来与贼厮杀。不道庞飞虎拍马冲来，那祝麟兄弟同祝太公被庞贼都擒住了，故此我们特到三家村来。"

三姐道："嫂嫂，这个祸是俺丈夫呼延庆害的。"金定道："三姐不必抱怨，这是俺家的气运，有此不测之祸。"道犹未了，忽有庄兵报道："祝家庄已经被那庞家烧得干干净净，就是这些庄兵，也不知被他们杀了多少。太公同这两个官人也被庞家捉去的了。"三姐、金定听了庄兵这话，大家心如刀绞。

三姐道："我们且到西凉去借兵，回来报仇要紧。"梁员外道："俺想还是去新唐好。"三姐道："员外说径往新唐，却也甚妙。"那三姐、金定、迎烟别了员外，就往新唐借兵。

一路行来，远远见有营寨，不知是那里来的兵马在此安营。金定道："三姐，我想天色已晚，不如就在这庙中躲一躲看。"三姐道："也罢。"一齐进了庙来,拜了那神道,大家躲在殿旁却好睡去。

只听神道升殿说道:"我乃山海神是也,今有孝女孝媳到来,上帝命我助他阴兵一千,领他到庞家营里,认取了祝太公父子的首级,取回埋葬。鬼判在那里?你快集神兵助祝三姐到营认取首级回去,不得有违。"鬼判道:"领法旨。"

那三姐醒来一想,说道:"俺方才明明听那神道吩咐鬼判的话。"此时已是三更,且唤了金定、迎烟,大家说了梦中的情形。三姐道:"既然山海神指点俺们,想必爹娘性命不保,俺不免闯进庞营,看个究竟。"金定道:"此言甚是。"于是三人披挂上马,出了庙门。

远远一望,庞营离此不远。三人摘掉銮铃,催动坐骑,悄悄而行。忽然,一个巡营军官叱道:"你们来此作甚?"三姐道:"夤夜①赶路,误到此地。"那军官道:"远远避开。"此时,庞营上下均已熟睡。三姐等绕道到了营门外,只见竿头挂了四颗人头,三姐到了跟前,认得是爹娘与兄弟的首级,三人顿时落下了双行珠泪,连忙割下一幅战袍,包了首级,慌忙飞奔出营。一阵马蹄声响,惊动了庞营,军兵声声呐喊:"不好了!有人掠营,抢走了祝太公父子的首级!"人马一齐出动,此时,漫天大雾降临,伸手不见五指,人马互相践踏,死伤不少人马。三姐等姑嫂乘势冲出庞营,飞奔新唐而去。

后事如何,且听下回分解。

第三十一回

花瑞莲雄关计放　　四虎将兵遭迷雾

仙人指点放蛟龙,哪怕雄关巨锁封。
他日姻缘有红线,定教白刃斩元凶。

却说雄关总兵姓花名万年,有女瑞莲,自幼好武。一夜梦见仙姑告

---

① 夤(yín)夜——深夜。

第三十一回　花瑞莲雄关计放　四虎将兵遭迷雾

诉说："明日关前有三个女子经过，你要送他们过关，将来你要和一个叫呼延庆①的结亲。"次早瑞莲到关前巡查，三姐等正在着急，见一个女将军来盘问，三个人言语支吾，不敢明言。瑞莲道："俺梦仙姑告知，今天有三位女将要过关，要我送你们出去。而且我与你家的呼延庆有姻缘之分。"三姐道："谢将军照顾，俺们到了新唐，定把这事说与丈夫知道。仙姑指示之言，必然如愿。"瑞莲道："三姐换了俺的衣服，做俺姐姐，两位嫂嫂扮女兵，我们装做打猎一样，带了弓弩，女兵们都带器械。"

大家走到关前，把关的道："那里去？"瑞莲道："不要啰嗦，早去开关，咱要到山南打猎顽耍。"那把关的又道："少刻将军到关查问，教咱怎么回报他？"花瑞莲道："将军到来，也晓得咱往山南顽耍。"把关的道："吓，这就不用说了，咱去开关，请姑姑过去。"那花瑞莲同了张金定、柳迎烟这一班女武士，一齐出了雄关，正是山南了。那瑞莲道："姐姐，一直往西，大道直到新唐了。小妹不能远送，望姐姐恕罪。"祝三姐道："俺姑嫂蒙此厚恩，日后自有图报。"那三姐说罢，就与瑞莲拜别，这姑嫂三人，竟是上马去了。瑞莲道："我们也就进关去罢。"那花瑞莲来到关前，叫道："唔！快些开关，俺姑娘进关哩！"那把关的应道："来了，为什么大呼小叫？"瑞莲进关回府去了。自古道：

大抵乾坤都一照，莫叫人在暗中行。

仙姬梦指新唐路，倾城最在著衣戎。

且说那庞家四虎将，正在追擒那盗取首级的奸细，追来恰好相近，正要擒拿，忽然一天大雾，迷得人马也看不出了，东西南北的路也没处走了，只得扎下营寨，等这雾散开去追那奸细。那晓这个大雾，竟迷了三日，这些人马，死得十不及二，那三个兄弟也是怅闷不过。飞虎道："我们且收拾回京，与爹爹商议，再作理会。"军士听了，一齐收拾上马。

到了京里，来到相府。丞相庞集听说四虎到了，心里十分快活。见了四虎，庞集便道："我儿，为何这般光景？想必追擒那呼贼过于劳累。"飞虎道："爹爹道他则甚。常言道：入门休问荣枯事，一见容颜

---

① 此原本为"延龙"，今据后文勘订。

便得知。"丞相道:"你这畜生,敢对为父的这般顶撞!"飞虎道:"爹爹息怒,孩儿岂敢顶撞?因追擒呼家这逆恶,在路上遇上了几天大雾,人马已死了八九。孩儿因受了那气味,胸里怅闷不过,故尔回见爹爹,原是有话要告禀爹爹的。"丞相道:"既然如是这般,也须就向为父的说了。"那四虎道:"爹爹,这事何足计较?倒是呼家这几个女将,却十分厉害。他动不动横冲过来,孩儿们与他征讨却是难以招架。"那庞丞相听说大怒,便道:"俺写书与你的叔父东海公去,教他统兵追擒,也不怕呼逆再逃上天去。"丞相写了一封书信,差了四名家将,飞骑到了东海,见了这总兵东海公庞琦,那家将道:"俺奉太师爷差来,有书呈上。"

东海公就接了家书,拆开细看,惊呼道:"吓!呼家这逆恶,还不俯首,敢于聚练这些女兵女将,干犯宋朝的天兵么?俺有回书在此,你们回去呈上太师便了。说俺已令副帅点齐了人马,即来相助公子。"那副将岳鸣皋道:"人马都已齐了。"庞琦道:"就此起兵。"三军听了这令,一齐上马,前军后哨,那个不是扬威振武。庞琦道:"这里叫什么地方?"岳鸣皋道:"前面即到京城。"庞琦道:"既已到京不远,就此安下营寨,待俺进京,见了太师,然后提兵前去。"

且说那东海公带了这岳鸣皋来到相府。太师听说东海公到来,立刻出厅,接了东海公,便道:"为了呼家这逆恶,今日又要烦劳贤弟。"东海公道:"哥哥,若说歼除逆恶,乃是为弟分内的事。"大家把这追擒的话细细议论了一番。东海公道:"哥哥不晓得,古人说:斩草不除根,春来依旧发。也就是防后患之意。"太师道:"贤弟,这已往不必再讲了。今日请贤弟到来,要商量如何追擒之法。"东海公道:"这要唤侄儿出来,再问他一番,就好定计。"那庞集道:"孩儿进宫去见贵妃娘娘,就回来的。"

话犹未了,那飞虎、牛虎、毛虎、龙虎见过了贵妃回来,把贵妃的话回了东海公,也就细说了一遍。那太师同东海公听了,就呵呵的笑起来,便道:"呼家尚未有拿获,如何说是明日先斩了他的首级来喂狗,岂不笑煞了人?"东海公道:"贤侄,你把三打祝家庄的话说来。"四虎道:"叔父听禀:侄儿到祝家庄围住了他,那祝家父子被俺弟兄绑了起来,问他呼家这逆恶,他说到新唐去了。俺就叫将弁放起火来,使得这逆恶总不能逃上天去,却把一个祝家庄烧得寸草无存,并不见有逆恶。

俺把祝家父子的首级挂在标竿上面,以为收藏逆恶之惩戒。谁想那晚,这四个首级都不见了,俺弟兄就领兵四路飞追。天色将明,远远见有几个女人,背的四个首级。俺弟兄见了,拍马飞赶,不料起了大雾,连路径都看不出了,只得暂安营寨。不想这大雾迷了三日,人马死去了八九,连侄儿也受不住,只得回京禀知了爹爹,写书相请叔父到来,商量个妙计,好去追擒那呼家的逆恶。侄儿看将起来,此事若斩草不除根,将来后患就不可测了。"东海公道:"俺同侄儿到雄关一问,就好追擒了。"

不知以后如何,且看下回分解。

第三十二回

庞东海领兵助虐　　天定山金莲剖诉

巧笑知堪敌万几,雄关总制着戎衣。
晋阳已陷休回顾,更请君王猎一回。

话说东海公庞琦,听了飞虎弟兄的话,心里好不焦躁,便道:"闲话休说,既然呼逆练了女兵,难道俺怕了他不成么?"就向岳鸣皋道:"你传令三军,速速统兵到雄关等候。"鸣皋疾忙吩咐三军,统兵到关等候;庞琦就同了侄儿四虎,别了丞相,二马飞行,一直来到雄关。

庞琦到关坐下,便道:"谁在这里管关?"把关的道:"俺本官不知公爷到关,没有在这里伺候。公爷不用发恼,俺已着人通报本官,随即来到。"庞琦道:"你们在这里把关,那来去的人儿可盘问的么?"把关的道:"咱们把关总看腰牌才放他过去。"庞琦道:"这个才是。"那雄关总兵花万年,听说东海公庞琦到来,连忙披挂,到关相见。东海公道:"花将军,何必穿了甲胄到来?"花总兵道:"不知公爷到来,有失远迎,望恕不周。"庞琦道:"俺今非为别事,因知近日那呼家的子孙造反,教练了些女兵,不知怎么到了京城。贵妃娘娘知道,差了俺的侄儿四虎,追擒这呼逆。俺想呼家到京,关上岂有不知?所以今日到来,要这过关名册查一查。"花总兵道："那出入的军民，俺俱查过，亲自给付腰牌验放，并没有姓呼的出进。"庞琦道："你取关册来看。"花总兵道："你去拿关册过来。"把关的取了关册，花总兵道："送与公爷去看。"

庞琦把这关册细细的查看，却是注得明白。看到初三这一天，注的西羌进宝四人，给有腰牌四面，验明后放。庞琦道："花将军，你道没有姓呼的过关，那初三有西羌进宝，这四人的名姓都没有，如何给他的腰牌？"花总兵道："因他是进京上贡的，要出关回去的，所以给他的腰牌，关册上都没有填写他的名姓。"庞琦道："好胡涂！你知道他西羌来进的什么宝？这个明明是那呼家的子孙，冒了西羌进宝的。你就不问他的名姓，竟放了他过关去，这是什么意思？"花万年道："他出关未久，待俺急急追去，擒他回来是了。"庞琦道："既如此，你快快领兵去追，俺且回京去也。"花万年道："公爷听禀：但是俺出了关去，那沙漠地方地广人稀，去追这姓呼的，恐怕又弄出别的事来。"庞琦道："俺有五千人马，你可带去，擒了这逆贼，就砍了他们的首级，不可再放脱了他。"花总兵立刻升帐，点了人马，炮声一响，将挂征袍，马挂鞍镫，红旗一展，放起三个狼烟大炮，却震得地动山摇，果然：

　　将施号令非通小，大小三军敢不遵。

且说那祝三姐同了张金定、柳迎烟道："我们在雄关的时候，若然不是这花瑞莲得梦，他如何能在关前先来问俺？又教俺姑嫂改妆，扮了出猎的一般，同花瑞莲一齐出这雄关。如果不是天公点化，仙姑扶助，焉能去那雄关，来到这里？"金定道："三姐，你看这里的景象，比中原竟是绝然两途了。中原地方何曾见此沙漠？连那眼睛皮上也是灰土。你看地面这般广阔，也不见有人来往，唯是满野牛羊。"迎烟道："且喜这里没有虎豹怪兽。"那三姐便说："就有，我们也不怕他。"金定道："三姐，你看前面这个山，怎么树木都没有的。好似烟雾四起，不知这个山里可有虎豹盘踞？"三姐道："我们快快的过去便了。"道犹未了，山上忽起一阵大风，吹来气味甚是腥臊。这腥风一阵一阵的刮来，三姐虽有武艺，却也有些胆怯，便道："我们勒住了马。"那三个女将正抬头看这山顶，谁想山凹里跳出两个怪物，那女将倒吃了一惊，说道："又不是虎豹。"迎烟道："这兽却是人形兽面。"立将起来，原是

第三十二回　庞东海领兵助虐　天定山金莲剖诉

头顶日月，不过头上披下的是长毛，窜来跳去，哈哈的一笑，那女将都唬得浑身冷汗，挺枪拍马追来。那知这个怪兽竟会说话，叫道："美人休恼，俺乃老熊仙，夫妻两个在此黄毛山修炼千年。上帝命俺夫妇在这山洞里镇守那珊瑚宝塔。今美人到来，祝素娟在那里？"三姐道："你问祝素娟则甚？"老熊仙道："俺今日见了素娟，就好把这宝塔交他收去，日后好破妖龙阵。"

三姐同了两个嫂嫂，随着熊仙来到山洞，却见洞中灯光照彻，石床上果有一个宝塔，长有尺外，上写：轩辕世宝。待三姐寻这熊仙时，已是毫无形影。姑嫂三人，就对了这个宝塔拜了几拜，望空祷告了一番，收藏了那个宝塔，走出石洞，下了山来，依旧上马前行。金定道："好久不见人烟，前面簇拥，想是这里才得有人哩。"迎烟道："姐姐，你看那人儿都是红须赤发，口里讲的这布尔斯哈达拉什，不知他讲的什么？"三姐道："他们讲的是番话，咱中原人那里听得出？"却是：

天外有天国外国，西羌岂是比中原。

那姑嫂三人，在马上一路说来，不觉前面又是一座高山，不知是什么地方。金定道："三姐，你看那山上倒有个营寨。"话犹未了，忽听金鼓之声，三姐道："嫂嫂，却不道此处倒有个山寨，我们去看一看再走。"姑嫂来到山前，金定道："咦！好奇怪，这里倒也有一个关口。"上写"天定关"三字。那姑嫂进了这关，三姐往前一看，呀！原来是教演女兵。迎烟道："姐姐，他们为什么分出四个营头？这是如何讲究？"三姐道："这是他们在那里演习分合法。"金定道："姐姐，你看他们各自排立了旗，必然练那攻冲法了。"那旗上写的"忠武将军王金莲、孝武将军邓三娘、昭武将军齐月娥、义武左军翠桃"。祝三姐看了又看，便道："嫂嫂，我想这四位女将，莫非也是为呼家的事在此练兵，也未可知？"金定道："姐姐，我们在此，你竟到营前喊叫起来，看他如何，就明白了。"

那三姐听了金定的话，来到营前，喊道："婆婆那里？媳妇要到新唐去寻丈夫回来报仇，今日在此经过，望婆婆相救。"那金莲听说新唐的话，便道："何人叫喊？"就吩咐翠桃："你去同他进来，待我问他的来由。"翠桃道："那一位姐姐叫喊？"三姐道："是俺在此叫。"翠桃道："如此，同我进去。"那三姐见了金莲，口称："婆婆，受媳妇一拜。"金莲道:"姐姐不要错认了。"三姐道:"婆媳岂有错认?""吓!既不错认,可晓得俺的儿子叫甚名字?"三姐道:"呼延庆就是俺的丈夫。"金莲道:"媳妇既来了,就请邓三娘、齐月娥一同相见。"又道:"那营门外的是何人?"祝素娟道:"这是同媳妇来的两位嫂嫂。"金莲道:"快去请了进来相见。"

金莲道:"难得三位女英雄这般义侠,不知庞贼的势力如今怎么样了?"素娟道:"婆婆,说也可惨,俺爹妈同两位哥哥,都被庞贼杀了,那首级被他挂在标竿,亏这两位嫂嫂同去盗了首级,回到三家村埋了,就往可行。那晓到了雄关,正愁不能过此,恰好花总兵的女儿瑞莲,梦见仙姑指迷说,瑞莲与姓呼的有姻缘之分,教他度俺姑嫂出关,才得到此。"金莲道:"如今府上还有何人?"素娟道:"婆婆不要提起,俺祝家庄被庞贼搜刮,两回攻打,到了第三次,四面放起了火,烧得那庄子上要一根椽子也没有的了,所以那两位嫂嫂,逃到三家村来,同了媳妇一路逃来。"金莲道:"贤媳妇,难得你姑嫂三人,为了我的儿子,害你姓祝的也遭庞贼这个惨苦,少不得你公公同了叔叔,在新唐见了你的丈夫,必然借了兵马出来,就有报仇的日子。否则,我们赶到新唐也好。"

不知以下如何,且看下回分解。

第三十三回

呼延庆新唐见父　仙山洞公主成亲

岁岁金河复玉关,朝朝马策与刀环。
三春白雪归青冢,万里黄河绕黑山。

话说呼延庆同了这两个兄弟,出了长城,一路行来,弄得筋疲力乏。延庆道:"兄弟,你看前面的城郭,又不知那里了?"延龙道:"哥哥,你们慢来,待俺且去看个明白再走。"延龙往前看了一路,呵呵笑来,说道:"哥哥,快走来,已是新唐的王城了。"延庆听说已到新唐,

第三十三回　呼延庆新唐见父　仙山洞公主成亲

心里十分欢喜。进了王城，便道："兄弟，这里新唐国倒也不丑，你看百姓倒也清秀，服式又不怪异，就是他语言，也都是官话，倒不比在路上见的那些人儿蓬头垢面、赤发红须的。"延龙道："哥哥，那路上都是沙漠，吃的是飞禽走兽，自然生出人来都是那古里古东的。"延庆道："兄弟，咱们问个信儿再走。"延龙道："哥哥，俺去问。"延龙便问一个老人道："老人家，咱问你个信，这里的驸马可是姓呼？"老人家道："你问他则甚？"延庆道："老人家，那驸马就是俺爹爹。"老人家听了，就笑将起来，说道："驸马到这里成亲，生的儿子今年不过十三四岁，俺看你这年纪，有二十岁的光景，就是那两位，也有十七八岁了，怎么要充驸马的公子？岂不要笑死了人。"延庆兄弟见和老人家是讲不清楚的，就带马前行。延龙道："哥哥，这里是驸马府了。"延庆道："官儿你快到里边通报，说中原来的侄儿、公子在外。"

中军听说，来到里边，把这话传进去，内侍听了，进宫便道："启上公主，方才中军进来报说，俺驸马爷的侄儿、公子，都在外边。"公主道："请他进来。"那内侍对中军道："请公子进见。"中军道："请公子进见。"

延庆同了延龙、延豹进了府门，一直到了后堂，内侍开了宫门，来到寝宫门首，内侍道："启上娘娘，公子在此。"公主道："请他进来。"延庆道："孩儿拜见，延龙、延豹侄儿拜见。"公主道："少礼，请起来。"延庆兄弟立在两旁。公主道："你三位从那里来？到此做甚？"延庆道："孩儿听得母亲王氏金莲说，我们爷爷呼得模，号称必显，因见庞妃僭了正宫的仪仗，庞妃怕爷爷启奏，他反逞奸哭诉。朝廷不察是非，就差奸相庞集领兵，把俺全家抄斩，杀了三百三人。俺爹爹守勇方得爹妈教他在地穴里逃了出来，就到王家庄。俺外祖王员外招他为婿，生孩儿一人。那晓庞家起兵追来，俺爹爹就向俺母亲说到新唐借兵。孩儿想将起来，我今长成了，因同母亲到来，寻了爹爹，提兵前去报了此仇，俺祖父母在九泉亦稍息恨。"公主道："这两位呢？"延庆道："这是守信叔父生的。"公主又道："如今你母亲在那里？"延庆道："王氏亲娘现在天定山住下。"公主道："你既到此间，且等你爹爹回府，就好商议。"延庆道："母亲，如今爹爹到那里去了？"公主道："你父亲借兵去了。"一边对内侍道："你去请了公子、小姐到来。"

那内侍请了公子、小姐来到寝宫，公主见了，便道："孩儿过来，你同这三位哥哥相见了。延庆哥哥是你爹爹同王氏母亲生的，那延龙、延豹这两位哥哥，是你叔叔守信生的。"公主明明白白的说了这话，兄弟、妹子大家拜见了一番。延庆道："母亲，孩儿还未拜见外公哩。"公主道："今日天色晚了，明日去见。"却是：

　　五原春色日迟迟，二月垂杨初挂丝。
　　即今河畔冰开日，正是长安花放时。

且说延庆弟兄到了来朝，进宫问安，公主领他见了国王，把这话也说了一遍，国王就赐了金冠三顶、玉带三条、蟒袍三领，延庆兄弟领了，拜谢了国王。又道："母亲，孩儿就此拜别。"公主道："你拜别了我，想到那里去？你若要寻爹爹，待我唤你的延寿兄弟同去。"那延庆兄弟，别了公主，就上马出府，不觉已到仙山了。延庆兄弟上山顽耍，延龙道："哥哥，这是什么榜文？"延庆看道："吓！原来为公主招亲。"延寿道："哥哥，不要看了，我们快去见爹爹罢。"

来到山冈，延寿吩咐家将："你去禀驸马爷，说俺同公子来见也。"那家将疾忙报道："启上驸马爷，有几位公子在外。"驸马听说，便道："放他进来。"延寿同了延庆、延龙、延豹，一齐进见。

延庆见了守勇，哭道："爹爹同王氏母亲离别时，孩儿还在母腹，不觉到今将二十年了。"守勇道："你母可住在外公家么？"延庆道："母亲同儿寻父到来，今在天定山同婶婶住下，孩儿就同这两个兄弟到京祭祖。那庞贼正追捉孩儿，恰好有两个女将冲将过来，帮儿杀那庞贼。孩儿谢问，那女将道：'俺乃姓呼，也要到京祭祖。'孩儿同这妹子，又到京拜祭而来。"父子正讲得高兴，那家将道："启爷，今日俺狼主招婿，所以请爷看比武哩。"

守勇同延庆弟兄来到帐前，看那比武的一个一个的走过，两位公主眼都不看，这些比武的英雄个个垂头丧气，说道："好笑，那公主倒在那里看人的风雅，并不是比武招亲。"这里呼延豹、呼延寿在旁边跳将出去，到台上拔了长枪，就舞弄起来。那两个公主笑嘻嘻道："你们这两位英雄的枪法，却是活泼，俺与英雄比一比看。"公主也拔了一根长枪，同延豹弟兄比舞。谁道公主的心里已是十分有意，只是使的花枪，那里肯下手刺去。那守勇一看，急得一身大汗，跳到台前，说道："你们收住枪罢!"那延寿只顾使枪,这仙山洞主问道:"驸马为何叫喊?"守勇道:"今日乃公主比武大事,俺孩儿只管同公主使枪,俺在此叫唤。"洞主道:"驸马的子侄与俺的女儿比试,这是最妙的了。"话未说完,那公主已收枪进去。延豹、延寿也就跳下台来,大家回到山上。

洞主看见公主笑盈盈的走来,便道:"女儿,今日台上的比试如何?"公主道:"母亲,今日孩儿初在台上的时节,有要来比试的,孩儿看他不要说他的武艺,就是那人品也不中适。"洞主道:"那后来这两个小英雄如何?"公主道:"这两个的枪法,孩儿们倒也合适。"洞主听了,便道:"俺女儿的眼力却好,那比枪的这两个英雄,一个就是驸马的儿子,一个是他的亲侄,如今且去向驸马讲了就好成亲。"

洞主请了驸马出来,把那比枪的话说了一遍。守勇道:"但是俺侄儿与延寿的年纪俱幼。"洞主道:"驸马愁他则甚?俺看起来,他们是天赐的姻缘,所以路隔万里,到此成亲。"那洞主就吩咐备了花烛道:"今日是黄道吉日,与公主完姻。"一声吩咐,立刻齐备,家将道:"启上洞主,花烛都已完备。"洞主道:"既如此,请两位新驸马同了公主出来成亲。"那延豹、延寿同了公主,拜了天地,谢了洞主,拜见了守勇,各自回房。

不知以后如何,且看下回分解。

第三十四回

天定山庞琦大战　小道童大作妖法

将家难立是威声,不见多传卫霍名。
一自元和平定后,马头行处望回程。

话说东海公庞琦,自雄关回京,终日心焦:"花总兵出关去后,忽又数月,不知可曾追着呼家?"那庞琦同军师安期子商议,安期子道:"俺昨晚看太白过宫,正是荧惑当权,只怕是真火烁金之象。"东海公道:"将何以克制他?"安期子道:"制火必得以水,俺想公爷亲征最称相得，家住在海东，公爵又是东海，此去十全十胜的了。"庞琦道："既安先生看定，俺就领兵出关。"中军道："人马点了三万六千，都披挂停当，候令起行。"庞琦道："就此发兵！"

庞琦到了雄关，问道："你们将军可有信息么？"中军道："俺昨日接到总兵的牌文，说呼家不止三四个人，如今分为四路追擒去了。"庞琦道："你在关上好好看守，俺今日领兵亲自出关去追哩。"中军吩咐开关，庞琦出了关来。

走了两日，便道："安先生，你看出关才得两日，那灰土就这般厉害。"安期子道："沙漠地面，都是这般的。"庞琦道："果然地面却是广阔，人烟实在稀少，行了几天，没见几个人儿。俺想这呼家，到底在那一方呢？"正在烦闷，忽见有人奔笑而来，吩咐了中军："那前面的人来，你去唤他过来。"那中军上前便道："你们往那里去？快来同俺去见公爷。"那些番民齐道："咱都是过路的，公爷叫唤咱怎么呢？"中军道："想是公爷要问你们的话。"番民道："这又出奇了，问咱什么？"中军道："启上公爷，番民在此。"庞琦道："百姓们不用惊慌，俺乃奉旨要追擒呼家将到此。俺因出了关来，将有一月，不知呼家跑在那一条道上，好去追哩。"番民道："公爷，小番们听到老人家说，那天定山齐大王的驸马，听说是呼家之后。"庞琦道："他几时到天定山的？"番民道："这话有一二十年了。那驸马生的公子，差不多有十四五岁的光景。"庞琦问道："这里到天定山，还有多少路？"番民道："从大道去二千来里。"庞琦道："百姓们都回去罢。中军官，快吩咐从大道赶上前去！"却是：

东去长安万里余，故人何惜一行书。
天关四望肠堪断，况复明朝是岁除。

且说天定山齐国宝的儿子齐雄，同了邓三娘、齐月娥、王金莲、翠桃姐、祝素娟、张金定、柳迎烟，各带女兵一千，在山上扎下营盘，各人立了将旗。国宝坐了大营，齐雄做了副帅，那些女将各自又守个山洞，大张旗鼓，在那里分营布阵。那晓将校飞报上山，说道："启上大王，俺在金牛岗见有许多兵马在那里扎营哩！"国宝道："再去打听。"国宝把令旗一展，各将齐到营前，便道："众将官速速端正披挂，以防不测。"齐雄道："爹爹怎么说以防不测？"国宝道："你们还不晓得，

第三十四回　天定山庞琦大战　小道童大作妖法

方才报子到山上说道，金牛岗地方有许多人马，在那里扎下营盘哩。"齐雄听了大怒，就上了将台，把令旗一扬，口里喊道："大小三军听着：第一炮，各各披挂；第二炮，一齐上马；第三炮，开关冲出。那鼓须要紧紧的催，鸣金呐喊的声音须要看令。"众将道："将令！"忽听一声大炮，众女将各各披挂；听了二炮，一齐上马；放起三炮，大家冲出关来。

庞琦差了左翼朱尢、右翼俞仁柳，正到山前探听，忽听山上放起三个大炮，急忙跑回金牛岗来报知。庞琦大怒，说道："咱家就此起营，杀上山去。三军听着：如有活擒呼家一人者，官升三级，兵赏银牌，获得三五人者，照例升赏。如砍取呼家首级一颗，官加一级，兵赏十两，如有十颗五颗，照例加赏。"众将官道："得令！"中军就禀令放炮，冲出营来。

那齐雄同了这班女将，正杀到金牛岗上，那庞琦人马一齐围将拢来，那岳鸣皋、朱尢、俞仁柳、庞飞虎、庞牛虎、庞毛虎、庞龙虎一齐拍马冲将过来。齐雄、齐月娥、王金定、邓三娘、祝素娟、柳迎烟、翠桃姐大家出马迎敌，东奔西窜，南来北去，杀得烟尘抖乱，红日蔽隐，耳畔中只闻刀剑之声，眼睛里惟见光芒闪烁。却战有一百多合，胜败未分。那晓王金莲一枪挑去，朱尢跌下了马。那俞仁柳跑将过来，却被朱尢一绊，一起跌倒在地，正要扒起，被齐月娥用枪一勾，那女兵就赶将过来绑了，解到山上去了。

岳鸣皋连忙逃进营来，说道："公爷快请安先生出来商议，看他这班女兵女将，非是术法不能制伏。"庞琦道："既如此，请安先生商议。"那安期子来到帐前，庞琦把那岳鸣皋的话说了，安期子道："俺早早吩咐，若与他们争胜，在亥、子两时，保可决胜；若用申、酉二时，也还可战胜。如今偏在巳、午两时出战，正乃天火临宫，战恐有伤。"岳鸣皋道："那左羽右翼这两员虎将已被他们擒去，如今要先生用个神术就可决胜。"安期子道："且去收了兵，明日去战，可以取胜。"庞琦道："宣令官，你把令传谕，暂且收兵，明日点齐人马，竟杀上天定山去。"

不知以后如何，且看下回分解。

第三十五回

岳鸣皋逞术大战　天定山国宝受困

金牛岗前沙似雪，齐家关外月如霜。
不知何处吹芦管，一夜征人尽望乡。

且说那岳鸣皋回营，把天定山大战被呼家擒去两员虎将的话说了一遍，庞琦就请安先生出来商议。安期子道："且去收兵，待俺作起法来，须明日交兵。"庞琦就令岳鸣皋且去收兵回来，再作计较。岳鸣皋得令，飞行来到阵前，把令宣了，那四虎正杀得力怯，忽听营里放炮鸣金，呼家也正要收兵，两下里人马一齐各归营寨。

齐雄上山，同国宝计议，道："爹爹，如今把那擒来的两个人如何处置才好？"国宝道："自古说，擒贼必擒王，那些小校擒来置死也没用，带他们到营前，割去他们的两个耳朵，放他回去何妨？"齐雄依令，把这擒来的左将朱尤、右将俞仁柳，带到了营前，把他两个耳朵割了下来，放他回营不题。

且说齐雄正来缴令，呼守信却也回山，齐雄告诉守信道："庞家领兵到来，要擒你的子侄哩！"守信听了大怒，见了国宝，说了一番。国宝道："你们行事总要看清路头，不可造次。"守信同齐雄道："这个自然。"那守信来到营里，见了月娥、邓三娘、金莲、翠桃、祝三姐、金定、迎烟，把这话儿大家计议妥了，一面就吩咐将校，你们随了将令，营前营后，须要时刻巡逻，不可懈怠。众军齐道："得令！"

话说东海庞琦正与安先生讲用术法要擒捉呼家，那晓朱尤、俞仁柳回营，安期子道："他怎么放你们回营？"朱尤道："先生不必说了，俺也曾南征北讨，东荡西除，在军前二三十年，从来没有这个希奇。"安期子道："请教将军，有什么希奇？"朱尤道："先生，你还不晓得哩！咱同他们正杀得热闹，谁知咱两个的耳朵被他们割掉了。"安期子道："只怕割去了。"朱尤道："先生那里晓得？"安期子道："听言当于理

第三十五回　岳鸣皋逞术大战　天定山国宝受困

察，二位将军请进营调息。"

安期子炼个飞砂法，不道天色已明，就令三军放炮冲将出去。王金莲听得炮响，连忙装束上马，吩咐放起炮来。金莲冲出营来，就与庞飞虎盘旋大战，庞牛虎、毛虎、龙虎一齐冲来。齐月娥看见便道："姐姐，我快去也，你们随后就来。"月娥冲出，就与庞家接战。正在那里杀到东，追到西，两下里都想要擒活的，那晓邓三娘、祝三姐、金定、迎烟，一齐冲入阵来，兜来绕去，杀做一团。安期子上台一看，便道："岳将军，你快去助战。"那岳鸣皋飞马入阵，就用起飞砂法。王金莲、齐月娥这班女将，正杀得高兴，不道狂风大起，吹得石走砂飞。那些女将都唬得胆战心慌，谁晓祝素娟一面与他厮杀，怀里就取出那珊瑚宝塔，对着庞家的营里，这沙就不飞起，那石也不走了。

岳鸣皋道："先生，不好了！那法没用的。"安期子道："不妨，俺有徒弟，即刻就来。"道犹未了，有五个道童来到营前，说道："要见安先生。"中军领了道童进营，说道："有人要见安先生哩。"安期子道："来的是谁？"中军道："他说是先生的徒弟。"安期子道："如此请他来见。"道童来到里边便道："师父，唤徒弟到来，有何吩咐？"安期子道："请你到来，非为别事，俺今在此行了一个飞砂法，因被他破了这法，如今要用那五行阵，所以请你们来帮俺行了这法。"道童道："师父，弟子在此，请师父布阵便了。"

安期子就令摆下五行仙阵。女将们正同庞家四虎杀得个昏天黑地，安期子把这五个道童分布了五处，按的是金、木、水、火、土。那段道童得了青旗，派守东方；解道童得了白旗，派守西方；鱼道童得了赤旗，派守南方；元道童得了黑旗，派守北方；王道童得了黄旗，派守中宫。安期子把那阵图分派定了，就令岳鸣皋冲出阵前，哄骗他们来讨战。进了这营，也不怕呼家再逃上天去了。

岳鸣皋引这女将到了阵前，便道："俺家这个阵儿在此，你们这些毛贼还不知死么？"齐雄道："呔！你这班奸贼，休在这里猖獗，俺来也！"那齐雄拍马赶来，只见那五个道童把旗一招，进营去了，齐雄就从东方杀进营里。那道童挺枪就战，齐雄正要来擒，谁想这道童口里吐出许多青烟，熏得个齐雄连马跌倒在地。呼守信看见齐雄跌下马来，他就从南方杀进。解道童道："你何不好好下马受缚？"守信大怒，架起刀来，正要砍着，那晓这道童开了这口，火就喷个不止，守信见了喷火，倒也呆了。那邓三娘见那道童在那里把这白旗一招，三娘就从西杀入，道童措手不及，就把手一招，只见眼前许多刀枪砍来，惊得个邓三娘手足都软了。齐月娥对王金莲道："姐姐，难道他有妖法的么？"金莲道："且杀去看。"月娥竟往北首杀进，道童就迎面喷出一口水来，那知月娥已淹在水里了。王金莲不问情由，一直杀进营来，思量助战，那晓这个道童的口里，喷出许多黄烟，把一个王金莲迷住。

齐国宝看了，便道："俺一家儿去与庞贼交兵，为何追进营去，却不见出来？难道倒被庞贼擒去不成？倘然庞贼那里用了术法，这便如何？"翠桃同祝三姐道："大王不必心焦，俺同三娘去也。"翠桃见了道童，就骂道："你这妖道，黄毛未退，敢在此撒野！"道童道："俺在海岛里修道千余年，就是那四海的龙王，也知俺是终南散仙，你们这班狐媚，晓得什么来？"翠桃就把双刀砍去，那五个道童哈哈大笑，口里吐出许多烟来，熏得那女将昏昏沉沉。那三姐取出了宝塔，对着那妖道，却是烟起不上来了。

不知以后如何，且看下回分解。

第三十六回

呼家将大破五行阵　　金牛岗杀死庞东海

石壁千重草木森，白云斜掩不知春。
昭君溪映年年月，偏照忠君一片心。

且说庞琦听探子报说，安先生同了徒弟布了五行阵，把那些女将都收拾在阵中了。庞琦道："快请安先生来商议。"探子就道："安先生，俺公爷请先生快去商议。"安期子道："徒弟，今公爷请俺到营，不知商议什么，你们一同走一遭。"安期子同徒弟进营相见，庞琦道："安先生，这五行阵却好，如今请先生到来，商议那擒住的反贼，为何不就斩了他们的首级，挂在营前？"安期子道："俺擒的那些反贼都要带到

第三十六回　呼家将大破五行阵　金牛岗杀死庞东海

京城，必须大张旗鼓，法场上斩他，使其羽党也晓得天朝的法令。"庞琦道："先生妙见。但是不杀他，恐防反贼再逃了去，就徒费心力了。"那安期子、道童齐说道："公爷，若说这反贼要想逃脱，料他今生也不能够了。俺擒住了反贼，就令值日神将用了铁网网住，所以一动也不动的。"庞琦道："好！果然先生是通神的。这几日先生大费神思，辛苦极了，今日俺同先生小饮一巡，明日就打算收营回去。"庞琦在营大排筵宴，同那岳鸣皋、安期子、庞飞虎、牛虎、毛虎、朱尤、俞仁柳及段、解、鱼、元、王这五个道童，都吃得熏熏大醉。安期子道："公爷，俺想此时不如我们领了人马，杀上那天定山去，捣了他们的巢穴，回来带了反贼，就收拾回京，岂不是一举两得？"岳鸣皋道："公爷，那安先生这个计策却是个神机妙算。俺这里领兵杀上山去，那山上的贼党就是神仙也是意想不到的。"庞琦听了，拍手大笑，说道："先生的计越发妙了。"便道："我们快饮一杯，统兵就去。"安期子、岳鸣皋等，就传令三军披挂完备，立刻放炮起营。

来到天定山，杀到关前。那守关家将报进山寨，说道："庞家的兵马已杀到关前了。"齐国宝道："俺在山二十多年，从无人敢来冲犯俺的关隘，那晓今日倒被庞贼到关鼓噪，教俺这口气如何消去？"便道："翠桃姐、祝三姐，你们这几位在山守了，待俺出关，与这庞贼决一死战。"翠桃道："大王，若说与庞贼搏战，待俺翠桃前去。"国宝道："你们去是不会见机，这事必得俺去方妥。"国宝就披了一付金锁甲，戴一顶九龙双凤盔，穿一双龙目虎牙的战靴，腰佩龙泉宝剑，手提一根铁杆金枪，坐一匹千里驹。齐国宝正在上马，要出关与庞贼搏战，祝三姐道："大王且慢，你看山后那些人马，好像番兵来了。"国宝勒住马头一看，便道："三姐，那边跑来的人马确是番兵，为何倒分了四路而来？"国宝看了，正同三姐在那里讲论，那知翠桃奔来，说道："大王，那山后来的人马，只怕不是新唐来的番兵。"国宝道："不要管他，吩咐开关！"大王一声吩咐，这些把关的立刻开了。

齐国宝冲出关来，便道："俺天定山齐国宝来也！你这奸贼，快来受死！"庞飞虎道："你这反贼，窝了呼家这些逆匪在山，还敢在此猖獗？"飞虎就一刀砍来，国宝挑起枪来架住，飞虎带转马来，又是一刀砍过，国宝乘势把枪一挑，却好挑着了咽喉，飞虎就跌下了马。谁知国宝又兜肚的一枪，牛虎拍马就战，不及十个回合，牛虎败走。毛虎、龙虎一齐飞赶过来接战。国宝把这根枪一洒，毛虎、龙虎不敢迎敌，国宝就拍马飞追。岳鸣皋乘着酒兴，出马迎住，说道："俺想你好不知人事，难道你不晓得自己的那些男女，俺一个个都拿下营里来了？你还想闹什么，不如早些下马受了个死，岂不倒安然些儿？"国宝听了大怒，提枪就刺，岳鸣皋道："且慢来，俺还有一句话儿与你说明白了。"国宝道："有话快讲。"岳鸣皋道："俺久已要做你……"国宝道："你要做俺什么？"岳鸣皋道："俺要做你家的女婿。"话犹未了，国宝就是一枪，恰恰刺中他的胸膛，岳鸣皋就坠下马来，那晓鸣皋的腿挂住了镫，这马惊得跳将起来，拖了鸣皋一直冲进庞营。谁想那庞毛虎、龙虎又被这马冲来，撞倒在地。

庞琦恼将起来，骑上了马，提枪飞奔，直戳过来，国宝也就挺枪迎敌。呼守勇正领了番兵到来，守勇道："众将听者，你们就此天定山下屯了人马，俺上山走遭回来，起营便了。"呼守勇到了山上，见翠桃在那里披挂，便道："翠桃姐，你在此慌张什么？那山下屯的人马就是俺在新唐借来的番兵。"翠桃道："驸马爷，俺不是为山下人马，因俺家这些人马都被庞家围住，那金莲姑嫂都被庞家擒去，我们就一齐冲下山去，与贼厮杀。那晓这贼营里有些道童，跳将出来，口里都放出烟火，迷得天昏地暗。幸那祝三姐在黄毛洞得了一个珊瑚宝塔，取来托在手里，那烟火略略退散些。我们看来不济，急忙回到山来，把这话儿细细诉知大王，大王听了大怒，立刻披挂下山去了。我们因此披挂，也要下山。"守勇道："你们且慢，待俺下山前去。"话未说完，守勇下山。

来到番营，把那话儿说了，延庆、延龙、延豹、延寿、赵荆隆、赵迎凤听说，立即上马，各执刀枪，飞往关前，拍马冲杀过去。庞琦回转头来一看，却被齐国宝一刀砍去，恰恰砍了庞琦的右肩膊，那庞琦忍痛大叫："安先生快来！"安期子听得阵前叫喊，走出营来一看，便道："不好了！徒弟快些作起法来，俺到阵前去救公爷哩！"五个道童听说，疾忙作起妖仙大法、布起天罗阵，思量一齐兜进网来。这里道童急急行那阵法，安期子飞马跑到阵前，那晓呼守勇同了子侄直杀过来，安期子看来不能抵敌，就勒马回营，说道："徒弟使法，看来鞭长不及的了。那呼家这反贼都杀进阵里来也。"道童道："师父，俺今行了一个妖仙

第三十六回　呼家将大破五行阵　金牛岗杀死庞东海

大法，布下了天罗阵，还怕这反贼则甚？且等到午时，我们大家也杀他出去，就一个个的拿进来哩。"师徒正在营里商议，那晓庞琦败进营来，说道："安先生，呼家这反贼，把俺的右肩砍下那一刀，俺忍了痛，与反贼搏战，先生为何不来相帮擒这反贼？"安期子道："俺同徒弟行了个妖仙大法，又布了个天罗阵图，正在此商议，俺与徒弟到阵前搏战，拿贼回营。"庞琦道："安先生，你们要去就去，快快与俺拿下这些反贼。"

安期子听了，正同徒弟上马，那晓呼守勇、呼延庆、呼延龙、呼延豹、呼延寿、祝三姐、翠桃姐、张金定，各领番兵一千，一直杀到五行阵来。道童也就拍马迎敌，安期子、俞仁柳、朱尤仗了这个阵法，大家挺枪就战，男男女女，杀去杀来五十余合，呼家将把庞贼这个五行阵，杀得瓦解冰消，那被贼擒去的呼守信、王金莲、邓三娘、齐雄、齐月娥，忽闻雷声大震，电光耀目，豁然惊醒，起来一看，守信道："这里的人马哪里去了？"月娥道："俺家都为杀贼被擒到此，如今庞贼的营寨。不知为何没有人了？"邓三娘道："那前面的人马，只怕就是庞贼的。"金莲道："既如此，我们上马快去追哩。"

一路追来，路旁首级不胜其数，转过个弯儿，只见无数人马在那里追来追去。守信拍马飞赶阵前一看，见齐国宝、祝三姐、翠桃姐都在阵里，守信也追入那阵，与贼就战，杀得庞家大败亏输，这道童也想要遁下土去，那知素娟托出这座珊瑚宝塔在手，庞家的妖法再也作不起来。安期子道："公爷，古人有言，凡事须要见机。看来难以取胜，不如且避他一避，再作理会。"安期子说了这话，拍马飞逃。庞琦道："先生，同去！"言未说完，恰好国宝赶来，喊道："奸贼休走！"就一刀砍来，庞琦已分两段。守勇、守信一齐追来，那五个道童都显出原形，借土遁去。祝三姐回马追来，割了庞琦的首级，说道："这首级拿去，要祭祖坟。"那庞龙虎带了杀败的残兵，望风逃去。这呼守勇道："众将官，我们仍回山前扎营住下，择日起营前去。"立刻放了三个大炮，一路扬威振武。回到山下，扎了营盘，呼守勇、呼守信、呼延庆、呼延龙、呼延豹、呼延寿、王金莲、翠桃姐、邓三娘、祝素娟、张金定、柳迎烟一齐送那齐国宝、齐雄、齐月娥上山，大家拜见了一番。呼家弟兄子侄各把相别到今的事各人叙说了一场，国宝排下筵宴，饮至更阑。国宝道：

"今已夜深，我们明日细讲。"

不知以后如何，且看下回分解。

第三十七回

老八王硬指奏妃　呼家将奉旨除奸

十二年来多战场，剪除权佞赖西凉。
君王有道知贤否，功业将成名渐扬。

且说呼守勇与弟守信说道："俺家世代功臣，是以宋太祖荣封到今。谁想仁宗宠幸庞妃，僭用正宫的仪仗，俺祖公因为纲纪不可紊乱，反被庞妃唆怒了朝廷，不问是非，就差妃父庞集，领了人马，抄斩了俺一家儿性命。幸喜俺同兄弟逃了出来，那庞家又来四处追捉。"守信道："哥哥，这是俺弟兄的命里应有这些磨难。"延庆道："爹爹，如今难星已磨尽了。"金莲道："闲话少说，要讲我们怎么前去报仇。"延庆道："只须孩儿同了延龙、延寿两个兄弟到京去，同八王爷商议，请一道除奸的圣谕，就好统兵剿灭。"金莲道："雄关怎么过去？"延庆道："这不愁，就扮西羌进贡的何妨？"金莲道："不可，倘然被他看破，再惹出事来，怎处？你既同兄弟进京，须金龙、迎凤这两位公主同去，只说仙山差来进贡，那关上才得肯放过去。"延庆兄弟同那两位公主上马就走。

晓行夜宿，不觉已是雄关。延庆到关，便道："谁人把关？快开！着咱家公主过去。"把关的道："谁敢大呼小叫？"延庆道："咱奉仙山寨差送公主到京进贡，快快开关让咱过去。"把关的道："你忙些什么？俺去禀了将军，才好放你过去。"回来禀道："启上将军，外面有仙山进贡的，可要放他进关？"花总兵道："你们在关管理出进的人，查验明白，就知道放得放不得。总要查点明白，有几个人给腰牌几块。他们出关去，先验收了腰牌，放他出去；查他没有的，就拿来见俺。"把关的来到关上，又查问了一番，给了腰牌，注那关册，上写仙山贡使五

第三十七回　老八王硬指奏妃　呼家将奉旨除奸

员,随带家丁八十名,一个个点放进关。延庆道:"今日关上比前番紧急多哩。"延龙便道:"哥哥,若说他紧急,难道我们飞进来的?"延寿道:"前面是三家村了,我们可要进去?"延庆说道:"不要耽搁了。"延龙道:"哥哥,你看这祝家庄,如今变了一片荒郊,岂不苦恼?"这教:

关山万里远征人,一望长安泪满襟。
青海波涛空夜月,黄砂碛里似无春。

且说庞集因女儿做了仁宗的贵妃,十分宠幸。那忠孝王呼得模自恃宋朝开国的大功臣,世袭食禄三千石,黄金十万两,朝里这些同僚那个不畏惧他几分?动不动就要面圣,弄得那朝里的官僚个个胆战心惊。就是那龙图阁学士包拯,也是这般厉害。偏偏那个包文正同他也是一般的,朝廷十分信服,果然他是铁面无私。如今方得朝廷差他封王去了。那庞集正想起心事,忽家丁报说:"四虎将到了。"庞集不胜快活。

牛虎、毛虎、龙虎一齐见了太师,庞集道:"我儿去后,为父的那一日不想念你们。我请你叔父同出关去,也是个打算。他的声名已振四海,那个不晓得他举鼎千斤,不要讲擒呼家小子,就是那杨家老令公、老令婆,也晓得你叔父的威名。就是你哥哥飞虎,为父的看他将来也是个大将。如今他年纪轻轻,倒也有些大志。"

牛虎道:"爹爹,不要说了。俺弟兄同了叔叔出了雄关,分作四路追赶,遇见一队番民,细细查问呼贼。他说新唐的驸马,闻得人说就是呼延赞的子孙。孩儿们同叔父听了番民的话,不分昼夜驰追那呼贼,那知赶到金牛岗,探子报说,呼贼就是天定山齐国宝的女婿。叔父同岳鸣皋、安期子先生商议,就在金牛岗扎了营盘,令朱尤、俞仁柳一同杀上天定山去。那晓呼贼同一班女将出来讨战,安先生作了飞砂法,正杀得高兴,那晓这个砂石,都飞到自己营里,那里招架得住?只得收兵回营。谁想朱尤、俞仁柳被呼贼擒去,割了耳朵逃回。俺叔父大怒,安先生道:'不妨布个五行阵,怕他还不就擒?'岳鸣皋同孩儿们出去诱战,把这些女将都收在五行阵来。安先生同叔父又要统兵一齐杀上山去,扫除他的巢穴。谁想山上这个关,好扎实东西!准准打上一天,动也不动。不道一个老将杀出关来,抡起这一把大刀,乱砍过来,俺的飞虎哥哥被他把刀一撩就不见了。叔父挺枪同这反贼战了百十余合,也被他砍上一刀,连首级也被他拿去了。俺家的五行阵也没有了,擒他的女将也抢去了,安先生同那道童都逃走了,孩儿们看来不好,此时不走,更待何时,只得带了那二百来个残兵回来。"

庞集听了大怒:"俺兄弟东海公庞琦、孩儿庞飞虎,反被那呼贼杀死,这还了得?气杀我也!"牛虎道:"爹爹休得动气,人之死生也是个大数,即如孩儿,也挨过他一枪。如今只要多挑几员大将,多选几万人马,待孩儿们一同出关,去追擒这贼,也报了哥哥、叔叔的仇了。"庞集道:"既如此,你们也不必出关去,只须挑选三千精锐,牛虎守在鸡鸣关,毛虎你去守了飞石关,龙虎去督守了雄关,各带一千精锐在关上守住。那呼贼不见我们去追他,越发猖獗,必然反要杀到关来。你们乘势开关,放他进了关来,就令精锐围将拢来,那时节就好擒了。"庞集说了,就选精锐三千,牛虎、毛虎、龙虎各领精兵一千,星夜飞奔到关把守,等那呼家将到来,准备报仇。这教:

荆山已去华山来,日照雄关四面开。
戎府莫辞迎候远,相公能破蔡州回。

且说呼延庆弟兄同了两位公主上马就走,延龙道:"哥哥,这条绕道,我们倒也走熟了。"公主道:"前面什么地方了?"延庆道:"前面是京城了。公主,我们一齐改扮了差官前去。"大家把衣服脱下,换了差官的巾服。

来到王府门首,延庆把手一拱,便道:"老公公,拜烦禀报一声。"内监道:"好糊涂,你也没有名姓儿,又不晓得你来做什么,教咱禀报什么?"延庆道:"公公说话不错,俺名姓儿不用说了,你只讲五霸山来的差官,要见王爷。"内监道:"这个话就是了,剪剪绝绝①,咱好去禀哩。"那内监来到宫门,禀道:"老王爷,外面有几个官儿,他说是五霸山来的,要见王爷。"八王听了,再也想不出来。八王道:"他说要见,你去带他来见。"内监走到外边,说道:"差官,来同咱进去见老王爷。""差官"同了内监进宫,便道:"王爷,这五霸山的差官在此。"八王道:"你从五霸山来此做什么?""差官"道:"特来求见王爷。"八王把延庆细细一看,说道:"那碧桃、梅仙你可认得么?"延庆

---

① 剪剪绝绝——这里是干脆、不啰嗦的意思。剪,斩断。

第三十七回 老八王硬指奏妃 呼家将奉旨除奸

道:"这是臣的妹子。"八王道:"如此,书房里坐。"一齐来到书房里边。八王道:"你们来此有何话说?"延庆道:"千岁,小臣有冤相告。"八王道:"你且说来。"延庆道:"臣祖呼得模,因为贵妃僭了正宫仪仗,被庞妃谎奏,害臣全家抄灭,杀得鸡犬无存。幸臣父臣叔先奉祖母命,一个逃走,一个进香。后来晓得庞妃还要加害,只得东躲西逃。那晓庞妃仗了太师庞集的势力,他的儿子就是四虎将,同庞妃是兄妹。上年看灯时候,臣同妹子在勾栏院门口,扶了太子,送回千岁府来的。"八王道:"是啊,俺再也想不起来了。如今你妹子在那里?"延庆道:"都在天定山,等臣回去,就要起身到京,送妹子与公子成亲。今臣到来,要求千岁为臣奏请一道除奸的敕命,小臣父子才能报雪大冤。"八王道:"公子,难道你不晓得,庞集、庞妃朝廷十分隆重,咱即使奏了,倘然朝廷问起他们,非但不准,恐怕再弄出事来,这便如何?"那延庆、延龙、延寿同那两个公主一齐跪倒说道:"千岁不能代奏请敕,臣祖之冤,永世不能伸雪了。"八王听他如此哀切,便道:"你们且消停几天,咱明日上朝,得看机会是了。"那知不多一会,却有太监梅盛林到来说:"圣上请老千岁即刻进宫议事。"那八王就同太监梅盛林上马进宫。

见了仁宗,八王就促紧眉头,闷闷不乐。仁宗道:"朕因久未与王叔相叙,今日请来,朕要谈讲谈讲,不知王叔为何愁眉不展,使朕忧疑。"八王道:"圣驾征辽去后,朝政委命包文正监察,文武僚属肃清,后来圣上将包文正差去封王,朝里庞集就自恃起来。且如上年的元宵节,那庞妃暗托他哥哥四虎探听太子出宫将玩赏花灯,那四虎埋伏奸细,在途中谋害。彼时亏了呼得模的几个孙子、孙女,救护了太子,送到臣的府中。臣询问原委,方知呼家的忠心尚在。若说庞集官居极品,不应纵子肆谋;若论庞妃,圣上如此宠幸,当恩报主,不应肆毒,将刘妃所生之子推河致死,是时幸赖陈琳救送到臣府里收养。倘陈琳丧心,依了庞妃计,臣那里晓得?圣上何由而知?幸赖祖宗庇佑,年已长成十八岁了,不然,宋室江山谁作圣上的社稷主?就是那庞集的四个儿子飞虎、牛虎、毛虎、龙虎,不念身受国恩,极图报效,胆敢父子兄妹,内外勾通,朋奸害国,我圣上毫无觉察,臣心日夜忧煎。"

仁宗道:"老王叔太狐疑了。朕每试看贵妃的行止,倒也不过如此；若说妃父庞集，也还忠直。就是他儿子四虎将，朕看他的智勇倒也不差。今王叔这般说法，明明是与呼家出头，要算计庞家父子，难道王叔就是昧良心的？使得天下的人亦难深信。"八王道："臣再不想我王如此昏聩！听了庞妃把个正宫曹皇后平空废了。难道做了个朝廷，也是不晓得的？庞集勾通他兄弟庞琦，招集那些人马，封为东海公，难道我王又是不晓得的？那庞家四虎将，交结许多奸细，难道也不晓得的？我王圣明天子，岂能把朝纲大事都交由嫔妃作主？望我王猛省其奸，当思堂堂一个国后，被唆轻废；好好一个江山，庞家已占过半了。若再不除，不让于武曌的了。我若不是宋朝的王子，再也不肯与你讲到这个事情，无奈俺是你王考的胞弟，所以言不惮烦，望我王三思。如谏之不察不行，只好各人自扫堂前雪，不管他家瓦上霜了。"仁宗道："王叔之言，却是为了宋朝的天下才讲。但朕一时放不下脸，请教王叔怎么可除？"八王道："果若要除，只须降一道除奸削佞的敕谕①，交与老臣，待呼氏子孙报复前仇，果能朝野肃清，忠心不改，复还了他的旧秩。倘有差失，总在老臣身上。"仁宗道："既承王叔代朕加忧于国，朕心岂有不明？朕今降旨，以除奸敕命一道送到王府，请王叔代朕发判施行。"

那八王出宫回府，排了香案，供奉圣旨，就令内监请出呼延庆弟兄，把那见驾的话细细说了一番。延庆弟兄一齐跪下叩头，说道："俺呼家的祖宗在九泉之下，亦可出狱。生者蒙恩，死者戴德。"八王道："俺这札符你带在身边，倘关津有阻，把这札符与他看。你竟讲奉旨到新唐差使，那关上就不敢噜嗦了。"那呼家弟兄领了札符，拜谢了八王叔，即便起程。延庆道："我们偷祭两番，遭了许多磨折，今日可以到坟拜扫，祷告祖宗，然后起行。"延龙等都道："哥哥所言正合弟等意思。"遂即一齐策马向前而往。正是：

  特奉皇恩雨露新，八王一语重千钧。
  力图报国还思祖，忠孝真堪绝比伦。

要知后事如何，且听下回分解。

---

① 敕（chì）谕——皇帝的诏文。

第三十八回

三家村女将交兵　呼延庆出关提兵

　　忆记新唐去复来，日照重关次第开。
　　公子远迎山寨里，将军捧敕至京回。
　　且说呼延庆同了延龙、延寿和两位公主，到坟上拜祭了一番，上马就走。一路行来，前面已是鸡鸣关了。那延庆取了札敕，飞赶到关。守关将道："你们到哪里去？大呼小叫做什么？"延庆道："俺奉旨出关有事，你还敢不快快开关！"守关的道："这倒不相干！你说是奉旨出关，咱也不管你有事没有事，拿凭据来看。"那延庆取出那札符，守关一看，便道："请坐。咱去回明了将军，好来开关。"
　　那守关的进去见了牛虎说："有奉旨出关的，要过关去。"庞牛虎道："既是奉旨，可有什么凭据？"守关回道："有八王爷的札符。"牛虎道："放他过关去。"守关的连忙开关，便道："请爷们过关去。"
　　那延庆兄弟一齐过了关来。延龙道："哥哥，俺听那把关的说，呼家将杀了庞琦、庞飞虎，因此各关都紧急得了不得。倘查问不清，弄出事来，就有干系的。"那公主听了，大笑起来，说道："亏他这样紧急，我们才好到坟祭祖，请我们过关哩。"这叫：
　　　　世间好事多磨折，今日方知苦后甜。
　　且说那三家村的梁定金、鲍胜金、刘赛金逐日在花园里演习枪法，教女婢们操练刀剑、弓马，谁想那鸡鸣关的总兵庞牛虎，密差中军卜世球、宗洪来到三家村刘员外家里。那员外出厅相见，说道："两位老爷到此荒村，有何公干？"中军道："今日俺奉鸡鸣关庞总兵差来，与员外的令爱作伐。"员外道："呀呀呀！二位既是总兵要你们出来作媒，难道不晓得我家的女儿久已配定与人的么？"那中军听了，就作别员外，回到关来，把刘员外的话细细说明。牛虎道："他既不承抬举，俺到明日领了几个家丁，竟去抢了回来，看他有甚法儿？"卜世球道：

"将军既要抢亲，何不今晚就去？"牛虎听了大悦，便道："既如此，你去点了三千人马，就到三家村去，围他起来，到刘家去要他将女儿好好送了出来，我们也不必再到他家里骚扰。他若有推阻，我们就杀进去，也不怕他的女儿不弄到俺的手。"

中军官领了将令，立刻点起人马，来到三家村围住。那营里放了三个大炮，震得地动天摇，惊得那村上的百姓，慌慌张张道："这官兵到来，不知什么缘故？"那几个老人家说道："不好了，我们大家去报知员外，那些官兵团团围住，听他说，到刘家抢亲的来了。我们都到员外那里去。"村上这些男女，见了员外，说道："员外，不好了。"员外道："什么事情，大惊小怪？"众人道："如今有许多官兵围在那里，听他说，到员外家里要抢小姐去哩。"员外听了，唬得目瞪口呆，说："这便如何是好？"员外急忙来到花园，说道："女儿，你们还要在这里射什么箭？"小姐道："爹爹，却是为何？"员外道："今日早上有两个武官来说，鸡鸣关的庞总兵，要我女儿去成亲。为父的对他们说，俺家的女儿，久已许配与人的了。那武官听说，也就去了。谁想此时，有许多官兵在我们村上，说要抢女儿去，如何是好？"那定金、胜金、赛金道："爹爹，不妨。自古道，兵来将挡，水来土掩。等他到来，女儿出去与他决个胜负。若是胜了，就罢；倘不能取胜，女儿乘此就到新唐去也。爹爹，你也不必挂念。"员外道："这是那里说起！"定金道："爹爹，事到其间，不得不如此。"员外父女正在悲苦，忽听炮声不绝，外面人声沸翻。赛金道："姐姐，事不宜迟，我们快些出去。"

庞牛虎、卜世球、宗洪假作舞枪杀来。这三个女将，同了那三百多个女兵，各用了双刀，冲将出来乱砍。那庞牛虎倒也不能招架，只得勒马避过，然后带马挺枪杀上，那女将迎枪就战。刘家这村上的男男女女，也助那女将威势，只听村上战鼓咚咚。牛虎心里却也胆怯，不道这女将一直追来。庞牛虎道："姣姣，你好厉害！把汉子追得这么狠！怎么同你做夫妻哩？"那女将道："你这龟子休走！"

那牛虎正想半战半退，那晓呼延庆、呼延龙、呼延寿、呼延豹，同了金龙、迎凤到三家村来。延寿道："哥哥，那三家村里怎么倒有庞总兵的旗号？"延庆看道："兄弟，莫非庞家又到三家村来寻我们么？"金龙道："哥哥，不要管他！我们追上前去。"延庆兄弟就拍马飞赶，喊

第三十八回　三家村女将交兵　呼延庆出关提兵

道:"庞贼,你呼爷爷来也。"

牛虎听喊,便道:"反贼,快来受死!"道言未了,呼家已刺过枪来。牛虎回马架住,说道:"你好大胆!现在奉旨拿你!你还敢与俺照面杀阵,好不知死的呼贼,快快下马受缚。"延龙道:"奸贼看刀!"那呼家弟兄同这两位公主,杀得庞家的人马东奔西窜,零零落落,四散奔逃。呼家将依然上马前去。

牛虎看那呼家将上马去了,心里又想追他,又怕杀他不过。卜世球道:"将军,我们且把人马点一点看。"牛虎道:"点他也无益,快着宗洪到关,速速挑选利兵二千,便好追这呼贼,也不怕不擒的了。"卜世球道:"既如此,何不再去请了飞石关的三将军到来,也好商议商议。"牛虎道:"宗洪,你到关点了人马,叫他们先到三家村来,你再往飞石关请三将军作速到来,好去追擒呼贼。"

那宗洪到关,点了人马,令他们到三家村去,自去飞石关请了三将军到来。那庞毛虎道:"哥哥,你差宗洪来说,呼贼在三家村看见,何不就擒住了他,怎么又放他逃去?"牛虎道:"你好讲没气力的话。那晓得呼贼带的女将好生厉害,把俺的人马杀得东窜西逃,教俺独自个儿怎么好擒住这几个反贼?"牛虎道:"兄弟,自古说,古镜虽明难比目,上阵还须亲弟兄。"

且说刘定金打败了庞牛虎,和胜金、赛金乘此到新唐,寻访呼家将去。那姊妹三人,一路而来,好不苦楚。胜金道:"姐姐,前面这大山是那里了?"定金道:"妹子,我们快些盘山过去罢,想必这里有歹人的。"道犹未了,忽见山后赶出一班喽啰,喊道:"留下买路钱去。"定金就骂:"你这瞎眼贼,难道不晓得俺是过路的?"喽啰道:"咱不管你过路不过路。"定金提起枪来就戳,喽啰架起了一根棍来,定金掣转枪来,一连戳伤了十余个喽啰。定金道:"造化你这狗贼。"胜金道:"我们去罢。"

姊妹三人刚刚盘过这大山,那晓一个赤脸大汉同了四五十个喽啰,飞奔到来,大喝一声:"呔!你这妖精休走!"定金回头一看,便骂:"你这红脸贼,敢是要来讨死?"那赤脸的同那一群喽啰,飞赶过来,这赤脸的就提起板斧,砍将过去,却被胜金就势一枪戳来,恰恰刺中了赤脸贼的腰里,血流不止,就跌下马来。赛金赶上,又是几刀,砍得他脑子稀烂。谁知山上又有许多喽啰到来，刘定金姊妹三个见了，倒是一惊，胜金道："姐姐，寡不敌众，如何是好？"定金道："妹子不要害怕，我们总拼着命，与这强盗杀到底。"赛金道："不妨，我们的女兵也还算有胆气的。"

那三个姊妹正在那里忧闷，不道这许多喽啰赶来，一齐跪倒，说道："俺这里的高山大王已经被将军杀死了，如今俺高山没有了寨主，如何是好？故此小的们特来请将军权做个寨主。"定金道："你们既请俺上山作主，凡事须要听令。"小喽啰道："这个自然。"定金道："既如此，先把旗号改了'三金王府'，你把山上的人马传集来听令。"那喽兵逐一齐到，候将军发令。三金王道："人马既齐，共有多少？"小喽啰道："启上大王，兵有三千三百三十三名，马有三百三十三匹。"三金道："小喽啰们，你上山来，把俺将旗扯了，你们把营寨扎下。俺今升帐，吩咐大小喽啰军按名领赏。"喽啰写奉了将令，来到营前，说道："小校们听着，今日大王吩咐，大小军校按名领赏。"那各营军校都道："这个寨主不是当耍的，看来赏罚是厉害，依了他的令就是了。"

不知以后如何，且看下回分解。

第三十九回

庞牛虎戏美亡身　　呼家将领兵过关

远别秦城万里游，乱山高下入商州。
关门不锁寒溪水，一夜潺湲①送客愁。

且说庞牛虎想到，那三家村这三个美女，谅他去也不远，俺且追上前去，若弄了他来，由俺作乐哩。就立起身来，带了三百个雄兵，飞追过去。呼延庆听见有人追来，心里倒吃一惊，回头一看，呀！这是庞贼，为何又追了出来？说道："兄弟，那贼此来，必有奇祸，我们倒要

---

① 潺湲（yuán）——形容河水等慢慢流动的样子。

第三十九回　庞牛虎戏美亡身　呼家将领兵过关

留心的。"公主道："哥哥放心。"

道犹未了，牛虎提了板斧砍来，延龙挺枪迎住，放马就战。这女将在阵里冲来杀去，把庞家的人马杀得东逃西散。谁想延寿放上一枝冷箭，恰恰射中牛虎的手腕，这板斧就掉了下来，延庆也就一枪，那牛虎跌下马来就不响了。延龙认是装死，急忙跳下马来，腰里拔出龙泉宝剑，斩了牛虎的首级，挑在枪头，说道："哥哥，我们上马赶路去罢。"

那探子到飞石关报道："三将军，不好了！俺这鸡鸣关的将军为追那呼将军，反被呼家把俺家二将军的首级都割了去哩。"毛虎听说大怒道："吓！这反贼胆敢这般肆横，待俺到离山同石头陀①去商议，定有分晓。"毛虎疾忙赶到离山，只见茅蓬里坐一个和尚，却同梦中相见的一样。庞毛虎道："俺乃飞石关总兵庞毛虎，特来拜访。"和尚道："衲僧久坐荒山，何幸将军到来。"毛虎道："俺家四虎，因奉旨追捉呼家将的子孙，如今倒被这反贼杀掉俺两位哥哥。今来拜访老和尚，要求方便个神妙。"和尚道："山里虽有四五百个头陀，都是不中用的。"毛虎道："和尚不行方便，菩萨也不慈悲了。"那老头陀道："将军既来见召，衲僧不得不领将军台命，且陪你下山走一遭。"

那毛虎就在飞石关扎了个营，请这和尚进营商议。头陀道："老衲只晓得拜佛念经，那交战的事，佛经上是没有讲起，教老衲商议，也是白说的了。"毛虎道："你念的什么经呢？"头陀道："老衲常念的是金刚经。"毛虎道："这金刚经可灵么？"头陀道："这是最灵。"毛虎道："和尚，你在营里念罢。"头陀道："将军，那军营中不能洁净，须得老衲回到山上，代将军拜念这经，就灵验起来了。"毛虎道："既如此，差中军送你上山。"头陀道："这也不消，待老衲自去便罢。"头陀出了营来，就驾起云头去了。

那毛虎飞檄前去知会那雄关总兵。花万年接来一看，便道："四将军，你令兄调你鸡鸣关去防守，教俺一体严查，这也不劳盼咐的。"庞龙虎急往鸡鸣关去。那晓呼家恰恰到关，花总兵正在心焦，却好瑞莲走来，便道："爹爹为何愁眉不展？"花爷道："女儿不要说起，偏偏今日庞龙虎被他哥哥又调守鸡鸣关去了。"那瑞莲道："爹爹，闻得呼家将

---

① 头陀——行脚化食的和尚，即行僧。

都是忠臣,庞家是奸臣,杀了呼家许多人口,还要追捉他的子孙,天理也是不容的。据孩儿看起来,爹爹该救忠臣的子孙,乃是顺天;若依了奸臣,将忠臣的子孙杀尽,谓之逆天。孩儿劝爹爹凡事顺天的好。"花爷道:"女儿的话倒也说得极是。如今教俺怎么放他去?"瑞莲道:"这又何难?只要爹爹发一枝令箭,孩儿扮个差官,到关去叫他们开了关,放他过去,就是爹爹顺天的阴功了。"花爷道:"既如此,与你令箭一枝。"

那瑞莲扮了个差官,请了令箭,到关前说道:"你们是仙山进来的么?"公主道:"正是。"瑞莲道:"你们在这里把守什么?晓得番婆子是要过关去的,就该请令放他们过去。"守关的道:"咦,好话!咱们奉花爷将令,在此把守这个关口,谁敢开关放他过去?这是怪不上咱们的。"瑞莲道:"不要啰嗦,快些开关。"守关的道:"咦,又来了!开了半天,不见你们过去,咱来请你过了关去,好上锁哩。"延庆弟兄一齐出关去了。瑞莲带钥匙缴令。

那晓庞龙虎飞赶到关下道:"那仙山假进贡的呼家将,已过关去了。"龙虎又道:"快快开了这关,待俺快去追这反贼。"守关的道:"庞将军不要性急,待俺去领了钥匙,好来开关,放将军过去。"龙虎道:"谁叫你拿什么钥匙?"龙虎就赶将上去,把锁裂了下来,急忙过了雄关,一直追赶。那晓忽地里起了大雾,迷得天昏地黑,连这路儿也看不出来,白白的守了几天。庞龙虎忿恨不过,说道:"俺且进关,与花万年算帐,总在他身上要交还俺的反贼便罢,不然,就讲花总兵有意放那反贼过关去的。"

庞龙虎回进雄关,对这花万年道:"朝廷差你在此防守关隘,你并不查奸察匪,把那奉旨密查的反贼呼家将,私自放走过关,什么讲究?你去追还了反贼就罢,倘不出去追还这反贼,则怕你的官儿也做不成,性命也就难保哩!"花总兵听说大怒,便道:"庞爷,你好没分晓,俺放的是仙山进贡的番使,那有什么姓呼的过关?你既要开关出去,也该向俺拿了钥匙开关。你就裂锁逃关,俺那里知道你做什么勾当?"庞龙虎道:"花爷,这话也不用提了,将来放关须查个明白就是了。"花总兵道:"放人过关,总要查清白的,倒是那裂锁逃关的官儿没有防备他。"庞龙虎道:"花爷又来讲笑话了,请进去罢。"

那龙虎回到飞石关,想起离山那和尚。来到离山,见了和尚,便问道:"这金刚经念得可有灵验么?"头陀道:"怎么不灵?将军请看那西天这一股不紫不黑的杀气,从西一直到东盘结,这一块赤气,只怕不久就有兵火来了。"龙虎道:"和尚,这金刚经果然灵验,他们西边杀来,只须俺人马多些,围住了他,放起火来,这个兵火也够他受用了。"头陀听了,也不回答,把头颠这一颠。

龙虎依旧下山,来到鸡鸣关,见了毛虎,把那话儿细细说了,又道:"哥哥,我们关上添了几千人马,倒是要紧的。倘然早晚那呼贼到来,我们就好与他出战,四面的人马乘势就围将拢来,却是这个兵火,人都不知道的。"毛虎道:"既有这话,我们就差中军去提了一万人马到关,也够用了。"龙虎道:"哥哥,俺到飞石关去了。"自古道:成人不自在,自在不成人。

不知以后如何,且看下回分解。

第 四 十 回

呼家将力歼庞奸　宋仁宗封赠团圆

阴碛茫茫塞草肥,高山岭上暮云飞。
交河北望天连海,苏武曾将汉节归。

且说呼家弟兄同了金龙、迎凤出了雄关,前面已是高山寨。延龙道:"哥哥,那边有人追来了。"延庆听了,就勒住马头一看,便道:"我们且慢走。"金龙道:"不妨迎上前去。"

那山上追来的女将叫道:"二位姐姐,可是同呼家将新唐借兵么?"金龙便道:"你是何人?在此乱呼乱叫?"刘定金道:"俺姊妹三个,因庞贼起了官兵围住了三家村,说道抢亲,吓得俺爹爹只是摇头,外面又是金鼓喧天,俺同胜金、赛金两个妹子,带了三百女兵,就与庞贼决战,杀掉他五六个将官、千把多兵,那庞贼也就逃了。俺想庞妃此去,必要再来争战,故此俺姊妹也是到新唐去。那晓到了这里,有一班人赶来拉住，说什么大王要俺的买路钱，那时俺恼将起来，把这班喽啰杀退，谁想又有许多喽啰飞奔到来，架起朴刀砍来，俺姊妹女兵就与他们厮杀，不道杀了他几十个喽啰，那知山上又跑下二三百个人来，说俺杀了他的大王，要俺做他的寨主。俺姊妹一想，也罢，在此权做个寨主。今日看见姐姐是中原来此，故尔动问。"延庆道："三位既是要到新唐，我们一同去罢。"倏尔就离了高山。

一路行来，将有半月，不觉已到天定山了。那探子看见延寿到来，疾忙飞报上山，说道："驸马爷，俺家的小将军都到了。"那守勇、守信听了，便道谢天地。那延庆、延龙、延豹、延寿同了刘定金、胜金、赛金、金龙、迎凤，一齐上山见了，守勇便问："我儿到京，见了八王，可曾求他请诏？"延庆道："爹爹，孩儿们到了八王府里，八王就实实在在问话，孩儿也细细告诉了他，就求他请诏。八王说道：'明朝上朝去看下落。'那晓八王正讲，恰好朝廷召他进殿议事。八王将孩儿告诉他的话奏闻了，谁想朝廷总不肯准。八王又把庞妃勾通四虎，谋害太子；听了庞妃废弃正宫；庞集结党弄权这几端的事奏了，朝廷才肯准了除奸，八王就请了一道察奸除奸的敕命。那时八王就退朝，回来与孩儿讲了这话，就给付一道御札，教孩儿们速回新唐，禀知爹爹、叔叔商议统兵前去。"

守信道："哥哥，这方得八王出面请了这道敕命。"守勇道："就是俺的祖父在冥冥中也感激不尽了。"守信道："哥哥，明日黄道吉日，我们先去拜谢了大王，就起兵前去可好？"守勇道："既如此，一齐进去。"那呼守勇、呼守信、呼延龙、呼延豹、呼延寿、王金莲、邓三娘、祝素娟、张金定、柳迎烟、刘定金、胜金、赛金、金龙、迎凤、齐月娥、翠桃姐、呼碧莲、呼梅仙一同来到里边拜谢。那齐国宝道："呵！今日你们到来，却是为何？"守信道："小婿承蒙岳父厚恩，俺哥哥嫂嫂说一向叨了岳丈的福庇，因明日黄道大吉，就要起兵前去，故此今日一同到来拜谢岳丈的大恩。"国宝道："贤婿，你令兄令嫂都是至戚，何必这般称谢。既如此，贤婿你同了兄嫂令侄各位公主到庭上请坐，俺备水酒一杯，聊为一饯之敬。"守勇道："俺一家在此叨蒙大王眷顾，不知此恩将何以报？今日又要大王费心，何以克当？"国宝便道："今日是个家宴，眼前都是骨肉至亲，依次序坐罢了。"宴间，国

第四十回　呼家将力歼庞奸　宋仁宗封赠团圆

宝道:"俺正要请教,这除奸诏可是甥儿面圣求来的么?"延庆道:"我们弟兄求的是八王爷。那八王看我弟兄求得哀切不过,朝廷也是差了太监来请。八王见了仁宗,就把俺救太子的话启奏明白,朝廷就写一道察佞除奸的敕命,交八王爷给俺作个札符。"国宝道:"那八王的恩德也不小哩!"说完了这一番话,不觉已是天色微明。守勇道:"天色已明,我们谢了宴,大家好去收拾起兵了。"齐国宝道:"你们既择吉行兵,俺也不好苦劝饮酒,俺在此眼望捷旌旗,耳听好消息。"那齐雄说道:"爹爹,孩儿陪送妹子前去。"国宝道:"你既陪送妹子去,路上不可生事。"齐雄道:"爹爹不必记念,孩儿晓得。"忽听一声炮响,三军立即收拾行装;营前又放两个大炮,众军兵拔寨收营;又放了三个大炮,那些军兵一齐披挂,上马起行。那守勇道:"中军官,你可曾吩咐众将官,须得离关十里扎营安歇。"中军道:"小将奉了将军的令,立刻就传令大小三军的了。"

一路行来,未及半月,不觉前面已到雄关。中军就禀令,放炮安营。雄关总兵花万年问道:"那里放炮?"家将道:"待去看来。"家将看了,急忙禀道:"那放炮的是奉旨除奸察佞的呼家将,在关外扎营安寨,所以放炮。"花总兵想道:难道呼家将就是俺女儿扮做差官,拿了令箭,放他过去的人么?花爷满肚疑想,忽中军禀道:"外面有新唐来的呼家将,他说是奉旨进京去察佞除奸的。"花爷道:"请他进来。"中军便道:"呼将军请会。"

那延庆来到里边,见了花爷,便道:"前蒙老将军发出令箭,又承令爱扮了差官,放俺兄妹出关,俺今奉了朝廷敕命进京,特来拜谢。"花爷道:"今朝廷隆眷,令祖的冤就可雪了。"延庆道:"老将军请上,俺就此拜别了。"花爷道:"小将军回营,代俺多多拜上各位将军。"

延庆作别回营,就传令放炮,拔寨起行。来到关前,那晓花万年的儿子花荣、花贵把关,不肯开放。守信取了两个铜锤在那里同花荣、花贵争闹。不道他的家将报道:"花爷,两位公子同那呼家在那里闹哩。"花总兵听了,急忙到关,便道:"畜生,你在此做甚么?"花荣、花贵道:"孩儿奉了爹爹将令在关把守,那呼家到来叫关,孩儿不肯开,他说不开就要打进关来了。"花爷道:"那呼家叫关,就该禀令,那有争闹的道理?"延庆正在关前喧嚷,花爷道:"你呼家将既奉旨进京,有什么凭证?"延庆道:"怎么没有凭证?"就把这札符展开,说道:"花将军请看。"花爷道:"既有凭证,且开了关放他过去。"那关上过了十多万番兵,延庆拿这札符送来与验,花爷正接过手来展开,要看这札符,恰好瑞莲走来问道:"爹爹,你看什么?"花爷道:"看那呼家将的札符。"瑞莲道:"爹爹,只怕就是女儿求了令箭放他过去的。"花爷道:"不错,俺倒忘了。"延庆道:"这位是谁?"花爷道:"这是俺的小女。"延庆走来称谢。瑞莲道:"你我都是将家儿女,谁不怜谁,何必称谢?"花爷听那"谁不怜谁"这一句话,想了一会,便道:"吓!是了,讲那都是将家儿女,谁不怜谁?"花爷道:"小将军,俺瑞莲女儿的性子最是刚烈,不道那年小将军到来,俺女儿请了令箭,放小将军过关去,足见他的智勇倒也不丑。俺想将小女配与小将军,真正一些也不错。"延庆假意推辞,花爷道:"小将军,你想'谁不怜谁'这一句,请令放关,只此两端,可知天遣奇偶,推辞他则甚?"花爷便吩咐备下花烛,请将军同瑞莲成亲。延庆同瑞莲完了百年姻眷。延庆便道:"小婿承岳父大恩,只好日后图报。"花爷道:"儿女至亲,何说图报?"那家将道:"启上将军,那呼家将的番兵都过去了。"延庆听说,便道:"岳丈请上,小婿就此拜别。"瑞莲在旁,也就跪下说道:"女儿亦同丈夫前去了。"花爷道:"女儿同去极是,但路上须耐个性儿,凡事禀命翁姑,不可擅专。"瑞莲道:"爹爹,这些女儿都知道。"延庆同了瑞莲就上马飞行。来到大营,见了翁姑,延庆把这成亲的话说了,守勇吩咐摆宴,一家骨肉相见完毕。谈谈说说,不道天色已明。中军道:"禀上将军,前面已到飞石关了。"守勇道:"快去叫关。"那中军道:"俺呼家将到此,你们还不快些开关?"庞龙虎道:"你这反贼来了么?俺正要拿你!"

龙虎立刻发令,传集二十四员虎将、一万二千锐利的精兵。庞龙虎道:"众将官,作速放炮开关,杀上前去!"众将道:"得令!"即忙放了三个大炮,那关已开了。龙虎领了二十四员虎将、一万二千精兵,一齐杀出关来,骂道:"呼家将!你这反贼,你祖宗这般威风,那样厉害,可逃得过俺家的手哩?"守勇听了大怒,骂道:"你这奸贼,还不下马受死?"龙虎同了众虎将,一齐杀将过来,谁晓延庆、延龙、延豹、齐月娥、齐雄、花瑞莲绕住大战。可怜庞龙虎被呼家将杀得上天无

第四十回　呼家将力歼庞奸　宋仁宗封赠团圆

路，入地无门，那二十四员虎将，倒死了二十多个，庞龙虎的首级被那花瑞莲挑起枪头，杀得众将官片甲全无。守勇就吩咐："不必扎营了，我们就此杀到鸡鸣关去。"

呼家将一路行来，却是威风凛凛，神鬼皆惊。延庆道："爹爹，我们一直杀上鸡鸣关去！"守勇就令众将官："我们杀上关去！"大小三军奉了将令，领兵杀到关前。守关的家将一看，疾忙禀报说道："三将军，不好了！呼家将已在关前，就要杀进关来了。"鸡鸣关总兵庞毛虎便道："这反贼，俺正要寻他，他倒送上门来了。"就传了三军，吩咐快去提兵，一齐杀出关去，擒这反贼。中军飞奔到营，挑了三千人马，来到关口，毛虎看见军兵齐到，立刻放炮开关。谁想那呼家将听得放炮开关，呼延庆就杀进关来。庞毛虎又气又怕，只得挺枪迎战。延庆诈败，毛虎认他败走，骂道："反贼，你想逃往那里去？还不快快下马受缚！"毛虎飞追下去，延庆回转马来，挺枪直刺，毛虎恰好闪过；延庆又是一枪戳来，〔毛虎〕急忙架住；延庆拨枪又戳过来，正中了他的咽喉，一交跌下马来。延庆用的是一杆钩镰枪，可怜这毛虎，被延庆的枪钩住了咽喉，拖得那手也没有，脚也不见，就是那毛虎的头，也不知拖掉在那里了。呼延庆回了营寨，把这战斗的话说了。守勇、守信听了便道："如今关隘多打过了，我们赶路去罢。"中军疾忙吩咐大小三军，听老将军命令，作速赶行前去。众将官道："得令！"却叫：

　　数年马上不离鞍，今日乘风过虎关。
　　从兹试看忠与佞，始知天理有循环。

且说庞集正想，为何这几日不见三关信来，不知孩儿在关则甚？庞集正在忧闷，忽有家将报来，说道："三位将军都被呼家将杀死，连首级也都拿去了。"庞集听了，急忙进宫，见了贵妃，把这个话讲了。庞集哭将起来，贵妃道："爹爹，事已如此，哭也无益。爹爹且待明日早朝，女儿一同上殿面奏的好。"

那晓朝廷正同八王叔在龙图阁与包文正议政，忽巡城御史朱可绶有机密重情见驾。黄门官飞奏到来，仁宗道："朱可绶有何紧急重情？"八王道："圣上何不召他进殿延问？"仁宗就降旨召见。那朱可绶奏道："臣奉命巡城，看见呼家将的人马在王城外扎下营盘，我王必须提兵防御才好。"仁宗听了这奏，勃然大怒道："朕想这呼家将虽有功绩，太祖、太宗之加恩于他,也不小了,就是朕登极以来,也晓得呼得模是个忠义的鲠臣,就加了他忠孝王。前庞集父女虽然挟嫌妄奏,歼灭其家,此是庞集之咎,不应统领人马到来。朕今若不提兵征讨,岂不坏了宋朝的体制?"包文正同八王奏道:"圣上仁风远布,四海咸知,臣等看那呼家子孙,不过所恶者因庞妃诳奏,无过剿灭他一门几百口。今日呼家子孙其意思图报复。自古道,君父之仇不共戴天。据臣等看将起来,庞妃屡行毒害,幸我王洪福齐天,太子得保无恙,就是元宵那一日,庞家四虎挤住太子行刺的时候,也方得呼家男女力救太子到府。止此一端,那庞集父子就该律拟凌迟。庞妃不感君恩,屡思计害太子,其罪较其父兄更甚。臣等愚见,命庞妃赐死,庞集父子革去其职,勒令回籍,则臣民忻忭①,朝野肃清。呼得模之子孙,知我王如是惩罚,亦为平允,臣等观其动静,委无谋叛之心,望我王召来,他必奏明。"仁宗道:"朕依卿等所奏便了。"

仁宗回进宫来,对庞妃道:"你同庞集行的事,朕也不究你们,庞集着去了冠服,庞妃着即自尽。"那内监就剥去了庞集的冠服,缢了庞妃,那内监复了旨。仁宗即召八王同包文正到宫,便道:"庞妃朕已赐死,庞集革除其职,今但召呼家将到来,应卿等保奏,朕好降旨加恩。"八王同包文正道:"臣等荷蒙我王谕旨,前去召来见驾便了。"八王同包文正出朝,就差内侍前去召那呼家将到来。

呼延庆领了人马,已经把那庞集家里杀得鸡犬不留,谁想这该死的庞集因女儿已死,自己好好的一个丞相,如今做了个百姓,正气愤回来,恰恰路上被那延庆遇见,赶来就是一刀,砍去了庞集的首级。呼守勇道:"好了,我们只要到京,杀了庞妃,就去谢恩伏罪了。"延庆道:"爹爹,不如一直到京去吧。"话犹未了,有几个内监飞马到来,说道:"呼将军,俺王爷召你快去。"呼家将听说八王呼召,一齐同了内监到京,见了八王。那八王道:"昨日俺同包文正在朝议事,有御史奏说,呼家围了王城。那时朝廷大怒,俺同文正把你报仇的话,细细奏闻。如今庞妃已经赐死,庞集父子俱已削职为民了。"延庆道:"千岁,庞集父子都被小将杀掉了。"八王道:"既是庞集一门都死,你祖父的大仇

---

① 忻忭(xīnbiàn)——欢欣喜悦。

已报尽了。"延庆道："多蒙千岁匡扶①，仇是报的了。"包文正同八王道："既是呼家将齐在这里，我们就同他去谢恩吧。"

那八王同包公进朝见驾，呼家将俯伏金阶，齐道："臣等实该万死，望我王法诛臣等，死亦瞑目。"仁宗道："朕那年征辽去后，谁想丞相庞集误听庞妃之言，把你全家杀没，朕心深为不安。昨包丞相、老王叔等竭力保奏卿等忠勇正直，朕从宽不究外，特再沛恩编录史实，以表奸良于中外。特封呼守勇为忠孝侯，妻王氏、赵氏为一品夫人；呼守信为忠勇侯，妻齐氏为一品夫人；呼延庆、呼延龙、呼延豹、呼延寿俱封为孝勇将军；祝素娟、刘定金、梁胜金、鲍赛金、张金定、花瑞莲、金龙、迎凤、柳迎烟、翠桃姐俱封为英武郡君；齐雄为副将，妻邓氏封三品夫人；呼碧桃、呼梅仙着丞相包文正领回，择吉送进八王府，与太子完姻。齐国宝另召来京封职，功臣府再行建造。呼得模坟上，着礼部撰了祭文，遣八王前去设祭，以慰忠魂。祝太公夫妇子女无过屈死，着地方官建造房屋，使神魂得所，一体致祭。此朕嘉惠忠良，务须克尽厥职，勿负朕恩，故敕。"

那呼家父子、兄弟谢恩退出，又谢了八王叔、包文正。那呼守勇、呼守信立刻写书回兵。碧桃、梅仙送往八王府中，候旨择吉与太子完婚，呼家将子侄亦择吉完婚。钦赐造了功臣府邸呼家居住。延庆与妻奉旨团圆。正是：

  是是非非二十年，死死生生几变迁。

  从今骨肉重完聚，千古芳名忠义传。

---

① 匡扶——扶持。匡，救助、帮助。